VITALI SERTAKOV

CRYONIC

BRUDERSCHAFT DES KREUZES

Roman

Aus dem Russischen
von Christiane Pöhlmann

Piper München Zürich

Von Vitali Sertakov liegen bei Piper vor:
Cryonic. Der Dämon erwacht
Cryonic. Bruderschaft des Kreuzes

Die russische Originalausgabe erschien 2005 unter dem Titel »Bratstvo Kresta« bei AST, St. Petersburg

MIX
Papier aus verantwortungsvollen Quellen
FSC® C083411

ISBN 978-3-492-70308-6

Satz: Satz für Satz. Barbara Reischmann, Leutkirch
Gesetzt aus der Minion
Druck und Bindung: CPI books GmbH, Leck
Printed in Germany

TEIL [1]

TOTE ERDE

(1) DAS ENDE DER FRIEDLICHEN TAGE

Mit einem Fuß stand Mam Rita bereits im Grab.

Das hinderte die blinde Hüterin des Buches jedoch nicht daran, die Schreiber wie gehabt herumzukommandieren, die anderen Dorfbewohner am Geräusch ihrer Schritte und ihres Atems zu erkennen und sich an alles zu erinnern, was in den letzten hundert Jahren geschehen war. Äußerlich schien sie in den zwei Jahren, in denen Artur Kowal nicht hier in ihrem Dorf im Norden gewesen war, allerdings kaum gealtert zu sein. Wie immer um eine aufrechte Haltung bemüht, hielt sie sich auch heute erstaunlich gerade. Und ihre Befehle wurden nach wie vor widerspruchslos ausgeführt.

Trotzdem hatte sich etwas geändert: Jedes Wort kostete sie unglaubliche Kraft, das Bett verließ sie kaum noch, ständig saß sie in einen Mantel aus Wolfspelz gehüllt da, mit den Füßen in einer Schüssel voll heißen, mit aromatischen Kräutern vermischten Wassers. Obwohl die Sonne vom Himmel knallte, wurde in ihrer Hütte geheizt, und eine junge Frau wechselte das Wasser des Fußbads, sobald es auch nur ein wenig abgekühlt war.

Neben Mam Rita saß eine alte Bekannte Arturs, Anna die Erste, aus jenem Dorf der Wipper weit im Osten, in dem er einige Jahre gelebt hatte. Sie trug einen weißen Leinenoverall und hatte sich ein besticktes Tuch über die Schultern gelegt. Konzentriert ging sie einen Stapel Hefte durch.

Offenbar sollte sie Mam Ritas Nachfolge antreten. Eigentlich hatte Artur ja angenommen, das Amt müsse jemand aus diesem Dorf hier übernehmen. Doch wie er nun zu seiner Überraschung feststellte, durchschaute er noch immer nicht alle

Gesetze der Wipper, jener verschworenen Gemeinschaft von Waldbewohnern, die so gar nichts von Städten hielt. Und bis auf die junge Generation in ihnen auch nicht leben konnte.

»Mögen deine Tage voller Frieden sein, Hüterin des Buches!«, begrüßte er Mam Rita.

»Mögen auch deine Tage voller Frieden sein, Schwert«, erwiderte sie und nannte ihn bei dem Namen, unter dem er im Kreise der Wipper bekannt war. »Du klingst heiser. Bist du krank?«

»Nein, nur ein wenig müde nach der Reise«, antwortete Artur. Bei der Erinnerung an die letzte Zeit schüttelte es ihn selbst jetzt noch.

»Ich danke dir, dass du auf meine Bitte hin hierhergekommen bist …«

»Allerdings hat Mam Rita dich schon vor zwei Tagen erwartet«, mischte sich Anna ein.

Mit ihr werde ich noch meine Probleme bekommen, ging es Artur bei diesen Worten durch den Kopf. Er verkniff sich jedoch jeden Kommentar.

»Das kann ich erklären, Mam Anna«, ergriff Berder das Wort. »Uns hat ein Unwetter überrascht, das zwei Tage lang tobte. Es wäre lebensgefährlich gewesen, wenn ich von unserem Drachen verlangt hätte, sich bei diesem Wind und den ständigen Blitzen in die Luft zu erheben.«

Mam Rita hob beschwichtigend die pergamentartige Hand, an der die Adern deutlich hervortraten. Bereits dieses kurze Gespräch hatte sie extrem ermüdet, das entging Artur nicht. Wahrscheinlich hat sie es ausschließlich irgendwelchen Kräutern und Salben zu verdanken, dass sie sich überhaupt noch wachhalten kann, dachte er. Wie alt mag sie wohl sein? Neunzig bestimmt schon …

»Wir wollen uns doch nicht streiten«, erklärte sie und ließ den Blick ihrer blinden Augen über die verrußten Holzwände wandern. »Sag mir lieber eins, Schwert«, wandte sie sich dann wieder an Artur. »Ich habe gehört, dass ihr über einen Monat lang in den westlichen Ländern gewesen seid. Hält deine Stadt es da überhaupt noch länger ohne dich aus?«

»Sämtliche kleinen Probleme können warten, wenn du mit mir zu sprechen verlangst, Herrin. Außerdem kümmern sich Leute, denen ich unbedingt vertraue, in meiner Abwesenheit um die Regierungsangelegenheiten in Petersburg. Ich werde also so lange bei dir bleiben können wie nötig.«

»Obwohl die Anhänger des Halbmondes gegen euch rebellieren? Und obwohl der Pöbel angeblich ihre Häuser anzündet? Obendrein sind in deiner Abwesenheit einige Anhänger Laos am rechten Newa-Ufer gelyncht worden. Will man diese kleinen schlitzäugigen Menschen aus dem Osten so aus der Stadt vergraulen?«

»Meine Männer haben das alles auch ohne mich bestens im Griff, Herrin. Sie wissen, wie die Gerechtigkeit durchzusetzen ist.«

»Die Gerechtigkeit also ... Früher einmal hast du damit etwas bezeichnet, das du in deinem Herzen trägst, aber heute bezeichnest du damit nur noch Schriftrollen mit Steuergesetzen.«

»Ohne Gesetze ist Petersburg dem Untergang geweiht.«

»Das stimmt. Nur verrate mir dann doch bitte einmal, warum in der Newa täglich Leichen treiben? Ihr kämpft gegen niemanden, nicht eine Stadt aus dem Pakt der freien Siedlungen will euch angreifen. Trotzdem ist euer Fluss voller Leichen. Fast als ob ihr im Krieg lebtet ...«

»Die Menschen kriegen den Hals leider nie voll genug, Herrin. Und viele haben aus dem Wald falsche Vorstellungen mitgebracht, was Gerechtigkeit angeht.«

»Falsche Vorstellungen? Woher willst du denn wissen, dass deine Vorstellungen richtig sind? Immerhin habt ihr es zugelassen, dass fast dreißig unterschiedliche Kirchen und Gebetshäuser erbaut wurden.«

»Zu meiner Zeit nannte man so etwas Religionsfreiheit.«

»Das ist ein schönes Wort – das aber nicht erklärt, warum bei euch Häuser niedergebrannt und Menschen ermordet werden.«

Die Hüterin des Buches biss sich offenbar nicht ohne Grund an diesem Thema fest. Artur ahnte, dass hinter ihren verbalen Angriffen etwas steckte, das sie beunruhigte, das sie aber noch nicht direkt zur Sprache bringen wollte …

»Sofern du nicht von mir verlangst, Piter dem Erdboden gleichzumachen«, erwiderte er, »nehme ich gern jeden Rat von dir an. Wie stets.«

Berder nickte ihm anerkennend zu: Sein Schüler brachte den Gesetzen Respekt entgegen und hatte nicht vergessen, wem er seine Macht eigentlich verdankte.

»Immerhin liegt dir die Gerechtigkeit noch am Herzen, Schwert, und das freut mich«, erklärte Mam Rita daraufhin in etwas sanfterem Ton. »Jeder Mensch kann sich irren, auch ich habe zu meiner Zeit zahlreiche Fehler begangen. Zudem will ich nicht verhehlen, dass ich zunächst befürchtet hatte, du würdest dich keinen Deut mehr um das Gleichgewicht kümmern, sobald du erst einmal in der Stadt angelangt bist. Umso größer ist nun meine Genugtuung, dass ich mich geirrt habe. Einmal mehr erweist sich unser Buch als klüger als wir alle.«

Sie stockte und fing an zu röcheln. Sofort reichte ihr die junge Frau einen Becher mit duftendem Kräutertee. Schweigend warteten alle Anwesenden den Schwächeanfall Mam Ritas ab. Berder, inzwischen nicht nur Hüter der Kraft, sondern auch einer der beiden Direktoren der Militärakademie in Piter, ließ den Blick schweifen, während Anna die Erste wie gehabt die in Leder gebundenen Hefte durchblätterte. Beide Schreiber warteten mit gezückter Feder. Das Große Buch der Wipper wuchs ständig an, in ihm wurden alle Gespräche aufgezeichnet, die in dieser Hütte geführt wurden, aber auch alle Neuigkeiten aus anderen Dörfern der Wipper, sämtliche Ereignisse von Belang aus dem Leben der Städte und Dörfer, in denen die Wipper mit ihren magischen Fähigkeiten nicht der Natur zum Sieg verholfen hatten, sowie mancherlei rätselhafte Veränderungen in der Natur.

Und noch etwas sorgte dafür, dass dieses heilige Buch ständig anwuchs: die Prophezeiungen der Hüter des Gedächtnisses. Diese Käuze lebten völlig zurückgezogen und kamen nur selten hierher ans Weiße Meer, oft genug beschränkten sie sich darauf, ein paar Sätze schriftlich oder mündlich überbringen zu lassen. Diese Prophezeiungen konnten noch so verworren und nebulös sein – sie wurden sofort in das Buch aufgenommen und mit besonderer Aufmerksamkeit studiert.

Auch Artur hatte diese Sprüche schon mehrmals gelesen. Die Hüter des Gedächtnisses selbst sahen sich außerstande, sie zu entschlüsseln, was kein Wunder war, erinnerten die Worte doch oft genug an das Geschwafel eines Junkies. Vor achtzig Jahren hatten sie jedoch vorausgesagt, ein Erwachter Dämon würde auftauchen, ein Mann namens Artur Schmied. Und Kowal bedeutete auf Ukrainisch Schmied …

Nun war er erneut in den Norden gerufen worden. Er hatte davon erfahren, kaum dass er mit seinem Drachen auf dem Dach des Winterpalasts gelandet war. Nachdem er sich in aller Eile umgezogen und schnell die Berichte seiner engsten Mitarbeiter angehört hatte, war er schon wieder zum Aufbruch genötigt gewesen. Dabei hätte er dringend in Piter bleiben müssen. Von wegen kleine Probleme!, stöhnte er innerlich. Die Neuigkeiten, mit denen seine Leute ihn überschüttet hatten, waren mehr als unangenehm …

Die Hare Krishnas waren verprügelt, ihr Stand auf dem Markt im Süden zertrümmert worden. Der Vorfall hatte sogar zwei Menschen das Leben gekostet.

An der Moschee, die ein Imam der Tataren hatte bauen lassen, kam es immer wieder zu Schlägereien.

Ein paar religiöse Fanatiker waren mit aufgeschlitzten Kehlen in der Newa gelandet.

Am rechten Ufer, wo jene Hungerleider lebten, die nicht arbeiten und sich nicht an die Hygieneregeln halten wollten, tobte eine Hepatitisepidemie.

All das konnte jedoch warten, denn Mam Ritas Befehl war wichtiger. Diesem Ruf nicht zu folgen verbot sich von selbst.

Vor allem nach dem, was während der Reise nach Paris geschehen war …

Und in einem Punkt hatte Artur den Wippern wirklich nichts vorgemacht. Er wusste genau, wer ihn einst in den Winterpalast gebracht hatte und ihm auch heute noch half, seine Macht zu sichern. Es waren die geflügelten Drachen, die der alte Prochor tief in den Wäldern des Urals gezüchtet hatte, die Albinotiger und die Hunde mit den blauen Augen. Doch selbst mit diesen Tieren, die all seinen Feinden Angst einjagten, wurde es in letzter Zeit immer schwieriger, in Piter für Ruhe und Ordnung zu sorgen. Je weiter sich der Ruhm der neuen Hauptstadt verbreitete, je reicher die Märkte und Handelshäuser wurden, desto mehr Neider traten auf den Plan. Deshalb hatte er, der Gouverneur Artur Schmied, beim Anflug auf Piter die Spitze der Peter-und-Paul-Festung durchaus mit gemischten Gefühlen betrachtet.

Einerseits freute er sich, noch am Leben zu sein. Nach allem, was seine kleine Gruppe in Westeuropa hatte wegstecken müssen, hatte er schon befürchtet, Piter nie mehr wiederzusehen. Doch irgendwann hatte Artur die Newa mit ihren unzähligen Fischerbooten und Pontonbrücken unter sich erblickt. Und prompt war die Wiedersehensfreude wie weggeblasen, machte den üblichen Sorgen Platz. Aber gut, er hätte ja wohl schlecht die ganze Zeit über an all die Probleme denken können, die sein Amt mit sich brachte. Jedenfalls nicht, wenn er nicht vollends den Verstand verlieren wollte.

Denn im Vergleich zu der *Strafe*, den Gouverneur mimen zu müssen, war die Machtübernahme vor zehn Jahren das reinste Kinderspiel gewesen. Je mehr Hürden er allerdings auf dem

Weg zu etwas, das man mit einigem guten Willen als Zivilisation bezeichnen konnte, überwand, desto mehr neue Probleme tauchten auf. Die Intrigen der Beamten drohten ihn zu ersticken. Die Abschaffung des Sklavenhandels hatte ihm übermenschliche Kräfte abverlangt. So konnte er selbst heutzutage – nachdem er Piter erfolgreich vor allen Anfechtungen des Feudalismus bewahrt hatte, nachdem diese dickköpfigen Städter endlich auf den Geschmack des Privatbesitzes gekommen waren und sich langsam ein Bürgertum herausbildete – nicht wirklich ruhig schlafen …

»Ich dörre förmlich aus …«, riss ihn Mam Rita aus seinen Gedanken. Doch statt näher auf ihren Gesundheitszustand einzugehen, brachte sie die Sprache wieder auf Piter. »Du hast unsere Kinder in die Stadt geholt, und wie ich von ihren Eltern höre, gefällt es ihnen dort. Was ist mit dir, Schwert? Bist du angesichts dieser Entwicklung zufrieden? Oder schürt sie die Feindseligkeiten in der Stadt nur noch?«

»Ich will gar nicht verhehlen, dass alles ausgesprochen schwierig ist, Herrin. Dazu sind die …« Er wollte eigentlich *Weltbilder* sagen, biss sich aber noch rechtzeitig auf die Zunge. »Dazu betrachten wir alle die Welt mit zu unterschiedlichen Augen. Aber ich bin froh, dass die Wipper meine Schwierigkeiten verstehen und zugleich einsehen, dass wir trotzdem alle zusammenleben können.«

»Eben darüber möchte ich mit dir reden. Neben den Kindern der Wipper drücken auch die der Wilden die Schulbank …«

»Das sind auch Menschen, Herrin. Einst waren sie genau wie wir, doch nach dem Großen Tod sind sie *verwildert*. Für ihre Enkelkinder trifft das allerdings nicht mehr zu, sie haben alles *Wilde* hinter sich gelassen. Deshalb erhalten sie wie alle anderen einen Ausweis.«

»Einen Ausweis …«, spie Anna die Erste aus.

»Hast du keine Angst, dass es zu Massakern kommt?«, wollte Mam Rita kopfschüttelnd wissen. »Als es noch wenige waren, konntest du dich ohne Weiteres als Wohltäter aufspielen. Ich habe jedoch gehört, dass du inzwischen sogar den Dschingissen Land überlässt und sie in die Garde aufnimmst.«

Berder kniff sein linkes Auge zusammen. Bei solchen Diskussionen meinte Artur stets, er und die Wipper würden unterschiedliche Sprachen sprechen. Denn auch für die Wipper waren die Wilden, die Dschingisse oder Röchler bestenfalls billige Arbeitskräfte, schlimmstenfalls Sklaven, die man kaufen und verkaufen konnte. Und die eigenwilligen Waldbewohner hatten mit Sicherheit nicht die Absicht, diesen Standpunkt zu überdenken, geschweige denn, ihre Gepflogenheiten zu ändern. Zumindest in dieser Frage konnten sie und die Städter sich die Hand reichen, denn in den meisten Gebieten, mit denen Petersburg Beziehungen unterhielt, sah man das genauso.

Überall gab es noch Sklavenhandel.

Überall – bis auf Piter.

Artur war fest entschlossen, eher zu sterben, als mit anzusehen, wie jenes rudimentäre Bürgertum, das an der Newa entstanden war, wieder unterging. Immerhin fand er in Berder und einigen anderen Wippern Verbündete. In den letzten drei Jahren war die Bevölkerung in Petersburg und Umgebung auf über zweihunderttausend Menschen angewachsen, und meist handelte es sich bei den Neulingen um entflohene Sklaven. Mit ihnen erhielt der Gouverneur billige Arbeitskräfte, das Militär Rekruten und die Handwerker einen kolossalen Absatzmarkt für ihre Waren.

Der entscheidende Coup war Artur gelungen, als es an der Wolga zwei Jahre hintereinander zu Missernten gekommen war. Damals strömten Horden hungernder Flüchtlinge Richtung Petersburg. Die Vorsitzenden der Kammern hatten ihm geraten, alle Männer zu mobilisieren und diese Massen um jeden Preis von der Stadt fernzuhalten. Artur war jedoch anderer Ansicht gewesen, und selbst die Panik, die sich in Piter breitmachte, konnte ihn nicht von seiner Position abbringen. Patrouillen berichteten, eine wahre Lawine rolle heran, nicht weniger als vierzigtausend verarmte Menschen, die völlig von Sinnen seien. Sie alle folgten den Gerüchten, an der Newa wachse und gedeihe eine reiche Stadt, in der sämtliche Zuwanderer ein Stück Land und Vieh erhielten und sogar Arbeitskräfte für den Bau eines Hauses zur Verfügung gestellt bekämen. Und wer ein Studium auf sich nahm oder sich der Armee anschloss, dem winkten gar Reichtum und alle nur erdenklichen Ehren …

Artur seinerseits hatte alles darangesetzt, solche Gerüchte noch auszuschmücken. In jenem Frühjahr hatte er zudem gegenüber den Vorsitzenden der Kammern erstmals von einer Devisenschwemme gesprochen, die in ihrem Interesse liege. An diesem Fachchinesisch hatten die Vorsitzenden anfangs zu kauen, doch sobald Artur das Phänomen als *Eroberung des Fleischmarkts* umschrieb, leuchteten die Augen aller auf. Dafür mussten sie nicht mehr tun, als die Fleischproduktion zu verdreifachen und den Preis auf dem Markt in Nishni Nowgorod zu halbieren. Die einzige kleine Besonderheit, die es dabei zu berücksichtigen galt: Zu diesem Tiefpreis wurde das Fleisch nur gegen Gold und Silber von Petersburger Prägung verkauft, während alle anderen Währungen demonstrativ als wertloses Blech abgelehnt wurden. Sie bräuchten nur diese eine Saison zu überstehen, versicherte Artur, dann könnten sie in Zukunft kühn die Bedingungen diktieren …

Noch grandiosere Pläne hatte Artur für die Petersburger Schuhmacher und Glasbläser geschmiedet. Bloß in der Metallverarbeitung musste er sich alle Expansionspläne abschminken: Die Wipper hatten ihm jede Form von *schmutzigem* Gewerbe untersagt.

Als dann die Hungernden vor den Toren der Stadt auftauchten, durften sie sich zwar nicht in Piter selbst, wohl aber im Umkreis ansiedeln. Sie erhielten günstige Kredite, wenn sie Saat und Jungtiere kaufen wollten. Der verzweifeltste Schritt Arturs bestand jedoch darin, die Speicher mit den strategischen Vorräten öffnen zu lassen … Noch lange musste er danach mit Schwierigkeiten kämpfen. Schlägereien und Brandstiftungen waren an der Tagesordnung, viele der Neuankömmlinge versoffen ihre gesamte erste Ernte. Ein Jahr später jedoch schmauchten die Schornsteine zahlloser neu erbauter Häuser rund um Strelna und Lomonossow, während in Nishni Nowgorod die ersten Karawanen mit dem zu Dumpingpreisen angebotenen Fleisch eintrafen.

Und Piter eroberte den Markt im Wolgagebiet.

Arturs Plan ging auf. Tausenden kleiner Unternehmer bei Nishni Nowgorod drohte der Bankrott, denn niemand wollte noch bei ihnen Geflügel oder Schweinefleisch kaufen. Die um Piter neu angesiedelten Bauern, deren Felder fast bis an die Ewige Brandstätte reichten, bezahlte Artur in Naturalien oder Kupfer, während die Staatskasse in einem einzigen Herbst vor Gold fast platzte.

Doch damit nicht genug: Artur ließ in allen größeren Siedlungen in Mittelrussland verbreiten, der Gouverneur von Piter biete den Bauern Hilfe bei der Umsiedlung an, nehme sie unter seinen Schutz und lasse ihnen die Staatsbürgerschaft zukommen, sofern sie nur einen lebenslangen Vertrag unterschrieben, der sie verpflichtete, sämtliche Überschüsse an den Staat zu verkaufen. Wer auch nur ein wenig über Petersburg gehört hatte, wusste genau, was das hieß, die Staatsbürgerschaft und der Ausweis. Selbst wer nicht lesen und schreiben konnte, kapierte das. Ein Ausweis mit dem eigenen Bild und dem Stempel des Großen Kreises – das bedeutete das Recht, Land zu besitzen und Holz zu fällen, sowie kostenlosen Schulbesuch für die Kinder, Schutz vor Ganoven, vor allem jedoch eine bescheidene Rente. Letztere lockte in erster Linie diejenigen, die nicht auf dem Feld arbeiten, sondern sich mit Bauarbeiten durchschlagen wollten.

So kamen abermals Hunderte von Trecks nach Piter, sehr zum Missfallen der alteingesessenen Lokalgrößen.

Die Farmen bildeten nunmehr einen lebenden Schutzwall um das altehrwürdige Zentrum, in dem Sergo Abaschidzes Patrouillen ein strenges Visumsregime aufrechterhielten. Mit diesen Neuankömmlingen, die von den Krediten, den Feiertagen mit Feuerwerk und dem phantastischen Sold bei der Garde angelockt worden waren, gelangten aber auch Wilde jeglicher Couleur in die Stadt.

Die Migration der Schmeißfliegen, wie die Wipper alle Städter abfällig nannten, interessierte jene im Grunde nicht. Anders verhielt es sich jedoch mit dem Zuzug halbwilder Stämme aus dem Wald. Gut, der alte Wipper Ismail zollte der Strategie Arturs durchaus Tribut, denn dadurch, dass dieser die Landwirtschaft ankurbelte, sorgte er dafür, dass sich in dem Gebiet kaum Dunkle Male bildeten. Außerdem hielt sich Artur an ihr Abkommen: Nicht ein Industriegigant verpestete die Luft. Aber diese Wilden blieben selbst ihm ein Dorn im Auge. Deshalb fragte sich Artur jedes Mal, wenn er eine Gruppe von ihnen ausschickte, um Gräben trockenzulegen, wann den Wippern wohl die Hutschnur reißen würde.

Schließlich durfte er auch die Zauberer von den Seen nicht vergessen, eine einflussreiche Sekte, die im Nordosten am Ladogasee und im Südwesten am Peipussee lebte. Auch mit ihnen musste er sich irgendwie ins Einvernehmen setzen, denn sie waren ebenso sehr wie die Wipper an dem *Gratisarbeitsvieh* interessiert, vor allem aber auf Neugeborene erpicht. Nachdem aus einigen Vororten Kleinkinder verschwunden waren, hatte das Gerücht die Runde gemacht, die Zauberer würden normale Kinder unter dem Roten Vollmond in ihresgleichen verwandeln. Deshalb sah sich Artur gezwungen, ein ganzes Dorf am Ladogasee niederzubrennen, wobei Abaschidzes Männer bei dieser Expansion durch die fauligen Sümpfe größere Verluste einstecken mussten als bei allen Auseinandersetzungen mit den Röchlern zusammen.

Immerhin waren die Opfer nicht umsonst. Statt eines langen

und zähen Kriegs, den viele prophezeit hatten, war durch dieses Manöver der Frieden wiederhergestellt worden, und die Kinder kehrten zurück.

Im Übrigen war Mam Rita falsch informiert worden: Die Garde nahm keine Dschingisse auf, der Kriegsrat ließ sie höchstens bei einigen Patrouillen zu, in Einzelfällen machte Artur freilich eine Ausnahme und betraute verdiente Wilde mit einem verantwortungsvollen Posten. Die Dschingisse selbst scherte diese Diskriminierung jedoch nicht weiter. Sie waren in der Regel mit ihren Erdhütten und etwas zu essen rundum zufrieden. Doch den Wippern genügte nicht einmal das: Sie schärften ihm immer wieder ein, dass sie jeden seiner Schritte genau beobachteten.

»Ob Dschingisse oder nicht – wir nehmen alle auf, die die gesetzliche Macht anerkennen und für das Allgemeinwohl arbeiten, Herrin«, beantwortete Artur die Frage Mam Ritas. »Und daran wird sich auch in Zukunft nichts ändern.«

»Das Allgemeinwohl … du bist einfach unverbesserlich, Erwachter Dämon«, erwiderte sie grinsend. »Hast du mir nicht einmal erzählt, dass euer stinkender Staat damals, vor über hundert Jahren, auch ständig das Wort vom Allgemeinwohl im Munde führte … Ich brauche dir ja wohl nicht in Erinnerung zu rufen, welches Ende er genommen hat, oder?« Sie trank einen Schluck und um ihren faltigen Hals gerieten die Ketten mit den Talismanen ins Zittern. »Gut … aber ich bin nicht die Einzige, die mit dir reden möchte.«

Die Frau, die das Wasser wechselte, murmelte etwas und lugte kurz hinter einen Paravent im rechten Teil der Hütte. Artur hatte von Anfang an gespürt, dass sich dort noch jemand befand. Nach all den Jahren kannte er die Macken der Wipper jedoch gut genug: Wenn die Gäste sich nicht zeigen wollten, dann eben nicht.

Nun traten drei Männer hinter dem Wandschirm hervor. Den einen erkannte Artur auf Anhieb wieder, das war Christian, Ismails jüngerer Bruder, der am Waldaisee lebte und seines Zeichens Hüter des Gedächtnisses war. Die anderen beiden sah er zum ersten Mal, aber vermutlich handelte es sich auch bei ihnen um Wipper dieser besonderen Kategorie.

Alle drei waren stämmige Männer, hatten das lange graue Haar zu Rastazöpfen geflochten und lächelten mit erstaunlich gesunden Zähnen in die Runde. Sie waren gekleidet wie Pilger, die etliche Kilometer zu Pferd oder zu Fuß zurückgelegt hatten.

Während Berder, den diese Begegnung genauso überraschte wie Artur, die drei Männer nacheinander umarmte, konnte Artur einen Blick auf den Tisch hinter dem Paravent werfen: Auf ihm standen zwei Dutzend Flaschen, die ein Stück geräucherten Schinken einrahmten. Das sind die ersten Russen, dachte Artur, die ich kennenlerne, die drei Tage lang schweigend saufen. Denn so lange haben sie doch auf mich gewartet, oder?

»Du hast eine üble Wunde«, wandte sich der Größte der drei, ein Mann mit faltigem, zerknautschtem Gesicht, an Artur. »Obendrein hast du das Gift nicht herausgeholt, bevor du die Salbe aufgetragen hast.«

»Das wird schon wieder«, mischte sich Anna die Erste ein. »Das Gift hat sich bereits aufgelöst.«

Artur hatte niemandem etwas von seiner Wunde mitgeteilt und angenommen, der Verband sei unter der Jacke überhaupt nicht wahrzunehmen. Doch die Wipper rochen das Blut und die Salben. Um die körperliche Verfassung eines Menschen zu bestimmen, brauchten sie weder Gejammer in höchsten Tönen noch weitschweifige Erklärungen.

»Das ist ein übles Gift«, erklärte Christian, während er die stickige Luft in der Hütte durch die Nase einsog. »Hat es den Wipper umgebracht?«

Artur schielte zu Berder hinüber, der nickte, um ihm zu signalisieren, er habe die Hüter des Gedächtnisses bereits über den Tod von Semjon den Zweiten informiert. Der junge Mann hatte die Reise nach Paris nicht überlebt.

»Nein, Semjon ist auf andere Weise gestorben. Er fand den Tod in …«

»Du hättest dich niemals so weit nach Westen begeben dürfen, ohne dich vorher mit uns abzustimmen«, mischte sich nun der dritte Hüter des Gedächtnisses ein, ein buckliger Mann mit schwarzen Augen, anscheinend ein Mischling. »Du weißt schließlich ganz genau, dass südwestlich von Warschau keine Wipper mehr leben.«

»Dafür wimmelt es dort nur so von Dunklen Malen!«, presste Christian heraus. »Du willst uns ja wohl nicht weismachen, dir wäre nicht klar gewesen, welches Risiko du eingehst. Wenn du in Gegenden mit derart viel Schmutz kommst und …«

»Deshalb haben wir in den Städten auch nie Rast gemacht«, versuchte Artur sich zu verteidigen. »Außerdem wollte Semjon unbedingt mitkommen, und selbst sein Vater hatte nichts dagegen. Aber hinter den deutschen Siedlungen sind wir auf …!«

»Wir wissen genau, dass der Junge seinen eigenen Kopf hatte«, meinte Christian.

»Er war einer meiner besten Kämpfer«, bemerkte Berder traurig.

»Ich habe auch Männer verloren, die nicht meine schlechtesten waren, Lehrer«, erwiderte Artur.

»Du bist also doch nach Frankreich geflogen?«, nahm Mam Rita ihn ins Verhör. »Obwohl Ismail dir gesagt hat, dass hinter Berlin halb Europa nur noch aus Brandstätten besteht und dass dort das Wasser leuchtet wie in den Gelben Sümpfen in Sibirien?«

»Früher hat es in diesen Gegenden viele Atomkraftwerke und Atomwaffen gegeben«, erklärte Artur. »Aber wir wollten ja nur bis nach Paris, um …«

»Mittlerweile ist uns allen klar, dass du die anderen Eingeschlafenen aus der alten Welt wecken wolltest«, unterbrach ihn der Hüter mit dem zerknautschten Gesicht. »Aber in dem Fall verrate mir doch bitte einmal, warum du nicht zu den Deutschen gegangen bist? Ihr schickt doch Karawanen dorthin und handelt mit ihnen. Selbst in den Städten ist es dort längst nicht so gefährlich.«

»Weil ... weil wir ...«

»Und kann es womöglich sein«, fiel ihm Mam Rita unbarmherzig ins Wort, »dass ihr unterwegs Dinge gesehen habt, die selbst den besten und tapfersten Soldaten und sogar dem Gouverneur Schwert einen Schrecken einjagen?«

»Ja, Herrin«, gab Artur kleinlaut zu.

»Du hast nun das gesehen, was sich auch hinterm Ural versteckt hält. Denn du bist im Westen auf das getroffen, wovor wir alle Karawanen, die von Jekaterinburg aus nach Osten ziehen wollen, bereits seit Jahren schützen, indem wir diese Wege unpassierbar machen. Du standest jetzt im Westen vor jenem Industrieschmutz, den wir im Osten in den letzten hundert Jahren beim besten Willen nicht beseitigen konnten. Wir konnten die Menschen nur von ihm fernhalten, eben indem wir die Wege dorthin gekappt haben.«

»Aber warum gibt es dann im Westen keine Wipper, die das Gleichgewicht wiederherstellen?«

Artur hatte den Eindruck, die drei Hüter des Gedächtnisses würden sich ganz kurz wortlos verständigen. Berder murmelte etwas, das niemand verstand, während Anna die Erste Artur so entsetzt anstarrte, als hätte er eine schweinische Bemerkung gemacht. Die Schreiber beendeten noch ihren Satz und harrten dann mit erhobener Feder in der Hand der Dinge, die da kommen würden.

»Damit hast du die Frage gestellt, deretwegen wir uns heute hier versammelt haben«, stellte Mam Rita ruhig fest. »Die Hüter der Dunklen Male aus Warschau haben uns schon vor langer Zeit mitgeteilt, dass die Erde südlich und westlich von Berlin immer stärker ins Wippen gerät, dass wilde Wälder alle bestellten Felder verdrängen und die klirrenden Knoten sich nicht mehr kontrollieren lassen. Deshalb haben wir uns hier versammelt, um deinen Bericht zu hören und dann zu entscheiden, was davon den anderen Wippern bekannt werden darf.«

»Und was wir weiterhin tun sollen«, ergänzte Christian.

Artur wollte seinen Ohren nicht trauen. Die Hüter des Gedächtnisses hatten sich in dieser Hütte versammelt – um etwas zu unternehmen.

Das war, wenn er sich nicht irrte, das erste Mal, dass sie aktiv in die Geschichte eingreifen wollten.

»Ist es wirklich so schlimm?«, presste er heraus. »Ich habe angenommen, das ökologische Gleichgewicht könne trotz allem mit der Zeit wiederhergestellt werden … Oder glaubt ihr etwa, dass die Lage im Westen für uns alle zur Bedrohung werden könnte?«

»Genau darum geht es: Die Dunklen Male hätten sich schon längst zu einem Knoten zusammenfügen müssen«, erklärte der schwarzäugige Hüter und seufzte schwer. »In Sibirien ist es zumindest so gewesen. Aber aus irgendeinem Grund tun sie das in Westeuropa nicht.«

»Man könnte fast meinen, jemand brächte dort die Erde die ganze Zeit über zum Wippen«, beschrieb Christian die Situation.

»Wir haben eine gewisse Ahnung, wer das sein könnte …«

»… und zu welchem Zweck das geschieht …«

»Und was das bedeutet …«

Artur schwindelte, obendrein meldete sich der Schmerz in seiner Schulter zurück, eine alte Wunde, die nie ganz verheilt war.

»Und was wollt ihr von mir?«, fragte er schließlich.

»Das Buch ist aufgeschlagen, Schwert!«, erklärte Mam Rita. »Sprich langsam und lass nichts aus! Jede Kleinigkeit, die du vergisst, kann nicht nur uns, sondern der ganzen Welt den Tod bringen.«

(2) DAS STÖHNEN DES WESTWINDS

Die Drachen hießen Katun und Katunika. Das Männchen, etwas größer von Statur, brauchte nur einen einzigen Schlag seiner gigantischen Flügel, um ein gewaltiges Stück zurückzulegen, während Katunika wesentlich größere Ausdauer bewies. Semjon der Zweite lenkte Katun, Artur Katunika.

Ohne den Wipper wäre Artur bei dieser Expedition aufgeschmissen gewesen, reichte doch niemand sonst – und mochte er noch so viel auf dem Kasten haben – an diesen Krieger heran. Obwohl Semjon gerade einmal neunzehn war, wurde er bereits als Berders Topmann gehandelt. Artur war extra in den Ural geflogen, um diesen Wipper zu holen. Selbstverständlich hatte Artur dort auch an Kämpfen gegen den Nachwuchs teilgenommen, ganz wie die Tradition es verlangte.

Berders Lieblingsübung sah vor, dass ein unbewaffneter Mann in einem geschlossenen Raum gegen einen anderen seiner Schüler antrat. Dieser jedoch war entweder mit einer Keule, mit einem dicken, am Ende verknoteten Seil oder mit einem langen und – um den Spaß noch zu erhöhen – mit Nägeln gespickten Stock ausgerüstet. Falls der Unbewaffnete den Angriff erfolgreich abwehren konnte, wurde die Zahl der Angreifer erst verdoppelt und schließlich verdreifacht, während zugleich der Raum verkleinert wurde.

Berder selbst geriet bei diesen Spielchen trotz seiner dreiundfünfzig Jahre kaum außer Atem und nahm es mühelos mit sechs jungen Angreifern gleichzeitig auf. Artur dagegen schaffte es nur schnaufend und keuchend, sich drei dieser Jungspunde vom Hals zu halten. Sobald dann jedoch auch noch ein vierter ins Geschehen eingriff, musste er kapitulieren.

»Du bist dick geworden!«, kommentierte Berder grinsend Kowals Auftritt. »Anscheinend bewegst du dich zu wenig.«

»Was soll das denn heißen?!«, entgegnete Artur. »Ich trainiere zweimal in der Woche höchstpersönlich die Garde. O nein, Lehrer, du hast die Ausbildung verändert! Deine Jungs bewegen sich heute anders als zu der Zeit, wo ich bei dir in die Lehre gegangen bin. Vor hundert Jahren nannte man diese Art des Kampfsports übrigens Taekwondo.«

»Keine Ahnung, wie irgendwas früher hieß, aber wir haben uns einiges bei unseren schlitzäugigen Brüdern aus dem Süden abgeguckt ...«

»Das Alter ist doch echt eine widerliche Sache!«, klagte Artur. »Zwei von deinen Schützlingen hätten mich beinahe zum Krüppel gemacht. Und dieser Enkel Semjons ist schnell wie der Blitz!«

»Gegen ihn hättest du keine Chance«, bestätigte Berder. »Bei dieser Übung hat er dich ja nur leicht mit der Lanze gekratzt – aber in einem echten Kampf wirft Semjon die Messer noch geschwinder als ich ... Wenn du ihn überzeugen könntest, dich nach Europa zu begleiten, hättest du in der Tat einen Trumpf im Ärmel. Schlag es dir aber aus dem Kopf, noch um einen weiteren Begleiter zu bitten. Dem würden die Wipper nie zustimmen!«

Semjon hatte sich ganz gern auf dieses Abenteuer eingelassen, allerdings unter bestimmten Bedingungen: Fünf Arbeitspferde, drei trächtige Sauen und der Jahressold eines Hauptmanns der Garde in Gold – das war sein Preis.

Den Artur gezahlt hatte, ohne zu murren. Denn er war fair.

Und nun sollten sie aufbrechen ...

Hinter Artur saßen noch drei weitere Passagiere auf Katunika.

Der Oberste Bibliothekar, Lew Swirski, erinnerte mit den Fingern voller Talg und dem Hut, den er tief in die Stirn gezogen hatte, fast an einen Hausgeist aus einem Märchen. Er war bei diesem Abenteuer fürs Französische zuständig. Aus diesem Grund hatte er seine Verbindungen spielen lassen und unter den polnischen Kaufleuten eine Frau aufgespürt, der von ihrer Mutter von klein auf Französisch beigebracht worden war. In der letzten Zeit war er ständig mit einem zerfledderten Lehrbuch in der Hand durch den Winterpalast gestreift und hatte die wachhabenden Gardisten mit der Konjugation von Verben erschreckt. Artur selbst hatte zur Vorbereitung auf diese Expedition für sich zwei Dolmetscher angeheuert und im Laufe eines halben Jahres mühevoll sein Englisch und sein Deutsch aufpoliert.

Louis der Vierzehnte, der Hauptmann der Garde, hatte von sich aus darum gebeten, ebenfalls mitkommen zu dürfen. Artur wollte den leichtsinnigen Kerl anfangs zwar auf gar keinen Fall dabeihaben, hatte Louis sich doch noch einen Tag vor Abflug mal wieder eine Strafe eingefangen, war aber – nachdem er noch einmal in Ruhe über alles nachgedacht hatte – zu dem Schluss gelangt, es könne nicht schaden, den treuen Freund ins Team aufzunehmen. Denn selbst wenn Louis ein Saufkopf und Weiberheld war – Artur brauchte nie Angst zu haben, ihm den Rücken zuzukehren.

Die Dritte im Bunde war Mam Rona.

Artur hatte lange darüber nachgegrübelt, ob er die Ärztin überhaupt dem Risiko, das diese Reise mit sich brachte, aussetzen sollte. Schließlich war Mam Rona nicht mehr die Jüngste, obendrein wurde sie in der kürzlich gegründeten Medizinischen Akademie gebraucht. Aber ohne eine Frau und ohne einen Arzt wollte Artur um keinen Preis aufbrechen. Eine Ärztin war somit die ideale Lösung. Wie stünde er denn sonst da, wenn in einer der Anabiose-Kapseln eine Vertreterin des weiblichen Geschlechts lag?

Mam Rona hatte überraschend leicht eingewilligt. Gut, vielleicht gab auch den Ausschlag, dass Artur ihr mitgeteilt hatte, im Cryonic-Institut von Paris würde sich jede Menge medizinischer Apparate und ein Haufen Fachliteratur finden. Vorausgesetzt natürlich, es sei nicht ausgeraubt worden …

Und dann hatten sie noch jemanden auf Katunika untergebracht, den vielleicht ungewöhnlichsten Teilnehmer dieser Expedition: Vor dem hinteren Flügelpaar war kein Sattel, sondern ein Korb befestigt worden. In ihm hockte ein sibirischer Albinotiger. Da das unglückliche Tier, das ebenfalls auf den Namen Flöckchen hörte, jedoch unter panischer Höhenangst litt, hatten sie ihm die Augen verbunden und die Pfoten nach allen Regeln der Kunst gefesselt. Vor allem in Kellergeschossen könnte der gezähmte Tiger ihnen womöglich unschätzbare Dienste erweisen.

Semjon legte auf Katun ein enormes Tempo vor und verzichtete sogar auf jene bizarre Kreuzung aus Sattel und Hosen, die einem Reiter mehr Halt bot, war er doch wie jeder Wipper von klein auf an Drachen gewöhnt. Hinter ihm saß Oberst Daljar, der für die Schusswaffen verantwortlich war. Artur hatte zwar eigentlich keine Gewehre mitnehmen wollen, weil er davon überzeugt war, sie bräuchten nicht mit dieser Art von Schwierigkeiten zu rechnen, aber Daljar hatte auf den MGs bestanden. In Daljars Rücken hatte es sich Christoph, der Sohn des Roten Vollmonds, bequem gemacht. Er umfasste einen Taubenkäfig, über den ein Tuch gebreitet war. Im Kampf taugte der Zauberer noch weniger als der alte Bücherwurm Lew, Artur hatte aber trotzdem nicht gezögert, ihn mitzunehmen: Christoph hatte nämlich von sich aus darum gebeten – ein völlig untypisches Verhalten für ihn.

Im Winterpalast hielten ihn alle für ein wenig verrückt. Er störte jedoch niemanden, nahm dafür mit beneidenswerter Regelmäßigkeit an den Sitzungen des Großen Kreises teil und machte trotz seiner mittlerweile siebenundzwanzig Jahre keine Anstalten, sich eine Familie zuzulegen. Stattdessen verbrachte er jede Menge Zeit mit allen möglichen Tieren, kam seinen Pflichten als Züchter von Brieftauben vorbildlich nach und brabbelte noch immer denselben unverständlichen Mist wie damals, als er die Karawane begleitet hatte.

Die Zeiten, in denen Karawanen noch Menschen mit telepathischen Fähigkeiten brauchten, waren zum Glück längst vorbei, trieben sich auf den Haupttransportwegen inzwischen doch weder Banditen noch gefährliche Tiere herum. Die Zauberer von den Seen hätten Christoph allerdings gern bewogen, sich ihrer Gemeinschaft anzuschließen. Notfalls hätten sie Artur auch ein hübsches Sümmchen für ihn gezahlt, denn sie wollten den jungen Mann unbedingt in die Finger bekommen. Aus zwei Gründen.

Zum einen konnte Christoph noch immer in die Zukunft sehen und feindliche Gedanken sehr früh wahrnehmen. Diese Fähigkeiten hatten es ihm beispielsweise zweimal ermöglicht, die Palastwache auf geplante Diebstähle hinzuweisen. Auch das Leben des Gouverneurs hatte er schon einmal gerettet. Zum anderen überkam es den Mann in der Regel einmal innerhalb eines Mondzyklus, und dann schwafelte er mindestens genauso klug daher wie Christian, der Hüter des Gedächtnisses, flocht in dieses Gesülze aber immer wieder auch ein paar wertvolle Informationen ein. So hatte er Artur verraten, welche Beamten Falschmünzer deckten oder wo und wie Schmuggler aus Schweden ins Land eindrangen, um ihre Ware vorbei an den offiziellen Zollbehörden zu verkaufen, und welche Kanzlisten und Offiziere der Grenztruppe sie in diesem Zusammenhang schmierten.

Das Strafgesetzbuch, von Artur persönlich ausgearbeitet, sah für jeden Amtsmissbrauch schlicht und ergreifend öffentliches Aufhängen vor. Warum den Gerichten die Arbeit auch unnötig erschweren …?

Außerdem war es eine höchst beeindruckende Maßnahme.

Freunde im Großen Kreis machte sich Christoph angesichts dieser Situation selbstverständlich nicht. Unter seinem Blick fühlten sich alle Angehörigen dieser Einrichtung nackt …

Zwei Wochen vor dem Abflug war Christoph bei Artur aufgetaucht und hatte ihm mit ernster Miene erklärt: »Gemeinsam sieht die Sache schlecht aus, getrennt jedoch erst recht. Gemeinsam ist es nicht für lange, auseinandergerissen indes für immer.«

Artur sah sofort ein, dass eine zweite feine Nase neben der Flöckchens nicht schaden konnte.

Als Letzter stieg Mitja Knirps auf. Dieser Name war dem Anführer einer Bande von Dschingissen in Piter gegeben worden. Mitja war ein außergewöhnlicher Vertreter jenes wilden Stammes, hatte er doch als einer der Ersten eingesehen, dass es wesentlich vorteilhafter war, der Stadt im Norden zu dienen, als ständig in der Illegalität zu leben. Vielleicht war diese Einsicht der Erziehung seiner Mutter zu danken, einer Ex-Petersburgerin, die die Dschingisse aus einer Karawane Mam Kates entführt hatten. Wie durch ein Wunder hatte die Frau in dem Stamm überlebt und sogar ein hohes Alter erreicht. Mitja konnte zwar nicht schreiben und lesen, sprach aber immerhin ein einwandfreies, wenn auch kein sauberes Russisch.

Einhundertvierzig Kilo schwer und imposant wie Peter der Große, brachte Knirps einige Vorteile mit sich. Ohne diese wäre er wohl nie Anführer einer Hundertschaft geworden, einer Bande, die inzwischen seit sechs Jahren recht friedlich in einem Dorf lebte und sich sogar Familien zugelegt hatte. Als berittene Patrouille leistete sie Artur gute Dienste.

Knirps konnte stundenlang in Eiswasser ausharren, wilde Pferde bändigen und einen Elch mit bloßen Händen einfangen. Abgesehen davon verfügte er über einen erstaunlichen Orientierungssinn, der sogar Semjon Respekt abverlangte.

Über die blutigen Heldentaten von Knirps' Reiterei sprach man selbst heute nur im Flüsterton. Einmal hatte sich Mitja zum Beispiel an den Soldaten vorbei auf das Grundstück des Kirchenmanns Karim geschlichen, den Wachen die Kehle aufgeschlitzt und im schummrigen Labyrinth des Palasts das Geheimversteck mit den Juwelen aufgespürt.

Später, als Mitja bereits im Dienst des Gouverneurs stand, hatte Artur dem Dschingis dann das Leben gerettet, weshalb dieser ihm noch treuer ergeben war: Ein alter Feind Mitjas, ebenfalls ein Ex-Wilder, war auf den Dschingis losgegangen. Die beiden Kontrahenten wurden zwar umgehend gefesselt, aber Knirps gelang es noch, jemandem den Schädel zu spalten. Auf das Ziehen einer Klinge stand indes der Tod, denn nur mit dieser radikalen Maßnahme durfte Artur hoffen, die Gewalt in den Straßen in den Griff zu bekommen. In Anbetracht der unzähligen diplomatischen Verdienste des Dschingis begnadigte Artur Knirps jedoch.

Und in der Tat musste man zugeben, dass sich der bullige, brutale Wilde als Diplomat von Format erwiesen hatte. Kaum hatte er Arturs Vertrauen gewonnen, hatte dieser ihn auch schon in den Wald geschickt, um versprengte Gruppen von Wilden davon zu überzeugen, sich dem Gouverneur zu unterwerfen. Aus diesem Grund hatte Artur Knirps auch zum Teilnehmer dieser Expedition auserkoren: Der pfiffige Muskelprotz dürfte ihnen unterwegs gewiss von Vorteil sein.

Schon allein weil Knirps' Äußeres einen das Fürchten lehren konnte. Seine zottelige, dreckige Mähne ließ er sich einmal im Jahr schneiden, bei der Gelegenheit, wo er auch sein jährliches Bad nahm. Ein Fehlbiss entstellte sein Gesicht zudem derart, dass sich bei seinem Anblick selbst die Bullterrier ins nächste Gebüsch verkrochen …

Nun, beim Aufstieg, schmiegten sich alle acht Passagiere an den Rücken der geflügelten Drachen. Flöckchen jammerte kreuzerbärmlich, doch das Geheul des Tigers wurde sofort vom Wind davongetragen. Außer Artur und Semjon zeigte einzig Knirps keine Flugangst. Mehr noch, er traute sich sogar, die Drachen mit Fleisch zu füttern, wenn auch aus sicherem Abstand. Die anderen fürchteten die Höhe, vor allem aber die beiden Flugtiere.

Artur spähte nach unten, zu den Lichtern der Vororte, und fragte sich zum x-ten Mal, was er unternehmen würde, wenn er die anderen Probanden des Cryonic-Instituts fände – und die sich weigern würden, sich in den Sattel der Drachen zu schwingen. Und wie sich die Rückreise überhaupt bewerkstelligen ließ.

Zunächst hatte er mit dem Gedanken gespielt, Anna zu fragen, ob sie ihm einen dritten Drachen zur Verfügung stellen würde, der auf dem Hinflug ohne Passagiere oder Fracht fliegen sollte. Dagegen hatte jedoch gesprochen, dass jedes Tier ein halbes Kalb pro Tag verschlang – und er noch einen weiteren Wipper gebraucht hätte. Darum zu bitten hatte Berder ihn jedoch gewarnt. Davon abgesehen hegte Artur selbst so seine Zweifel, ob er einen zweiten Wahnsinnigen auftrieb, der sich darauf einließ, in eine verseuchte Industriezone zu fliegen. Immerhin hatte Lew dann eine Lösung aufgezeigt, indem er vorgeschlagen hatte, den Rückweg in mehreren Touren zu bewältigen. Falls es denn tatsächlich Passagiere geben sollte.

In einer Höhe von dreihundert Metern fanden die Drachen allmählich zu einem gleichmäßigen Flug und schlugen nicht mehr so häufig mit den Flügeln. Schließlich wagte Artur es, sich aufrecht hinzusetzen.

Von der Ostsee schob sich eine bleigraue Wolkenfront heran. Während Semjon Katun über die Küste lenkte, erinnerte sich Artur, wie in den Jahren, als er solche Strecken in einem Flugzeug zurückgelegt hatte, abends die Lichter gefunkelt hatten. Ganz zu schweigen von den Hauptstädten in Europa, die er mit Professor Teleschew anlässlich verschiedener Anabiose-Konferenzen besucht hatte.

Ja, vor einhundertunddreißig Jahren hatten auf der ganzen Erde Lichter gestrahlt und die großen Städte gebrodelt, die untereinander durch die leuchtenden Bänder der Autobahnen und die Lichterkränze von kleineren Ortschaften miteinander verbunden waren. Heute dagegen gab es hinter Lomonossow nur noch den schwachen Schimmer der Lagerfeuer, die die Wachtposten in einem doppelten Kreis um große Farmen angezündet hatten.

Dahinter lauerte undurchdringliche Finsternis.

Artur drehte sich um und gab den anderen ein Zeichen, dass diese sich ebenfalls aufrichteten. Am komischsten sah Lew aus: Den Wollschal, unter dem sein grauer Bart hervorlugte, hatte er sich bis unter die Augen hochgezogen. Artur grinste, denn er musste an die Illustrationen in alten Fantasyromanen denken, in denen scheinbar mit Anabolika vollgepumpte kühne Helden und heiße Frauen fast nackt vom Himmel herabschossen und sich höchst lässig am Widerrist ihrer fliegenden Tierchen festhielten. Die Realität sah eben doch etwas anders aus: In einer Höhe von tausend Metern und bei einer Geschwindigkeit von mehr als zweihundert Stundenkilometern hieß es nur noch, nicht zu erfrieren und sich nicht gleich eine ganze Kollektion von Stirnhöhlen- und Ohrenentzündungen einzufangen, mit Rückenproblemen gratis obendrauf, versteht sich.

Und extrem anders sah die Situation für den Piloten aus. Im Unterschied zu den kaulquappenartigen Hollywoodmonstern, die sich bei ihren Flügen einen Dreck um sämtliche Gesetze der Aerodynamik scherten, flog Katunika nämlich mit vorgestrecktem Hals, genau wie eine Ente. Folglich peitschte der Wind Artur direkt ins Gesicht, während sich unter seinen Schenkeln die Schulterblätter des Drachen bewegten, auch nicht gerade eine angenehme Erfahrung. Nachdem man dieses Vergnügen eine halbe Stunde lang genossen hatte, verwandelte sich der Hintern unweigerlich in einen einzigen blauen Fleck.

Es gab aber auch einige Vorteile.

Zum Beispiel erwärmte sich der vordere Teil des Drachen innerhalb von wenigen Minuten auf über dreißig Grad, sodass zumindest der Pilot nicht mehr damit rechnen musste zu erfrieren.

In diesem Moment gab Semjon ihnen ein Zeichen, dass sie

lieber weiter aufsteigen sollten, bevor es zu regnen anfing. Der Regen erwischte sie allerdings trotzdem, die Tropfen prasselten gegen die Motorradbrillen und rannen über die mit Fett eingeschmierten Wangen. Katunika jagte nun ihrem Bruder hinterher. Über der Expedition ballten sich die dunkelgrauen Wolken immer dichter zusammen, die Sicht betrug praktisch null …

Eine Minute später bohrte sich die Drachin jedoch bereits durch die bleigraue Decke und ging anschließend erneut in einen horizontalen Flug über. Lew stieß Artur in den Rücken und drückte mit erhobenem Daumen seine Begeisterung aus. Auch Artur verschlug das Panorama die Sprache.

Fünfzig Meter vor ihnen schwang der himmlische Schönling Katun die azurblauen Flügel. Er glich einer großen goldenen Schuppe, deren bekrallte Pfoten ein Federbett gepackt hatten. Am wattigen Horizont weidete sich die Sonne am Anblick dieses wilden, von Menschenhand geschaffenen Geschöpfs und beleckte die mosaikartige Seite des Tiers. Der letzte Reiter auf Katun drehte sich um und winkte ihnen zu.

Und in ihrer aller Ohren stöhnte der Westwind.

Semjon drehte sich ebenfalls zurück, lockerte den Schal und grinste Artur über beide Backen an. Seine Rastazöpfe, die er sich nie schnitt, hingen unter seiner Mütze hervor. An ihren Enden funkelten Edelsteine.

Lew schrie etwas und zeigte nach vorn. Louis brüllte vor Begeisterung. Selbst Mam Rona lachte, nachdem sie endlich ihre Angst überwunden hatte.

Die Stimmung hätte nicht besser sein können.

Wir sind zu vergnügt, dachte Artur bei sich. Ihm spukten noch immer die Worte Christophs im Kopf herum. Wenn der Sohn des Roten Vollmonds ein Unglück vorausgesagt hatte, trat es in der Regel auch ein …

Gut, bis Polen dürften wir kaum Probleme kriegen, überlegte Artur weiter. Und dort gibt es eine große Gemeinde von Wippern, bei denen können wir sogar übernachten. Außerdem ist erst vor Kurzem eine Karawane gesund und munter aus Polen zurückgekehrt, über den erneuerten Eisenbahnstrang. Wurde auch Zeit – nachdem man ein Jahr lang mit Ochsen intakte Schienen herangeschleppt hat. Dafür wird in Zukunft immerhin ein einziger Dampfzug viermal so viel Frachtgut transportieren wie bisher die Karawanen. Für Pskow, Luga und sogar Jaroslawl ist das nur gut – denn mit dem Transport fremder Waren verdienen diese Städte wesentlich mehr als mit dem Handel.

Mit einem Mal schlug ihnen eine derart heftige Windböe entgegen, dass Katunika aus dem Takt geriet. Sie stürzte geradewegs in den wattigen Nebel. Auch die Sonne zeigte jetzt kein freundliches Gelb mehr, sondern blutiges Rot. Als fielen sie direkt in den Krater eines Vulkans.

Als wartete im Westen eine fiese Überraschung auf sie …

Das ist doch Quatsch, beruhigte Artur sich. Du bist übermüdet, dann hat dir der Trouble mit den Kirchenleuten zugesetzt und auch dieser neue Kult, der sich in der Stadt ausbreitet und bei dem man schwarzes Wasser anbetet sowie den eigenen Kindern die Kehle aufschlitzt … Kein Wunder, dass du da durchdrehst. Aber was soll dir im Westen schon passieren? In Tschechien ist seit Langem alles ruhig, in Deutschland ebenfalls. Okay, über Berlin ist zu Fuß noch niemand hinausgekommen …

Aber was, wenn Lew doch recht hat und wir diese Expedition mit Pferden hätten antreten sollen? Klar, das hätte uns zwei Monate gekostet – aber dafür würde ich jetzt nicht dieses beschissene Vorgefühl haben … Andererseits hätte eine so große, gut bewaffnete Gruppe die Aufmerksamkeit aller auf sich gezogen. Und garantiert würde dann irgendjemand die Chance nutzen, mir, dem Gouverneur, endlich ein paar vergiftete Pfeile in den Rücken zu jagen.

Der Westwind stöhnte weiter und riss die Wolkendecke auseinander. Als fürchtete auch Katunika ein Unheil, antwortete sie dem Wind mit einem durchdringenden Grollen.

Geflügelte Drachen erhoben nur selten ihre Stimme.

Nur wenn sie Blut witterten.

3 DER PARTNER AUS WARSCHAU

»Du willst den Woiwoden wirklich nicht besuchen?«, fragte der graubärtige Wipper Artur, als er ihm einen dampfenden Schaschlikspieß hinhielt.

»Wir wollen die Stadt meiden, Pan Krzysztof. Und ich hoffe, dass deine Leute niemandem etwas von meinem Besuch bei euch erzählen.«

»Bruder Berder hat mich darum gebeten, dir und deinen Leuten zu helfen und euch jemanden zur Verfügung zu stellen, der euch nach Süden begleitet.«

»Ihr habt uns bereits geholfen, und dafür sind wir euch dankbar. Meine Leute und auch die Drachen sind jetzt satt und zufrieden.«

»Aber wie soll ich euch jemanden geben, der euch begleitet, wenn du mir nicht sagst, wohin genau ihr wollt? Was, wenn ihr dann am Ziel meinen Mann tötet?«

»Hast du Grund, so schlecht von uns zu denken, Pan Krzysztof?«, fragte Artur und stellte den Krug mit dem Bier ab.

Sie saßen zu dritt auf der Veranda eines windschiefen Hauses, das ein verwilderter Garten allen Blicken entzog. Über den Flaschen mit dem Bier und dem süßen Honigwein kreisten Bienen. Ein steiler, grasbewachsener Hang führte zur Weichsel hinunter, die mit sanften Wellen Tang ans Ufer spülte. Bei aller Idylle hatten die Wipper aber nur Artur, Semjon und den Drachen Zutritt ins Dorf gewährt. Die anderen sechs mussten ihr Lager am Dorfrand aufschlagen und sich mit Feuerholz sowie einem Eimer Wasser aus dem Brunnen begnügen. Hier in Polen herrschten strengere Sitten als bei den russischen Wippern.

Vor dieser Expedition war Artur weder Krzysztof noch anderen Wippern außerhalb Russlands begegnet. Immerhin kannte er die Woiwoden vieler polnischer Dörfer recht gut. Ismail hatte ihm jedoch erzählt, die Wipper in Polen, Tschechien und der Slowakei würden sogar von ihren Brüdern aus China aufgesucht.

In den skandinavischen Ländern lebten dagegen überhaupt keine Wipper.

Als ob Europa keine Gefahr drohte …

Als ob die slawischen Wipper alles allein meistern könnten.

Der zweite Gast von Pan Krzysztof war ein Mann aus der Stadt, also kein Wipper, was Artur extrem erstaunte. Der Pole trug ein bodenlanges Gewand aus grobem Stoff, das er in der Taille mit einer Schnur gegürtet hatte, sodass er Artur an einen klassischen Mönch erinnerte. Das lange dunkelblonde Haar war im Nacken zu einem Zopf zusammengebunden. Um die dunklen Augen lag ein Netz aus Falten, hohle Wangen prägten das Gesicht. Eigentlich war der Mann noch recht jung, doch wirkte er, als hätte ihn Schwindsucht von innen ausgezehrt.

Er stellte sich als Priester Stanisław vor. Speisen und Getränke lehnte er ab, stattdessen ließ er in einem fort einen Rosenkranz durch seine stark geäderten, geschwollenen Hände gleiten.

»Pan Schmied, ich denke nur das Beste von dir«, versicherte Krzysztof sanft. »Schließlich wissen wir alle, dass der Gouverneur von Petersburg unseren Kindern in seiner Stadt Schutz gewährt, ja, dass du ihnen andere Kinder nicht vorziehst. Und wir wissen, wie sehr du das Große Buch achtest. Aber diese ganze Heimlichtuerei … In dem Fall vertraue ich nicht einmal auf Berders Wort, dass wir keine Schwierigkeiten bekommen.«

»Wir fliegen nach Frankreich, Pan Krzysztof.«

»Dann stimmt das also?!«, japste der Wipper, und sein Blick huschte zu Stanisław hinüber. »Uns sind Gerüchte zu Ohren gekommen, dass du noch über Deutschland hinaus willst, aber das konnten wir einfach nicht glauben. Warum hat mich bloß keiner davor gewarnt, dass der Gouverneur von Petersburg mittlerweile den Verstand verloren hat?! Haben dir die Karawanen nicht erzählt, was dich da erwartet? Die Ewigen Brandstätten ziehen sich über Hunderte von Kilometern hin, alles ist vergiftet …«

»Das deutsche Flachland ist kaum vergiftet«, fiel Artur ihm ins Wort. »Das weiß ich genau, schließlich unterhalten wir mit diesen Gebieten Handelsbeziehungen.«

»Aber der äußerste Punkt im Süden, den die Karawanen ansteuern, ist Berlin. Weiter traut sich keine von ihnen vor.«

»Trotzdem sollen auch weiter südlich noch Menschen leben.«

»Was willst du in Frankreich, Pan Schmied? Südlich der deutschen Berge hat sich vor über zwei Jahren ein klirrender Knoten gebildet. Von dort kriecht die Verseuchung auf uns zu …«

»Wir wollen nach Paris, zur alten Hauptstadt Frankreichs. Ich suche dort ein ganz bestimmtes Haus – aber ich will nicht, dass jemand von dieser Absicht erfährt.«

»Hast du etwa vor … andere Dämonen zu finden und sie zu erwecken?«

»Ja. Falls diese Ingenieure noch am Leben sind, werden sich die Menschen geradezu um sie reißen …«

»Also wir bestimmt nicht«, polterte Krzysztof. »Und lass dir eins gesagt sein: Wenn du jemanden suchst, der dich dorthin bringt, sieh dich unter den Gläubigen um. Denn von uns Wippern fliegt bestimmt keiner mit dir mit!«

»Aber warum nicht?! Ismail hat mir versichert, dass ihr keine Dunklen Male bemerkt hättet und der Schmutz …«

»So war es ja auch, jedenfalls fast sieben Jahre lang. Wir haben das voller Erleichterung zur Kenntnis genommen, schließlich bereitet uns die Küste genug Probleme. Hast du von den giftigen Fischen bei Danzig gehört?«

»Zu meiner Schande nicht …«

»Oh, mach dir deswegen keine Vorwürfe. Wir kümmern uns letzten Endes auch nicht um die Angelegenheiten unserer Nachbarn«, sagte Krzysztof, um dann auszuholen: »Als mein Vater noch ein junger Mann war, hat er gesehen, wie die aufgebrachte Erde die polnischen Dörfer und Städte hinweggefegt hat. Viele Wipper haben danach ihr Leben geopfert, um den Wind aufzuhalten. Und jetzt willst du Ingenieure aus den vergangenen Zeiten wecken, damit sie dir helfen, Metall zu gießen! Wir werden dir dabei keine Steine in den Weg legen, das habe ich Bruder Berder versprochen. Und auch der Respekt vor der Hüterin des Buches, mögen ihre Tage voller Friede sein, verlangt das, denn sie schätzt dich sehr. Aber begleiten wird dich niemand aus unserer Gemeinschaft. Und glaub mir, hätte ich nicht mein Wort gegeben, euch keinen Schaden zuzufügen – ich würde alles daransetzen, diese schlafenden Ingenieure vor euch zu finden und zu töten!«

»Sie werden die alten Chemiefabriken ganz bestimmt nicht wieder in Betrieb nehmen!«, versprach Artur. »Außerdem können unter ihnen auch Ärzte und Buchmenschen sein … Und was die Gefahren unterwegs angeht: Wir fliegen ja über die verseuchten Orte hinweg. Wir bräuchten allerdings jemanden, der uns nach Paris bringt.«

»Ihr werdet alle sterben, denn im Süden geht gelber Regen nieder, der bringt euch den Tod. Abgesehen davon haben die Gläubigen auf ihrem Weg in die Ewige Stadt Eherne Vögel am Himmel gesehen. Wenn ihr nicht mit denen zusammenstoßen wollt, müsst ihr den Landweg nehmen, denn dort findet ihr genügend Möglichkeiten, euch gegebenenfalls zu verstecken. Ich habe Berder versprochen, dir schwarze Pferde zu geben. Dafür lässt du mir die Drachen hier.«

Artur bedauerte, dass Daljar und Knirps nicht an diesem Treffen teilnahmen. Jetzt musste er allein entscheiden, ob sie ihre Expedition mit Pferden fortsetzten. Aber Berder hatte vermutlich selbst nicht gewusst, dass der Wipper ihm den Flug verbieten würde. Oder hatte er dieses Wissen für sich behalten? Dieser Scherz wäre nämlich ganz nach seinem Geschmack: Entspannt zurückgelehnt würde er in aller Ruhe beobachten, wie sich sein Schüler aus der Affäre zog.

»Ich werde sie nach Paris führen«, mischte sich Stanisław mit überraschend tiefem Bariton in das Gespräch ein. »Allerdings unter einer Bedingung: Wir nehmen den Weg, den auch die Große Prozession gewählt hat. Und du musst mir schwören, dass du alles daransetzt herauszufinden, wohin meine Brüder und Schwestern verschwunden sind.«

»Welche Brüder und Schwestern? Kirchenleute?«

»Diejenigen, die an die Kraft des Kreuzes geglaubt haben«, antwortete Stanisław.

»Die Menschen bei uns in Petersburg glauben auch an das Kreuz.«

»Aber sie glauben nicht an die Kraft der Ewigen Stadt, deshalb beten sie auch auf eine andere Art …«

»Du sprichst von Rom?«

»Ganz genau«, riss Krzysztof das Ruder wieder an sich. Er sah Artur mit einem forschenden Blick an. »Hat Mam Rita dir etwa nichts über die Große Prozession erzählt?«

»Kein Wort.«

»Mhm, dann wollte sie dir offenbar keinen Schrecken einjagen …«

»Der Grund für ihr Schweigen dürfte eher darin liegen, dass sie das Ziel von unserem kleinen Ausflug gar nicht kennt. Das tun nur Berder und Semjons Vater.«

»Gut, dann will ich dir etwas von der Großen Prozession erzählen«, sagte Krzysztof. »Vor fünf Jahren fiel uns auf, dass mit den Dunklen Malen im Westen etwas nicht stimmte. Zu diesem Zeitpunkt sind die Gläubigen nach Rom aufgebrochen. Einige von ihnen waren so klug, sich vorher an uns Wipper zu wenden. Wir haben sie gewarnt und ihnen von dieser Expedition abgeraten. Sie stellten sich jedoch taub, so stark glaubten sie an die Kraft ihres Kreuzes. Nun gut, vielleicht ist das aus ihrer Sicht sogar verständlich … Davon abgesehen hatte es zuvor schon mehrere Versuche gegeben, Rom zu erreichen. Die Menschen wussten also, wie sie an ihr Ziel gelangen können, ohne dabei ihr Leben einzubüßen. Im Land der Zwei Meere selbst vertreiben dann die Winde jedes Gift. Die Stadt Rom ist auch noch bewohnt, von unterschiedlichen Menschen. Nach Ansicht dieser Gläubigen fließt so lange Kraft in diese Welt, wie die Ewige Stadt steht. Auch von uns Wippern hängen etliche dem Glauben an das Kreuz an … Deshalb sage mir, Pan Schmied, wie viele verfluchte Heiden hast du bereits in Petersburg aufgenommen?«

»Wir schreiben den Menschen nicht vor, woran sie glauben sollen. Aber die meisten von ihnen gehen schon in die Kirche …«

»Als der Bischof von Krakau einst den Ausgeburten von der Ewigen Brandstätte mit dem Kreuz in der Hand entgegengetreten ist«, fiel ihm Stanisław ins Wort, »hat er dies Schulter an Schulter mit Wippern aus dem Wald getan. Dabei ist er mit dem Namen des Gottessohnes auf den Lippen gestorben. Und weißt du, was danach geschehen ist?«

»Ich kann es mir vorstellen.« Artur ertappte sich dabei, wie er unwillkürlich in den Bann dieses strengen und zweifellos besessenen Mannes geriet.

»O ja, Pan Schmied, ganz genau – Krakau war danach gerettet, während die Ausgeburten der Ewigen Brandstätte in ihrer Furcht vor dem göttlichen Zorn in die Sümpfe Deutschlands geflohen sind … Danach haben unsere Gläubigen die erste Prozession zusammengestellt, der sich zahlreiche Menschen angeschlossen haben, auch wenn viele unterwegs gestorben sind. Aber diejenigen, die zurückgekehrt sind, haben von dort Heiligtümer mitgebracht und geglaubt, dass diese Heiligtümer auch unsere Städte schützen. Eigentlich hatten sie gehofft, in Rom dem Gesalbten zu begegnen, doch der Heilige Stuhl war leer, und um ihn herum tobten Unmengen von Heiden. Ich war damals neun Jahre alt. Viele von uns waren in diesen Jahren der Auffassung, man müsse mit Frauen und Kindern für immer in die Ewige Stadt gehen. Um die Kirchen zu entseuchen und den verwilderten Städtern von Gott zu predigen. Vor allem jedoch, um einen neuen Statthalter Gottes zu wählen, wie dies vor dem Großen Tod Brauch war. Am Ende folgten allerdings nur wenige Gläubige diesem Ruf. Sie verfügten weder über ausreichend Waffen noch über genug Nahrung für ein solches Unternehmen. So kehrten sie nach Polen zurück, verlangten jedoch von ihren Kindern, sie sollten eines Tages dem Heiligen Stuhl zu neuem Leben verhelfen. Später übernahmen die Gläubigen die Macht in den Städten. Sie haben in ihrem Heiligen Buch über den gestorbenen Gott gelesen, das Volk gelehrt, in Frieden zu leben – und die Wipper nicht daran gehindert, den Fabrikschmutz zu beseitigen. Mehr noch: Wir haben die Wipper nicht davon abgehalten, den Teufel aus den Städten zu jagen!«

»Meinst du damit Menschen anderen Glaubens?«

»Du kannst die verfluchten Heiden nennen, wie du willst, das macht sie auch nicht besser!«

»Mir ist immer wieder zu Ohren gekommen, dass bei euch Menschen auf dem Scheiterhaufen verbrennen. Bisher wollte ich das allerdings nie glauben …«

»Dann würde ich dir raten, in Petersburg nicht zu lange zu zögern, die nötigen Maßnahmen zu ergreifen. Das Volk gehorcht nämlich nur, wenn es das Kreuz verehrt … Und jetzt, Pan Gouverneur, lass mich die Geschichte von der Großen Prozession erzählen!«, sagte Stanisław.

»Die Gläubigen aus Polen und Deutschland haben über Jahre hinweg regelmäßig Litauen und die Ukraine besucht, um die Kinder des rechten Glaubens zu überzeugen, sich dem Zug in die Ewige Stadt anzuschließen«, holte er aus. »Dort wollten sie gemeinsam dem heiligen Ort, an dem in der Vergangenheit der Statthalter des gestorbenen Gottes gelebt hat, neues Leben einhauchen. Die kühnsten meiner Brüder sind im Namen Gottes durch die Brandstätten in Frankreich gezogen, weil sie die Stadt Madrid erreichen wollten, in der sie viele Anhänger des

Kreuzes vorfanden. Unter diesen hegten ebenfalls etliche den Wunsch, den Heiligen Stuhl zu erneuern. In Paris dagegen sind sie einzig auf Wilde und schreckliche Geschöpfe gestoßen, die eher an Käfer als an Menschen erinnerten. Von diesen Brüdern wissen wir auch, dass sich der gelbe Nebel hinter den Pyrenäen lichtet. In dieser Gegend leben zudem zahlreiche Menschen, die sich ihren Glauben bewahrt haben. Sie würden gern Handelsbeziehungen zu uns aufbauen und gemeinsam mit uns beten. Deshalb haben sie auch zugestimmt, an der Großen Prozession teilzunehmen, Krieger bereitzustellen und mit ihren Frauen sowie mit ihrem Vieh gemeinsam mit uns in die Ewige Stadt aufzubrechen. Nicht einmal die Aussicht, gegen die Wilden zu kämpfen, oder etwaige Entbehrungen unterwegs haben sie abgehalten.«

»Deine Leute haben es schon immer gut verstanden, andere von ihrer Sache zu überzeugen«, warf Artur nachdenklich ein. »Vor allem in Mexiko.«

»Vor fünf Jahren haben die Woiwoden und die Priester sich dann zusammengefunden«, überging Stanisław Arturs Kommentar. »Nun hielten sie die Zeit endlich für gekommen, denn inzwischen war unsere Zahl groß genug. Um durch die Kriechenden Berge und die Ewigen Brandstätten zu ziehen, bedarf es nämlich wirklich einer riesigen Karawane, die Proviant und sauberes Wasser für mehrere Wochen mit sich zu führen vermag. Das Wasser aus den Ewigen Brandstätten trinken schließlich nur die Sumpfbiester …«

»Was ich nicht verstehe«, unterbrach Artur ihn erneut, »ist, warum die Karawane durch Frankreich ziehen wollte. Rom liegt doch in einer etwas anderen Richtung.«

»Weil die Grenze an den Ewigen Brandstätten die Form eines Halbmonds aufweist. Zudem ist sie instabil, kriecht zwar nicht auf dich zu, zieht sich aber auch nicht zurück. Wie willst du da deinen Weg finden?«, antwortete Krzysztof. »Die Wipper haben die Dunklen Male im Norden Polens bekämpft und in den letzten fünf Jahren das Küstengebiet zum Wippen gebracht, damit der alte Hafen von Danzig samt den Schiffen verschwindet. Bei den Deutschen war immer alles ruhig, daher … Lass mich die Geschichte zu Ende erzählen, Stanisław, das vereinfacht die Sache etwas.«

»Stimmt, du hast recht, es ist besser, wenn du alles erzählst«, sagte Stanisław, der auf einmal überraschend schüchtern war.

Krzysztof schenkte Bier nach und servierte Artur eine weitere Portion Schaschlik.

»Es ist, wie gesagt, eine große Karawane zusammengestellt worden. Außerdem sollte endlich ein neuer Statthalter des gestorbenen Gottes gewählt werden. Von diesem Vorhaben wurden alle Gläubigen, die auf dieser Seite des Schmutzes gelebt haben, in Kenntnis gesetzt. Die Woiwoden und auch wir Wipper hatten nichts gegen die Prozession einzuwenden. Die Erde befand sich schließlich schon viele Jahre im Gleichgewicht, ja, sie war sogar ein wenig sauberer geworden. Insgesamt kamen fast zweitausend Gläubige zusammen, darunter sogar Soldaten von der irischen Insel. Neben Soldaten, Handwerkern und Gläubigen nahmen aber auch über fünfhundert Frauen an der Expedition teil. Für die Kühe, Schweine und Vögel baute man Waggons, damit das Vieh nicht die vergiftete Erde in den Ewigen Brandstätten berühren musste. Und den viertausend Pferden wurden die Hufe und die Mäuler mit Tüchern umwickelt, Letzteres, damit sie nicht zufällig das Gras fraßen. Sogar Kinder zogen mit, fast fünfzig …«

»Dreiundfünfzig!«, warf Stanisław mit finsterer Miene ein. »Dreiundfünfzig Kinder, deren Leben vor der Zeit gekappt wurde!«

»Aber klar!«, sagte Artur und schlug sich gegen die Stirn. »In Piter gab es Gerüchte, dass die Katholiken den Vatikan wieder zum Leben erwecken wollen, aber ich habe ihnen keine Bedeutung beigemessen!«

»Wir haben zu euren Kirchenleuten selbstverständlich ebenfalls einen Abgesandten des Bischofs geschickt«, bemerkte Stanisław in scharfem Ton. »Aber der Mann ist nicht einmal zum Mittagessen eingeladen worden!«

Krzysztof strich ihm sanft über den Ellbogen, damit er sich wieder beruhigte, dann wandte er sich erneut Artur zu.

»Die Große Prozession ist nie in Rom eingetroffen«, fuhr der Wipper fort. »Aber auch nie zurückgekehrt, Pan Schmied. Stanisław mag mir meine nächsten Worte verübeln … andererseits: Gerade weil wir beide nie mit der Wahrheit hinterm Berg halten, schätzen wir einander. Deshalb sage ich ganz offen, dass uns Wippern das Schicksal dieser Prozession völlig egal gewesen wäre – hätten sich unter den Gläubigen nicht auch siebzehn unserer Brüder befunden.«

Er atmete einmal tief durch.

»Du hast dich nach Frankreich erkundigt, Artur«, sprach er weiter. »Der Plan sah vor, dass die Große Prozession in Paris ein Lager aufschlägt, an einer Quelle mit sauberem Wasser, und von dort aus Boten nach Madrid schickt. Im Süden Frankreichs lebten ebenfalls zahllose Gläubige, und Madrid hatte versprochen, die Prozession mit mehr als tausend Gläubigen, Soldaten und Lebensmitteln, aber auch mit einer stattlichen Menge Gold zu unterstützen. Letzteres hatte sich bei ihnen angesammelt, weil sie lange vom Handel abgeschnitten gewesen waren. Für das Gold Spaniens sollten ukrainische Soldaten und russische Wilde angeheuert werden, um die erste sichere Straße von Rom zu uns nach Polen zu bauen …«

»Wenn der Landweg so gefährlich ist, warum sind sie dann nicht mit einem Schiff gefahren?«, fragte Artur irritiert. »In Polen gibt es doch erfahrene Fischer und alte Seekarten, oder nicht?«

»Sie hätten den Seeweg nehmen sollen?«, fragte Krzysztof zurück und stieß ein höhnisches Lachen aus. »Wie willst du denn bitte schön mehr als zweitausend Menschen, Waffen, Wasser und Vieh auf einem Schiff unterbringen?! Aber selbst wenn das möglich wäre – wie dann weiter? Du müsstest Frankreich und Deutschland umfahren. Hast du das schon einmal getan, Gouverneur? Nicht? Dann will ich dir sagen, was dich auf diesem Weg erwartet.« Die Miene des Wippers verdüsterte sich. »Südlich der Stadt Lübeck ist nicht eines unserer Schiffe gewesen. Das Wasser dort leuchtet zwar schon seit langer Zeit nicht mehr, es ist auch nicht tot – im Gegenteil: Es wimmelt in ihm von Leben! Doch dahinter lauern der Nebel und der schmutzige gelbe Regen. Vor zehn Jahren haben die Norweger und die Iren je eines der alten Schiffe wieder flottgemacht, die mit Kohle betrieben werden. Mit denen sind sie nach Süden gefahren. Das waren sehr große Schiffe, Pan Schwert, die man schon gar nicht mehr als Schiffe bezeichnen konnte. Echte Giganten waren das. Auf ihnen fühlten sie sich jeder Gefahr gewachsen. Die Norweger haben denn auch damit geprahlt, dass sie über das Meer nicht nur nach Rom, sondern noch viel weiter vorstoßen könnten … Den Bug ihres Schiffes schmückte ein Bärenkopf, der das Maul aufriss. Diese dummen irischen Insulaner haben an Deck Kohle verbrannt und sich mit ihren Gebeten an einen Baum gewandt«, stieß Stanisław verächtlich aus. »Diese Teufel haben die lichte Macht des Kreuzes abgelehnt. Dafür mussten sie bezahlen …«

Mit einem Seufzer wartete Krzysztof diesen Ausbruch des Priesters ab. Der Mann ist ja echt fanatisch, ging es Artur durch den Kopf. Mit dem gibt es garantiert Schwierigkeiten. Gut, Lew und Louis halten sich streng an die orthodoxen Fastenzeiten und tun mehr oder weniger, was die Priester des Alexander-Newski-Klosters verlangen. Allerdings bringen sie immer sämtliche Begriffe durcheinander. Mam Rona hat zwar echte Vorbehalte gegen alle Kirchenleute, spricht aber immerhin ihre Gebete vor der Ikone der Gottesmutter. Daljar zählt sich in friedlichen Zeiten zu den Atheisten, beschwört in Momenten großer Gefahr jedoch gern durch die Bank alle Götter. Und ich kann verdammt froh sein, dass Christoph nicht den blutigen

Riten der Zauberer von den Seen und anderer Kinder des Roten Vollmonds huldigt. Mitja Knirps wiederum muss man wohl als Kalb einstufen, das an der Brust von zwei Kühen genuckelt hat: Bei Sonnenaufgang schneidet er Puten die Kehle durch, anschließend stapft er reinen Gewissens zum Frühgottesdienst ...

Dass dieser Fanatiker überhaupt noch am Leben ist!, wunderte sich Artur weiter und spähte verstohlen zu dem kämpferisch vorgereckten Kinn des Priesters hinüber. Und warum packt Krzysztof ihn eigentlich derart in Watte? Wenn die Wipper es den Popen durchgehen lassen, heute die Wilden auf Scheiterhaufen zu verbrennen und morgen die Zauberer von den Seen – dann kommen übermorgen mit Sicherheit sie selbst an die Reihe. Dann erklären die Christen das Große Buch für ketzerisch und gehen mit Pflöcken auf Drachen und Fleder los ...

Nun räusperte sich Krzysztof, um die Aufmerksamkeit wieder auf sich zu lenken.

»Die Iren und Norweger sind also losgefahren. Von ihren beiden Schiffen strömte so viel Schmutz ins Wasser, dass am Ufer, im gereinigten Hafen von Danzig, abermals Dunkle Male entstanden sind. Kurze Zeit später ist eine polnische Karawane aus dem deutschen Hamburg zurückgekommen. Diese Menschen haben uns berichtet, dass die dortigen Fischer ein kleines Rettungsboot mit drei Norwegern darin an Land gebracht hatten. Alle drei sind schon bald an schrecklichen Geschwüren gestorben. Einer von ihnen hat den Fischern noch vor seinem Tod berichtet, dass sein Schiff und auch das der Iren in einen Streifen aus gelbem Nebel geraten sei. Da hätten sich alle unter Deck in Sicherheit gebracht und sämtliche Türen mit Lappen verstopft. Dennoch seien zwei Mann gestorben, die sich zu früh wieder nach oben begeben hatten. Irgendwann habe sich der Nebel jedoch wieder gelichtet, und ein günstiger Wind sei aufgezogen. Da wollten die Iren fischen. Der Geist dieses Baums, den sie verehrten, habe ihnen nämlich verraten, dass es in dieser

Gegend von Fischen nur so wimmle. Und der Geist des Baums hatte sich nicht geirrt … Nur wäre es wohl besser gewesen, sie hätten diese *Fische* niemals gefangen«, spie Krzysztof aus.

»Als die Schiffe nämlich vor Anker gingen«, sprach er ruhiger weiter, »ließ sich durch die Bullaugen bereits die französische Küste erkennen. Alles wirkte so friedlich, dass die Mannschaften sich nur über die Dummheit der Polen und Deutschen wundern konnten, die sich scheuten, den Süden über den Seeweg anzusteuern. ›Diese Feiglinge! Wir, die kühnen Nachfahren der Wikinger und Kelten, sind eben ein anderes Kaliber!‹, sollen sie einander immer wieder versichert haben. ›Das Wasser ist hier doch sauber, die Meeresluft einfach herrlich. Lasst uns einen Hafen bauen, das Land zu dem unseren erklären und uns mit den Wilden anfreunden.‹ Daraufhin hätten die Norweger ein Boot mit zwanzig Kriegern ausgeschickt, während die Iren zwei kleinere Boote zu Wasser ließen und zwischen ihnen ein Netz spannten, eben um die Fische zu fangen. An Deck hätten die anderen Hopfenbier getrunken und unter dem Gedudel dieser Sackpfeifen ihre Männertänze aufgeführt. Kein einziges Lüftchen sei gegangen, und es sei so still gewesen, dass die Musik im Umkreis von vielen Meilen zu hören war.«

Der Wipper holte tief Luft.

»In dem Boot der Norweger saßen angeblich die zwanzig mutigsten Besatzungsmitglieder. Sie hatten Gewehre und Messer dabei. Der Kapitän hätte wohl gern noch mehr Männer an Land geschickt, das sei jedoch nicht gegangen, weil sich in dem alten, verrosteten Schiff ein Leck gebildet hatte, das der Rest der Mannschaft stopfen musste. Nach einer Stunde erreichte dieses Boot das Ufer. Die Männer hätten mit einer Flagge gewinkt, Pfähle in den Sand gerammt und das Boot vertäut. Anschließend seien sie ins Dickicht an der Küste verschwunden. Kurz darauf hätten die Männer, die an Bord geblieben waren, Schüsse gehört …«

Krzysztof hielt kurz inne. »Der sterbende Norweger hat behauptet, dies sei der schönste, aber auch der unheimlichste Abend in seinem ganzen kurzen Leben gewesen. Schön, weil er noch nie so weit im Süden gewesen war und sich niemals hätte vorstellen können, dass das Meer irgendwo so ruhig und die Luft so warm und würzig sein könnte. Und grausam, weil ...«

Wieder verstummte Krzysztof kurz, um dann erneut anzusetzen:

»Er hat diesen Abend nur überlebt, weil er im Ausguck gesessen hat. Und seine beiden Freunde, die mit ihm in dem Boot waren, hatten das Glück, in der Kombüse hinter fest verschlossenen Türen den Proviant zu bewachen, damit sich niemand aus der Mannschaft daran vergriff.

Am Ufer wurde immer noch geschossen, doch der Norweger konnte niemanden sehen. Die ausgeschickte Barkasse schaukelte nach wie vor auf den flachen Wellen. In ihr war nur ein einziger Posten zurückgelassen worden. Er winkte wie wild mit der Fahne, um den Kapitän um Hilfe zu bitten, bis er dann mit einem Mal aufschrie. Der Kapitän wollte natürlich von dem Norweger wissen, was hier eigentlich los war. Doch während der Mann oben in seinem Korb noch mit dem Fernrohr hantierte, verschwand der Posten aus der Barkasse. Immerhin tauchte er nach einer Weile wieder auf, da rannte er so schnell, wie er nur konnte, am Ufer entlang, auf der Flucht vor einem langen grauen Wesen, das wie ein gigantischer Fuchs aussah. Die eine Hand presste er sich gegen die Brust, und der Norweger im Ausguck glaubte zu erkennen, dass der Mann blutüberströmt war. Leider konnte der Norweger selbst von dort oben aus nur einen schmalen Streifen des steinigen Strands einsehen, an den dichtes Gestrüpp von seltsamer aschgrauer Farbe anschloss. Durch dieses hatten sich die Mitglieder seines Schiffs bereits mit Messern einen Pfad gebahnt. Als er den Blick wieder auf den Posten richtete, stürzte sich dieser gerade ins Meer und schwamm aus Leibeskräften aufs Schiff zu. Er hatte die Flagge, sein Gewehr und den Säbel aufgegeben, in der Hoffnung, so schneller voranzukommen. Doch vergebens: Nach wenigen Sekunden wurde er unbarmherzig in die Tiefe gezogen. Der Kapitän ordnete daraufhin an, eine zweite Barkasse an Land zu schicken, aber dann überschlugen sich die Ereignisse mit einem Mal. Geschrei drang aus dem Laderaum des Schiffs, in dem die Matrosen kurz vor der Beendigung der Reparaturarbeiten standen. Die Männer stürzten sofort hinunter zu ihren Kameraden. Wenn sie die Tür nicht geöffnet hätten, wäre das Schiff vielleicht gerettet worden. Alle glaubten jedoch, es sei ein weiteres Leck aufgetreten, das schnellstens gestopft werden müsste. Noch in derselben Sekunde brach auch auf dem irischen Schiff Panik aus. Der Norweger im Ausguck drehte sich um, wollte aber seinen Augen nicht trauen, so grauenvoll war das, was er vor sich sah. Von den Fischern in den Booten zeugten nur noch Skelette. Die Iren hatten weder fliehen noch auch nur einen Schuss abgeben können. Die Kreaturen, die sie angegriffen hatten, zerrissen inzwischen das Netz, verwandelten die kräftigen Ruder in Kleinholz und schwirrten um das Schiff, indem sie mehrere Meter aus dem Wasser sprangen.«

Der Wipper sah Artur fest in die Augen.

»Es waren fliegende Fische. Das heißt, vielleicht waren es auch keine Fische, sondern etwas anderes, schließlich bringen Fische es nicht fertig, über die Ankerkette das Deck zu erklimmen. Aber das taten viele. Sie alle glichen feuchten, borstigen Skorpionen.«

Seine Stimme klang finster. »Die irische Mannschaft setzte sich mit Schusswaffen, Messern und Säbeln zur Wehr, aber die Zahl dieser gefräßigen Teufel war einfach zu groß. Der Norweger war schon bald nicht mehr imstande, das Geschehen auf dem Nachbarschiff zu verfolgen, denn inzwischen krängte sein eigenes Schiff. Diese Fische mussten irgendwie in den Laderaum gelangt sein und alle verschlungen haben, die sich dort befanden. Offenbar waren dabei neue Lecks entstanden. So sank das Schiff also. Wer sich noch an Deck befand, stürzte zu den

Schaluppen. Auch der Norweger kletterte flink von seinem Ausguck herunter. Er rettete sich zusammen mit den beiden Männern, die den Proviant bewacht hatten. Sie waren so klug, den anderen Schaluppen nicht ans Ufer zu folgen.

Unterdessen sank das Hauptschiff immer tiefer. Irgendwann flog der Dampfkessel in die Luft, danach trieben nur noch Unmengen von Holzspänen auf den Wellen. Alle Beiboote, die aufs Ufer zuhielten, wurden aus dem Wasser heraus angegriffen. Von dem irischen Schiff waren nach wie vor Schüsse und Schreie zu hören, aber die drei Matrosen näherten sich ihm nicht, sondern ruderten mit aller Kraft nach Westen, ins offene Meer hinaus. Obwohl sie von einem Sturm zurückgeworfen wurden, schafften sie es nach einer Woche, den Nebelstreifen zu durchqueren, und erreichten todkrank den Hafen in Hamburg.«

Kaum hatte Krzysztof geendet, holte er seine Pfeife heraus und stopfte sie in aller Seelenruhe, um Artur die Möglichkeit zu geben, die Geschichte zu verdauen.

»Wer hätte nach einem solchen Vorfall schon noch den Seeweg gewählt?«, durchbrach Stanisław die Stille. »Deshalb nahm die Große Prozession jene Wege, die kühne Männer, die mit Gebeten und dem heiligen Kreuz bewaffnet waren, vor ihr in den Süden angelegt hatten.«

Der Wipper stieß Rauch aus seiner Pfeife aus. »Es waren mehr als zweitausend Menschen, dazu noch Tiere und Wagen. Unter ihnen gab es, wie gesagt, auch Wipper, die an das Kreuz glaubten. Allerdings hatten sie nie gelernt, an gefährlichen Orten zu überleben. Ich teile ihren Glaubenseifer nicht, bewundere jedoch ihren Mut. Siebzehn Wipper waren es. Und sie wussten, dass sie nicht für immer in Rom bleiben konnten. Sobald sie den Statthalter gewählt hatten, würden sie sich in die Berge zurückziehen müssen, um dort ein Dorf fernab von aller schmutzigen Technik zu gründen.«

»Wir haben von einer großen Karawane gehört, die vor ein

paar Jahren spurlos in der verseuchten Zone verschwunden ist«, sagte Artur.

Statt hier weiter Bier zu trinken, wollte er eigentlich nur noch eins: sich mit seinen Leuten beraten. Schließlich war es eine Sache, sich nach Paris durchzuschlagen – und sei es zu Fuß –, aber eine ganz andere, an irgendwelchen Drecksorten nach Spuren dieser Großen Prozession zu suchen.

Stanisław fingerte wie gehabt an seinem Rosenkranz herum und hatte den Krug mit dem Bier immer noch nicht angerührt.

»Und nun will ich dir verraten, warum ich Vater Stanisław unterstütze«, sagte Krzysztof. Er nahm die Pfeife aus dem Mund und sah Artur fest in die Augen. »Eine Woche nachdem die Große Prozession den Rhein überquert und anschließend ihren Weg über die Singende Autobahn gewählt hatte, gerieten die Dunklen Male in Aufruhr. Das hat es, soweit wir wissen, bisher nur zweimal gegeben. Einmal, als ein schlafender Feuerpilz explodiert ist, und einmal, als die Ostsee ein Schiff angespült hat, das eine Meile lang war …«

»Wie lang?!«, entfuhr es Artur.

»O ja, es war so groß wie eine Stadt, die Türme ragten Dutzende von Metern in die Höhe, und an Deck hätte mühelos der Markt von Warschau abgehalten werden können. Ich sehe es noch immer vor mir. Wir mussten alle Wipper zusammentrommeln und sogar noch die Russen um Hilfe bitten, um dieses Schiff wieder zu vertreiben. Es hat nämlich das Gleichgewicht empfindlich gestört. Mit jedem Tag drehten sich die Dunklen Male schneller und schneller – denn dieses Schiff war lebendig.«

»Was soll das schon wieder heißen?«

»In seinem Innern lebte der Feuerpilz. Er schlief zwar sehr tief, war aber eben nicht gestorben. Doch selbst im Schlaf richtete er noch Schaden an: Zwölf Dörfer an der Küste wurden überflutet. In ihnen sind alle Bewohner gestorben. Wir konnten nur von Glück sagen, dass der Feuerpilz nicht auch noch das

Wasser vergiftet hat. Hitzköpfig, wie ich damals mit meinen knapp zwanzig Jahren war, habe ich prompt vorgeschlagen, dass wir uns ein paar Boote schnappen und zu dem Schiff fahren, um zu erkunden, wie wir es lenken und aufs Meer zurückschicken können. Oder ob wir es vielleicht versenken können. Die russischen Wipper sind dann buchstäblich in letzter Minute eingetroffen, um ein noch größeres Unglück zu verhindern. Sie hatten damals noch keine Drachen, sondern nur schwarze Pferde. Sie haben uns versichert, dass es auf diesem Schiff nicht nur einen schlafenden Pilz gebe – und zwar anstelle des Dampfmotors –, sondern noch weitere zwei Dutzend schlafende Pilze. Und diese Pilze würden Waffen darstellen. Wenn wir das Schiff also versenken, würden wir damit ein riesiges Dunkles Mal heraufbeschwören, das ganz Polen in eine tote Wüste verwandeln könnte.«

Bevor er weiterredete, nahm er wieder einen Zug von seiner Pfeife.

»Daraufhin haben wir Wipper uns an die Woiwoden gewandt. Sämtliche Zwistigkeiten wegen der Kinder, die wir aus den Städten zu uns geholt hatten, waren angesichts dieser Gefahr vergessen. In unserer Gegend gab es über vierzig Fischerboote, dann schickten auch noch die Litauer Schiffe, und aus Petersburg kamen vier Schlepper. Mam Kate, eine riesige Frau und eine Räuberin, wie sie im Buche steht, hat sie eigens zu uns gebracht. Alle Schiffe haben dann gemeinsam Taue um die schwimmende Stadt geworfen, sodass sie von der Stelle bewegt werden konnte. Die Fischer kannten eine kleine Insel in der Ostsee, die nur aus Felsen bestand. Zu ihr wurde dieses Ungeheuer gebracht. Man hat es in einem Seegatt zurückgelassen, denn auf dem offenen Meer wäre es sicher wieder angespült worden. Sobald man die Taue löste, trieb das schwere Schiff weiter, bis es auf eine Sandbank lief. Dort blieb es stecken. Mit der Zeit beruhigten sich die klingenden Knoten dann wieder.«

Er blickte Artur kurz an. »Und nachdem die Große Prozession aufgebrochen war, gerieten die Dunklen Male erneut in Aufruhr. Obwohl nirgendwo etwas explodiert oder Gift in den Boden gesickert war … Du ahnst, worauf ich hinauswill, oder, Pan Schmied? Man hätte fast glauben können, eine vernunftbegabte Kraft habe die Erde jenseits des Rheins zum Wippen gebracht, damit die Karawane ausgelöscht wird …«

»Spielst du auf irgendwelche feindlich gesinnten Wipper an?«, fragte Artur. »Wenn ja – woher sollten die kommen? Schließlich können sie in diesem Gebiet nicht leben.«

»Feindlich gesinnt schon, Wipper nicht. Denn da hast du recht: In Europa gibt es keine Wipper.«

»Warum eigentlich nicht?«

»Diese Frage habe ich auch meinem Vater einmal gestellt«, antwortete Krzysztof mit einem traurigen Lächeln. »Daraufhin hat er mir gesagt, dass der Deutsche, wenn er wissen möchte, wann er säen oder feiern soll, in den Kalender sieht, der Pole und der Russe aber in sein Inneres. O ja, wir fahren eine schlechtere Ernte ein – aber dafür sehen wir besser.«

(4) DIE SINGENDE AUTOBAHN

Artur sprang vom Pferd und ließ sich vorsichtig auf ein Knie nieder. Er achtete darauf, den rissigen Asphalt nicht mit den Händen zu berühren, und hielt den Kopf schräg, um besser lauschen zu können. Etwas Derartiges hatte er noch nie gehört.

Die Autobahn sang.

Es war ein schmerzendes, wehmütiges Geräusch, als surrten Mücken. Im Grunde ähnelte es also nicht wirklich einem Lied. Wenn man lange und aufmerksam hinhörte, zerfiel der Akkord in einzelne Noten, fast wie Fäden, die zu einem festen Seil verdreht, dann aber gerissen und neu verknotet worden waren. Einzelne Töne vibrierten schwach wie ein eiserner Wetterhahn im Wind, andere dröhnten im Bass, an der Schwelle zum Infraschall, sodass sich einem die Nackenhaare sträubten.

»Da kriegt man ja das Gruseln!«, meinte Louis, der im Sattel zusammenzuckte.

»Bist du sicher, dass das die richtige Straße ist?«, wollte Lew von Stanisław wissen, während sein Blick den diesigen Horizont absuchte.

»Das ist die Straße, die auch die Prozession damals vor fünf Jahren genommen hat«, antwortete der Priester.

Den ganzen bisherigen Weg über hatte er allen demonstrativ zu verstehen gegeben, dass er es für unter seiner Würde erachtete, mit jemand anders als dem Gouverneur zu sprechen. Artur selbst schmeckten sowohl dieser Fanatiker als auch die ganze Wendung immer weniger. Was für eine Blamage – sich von kühnen Abenteurern in stinknormale Kavalleristen zu verwandeln! Immerhin hatte niemand aus seinem Team protestiert, mehr noch, die Leute vertrauten Stanisław vorbehaltlos.

Krzysztof hatte ihnen fünfzehn erstklassige Pferde überlassen, sodass sie auch ihr Gepäck und den Korb mit Flöckchen mühelos unterbringen konnten. Bei der Züchtung von geflügelten Drachen hatten sich die Polen bisher kaum hervorgetan, bei der von Pferden jedoch schon. In diesem Bereich ließen sie die Wipper aus dem Ural weit hinter sich. Die polnischen Pferde waren riesig, ihr Rist erreichte die Höhe eines Top-Basketballspielers. Die langen Ohren standen senkrecht auf wie bei Kängurus und konnten um hundertachtzig Grad gedreht werden. Die Augen waren noch stärker in die Länge gezogen als ohnehin schon, die Hufe wiesen an der Rückseite eine gebogene Kralle auf. Obendrein schreckte die Pferde auch ein fast vertikaler Anstieg nicht.

Die phantastischste Weiterentwicklung der Tiere bestand jedoch in der Vergrößerung des Herzmuskels aufs Doppelte. Damit verfügten diese über eine unbeschreibliche Ausdauer. Sie konnten über zwölf Stunden im gestreckten Galopp dahinpreschen, ohne dass sie auch nur einmal hätten rasten müssen. Und selbst mit einer Last von dreihundert Kilo schwammen sie noch zügig durch jeden Fluss. Nur an einer Aufgabe waren die Polen bisher gescheitert: den Pferden auch noch Kiemen anzuzüchten.

»Weiß gar nich', was ihr habt«, brummte Mitja Knirps. »Is' doch 'ne gute Straße! Schön glatt!«

»Stimmt, darüber lässt sich nicht meckern«, pflichtete ihm Louis bei. »Wenn sie bloß nicht so heulen würde! Da schlottern dir ja die Knie!«

Sie alle hatten die Pferde eng zueinandergetrieben. Unbewusst zögerten sie den Moment hinaus, wo sie sich auf die Straße begeben sollten. Polen hatten sie noch in gestrecktem Galopp hinter sich gebracht. Bei den wenigen Rasten in den Städten durfte Flöckchen den Korb verlassen und durch die Gegend streifen, wo der weiße Tiger die Alten und Kinder fast zu Tode erschreckte.

»Da vor uns … was ist das eigentlich?! Sieht aus wie ein Sandsturm!«, meinte Daljar mit einem Mal. »Wir sind doch an mindestens einem Dutzend kleiner Brücken vorbeigekommen und auch an besseren Straßen – warum nehmen wir die nicht?!«

»Genau! Die führen doch ebenfalls nach Westen, haben aber nicht gesungen oder uns einen Sandsturm entgegengeschickt«, stieß Mam Rona, die sich gerade ein feuchtes Tuch vors Gesicht band, ins selbe Horn.

»Das hier ist unsere Straße! Also vorwärts!«, befahl Artur.

Es war höchste Zeit, diese sinnlose Diskussion zu beenden und mit gutem Beispiel voranzugehen.

Die Hufe klapperten über die Autobahn. Hinter ihnen strömte mit trüben Wassern und beruhigendem Rauschen der viel besungene deutsche Rhein dahin. Unter der Brücke, über die sie gekommen waren, hatten noch immer die Autos aus dem Fluss herausgeragt. Die Bauern jenseits des Rheins hatten die Expedition freundlich aufgenommen, ihnen geräuchertes Fleisch verkauft und eine Quelle mit sauberem Wasser gezeigt. Das Flusswasser rührte im Übrigen niemand an, nicht einmal das Vieh tränkte man dort.

Die sauberen deutschen Siedlungen hatten in Artur brennenden Neid heraufbeschworen. Ungeachtet aller Zerstörungen und der toten Zonen um die Industrieanlagen war das Wesentliche in ihnen erhalten geblieben: ein fanatischer Ordnungssinn. Selbst die jahrhundertealten Gräber zeugten von deutscher Planung und Korrektheit.

Die Bauern lebten fast direkt an der Grenze zu einer Ewigen Brandstätte, die sie als *Todesweide* bezeichneten, jedenfalls wenn man es wörtlich übersetzte. Dennoch hatten noch an einigen Stellen Schilder mit der Aufschrift *Achtung!* oder *Zutritt verboten!* vor diesem Gebiet gewarnt.

Bevor sie die Brücke über den Rhein überquert hatten, hatten sie auf Stanisławs Befehl hin den Pferden die Mäuler mit dickem Sackleinen verbunden und ihnen die Beine bis hoch zu den Knien mit stinkendem weißem Puder bestäubt, der ein wenig an Kalk erinnerte. Am gegenüberliegenden Ufer hatten sie einige Buchen ausgemacht. Die knorrigen, entrindeten Bäume ließen fast an teutonische Ritter denken, die sich am Fluss versammelt hatten, um auf das Signal zum Angriff auf die Bauernhäuser zu warten …

»Knirps, reite mit Flöckchen voran! Louis, du bildest den Abschluss!«, befahl Artur nun, kaum dass sie die Singende Straße betreten hatten. »Daljar, du bist mir für die linke Flanke verantwortlich! Krzysztof und Lew, nehmt Mam Rona in die Mitte! Semjon, du gibst mir Deckung!«

Er selbst ritt vor Mam Rona, neben Stanisław, knöpfte die Scheide auf und löste die Bügel für die Wurfmesser. Aus beiden Satteltaschen ragten die Schäfte geladener Flinten heraus. Knirps schmatzte kurz, stürmte dann vor und schnappte sich den Zügel des Pferds, das den Korb mit dem Tiger trug. Flöckchen verhielt sich zum ersten Mal nervös, seit sie auf dem Landweg unterwegs waren. Sein langer, faltiger Hals schlingerte von einer Seite zur anderen, die behaarten Nasenlöcher blähten sich im Wind.

»Das Tier gebärdet sich wie toll«, sagte Christoph. »Es wittert Leben …«

»Leben?«, fragte Stanisław sofort zurück und richtete sich in den Steigbügeln auf.

Der mürrische Priester hatte ziemlich schnell begriffen, wie er die einzelnen Angehörigen dieser kleinen Armee einzuschätzen hatte und dass er ausgerechnet in dem Sohn des Roten Vollmonds einen dankbaren Zuhörer fand. Zu Arturs unbeschreiblicher Verwunderung nahm der Priester die rätselhaften Aussprüche Christophs relativ gelassen hin. Aber natürlich impfte er dem abtrünnigen Schäflein mit schönster Hartnäckigkeit den Gedanken an Gott ein …

»Ziemlich dreckiges Leben«, erklärte Knirps, ohne sich zu

ihnen umzudrehen. Selbst auf die Entfernung hörte der Dschingis alles, was hinter ihm gesprochen wurde. »Noch is' es weit weg, aber das wird kein Zuckerschlecken.«

»Drück dich bitte etwas klarer aus«, bat Artur. »Ist es ein großes Lebewesen oder sind es viele kleine?«

»Kann man nich' sagen. Dazu is' es zu weit weg und ... völlig unklar. So was gibt's doch gar nicht!«

»O nein, hier muss man mit allem rechnen!«, erklärte Stanisław. »Ich habe diesen Weg schon dreimal hinter mich gebracht, und nach wie vor erfreue ich mich meines Lebens, denn ich glaube an die Zeichen, die uns der Herr geschickt hat. Andere glauben nicht daran, sondern haben nur gelacht und ihre Säbel geschwungen. Weiter im Süden, wo die Kriechenden Berge liegen, ist es sogar noch schlimmer, da kann dich bereits ein dummes Grinsen teuer zu stehen kommen! Deshalb muss man auf das Kreuz vertrauen. Einzig mein Glaube hat mich denn auch gerettet, als ich einmal zwei Tage in einem Sumpf geschlafen habe, festgebunden im Gipfel eines Baums – während die Knochen derjenigen, die gelacht haben, heute in der Erde verfaulen. Und deshalb werde ich zu Ende bringen, was andere vor mir begonnen haben.«

Der Kerl ist ja der reinste Psycho, dachte Artur bei sich und wechselte einen Blick mit Daljar. Oder zumindest ein verbohrter Fanatiker. Für ein Vorhaben wie das unsrige dürfte das allerdings gar nicht schlecht sein ...

»Weit links von uns ist dieses Leben! Da drüben!«, murmelte Christoph da erneut und zeigte auf längliche Flachbauten. »Doch wie kann das sein? Es befindet sich zu gleicher Zeit über der Erde wie auch unter ihr. Flöckchen wittert es ebenfalls, wiewohl er noch nicht faucht ...«

»Ich habe es doch gesagt! Hier ist alles möglich. Wahrscheinlich geht von diesem Schwarm aber noch keine Gefahr aus!«, polterte Stanisław und trieb den Hengst weiter. Die anderen folgten ihm zögernd.

»Was denn für ein Schwarm?«, fragte Lew besorgt, doch der Priester ignorierte ihn.

Artur suchte unterdessen die Gegend mit dem Fernrohr ab. Die Autobahn bohrte sich wie ein mächtiges Schwert, das ein Riese fallen gelassen hatte, mitten in den Wald hinein. Hier und da hatten sich noch die alten Fahrbahnmarkierungen erhalten, mitunter blitzten am Straßenrand auch noch die Reflektoren an den Leitpfosten auf. Zwei Kilometer vor ihnen war auf der Gegenfahrbahn für alle Ewigkeiten ein Stau erstarrt. Anscheinend war dort ein Schwertransporter umgekippt, und die nachfolgenden Pkws waren erst in diesen hinein-, dann ineinandergerast, bis schließlich ein Feuer ausbrach. Nach rund hundertfünfzig Jahren war von diesem Unfall jedoch nur noch ein formloser Blechhaufen übrig, der die Größe eines einstöckigen Hauses erreichte. Außerdem überzogen rote Rostflecken die Straße. Vielleicht war der Fahrer des Lasters ja am Steuer gestorben, weil er sich nicht rechtzeitig die lebensnotwendige Spritze gegen HIV gesetzt hatte. Vielleicht hatte er seinen Truck aber auch absichtlich flachgelegt – man gönnt sich ja sonst nichts …

Nach einer Weile lichtete sich der Wald. In einem Tal reihten sich Industriegebäude mit verblassten Buchstaben auf den Flachdächern wie Streichholzschachteln aneinander.

»Die gehören zu einem Chemiekonzern«, erklärte Stanisław. »Wir dürfen uns diesen Anlagen auf gar keinen Fall nähern. Rechter Hand stehen ebenfalls alte Fabriken. In denen wurden früher Ersatzteile für Öltransporter hergestellt. Die ganze Gegend sieht hier so aus.«

Artur hatte nur eine vage Vorstellung von der Verteilung der Wirtschaftsstandorte des einstigen Deutschlands, offenbar waren sie aber tatsächlich mitten in ein Gebiet der chemischen Industrie geraten.

Die Pferde trabten nun ruhig über den heißen, staubigen Asphalt. Ihre Schweife hingen untätig herab, denn kein einziges

Insekt belästigte die Tiere. Oder sollte die Salbe der Wipper alle Mücken vertrieben haben? Flöckchen fletschte dagegen die Zähne, schnaubte und kratzte wild am Korb. Artur behielt den Tiger fest im Blick. Seine Leute mochten hervorragend ausgebildet sein – Flöckchen witterte dennoch jede Gefahr eher als sie.

Bisher erinnerte Artur nichts an die Brandstätten, die er aus Russland kannte. Um ihn herum erstreckten sich lediglich stinknormale Wiesen, auch ein Autobahnkreuz sah er und die Pfeiler von Überführungen, die allerdings eingestürzt waren, wahrscheinlich weil zu viele Panzer darübergebrettert waren.

Ein umgekippter Baukran war über und über mit Büschen zugewachsen. Hinter ihm lag ein dunkel gewordenes Plastikschild mit dem Hinweis, der Verkehr in Richtung Koblenz sei für Pkws gesperrt. Dann knickte die Straße mit einem Mal ab. In der Ferne, wo einst die Leitpfosten des zerstörten Autobahnkreuzes aufgeragt waren, erhob sich nun im heißen Dunst eine dichte Sandwand.

Zunächst sah sie noch wie gelber Nebel aus, aber je näher sie heranritten, desto stärker drängte sich der Vergleich mit einer Sandwand auf. Als ob eine Büffelherde über eine tote Savanne gesprengt wäre. Und auch der nervende Gesang wurde immer lauter.

»Du bist schon dreimal hier gewesen?«, durchbrach Artur das allgemeine Schweigen, vor allem um die eigene Nervosität in den Griff zu kriegen. »Hat dir nicht das erste Mal gereicht, um diesen Sand für alle Zeiten zu hassen?«

»Dazu musst du wissen, dass ich das erste Mal vor fünfzehn Jahren in dieser Gegend gewesen bin, mit einer Karawane aus Breslau. Denn obwohl es in Deutschland zahlreiche tote Gegenden gibt, blüht der Handel im Grunde. Die Bauern haben schon vor langer Zeit für gute Straßen gesorgt, und die Städte stellen uns erfahrene Menschen ab, die uns führen. Die Karawane aus Breslau bestand jedoch aus Kaufleuten, die gerne noch weiter in den Süden vordringen wollten. Sie hatten gehört, dass hinter der Sandwand reiche Städte lägen … Deshalb haben sie mich und zwei andere Priester gebeten, den Weg mit der Kraft des heiligen Kreuzes zu segnen. Die Hälfte der Menschen fand damals den Tod, sodass ich mich nicht gern an diese Karawane erinnere. Dann bin ich mit einigen Gläubigen in die Ewige Stadt aufgebrochen …«

»Und? Habt ihr Rom erreicht?«

»Ja, aber das ist gar nicht so schwierig. Zumindest nicht, wenn du dich nicht gebärdest wie dieser elende Sklave in deinem Gefolge.«

»Knirps ist nicht mein Sklave!«, ereiferte sich Artur und griff nach den Zügeln von Stanisławs Pferd. »All diese Menschen hier sind Petersburg treu ergeben. Deshalb lass uns ein für alle Mal klarstellen, dass es unter ihnen keine Sklaven gibt! Sonst könntest du nämlich ernsthafte Probleme bekommen!«

»Die Welt wird sich immer in Knechte und Herren unterteilen«, entgegnete der Priester mit einem schiefen Grinsen. Immerhin verzichtete er darauf, den Streit fortzuführen. Artur drehte sich zurück: Ob jemand diesen Wortwechsel mitbekommen hatte? Daljar, der am Straßenrand ritt, schien nichts gehört zu haben, denn er gab ihm mit einem Blick zu verstehen, dass er die Umgebung nicht aus den Augen ließ. Unter die rechte Schulter hatte er eine zweiläufige Flinte geklemmt, die mit grobem Schrot geladen und bereits gespannt war. Vor ihm lag quer über dem Sattel ein Gewehr mit Tellermagazin, dessen trichterförmiger Lauf auf die blühenden Ginsterbüsche zielte. Über ihnen kreisten Bienen und flatterten violette Schmetterlinge. Obwohl Daljar absolut lässig im Sattel saß, wusste Artur, wie schnell er das Feuer eröffnen und rundum alles mit Salven überziehen konnte.

»Wie ging es dann weiter?«, wandte sich Artur wieder an Stanisław. »Ihr seid also nach Rom gekommen …«

»Nein, zunächst nur nach Mailand«, sagte der Priester. »Dort trafen wir Menschen des wahren Glaubens. Sie haben uns freundlich aufgenommen, weil sie schon gute Erfahrungen gemacht hatten mit anderen Gläubigen, die vor uns zu ihnen gekommen waren. Im Übrigen hegten sie den Wunsch, Handelsbeziehungen zu Deutschland und Polen aufzubauen. Sie wussten jedoch, dass eine große Karawane uns nie erreichen würde. Du wirst bald verstehen, warum nicht, Pan Schmied«, raunte er.

»In Mailand gab man uns jemanden mit, der uns nach Rom bringen sollte«, fuhr er mit normaler Stimme fort. »Doch Heiden hatten den Heiligen Stuhl besudelt. Und um die alten Mauern lebten einzig Stämme von blutdürstigen Kannibalen. Wir mussten auf einem Berg Zuflucht suchen und beteten darum, dass die Zeit kommen würde, da wir zusammen mit unseren italienischen Brüdern dem Heiligen Stuhl seine verlorene Größe zurückgeben könnten. Im Schutz der Dunkelheit drangen wir dann in eine der Kirchen ein. In ihr hat Gott uns ein Wunder zuteilwerden lassen, denn in der geplünderten Kirche fanden wir Reste des Kreuzes, heilige Schriften in einer unbekannten Sprache und Karten. Wir haben so viel davon mitgenommen, wie wir tragen konnten, und uns auf den Rückweg gemacht. Doch während wir durch die Berge zogen, haben sich viele meiner Freunde allzu unbekümmert aufgeführt. Deshalb haben nur sieben von uns Warschau wieder erreicht.«

Er atmete tief durch, ehe er weitererzählte: »Das dritte Mal bin ich dann vor zwei Jahren im Gebiet der Toten Erde gewesen, auf der Suche nach Spuren der Großen Prozession. Ich selbst hatte damals nicht an ihr teilgenommen, weil mich der Bischof gerade in die Ukraine gesandt hatte, um dort den wahren Glauben zu verbreiten …«

»Dann hast du also bereits versucht, die Leute zu finden, die auf dieser Prozession verschollen sind?«

»Ja, und nicht nur ich. Doch alle Versuche blieben ohne jeden Erfolg. Der Wipper Krzysztof hat dir die Wahrheit gesagt. Das

Gebiet der Toten Erde ist an seiner Grenze in Aufruhr, als ob auf einen Schlag mehrere aufgegebene Fabriken in die Luft geflogen wären. Selbst die deutschen Zauberer, die früher sorglos dorthin vorgestoßen sind, meiden den Süden nun. Man könnte fast den Eindruck haben, ein eingeschworener Feind des Menschengeschlechts wolle all unsere Pläne durchkreuzen.«

»Wieso hast du es dann noch vor zwei Jahren gewagt, dich auf der Suche nach der Großen Prozession in dieses Gebiet zu begeben?«

»Weil meine beiden Gefährten und ich den Segen dafür erhalten haben. Die beiden anderen waren ein Weber und ein Wipper, ein Junge aus der Sippe Krzysztofs, den ich den Klauen der Gottlosen entrissen und zum Glauben geführt habe. Gleichwohl bin ich den Wippern zu Dank verpflichtet, denn sie haben uns einen geflügelten Drachen besorgt, mit dem wir über das Meer fliegen konnten. So vermochten wir über die giftigen Dämpfe aufzusteigen. Zu dritt hätten wir den Landweg nie bewältigt, deshalb wollten wir der Route des norwegischen Schiffes folgen, allerdings auf dem Luftweg. Der junge Wipper wurde jedoch von Fischen gefressen, als wir auf einer winzigen Insel landeten, um dem Drachen eine Rast zu gönnen.«

»Seinetwegen hast du Christoph auch in dein Herz geschlossen, oder?«, fragte Artur lächelnd, ohne den Blick von dem aufgewühlten Sand vor sich zu wenden.

Das Ganze wirkte irgendwie total künstlich. Als legte sich irgendwo im Verborgenen ein riesiger Ventilator ins Zeug.

»Das Herz eures Christophs ist empfänglich für die Wahrheit«, erwiderte Stanisław. »Er erkennt sie wesentlich leichter als all die Menschen, die in ihren Sünden verknöchert sind, selbst wenn sie goldene Kreuze unter dem Hemd tragen.«

»Und wie ging deine Geschichte nach dem Inselaufenthalt weiter?«

»Der Weber und ich sind damals gerade noch rechtzeitig aufgewacht, sodass wir uns vor den Klauen der Meeresungeheuer in Sicherheit bringen konnten. Trotzdem habe ich allein die Ewige Stadt erreicht, denn der Weber hat entgegen meinem Rat vergiftetes Wasser aus einem Bach getrunken. Über meine diesbezüglichen Warnungen hat er sich schon immer lustig gemacht, dann hat auch noch die Hitze sein kleines Hirn getrübt. Er ist gestorben, als uns nur noch zwei Tage von Rom trennten. Zu allem Unglück hat selbst der geflügelte Drache den Tod gefunden. Widerliche Wesen, die ein wenig Vögeln gleichen, aber so hart sind, als wären sie aus Metall geschaffen, haben uns angegriffen und den Drachen in Stücke gerissen. Mich hat nur gerettet, dass ich bei dem Kampf ins Wasser gefallen bin. Der Drache wäre vermutlich am Leben geblieben, wenn ich anstelle des jungen Wippers auf dieser Insel gestorben wäre, denn ich konnte das Tier überhaupt nicht bändigen. Im Gegenteil, es drohte ständig, mich zu beißen. Außerdem versuchte es unentwegt zu fliehen. Deshalb habe ich ihm den Maulkorb auch nie abgenommen. Als dann diese Eisenmonster angeflogen kamen, konnte sich der Drache nicht einmal verteidigen.«

Stanisław seufzte.

»So bin ich allein geblieben. Ich habe mich nach Rom durchgeschlagen und sieben Monate in der Stadt zugebracht, um den Wilden zu predigen und eine Gemeinde von Menschen mit offenem Herzen um mich zu scharen. Dabei hätte man mich hundertmal umbringen können, aber niemand hat mir auch nur ein Härchen gekrümmt. Ohne den Drachen konnte ich selbstverständlich nicht länger aus der Luft nach den Teilnehmern der Prozession suchen. Deshalb habe ich die Sprache der Wilden gelernt und alle gefragt, ob sie nicht etwas von einer großen Karawane gehört hätten. Jedem noch so kleinen Hinweis bin ich nachgegangen. Wie ich hörte, wollten sich die Gläubigen für immer in der Ewigen Stadt niederlassen, so groß war ihr Vertrauen in die Kraft des Kreuzes. Aber selbst an einem todbringenden Ort wie diesem sind noch nie so viele Menschen auf einen Schlag spurlos verschwunden.«

Während Artur zuhörte, rief er sich die Karte der Apennin-nen-Halbinsel vor sein inneres Auge.

»Und auch in Mailand und anderen großen Städten, in denen die Menschen noch lesen und schreiben konnten und gläubig waren, ist die Große Prozession nicht eingetroffen … Nach meinem Versuch, die Spuren der Großen Prozession zurückzuverfolgen, ist nie wieder jemand aus Polen in diese südlichen Länder aufgebrochen …«

In dieser Sekunde sträubten sich Flöckchen plötzlich die Nackenhaare und er brüllte los. Mitja Knirps' Stute blieb wie angewurzelt stehen, wieherte nervös und zuckte wütend mit den Ohren. Sie kamen gerade an einer halb zerstörten Autobahnüberführung vorbei. Hundert Meter entfernt grasten magere, räudige Kühe, die ohne Zweifel wild waren, trugen sie doch weder ein Brandzeichen noch ein Glöckchen. Als sie das Hufgeklapper hörten, drehten sie die Köpfe herum und starrten die Menschen verängstigt an.

Als Semjon der Zweite bemerkte, dass sich von der Herde ein gedrungener Stier absonderte, entsicherte er seine Waffe. Aber der Stier machte keine Anstalten, sie anzugreifen, sondern scharrte nur wütend mit dem Huf in der Erde und blähte übertrieben den Leib, der mit Fell von angenehmer hellvioletter Farbe bedeckt war. Auf der Brust ging es fließend in einen fliederfarbenen Ton über und hing in wolligen Strähnen herab, genau wie bei den Yaks im Norden. Der Kuhharem dieses Herrn Stier bestach dagegen weniger durch sein Äußeres, unterschieden sich diese Tiere doch kaum von gewöhnlichen Holstein-Rindern, von den langen, gebogenen Hörnern einmal abgesehen, die eher zu einem Steinbock gepasst hätten.

Während Artur noch die idyllische Szene betrachtete und die frische Waldluft einatmete, versuchte er, Stanisławs Erzählung zu verdauen. Mit jeder Minute kam er sich blöder vor. All seine Ratgeber und Freunde hatten ihn angefleht, mindestens mit einer berittenen Hundertschaft nach Paris aufzubrechen, er aber hatte das Leben von so vielen Menschen nicht wegen einer fixen Idee riskieren wollen, die nur ihn persönlich etwas anging.

Und jetzt bekam er die Rechnung für seine *Sparsamkeit* präsentiert …

»Heilige Xenia!«, murmelte Lew. »Alles, nur das nicht!«

»Töte ihn!«, schrie Christoph fast.

Damit riss er Artur aus seinen Gedanken. Sofort schlug er Alarm, was im Grunde jedoch überflüssig war, denn die Männer hatten sich bereits formiert, ohne seinen Befehl abzuwarten.

Der violette Stier trottete nun doch langsam über die Autobahn auf sie zu.

»Und was ist das dahinten?«, fragte Mam Rona angewidert. »Ein Vogel?«

»Offenbar. Auch wenn das Viech wie eine Ente mit *vier* Füßen aussieht!«, antwortete Louis, um dann erst mal den Stier zu erschießen.

Jetzt erblickte auch Artur endlich, wovon die Rede war: Die überlangen Mäuler der Kühe waren mit Blut beschmiert – und bei dem, was er zunächst für einen Haufen weichen Grases gehalten hatte, handelte es sich eigentlich um irgendein *Federvieh.*

Die Kühe rissen den toten Vogel, der fast genauso groß war wie seine Mörder, erbarmungslos in Stücke. Gut möglich, dass sich dieses gefiederte Monster nie in seinem Leben in die Luft erhoben hatte, dafür dürfte es mit den vier Füßen keinen schlechten Läufer abgegeben haben. Die Hälfte der Extremitäten und den Kopf hatten die gierigen Kühe schon verschlungen, nun machten sie sich über den Rumpf her, der dicht mit Flaum bedeckt war. Das ist tatsächlich eine Ente, dachte Artur, hol mich doch der Teufel, wenn das keine Ente ist! Sonst würden da doch nicht Füße mit Schwimmhäuten zum Himmel aufragen!

Ein zweiter Schuss knallte. Da alle mit Patronen geizten, schossen sie nur, wenn sie mit einem Treffer rechnen durften. Doch obwohl auch dieser zweite Schuss den Stier erwischte –

diesmal am Kopf –, stapfte das Tier noch eine Weile weiter, ehe es schwankte und schließlich zusammenbrach. Jemand stieß einen erleichterten Seufzer aus. Noch war es allerdings zu früh, um aufzuatmen – denn fünf der blutdürstigen Kühe mussten den finsteren Plan gefasst haben, sich nicht vor den Kugeln in das sumpfige Unterholz zu retten, sondern heiser muhend zum Angriff überzugehen.

»Tötet sie alle!«, verlangte Christoph, die klirrenden Waffen überschreiend. »Ihre Zähne sind giftig!«

»Er hat recht, Herr«, wandte sich Semjon an Artur.

Der Wipper öffnete ein Fläschchen mit Gift, tauchte sein Wurfmesser in die Flüssigkeit und dezimierte die Zahl ihrer Feinde um ein weiteres Rindvieh. Als die Kühe bis auf fünfzig Meter heran waren, gab Louis einen Schuss mit der Armbrust ab und schaltete ebenfalls eine dieser Kampfmaschinen aus. Nun wollte sich sogar Stanisław in den Kampf stürzen, doch Artur hielt ihn am Ellbogen fest.

»Haben wir nicht abgemacht, dass du während dieser Expedition meinem Befehl unterstehst?«, fragte er. »Und der lautet: Weder du noch ich werden an diesem Kampf teilnehmen, solange es nicht unbedingt nötig ist.«

Mit wild funkelnden Augen versuchte Stanisław, sich aus Arturs Griff zu befreien. Daraufhin schnappte dieser sich auch noch die Zügel vom Pferd des Polen.

»Wir haben Männer dabei, die für ihre Kampfkunst bezahlt werden«, erklärte er in scharfem Ton. »Dein Wert dagegen besteht in deinem Wissen. Wie sollen wir denn je ans Ziel gelangen, wenn du stirbst?«

»Indem ihr den Wegweisern folgt«, zischte Stanisław, der seinen Widerstand aber dennoch aufgab. »Bis Paris ist der Weg schließlich bestens ausgeschildert. Und du kannst doch lesen, oder?«

Semjon der Zweite ritt dem Feind inzwischen entgegen und schleuderte dabei behände zwei Messer. Das letzte Tier erledigte Mitja Knirps mit einem Pfeil. Er hatte mit Daljar um eine Flasche Wein gewettet, dass er genau ins Auge treffen könne.

»Wir müssen so schnell wie möglich von hier weg«, sagte Semjon, der sogar darauf verzichtete, seine Messer einzusammeln. Christoph nickte ihm zustimmend zu. »In den Büschen lauern noch mehr von diesen Biestern.«

»Das müssen wir schriftlich festhalten«, bemerkte Lew und rieb sich das Kinn. »In Russland bin ich bereits dreißigmal durch Brandstätten gezogen – aber noch nie habe ich dort Kühe gesehen, die eine Riesenente zerfleischen. Ja, ich sollte ein Reisetagebuch führen …«

»Dann weiter!«, befahl Artur.

Mitja übernahm sofort wieder die Spitzenposition, die Pferde setzten sich in Bewegung. Schon bald wich der aufgerissene Asphalt einem federnden dunkelgrauen Belag, der unter der Zeit kaum gelitten hatte. Artur kannte nicht eine einzige russische Straße in derart hervorragendem Zustand. Außerdem hatte er dieses Material noch nie zuvor gesehen, wahrscheinlich hatten die Deutschen es erst nach dem Großen Tod entwickelt, während die Russen wie stets auf die billigere Variante zurückgriffen und jedes Jahr die Löcher in den Straßen stopften.

»Wo waren wir vorhin stehen geblieben?«, wandte sich Artur an Stanisław. »Wir werden uns durch diesen kleinen Zwischenfall doch nicht von deiner Geschichte abbringen lassen.«

»Langsam wird mir klar, warum die Menschen dich und deine Macht anerkennen«, brummte Stanisław, kam dann aber dennoch auf seine römischen Abenteuer zurück. »Also: Nachdem ich eingesehen hatte, dass ich allein weder meine verschollenen Brüder finden noch nach Polen zurückkommen würde, habe ich beschlossen, mit den zehn besten meiner römischen Schüler ein passendes Schiff zu suchen und über den Seeweg in meine Heimat zurückzukehren. Selbstverständlich nicht, indem wir nach Westen fuhren. Nein, alte Karten offenbarten uns einen Weg, der nach Osten führte. Es war ein verzweifeltes Unternehmen, aber ich meinte, dass wir, wenn wir zunächst der italienischen Küste folgten und später auf die griechischen Inseln zuhielten, das Schwarze Meer erreichen und dann über die Ukraine nach Polen gelangen könnten. Von meinen Gefährten waren viele erfahrene Fischer, sodass sie genug über Schiffe wussten … Auf dem Adriatischen Meer sind wir jedoch in einen Sturm geraten. Da ist uns der Mast gebrochen. Obwohl von allen Seiten Wasser in den Frachtraum drang, sank unser Schiff allerdings nicht.«

Er dachte kurz nach, als hinge er seinen Erinnerungen nach. »Irgendwann haben wir dann brennende Wälder gesehen. Über Hunderte von Kilometern stand der Wald in Flammen. In jenem Jahr war der Sommer jedoch nicht so feucht wie dieser. Deshalb nahmen wir an, die Feuer seien wegen der Trockenheit entstanden. Nie im Leben wäre ich darauf gekommen, dass jemand den Wald absichtlich in Brand stecken würde. Etwas später stießen wir dann auf einen echten Friedhof für Kriegsschiffe. Einige waren auf eine Sandbank aufgelaufen, andere lagen umgekippt am Strand, aber etliche mussten auch über hundertundfünfzig Jahre auf offener See vor Anker gelegen haben … Meine italienischen Gefährten behaupteten, diese Eisenberge seien irgendwann angeschwemmt worden und verströmten bereits seit hundert Jahren diesen üblen Gestank. Diese Schiffe seien verseucht, erklärten sie mir weiter, in den Kanonen steckten noch Kugeln, und in den Frachträumen plätscherte ein ganzes Meer von Öl vor sich hin. Bei einigen Schiffen stünden auf Deck sogar Stahllibellen, mit denen die Menschen einst fliegen konnten … Da es in Italien leider keine Wipper gebe, habe niemand die Schiffe versenken können.«

»Hast du mir nicht etwas Ähnliches von deinem Gespräch mit dem polnischen Wipper erzählt?«, mischte sich Lew ins Gespräch ein. »Da war doch auch die Rede davon, dass ein Schiff …«

»Offenbar handelt es sich hier um Überreste einer US-Flotte.

Ein Mittelmeergeschwader«, sagte Artur. »Krzysztof glaubt, dass die Erde eben durch diese Schiffe ins Wippen geraten sein könnte.«

»Völlig richtig«, erklärte Stanisław. »Offen gestanden war ich auch lange dieser Ansicht. Bis … bis ich dann mit eigenen Augen gesehen habe, dass auf den Schiffen vor Kurzem noch Menschen gewesen waren. Jemand war unter Deck eingedrungen und hatte Öl ins offene Meer abgelassen. Das brennende Wasser zwang uns, weit nach Westen auszuweichen. Aber das ist noch nicht alles. Wir fragten an der Küste nämlich auch die dortigen Fischer danach. Sie haben uns hoch und heilig versichert, dass eines der großen Schiffe früher viel weiter südlich, nämlich in einem Hafen der Insel Sizilien, vor Anker gelegen habe. Vom Schiff hingen noch Taue herab, sodass außer Frage stand, dass jemand es an die neue Stelle gezogen und dort auf die Seite gekippt hatte, weshalb nur noch die Kanonenrohre aus dem Wasser herausragten. Man konnte wirklich den Eindruck haben, jemand wolle dem Land der Zwei Meere schaden und die sauberen Gebiete verschmutzen. Und etwas später, als wir bereits die Inseln der Griechen erreicht hatten, hörten wir eine gewaltige Explosion. Da war eines der Unterwassergeschosse in der Bucht in die Luft geflogen.«

Abermals brauchte Stanisław einen Augenblick, bevor er weiterreden konnte.

»Auch in diesem Fall berichteten uns die Fischer, sie hätten gesehen, wie einige große, Dampf speiende Schiffe einen alten Kriegsgiganten hinter sich herzogen, ihn dann aber zurückgelassen haben und selbst nach Osten abgedreht sind. Auf den Schiffen hätten Menschen in schwarzer Kleidung gearbeitet, deren Gesichter halb vermummt waren. Um die Köpfe hatten sie zusätzlich Lappen gebunden. Als einige der Fischer aufs Meer hinausfuhren, um sie an ihrem Tun zu hindern, hätten die Menschen in Schwarz mit Gewehren auf sie geschossen. Ich habe meine römischen Schüler selbstverständlich gefragt, ob schon früher alte Schiffe explodiert oder ans Ufer getrieben sind oder aus ihnen brennendes Öl ins Meer gelaufen ist. Da haben sie mir geantwortet, dass lange Jahre alles ruhig gewesen sei. Dann aber, vor etwa zweieinhalb Jahren, hätte es zwei Explosionen gegeben, die so stark gewesen seien, dass die Erde im Umkreis von tausend Kilometern gebebt und das Leuchten sogar die Sonne überstrahlt habe.«

»Warum haben sie dir das nicht schon früher erzählt?«, fragte Artur.

»Das weiß ich auch nicht. Nach und nach stellte sich jedenfalls heraus, dass jemand mit diesen beiden Explosionen die Große Prozession nach Frankreich angegriffen hat. Die Menschen in Mailand hatten Wirbelstürme beobachtet und gesehen, wie aus Westen, von Frankreich her, Wolken schwarzer Asche herangerückt seien. Einige Wochen lang habe die Luft danach noch ununterbrochen den Atem des Feuers zu ihnen getragen …«

Artur glaubte, einen schrecklichen Traum geschildert zu bekommen. Warum hätten irgendwelche durchgeknallten, Turban tragenden Piraten tausend Kilometer in verseuchtes Gebiet vordringen und eine Pipeline in die Luft jagen sollen? Denn um ein solches Attentat musste es sich handeln, das legten Stanisławs Worte nahe. Oder warum hätten drei Jahre darauf irgendwelche ominösen Dreckskerle Torpedos aus einem Schiff in einer Bucht versenken und Hunderte von Tonnen minderwertigen Öls ins Wasser ablassen sollen?

Dennoch hatte sich irgendjemand zu all diesen Heldentaten aufgeschwungen …

»Wie habt ihr reagiert?«

»Wir sind nach Osten abgedreht und haben uns nach den alten Karten einen Weg durch die griechischen Inseln gesucht. Fünfmal sind wir in der Absicht an Land gegangen, mit den Menschen dort zu reden. Aber jedes Mal haben wir nur Brandstätten und Kriegsverwüstungen vorgefunden. Nicht einmal

Wilde sind uns auf den Inseln begegnet. Solide Häuser, Kirchen und bestellte Felder, ja, die habe ich gesehen. Aber auch die Leichen von vielen toten Menschen, im Übrigen nicht nur von Männern, sondern auch von Frauen und Kindern. Da ich aber kaum etwas über dieses Gebiet wusste, war mir völlig rätselhaft, wer diese Menschen auf so grausame Weise hingemetzelt hatte. Irgendwann stießen wir dann auf tote Menschen in Pumphosen und mit Tüchern vorm Gesicht. Das waren die ersten Leichen, die wir sahen, die *nicht* aus dieser Gegend stammten. Sie hatten hier offenbar so furchtbar gewütet. Bis zu diesem Augenblick hatten wir angenommen, nur Bestien würden schwangeren Frauen die Bäuche aufreißen, Männer pfählen und Kindern die Augen ausstechen. Nun jedoch stellte sich heraus, dass es sich bei diesen Schlächtern um Menschen wie dich und mich handelte.«

Nach diesen Worten breitete sich betretenes Schweigen aus.

»Hat es das bei euch in Russland je gegeben – dass eine Stadt eine andere überfallen, besiegt und sämtlichen Kindern die Kehle aufgeschnitten hat?«, fragte Stanisław schließlich bitter. »Wir haben später zufällig ein paar sehr alte Menschen getroffen, die das Massaker überlebt hatten. Zunächst fürchteten sie uns und hielten sich versteckt. Doch als sie das Kreuz gesehen haben, sind sie auf uns zugekommen. Leider hat niemand von uns ihre Sprache verstanden, deshalb haben sie alles in den Sand gezeichnet. Sie malten Schiffe und Menschen mit verborgenen Gesichtern. Das waren weder Wilde noch Tiere. Die Kleidung dieser Mörder zeigte seltsame Buchstaben, sie besaßen teure Waffen, obendrein hat einer von ihnen den anderen in einem singenden Tonfall aus einem Buch vorgelesen. Die Wilden lesen aber keine Bücher …«

Er verstummte erneut, bevor er zur Reise zurückkehrte.

»Anschließend sind wir weiter nach Osten und später nach Norden gefahren, immer dicht an der Küste entlang, bis wir schließlich einen ebenso erstaunlichen wie traurigen Ort erreicht haben. Dort verengte sich das Meer. An den Anlegestellen lagen Hunderte, wenn nicht gar Tausende von Geisterschiffen. Viele waren bereits gesunken. Es war ein richtiger Friedhof. Während wir dann weiter durch den Kanal fuhren, haben wir die ganze Zeit die wunderschöne Stadt der Zwei Türme gesehen. Ich habe vergessen, wie sie vor dem Großen Tod hieß. Jedenfalls ist sie riesig, eine solche Ansammlung von Häusern hatte ich bis dahin noch nie zu Gesicht bekommen. Einige meiner Gefährten sprangen fröhlich ins Wasser, aber da wurden sie von Quallen gebissen, sodass wir an Land gehen mussten, wo wir hofften, Menschen zu treffen, die wir um Medizin bitten könnten. Wahrscheinlich wollten wir alle uns auch die überirdische Schönheit dieser Gegend genauer ansehen, die warmen grünen Berge und die prachtvollen weißen Paläste. Von Deck aus hatten wir zunächst den Eindruck, der Hafen sei völlig verlassen, doch sobald meine Gefährten aus den Beibooten kletterten, wurden sie von dunkelhäutigen Menschen mit Waffen in der Hand umzingelt ...«, berichtete Stanisław mit brechender Stimme.

»Ihr Tod ist meine Schuld«, flüsterte er, langsam wieder lauter werdend. »Denn die Stadt der Zwei Türme hatte auf mich einen sauberen und guten Eindruck gemacht, sodass ich nicht erwartet hatte, in ihr Feinde vorzufinden. Ebendiese Menschen mit den Lappen auf dem Kopf ...«

»Warum sprichst du denn nur von zwei Türmen?«, fragte Artur. »Wenn ich mich nicht irre, hat die Hagia Sophia doch vier Minarette. Obwohl ... zwei könnten natürlich zerbombt worden sein ...«

»Du bist schon einmal dort gewesen?«, fragte Stanisław erstaunt.

»Vor sehr langer Zeit, als es noch vier Türme gab«, antwortete Artur grinsend. »Aber wie ging es dann weiter? Was hast du gemacht?«

»Ich bin auf dem Schiff geblieben, und das war meine Rettung. Wie sich nämlich herausstellte, brachten die Menschen aus der Stadt der Zwei Türme dem Kreuz nicht sonderlich viel Respekt entgegen. Sie ließen nur ihren abnehmenden Mond gelten. Noch während sie meine Gefährten brutal niedermetzelten, hat die Strömung das Schiff vom Ufer weggetrieben. Sicher, ich hätte ebenfalls an Land gehen und gemeinsam mit meinen Freunden den Tod finden können. Aber ich hielt es für geboten, mich auf die offene See zu retten, denn das Geheimnis, das wir hier entdeckt hatten, war bedeutsamer als Mut und Ehre. Was ist, Pan Gouverneur, du machst ein Gesicht, als ob du mir meine Geschichte nicht glauben würdest.«

»Keine Sorge, ich glaube dir.«

»Ich bin dann allein nach Norden gefahren. Mir war nicht klar, was genau der Großen Prozession zugestoßen war, aber dass sie nie wieder nach Polen zurückkehren würde, dessen war ich mir nun sicher. Die Feinde hatten ihren Weg ausgekundschaftet, den offenen Kampf aber gemieden. Sie haben Magie eingesetzt oder sehr geschickte Ingenieure angeheuert, damit sie die Erde zum Wippen bringen … Was ich nicht verstehe, ist allerdings, wer ein Interesse an dem Tod unschuldiger Kinder gehabt haben könnte. Ich habe die Menschen in der Stadt der Zwei Türme gesehen. Wie alle Menschen tun sie, was ihre Anführer von ihnen verlangen. Damals habe ich schon nicht verstanden – und ich verstehe es auch heute nicht –, welchen Sinn es hat, Frauen auszurotten, die gebären können … Irgendwann verließen mich auf See meine Kräfte. Es kommt einem Wunder gleich, dass ich weder verdurstet bin noch von einem Meeresungeheuer verschlungen wurde. Aber ich habe die ganze lange Zeit zum Kreuz gebetet und darauf vertraut, dass Gott mich nicht verlassen würde. Als die Sonne und der Durst meinen Körper fast zugrunde gerichtet hatten, spülte das Meer mein Schiff schließlich ans Ufer. Fischer haben mich aufgenommen. Sie haben so ähnlich gesprochen wie wir und mich in ein Dorf namens Adler gebracht, das in der Nähe von Sotschi liegt.«

»Da hast du ein hübsches Stückchen Weg hinter dich gebracht.«

»Ja, aber wie gesagt: Höhere Kräfte haben mich beschützt. Die Fischer haben mich dann in einer Karawane untergebracht, die nach Norden gezogen ist. Nach Monaten voller Leiden fand ich endlich einige ukrainische Wipper, die mich auf einem geflügelten Drachen nach Warschau zurückbrachten.«

»Kaum zu glauben!«, rief Artur. »Aber was um alles in der Welt hat dich dann jetzt veranlasst, dich noch einmal in ein solches Abenteuer zu stürzen?! Meiner Ansicht bestehen null Chancen, auch nur die geringste Spur dieser Großen Prozession zu entdecken.«

»Darf ich dir eine Frage stellen?«, mischte sich Lew in das Gespräch ein. »Wie sieht denn eure Regierung diese Geschichte?«

»Die Woiwoden haben das Anliegen der Großen Prozession von vornherein missbilligt«, antwortete Stanisław. »Ihrer Ansicht nach liegt die Ewige Stadt viel zu weit von unserem Land entfernt, als dass wir uns um ihr Schicksal kümmern sollten.«

»Und wie sehen die Gläubigen das?«

Doch diesmal überging Stanisław Lews Frage. Stattdessen maß er Artur mit einem langen, eindringlichen Blick.

»Wir sind besser beraten, wenn wir es mit den Wippern halten, oder nicht?«, fragte der Priester Artur schließlich. »Denn ohne ihre Hilfe hättest du ja wohl auch nicht aufbrechen können, um deine Schlafenden Dämonen zu suchen.«

»Stimmt«, räumte Artur ein. »Trotzdem eile ich jetzt nicht vor jeder Expedition zu ihnen und bitte um ihre Erlaubnis. Wenn ich das täte, wäre Piter dem Untergang geweiht. Außerdem … sind die Herren Wipper nicht gerade gesprächig.«

In diesem Moment zügelte Knirps sein Pferd. Den grauen Streifen der Autobahn überzog nun eine dicke Sandschicht. Die Pferde stampften mit den Hufen, den Menschen knirschten Sandkörner zwischen den Zähnen. Jetzt, dicht vor der Sandwand, erinnerte diese an eine langsam herankriechende Schneelawine. Artur fielen die Wanderdünen ein, die er einst bei einer Geschäftsreise nach Zentralasien beobachtet hatte. Sie waren erbarmungslos über das grüne Gras hergefallen … Hier war etwas Ähnliches im Gange. Sogar die Blätter der Bäume und Büsche hatten ihre Farbe verändert, wirkten nun wie mit gelbbraunem Talkum bestäubt. Und alles Leben schien ausgestorben.

Die Insekten waren endgültig verschwunden, die Vögel verstummt. Bis auf das gedämpfte Schnauben der Pferde und ein leises Klirren war einzig das anschwellende, schmerzliche Stöhnen der Straße zu hören.

»Schützt euer Gesicht und eure Augen!«, ordnete Stanisław an und wandte sich dann wieder an Artur. »Du bist also aufgebrochen, ja, Pan Gouverneur, ohne vorher den Rat der Wipper einzuholen? Dabei weiß sogar Krzysztof mehr über dich als du selbst …«

»Drück dich gefälligst klarer aus!«, verlangte Artur, während er sich überzeugte, dass bei allen das feuchte Tuch und die Motorradbrille richtig im Nacken verknotet waren.

»Was soll daran unklar sein?«, fuhr Stanisław ihn an. »Die Wipper haben in ihrem Zauberbuch nachgelesen. Eine Stelle, bei der es um dich geht. Glaub mir, du hättest gut daran getan, sie danach zu fragen«, brummte er, um gleich darauf sein Pferd anzutreiben. »Und jetzt lass mich voranreiten!«

Eine Staubwolke aufwirbelnd, schoss Stanisław an Artur vorbei. Dieser schickte ihm einen verzweifelten Blick hinterher.

»Haltet die Augen offen, Leute!«, befahl er, misstrauisch zum Wald hinüberspähend. »Schießt auf alles, was sich bewegt!«

Knirps und Daljar umwickelten die Waffen. Notfalls konnten sie selbst durch das Sackleinen schießen. Flöckchen verhielt sich ruhig, dafür suchte Semjons nervöser Blick den Christophs. Der Sohn des Roten Vollmonds stellte sich gerade auf den breiten Sattel und drehte sich zurück, wobei er die Hände gegen die Schläfen presste.

Artur schnürte eine Tasche auf und holte vorsichtig einen Geigerzähler heraus, den er in irgendeiner Schule Piters gefunden hatte. Selbst den fortschrittlichsten Wippern hatte er nicht erklären können, was genau dieses Wundergerät eigentlich maß. Momentan jedenfalls nicht viel. Da hatte es schon Situationen gegeben, in denen sich dieser Apparat ganz anders aufgeführt hatte …

»Was steht denn nun im Buch?«, rief Artur Stanisław hinterher.

»Wenn du am Leben bleibst, frag Krzysztof danach«, antwortete der Priester, der bereits weit vorausgepirescht war. »Aber eins verrate ich dir doch: Die Wipper im Norden haben vor Kurzem einen Eintrag hinzugefügt. Er betrifft den Erwachten Dämon. Und er besagt, dass dieser eine Bruderschaft des Kreuzes um sich schart und eine Prozession nach Süden anführt …«

(5) DER ERSTE VERLUST

»Heilige Xenia, steh uns bei! Wo sind wir denn jetzt gelandet, Herr Schmied?«, fragte Mam Rona und zog Artur am Ärmel.

Obwohl sich die Leiterin der Medizinischen Akademie noch hervorragend an jenen kahl geschorenen, verängstigten Mann erinnern konnte, der vor langer Zeit zu ihr gebracht worden war, betonte sie in der Öffentlichkeit stets ihren Respekt gegenüber dem Gouverneur.

»Was meinst du, geht das auf die Wipper zurück?«, wollte Artur mit einem Blick auf die Umgebung von Semjon wissen. Dieser schüttelte jedoch nur verwirrt den Kopf.

»Nein, unsere Leute brächten dergleichen nie fertig«, antwortete der Wipper.

Sie hatten sich fast sechs Stunden lang durch den Sandsturm kämpfen müssen, durchs Dämmerlicht stapfend und in einem fort Sand ausspuckend, als wären sie mitten in der Sahara. Stanisław war vorangegangen, das Pferd am Zügel führend. Artur hatte sich einfach keinen Reim darauf machen können, woher dieser Sandsturm kam und wohin er verschwand – doch schien er als eine Art Schleuse zwischen der bekannten Realität und etwas, das sich mit Worten nicht beschreiben ließ, zu funktionieren. Dieser Eindruck wurde noch dadurch verstärkt, dass sich die Flora stark veränderte, weshalb Artur sich unwillkürlich wie ein Astronaut auf einem fernen Planeten fühlte.

Irgendwann hatte der Sturm etwas nachgelassen, sodass sie wenigstens etwas bessere Sicht hatten. Die hatte eine böse Überraschung mit sich gebracht: Die Autobahn mit dem Rasenstreifen zwischen Fahrbahn und Gegenfahrbahn endete. Immerhin hatte sich die Richtung noch anhand von Kieselüberresten entlang des Rasens erkennen lassen. Um wenigstens etwas Aufmunterndes zu sagen, hatte Stanisław ihm ins Ohr gebrüllt, er sei in dieser Gegend noch nie überfallen worden.

Als sie dann den Sandsturm endlich hinter sich gebracht hatten, sahen alle zum Fürchten aus. Am schlimmsten hatte es Lew erwischt. Der Alte hustete die ganze Zeit über, spuckte Sand aus und hatte trotz der Brille gerötete Augen. Den anderen erging es kaum besser: Die pechschwarzen Haare Mam Ronas und die rote Mähne Christophs waren grau geworden. Der Einzige, der einigermaßen glimpflich davongekommen war, war Stanisław, der sich nicht nur ein Tuch um den Kopf gebunden, sondern auch die Jackenärmel und Hosenbeine verschnürt hatte. Aber selbst die Pferde zitterten wie verängstigte Häschen …

»Nein, glaub mir, wir Wipper bringen dergleichen nicht fertig«, versicherte Semjon noch einmal und spuckte einen Klumpen grauen Schleim aus.

Das hatte Artur inzwischen auch selbst begriffen. Eine derart fiese Aktion sah den russischen Wippern überhaupt nicht ähnlich.

»In den letzten drei Jahren hat sich hier alles von Grund auf verändert«, meinte Stanisław, während er sich vorbeugte und sein dichtes Haar auskämmte. »Früher hat dich nach diesem Sandsturm ein Wald erwartet …«

In der Tat waren die finsteren Buchen knorrigem Dickicht gewichen, in dem es kein einziges grünes Blatt gab. Alles, was hier wuchs oder so tat, als wüchse es, zeigte eine abstoßende mausgraue Färbung. Artur hätte am liebsten gekotzt. Das waren doch keine Büsche – das waren verkrumpelte Skelette. Dahinter ragten ekelerregende Stämme auf, um der Sonne ihre dürren, tentakelartigen Äste entgegenzustrecken. Von den Zweigen hingen feuchte, lederartige Lianen herab, von denen eine dicke, zähe Flüssigkeit tropfte. Da kleben doch Dutzende von toten Insekten dran, ging es Artur durch den Kopf. Auch wenn diese *Fliegen* so groß wie Spatzen sind.

»Ich will verrecken, wenn das nich' mal Eichen waren!«, brummte Knirps.

Rechter Hand zogen sich, soweit das Auge reichte, praktisch schnurgerade Gräben mit stehendem schwarzen Wasser hin, vielleicht eine Bewässerungsanlage. Vielleicht aber auch die Folge eines präzisen Bombardements. Das Gras dazwischen war vertrocknet. Aus einem der schlammigen Kanäle ragte noch eine elegante Fassade mit Wetterhahn und verglastem Balkon heraus, in dem Vasen mit Blumen fast wie in Bernstein eingeschlossen waren. Über einem anderen Kanal hing das halbrunde Vordach einer Pizzeria. Auf einer seiner schiefen Stangen kroch, eine Schleimspur hinterlassend, eine gehörnte Schnecke von der Größe einer jungen Katze dahin.

»Es folgt uns, wiewohl langsam«, äußerte sich Christoph besorgt und deutete hinter sich, wo sich der Sandsturm erneut zusammenballte. »Ebenso tot wie lebendig kraucht es über der Erde und unter der Erde …«

»Das ist eine Stadt«, sagte Semjon und nickte in Richtung der Gräben, »die nicht vollständig vom Antlitz der Erde getilgt worden ist.«

Die Luft war feucht und von Brandgeruch geschwängert. Sämtliche Telegrafenmasten und Ortsschilder im Umkreis waren wie vom Erdboden verschluckt. Sogar die Sonne, die müde im Westen am Himmel hing, schien dreckig und trüb wie ein Auge, das vom grauen Star befallen ist. Zwischen den schlammigen schwarzen Kanälen ließ sich nur noch mit Mühe die Spur einer Auffahrt erkennen. Sie wurde von den Überresten einer Plastikkonstruktion gesäumt, deren Funktion zu bestimmen schlechterdings unmöglich war. Am Ende der Auffahrt lugten ziegelgedeckte Spitzdächer aus dem widerlich funkelnden Boden.

»Das ist ja eine ganze Straße … «, brachte Daljar zögernd heraus. »Eine versunkene Straße.«

Die Dächer verliefen in zwei parallelen Reihen, zwischen

ihnen glitzerte ein lebloser anthrazitfarbener See. Weiter hinten bohrte sich inmitten von eingeknickten, kahlköpfigen Pflanzen die Spitze des Rathauses, ebenfalls ein Ziegelbau, aus dem Boden heraus. Auf den einst dunkelroten Ziegeln lieferten sich die unterschiedlichsten Arten von Schimmelpilz einen erbitterten Wettbewerb, wer diese Erinnerung an den Menschen schneller mit einem weißen oder grünen Belag zu tilgen vermochte. In einem der eingeschlagenen pfeilförmigen Fenster steckte außerdem ein gigantisches Vogelskelett. Anscheinend hatte eine dieser vierfüßigen Enten ihr Nest im Innern des munizipalen Gebäudes angelegt – bis dann jemand aufgetaucht war, der dem Vögelchen im eigenen Haus die Kehle durchgebissen hatte. Aus dieser Entfernung konnte Artur jedoch nur den spitzen Brustbeinkamm und die Wirbelsäule ausmachen.

Um sie herum war es totenstill. Nur fiepte es allen in den Ohren, fast wie nach einer Explosion …

»Die Straße singt nicht mehr«, bemerkte Louis mit einem Mal, während er mit einem Putzstock im Lauf des Karabiners herumstocherte.

»Weil es niemanden mehr gibt, dem sie ihr Lied vorsingen könnte«, erklärte Stanisław. »Die Straße singt nur, wenn ihr ein Leid zugefügt wird.«

Artur wusste genau, wie nicht nur eine Straße, sondern ganze Ortschaften ausgelöscht wurden. Zunächst bestimmten die Wipper dafür die Punkte, an denen sie ansetzen wollten und mussten – damit der Prozess nicht außer Kontrolle geriet.

Hier deutete jedoch alles auf ein anderes Szenario hin: Die Erde war absolut unbedacht zum Wippen gebracht worden, sodass ein Teil der Häuser nicht vollständig untergegangen war. Entweder hatte im südlichen Deutschland also eine Art rasender Elefant gewütet oder …

»Ob es hier ein Dunkles Mal gibt?«, fragte Artur in zweifelndem Ton.

Daraufhin ging Semjon der Zweite in die Hocke, zerrieb etwas Erde in der Hand und hielt sie sich unter die Nase.

»Könnte sein. Aber wer hat dann die Knoten entdeckt?«, wandte er sich an Artur.

»Wovon redet ihr da eigentlich?«, mischte sich Lew ein, der seinen apathischen Zustand allmählich überwand und nun wieder die übliche Neugier an den Tag legte.

»Von einem Dunklen Mal, bei dem drei Knoten ein rechtwinkliges Dreieck bilden«, erklärte Artur. »Das ist ein äußerst seltener Fall, wie er beispielsweise nach einer Kernwaffenexplosion oder um sehr dreckige alte Industrieanlagen herum auftritt. So war es bei uns in Tscherepowez oder … oder in Moskau. Ein solches Mal kann alles im Umkreis von tausend Kilometern zerstören. Diese speziellen Formen werden von den Wippern auch nicht vergrößert, wie es sonst üblich ist, sondern eingedämmt. Nur dann richten sie keinen Schaden mehr an.«

»Du hast gut reden!«, polterte Louis. »Als ob die Wipper nicht genug Cowboys mit ihrer Zauberei in den Ruin getrieben hätten!«

»Aber doch nicht absichtlich!«, erklärte Semjon mit finsterer Miene.

»Hört auf mit diesem Streit!«, brüllte Artur die beiden an. »Wir haben schon genug Probleme!«

Er suchte den Horizont mit dem Fernrohr ab, machte aber überall nur diese verstümmelten zwergenhaften Bäume, die dicke schwarze Brühe und den grau glitzernden Boden aus.

»Wenn das ein Dunkles Mal gewesen wäre«, sagte Semjon, »müsste es hier jetzt dichten Urwald geben. Und Tiere. Aber rundum ist alles tot wie auf einer Brandstätte.«

»Tot ist es hier nicht«, widersprach Christoph.

»Der Junge hat recht«, bestätigte Stanisław. »Und wenn wir die Stadt der Bierbrauer nicht vor Anbruch der Dunkelheit erreichen, dann wird niemand von uns eine ruhige Nacht erleben, fürchte ich.«

»Auf die Pferde!«, befahl Artur. »Wir reiten in der gleichen Formation wie bisher!«

Je länger sie dahinpreschten, desto stärker wurde der Brandgeruch. Immerhin hatten sie den Sand endgültig hinter dem verkümmerten Unterholz zurückgelassen. Niemand von ihnen brachte auch nur ein Wort heraus. Sie alle hatten bereits die eine oder andere Ewige Brandstätte gesehen, aber die hiesige *Schönheit* setzte sogar Mitja Knirps zu.

»Sieh dir das doch bloß an, Herr!«, sagte er irgendwann fassungslos zu Artur, als sie zum x-ten Mal an einer Reihe von Flachdächern aus Beton vorbeiritten.

Die einstigen Gebäude deutscher Industriegiganten glichen inzwischen – abgesunken, wie sie waren – einer Herde naiver Büffel, die sich ins Moor verirrt hatten. Nur einer der rostfreien Türme mit der Reklame des Pharmakonzerns Bayer hatte sich seinen Weg in die Tiefe völlig schief gebohrt ... Artur zählte elf Stockwerke.

»Was für 'n Koloss!«, stieß Knirps begeistert aus. »So was kannst du bei uns lange suchen.«

Aus einem der Fenster in den oberen Etagen ragten Stöcke, Grasbüschel und sogar Reste von Stahlträgern heraus. Als sie sich dem Turm näherten, tauchten hinter einer Balkonbrüstung zwei Köpfe mit Glupschaugen und massiven, nach unten gebogenen gelben Schnäbeln auf. An den nackten schwarzen Hälsen, die den Durchmesser eines Männerunterarms hatten, zeigte sich erster zarter Flaum. Die Bewohner des Pharmabüros rissen synchron die Schnäbel auf und stießen einen erbärmlichen Schrei aus, der die Pferde erzittern ließ.

»Das is' ihr Nest«, krächzte Mitja. »Was für 'ne Brut! Und der Mama von diesen Biestern will ich lieber nich' begegnen!«

Selbst die Vogelkinder dürften bei ihrem Gewicht wohl kaum fliegen können, überlegte Artur. Da fragt man sich doch, wo die Frau Mutter Nahrung besorgt – noch dazu zu Fuß. Ob sie wie ein Eilzug durch die Gegend brettert?

In diesem Moment fiel ihm außerdem auf, dass der Nebel Knirps' Ausruf förmlich in sich aufsog. Was ist das nun schon wieder?, fragte er sich. Auch Semjon schien das seltsame Verhalten der Luft bemerkt zu haben, denn der Wipper starrte verständnislos zum Himmel hinauf.

Abgesehen davon: Seit wann erwärmte sich die Luft zum Abend hin?! Und das tat sie – mehr noch, es wurde regelrecht stickig, fast als köchelte unter der Erde irgendein Teufelskessel. Über den Gräben waberte Dunst, rechts von ihnen erstreckte sich eine breite Ebene, die bis zum Horizont mit starrem, fliederfarbenem Riedgras bewachsen war. Von dort aus trug ein zarter Wind einen grausamen Gestank heran. Puh!, schoss es Artur durch den Kopf. Ist hier der strategische Vorrat an Sauerkraut verfault?! Oder bin ich plötzlich in der Jurazeit gelandet?

Die Luft heizte sich mit jeder Minute mehr auf, und die Sonne spielte irgendwie verrückt. Sie hätte eigentlich längst hinter einer fernen Hügelkette untergegangen sein müssen, klebte stattdessen aber immer noch fest am Himmel. Artur kramte zweimal einen Eisenzylinder mit einem Flugzeitmesser hervor – und zweimal stand er vor einem Rätsel, nämlich der Frage, wer hier nicht richtig *tickte*, dieses Ding oder die Sonne. Eine innere Stimme sagte ihm, dass die Uhr intakt war. Aber wenn das All nicht ausgerastet ist, grübelte er weiter, dann muss die Zeit selbst außer Kontrolle geraten sein. Na wunderbar!

Er zeigte Semjon verstohlen die Uhr. Dieser nickte mit finsterer Miene. Wipper benutzen keine mechanischen Geräte, sondern sie lernen von klein auf, die Uhrzeit auch ohne diese Hilfsmittel auf die Minute genau zu bestimmen.

»Es dunkelt einfach nicht«, brachte Semjon heraus. »Fast als wäre die Zeit in einem Ring eingeschlossen. Ich habe von chinesischen Mönchen gehört, die …«

»Das kommt in dieser Gegend öfter vor«, fiel ihm Stanisław ins Wort. »In unterschiedlichem Ausmaß. Bisher habe ich euch nichts davon erzählt, weil ich euch nicht erschrecken wollte.

Aber ein Bekannter von mir, ein deutscher Zauberer, ist einmal losgegangen, um Kräuter zu sammeln, allerdings hat er nicht diese Straße hier genommen, sondern eine weiter nördlich. Da hat er einmal einen Tag erlebt, der mehr als dreißig Stunden gedauert hat. Doch als er zurückgekehrt ist, hat sich herausgestellt, dass ihn niemand vermisst hat. Im Gegenteil, alle wunderten sich, dass er so schnell wieder da war und in nur wenigen Stunden so viele Heilkräuter gesammelt hatte.«

»Das heißt, wenn wir hier einen Monat feststecken, glaubt man jenseits dieses Sandsturms, es sei erst eine Woche vergangen?«

»Nur würdest du hier keinen Monat überleben«, erwiderte Stanisław. Dann dachte er kurz nach und fügte hinzu: »Im Übrigen ist es durchaus vorstellbar, dass die Zeit hier im Süden schneller vergeht.«

»Findet man hier tatsächlich Heilkräuter?«, fragte Semjon ungläubig und verhüllte sich das Gesicht wieder mit dem Schal.

Anschließend folgte er dem Beispiel Knirps', holte ein Fläschchen heraus und gab ein paar Tropfen auf den Stoff, damit der Gestank um sie herum den Geruchssinn nicht beeinträchtigte.

»Ich würde den hiesigen Boden nicht mal mit bloßen Fingern *anfassen*«, sagte Stanisław. »Aber weiter im Norden findet man im Vorgebirge in der Tat viele wertvolle Kräuter.«

Knirps ritt auf seinem Hengst wieder voran. Er folgte einer komplizierten Zickzackbahn, suchte sich seinen Weg zwischen aus dem Kies herausragenden Röhren, Antennen und Hochspannungsmästen. Manchmal stellte sich ihnen auch ein flechtenartiger Windbruch entgegen. In solchen Fällen sagte ihm der hinter Knirps reitende Stanisław, welche Richtung er nehmen sollte. In den wenigen Waldstücken zwitscherten Vögel, am Straßenrand huschten kleine Tiere vorbei. Mit einem Mal endete der grüne Streifen, als wäre er mit einem Messer gekappt worden. Erneut lag nur die tote Steppe vor ihnen, mit ihren unzähligen verschluckten Bauten, mit Seen voller Dieselöl und nach irgendwelchen Chemikalien stinkenden Geysiren.

Dann machten sie auf der Spitze eines Hügels wieder ein Stück der Autobahn aus, wie immer es auch dorthin gekommen sein mochte. Artur befahl, eine Rast einzulegen, denn hier in der offenen Ebene konnte sich wenigstens niemand unbemerkt an sie heranschleichen. Stanisław gefiel die Idee einer Rast jedoch überhaupt nicht. Doch da sie schon einmal einen Graben mit sauberem Wasser gefunden hatten, wollte Artur sich die Gelegenheit nicht nehmen lassen. Zunächst ließen sie deshalb Flöckchen daran schnuppern. Obwohl der Tiger nicht zurückschreckte, befahl Artur, es abzukochen, selbst wenn sie es nicht trinken, sondern sich nur damit waschen wollten.

Als Artur sich danach wieder in den Sattel schwang, betrachtete er die Gegend aufmerksam: Die Zerstörung hier überstieg noch die wildesten Phantasien.

Kein Wipper hätte es je geschafft, die Zeugnisse der Zivilisation auf eine so penible Weise zu zerhäckseln. Wäre der Geigerzähler nicht nach wie vor stumm geblieben – Artur hätte vermutet, es sei hier vor langer Zeit zu einer Atomkatastrophe gekommen. Vor dem Großen Tod musste die Bevölkerungsdichte in dieser Gegend sehr hoch gewesen sein, sodass sich mit Sicherheit ein Dunkles Mal gebildet hatte. Nur hatte es – im Unterschied zu Arturs Erfahrung in Moskau – seine schreckliche Arbeit nicht vollendet …

»Südlich des Waldes liegt eine Stadt«, sagte Artur und reichte Stanisław das Fernrohr. »Warum die nicht auch untergegangen ist …?«

»Und ich hatte schon befürchtet, wir seien vom Weg abgekommen«, erwiderte Stanisław mit einem schiefen Grinsen. »Wie gesagt, vor zwei Jahren sah hier alles anders …«

Er hatte den Satz noch nicht beendet, als Christoph und Semjon, die gerade am Boden hockten und ein Brot aßen, aufsprangen, während Daljar über den heißen Beton rollte und das MG auf jenen Punkt richtete, auf den Christoph wies.

»Was is' da, Chris?«, fragte Knirps.

»Dort bewegt sich etwas, sehr schnell und abermals über wie auch unter der Erde …«

»Das ist ein Schwarm«, brachte Stanisław heraus, der kreidebleich geworden war. »Ich habe doch gesagt, dass wir nicht rasten dürfen!«

In der wattigen Stille um sie herum schwoll ein Surren an, das schon bald in gedämpftes Dröhnen überging. Alle sahen sich wie von Sinnen um. Mam Ronas Pferd wieherte laut, stellte sich auf die Hinterbeine und hätte mit den Vorderhufen beinahe die Ärztin niedergetrampelt. Knirps sprang auf seinen Hengst und zog ein sechsläufiges MG unter einem Riemen hervor. Er war der Einzige von ihnen, der mit dieser Waffe umgehen konnte.

»Dort! Da drüben!«, rief Christoph und klammerte sich an den Hals seines Pferdes.

In dem schlammigen Tal ragte eine Konstruktion schief und krumm zum Himmel auf, deren Spitze ein Plastikkäfig mit der Aufschrift *Shell* bildete. Dahinter schimmerten die Dächer gigantischer Öltransporter – und zwischen denen kroch eine dunkle Wolke auf sie zu. Als Artur das Fernrohr darauf richtete, meinte er, ein eingerolltes Drahtnetz vor sich zu haben.

»Die Pferde auf den Boden!«, befahl Artur und griff nach seiner Waffe. »Semjon, lass die Fleder frei!«

»Die können uns auch nicht retten«, bemerkte Stanisław.

Doch der Wipper hantierte bereits an den Taschen, in denen die Kampffledermäuse hockten.

Sechs Raubtierköpfe schlugen die Zähne aufeinander. Man musste den Fledern nicht erklären, wo sich der Gegner befand. Das Pferd, durch die freigelassenen Tiere nervös geworden, trat zur Seite und traf dabei zufällig Semjon mit einem Huf. Die Fledermäuse erhoben sich in die Luft und formierten sich keilförmig zur Attacke. Für die Angehörigen dieser Generation hatte Artur den Wippern zweimal so viel gezahlt wie sonst. Mit gutem Grund: Die neuen Fleder besaßen einen leichten Panzer, zwei ausfahrbare Krallen und so viel Gift, dass ein einzelnes Tier einen Stier ausschalten konnte.

Das Pferd hatte Semjon mit dem Tritt zu Boden geworfen, sodass Mam Rona gleich auf ihn zueilte. Das verschreckte Reittier selbst sprang von der Straße und preschte, von niemandem aufgehalten, dem Schwarm entgegen. Mit einem Kanister voll Wasser und den eingerollten Zelten … Die Packtiere drängten sich aneinander und waren schier verrückt vor Panik. Immerhin verhinderten die Fesseln, dass auch sie Reißaus nahmen.

Das gleichmäßige Dröhnen wuchs sich zu einem durchdringenden Choral aus, der sich anhörte, als würden hundert Kastraten drei erbärmliche Noten von sich geben. Die dunkle Wolke von der Größe eines Volleyballfelds und der Form eines Pucks durchschlug eine Reklametafel für deutsches Maschinenöl.

Das Schild zerfiel prompt in winzige Fetzen.

Das entlaufene Pferd hielt wie irre auf den Gegner zu, dabei die Zelte links und rechts verstreuend. Die Fleder hatten sich inzwischen in zwei Keilformationen aufgeteilt und wollten den Feind in die Zange nehmen. Im Unterschied zu den Pferden kannten sie grundsätzlich keine Angst.

Artur beobachtete den Schwarm durchs Fernrohr. Ein flaues Gefühl breitete sich in seinem Magen aus – und darauf gab er etwas: Ihnen näherte sich ein absolut monströses Wesen.

Der Schwarm bestand aus Tausenden von kreischenden kleinen Libellen, die sich mit langen starren Fühlern ineinander verhakt hatten, sodass sie in einer kompakten Kristallstruktur flogen.

Die Wolke setzte ihren Weg unterdessen in Richtung des Obergeschosses der untergegangenen Filiale eines Opelhändlers fort. Und als hätte der Schwarm dieses Hindernis überhaupt nicht bemerkt, bohrte er ein Loch in das Gebäude und dachte gar nicht daran, die Attacke abzubrechen …

»Heilige Mutter Gottes!«, flüsterte Lew.

»Wie sollen wir denn gegen die kämpfen?«, brüllte Artur und packte Stanisław bei der Schulter.

»Wir können nur beten oder fliehen«, antwortete dieser bloß. »Und auf die Straße hoffen, auf den Beton …«

Immerhin sah auch Artur ein, dass es jetzt noch nichts brachte, das Feuer zu eröffnen, damit würden sie nur ihre Patronen vergeuden. Diese spitzen Fühler würden wie elektrische Laubsägen auf die Kugeln losgehen …

Abgesehen davon arbeitete sich dieser Schwarm auch noch durch die Erde, und zwar gleich einem Pflug, der die oberste Bodenschicht aufreißt. Seinen Weg markierte das zu feinen Spänen zerhäckselte fliederfarbene Riedgras. Die hält nicht mal der solideste Beton auf, ging es Artur durch den Kopf.

Dann richtete er seinen Blick wieder auf das durchgegangene Pferd. Es bemerkte die Gefahr erst, als es längst zu spät war. Im letzten Moment stoppte es und machte kehrt, was zur Folge hatte, dass es bis zu den Knien in dem lehmigen Matsch stecken blieb. Prompt wurde ihm lautlos und sehr gleichmäßig der hintere Teil des Rumpfs weggesäbelt. Die muskulösen Beine des Hengsts verwandelten sich in feines Hackfleisch. Ob der Schwarm dabei sein Opfer fraß oder nicht, war Artur schleierhaft.

Zumindest erreichten die Fleder jetzt ihr Ziel und stürzten sich mit wütendem Geschrei auf den Feind. Schon eine Sekunde später war alles vorüber: Ihr Luftgeschwader war vernichtet. Und jetzt? Sollten sie jetzt etwa die vier Brieftauben in den Kampf schicken?

»… und rette und erbarme dich meiner …«, betete Lew leise.

»In einer Minute sind die hier«, sagte Daljar in ausgesprochen ruhigem Ton.

»Auf die Pferde!«, befahl Artur. »Hauptmann, eröffne das Feuer auf der linken Seite!«

Knirps schickte prompt hundert Kugeln in die genannte Richtung.

»Gib's denen!«, schrie Louis. »Was ist, ihr Biester, gefällt euch das nicht?!«

Offenbar – denn wie durch ein Wunder geriet der Schwarm in Verwirrung. Der nervende metallische Choral zerfiel in Hunderte von fiependen Einzelstimmen.

»Oberst! Auf die rechte Seite! Kurze Salven!«

Artur klebte förmlich am Fernrohr. Das Pferd unter ihm stand zwar brav still, zitterte jedoch wie ein Häslein.

Daljar beschrieb mit dem Lauf des MGs einen Halbkreis, und die Libellen kriegten ihr Fett weg. Okay, damit war klar, dass auch diese Biester verwundbar waren. Allerdings fuhren die funkelnden Würste, selbst wenn sie in Stücke gerissen wurden, damit fort, mit den harten Zwillingsflügeln zu schlagen, um auf diese Weise ihre Artgenossen davon abzuhalten, die Kristallstruktur aufzugeben. Dann verharrte der Schwarm kurz auf der Stelle, um die beschädigten Teile seiner Formation abzusondern. Dabei kam es zu äußerst komplizierten zentrifugalen Bewegungen, aus denen ein neuer Kristallkörper entstand. Mehr brauchte Artur nicht zu sehen, um zu wissen: Selbst mit dem gesamten Vorrat ihrer Munition würden sie diese blutleere Superlaubsäge nicht aufhalten.

»Christoph!«, schrie er. »Die Packpferde in die Mitte! Oberst! Nimm die Anführer ins Visier! Auf meinen Befehl galoppieren wir los! Knirps, du gibst uns Deckung!«

Stanisław führte sie auf die andere Seite der Straße, damit diese zwischen ihnen und der Eisenwolke lag. Noch während Artur seinem Pferd die Peitsche zu kosten gab, beobachtete er, wie am anderen Straßenrand Betonbrocken in einer Fontäne aufwirbelten: Der Schwarm verbiss sich in die Straße.

Nach zweihundert Metern wilden Ritts machten sie auf Arturs Befehl hin auf der nächsten Betoninsel halt. Artur nickte Louis zu. Der hatte nur auf diesen Befehl gewartet und richtete den Granatwerfer jetzt auf den Feind. Daljar wich ein Stück zurück und hielt sich die Ohren zu.

Die Kristallformation, bisher ein echtes Plus für diese Libellen, erwies sich nun als zweischneidiges Schwert, schlossen sie sich doch in alter Gewohnheit dichter zusammen, statt die Granate einfach zwischen sich hindurchgleiten zu lassen. Doch obwohl die Explosion den Schwarm in vier Teile zerriss, versuchten selbst jetzt noch einzelne Insekten, sich wieder miteinander zu verhaken. Ihre Attacke war aber immerhin erst mal gestoppt. Louis lauerte bereits mit der nächsten Granate in der Hand darauf, dass sich der Rauch verzog.

Das Bild, das sich ihnen dann bot, schien aus einem Albtraum zu stammen: Die über das Gras und den Beton verstreuten Libellen krochen mit hartnäckiger Entschlossenheit zur Straße zurück, wo unter der Erde der zweite Teil des Schwarms auf sie wartete.

»Schieß tiefer!«, schrie Daljar und schlug auf den Lauf des Granatwerfers.

Auch der zweite Schuss war ein Treffer. Wie im Rausch stürzte Louis daraufhin vor, ohne auf die Schreie Daljars zu achten. Anscheinend wollte er die dritte Granate noch tiefer setzen, nur knapp über dem Boden, wo er das Hirn des blutdürstigen Drahtnetzes vermutete. Er lief zehn Meter, ohne zu registrieren, dass ihm der Schwarm nun entgegenkam, sodass er viel zu spät nachlud. Mit einem Mal flog aus dem Rauch eine frisch gebildete Kristallformation heraus und zerfetzte den tapferen Hauptmann.

Diese Neuformation dürfte wohl nicht mal eine bewusste Handlung des ganzen Schwarms gewesen sein, sondern auf jene Teile zurückgehen, die bei der Explosion abgerissen worden waren und jetzt ausrasteten. O nein, dachte Artur in Erinnerung an die SF-Romane seiner Kindheit, von einem kollektiven Verstand kann hier keine Rede sein. Diese Biester handeln auf dem Niveau primitivster Instinkte.

Alle schrien gleichzeitig los. Daljar überzog die Reste des Schwarms mit MG-Salven, während Semjon das Magazin für ihn lud. Knirps sprang vom Pferd, ging unter dem Gewicht seiner sechsläufigen Waffe in die Hocke und stapfte wie ein wütendes Nashorn über die Straße. Mam Rona weinte, Lew keuchte vor Anstrengung, während er die Pferde hielt. Selbst Stanisław fluchte verzweifelt.

Artur hatte bereits gesehen, dass von Louis nichts übrig geblieben war, das sie hätten beerdigen können. Er sprang vom Pferd, kämpfte den Würgereiz runter und ging zu Daljar, der neben den Überresten seines Freunds stand. Die Schultern des Obersten zitterten, er wies mit dem Finger auf Artur, unfähig, auch nur ein Wort herauszubringen.

Eine breite Blutspur ziehend, hatten die Killerinsekten Louis' Körper an den Straßenrand geschleift und dort tranchiert. Nur das lederne Schultergehänge hielt die einzelnen Stücke noch zusammen. Wie durch ein Wunder war das Gesicht kaum verletzt. Louis blickte zum Himmel hinauf mit dem gleichen mutwilligen, grimmigen Ausdruck wie damals, als Artur ihm zum ersten Mal inmitten einer Horde kahler Hunde begegnet war.

»Chef!«, rief Mitja da. »Pass auf!«

Von der Seite krochen, mit den Fühlern ineinander verhakt, zwei Libellen heran. Ihnen schloss sich erst eine dritte, dann eine vierte und fünfte an. Sie alle schlugen klirrend mit ihren harten Flügeln.

»Auf die Pferde!«

Sie stürzten mit Stanisław an der Spitze im Galopp davon. Erst nach zwei Stunden unermüdlichen Ritts gestattete Artur es ihnen, in den Schritt zurückzufallen. Wenn er jetzt nicht etwas Wasser trinken würde, dann müsste selbst er kotzen. So bequem der Sattel auch war – jeder Schritt des schwarzen Hengstes löste Schmerzen in der Wirbelsäule aus. Auch Mam Rona war weiß wie ein Bettlaken. Als sie Arturs Blick auffing, rang sie sich ein Lächeln ab.

Nach und nach drosselten alle das Tempo. Von den erhitzten Flanken der Pferde stieg Dampf auf. Die Hufe versanken nun in rotem Sand, auf dem eine zehn Zentimeter dicke Rostschicht lag. Der schwarze Sumpf war fast überall fliederfarbenem Riedgras gewichen, das so hoch stand wie Mais. Zum Glück verhinderte die noch unter dem Sand liegende Straße, dass ihnen die mysteriösen Triebe auf die Pelle krochen. Die Pferde schleppten sich zwischen diesen beiden unnatürlich raschelnden fliederfarbenen Mauern dahin. Im roten Sand zeichneten sich unzählige Spuren ab, und einige gefielen Artur überhaupt nicht. Zum Beispiel diejenigen, wo drei schmale Finger oder Krallen fünf Zentimeter auseinanderstanden – der Daumen aber sieben Zoll von ihnen entfernt war. Weder Knirps noch Semjon, die größten Experten des Walds unter ihnen, konnten sich an ein Tier mit solchen Pfoten erinnern ...

Die Sonne setzte ihr verrücktes Spielchen fort, indem sie bald flackerte, bald tiefer sank. Artur sah längst nicht mehr auf die Uhr. Wozu auch? Schließlich rief das merkwürdige Verhalten der Sonne bei ihnen allen in regelmäßigen Abständen Kopfschmerzattacken hervor, selbst bei dem unverwüstlichen Knirps, der ihren Abschluss bildete und vorsichtshalber auch noch rückwärts auf dem Pferd saß.

Den Schwarm hatten sie glücklicherweise abgeschüttelt. Während sie die Straße runtergeprescht waren, hatte Christoph Artur mit Zeichen zu verstehen gegeben, dass weit links zwei ähnliche Formationen dahinzogen, die sie allerdings ignorierten.

»Was machen wir jetzt?«, wollte Semjon von Stanisław wissen. »Hast du nicht gesagt, wir müssten vor Einbruch der Dunkelheit eine Stadt erreichen? Nur wird es irgendwie überhaupt nicht dunkel. Und eine Stadt sehe ich auch nicht!«

»Und was ist das dort drüben?!«, konterte der Priester und

deutete mit dem Lauf seines Karabiners auf einige Ruinen. »Dort werden wir Obdach finden. In Städten gibt es viel Metall – und das mag der Schwarm gar nicht.«

»Dann sind diese Biester schon öfter aufgetaucht?«, fragte Artur empört.

»Ja ... aber früher waren sie ganz anders ...«, antwortete Stanisław nachdenklich. »Deshalb hatten die deutschen Bauern früher auch keine Angst, in das Gebiet hinter der Sandwand vorzudringen, wo sie in den Ruinen viele nützliche Dinge gefunden haben. Damals hat es nämlich gereicht, einen Metallstab in die Erde zu rammen. An dem hat sich der Schwarm die Zähne ausgebissen, und von einem Angriff konnte überhaupt keine Rede mehr sein.«

Artur sah Semjon fragend an.

»Unsere Alten behaupten, dass hinter dem Ural etwas Ähnliches existiert«, flüsterte der Wipper. »Leblose Wesen, die etwas von Maschinen haben und sich bewegen, weil sie beschworen werden. Bisher hat jedoch niemand jene Zauberer gesehen, die über die alten Maschinen gebieten.«

»Wenn wir den Büchern glauben, gab es vor dem Großen Tod viele kluge Köpfe«, warf Lew ein.

»Und offenbar gewinnen diese *Zauberer* immer mehr an Kraft«, schlussfolgerte Artur missmutig.

Ihm schoss ein Gedanke durch den Kopf, eine vage, aber wichtige Erinnerung, irgendwie verbunden mit den Ausführungen des Priesters, die er aber nicht zu fassen vermochte.

»Früher ist die Sonne hier immer untergegangen«, nahm Stanisław das Gespräch wieder auf. Dann drehte er sich um und fuhr fort: »Allerdings heißt es auch, es habe sogar Zeiten ganz ohne Sonne gegeben.«

»Kommandeur!«, rief Daljar, ohne Artur ins Gesicht zu sehen. »Warum hast du getan, was dieser Gauner verlangt hat? Wenn wir die Drachen genommen hätten, wäre Louis jetzt noch am Leben!«

Daraufhin maßen Daljar und Stanisław sich die nächsten Sekunden mit Blicken. Die Hände von beiden waren bereit, sich um den Abzug zu legen, aber da zwängte Artur sein Pferd zwischen sie. Stanisław wandte sich ihm wie in Zeitlupe zu: »Sag deinem Mann, dass er das Recht hat, mich zu töten, wenn ich ihm morgen nicht einen Beweis für meine Forderung liefere. Auf den Drachen wären wir alle gestorben …«

Artur legte Daljar die Hand auf die zitternde Schulter, bis dieser ihn zögernd ansah. Aus den Augenwinkeln heraus nahm er außerdem wahr, wie Semjon die Faust mit dem Messer darin sinken ließ.

Das ist erst der Anfang, begriff Artur. Wir haben noch nicht mal ein Drittel des Weges hinter uns, und schon geht es los. Heute konnte ich sie noch mal trennen, aber wer garantiert mir denn, dass sie nicht mal eine Prügelei anfangen, wenn ich nicht dabei bin? Jeder sieht nur den eigenen Schmerz, verschließt aber die Augen vor den Schwierigkeiten, die uns alle betreffen. Und den ersten Verlust mussten wir auch schon verkraften …

Mit einem Mal wurde der Brandgeruch geradezu unerträglich. Sie gelangten zu einer Straßenbiegung – und erreichten das Ende des fliederfarbenen Felds. Vor ihnen lag jetzt eine Brandstätte. Graue Aschehügel rauchten träge vor sich hin wie Vulkane. Im Umkreis von einigen Kilometern traf der Blick ausschließlich auf verbrannte Steppe. Dahinter begann jedoch das Leben. Dort erhoben sich – zwar von den Naturgewalten benagt, aber trotzdem immer noch recht ansehnlich – alte gotische Bauten. Aus den Werken der mittelalterlichen Baumeister ragten immer wieder Konstruktionen aus dem 21. Jahrhundert heraus. Es war eine große Stadt, mit begrünten Plätzen – und mit brennenden Lagerfeuern.

Kaiserslautern las Artur auf einem Hinweisschild. Die Schrift war fast verblichen, vor Kurzem jedoch erneuert worden.

»Dort leben Menschen wie auch Nicht-Menschen«, bemerkte Christoph. »Gute ebenso wie böse.«

»Sag mir nur eins«, bat Artur Stanisław, den Blick auf die Sonne gerichtet, die geradezu am Himmel festgenagelt schien. »Bist du sicher, dass wir diese Stadt aufsuchen können?«

Die Brauen und Wimpern des Priesters waren von Asche verklebt, der Schweiß lief ihm in dreckigen Strömen über die Wangen.

»Vor fünf Jahren«, sagte Stanisław und hob langsam den Blick seiner müden Augen, »vor dem Aufbruch der Großen Prozession, hätte ich gesagt, dass ich sicher bin …«

(6) NACHTAKTIVE BIERBRAUER

Die Ascheberge auf dem Pflaster verrieten Artur, dass die Lagerfeuer rund um die Uhr brannten, möglicherweise schon seit ein paar Jahren. Früher hatte es vor dem Winterpalast ähnlich ausgesehen, bevor er eine Beleuchtung mit Öl angeordnet hatte. Hier wurden die Feuer zudem von zwei Kohlenbecken auf dem Platz vor der Kirche sowie von zwei weiteren am Ende einer langen, hervorragend erhaltenen Straße ergänzt. Diese waren so geschickt in die alten Steinkonstruktionen eingebaut, dass die Flamme selbst bei starkem Regen nicht erlosch. Etwas abseits stapelte sich, von einer Bastmatte geschützt, akkurat zersägtes Brennholz.

»Die Bierbrauer beleuchten die Stadt ständig«, erklärte Stanisław. »Manchmal ist die Sonne nämlich von einer Sekunde zur nächsten verschwunden, da wäre sonst alles stockdunkel.«

»Die Bierbrauer?!«, fragte Artur zurück, der seinen Ohren nicht traute. »Wer kauft denn deren Bier?«

»Wir zum Beispiel. Deshalb haben wir auch dieses Handelsnetz aufgebaut.«

»Ich trink kein Bier!«, stieß Knirps mit angewidertem Gesicht aus.

»Ich auch nicht!«, erklärte Mam Rona.

»Oh … wir alle werden es trinken«, sagte Stanisław. »Sonst bringen wir den gelben Nebel nicht lebend hinter uns.«

»Was soll'n das heißen?«, wollte Knirps wissen. »Is' dieses Bier irgendein Zaubergesöff?«

Immerhin, dachte Artur bei sich, sie sprechen nach Louis' Tod endlich wieder miteinander. Die Frage ist nur, ob sie die Stadt beruhigt oder sie – im Gegenteil – nur losplappern, um ihre Nervosität abzubauen. Letzteres kann ich mir aber eigentlich kaum vorstellen. Schon allein der feste Pflasterstein unter den Füßen strahlt ja etwas Beruhigendes aus, dann die blühenden Kastanien in den schattigen Parks und der allgegenwärtige Geruch nach Hefe …

»Jeden Herbst treiben die Winde den gelben Nebel zum Meer, aber im Frühling zieht er wieder herauf, verdichtet sich und setzt sich als Tau ab. Die Bierbrauer versichern, noch vor vierzig Jahren habe ihnen dieser Nebel das ganze Jahr über zu schaffen gemacht, jetzt sei es jedoch nicht mehr so schlimm. Dein Christoph«, wandte sich Stanisław an Semjon, »glaubt, dass dieser Nebel in den Ruinen alter Chemiefabriken entsteht. Der Regen saugt das Gift auf, dann steigt das Wasser nach oben …«

»Und die Bierbrauer verdienen ihr Geld dann mit dem Verkauf von Medizin dagegen?«, fiel ihm Lew ins Wort.

»Von mir aus brauchst du das Bier auch nicht zu trinken«, erwiderte Stanisław kalt.

»Warum empfängt uns eigentlich niemand?«, fragte Mam Rona besorgt.

»Weil die Menschen hier ihr Haus niemals verlassen, wenn die Sonne am Himmel steht«, antwortete Stanisław und stellte sich in den Steigbügeln auf, offenbar nach etwas Ausschau haltend.

»Warum das nicht?«, hakte Mam Rona nach.

»Das werdet ihr schon bald selbst sehen«, sagte Stanisław bloß.

Sie ritten die Hauptstraße fast einen Kilometer weit hinunter und machten dann am nächsten Platz halt. Artur sah Christoph fragend an. Der wirkte jedoch völlig verwirrt. Flöckchen dagegen saß ruhig im Korb und beleckte sich das Fell. Die Pferde schüttelten unzufrieden die Mäuler, über die man ihnen Säcke gezogen hatte, und wollten sich zu dem braunen Gras, das durchs Pflaster spross, hinunterbeugen.

Als Artur den Blick über den Platz wandern ließ, beschlich

ihn das wehmütige Gefühl, wieder ein Kind zu sein, denn die Altstadt ließ ihn an ein Märchen von einem verzauberten Schloss denken: Auf den Steinplatten des Gehwegs standen elegante schmiedeeiserne Bänke. Ein grün angelaufenes Denkmal für einen unbekannten Oberst fuchtelte trotzig mit den Fragmenten seiner Arme. Enge, schummrige Gassen führten vom Platz weg und luden sie förmlich ein, ihnen zu folgen, um einen Blick hinter die Theaterkulisse zu werfen. Über spitzen Torbögen quietschten hier und da im Wind kupferne Stiefel, Kessel und Scheren, sicher Erinnerungen an längst in Vergessenheit geratene Handwerksgilden. Die gotischen Türme mit ihren steinernen Zierelementen durchstachen das Dämmerlicht wie die zornig erhobenen Finger von Aristokraten. Die mit Metall verkleideten Eichentüren der alten Häuser wirkten, als wollten sie in der nächsten Sekunde auffliegen, um ihnen eine Delegation entgegenzuschicken, bestehend aus angesehenen Bauern, dem Bürgermeister mit Perücke und Schwert, rotwangigen Baronessen in gestärkten Kragen …

Aber es erschienen weder der Bürgermeister noch die Hofdamen. Nur eine Katze schlich sich lautlos über die moosbedeckten Platten an sie heran. Mit stolzem Blick starrte sie die Fremden an, reckte sich und ließ sich dann nieder, um sich das Fell zu putzen.

Und dann war der Bann gebrochen: Flöckchen schrie auf und riss ein Stück aus dem Korb. Die Katze fauchte und schob die Doppelreihe der unteren Hauer vor. Obwohl die graue Schnurrmaschine größer als ein Dobermann war, hätte sie dem Tiger im Zweifelsfall nicht das Geringste entgegenzusetzen. Nicht einmal, als sich in ihrem weichen Nackenfell ein Lattenzaun aus gestreiften Nadeln aufbaute, fast wie die Halskrause eines Stachelschweins.

Prompt betrachtete Artur die Bilderbuchstadt um sich herum mit anderen Augen.

Aus jedem Ritz wucherte Unkraut, zum Glück aber kein fliederfarbenes, sondern stinknormales von grüner Farbe. An den Wasserabflüssen sprossen außerdem graue und braune Triebe irgendeines Windengewächses, das prachtvolle, duftende Blüten hatte. Wo immer sich die Winde in die Mauern gefressen hatte, waren einzelne Steine herausgebröckelt. Auf dem Boden lagen Granitsplitter, zwischen denen kleine Vögel herumhüpften, die der Blumennektar angelockt hatte. Der Gehsteig war bis hinunter zur Kanalisation aufgerissen. Aus dem schwarzen Schlund roch es muffig. Die Holztüren der Häuser waren völlig durchgefault und von Pilzen überzogen. Auf den Gesimsen lag eine dicke Schicht hart gewordenen Vogelmists, durch die eingeschlagenen Fenster ließ sich hier und da ein Blick auf den Himmel erhaschen. Und die Dächer der eleganten Prachtbauten waren seit Langem eingekracht.

»Sieht aus wie unsere Sumpfluchse«, bemerkte Lew und wies auf das Katzentier.

»Mhm, nur ist das Biest etwas kleiner«, brummte Daljar und hob die Armbrust. In dem Fall durfte er sich eine Kugel wohl schenken.

»Da kommen noch zwei«, sagte Knirps und langte bereits selbst nach einer Waffe. »Von links.«

»Schießt nicht«, bat Stanisław. »Das sind keine Wildkatzen. Diese Tiere greifen nur an, wenn man es ihnen befiehlt.«

Artur brauchte sich nicht umzudrehen, um alle Tiere in der Umgebung zu zählen. Insgesamt waren es acht. Fünf weitere lauerten nämlich noch in einem Hinterhalt, hinter der Fassade einer ehemaligen Blumenhandlung. Sie verhielten sich in der Tat ruhig und stellten keine Gefahr dar. Das ist ein gutes Zeichen, überlegte Artur. Denn es bedeutet, dass die Bierbrauer schon seit Langem von niemandem mehr angegriffen worden sind. Und es ist noch mal so gut, weil wir diese schönen Tiere dann nicht töten oder sie zwingen müssen, ihre Herren zu ermorden.

»Mögen Eure Tage voller Reichtum sein, Jäger Bork«, brachte Stanisław da höflich heraus.

Artur begriff nicht auf Anhieb, an wen sich der Priester überhaupt wandte. Als es ihm endlich aufging, konnte er sich ein Grinsen nicht verkneifen.

Ein kräftiger, gedrungener Mann, einer, der normalerweise als *laufender Meter* bezeichnet wird, mit einem Wort ein Zwerg, vermummt wie ein Imker, stand in der dunklen Türfüllung des Blumenladens, zusätzlich noch hinter einem imposanten schwarzen Schirm verschanzt. Auf dem Kopf trug er einen breiten Sombrero, sodass sein Gesicht kaum zu erkennen war, zumal er es auch noch hinter einem dichten Schleier verbarg.

Stanisław sprach daraufhin in solchem Tempo auf Deutsch weiter, dass Artur nur mit Mühe hinterherkam. Schließlich pfiff der Jäger Bork die Tiere herbei und verschwand ins Innere des Geschäfts.

»Er hat uns eingeladen«, erklärte Stanisław. »Wir sollen die Pferde in den Hof bringen, dort sind sie sicher.«

Obwohl im Innern des Ladens Moos wucherte, stellte er sich als extrem solide heraus. Wahrscheinlich stammte das Geschäft noch aus der Zeit der Kurfürsten.

Eine zweite Tür führte zu einem schmalen, gewundenen Flur. An seinem Ende schimmerte trübes Licht. Die Ziegelwände waren nun mit Holz verkleidet. Offenbar hatten die Bierbrauer etliche alte Gebäude zu einem einzigen Bau vereinigt. Genauer gesagt, sie hatten die Keller- und Souterraingeschosse, die auf die Plätze und angrenzenden Gassen hinausgingen, miteinander verbunden.

Bisher waren sie dreimal abgebogen. Nun schob der Jäger Bork einen schweren Vorhang beiseite und bat die Gäste in einen Raum mit Gewölbedecke, der in schlimmster Tradition des deutschen Mittelalters mit wuchtigen Möbeln vollgestopft war. Artur fielen bereits an der Schwelle zwei Dinge auf, die ihn frappierten. Der Raum wurde von drei Kerosinlampen erhellt, und weiter hinten stand ein alter funkelnder Flügel mit offenen

Noten auf dem Pult. Bork nahm den Hut ab, hängte den Schirm an einem Haken auf und klopfte an eine weitere Tür. Daraufhin erschienen zwei junge Männer, die sich den Schlaf aus den Augen rieben. Alle drei waren einander erstaunlich ähnlich. Sie hatten krankhaft weiße Gesichter mit hervortretenden Adern, rote Augen und eine Albinomähne.

»Das sind meine Söhne«, stellte Bork die beiden vor. »Klaus und Ferdinand.«

Arturs Leute nahmen auf harten Bänken hinter massiven Tischen Platz. Auf einen Wink Stanisławs hin überreichte Artur Geschenke: Seife, Saatgut und Pulver. Die Zwerge brachten kalten Braten, Brot und Weinflaschen.

»Das könnt ihr bedenkenlos essen«, übersetzte Stanisław rasch. »Davon ist nichts verseucht.«

Und wie um die Worte der Gastgeber zu bestätigen, machte er sich als Erster über das Essen und Trinken her.

»Ich habe noch nie Russen getroffen«, sagte Bork mit leiser Stimme. »Aber von Ihnen, Herr Schmied, habe ich schon gehört.«

»Und was?«, fragte Artur.

»Dass Sie den Russen ihren Staat zurückgeben.«

»Das nun wohl nicht gerade«, erwiderte Artur, der einige Mühe hatte, sich auf Deutsch zu unterhalten. »Bis es so weit ist, dass wir wieder einen Staat haben, dauert es nämlich noch ein ganzes Weilchen. Aber es freut mich, dass Sie sich überhaupt etwas unter diesem Begriff vorstellen können.«

Noch während er seine Antwort formulierte, begriff er, dass er sich im Ton vergriffen hatte. Das klang ja fast so, als stellte er den Bierbrauer auf eine Stufe mit den Wilden aus dem Wald. Immerhin nahm Bork ihm seine Worte nicht krumm.

»Wir lesen Bücher, Herr Schmied. Genau wie unsere Väter es getan haben und meine Enkel es irgendwann tun werden. Leider können wir Petersburg nicht besuchen, aber wir sind immer froh, Russen bei uns willkommen heißen zu dürfen. Wir beherrschen zwar keine einzige slawische Sprache, können jedoch fließend auf Französisch parlieren.«

»Warum schützen Sie sich eigentlich so gegen die Sonne?«, fragte Lew. »Vertragen Sie ihr Licht nicht?«

»Im Jahr nach dem Großen Tod ist ganz in der Nähe der Reaktor eines Atomkraftwerks explodiert«, erklärte Bork in einem Ton, als wäre ein solches Unglück das Selbstverständlichste der Welt. »Nach einem halben Jahr sind zwei weitere Atomkraftwerke in Frankreich in die Luft geflogen. Wer diese Katastrophen überlebt hat, brachte Kinder zur Welt, die keine direkte UV-Bestrahlung vertragen. Auch Bluterkrankungen … und andere Probleme treten bei uns häufig auf. Aber es ziemt sich nicht, beim Frühstück von Krankheiten zu sprechen.«

Angesichts dieser Fachbegriffe hätte Artur sich fast am Essen verschluckt.

»Sie sprechen ja wie ein Mensch der alten Welt!«, rief er aus.

»Ich habe doch gesagt, dass wir Bücher lesen. Während andere einander umbringen …«

»Dafür können diese *anderen* fast ausnahmslos Kinder in die Welt setzen«, giftete Stanisław.

Jetzt war die Reihe, sich zu wundern, nicht nur an Artur, sondern an all seinen Leuten.

»O nein, da irren Sie sich«, versicherten die drei Bierbrauer und fuchtelten mit ihren Minipranken. »Wir haben uns schon Dutzende von Malen auf Eheverbindungen mit denen eingelassen, die hinter der Sandwand leben. Sicher, es kommen Kinder zur Welt – aber entweder sterben sie noch vor ihrem ersten Geburtstag, oder sie vertragen die Sonne nicht und kommen deshalb zu uns. Glauben Sie mir, der Herr hat uns von euch geschieden wie die Erbauer des Turms von Babylon …«

Artur hätte beinah seine Schalotte wieder ausgespuckt. Nie im Leben hätte er sich träumen lassen, dass ein halbwilder Mutant aus der deutschen Provinz die Dinge eleganter auszudrücken vermochte als die Petersburger Schriftgelehrten und Kirchenleute.

Nach einer höflichen Pause wandte sich Stanisław mit Fragen nach der Großen Prozession an die Bierbrauer. Und abermals erstaunte Bork Artur.

»Als sie bei uns haltmachten, hatte ich ein kurzes und leider nicht sehr angenehmes Gespräch mit Kardinal Żmyhowycz. Möglicherweise blieb die Prozession aufgrund unserer Meinungsverschiedenheiten nicht über Nacht in der Stadt. Für das Bier haben sie jedoch angemessen bezahlt.«

»Sie sind nachts weitergezogen?«, fragte Stanisław entsetzt. »Ich kann nicht glauben, dass Sie ihnen die Gastfreundschaft versagt haben.«

»Das haben wir auch nicht, im Gegenteil, wir haben sie inständig gebeten, über Nacht zu bleiben, denn die Sonne hat sich damals höchst ungewöhnlich gebärdet. Und Sie, mein Freund, waren schon oft genug bei uns, um zu wissen, dass der Mensch unter stärksten Kopfschmerzen leidet, wenn die Zeit ihren Lauf verlangsamt. Das Problem war jedoch, dass wir nicht alle Prozessionsteilnehmer in unseren Häusern unterbringen konnten. Ehrlich gesagt, hatten wir nie zuvor eine solche Menschenmenge gesehen … Der Jäger Schulke hat sie daher zu den Fabriklagern gebracht, in denen die Wagen Platz gefunden hätten und …«

»War das der Anlass für den Streit mit dem Kardinal?«

»Durchaus nicht. Vielmehr habe ich mich bei dem Herrn Kardinal erkundigt, wer ihm diesen hohen Titel verliehen hat. Darauf wusste er mir nichts Gescheites zu antworten. Und mein Sohn Klaus hat den Kardinal mit ausgesuchter Höflichkeit danach gefragt, wohin er all die Frauen und Kinder überhaupt bringe. Als wir von dem Ziel dieser, wie Sie es nennen, Großen Prozession gehört haben, habe ich mir die Freiheit herausgenommen, ihn an die ach so ruhmreichen Jahre der Regierung von Papst Urban dem Zweiten zu erinnern und auch an seine edle Idee, die christlichen Heiligtümer wieder zu errichten.«

Arturs Blick huschte zu Stanisław. Dieser schien jedoch nicht zu wissen, worauf Bork anspielte. Den anderen, denen er Borks Worte rasch übersetzte, erging es nicht besser.

»Anscheinend war Herr Żmyhowycz empört darüber, dass wir sein Unternehmen auf eine Stufe mit den christlichen Kreuzzügen stellten«, fuhr der Bierbrauer ungerührt fort. »Trotzdem hielt ich es für meine Pflicht, ihn daran zu erinnern, dass die Menschen sich in den letzten tausend Jahren nicht geändert haben, auch diejenigen nicht, die er als *seinesgleichen* bezeichnete. Kinder wurden schon immer in den Krieg geschickt. Mit dem entsprechenden Ergebnis.«

Stanisław saß wie vom Donner gerührt da, dafür strahlte Lew, der auf den Priester ebenso schlecht zu sprechen war wie Daljar.

»Das war allerdings nicht einmal der entscheidende Grund für unsere Misshelligkeiten«, fuhr Bork fort. »Wie sich zeigte, hatte der Herr Kardinal hinter dem Gebiet des Sandsturms mit großem Erfolg gepredigt. Deshalb wollte er wohl auch bei uns seinen Gottesdienst abhalten und verlangte, dass wir ihm dafür unsere Kathedrale überließen. Anscheinend wollte er seinen Getreuen Mut spenden, bevor sie weiterzogen. Da es uns jedoch grundsätzlich an Arbeitsstätten und Wohnraum mangelt, räuchern wir das Fleisch in der Kirche, so leid mir das auch tut. Die Belüftung dort ist aber einfach ideal … Und für Gebete reichen uns bescheidenere Gotteshäuser durchaus.«

Er nickte kurz und fuhr dann fort: »Herr Żmyhowycz war höchst erbost, dass dieser heilige Ort so profan genutzt wurde. In seinen Augen standen wir damit noch eine Stufe unter den französischen Heiden, die ja bekanntlich die Ehernen Vögel anbeten. In seiner Wut hat er sich sogar geweigert, das Klavierspiel meiner Tochter anzuhören. Wenn es nach ihm ginge, so hat er mich angebrüllt, würde er uns alle ausrotten, genau wie jene

Monster, die in den Sümpfen leben. Daraufhin hat mein Sohn Ferdinand ihn gefragt, ob er wirklich glaube, ein Mensch, der zwar seine Nächsten liebe, anderen indes bei der ersten Begegnung den Tod wünsche … ob dieser Mensch also das Recht habe, einen geistigen Titel zu tragen. Und mein Sohn Klaus wollte wissen, ob etwa allein das weiße Gewand des Herrn Kardinal und all das Gold, das er mit sich führe, diesen Gott näherbringe? Mein Sohn hat ihm dann erklärt, dass wir zwar häufig in leeren Häusern, auch nicht so oft am Tage, ohne Gesang und ohne goldene Kopfbedeckung beten, dass wir dafür aber auch niemanden ausrotten, sondern allen unser Bier verkaufen, die den Mut besitzen, die Kriechenden Berge zu durchqueren. Und schutzlose Kinder würden wir auch nicht in einen Krieg gegen Menschenfresser schicken.«

Bork klopfte nun auf den Tisch, worauf eine gedrungene Frau in einem langen Wollkleid auf einem Tablett Tonkrüge hereinbrachte. Hinter ihr stolperte mauzend eine Katze ins Zimmer, ein kleines Tier zwar – aber mit gewaltigen Hauern.

»Den ersten Krug müssen Sie sofort trinken. Sie können gern hier übernachten, während für uns jetzt der Arbeitstag beginnt. Innerhalb der rot gekennzeichneten Bereiche können Sie sich frei in der Stadt bewegen«, sagte Bork. »Nach drei Stunden müssen Sie dann ein weiteres Bier trinken, in diesem Rhythmus geht es weiter, bis jeder von Ihnen fünf Bier getrunken hat.«

»Dann wird mir schlecht«, wandte sich Mam Rona an Stanisław. »Warum hast du uns das nicht eher gesagt?«

»Von diesem Gesöff trink ich nich' einen Schluck«, verkündete Knirps kategorisch.

Artur schnupperte am Becher. Das schäumende Getränk roch nach gebranntem Korn und erinnerte ein wenig an starkes Porter, selbst wenn das nicht aus Gerste bestand. Außerdem schwammen oben auf dem Bier noch allerlei Körner und Halme.

»Wenn Sie zwei Tage bleiben«, sagte Bork in einem Ton, als

entschuldigte er sich, »dann brauchen Sie nur alle sechs Stunden ein Bier zu trinken. Die Gräser dürfen Sie im Übrigen nicht ausspucken, sie schützen die Haut vor dem gelben Nebel.«

Daraufhin nippten alle an ihren Krügen. Die Bierbrauer verabschiedeten sich und verließen den Raum. Dafür kam jetzt ein Teenager herein, der einige Strohsäcke anschleppte.

»Der Jäger Bork lädt den Bürgermeister Schmied ein, sich die Werkstätten anzusehen«, sagte er.

»Offenbar hältst du nicht viel von den Bierbrauern«, wandte sich Lew an Stanisław. »Aber wenn sie vorschlügen, uns durch diese Kriechenden Berge zu bringen, würdest du das nicht ablehnen, oder?!«

»Wir kämen auch ohne sie zurecht«, zischte Stanisław. Er hatte immer noch nicht verwunden, dass Bork ihm so an den Karren gefahren war. »Allerdings hat sich hier alles verändert. Die Natur ebenso wie die Stadt ...«

Artur achtete nicht weiter auf ihr Geplänkel, sondern schnappte sich den Rucksack mit dem letzten Fleder, einem Jungtier, band das Schultergehänge um und folgte dem Jungen, der durch eine kleine Tür verschwunden war.

Sie begaben sich zu einer Schmiede, in der Bork bereits auf sie wartete. Zwei Zwerge mit nacktem Oberkörper hantierten am Blasebalg, der dritte gab Kohle in den Ofen. An einer Wand türmten sich die Früchte der gestrigen Arbeit: krumme, aber unglaublich dicke Eisenstangen.

»Ihr Mann ist gestorben, weil er die Gepflogenheiten des Schwarms nicht kannte«, sagte Bork, der eine Art Bügelkonstruktion in den Händen hielt, offenbar für eine Bärenfalle. Er trug nun kurze Hosen und hatte sich eine Lederschürze umgebunden. Unter den weißen Augenbrauen funkelten die von den glühenden Kohlen geröteten Augen. »Deshalb werden wir Ihnen ein paar Stangen mitgeben. Wenn Sie vor den Bergen noch ein Lager aufschlagen wollen, rammen Sie die in den Boden, das schützt sie gegen den Schwarm. So handhaben wir es auch bei uns in der Stadt. Wir haben drei Kreise aus solchen Stangen um sie gezogen. Zurzeit sichern wir damit die Straßen …«

»Gibt es hier in der Nähe denn andere Menschen?«

»Ja, in Morbach, Karlsruhe, Homburg …« Der Bierbrauer stockte. »Dort leben viele Menschen. Freilich kommt es darauf an, wen man als Mensch betrachtet, nicht wahr, Herr Bürgermeister? Und nun würde ich gern unter vier Augen mit Ihnen reden.«

»Aber dann müssen Sie langsamer sprechen!«, bat Artur. »Ich habe Deutsch vor über hundert Jahren gelernt.«

»Dann stimmt das also?«, fragte Bork und durchbohrte ihn mit seinem Blick. »Vor zwei Jahren bin ich im Gebiet hinter der Sandwand gewesen. Dort traf ich einige Kräutersammler aus Berlin. Sie haben mir erzählt, dass ein Mann, der einhundertundzwanzig Jahre in einem Kristallsarg geschlafen hat, Karawanen zu ihnen schicke …«

»Das kommt der Wahrheit ziemlich nahe.«

Nun hielt Bork Artur die Tür auf. Eine steile Treppe führte nach oben. Sie kamen an den lang gestreckten Räumen einer Bäckerei vorbei, in denen Frauen herumwuselten, die so mit Mehl bestäubt waren, dass sie selbst wie riesige Teigrollen aussahen. Im Stock darüber gossen drei junge Albinos eine graue Plörre aus Eimern in einen flachen Bottich mit Wasser.

»Hier stellen wir Papier her«, erklärte Bork. »Doch nun zu meinem Anliegen. Herr Stanisław behauptet, Sie und Ihre Leute wollten ihn bei der Suche nach der Großen Prozession unterstützen. Aber ein Blick auf Sie hat mir genügt, um zu wissen, dass der Priester Sie kaum für Geld angeheuert haben dürfte. Darf ich daher fragen, was Ihr eigentliches Ziel ist? Warum sind acht Menschen aus Russland bereit, ihr Leben aufs Spiel zu setzen, zumal es einen von ihnen selbiges schon gekostet hat?«

»Weil ich ein anderes Ziel verfolge«, antwortete Artur. »Sagen wir es so: Ich suche ein Haus in Paris, in dem womöglich gute Bekannte leben …«

Bork schob den Riegel einer weiteren Tür zurück. Kalter Nachtwind schlug Artur ins Gesicht. Die Sonne war jetzt endlich untergegangen, der Himmel wurde rasch dunkel und zeigte ein sattes Violett. Die beiden Männer traten auf die Aussichtsplattform eines im mittelalterlichen Stil gehaltenen Turms hinaus. Zwischen den Zinnen klemmte ein halb verblichenes Schild mit einem in vier europäischen Sprachen verfassten Hinweis, dass hier der sichere Bereich ende. Obwohl der Turm nicht den höchsten Punkt der Stadt darstellte, bot sich ihnen von hier oben eine hervorragende Sicht: Die ehemaligen Neubaugebiete waren nicht vom Feuer verschont worden, gut die Hälfte der Straßen lag in Schutt und Asche. Das mittelalterliche Zentrum wies dagegen kaum Schäden auf. Wind und Regen hatten zwar die Dächer fortgerissen und somit das Innere der oberen Etagen freigelegt, die alten Mauern hatten jedoch allen Katastrophen getrotzt.

Auf den Plätzen um sie herum loderten überall Lagerfeuer, an die Außenbezirke schlossen öde Flächen mit brennendem fliederfarbenem Mais an, dahinter ballte sich undurchdringliche Finsternis zusammen. Nur im Westen leuchteten die Wolken in einem giftigen Purpurrot.

»Nehmen wir einmal an, ich glaube Ihnen«, sagte Bork. »Dann wollen Sie inmitten einer Horde von Menschenfressern Ihre Bekannten suchen, während Stanisław zweitausend Menschen aufspüren möchte. In dem Fall erlauben Sie mir jedoch, Sie darauf aufmerksam zu machen, dass der Priester wie besessen von seiner Idee ist. Sie lässt ihn ebenso blind durchs Leben gehen wie all diejenigen, die dem Kardinal gefolgt sind. In den letzten drei Jahren sind mindestens sechs Expeditionen zu uns gekommen, die alle versuchten, Paris zu erreichen. Sie kamen nicht nur aus Polen, sondern auch aus Deutschland. Darüber hat Stanisław wohl kein Wort verloren, richtig? Sie alle haben versichert, dass sie dem Pfad des Glaubens folgen, die Heiden bekehren und gleichzeitig die verlorene Karawane von Żmyhowycz suchen wollen … Unter all diesen Menschen gab es einen jungen Mann, den Sohn eines Woiwoden, der bereits verletzt war. Ein Achar hatte ihn angegriffen. Sein Vater bat uns, den Jungen zu behandeln. Schon bald war uns allen klar, dass selbst Helga, unsere Ärztin, ihn nicht würde retten können, denn er hatte zu viel Gift im Körper. Daraufhin habe ich ihn gefragt, ob er vor dem Tod noch beichten möchte. Er war erst siebzehn Jahre alt …« Bork verstummte.

»Der Junge hat daraufhin das Kreuz geküsst und mir eine Geschichte erzählt, die ich zunächst für blanken Unsinn hielt, für Fieberphantastereien, die das Gift in seinem Körper ausgelöst hatte, und das, obwohl ich doch schon öfter mitangehört habe, was die Menschen auf dem Totenbett von sich geben«, erzählte Bork nach einer Weile weiter. »Der junge Mann und sein Vater waren demnach die Einzigen, die wussten, dass all ihre Gefährten vergiftet werden würden, sobald sie die Verschollenen gefunden hatten. Nur Vater und Sohn sollten diese Expedition überleben. Der Junge hat in äußerst ruhigem Ton darüber gesprochen, und nicht eine Träne des Mitleids ist aus seinem Auge geflossen … Selbst im Angesicht des Todes blieb er hart wie Stein. Mir hat er mit dieser Einstellung nackte Angst eingejagt, denn wir haben diejenigen, die anderen im Namen des Glaubens den Tod bringen, nicht gerade in unser Herz geschlossen … Und dann hat er weiterberichtet, was es mit der Großen Prozession auf sich hatte. Alle hatten damals angenommen, es ginge darum, den Heiligen Stuhl zu neuem Leben zu erwecken, die Wilden zu vertreiben, eine sichere Straße durch das Gebiet der Toten Erde anzulegen und Gläubige um sich zu sammeln. Einige auserwählte Menschen wussten jedoch etwas von Kristallsärgen und vom mächtigen Imam Karamaz Pascha aus der Stadt der Zwei Türme, die im Land Türkei liegt.«

»Wie bitte?!«, entfuhr es Artur. Bisher hatte seine Aufmerksamkeit jenem Purpur im Westen gegolten, in dem in regelmäßigen Abständen bunte Blitze aufzuckten, fast als führe der himmlische Elektriker mit nacktem Draht über einen Zündverteiler. Borks letzte Worte hatten auf ihn jedoch wie eine eiskalte Dusche gewirkt. »Tut mir leid, Herr Bork, aber ihr Bier war zu stark für mich. Was haben Sie eben gesagt? Etwas von Kristallsärgen …«

»Richtig. Und glauben Sie mir, Herr Bürgermeister, ich hätte das Geheimnis der letzten Beichte nie leichtfertig preisgegeben. Doch der Vater des Jungen ist für immer in den Kriechenden Bergen geblieben. Er war nicht an der Seite seines Sohnes, als dieser starb, denn er war besessen von dem Wunsch, die Kristallsärge vor allen anderen zu erreichen. Damals habe ich mir geschworen, diese Geschichte nur einem einzigen Menschen weiterzuerzählen, nämlich demjenigen, der selbst aus einem solchen Sarg gekommen ist. Und heute stehen Sie nun vor mir. Wenn das kein Zeichen des Himmels ist …«

(7) DER IMAM UND DIE DSCHINN

»Ich war zweiunddreißig Jahre alt, als die Erde das erste Mal bebte und der Sand nach Norden vordrang«, holte Bork aus. »Seitdem liegt unsere Stadt zwei Tagesmärsche vom Rand des Gebiets der Toten Erde entfernt. Fast sämtliche alte Fabriken sind damals in die Luft geflogen. Und diejenigen, die nicht explodiert sind, haben die Flüsse im Umkreis von Hunderten von Kilometern vergiftet. Ich erinnere mich noch, wie die Erde wieder geleuchtet hat. Das hatte sie schon einmal getan, als ich noch ein kleiner Junge war. Da hat der ganze Westen förmlich gestrahlt. Später, als ich herangewachsen war, lernte ich lesen. Gemeinsam mit Helga habe ich dann verschiedene Karten studiert. Danach war mir klar, dass ein Atomkraftwerk im Moselbecken in die Luft gegangen sein musste. Wir hatten noch insofern Glück, als dass in der Bibliothek von Kaiserslautern die Enzyklopädien nicht verbrannt sind. Diesen Büchern haben wir nämlich all die alten Bezeichnungen und deren Bedeutung entnommen.«

Bork holte tief Luft.

»Das zweite Mal hat die Erde dann gebebt, als nördlich von Köln unterirdisches Gas ausgetreten ist und in den Kohleschächten Feuer ausbrach. Zugleich sind am Mittellauf der Mosel unterirdische Lager für die Geschosse der Giftpilze eingestürzt. Das Gift ist ins Wasser gelangt. Daraufhin ist der Sand erneut in Bewegung geraten und hat den ganzen Norden des römischen Gebiets bis hin zur Stadt Venedig überrollt. Und bis heute breitet er sich in Italien aus, denn der alte Schmutz drängt jedes Jahr aufs Neue an die Erdoberfläche. Hinter dem Sand beginnt das Gebiet der Toten Erde, auf dem wir leben. Das bedeutet jedoch nicht, dass Sie von jetzt an einzig über die Tote Erde ziehen. Nein, Sie werden auch auf saubere Gebiete stoßen und Menschen begegnen, die keine Angst vor dem Licht haben. Die Tote Erde hat im Übrigen auch die Kriechenden Berge und den gelben Nebel hervorgebracht. Einer meiner beiden Söhne ist in Paris gewesen. In der Anwesenheit Stanisławs wollte ich das jedoch nicht erwähnen, denn er ist von seiner Idee besessen und will die Wahrheit gar nicht hören. Klaus war also in Paris und sogar noch weiter südlich. Was er dort gesehen hat, mag man kaum glauben. Dort werden Menschen von Maschinen überfallen. Allerdings hat er niemanden gesehen, der diese Maschinen lenkt ... Und dann ... dann hat er beobachtet, wie fester Grund und Boden einen Menschen innerhalb von einer Minute in die Tiefe saugt ...« Borks Stimme wurde immer schwächer.

»Vor gut dreißig Jahren brach dann eine Handvoll verzweifelter und tapferer Männer nach Süden auf«, berichtete er schließlich weiter. »Sie wählten den Weg über die schneebedeckten Gipfel der Alpen. Das Glück war ihnen hold, und sie kehrten mit Waren der südlichen Stämme in ihre Heimatstadt Hamburg zurück. Obwohl die Menschen im Süden unverständliche Sprachen gesprochen hatten, hatten sie sich den Kaufleuten gegenüber überaus gastfreundlich gezeigt und sie reich mit Gold bezahlt, indem sie für eine Waffe dreimal so viel gaben wie die Völker im Norden Europas. Dort, im Süden, gab es damals nämlich noch keine großen Märkte und keine eigene Währung. Ob das der Wahrheit entspricht, weiß ich nicht, schließlich gebe ich nur wieder, was ich selbst von denjenigen gehört habe, die auf ihrem Weg durch unsere Stadt kamen. Hamburg und München zum Beispiel haben zahlreiche Karawanen über die Karpaten und Alpen geschickt. Im Laufe der Jahre sind die Kaufleute bis zum südlichen Meer vorgestoßen, an dem die prachtvolle Stadt der Zwei Türme liegt. In ihr lebten Stämme, die den abnehmenden Mond anbeten und eine unverständliche Sprache sprechen. Ihre Herrscher haben die deutschen Kaufleute warmherzig aufgenommen und sie in den besten Häusern untergebracht. Daraufhin schlossen sich den Karawanen aus München auch Menschen aus Berlin und Polen an. Sie zogen durch die Gebiete der Südslawen, fast ohne zu rasten, denn auf gute Geschäfte konnten sie erst im Süden hoffen. In den Ländern der Bulgaren und Ungarn wurden die Karawanen unzählige Male angegriffen, sodass sie viele Krieger zu ihrem Schutz anheuern mussten.«

Er stockte kurz.

»Irgendwann brach dann in der Türkei ein Krieg aus, bei dem zahllose Herrscher starben. Bald darauf wurde die Stadt der Zwei Türme von einem weiteren Unglück getroffen. Stämme schwarzer Wilder aus dem Osten fielen in sie ein. Sie wollten die Karawanenstraßen und einen schmalen Wasserweg, der zwei Meere miteinander verbindet, unter ihre Kontrolle bringen. Die Folge davon war, dass der Handel mit der Türkei über Jahre zum Erliegen kam. Die Kaufleute aus Deutschland und Polen zogen nun nach Genua. Von dort aus fuhren sie mit Schiffen zu den Afrikanern und Griechen, einige Kühne sogar bis zum Land Israel. Deshalb haben wir lange Zeit nichts mehr über das Land gehört, das einst Türkei hieß. Der sterbende Junge hat mir dann jedoch von Menschen erzählt, die den Wilden entkommen waren. Sie hätten von erstaunlichen Dingen berichtet, die sich in der Stadt der Zwei Türme zutrugen …« Bork atmete tief durch.

Der Bierbrauer neigte sich leicht nach vorne. »Dort sei nämlich ein Mann aufgetaucht, der alle Rivalen um die Macht ausgeschaltet habe. Er heiße Karamaz Pascha. Niemand habe gewusst, wer er war oder woher er kam. Ihm habe eine kleine, aber hervorragend ausgebildete Armee unterstanden, die über Gewehre, Maschinenpistolen und sogar Kanonen verfügte. Angeblich hatten sie den bisherigen Herrschern vor Ort vorgeschlagen, die Umgegend von den Wilden zu befreien, wenn sie im Gegenzug ein wenig Essen sowie eine Unterkunft – und sei diese noch so schäbig – bekämen und man ihnen erlaubte, in der Stadt zu bleiben. Karamaz Pascha schaffte dann tatsächlich, woran jeder andere vor ihm gescheitert war: Er kämpfte erbarmungslos gegen die schwarzen Stämme, vergiftete und erschoss sie. Die stärksten ihrer Anführer stiftete er jedoch an, Istanbul anzugreifen.«

Plötzlich rief Bork begeistert aus: »Genau, Istanbul! Ist mir der alte Name dieser Stadt doch wieder eingefallen!«

Nach diesem Freudenausbruch wurde er wieder ernst: »Karamaz Paschas Plan zog selbstverständlich Unruhen in Istanbul nach sich. Die bisherigen Machthaber wurden hinweggefegt, Karamaz Pascha riss die Herrschaft in der Türkei an sich. Auf seinen Befehl hin wurde die Hauptstadt in Stadt der Zwei Türme umbenannt. Er hat mit eigenen Händen die loyalen Wilden aller früheren Würdenträger umgebracht und im Anschluss daran diejenigen niedergemetzelt, die ihm an die Macht verholfen haben. Es gingen Gerüchte, dass Karamaz Pascha überhaupt kein Türkisch sprach. Angeblich hat auch niemand je sein Gesicht gesehen, da es stets von einer Kapuze verschattet wurde. Ferner hieß es, seine Janitscharen verfügten über eine mysteriöse und schreckliche Waffe, über Eisenwagen, die Feuer spucken, sowie über weißes Pulver, das sich in der Luft auflöst und ganze Dörfer vergiftet. Das absurdeste Gerücht betraf indes die Menschen aus den Kristallsärgen. Der neue Imam soll nämlich zwei Dschinn in seine Gewalt gebracht und sie mit List dazu gezwungen haben, ihm zu dienen. Allein diesen Dschinn sollte es zu verdanken sein, dass seine Janitscharen nicht zu besiegen sind. Diese beiden Dschinn brauchen einem Toten angeblich bloß in den Arm zu stechen – und schon ist er wieder lebendig. Oder sie geben eine Prise Pulver in einen Brunnen – und ein Geschwür sucht die Bewohner aller aufständischen Städte heim. Wenn die Menschen nicht daran sterben wollten, mussten sie sich dem Imam unterwerfen. Der befahl dann, dass die Dschinn dem Reuigen mit einem spitzen Stachel die Elle durchbohrten und ihn so vor dem Tod retteten. Freilich blieb er danach Sklave des Imam. Zunächst fühlten sich alle Geretteten wie im Paradies. Und sie waren bereit, alles zu geben, wenn sie nur noch einmal ins Land der Träume zurückkehren durften. So gingen sie freiwillig abermals zu den Dschinn und boten ihnen all ihr Gold, ihre Pferde und auch ihre Häuser an.«

Erneut atmete Bork tief durch.

»Ein paar Schlauberger behaupteten, gesehen zu haben, wie die Dschinn auf den Feldern geheimnisvolle Pflanzen züchteten und aus ihnen dieses Pulver herstellten, aber das konnte niemand beweisen. Nach der dritten Spritze wollte das aber auch ohnehin keiner mehr. Die Menschen krochen auf den Knien zu Karamaz Pascha und baten ihn, sie in seine Dienste zu nehmen. Nach einer gewissen Zeit kugelten sich die Menschen allerdings die Gelenke aus, ihre Muskeln zitterten in schrecklichen Krämpfen und die Augen erstarrten in Finsternis. Diese Schmerzen sollen so stark gewesen sein, dass selbst die stolzesten Männer den Verstand verloren und die Dschinn anflehten, sie von diesen Leiden zu erlösen. Die Dschinn aber stachen sie erneut. Daraufhin legte sich der Schmerz tatsächlich, kehrte jedoch nach einer Weile zurück, und dann wollten die Menschen abermals –«

»Sie haben gesagt, sie wurden in den Ellbogen gespritzt?«, unterbrach ihn Artur. »Wissen Sie noch, ob es hierhin war oder dorthin?«

Er zeigte auf zwei Punkte an seinem Arm.

»Das weiß ich nicht«, antwortete Bork. »Ich weiß nur, dass alle, die einen Stich bekommen haben, freiwillig auf den Knien zu den Dschinn gekrochen sind und um Gnade gewinselt haben. Und selbstverständlich taten sie alles, was man von ihnen verlangte. Binnen eines Jahres brachte der neue Imam auf diese Weise alle türkischen Dörfer und die wilden Wüsten im Osten unter seine Kontrolle.«

Bork dachte kurz nach und wechselte wieder das Thema: »Die Menschen behaupteten ferner, sie hätten beobachtet, wie in geheimen Werkstätten Unmengen von Zeugnissen aus der alten Welt angeliefert wurden, also Zubehör von Maschinen, Glasscherben, Chemikalien und dergleichen mehr. In diesen Werkstätten hätten die Dschinn aus den Kristallsärgen für den Imam neue todbringende Maschinen gebaut. Das schürte die Angst der Menschen im Land noch. Niemand wagte es nun, Karamaz Pascha den Gehorsam zu verweigern. Obendrein hat er seine Untertanen gelehrt, den Zorn ihres alten Gottes zu fürchten, indem er ihnen gezeigt hat, was mit all denjenigen geschieht, die sich vom Glauben lossagen: Sie wurden vertrieben oder getötet. Ferner soll Karamaz Pascha eine neue Armee ausgehoben und jedem Soldaten einen Platz im Himmel versprochen haben. Diese Männer sind angeblich bereit, sich allein auf eine Horde Feinde zu stürzen und mit dem Namen Gottes auf den Lippen zu sterben.«

Artur folgte ganz gebannt Borks Erzählung.

»Nach einer Weile kam schließlich ein neues Gerücht auf. Angeblich wollte Karamaz Pascha weitere Dschinn aus der Gefangenschaft befreien. Da die Kristallsärge mit den Schlafenden Dämonen jedoch über mehrere Länder verteilt waren, bereitete er alles für einen Kriegszug vor. Der erste Marsch war indes nur kurz und äußerst erfolglos. Die Janitscharen erreichten nicht einmal Venedig, sondern wurden von Kroaten in Kämpfen zermürbt. Sie sind zu Tausenden gestorben. Als der Imam danach einen zweiten Kriegszug ausrüstete, wandte sich der Adel der Stadt der Zwei Türme mit der Frage an ihn, weshalb er das tue. Da soll er geantwortet haben: ›Es ist unsere Pflicht, den Ungläubigen unser Wissen vom himmlischen Herrscher zu bringen. Wer sich jedoch dem alten Gott nicht beugen will, der muss getötet werden. So ist es im Buch der Suren gesagt. Und alles, was in diesem Buch gesagt ist, muss ausgeführt werden. Abgesehen davon wurde mir eine Offenbarung zuteil: Um unser Wissen in die Welt hinauszutragen, müssen wir um jeden Preis die Karawanenstraßen und die Hafenstädte der Ungläubigen in unsere Gewalt bringen. Dabei wird alles, was wir mit dem Namen Gottes auf den Lippen tun, im Himmel als gerecht und nützlich anerkannt werden. Wenn wir die übrigen Dschinn aus den Kristallsärgen befreien, wird unser Land das mächtigste in der Welt werden. Diese Zauberer hüten große Geheimnisse. Deshalb werde ich weder mit Geld noch mit Männern geizen, um sie aufzuwecken. Mit gemeinsamen Gebeten werden wir den Schaitan vertreiben und uns die Dschinn gefügig machen!‹ So jedenfalls hat es mir der sterbende Junge erzählt. Und er hat diese Geschichte von seinem Vater gehört. Möglicherweise stimmen also nicht alle Einzelheiten …«, sagte Bork und schien einen Moment seinen Erinnerungen nachzuhängen.

»Der zweite Kriegszug des Karamaz Pascha fand anderthalb Jahre nach dem ersten statt und führte ihn in das Gebiet der Toten Erde. Dafür hatte er eine Armee aus Wilden zusammengestellt, während die Garde aus Arabern und schwarzen Recken aus den afrikanischen Wüsten bestand. Und der Leibgarde sollen sogar ausschließlich blonde Recken angehört haben, die wie Slawen aussahen. Der Imam hat niemandem gesagt, wo die Kristallsärge versteckt sind. Alle wussten nur, dass sie das Gebiet der Sandwand durchziehen und in das Zentrum der Toten Erde vorstoßen mussten. In einer besonders gut geschützten Kutsche fuhren unter strenger Bewachung die Dschinn, die Karamaz Pascha bereits befreit hatte. Sie wussten genau, wo sich die Särge der anderen Zauberer befanden, und sollten den Fluch von den Schlafenden nehmen. In dieser Armee von Karamaz Pascha dienten auch zwei Männer aus Bulgarien. Beide waren begabte Techniker – und beide waren mit Gewalt gezwungen worden, den neuen Glauben anzunehmen. Ansonsten weiß ich nur noch von ihnen, dass sie in den geheimen Werkstätten gearbeitet haben. Und einmal mit einem Trupp Soldaten in eine österreichische Stadt geschickt worden sind, um dort in verlassenen Fabriken alle Gegenstände zu bergen, die noch intakt waren und von militärischem Nutzen sein könnten. Jeder Gedanke an Flucht verbot sich dabei von selbst, da ihre Familien in der Stadt der Zwei Türme lebten und in dem Fall unverzüglich bestraft worden wären. So erledigten sie also ihren Auftrag, beluden Wagen und schickten sie in das Lager vor. Sie selbst wollten folgen. Unterwegs stießen sie aber auf einen schönen Palast, der ihre Neugier weckte.«

Bork beugte sich ein klein wenig vor. »Als sie ihn besichtigten, bemerkten sie zufällig durch eine offene Eingangstür, wie sich eine Gruppe von Reitern näherte. Die Männer unterschieden sich jedoch deutlich von der Bevölkerung jener Gegend. Denn während die Menschen dieser Gegend sich ruhig und bescheiden verhielten, die Soldaten des Karamaz Pascha mieden und sich meist in die Berge zurückzogen, sobald sie diese sahen, ritten diese Männer offen in den Palasthof ein. An Ketten führten sie zwei riesige Bären samt ihren Jungen mit, und über ihren Köpfen kreisten gezähmte Raubvögel. Die beiden Techniker kauerten sich daher vorsichtshalber in eine Nische. Schon bald hatten die Fremden die Bären sowie die Pferde angebunden und den Palast betreten. Sie unterhielten sich in einer Sprache miteinander, die dem Bulgarischen sehr ähnelte. Einer der Techniker kannte sie sogar, und zwar aus den russischen Siedlungen am Schwarzen Meer. Einer der Fremden begrüßte jemanden, der sich tief im Innern des Palasts aufhielt und den die beiden bisher gar nicht bemerkt hatten. Daraufhin fragte der Unsichtbare in scharfem Ton: ›Grigori, habt ihr überprüft, worum ich gebeten habe? Seid ihr euch eurer Sache sicher?‹ Die Bulgaren meinten, seine gebieterische Stimme zu kennen. ›Ja, Herr‹, antwortete der Reiter. ›Je größer die Truppe, desto schwieriger wird es, das Gebiet der Toten Erde zu durchqueren. Angeblich setzt sich der verseuchte Boden umso stärker zur Wehr, je mehr Menschen in diese Gegend streben.‹ Diese Worte brachten den unsichtbaren Mann auf. ›Ich habe bereits Hunderte von hervorragenden Kriegern verloren und die Staatskasse fast geleert. Und jetzt?! Sind wir vielleicht über die zahllosen Leichen bulgarischer und kroatischer Wilder gegangen, nur um jetzt kehrtzumachen?! Ist es das, was du mir sagen willst, du nichtsnutziger Zauberer von den Seen?! Du hast ja keine Vorstellung, wie verheerend es für uns wäre, wenn jemand anders vor uns zu den Särgen gelangte!‹ Doch der Neuankömmling gab sich nicht geschlagen. ›Die Kristallsärge in Paris werden Tag und Nacht von zahllosen Heiden bewacht. Diese beten die Särge an wie eine Gottheit und würden eher sterben, als euch zu ihnen durchlassen …‹ Doch prompt fiel ihm der unsichtbare Mann ins Wort.

Er schrie diesen Grigori geradezu an: ›Als ob eine Horde nackter Wilder fünftausend Soldaten aufhalten könnte, die mit Kanonen bewaffnet sind! Wenn jemand versucht, sich uns in den Weg zu stellen oder uns Proviant verweigert, stecken wir alles in Brand. Glaubst du allen Ernstes, eine Handvoll Götzenanbeter könnte mich aufhalten?!‹ Doch auch jetzt ließ sich der Neuankömmling nicht einschüchtern. ›Alles anzuzünden brächte uns in dem Fall jedoch nicht weiter, denn je grausamer man sich an der Toten Erde vergreift, desto gefährlicher ist ihr Beben. Die Stämme, die hinter der Sandwand wohnen, haben sich seit Langem an die feindliche Umwelt gewöhnt und bilden mittlerweile sogar einen Teil des Gleichgewichts. Nein, glauben Sie mir, Sie bekämen es mit der Urkraft von Flüssen, Bergen und dem Nebel zu tun, aber auch mit Millionen von dreckigen Kreaturen, die durch die Zauberkraft der Erde entstanden sind.‹ Doch mit diesen Worten brachte der Mann den Unsichtbaren nur noch stärker auf. ›Und eure viel besungenen Zauber, Sohn des Roten Vollmondes? Was, wenn ihr uns begleitet und gegen diese Ausgeburten der Erde schützt?!‹ Grigori gab indes nicht klein bei. ›Auf Ihre Bitte hin sind wir bereits fast in Bern gewesen. Das letzte Stück unseres Weges haben uns dann wahre Ausgeburten der Hölle versperrt, Dämonen, die aus der Kriegschemie der Vergangenheit heraus entstanden sind. Daraufhin haben wir uns nach Paris begeben. Dort leben auch normale Menschen, die an das Kreuz glauben. Um die Särge herum siedeln jedoch ausschließlich Kannibalenstämme … Selbst wir Zauberer von den Seen sind nie zuvor auf eine derart harte Probe gestellt worden. Vier von uns sind gestorben, drei krank zu den Seen zurückgekehrt. Ehrlich gesagt bin ich mir nicht sicher, ob sie je wieder gesund werden. Wenn jedoch eine Armee in diese Gegend zieht, dann werden alle Soldaten sterben, das steht für mich außer Frage. Diese Erde bebt bereits zu stark, als dass sie derart viele fremde Menschen verkraften würde. Vor allem wenn sie mit Kriegsmaschinen und Waffen anrücken.‹ Der Unsichtbare zeigte sich freilich auch jetzt nicht einsichtig. ›Schlägst du mir also vor, auf die Armee zu verzichten und allein durch den Sand zu ziehen?! Bist du eigentlich noch bei Verstand?! Entweder du und deine Brüder begleitet uns oder ihr lasst euch eine Lösung einfallen, die verhindert, dass irgendjemand sonst zu den Kristallsärgen vordringt! Wir brauchen die Erwachten Dämonen, um die alten Schiffe zu steuern! Entweder kriege ich sie also in die Finger – oder niemand!‹« Nach einem bedeutungsvollen Schweigen sprach Bork weiter:

»Und dann hörten die beiden Bulgaren folgende Worte des Zauberers: ›Es gibt noch einen anderen Weg, Herr. Die Große Prozession!‹ Nun antwortete der Unsichtbare in ruhigerem Ton: ›Was meinst du damit?‹ Der Sohn des Roten Vollmonds ließ nicht lange mit der Erklärung auf sich warten. ›Die polnischen Gläubigen haben es sich in den Kopf gesetzt, dass Rom wieder einen Statthalter des Kreuzes haben soll, denn ihrer Ansicht nach hat vor dem Großen Tod ebendort der Heilige Stuhl gestanden, dem sich die Gläubigen aus allen westlichen Landen unterworfen hätten …‹ Doch schon fiel ihm der Unsichtbare wieder ins Wort. ›Diese Legende kenne ich. Was hat sie mit unserem Vorhaben zu tun?‹ Der Zauberer ließ sich nicht aus der Ruhe bringen. ›Das ist nicht nur eine Legende, Herr. Obendrein wollen sich auch die Deutschen und die Anhänger des Kreuzes aus den nördlichen Baltenländern dieser Prozession anschließen. Selbst die Kaufleute würden sie unterstützen, begehren jene doch inständig Handelswege nach Griechenland sowie Niederlassungen in Spanien. Die Soldaten des Kreuzes verhandeln bereits mit den südlichen Siedlungen in Frankreich. Dort hat die Erde noch nie gebebt, und die Menschen sind Rom nach wie vor treu. Wenn die Polen tatsächlich zu dieser Großen Prozession aufbrechen, werden sie das mit einer ungeheuren Menschenmenge tun.‹ Dies waren die Worte jenes Grigori.

Doch der Unsichtbare protestierte erneut: ›Dann müssen wir sie erst recht aufhalten!‹ Diese Ansicht teilte der Sohn des Roten Vollmonds jedoch nicht. ›Nein, Herr, im Gegenteil. Hinter der Großen Prozession steckt Kardinal Żmyhowycz. Der Mann ist wahnsinnig und glaubt felsenfest, er habe schon höchstselbst mit der Gottesmutter gesprochen. Von den Dämonen in den Kristallsärgen weiß er allerdings nicht das Geringste. Wenn er indes etwas davon erführe, würde er mit Sicherheit anordnen, die Särge zu zerstören, denn in seiner Heimat haben die Gewährsmänner Żmyhowyczs sowie zahlreiche Woiwoden die Eingänge zu den Lagerstätten alter Waffen verschüttet und alles zerstört, was sie außerhalb dieser vorfanden. So seltsam es auch klingen mag, aber in mancherlei Hinsicht vertreten sie denselben Standpunkt wie diese verfluchten Wipper. Die Gläubigen im Westen halten es für erwiesen, dass Gott im Jahr des Großen Todes die Menschen für ihre Waffenliebe bestraft hat ... Nein, Herr, wir sollten ihnen keine Steine in den Weg legen. Im Gegenteil, wir sollten der Prozession durch treue Männer Geld und Essen zukommen lassen. Denn es wäre für uns von Vorteil, wenn der Kardinal noch mehr Soldaten anheuerte und mit ihnen nach Rom zöge. Mögen sich ihm also ruhig sämtliche Narren aus Deutschland, Litauen, Frankreich und anderen Ländern anschließen. Je mehr es sind, desto stärker wird die Erde nämlich beben. Und wenn sie ins Gebiet des Sandsturms gelangen und sich nach Rom wenden, dann schicken wir ihnen Saboteure nach, die die Erde noch mehr in Aufruhr versetzen, beispielsweise indem sie einige alte Bomben zünden, Wälder in Brand stecken oder geheime Gifte freisetzen.‹

Doch mit diesem Plan stieß Grigori auf Widerstand.

Der Unsichtbare fuhr ihn nämlich an: ›Ich habe gesehen, was geschieht, wenn die Erde bebt! Damit riskieren wir, dass auch die Dämonen in den Särgen sterben!‹ Doch darauf wusste der Zauberer von den Seen etwas zu erwidern: ›Ebendas glauben wir nicht. Wir haben zwölf Wilden die Leber entnommen, um eine Antwort auf diese Frage zu finden. Zudem haben wir den Saft der Bäume studiert, und ich selbst habe wie versprochen vier Wochen lang verschüttet unter der Erde gelegen, bis sich mir die Zukunft erschlossen hat … Nein, die Zeichen sind eindeutig: Die Dämonen werden nicht sterben, vielmehr werden Ihre Janitscharen ohne Mühe in das Gebiet der Toten Erde gelangen. Der Sand indes wird bis weit in den Osten vordringen, ohne dass ihn irgendjemand aufhalten könnte. Wer sollte das auch tun? Schließlich gibt es in Deutschland keine Wipper. Es ist daher gut möglich, dass die Erde bis hin zur Ostsee, die wir Baltisches Meer nennen, ins Schwanken gerät. Und was könnte besser für Sie sein? Ihr wahres Ziel besteht ja schließlich nicht darin, die alten Schiffe wieder in Gang zu setzen. Ein Schiff ist doch bloß ein Mittel zum Zweck … Mit diesem Vorgehen hätten wir es vielmehr in der Hand, dem abnehmenden Mond ohne unnötiges Blutvergießen alle Gebiete westlich der Ukraine und die baltischen Dörfer untertan zu machen. Gut, die bebende Erde wird fraglos einige Städte auslöschen – aber die anderen werden Ihnen die Schlüssel für das Tor auf dem Samtkissen überreichen.‹

Doch auch diese Ausführungen vermochten den Unsichtbaren nicht zu überzeugen«, berichtete Bork.

An diesem Punkt der Geschichte legte der Bierbrauer eine Kunstpause ein, um dann fortzufahren:

»Er brüllte daraufhin aus Leibeskräften: ›Was meine eigentlichen Ziele sind, geht dich überhaupt nichts an, Zauberer! Im Übrigen verbitte ich mir diesen Ton. Deine Leute haben es einzig und allein mir zu verdanken, dass sie nicht längst den Fischen zum Fraß vorgeworfen wurden!‹

Das dämpfte den Eifer jenes Grigori merklich.

Mit unterwürfigem Ton erwiderte er deshalb: ›Verzeihen Sie meine Kühnheit, Herr! Und seien Sie versichert, dass wir alle auf Ihre Rückkehr warten. Wir flehen den Herrscher der Finsternis an, Ihnen beizustehen, und schenken ihm zu diesem Zweck bei jedem Vollmond drei Jungfrauen!‹ Auch der Unsichtbare lenkte nun ein: ›Das weiß ich. Und auch eure Stunde wird kommen.‹ Daraufhin entgegnete der Zauberer: ›Hunderte von treuen Söhnen und Vätern halten sich zum Schlag bereit. Und alles, worum wir Sie bitten, ist, in unsere Hände treffende Pfeile zu legen sowie uns die verbotenen Erzeugnisse der Dämonen zu überlassen. So ausgestattet werden wir dafür sorgen, dass Ihnen der Weg nach Norden binnen einer Woche offensteht!‹ Der Mann atmete schwer, von seinen eigenen Worten mitgerissen. Dann fuhr er fort: ›Diese feigen Städter werden auf Knien angekrochen kommen und Sie anflehen, Ihre Krone zu tragen, wenn Sie nur ihr armseliges Leben schonen! Wir werden alles dafür tun, dass sie keine einzige ruhige Nacht mehr erleben werden, dass sie jede Stunde mit einer Explosion, einem Feuer oder mit Missernten rechnen und …‹ Doch der Unsichtbare fiel ihm ins Wort. ›Immer mit der Ruhe‹, verlangte er, wenn auch in etwas sanfterem Ton. ›Ihr bekommt Gift, Bomben und noch etwas anderes. Du willst wissen, worum es sich bei diesem mysteriösen Etwas handelt? Nun, im Grunde ist es noch zu früh, darüber zu sprechen, doch um deinen Männern Mut zu machen, darfst du ihnen verraten, dass meine Dschinn ein Wässerchen besitzen, das uns von der Notwendigkeit entbindet, ein ganzes Meer zu vergiften. Es genügt, dass zwei, drei Menschen davon trinken, damit das Wasser durch den Schweiß von einem

Menschen zum nächsten weitergegeben wird. Glaub mir, Grigori, dadurch werden alle sehr schnell sterben.‹ Nach diesen Worten breitete sich Schweigen aus.«

Auch Bork nutzte die Gelegenheit für eine Pause.

»Nach einer Weile ergriff der Zauberer wieder das Wort. ›Aber wie kann man vom Schweiß sterben?‹ Der Unsichtbare lachte kurz. ›Man stirbt nicht am Schweiß‹, antwortete er, ›sondern daran, dass alles Wasser aus dem Körper tritt. Es ist, als hättest du Durchfall, als zeigten deine Exkremente die Beschaffenheit von Reis. Es dauert eine Woche, bis der Körper gänzlich ausgetrocknet ist. Ich habe das zunächst auch nicht geglaubt, aber … dann habe ich es mit eigenen Augen gesehen. Einem Gefangenen wurde dieses Wasser zu trinken gegeben, er lebte mit sechs weiteren in einer Grube. Innerhalb einer Woche waren alle qualvoll gestorben. Die Dschinn haben anschließend befohlen, sie dort, in dieser Grube, zu verbrennen. Dabei durfte sie niemand anfassen. Die Grube selbst musste zudem aufgeschüttet werden. Von daher weiß ich genau, dass wir mit diesem Wasser weit mehr erreichen, als wenn wir die Erde mit altem Schmutz zum Wippen brächten. Aber gut, nehmen wir einmal an, wir schlügen im Süden mit Bomben zu und daraufhin würden Naturkatastrophen den Norden Europas heimsuchen. Aber was, wenn es nicht dabei bleibt? Was, wenn auch der Osten in Mitleidenschaft gezogen wird? Und all unsere Kampfschiffe vernichtet werden? Dann wäre unsere letzte Hoffnung geplatzt.‹ Der Zauberer dachte kurz nach, ehe er erneut ansetzte. ›Mein Herr mag mir verzeihen, wenn ich ihn daran erinnere …‹ Prompt fiel ihm der Unsichtbare ins Wort. ›Dir ist schon jetzt vergeben. Also sprich freiheraus!‹

Trotz dieser Aufforderung wählte der Sohn des Roten Vollmonds seine Worte mit Bedacht, als er erneut ansetzte: ›Nur wenige wissen, wie Sie die Dschinn aus den Särgen befreit haben …‹ Offenbar verstand der Unsichtbare nicht, worauf der Mann hinauswollte, denn er hakte in bedrohlichem Ton nach:

›Ja und?‹ Diesmal fuhr Grigori jedoch beherzter fort. ›Sie erhoffen sich sehr viel von ihren Talenten! In der Tat haben Sie Ihnen ja auch wahre Wunder versprochen. Aber sie wollten dabei nur an Ihrem Ruhm teilhaben und ihre Schäfchen ins Trockene bringen. Bisher konnten sie schließlich keine der alten Kampfmaschinen wieder in Gang setzen …‹ Sofort herrschte ihn der Unsichtbare an: ›Dafür haben sie viel anderes geleistet!‹ Grigori blieb kurz die Sprache weg. Nach einer Weile fasste der Sohn des Roten Vollmonds jedoch neuen Mut. ›Verzeihen Sie mir, Herr, ich wollte nicht respektlos erscheinen, sondern Sie lediglich daran erinnern, dass Ihr Glaube an die Macht der Dschinn in den Kristallsärgen einzig auf den Worten dieser Dämonen fußt. Doch nehmen wir einmal an, wir vergeuden enorme Kräfte, opfern das Leben vieler Männer und erwecken diese Dschinn tatsächlich zum Leben. Was, wenn es sich dann bloß um ein paar jämmerliche Buchmenschen oder Ärzte handelt?! Was, wenn die beiden Dschinn Sie aus Angst um ihr erbärmliches Leben angelogen haben und sie die Motoren der schwimmenden Festungen gar nicht wieder in Gang setzen können?!‹ Damit beschwor er jedoch nur abermals den Zorn seines Herrn herauf. ›Es reicht!‹, herrschte dieser den Zauberer an. ›Wir kehren auf gar keinen Fall um. Aber ich bin damit einverstanden, dass du dich nach Warschau begibst und dort alles über die Große Prozession in Erfahrung bringst. Lass mich wissen, wie viel Gold für diesen idiotischen Plan nötig ist, du sollst es haben. Schaden kann es ja nicht. Am Ende werden wir diesen Gläubigen allerdings einen gebührenden Empfang bereiten und sie mit Stumpf und Stiel ausrotten‹, kündigte der Unsichtbare an. Der Zauberer rückte nur sehr zögernd mit der Sprache heraus: ›Es wird leider sehr viel Geld nötig sein, Herr! Ich habe eine käufliche Frau zu einem der Woiwoden geschickt – und die verlangt den Sold eines Gardeoffiziers. Andererseits setzt sie mich über sämtliche Gespräche ins Bild, die der Woiwode mit Kardinal Żmyhowycz führt. Letzterer will mehr als sechstausend Pferde erwerben und etwa noch einmal so viele Rinder. Er soll auch schon Hunderte von neuen Wagen, mobile Schmieden, Backstuben, Räuchereien und dergleichen mehr in Auftrag gegeben haben. Ohne unser Gold werden sie also in zehn Jahren noch nicht aufgebrochen sein.‹ Der Unsichtbare seufzte. ›Gut, Grigori, bediene dich aus meiner Kasse. Besteche, wen nötig, und kaufe alles, was gebraucht wird. Dass mir jedoch niemand erfährt, wer hinter dieser Sache steckt. Und halte mich stets über alles auf dem Laufenden!‹ Mit diesen Worten endete das Geheimtreffen«, schloss Bork.

Er kehrte wieder zur Ausgangssituation zurück:

»Die beiden bulgarischen Techniker krochen aus ihrem Versteck und eilten zum Lager zurück. Die nächsten Tage erörterten sie, wie sie sich nun verhalten sollten, kamen aber auf keine Lösung. So zog die Armee von Karamaz Pascha unverdrossen durch den Sandsturm und wandte sich schließlich nach Paris. Nach einem Monat waren auch von ihr nur noch versprengte Reste übrig. Der Albtraum begann buchstäblich am Tag, nachdem sie aufgebrochen waren. Da verschwanden die berittenen Patrouillen ebenso spurlos wie ganze Hundertschaften der Vorhut. Als Nächstes ging die Hälfte des Wagenzugs verloren. Als der Imam daraufhin entschied umzukehren, zeigte sich, dass für die Soldaten der Nachhut, die den Proviant bewachten, nur drei Stunden vergangen waren, während es für den Rest der Armee fast drei Tage gewesen waren. Hunger ließ die Menschen zusammenbrechen, und der gelbe Regen brachte ihnen den Tod. Acharen, Eherne Vögel und andere bestialische Kreaturen griffen sie an. In den Dörfern der Wilden, auf die sie stießen, trafen sie keine einzige Menschenseele an. Zunächst scherte das die Janitscharen nicht weiter, und sie machten sich über den Wein und das Vieh her, das sie noch vorfanden. Doch nachdem so viele Soldaten gestorben waren, gingen die Überlebenden dazu über, jedes Haus am Wegesrand niederzubrennen. Die meisten Todesfälle hatte Karamaz Pascha übrigens bei der

Überquerung eines Flusses hinnehmen müssen, als das zuvor ruhige Wasser in Aufruhr geriet und zahlreiche Männer in die Tiefe zog. Wer immer der aufgestörten Natur entkommen war, schleppte sich mit letzter Kraft hinter die Sandwand zurück. Trotzdem sah der Imam nicht von seinem Plan ab. Dazu brauchte er die schlafenden Dschinn zu dringend, um die Ungläubigen zu erschrecken und die westlichen Länder zu erobern.

Also unterjochte Karamaz Pascha die bulgarischen Stämme und die griechischen Inseln mit noch größerer Grausamkeit. Irgendwann leisteten ihm sogar die römischen Kaufleute Tribut, die ihre Waren über den Seeweg nach Griechenland brachten. Der Imam presste allen, die die Meerenge benutzten, ein Entgelt ab. Obendrein zwang er den unterworfenen Stämmen seinen Glauben auf. Die beiden bulgarischen Techniker gehörten zu den wenigen, die glücklich in die Stadt der Zwei Türme zurückkehrten. Dort bauten sie fortan einen komplizierten Apparat zur Umwandlung flüssiger Chemie in tödliches weißes Pulver. Die Werkstatt wurde von den beiden Dschinn des Karamaz Pascha geleitet. Dieses neue Pulver war das Schrecklichste, das sie je ersonnen hatten. Durch Zufall kamen die Techniker dahinter, dass Männer des Imams es in die sauberen Gewässer Italiens leiten sollten, bevor die Große Prozession Rom erreichte. Damit wäre das Land der Zwei Meere zu einem neuen Großen Tod verdammt … Daraufhin beschlossen die Bulgaren zu fliehen und die Menschen im Westen zu warnen. Sie wollten ihnen alles von den schwimmenden Festungen erzählen, die weitab von der Küste vor Anker lagen und nur darauf warteten, dass die Dschinn ihren Motoren neues Leben einhauchten. Vor allem aber wollten sie den Menschen mitteilen, dass die Große Prozession mit diesem giftigen Pulver vernichtet werden sollte.«

Bork schluckte schwer.

»Die beiden Techniker sind über Rumänien nach Norden geflohen. Sie erreichten Warschau sogar, aber da war es schon zu spät, denn die Große Prozession war bereits aufgebrochen. Zu allem Überfluss fielen sie auch noch in die Hände eines Woiwoden, der Kardinal Żmyhowycz hasste. Dieser sammelte andere treue Woiwoden um sich, um sein eigenes Spiel zu spielen. Zwar hatte noch niemand etwas über die Türkei, geschweige denn von Karamaz Pascha gehört, aber sie begriffen sehr schnell, dass der Imam nicht unverzüglich nach Paris würde aufbrechen können, wenn die Tote Erde erst einmal bebte. Und dass Karamaz Pascha enorme Summen für die Kristallsärge zahlen würde ...«, sagte Bork mit brechender Stimme.

»Sie töteten die beiden Bulgaren und fingen an, selbst eine Expedition nach Paris vorzubereiten. Schon bald war klar, dass der Großen Prozession ein Unglück widerfahren sein musste, denn niemand hörte etwas von ihr. In Warschau begann es zu gären. Die Woiwoden, darunter auch der Vater des sterbenden Jungen, setzten alles daran, Kardinal Żmyhowycz zu verleumden, damit alle sie, die Woiwoden, für die wahren Helden hielten. Mittlerweile berichteten die wenigen Reisenden, die Warschau erreichten, von einem gelben Nebel über dem Meer und von brennenden Wäldern in Rom. Die Woiwoden wussten, was das bedeutete: Die beiden Bulgaren hatten die Wahrheit gesagt. Deshalb wollten sie so schnell wie möglich aufbrechen, um die kristallenen Särge zu suchen.«

Bork sah Artur fest in die Augen. »Glauben Sie mir, Herr Bürgermeister, der sterbende Junge hat nur wahrheitsgetreu wiederholt, was er in seinem Elternhaus gehört hat: Niemand – weder sein Vater noch die anderen Woiwoden oder wenigen Gläubigen, die sich ihnen angeschlossen hatten – wusste, was es mit den Särgen auf sich hatte. Ihr Ziel war es, dem Imam die Dämonen zu verkaufen oder diesen damit aus der Reserve zu locken und ihn dann im Namen des Heiligen Kreuzes umzubringen. Letzteres, weil Bischof Tyscec, ein enger Freund des Vaters dieses Jungen, gern die Macht über alle Gläubigen Polens an sich gerissen hätte ... Jedenfalls schickten sie mehrere kleine

Einheiten aus, sammelten Gold und trugen Proviant zusammen. In Polen glaubten alle, die Woiwoden wollten die verschollene Prozession suchen. Die war denen jedoch völlig einerlei, sie kannten nur ein Ziel: Paris!«

Bork hielt kurz inne.

»Der Junge hat einen ganzen Tag gebraucht, um mir diese Geschichte zu erzählen. Sein Vater war unterdessen auf der Jagd und hat sich die Gegend angesehen, um zu erkunden, welchen Weg sie am besten nähmen. Er hatte fast fünfzig Männer dabei. Als er abends wiederkam, fürchtete er einzig, sein Sohn habe jemandem von ihren eigentlichen Absichten berichtet. Ich habe ihm jedoch versichert, dass wir keinen Geistlichen haben, der ihm die Beichte hätte abnehmen können. Möge mir der heilige Luther diese Lüge vergeben, mit der ich meine Kinder gerettet habe …«

Bork verstummte erneut, setzte dann jedoch wieder an.

»Er ist ein ehrbarer Mann, dieser Priester Stanisław, wenn auch verblendet. Aber das sind viele andere auch.«

»Sie nehmen also an, dass alle Teilnehmer der Prozession gestorben sind?«, fragte Artur.

»So ist es. Denn was die Gewährsleute des Imams im Süden angerichtet haben, hat selbst uns erreicht, mehr noch, es scheint immer schlimmer zu werden. Fast möchte man meinen, die Zeit sei endgültig aus den Fugen geraten …«

Mit einem Mal wurde sich Artur der Hundekälte hier oben auf dem Turm bewusst. Obwohl die Sonne untergegangen war, stand am Himmel kein Mond. Über den verstümmelten Türmen des deutschen Städtchens schien eine Staubdecke zu hängen, die sämtliche Sterne verbarg und so jede Orientierung unmöglich machte. In den verwinkelten Gassen entzündeten Borks Helfer gerade weitere Feuer. Schneeregen ging nieder und kroch in Arturs Kragen. Er schien von allen Seiten zugleich zu kommen, denn wohin Artur sich auch drehte, die Stirn war sofort wieder nass.

»Keine Sorge, dieser Regen ist sauber«, beruhigte ihn Bork. »Jedenfalls noch.«

»Und diese Woiwoden?«, fragte Artur leise. »Haben sie die Särge gefunden?«

»Habe ich Ihnen das noch nicht gesagt?«, entgegnete Bork grinsend. »Niemand von ihnen ist je zurückgekehrt. Zumindest nicht von denjenigen, die bei uns gewesen sind. Obwohl sie erfahrene Leute bei sich hatten, die schon seit zwanzig Jahren Kaufleute durch die Kriechenden Berge gebracht haben. Aber dennoch …«

»Was ist mit Karamaz Pascha? Sind Sie sicher, dass er die Kristallsärge nicht längst in seinen Besitz gebracht hat?«

»Das bin ich, denn die Wilden bewachen diese Särge – ihre Heiligtümer, wenn Sie so wollen – nach wie vor. Auch die Ehernen Vögel kreisen noch über der Stadt. Mein Sohn ist erst vor einer Woche aus den Kriechenden Bergen zurückgekehrt. Dort hat er Menschen getroffen, die aus Paris kamen. Sie versicherten ihm, dass in der Stadt alles ruhig sei – oder zumindest unverändert … Bei der Gelegenheit fällt mir ein: Die Straße gibt es inzwischen nicht mehr, Sie müssen also durch den Sand ziehen.« Bork verstummte, als erwarte er eine Frage Arturs.

Die folgte denn auch.

»Wieso haben Sie das alles mir erzählt, nicht aber Stanisław?«

Der Bierbrauer stand eine ganze Weile schweigend auf die feuchte Steinbrüstung gelehnt da. Im trüben Licht einer Lampe machte Artur seine gedrungene Figur mit der Schmiedeschürze aus. Bork spähte in die Tiefe, hinunter zu seiner Heimatstadt, die ihm eine düstere Wiege gewesen war, aber auch Schutz gegen die verhasste Sonne bot.

»Weil ich mir vorstellen könnte, dass es für einen Erwachten Dämon möglich ist, andere von seinesgleichen aufzuwecken. Und weil ich annehme, dass uns allen nicht mehr viel Zeit bleibt. Nur wenn jemand Karamaz Pascha daran hindert, die französischen Dämonen zu befreien, bestehen noch Aussichten, dass meine künftigen Enkelkinder nicht in Sklaverei aufwachsen.«

»Soll das heißen, dass Sie uns nach Paris führen werden?«

»Bevor ich diese Frage beantworte, muss ich wissen, warum Sie überhaupt in diese Stadt wollen«, erwiderte Bork.

Artur betrachtete das Gesicht seines Gegenübers. Es war nicht mehr als ein weißer runder Fleck mit zwei rot glühenden Kohlen darin.

»Gut, Sie haben ein Recht, das zu erfahren«, räumte er schließlich ein. »Es stimmt, ich möchte meine Kollegen aufwecken. Bisher konnte ich das nicht, weil ich darauf gewartet habe, dass die Wipper Drachen züchten, die stark genug sind, uns nach Paris zu bringen. Ich wollte diesen Weg auf keinen Fall zu Fuß antreten.«

»Sie hatten Glück, dass der Hüter Sie von dem Plan abgebracht hat zu fliegen!«, bemerkte Bork. »Allerdings hätte ich gern einmal einen lebenden Drachen gesehen.«

»Was ist nun, Herr Jäger?«, hakte Artur nach. »Führen Sie uns?«

»Darüber muss ich erst mit meinen Brüdern und Söhnen sprechen«, sagte Bork und ging zur Treppe zurück. »Sind Sie sicher, dass von Ihren ... Kollegen keine neuen Zauber zu fürchten sind?«

»Sie können gar nicht zaubern«, beruhigte Artur ihn. »Aber sie können uns allen sehr nützlich sein.«

»Das steht noch auf einem anderen Blatt.« Bork schniefte. »Ruhen Sie sich jetzt besser etwas aus.«

»Übrigens«, fiel es Artur wieder ein, als er Bork hinterherging und ihm die süßen Düfte der Bäckerei entgegenschlugen. »Warum nennt man Sie eigentlich Jäger? Oder tragen alle Bierbrauer diesen Titel?«

»Durchaus nicht«, antwortete Bork ernst. »Bei uns steht ein Jäger noch über dem Bürgermeister. Und um das Recht auf diesen Titel zu erwerben, muss man einen Achar töten. Mit dem Messer.«

»Soll das heißen, diese Acharen sind noch gefährlicher als ein Schwarm?«

»Nun ja ... einen Schwarm bemerkt man wenigstens noch ...«

(8) WILDSCHWEINE UND ACHAREN

Wie Bork vermutet hatte, glaubte Stanisław kein einziges Wort davon, dass ein polnischer Woiwode die Große Prozession verraten haben sollte. Auch die Eröffnung, dass der Bierbrauer und seine beiden Söhne sie nach Paris bringen würden, nahm er nicht gerade begeistert auf.

Was die Bezahlung für diese Gefälligkeit anging, so meldete Bork bescheidene, wenn auch ausgesprochen merkwürdige Ansprüche an: Sollte die Expedition gesund und munter nach Deutschland zurückkehren, schuldete Artur den Bierbrauern alle Waffen und Patronen sowie die überzähligen schwarzen Pferde. Fürs Erste, sozusagen als Pfand, sollte er ihnen lediglich zweihundert Gramm Gold plus ein Kilo Silber überlassen und ein Pferd schenken.

Daraufhin brachten sie die Kisten mit der Munition auf Flöckchens Pferd unter und verstauten die nutzlosen Tauben sowie die Kanister mit Wasser in den Kellern des Rathauses. Bork hatte ihnen versichert, sie würden unterwegs auf saubere Quellen stoßen.

Die Bierbrauer sahen wie Gespenster aus, hatten sie doch alle offenen Körperpartien dick mit weißer Creme eingeschmiert, selbst gefertigte Sonnenbrillen aufgesetzt und das Gesicht mit Schals vermummt.

Sie preschten wie wahnsinnig durch die Nacht, denn Bork wollte noch vor Tagesanbruch das Dorf erreichen, in dem seine Verwandten lebten. Nach Arturs Berechnungen hatten sie in einem dreistündigen Ritt sage und schreibe hundertfünfzig Kilometer zurückgelegt. Ihren Zug führten nun Klaus und Ferdinand an, die gemeinsam auf einem Pferd saßen. Semjon teilte sein Reittier mit Bork. Sehr zum Missfallen Stanisławs hatten die beiden noch beim Essen ein gemeinsames Gesprächsthema gefunden: Wie viele Dunkle Male wären nötig, damit die Wipper die Saatfelder um die Stadt herum säubern könnten? Bork hatte wissen wollen, womit die russischen Wipper zu einem Besuch zu bringen wären, worauf Semjon sich erkundigt hatte, wo eigentlich das Gras wachse, das die Bierbrauer in ihr Getränk gäben. Sechs Krüge Bier – und schon sind sämtliche Sprachbarrieren beseitigt, war es Artur durch den Kopf gegangen.

Bork legte allerdings etwas eigenartige Vorstellungen vom Reiten an den Tag: Er saß mit dem Hintern voran auf dem Pferd. Irgendwann nahm er die Brille ab und bettete zwei geladene Flinten auf seinen Schenkeln. Semjon hatte den Zwerg unter sein Schultergehänge geklemmt und auf diese Weise gesichert. Zuvor hatten sie sich noch auf bestimmte Signale geeinigt, damit der Wipper simple Befehle Borks ausführen konnte.

Im Übrigen handhabten die Bierbrauer Kaiserslauterns es immer so, wenn sie ausritten, obwohl ihre Pferde nur halb so groß waren: Stets ritten sie zu zweit, wobei einer das Tier lenkte, der andere notfalls einen Schuss abgab.

Das musste sein – sonst wären sie gefressen worden …

Semjon ritt jetzt am Ende, mit einigem Abstand zu den anderen, was Christoph so nervös machte, dass er wesentlich mehr Unsinn von sich gab als sonst. Ständig lag er Artur in den Ohren, dass ganz in der Nähe etwas Lebendiges herumspringe, etwas Großes und Böses. Oder dass etwas Großes, wiewohl es nicht böse sei, neugierig von rechts herankrieche. Obwohl Artur in die Dunkelheit spähte, bis ihm die Augen tränten, konnte er jedoch letzten Endes nichts ausmachen. Manchmal meinte er zwar, in den endlosen Maisfeldern bewege sich tatsächlich etwas, noch dazu sehr fix, aber was genau, hätte er nicht zu sagen vermocht.

Trotz der düsteren Prognosen Stanisławs ging die Sonne irgendwann auf, und zwar genau in dem Moment, als sie die

Felder hinter sich ließen. Sofort zogen sich die Bierbrauer dicke Skimasken über. Artur dagegen konnte sich nur einmal mehr über das phänomenale Sehvermögen der Pferde wundern: Sie waren gar nicht, wie er angenommen hatte, über eine ebene Straße dahingejagt, sondern hatten sich ihren Weg auf einem schmalen Pfad voller Gruben, Schlaglöcher und Eisenhaken gesucht.

»Hinter dem Dorf endet der Pfad«, sagte Klaus. »Dann müssen wir über einen Wall weiter, über den früher Wagen auf Stahlrädern gefahren sind.«

Nun kam auch Semjon aus dem fliederfarbenen Mais herausgeritten. Ein ganz feiner Brandgeruch stieg Artur in die Nase. Bork muss jemanden erschossen haben, überlegte er. Wenn wir nicht so dahingeprescht wären, hätte ich vermutlich auch den Schuss gehört …

»Wir sind auf ein paar Wildschweine gestoßen«, sagte Bork. »Die hatten Hunger.«

Das Dorf von Borks Verwandten bestand aus zwei Dutzend heruntergekommenen Häusern aus der Mitte beziehungsweise vom Ende des 20. Jahrhunderts. Die Bierbrauer lebten in den beiden ältesten Bauten, der Kirche und dem ehemaligen Rathaus. Außerdem hatten sich noch in halbwegs akzeptablem Zustand der Pferdestall eines Sportclubs und ein Bau mit der stolzen Aufschrift *Polizei* erhalten. Bei Letzterem gab ein Gedenkstein in gotischer Schrift darüber Auskunft, dass irgendein Prinz in dieser Ortschaft eine Nacht verbracht und sogar eine Rede vor den Bewohnern gehalten habe. Dieses bedeutsame Ereignis hatte am Ende des 18. Jahrhunderts stattgefunden.

In der Mitte des 22. Jahrhunderts sonnte sich auf diesem Stein eine Schnecke von der Größe eines Malteserhündchens, während drum herum orangefarbene Kletten die Fliegen mit ihrem muffigen Duft anlockten.

Bork wechselte rasch noch ein paar Worte mit seinen Leuten und haute sich dann – genau wie er es Artur angekündigt hatte – zusammen mit seinen Söhnen für ein paar Stündchen aufs Ohr.

Als sie dann weiterritten, starrten aus den Kellerfenstern blasse Kinder, exakte Kopien der Erwachsenen, mit finsterer Miene auf die schwarzen Giganten, die sie offenbar einfach nicht für Pferde hielten. Das Gras um das Dorf herum war seit Langem völlig niedergebrannt worden, inmitten des breiten Aschefelds standen Pfosten mit Stacheldraht. Sie hielten auf ein Tor zu, das Bork sorgfältig hinter sich schloss.

Bisher hatten grüne Spitzen von Hackfrüchten aus dem Boden gelugt und Kürbisse mit weichem Fleisch geprotzt, während in Gewächshäusern Tomaten heranreiften. Nun aber lag eine hundert Meter breite Fläche voll mit Schrott, kaputten Schienen und zertrümmerten Ziegeln, aber auch mit etlichen Maulwurfshügeln vor ihnen.

Nur muss der Maulwurf bei einem solchen Hügel die Größe eines Fuchses haben, schoss es Artur durch den Kopf.

»Hier gibt es Acharen«, erklärte Bork und nickte zu den Hügeln hinüber. »Freilich nur recht kleine.«

Artur zweifelte inzwischen nicht mehr daran, dass sie sich dem Zentrum der Ewigen Brandstätte näherten. Sicher, sie unterschied sich extrem von der, auf der er einst gegen die Würmer gekämpft hatte. Anscheinend war das Dorf früher ans Schienennetz angebunden gewesen, denn hinter den Häusern ragten noch die Überreste des ehemaligen Bahnhofsgebäudes auf. Die Mauern des einstöckigen Baus waren eingestürzt, daneben befand sich aber ein lang gestrecktes Lager in etwas besserem Zustand, wenn auch weitgehend unter jenem Weidengewächs verborgen, das Artur auch in Kaiserslautern gesehen hatte. Die Pflanze hier war allerdings wesentlich kräftiger, sodass sie die dicke Mauer teilweise wie ein Diamantbohrer zerhackt hatte.

»Als ich das letzte Mal hier war, hatten diese Pflanzen den Bahnhof noch nicht erobert«, sagte Stanisław.

Klaus erklomm den Wall als Erster. Über diesen liefen Schienen, die jedoch bereits abgesackt waren. Die Telegrafenmasten waren zum Teil umgestürzt, die Eisenbahnschwellen in das tiefe Moos gesunken. Links und rechts des Walls führte Stacheldraht von der Aufschüttung weg, gewissermaßen die Verteidigungslinie des Dorfes, sonst gab es weit und breit nichts mehr.

Und zwar absolut nichts mehr: kein Gras, keine Bäume. Da war nur diese endlose trockene Fläche, die wie ein verbrannter Pudding aussah. Oder so, als ob jemand einen gigantischen Hubschrauberflugplatz mitten in der Sahara geschaffen hätte, indem er reichlich Napalm gesprüht hatte. Die braune Kruste von idealer Glätte zog sich bis zum Horizont, kleine Metallhügel entlang der Schienen wirkten wie geschmolzenes Eis auf einem Unterteller.

»Nicht schon wieder!«, stöhnte Mam Rona, als Ferdinand ihr einen Trinkschlauch mit Bier hinhielt. »Ich kann einfach nicht noch mehr von diesem Mist in mich hineinkippen.«

Auch Artur fühlte sich bereits ziemlich benebelt von dem starken Gebräu, hielt aber die Luft an und trank widerspruchslos den nächsten halben Liter.

»Die Sonne spielt schon wieder verrückt«, bemerkte Lew da.

Das stimmte. Zwar bewegte sich die Sonne im üblichen Tempo, flackerte jedoch immer wieder grell auf. Gleichzeitig zogen dicke Wolkenfetzen über den Himmel. Sie gingen vermutlich auf die schwüle Luft zurück und krochen hintereinander her, wobei sie sich häufig überlagerten.

»Das sind übrigens keine Wolken«, sagte Semjon.

»Völlig richtig. Das ist das, wovor ich euch gewarnt habe«, erklärte Stanisław. »Das ist der gelbe Nebel, durch den niemand hindurchfliegen kann.«

Nach nur wenigen Minuten hatte der Nebel die Hälfte des blauen Himmels eingenommen. Ihrer aller Gesichter zeigten nun eine ungesunde gelbe Farbe. Klaus händigte Arturs Leuten Stoffmasken aus, die ebenfalls mit Bier getränkt waren. Auch wenn es alle einige Überwindung kostete, streiften sie die Dinger unter dem eindringlichen Blick Borks über. Was für ein Leben diese Bierbrauer führen, dachte Artur. Das ganze Jahr über müssen sie dicke Overalls und bei jedem Ausritt auch noch diese Maulkörbe tragen.

Die Sonne heizte die Erde unbarmherzig auf. Das Dorf flirrte hinter ihnen, fast als verschwömmen noch nicht getrocknete Farben auf einer Leinwand. Dann umgab sie nur noch tote Steppe. Wenn der Faden der Schienen nicht gewesen wäre, hätten sie überhaupt keinen Orientierungspunkt gehabt ...

Artur schloss zu Semjon auf.

»Es ist gut, dass der Nebel heute dicht zu uns herankraucht«, wandte sich Bork an ihn. »Unter ihm gibt es nämlich kein Leben.«

»Und was heißt das dann bitte für uns?«

»Oh, wir werden nicht sterben, solange wir unser Bier trinken und die Masken tränken«, antwortete Bork sorglos. »Sollte der Nebel sich allerdings in zwei Tagen nicht gelichtet haben ...«

»Ja ...?«

»Dann werden auch wir sterben.«

»Was hat er gesagt?«, wollte Semjon von Artur wissen.

»Er sagt, dass es im Nebel keine Mücken gibt«, beruhigte Artur ihn.

»Dafür gibt es aber etwas Größeres«, erwiderte Semjon und deutete in die Richtung, in der sich im toten, staubbedeckten Boden Spuren abzeichneten.

An der Spitze stieß Ferdinand nun einen Pfiff aus. Alle blieben stehen. Sobald Bork seinen Sohn erreicht hatte, begann dieser, hitzig auf ihn einzuflüstern. Klaus wiederum machte etwas höchst Seltsames: Er saß ab und streute allen Pferden feinen Puder auf die Beine.

»Hier sind vor Kurzem Wildschweine vorbeigekommen«, teilte Bork Artur in besorgtem Ton mit. »Sagen Sie Ihren Leuten, sie sollen auf alles schießen, was sich bewegt.«

In dem weichen, fahlweißen Moos, das auf dem Wall lag, klafften in der Tat tiefe Löcher: Vier Reihen von Spuren verliefen mitten durch diese Wüste, eine mit größeren, drei mit kleineren Abdrücken.

»Eine Bache mit ihren Frischlingen«, stellte Stanisław fest.

»Sind die Wildschweine hier tatsächlich so gefährlich?«, fragte Knirps. Die Panik amüsierte ihn, hatte er es in seiner Zeit als Wilder doch allein mit einem ausgewachsenen Keiler aufgenommen.

»Diese Spuren stammen nicht von Wildschweinen«, bemerkte Semjon kopfschüttelnd. »Die müssen von Tieren stammen, von denen ich noch nie gehört habe.«

»Haltet die Augen offen!«, schärfte Bork ihnen ein. »Nicht die Wildschweine sind gefährlich, sondern diejenigen, die ihnen folgen.«

Daraufhin setzten sie sich wieder in Bewegung. Die Spuren führten direkt in den gelben Nebel hinein.

Irgendwann wurde die Wüste von einer fünf Meter breiten Schlucht zerklüftet, die gar nicht zu enden schien. Sie kappte den Wall förmlich, war jedoch zum Glück nicht sehr tief. An ihrem Grund türmte sich Schrott, darunter auch der Waggon eines Personenschnellzugs, der aus der Spur geraten war.

Auf der anderen Seite der Schlucht lag glitzernder, geradezu blendender Sumpf. Zunächst ähnelte er noch einem dichten Netz aus kleinen Bächen, die den Ausgangspunkt von Flüssen bildeten, weiter hinten schimmerte ein gelb-grüner See, der mit Gräsern und Blumen in den erstaunlichsten Formen und Farben zugewachsen war. In der Ferne stieg Dampf auf, der sich mit den tief hängenden gelben Nebelfetzen vereinigte, sodass ein undurchdringlicher, stinkender Vorhang entstand. Selbst durch die präparierten Masken nahm Artur einen erstickenden sauren Geruch wahr.

Mit einem Mal klatschte sich Christoph auf die Wange und zeigte Artur eine erschlagene Mücke. Nun registrierte auch Kowal all die Geräusche um sich herum: das tiefe Surren von Insekten, ein Plätschern und Blubbern, als zerplatzten an der morastigen Oberfläche Gasblasen, kurze kehlige Schreie und ein Gebrüll unklaren Ursprungs.

Dann sahen sie auch schon die Wildschweine …

Arturs erster Eindruck war, auf ein Gemälde des großen Katalanen zu starren. Okay, der hatte seinen langbeinigen Elefanten nicht auch noch Barthaare und den langen Rüssel von Ameisenbären gegeben …

Mit einer gewissen Phantasie ließen sich in den liebreizenden Sumpfbewohnern tatsächlich die Verwandten von Wildschweinen erkennen. Über die gestreiften Rücken der Frischlinge kroch eine Horde Fliegen. Die Wildschweinjungen rempelten sich gegenseitig an, schnauften und entrissen einander irgendeinen Leckerbissen. Die zottelige rotfellige Frau Mama trottete vorneweg, wobei sie schmatzend ihre drei Meter langen stelzenartigen Beine aus dem schwarzen Wasser riss und die Menschen mit einem finsteren Blick beäugte. Ihr lang gezogener Rüssel mündete in bewegliche, aufgestülpte Lippen, unter denen zwei nach unten gebogene Hauer herausragten, die an kleine Pflüge erinnerten.

Nachdem sie sich überzeugt hatte, dass niemand sie angreifen wollte, stapfte die Bache auf eine andere Schweinefamilie zu, die um einige aus dem Sumpf herausragende Betonpfähle herumspazierte. Die sehnigen, muskulösen Frischlinge folgten ihrer Mutter brav.

Die Reiter führten die Pferde durch die Schlucht zu kleinen Inseln roten Lehms und setzten ihren Weg anschließend auf einem relativ trockenen Pfad fort, der sich zwischen Eisenbahnschwellen hinzog. Sie ritten nun zu zweit nebeneinander. Irgendwann kamen sie am Schnellzug Saarbrücken–Paris–Rouen–Le Havre vorbei. Das Schild an einem der Fenster des Waggons war wie durch ein Wunder heil geblieben. Artur betrachtete die Diesellok genauer. Die schweren Räder waren seit

Langem im Matsch versunken, die Fenster herausgeschlagen, und die Hälfte des Dachs hatte sich in ein rostiges Eisensieb verwandelt. Das Zuginnere war von unten bis oben mit Sumpfpflanzen zugewuchert. Zwischen kleinen violetten Trieben surrten Unmengen von Schnaken, aus der zerbeulten Lok spähte ein stoppelbärtiger Vogel mit schmalem Schnabel heraus.

Weitere Vögel dieser Art stolzierten in der Nähe herum, wobei sie den dicken Teppich aus Entengrütze mit ihren langen Beinen aufrissen.

Aus den Augenwinkeln heraus nahm Artur eine rasche Bewegung hinter der zigarrenförmigen Zugspitze wahr. Irgendetwas rührte sich da unter dem grünen Schlamm … Klaus und Ferdinand eröffneten gleichzeitig das Feuer, die anderen jedoch drehten sich ratlos im Sattel herum, ohne zu begreifen, wo ihr Gegner eigentlich lauerte.

Borks Söhne stürmten nun vor und überzogen den Sumpf mit Schrot.

»Weg hier!«, schrie Bork. »Sofort!«

Artur trieb bereits sein Pferd an – als Lew hinter ihm aufschrie.

Im Vergleich zu der Schnelligkeit, mit der die Kreatur auf Lews Stiefel zusprang und sich in diesen verbiss, meinte Artur, sich in Zeitlupe umzudrehen und die Remington nur unendlich langsam auszurichten.

Der Urgroßvater des Achars musste eine gewöhnliche Spinne gewesen sein – die dann im Laufe der Jahre sowohl ihren Lebensraum als auch ihren Speiseplan erweitert hatte. Bork hat schon recht gehabt, ging es Artur durch den Kopf, als er gesagt hat, man müsse einen Achar erst mal bemerken.

Der erste Schuss riss der Spinne zwei oder drei Beine ab, jedes so groß wie ein Hockeyschläger für Kinder. Die behaarten, an den Enden gezahnten und messerscharfen Extremitäten flogen zur Seite, zuckten dabei jedoch nach wie vor derart wild, dass sie das ganze feuchte Gras um sich herum abmähten. Der funkelnde Chitinkörper dieses Monsters bestand aus zwei Teilen. An der vorderen Hälfte, die etwa so groß war wie eine Bratpfanne, saßen die horizontalen Kiefer mit einer Länge von einem halben Meter. Der hintere Teil bildete den dicken Bauch, war mit spitzen Stacheln versehen und glich alles in allem stark dem Körper eines Seeigels.

Der Achar wollte einfach nicht von Lews Bein ablassen – bis ihn schließlich Salven aus gleich drei Gewehren in Fetzen rissen. Lew krümmte sich vor Schmerzen, sein Pferd bäumte sich auf. In diesem Moment schoss eine weitere Spinne aus dem Schlamm heraus und bohrte sich dem Pferd in den Bauch. Von seiner Position aus wagte Artur es nicht, einen Schuss abzugeben. Zum Glück preschte jedoch Semjon heran und ließ sein Breitschwert kreisen. Bevor das Viech weiteren Schaden anrichten konnte, hatte der Wipper es bereits in drei Teile zerhackt.

Kaum saß Semjon nach dieser Attacke ab, schraubte sich links und rechts neben ihm je eine weitere dieser Kreaturen in die Höhe und spritzte dabei Fontänen von Kieseln in die Luft. Lews Pferd sprang zur Seite. Artur konnte noch immer keinen Schuss abgeben, aber Semjon hatte sich bereits in Kampftrance gebracht.

Im Bruchteil einer Sekunde verwandelte er sich in einen Schmetterling. Die Spinne bekam nun nicht mehr das Bein des Wippers zu fressen – sondern fing sich einen Hieb von dessen Klinge ein. Der zweite Achar spreizte daraufhin seine bekrallten Beine, eine vorzügliche Angriffsstellung. Er war teuflisch flink, doch Semjon wirbelte erneut herum – und der entbeinte zottelige Bauch schlug schwer im Matsch auf.

Nun krochen unter Wasser allerdings immer mehr Spinnen an, um dann auf ein trockenes Fleckchen Erde zu krabbeln. Obwohl alle Expeditionsteilnehmer, die eine Waffe besaßen, schossen, war es nahezu unmöglich, die flinken Kreaturen zu treffen. Artur ließ Gewehr Gewehr sein, schnappte sich seinen Säbel und eilte Semjon zu Hilfe.

Dieser vollbrachte wahre Wunder. In der Zeit, da Klaus und Ferdinand drei halbstarke Acharenteenies durchbohrten, machte Semjon sechs dieser Biester kalt. Er stürzte sich Hals über Kopf auf die Meute, um ihre Aufmerksamkeit von den Pferden abzulenken. Wie ein Brummkreisel drehte er sich auf einem schmalen Fleck festen Bodens. Das Breitschwert in seiner rechten Hand verwandelte sich in eine funkelnde Scheibe, hinter der ein Fächer aus Blutspritzern aufging, während er mit der linken ein Messer nach dem nächsten schleuderte.

Er wusste rein intuitiv, wo die Sumpfmonster verwundbar waren. Und er war absolut gnadenlos: Sobald die Biester bei einem Angriff den Kopf hochrissen und ihm damit den ungeschützten Teil des Halses darboten, wich er einen Schritt zur Seite aus, um den klappernden Zähnen zu entgehen, und schlug zu.

Er schien gar nicht zu kämpfen – sondern zu tanzen!

Der Berg feindlicher Leichen bot nicht gerade einen hübschen Anblick. Nachdem bereits ein Dutzend dieser Kreaturen hatte dran glauben müssen, begriff der Rest endlich, dass sie dem braun gebrannten Typen mit den Rastazöpfen besser aus dem Weg gingen …

Der Wipper wischte das Schwert am feuchten Gras ab.

Auf die Jugend ist doch wirklich Verlass, dachte Artur bei sich, der mit Mühe die zweite Spinne erledigte. Egal, ob sie aus dem Wald oder aus der Stadt kommt.

Doch schon knisterte es erneut am Boden, und ein weiteres Tier katapultierte sich in die Luft. Es spreizte die einen Meter langen Beine und stürzte sich auf Knirps' Pferd, um ihm mit den kreischenden Sägen seiner Zähne das Fell abzurasieren. Reiter wie Pferd schrien im selben Atemzug auf.

Ehe Mitja überhaupt einen Schuss abgeben konnte, hatte sich ihm bereits eines der gezahnten Beine in den Schenkel gebohrt, während sich die anderen Extremitäten in die Kruppe des Pferdes verhakten. Ferdinand stand Knirps am nächsten, sodass er

Arturs Mann zu Hilfe eilte, indem er mit zwei Dolchen gleichzeitig auf die Spinne einhämmerte. Der schwere Rumpf des Achars sackte zu Boden, bevor das Biest auch nur einen Bissen verschlungen hatte. Die Spinnenbeine saßen jedoch zu fest im Körper von Knirps' Pferd. Um sie aus dem Tier zu lösen, mussten sie sich noch gedulden.

Bork erledigte derweil drei Acharen, die etwas kleiner waren. Artur konnte ihn nur bewundern. Mit einem Bein stand der Bierbrauer auf einer Eisenbahnschwelle, mit dem anderen in der matschigen Erde – und empfing jede Spinne, die aus dem Boden herausschoss, mit einer Ladung Schrot.

Sobald etwas Ruhe eingekehrt war, streckte Bork einen Arm aus, damit Semjon, der bereits wieder auf seinem Pferd saß, ihm in den Sattel half. Dem Bierbrauer brauchte man nicht zu sagen, wann er kämpfen musste und wann es Zeit war, sich vom Acker zu machen.

Die Sonne hatte sich inzwischen hinter eine kleine Wolke verkrochen, sodass der Sumpf sie nicht mehr blendete. Nun konnte Artur endlich beobachten, wie sich die Hauptmasse des Feindes unter dem Wasser ihren Weg bahnte. Bisher hatten sie es offenbar nur mit der linken Flanke der Unterwasserarmee zu tun bekommen …

Die Acharen wechselten in geradezu irrem Tempo die Stellung, wobei sie lediglich die feinen Barthaare aus dem Wasser herausstreckten. Es waren gut vier Dutzend. Sie hatten sich in einem Halbkreis um die Gruppe herum formiert, fraglos in der Absicht, die Pferde in die Zange zu nehmen. Nun, da sie überraschend auf Widerstand gestoßen waren, orientierten sie sich in Windeseile um und richteten ihre Aufmerksamkeit ausschließlich auf die Wildschweine.

Genauer gesagt, auf den schwächsten Frischling.

Die ganze Schweinefamilie floh quiekend, hatte die Rechnung allerdings ohne die Acharen gemacht. Diese lauerten nämlich bereits in einem Hinterhalt dem langbeinigen Frischling auf.

Fünf blutdürstige Spinnen schnellten aus dem Boden und stürzten sich auf das Jungschwein, das seinen Geschwistern etwas hinterherhinkte. Gezielt drängten sie das Tier zu ihren nachsetzenden Artgenossen zurück. Die Bache dachte gar nicht daran, ihr Junges zu retten, sondern riss aus, den Schwanz hoch aufgestellt. Mit widerlichen Schreien stiegen einige Reiher in die Luft auf.

Auch von Arturs Leuten kam niemand dem unglücklichen Frischling zu Hilfe. Nach einer Minute war alles vorüber. Nur dort, wo die Spinnen ihr Opfer gestellt hatten, gab es noch ein aufgeregtes Gewusel um die Leiche herum.

Typisch!, stöhnte Artur innerlich. Den letzten beißen die … Spinnen.

Ferdinand trieb die Pferde mit einem Pfiff an, damit sie immer weiter in die stinkenden Sümpfe und Mückenschwärme vordrangen. Mit einem Mal lag vor ihnen ein weiterer Wall mit Schienenstrang und ebenfalls mit verrotteten Waggons. Diesmal handelte es sich um einen Güterzug. Er war großteils bis zu den Wagendächern in den Sumpf abgesunken. Die rostfreien Waggons mit der Aufschrift *Öl* sahen aus, als hätte sie jemand angenagt. Da der Wall immer wieder abriss, hoffte Artur inständig, die Pferde würden nicht in dem schwabbeligen Untergrund versinken. Und nichts wünschte er sehnlicher herbei als festen Boden.

Irgendwann entdeckten sie dann linker Hand in einem soliden Rahmen aus violetter Entengrütze eine lange Betonplatte, offenbar den einstigen Bahnhof. Bork gewährte ihnen eine kurze Rast, da sie an dieser Stelle doch, wie er versprach, vor den Acharen sicher seien. Allerdings machten sie schon wieder eine Herde dieser fleischfressenden Kühe aus. Noch im selben Moment wies Christoph auf eine vierfüßige Ente hin, hinter der die Rindviecher her waren. Außerdem behauptete Klaus, sie bräuchten sich wegen der Kühe keine Sorgen zu machen, da diese den Geruch des Biers nicht ertrügen.

»Sie haben großes Glück gehabt!«, erklärte Bork, der Mam Rona half, Lews Bein zu versorgen.

Vom Kopf der Spinne hingen zwar nur noch ein paar breiige Fetzen herab, aber die Kiefer, die eher an zwei Sägen erinnerten, mussten sie mit Dolchen aus Lews Fleisch hebeln. Zum Glück waren die Sehnen nicht durchtrennt worden, doch die zahllosen kleinen Wunden mussten genäht worden. Der Blutgeruch lockte schon jetzt Scharen von Mücken an, die sich gleich in drei Schichten auf das Bein des Buchmenschen niederließen und sich dabei gegenseitig wegdrängelten.

»Das ist ja wohl nicht Ihr Ernst?«, stieß Lew fast ohne jeden Akzent auf Französisch aus, auch wenn er vor Schmerz und Wut fast heulte. »In dem Fall möchte ich nicht wissen, wie es jetzt um mich bestellt wäre, wenn ich *kein* Glück gehabt hätte.«

»Glauben Sie mir, Sie *hatten* Glück!«, entgegnete Bork. »Das war ein Acharenmännchen, und die sind weitaus schwächer als die Weibchen. Obendrein waren die Spinnen hinter den Wildschweinen her, uns haben sie rein zufällig entdeckt.« Dann verstummte er kurz und wechselte das Thema: »Ihr Semjon ist ein erstaunlicher Mann. Wir haben noch nie gesehen, dass sich ein Mensch mit einer solchen Schnelligkeit bewegt!«

Ganz genau – und mit der hat er uns alle gerettet, dachte Artur. Ohne ihn hätten wird diese Mistviecher doch nie im Leben aufgehalten.

Ferdinand schenkte dem Letzten von Arturs Leuten eine Portion Bier aus und passte auf, dass auch dieser es bis auf den letzten Zug austrank, im Grunde eine überflüssige Vorsichtsmaßnahme, schließlich wollte niemand im giftigen Nebel sterben. Christoph wurde allerdings nach wie vor schlecht von dem Zeug.

Klaus und Semjon zogen unterdessen die Enden der Spinnenbeine aus Mitjas Schenkel, das letzte Andenken an einen Achar, das dieser dem Dschingis hinterlassen hatte, bevor er verreckt war. Mitja ließ die Prozedur klaglos über sich ergehen, den Kopf in den Nacken gelegt, den Blick auf die Sonne gerichtet, die gerade endgültig hinter dem gelben Nebel verschwand. Anschließend befahl Bork, ein Lagerfeuer zu entfachen, tröpfelte etwas Flüssigkeit in die Asche und schmierte den so entstandenen Brei auf die Wunden von Mitja und Lew. Daraufhin schrie Knirps dann doch vor Schmerz auf und wäre nach dieser Art der Wundbehandlung beinahe mit Fäusten auf den Bierbrauer losgegangen. Lew dagegen fiel schlicht und ergreifend in Ohnmacht.

»Das muss sein«, entschuldigte sich Bork, »denn das Gift der Acharen zersetzt das Hirn. Wenn wir es jetzt nicht aufhalten, gehorchen einem erst die Beine, später auch die Arme nicht mehr. Glauben Sie mir, das ist kein schöner Tod …«

Stanisław hatte sich am Rand des Bahnhofs auf die Knie fallen lassen und betete. Neben ihm hing, als Erinnerung an bessere Tage, ein Mülleimer an einem Zierhaken. Ein Piktogramm auf seinem Metallbauch verbot es allen, Zigarettenkippen auf den Boden zu schmeißen. Christoph litt nach dem Bier an Schluckauf und schnupperte in der Luft. Diese roch bitter und zugleich extrem süß. Wenigstens hatte der Wind etwas aufgefrischt …

Artur fragte sich zum ersten Mal, ob es nicht besser wäre umzukehren. Allein wie schnell ihr Vorrat an Munition dahinschmolz … Gut, Bork mochte recht haben, vielleicht wäre es ein Fehler, mit Panzern ins Gebiet der Toten Erde vorzudringen. Aber dann hätten sie diese Expedition viel besser planen sollen! Er hatte zwar bereits in Piter von dieser Sandwand gehört, dabei aber angenommen, es handle sich lediglich um eine Folge der Bodenverwitterung. Auch von den Hunderten und Tausenden Quadratkilometern von Land, die durch Chemie vergiftet worden waren, hatte er bereits gehört. Aber meine Güte: Das kannte er auch aus Russland …

»Die Sache sieht schlecht aus, was, Kommandeur?«, fragte Daljar, der zu ihm gekommen war und nun auf die Schnecken spuckte, die durch das violette Gras, das um den *Bahnhof* herum wuchs, krochen. »Hier wird man doch völlig verrückt! Und das Ding da vor uns ... Was soll das überhaupt sein?!«

»Eine Brücke«, sagte Artur. »Genau wie die über die Newa, nur kleiner. Da fuhren früher Dampfloks drüber.«

»Eben das verstehe ich ja nicht. Eine Brücke, aber kein Fluss ...«

Das stimmte, es gab hier wirklich nirgends einen Fluss. Zwei Betonpfeiler ragten vertikal im flachen Land auf. Von ihnen hingen abgerissene Stahlseile herab, die klirrend im Wind hin und her schwankten.

»Vor zwei Jahren hat die Brücke noch flach auf dem Boden gelegen«, sagte Stanisław.

Und wer hat dann bitte dieses tonnenschwere Monstrum aufgestellt und in den Boden gerammt?!, fragte sich Artur.

»Und jetzt sollten wir schleunigst aufbrechen!«, verlangte Bork nun und deutete auf den Nebel, der mit ungeheurer Geschwindigkeit heranrückte. »Die Pferde müssen wieder Tücher um die Mäuler tragen! Außerdem müssen wir alle uns mit Leinen aneinanderbinden und eng beieinanderbleiben! Das gilt vor allem, wenn wir die Berge erreicht haben!«

»Ich seh gar keine Berge«, erklärte Knirps mit dem Fernrohr vorm Auge.

»Bleiben Sie dicht beieinander!«, schärfte Bork ihnen noch einmal ein. »Die Berge fallen nur über einzelne Menschen her!«

Den letzten Satz übersetzte Artur nicht. Er meinte, ihn falsch verstanden zu haben.

9 DER TOD IN DEN KRIECHENDEN BERGEN

»Ich bereite euch doch nur Scherereien«, nuschelte Lew mit schiefem Grinsen, als die Wunden an seinem Bein erneut gewaschen wurden. »Vielleicht solltet ihr mich hierlassen und auf dem Rückweg wieder einsammeln? Bork sagt, dass wir zu Fuß durch die Kriechenden Berge und danach wohl auch durch den Roten Wald müssen. Was glaubt ihr denn, wie schnell ich hinken kann?«

»Hör auf, solchen Unsinn zu reden!«, verlangte Artur. »Du bist schließlich der Einzige von uns, der Französisch kann!«

Sie stiefelten nun schon eine ganze Weile über Geröll. Irgendwann versperrten ihnen die Trümmer einstiger Industriebauten den Weg. Niemand von ihnen hätte zu sagen gewusst, wie Bork sich in all diesen Müllhaufen, die aus dem Dunkel herauswuchsen, überhaupt orientierte.

Zehn Meter über der Erde waberte der Nebel wie eine feuchte, wässrig ockerfarbene Kompresse. Manchmal sickerte er bis auf den Boden hinunter und leckte über die kahle Ebene, auf der kein einziges Blatt zu finden war. Jeder Schritt, den Klaus an der Spitze ihrer Kette machte, wurde von den mit ihm verschnürten Expeditionsteilnehmern nachgeahmt.

Sobald die Nacht anbrach, zündeten sie Fackeln an. Durch den feinen Nebel wirkten die Gestalten der Reiter ohnehin schon verschwommen, nun tanzten im Licht der Fackeln auch noch Schatten über die Schicht aus Nebelfetzen. Fast konnte man den Eindruck haben, sie bewegten sich inmitten von Spiegelscherben, doch das war lediglich ein bizarres Spiel, mit dem Licht und Wasser sich die Zeit vertrieben.

Es herrschte absolute Stille.

Sobald der Wind sich legte, war nur noch das Schnauben der Pferde und das Trappeln ihrer Hufe zu hören. Ab und an zog Klaus an der Schnur, damit der Zug anhielt. Dann schälte sich einer der Zwerge aus dem Nebelschleier, um alle mit ihrem Bier zu versorgen. Auch die Pferde bekamen etwas davon auf die Nüstern getropft, worauf sie jedes Mal scheuten. Trotzdem gab Bork sich selbst mit diesen Maßnahmen nicht zufrieden, sondern befahl, Mensch und Tier auch noch etwas von dem Zeug in die Augen zu träufeln.

Alle Bitten, eine Rast einzulegen, lehnte der Bierbrauer ab. Ein Blick auf die Uhr verriet Artur, dass es bereits tagte. Dennoch zogen sie immer weiter durch das Schummerlicht. Ihnen allen tränten die Augen, sodass sie ständig blinzelten, und in der Nase kribbelte es, während die Spucke schon völlig bitter schmeckte.

Hinter sich hörte Artur Mam Rona kotzen. Und bei dem Pferd vor sich meinte er, es verdopple sich, zerfalle in Teile oder schlage mit den Beinen auf die Luft ein. Vielleicht gingen diese Halluzinationen auf den giftigen Nebel zurück, vielleicht aber auch auf das Bier. Das verfluchte Gesöff wollte sich einfach nicht verdauen lassen, sondern stieg immer wieder die Speiseröhre hoch und reizte mit kleinen Blasen den Kehlkopf. Im Übrigen meinte Artur, schon so viel von dem sauren Mist in sich hineingekippt zu haben, dass er bis in alle Ewigkeiten eine Meile gegen den Wind stinken würde.

So schleppten sie sich alle weiter dahin, durch eine tote Wüste, in der es nichts gab.

Keine Insekten und keine Vögel.

Kein Fleckchen Grün und kein Büschel Gras.

Nur Steine, die unter den Hufen aufflogen, und grauen trockenen Sand, der unter ihren Füßen knirschte.

Irgendwann lichtete sich der Nebel etwas. O nein, dachte Artur, das ist schon nicht mehr Dalí, das ist viel schlimmer …

Sie durchquerten ein gigantisches Fabrikgelände. Allerdings

ragten überall nur noch Stümpfe auf, anders konnte man es wirklich nicht nennen. Hier fehlte eine Wand, sodass Dachgeschoss samt Treppe förmlich im Nichts hingen, dort waren von einem Gebäude nur die Außenmauern übrig geblieben, während ein anderes auf den ersten Blick völlig perfekt schien, ja, bei ihm nicht mal die Scheiben eingeschlagen waren – dafür aber im Innern alles bis aufs Erdgeschoss eingestürzt war.

Verrostete Schienen führten zu einem Hangar, dessen Dach völlig schief herunterhing. In der Halle musste es einen Brand gegeben haben, der ein riesiges Loch gerissen hatte, sodass die Gerippe der Rangierlokomotiven sie alle mit den blinden Augen ihrer Scheinwerfer anstierten. Die Loks waren wie Arbeitsbienen im Stock gestorben …

Einmal trat aus dem Halbdunkel eine gruslige Figurengruppe heraus, die sogar Mitja Knirps zittern und sich unbeholfen bekreuzigen ließ. Und dergleichen passierte ihm wahrlich nicht oft … Eine Rundkuppel mit rostfreier Verkleidung und breiten Panoramafenstern – wahrscheinlich eine Art Kontrollturm, von dem aus ein großer Teil des Fabrikgeländes einzusehen war – hatte sich ihren Weg durch zwei Etagen in die Tiefe gebohrt und war auf den Boden im Erdgeschoss aufgeschlagen. Trotzdem war das Panzerglas noch intakt. Durch die Scheiben starrte die Expeditionsteilnehmer ein halbes Dutzend Skelette in vermoderten Dienstoveralls an, sozusagen die Crew eines sterbenden Raumschiffs, für alle Zeiten in ihren Sitzen erstarrt.

Die Pferde suchten sich ihren Weg behutsam zwischen aufgerissenem Boden, Ziegelresten und verbogenen Stahlträgern. Artur musste sich immer wieder bücken, wenn ein herabhängendes Rohr oder ein Bündel nackter Kabel seine Bahn kreuzte. Nach einer gewissen Zeit stieg der Nebel noch höher auf. Klaus führte sie durch ein eingestürztes Tor aus den Industrieanlagen hinaus. Nun lagen stinknormale Wohnhäuser vor ihnen.

Nur dass hier niemand lebte – außer glitschigem grauem Schimmel und Ratten. Und auch die drei Nager, die Artur erschlug, sahen eher so aus, dass er ihnen eigentlich am liebsten was zu futtern gegeben hätte.

Sobald sie wieder eine freie Fläche erreichten, trieb Bork sie zum Galopp an, als würde eine Horde dieser wahnsinnigen Spinnen Jagd auf sie machen. Entlang der Straße zogen sich etliche eingestürzte Neubauten dahin. Ein Wolkenkratzer war direkt auf einen Omnibusbahnhof geknallt, die zerquetschten Busse lugten unter ihm hervor wie erschlagene Kakerlaken.

Artur überlegte, ob zu dem Zeitpunkt, da dieser Koloss eingestürzt war, noch Menschen auf dem Bahnhof gewesen waren oder ob da schon AIDS die meisten dahingerafft hatte.

Nach einer Stunde brach dann endlich die gute alte Sonne durch den zitronengelben Nebel. Als Artur sich umdrehte, dankte er Bork innerlich für dessen Umsicht: Christoph und Lew waren eingeschlafen. Ohne die Schnur hätten sie sich in der Dunkelheit vermutlich verlaufen …

Auch ihn selbst drohte allmählich der Schlaf zu übermannen. Irgendwann war er sich sicher, dass es selbst seinem Pferd so erging – da endlich zeichnete sich vor ihnen eine vermooste mittelalterliche Burg ab. Bork hatte ihnen versprochen, in dieser Rast zu machen. Sobald sie sich der Festung näherten, erhoben sich unzählige Raben krächzend von den Mauern. Der gelbe Nebel machte ganz normalem eisigem Wind sowie grauem Regen Platz. Die Fliegen und Mücken kehrten zurück. Flöckchen, über dessen Korb sie sicherheitshalber ein Tuch gebreitet hatten, fauchte wild los, aber etwaige Feinde waren so klug, sich nicht blicken zu lassen.

Sie erreichten eine windschiefe Mauer mit Kanonenbollwerk. Vor dieser rissen ein paar Löwenskulpturen die Mäuler auf. Im Torgang machte Lew ein Schild aus: *Zur Ausstellung hier entlang.* Borks Söhne rollten in aller Eile einen Felsbrocken im Innenhof zur Seite, der eine niedrige Tür tarnte, und hebelten zwei Bretter ab, die als weitere Vorsichtsmaßnahme vor den Eingang genagelt waren.

Zunächst wurde Flöckchen in das Geheimversteck der Bierbrauer geschickt, das diese anscheinend schon vor langer Zeit für sich eingerichtet hatten. Es lag im Keller, alle Räume hatten trockenen Boden. Außerdem gab es einen Zugang zum nächsten Hof, in dem ein Springbrunnen stand, wenn auch ohne Wasser. Die Pferde wurden in einer schmalen überdachten Galerie untergebracht, denn Bork hatte verboten, sie unter freiem Himmel zu lassen.

Und dann wartete ein echtes Wunder auf sie. Klaus besorgte sich drei große Bronzeschalen, schnappte sich Daljar und Knirps und holte mit ihnen Wasser aus einem Brunnen. Da Klaus darauf bestand, mussten sie es erst abkochen. Sie entzündeten rasch ein Feuer – und richteten anschließend in einer kleinen Kapelle ein echtes Dampfbad ein. Die erschöpften Bierbrauer verzichteten jedoch auf seinen Besuch und hauten sich auf der Stelle aufs Ohr.

Mam Rona war dann die Erste von Arturs Leuten, die vom Schlaf übermannt wurde. Er weckte sie nicht. Bei seinen Männern bestand er allerdings darauf, dass sie sich auch noch rasierten und die Kleidung wuschen. Anschließend nahm er jede Waffe einzeln unter die Lupe. Nebenbei hielt er Christoph eine Standpauke, weil dieser faulende Essensreste dabeihatte. Danach suchte er Lew auf, der über entsetzliche Rückenschmerzen klagte. Aber natürlich konnte keine Rede davon sein, ihn in der Burg zurückzulassen. Denn Bork hatte schon angedeutet, dass sie auf dem Rückweg womöglich eine andere Route wählen müssten.

»Ich kann es nicht glauben!«, stieß Stanisław da mit einem Mal aus und eilte auf Artur zur. »Sie waren hier! Da drüben haben sie die Pferde getränkt!«

Er zerrte Artur hoch auf eine Burgmauer. Hinter einem kümmerlichen Rinnsal, in dem sich mit einiger Phantasie noch der Festungsgraben erahnen ließ, lag ein riesiges Blumenbeet mit einer Zementinsel in der Mitte. Die nächsten Sekunden sah Artur sich einfach bloß an den Pflanzen satt. Am liebsten wäre er nach diesem elenden Marsch durch die tote Wüste auf der Stelle hinuntergerannt und hätte sein Gesicht in die regenbogenfarbige Blütenpracht gegraben. Bei genauerem Hinsehen begriff er dann aber, dass das gar kein Blumenbeet war, sondern lediglich ein Autobahnkreuz, in dessen Mitte noch der Kontrollturm der Verkehrspolizei stand. Eine Leiter führte zu ihm hinauf. Oben gab es eine Ampel.

Mit etwas gutem Willen konnte Artur sich in der Tat einbilden, im tauüberzogenen Gras Spuren auszumachen, die darauf hindeuteten, dass hier eine gewaltige Menschenmenge campiert hatte, gab es doch Ascheflecken von Lagerfeuern, Ständer für Grillspieße und sogar ein paar Rinderschädel.

Geifernd setzte Stanisław Artur auseinander, dass sich ihnen damit endlich eine Chance böte, der Großen Prozession auf die Spur zu kommen, zumal diese es ja offenbar geschafft hatte, das Gebiet der Toten Erde zu durchqueren. Artur hörte ihm jedoch gar nicht zu. Sein Blick wanderte über die Dächer der Häuser vor ihm und darüber hinaus. Abermals beschlich ihn ein unangenehmes Vorgefühl.

Hinter der Stadt ragten die Kriechenden Berge auf ...

Sobald die Abenddämmerung hereinbrach, verließen sie die Burg. Eigentlich wären Arturs Leute schon gern früher aufgebrochen, denn die aufgezwungene Untätigkeit und die unzähligen Raben zerrten allen an den Nerven. Den Bierbrauern bekam das Tageslicht aber derart schlecht, dass Artur einwilligte, auf den Anbruch der Nacht zu warten. Trotz all der Mittel und Tricks, mit denen sie sich gegen die Sonne schützten, wiesen diese nachtaktiven Menschen ernsthafte Verbrennungen im Gesicht und permanent tränende Augen auf, obendrein litten sie unter unsäglichen Kopfschmerzen. Vor allem Bork riss sich nach besten Kräften zusammen, doch auch ihm war anzumerken, wie viel ihn die wenigen Stunden Sonnenlicht gekostet hatten.

Im Westen spannte sich ein klarer Himmel, über den nur vereinzelte gelbe Wolken – fast wie verlorene Hündchen – dahintrieben. Zum Stadtrand hin nahmen Gras und Büsche zu, während die ausgebrannten Häuser immer stärker in den Boden abgesunken waren. Dann aber machte das Grün abrupt Sanddünen Platz, die der Wind quer auf die Straßen getrieben hatte. In den Häusern reichte der Sand bis zur Decke, doch da der Wind auch noch einige Blumen mitgebracht hatte, sah es beinahe so aus, als wären die Blumenbeete direkt in den Wohnungen angelegt worden.

Dann endete die Straße – und mit ihr die Stadt – plötzlich vor einer roten Sandwüste. Knirps, vom Kampf gegen eine Bremse abgelenkt, tappte so weit in sie hinein, dass sein Pferd bis zu den Knien darin versank.

Artur musste an die kasachische Steppe bei Karaganda denken, wohin ihn vor ewigen Zeiten eine Dienstreise geführt hatte …

Über den Kriechenden Bergen ballte sich eine bedrohliche rosafarbene Morgendämmerung zusammen. Hügel um Hügel ragte vor ihnen auf, die Ebenen zwischen ihnen nahmen dichte, borstige Sträucher – sie wirkten wie das legendäre Haar der Afrikaner – ein. Artur stellte das Fernrohr scharf. Nun bemerkte er auch die spitzen Dornen, mit denen die Büsche aufwarteten. Offenbar handelte es sich bei ihnen um eine Unterart der Fuchsschwanzgewächse.

Klaus warf sich auf den Bauch, presste das Ohr auf den Boden und kroch wie eine Ringelnatter auf den ersten Berg zu. Ferdinand sicherte ihn dabei, denn Klaus hatte sich ein Seil um die Hüfte geschlungen und das Ende seinem Bruder in die Hand gedrückt. Die anderen verfolgten diesen Vorgang voller Unverständnis. Bork legte jedoch den Finger an die Lippen, um ihnen zu bedeuten, sie sollten schweigen, und begann in aller Seelenruhe seine Pfeife zu stopfen.

Als das zwanzig Meter lange Seil straff gespannt war, zog

Klaus einen Pflock aus der Tasche und rammte ihn in die Erde. Daraufhin übergab Ferdinand das Ende des Seils seinem Vater und folgte seinem Bruder, der bereits ein zweites Seil um den Pflock gewunden hatte und nun in einer Weise, als wiche er Bodenminen aus, weiterrobbte.

Artur sah seine Leute fragend an. Semjon zuckte ratlos mit den Schultern, Christoph kniete neben Bork und grub die Hand in den roten Sand. Dieser war äußerst merkwürdig, ein Gemisch aus trockenen Quarzkristallen und mikroskopisch kleinen Bodenpartikeln, Samen und sogar winzigen Metallstückchen, vielleicht wieder hart gewordene Spritzer von der Kupferschmelze.

»Es bewegt sich, wiewohl es sich nicht bewegt. Oben und auch unten …«

»Bitte?!«

»Es bewegt sich nicht hier, sondern dort«, präzisierte Christoph und wies mit einer vagen Handbewegung in Richtung Norden. »Das ist sehr schlecht.«

»Hör endlich auf mit diesem Geschwätz!«, knurrte Daljar. »Dir ist doch nie was recht! Einmal möchte ich erleben, dass du sagst, es sei alles in Ordnung.«

»Und was bewegt sich dort?«, wollte Knirps in ernstem Ton von Christoph wissen.

Dieser richtete den Blick seiner verschleierten Augen auf Artur – der daraufhin unwillkürlich zusammenzuckte. Schon wieder beschlich ihn diese verdammte Ahnung, dass sie ins offene Messer laufen würden. Ein klebriger Wickel aus Hilflosigkeit schnürte ihm das Herz ab.

»Dort lauert etwas sehr Schlechtes!«, sagte Christoph. »Sie wollen uns um keinen Preis durchlassen.«

»Wer will uns nicht durchlassen?«, fragte Daljar und schirmte die Augen mit der Hand ab.

Der Berg vor ihnen ragte vierzig Meter in die Höhe. Artur hatte den Blick nicht von ihm gelöst – und hätte daher schwören können, dass dort kein Feind lauerte. Zumindest hatte sich nichts gerührt.

»Können wir die Berge irgendwie umrunden?«, wandte er sich an Bork.

Besser nehmen wir einen Umweg in Kauf, als dass wir Christophs Warnung ignorieren, überlegte Artur. Immerhin hatte der Sohn des Roten Vollmonds schon als kleiner Junge ganze Handelskarawanen davor bewahrt, in einen Hinterhalt zu geraten. Bei Gefahren, die von Wesen ohne Verstand ausgehen, wie zum Beispiel bei diesen hirnlosen Sumpfspinnen, mag Christoph ja versagen. Aber die finsteren Absichten von Wilden ahnt er bestens voraus.

»Dann kommen wir in den Norden, Herr Schmied«, beantwortete Bork Arturs Frage. Seine Stimme drang nur stumpf unter dem Schal hervor, sodass es sich anhörte, als stünde er in einem tiefen Tunnel. »Dort leuchtet die Erde. Wir bräuchten drei Wochen, um dieses Gebiet hinter uns zu lassen. Drei Wochen – in denen einem gut innerhalb eines Tages Haare und Zähne ausfallen können oder das Zahnfleisch zu bluten anfängt. Hier im Süden kriechen zwar die Berge – doch brauchen wir nur neun Nächte. Obendrein würde uns jeder andere Weg wilden Tieren und dem Schwarm in die Arme treiben. Wir kämen zu Sümpfen, in denen es von Insekten wimmelt, die allesamt Krankheiten übertragen. Deshalb gibt es nur einen Weg: geradeaus. Oder zurück.«

»Herr Gouverneur, du wolltest mir helfen!«, giftete Stanisław. »Wenn du jetzt kneifst, schlage ich mich allein nach Paris durch.«

Da haben wir den Salat, dachte Artur. Außerdem sollten wir diese Diskussion eh beenden, sonst steigt die Sonne so hoch, dass die Bierbrauer kehrtmachen und sich in der Burg in Sicherheit bringen.

»Ich denke«, wandte sich Artur an Bork, »dass der Sohn des Roten Vollmonds die festen Stellen schneller findet als Ihre Söhne. Vielleicht sollte besser er diese Aufgabe übernehmen?«

»O nein«, entgegnete Bork. »Denn in den Kriechenden Bergen rührt sich stets alles vom Fleck. Und meine beiden Söhne wissen das.«

Diese rammten unterdessen bereits den vierten Pflock in die Erde, befestigten ihre mit bunten Fetzen behängte Schnur daran und krochen weiter zum nächsten Busch.

»Wir müssen die Pferde führen«, erklärte Bork. »Es sollen sich alle mit einem Seil sichern und nicht trödeln.«

»Wir haben einen Verletzten dabei, der nicht zu Fuß gehen kann.«

Lews Bein war inzwischen dick angeschwollen und leuchtete in etlichen Blautönen. Der Buchmensch schwitzte und zitterte gleichzeitig. Trotzdem lag er niemandem in den Ohren, im Gegenteil, er hielt mit doppeltem Eifer Reisenotizen in seinem Tagebuch fest, erkundigte sich bei den Bierbrauern nach Besonderheiten der hiesigen Pflanzenwelt, sammelte einige Proben davon und hantierte immer wieder mit einem Winkelmesser. Auf die Karte, die er auf diese Weise schuf, war er besonders stolz. Der Kompass versagte in dieser Gegend zwar, aber mit dem Fernrohr, dem Sextanten und einem geodäsischen Nivelliergerät hielt er den zurückgelegten Weg dennoch präzise fest.

»Das ist sehr schlecht«, sagte Bork, »denn die Pferde sind schon ohne Reiter schwer genug. Und die Berge mögen kein großes Gewicht.«

Trotzdem willigte Bork am Ende ein, dass Lew reiten durfte. Allerdings sollte er sich ein Seil um die Hüften binden, das dann weiter zu Semjon führte.

Dann wagten sie sich in das Gebiet der Kriechenden Berge vor.

Die Bierbrauer bahnten sich entschlossen den Weg zwischen den Dünen. Sobald die Expedition in die Stille der roten Sandwüste vordrang, beschlich Artur das Gefühl, unter der Erde lauere eine Gefahr. Deshalb versuchte er mit allen Sinnen, seine Umwelt wahrzunehmen, genau wie Berder es ihm beigebracht hatte. Trotzdem kam er nicht dahinter, was hier im Argen war, registrierte keine heimtückischen Eidechsen oder Gift speienden Vögel. Das Entscheidende war jedoch, dass weder er noch Semjon irgendwo Hohlräume spürten. Und die fürchteten die Bierbrauer mehr als alles andere.

Der Himmel gab ebenfalls keinen Anlass zur Sorge.

An ihm zogen lediglich zwei Schmutzgeier ihre Bahn ... Okay, die Vögel behielten sie fest im Blick.

Erwartungsvoll, sozusagen.

Im roten Sand tauchten allerdings immer wieder irgendwelche Flecken auf, die die Farbe von Gewitterwolken zeigten. Als Artur eine Handvoll davon aufklauben wollte, rieselte der Puder unerbittlich durch seine Finger.

Nach einer Weile gab Bork den Befehl, stehen zu bleiben. Schweigend warteten alle auf seine nächsten Anweisungen.

»Das ist Metall«, bemerkte Semjon. »Metall in Aufruhr.«

»Ist dir so was schon einmal untergekommen?«

»Mein Vater behauptet, es sei ihm hinterm Ural begegnet. Christoph hat recht, das ist eine gefährliche Gegend. Das Metall kann jahrelang ruhig daliegen – und mit einem Mal geht es auf dich los wie ein wildes Tier.«

»Hmm!«, stieß Artur aus und ließ sich im Schatten seines Hengstes auf die Knie nieder. Die schwach leuchtenden Flecken zogen sich wie Pockennarben über den Hang. Einige hatten die Größe eines Rubelstücks, andere die eines aufgespannten Regenschirms. »Hier sieht doch alles ruhig aus.«

»Wie gesagt, das kann sich ganz schnell ändern«, stellte Semjon klar.

»Bisher habe ich jedenfalls noch nie von diesem Zeug gehört«, sagte Artur und nahm eine Handvoll gewöhnlichen Sands auf, um ihn auf einen der Flecken zu streuen. Die nächsten Sekunden geschah gar nichts – aber dann bildete sich in der Mitte ein kleiner Krater, als seien dort unten Ameisenjungfern am Werk.

Kleine Samen, trockenes Stroh und Sandkörner sprangen zur Seite und legten den glänzenden Fleck wieder frei.

»Fassen Sie das nicht an!«, schrie Bork. »Und heben Sie nichts vom Boden auf, wenn Ihnen Ihr Leben lieb ist.«

Dann zogen sie weiter. Der von Borks Söhnen gewählte Weg glich einer endlosen Kette von Achten und Schlaufen. Hinter der ersten Düne stapften sie durch eine Ebene an der nächsten vorbei, dann folgte die dritte, die höchste von allen, die sie auch noch hinaufkraxeln mussten. Welches Prinzip Klaus bei seiner Wegwahl verfolgte, hätte niemand zu sagen vermocht. Manchmal ließ er sich auf den Bauch fallen und bewegte Arme und Beine wie eine Schildkröte, um eine feste Stelle zu finden. Dann verharrte er ziemlich lange, während die anderen geduldig warteten, bis die Brüder miteinander beratschlagt hatten, wo genau sie den nächsten Pflock in den Boden rammen sollten.

Und nicht ein Mal kam Klaus mit den metallischen grauen Flecken in Berührung.

Die Schmutzgeier zogen weiterhin ihre Bahnen über ihnen.

Um sie herum gab es nun nichts als diese gelb-roten Berge. Gras wuchs hier kaum noch, dafür wirkten die Flecken aus Metallstaub wie Windpocken. Die Sonne hatte ihren höchsten Stand noch nicht erreicht, als Bork erklärte, sie würden nun eine längere Rast einlegen. Seine Söhne führten sie zu einer gotischen Kathedrale, die zwischen flacheren Hügeln lag, genauer gesagt, zu der Kirchenspitze, die einsam aus dem Sand aufragte. Stanisław wurde sofort wütend und knurrte, dass er früher immer eine Route weiter links gewählt habe und nicht im Traum auf die Idee gekommen wäre, dass ein Gotteshaus mittlerweile als Klo benutzt wurde. Die Bierbrauer ignorierten sein Gezeter jedoch, schlugen das Sackleinen vor einem der schmalen Fenster zurück und kletterten in die Kathedrale.

Wie hoch der Sand hier liegt!, ging es Artur durch den Kopf. Dieser bombastische Bau ist ja fast ganz von ihm verschlungen worden. Nicht auszuschließen, dass es in der Nähe sogar weitere Häuser gibt, die nun aber alle unter Sand begraben sind. Dass ausgerechnet die Kathedrale ihm noch trotzt, hat allerdings echte Symbolkraft.

Artur folgte den Bierbrauern ins Innere der Kirche. Immerhin war auch hier schon der ganze Boden voller Sand. Bork und seine Söhne stellten ein Zelt auf, um sich vor den grellen Sonnenstrahlen zu schützen, die durch Löcher im Dach eindrangen. Bork schärfte ihnen noch einmal mit müder Stimme ein, dass sie die Pferde auf keinen Fall losbinden dürften, auch den Sand sollte besser niemand von ihnen mit bloßen Händen anfassen – dann schnarchte er los.

Der Rest des Tages verlief völlig friedlich. Als dann über den Kriechenden Bergen der Mond aufging, weckten sie die Bierbrauer und setzten ihren Weg fort. Artur meinte bereits, seine bösen Vorahnungen seien völlig unbegründet gewesen, schließlich trennte sie nur noch ein kleines Stück vom Roten Wald, als dann …

Vor einem besonders steilen Anstieg humpelte Stanisław auf Artur zu. Trotz der kühlen Nacht lief ihm der Schweiß unter seinem Strohhut in Bächen übers Gesicht. Bork hatte an sie alle noch in der Burg Schneeschuhe verteilt, die Stanisław jedoch abgelehnt hatte. Dafür bekam er nun die Rechnung präsentiert: Nicht nur, dass er knöcheltief im Sand versank und bei jedem Schritt stolperte, nein, er hatte sich auch noch einen Splitter eingefangen.

»Die Bierbrauer nennen diese Metallflecken *Bleigeschwüre*«, flüsterte Stanisław ihm zu. »Und sie berühren sie niemals. Im Grunde trennt sie also nicht viel von Wilden. Sie spielen sich als Gläubige auf, sind dabei aber überzeugt, dass unter der Erde der Geist des verbrannten Metalls lebt, der die Berge verschiebt und immer mal wieder an die Erdoberfläche kommt, um sich an einzelnen Reisenden zu rächen …«

Er spuckte verächtlich aus.

»Aber du glaubst das nicht?«, fragte Artur.

»Wie käme ich dazu, an irgendeinen Metallgeist zu glauben? Ich glaube einzig an den Heiligen Geist!«, antwortete Stanisław stolz. »Und was diese Geschwüre angeht … Ich bin diesen Weg schon dreimal gegangen und kenne Menschen, die ihn noch viel öfter beschritten haben. Selbst diese Deutschen … sind schon hundertmal durch diese Berge gezogen – und nie ist ihnen etwas geschehen.«

»Dann lauert deiner Ansicht nach also keine Gefahr unter dem Sand?«

»Wenn du mich fragst, denken sie sich diese Schauermärchen nur aus, um den Preis in die Höhe zu treiben, wenn sie eine Gruppe durch diese Berge bringen. Oder nimm ihr widerliches Bier. Ich bin mir sicher, dass dieses Gebräu für uns nicht den geringsten Nutzen hat. Ja, wenn wir durch den gelben Nebel geflogen wären, dann wären wir dem Tod geweiht gewesen. Hier unten jedoch richtet er keinen Schaden an, das darfst du mir glauben.«

»Willst du damit sagen, dass wir auf ihre Hilfe hätten verzichten können?«, fragte Artur unumwunden. »Was hast du eigentlich gegen sie?«

»Weshalb bitte sollte ich sie in mein Herz schließen?«, konterte Stanisław. »Sie verheimlichen mir etwas über die Große Prozession. Wir wissen zweifelsfrei, dass Kardinal Żmyhowycz diesen Weg genommen hat. Die Deutschen müssen ihn verraten haben. Sie sind gierig, stellen sich jedoch als reine Unschuldslämmer dar! Gold interessiert sie allerdings tatsächlich nicht. Worauf sie erpicht sind, sind Stoffe und Öl, Pferde und Nägel! Żmyhowycz hätte sich niemals dazu herabgelassen, mit Wilden zu feilschen. Er hatte ein heiliges Ziel, daher hätte er jeden Preis gezahlt. Und jetzt wollen diese Kerle mir weismachen, dass sie nicht wüssten, was aus der Großen Prozession geworden ist …«

»Aber du gibst schon zu«, sagte Artur, »dass auch die Bierbrauer Menschen sind, keine Monster, oder?«

»Also …«, murmelte der Pole, der eine Falle witterte.

»Dann nämlich solltest du noch einmal einen Blick in die Heilige Schrift werfen«, empfahl Artur ihm. »Lies die Stelle nach, an der es heißt, alle Menschen seien Kinder eines einzigen Gottes. Und Gott liebt sie auch alle gleichermaßen.«

»Liebst du etwa *alle* deine Untertanen, Pan Gouverneur?«

»Ich behaupte ja nicht, im Namen des Kreuzes zu handeln«, parierte Artur. Mit einem Mal begriff er, dass er den sturköpfigen Priester nicht von seinen Ansichten abbringen würde, sodass er seine Taktik änderte. Zumindest würde er ihn damit aus der Reserve locken … »Aber vielleicht hast du ja auch recht, und Bork will uns tatsächlich übers Ohr hauen. Vielleicht treibt er uns in einen Hinterhalt, um uns dann all unser Gepäck und die Pferde zu stehlen …«

»Meine Rede«, trumpfte Stanisław auf. »Deshalb hätte ich diese Zwerge schon längst in ihren Höhlen ausgeräuchert! Vor allem wenn ich so treue Soldaten hätte wie du. Dieser Schurke Bork ist mir ganz und gar nicht geheuer! Und viel zu stark an der Großen Prozession interessiert!«

Mit einem Mal verstummte Stanisław jäh. Sie erreichten gerade einen Gipfel und machten sich an den Abstieg in ein schmales Tal. Heftiger Wind wehte. Er schuf an den glatten, fast poliert wirkenden Hängen ein bizarres Muster. Unter anderen Umständen hätte Artur den fantastischen Anblick sicher zu würdigen gewusst, vor allem da die Sonne bereits aufging und mit einer rosafarbenen Zunge auf ein purpurrotes Licht im Westen zukroch.

Doch Artur hatte ebenso wenig Augen für dieses Wunder wie Stanisław. Beide starrten wie gebannt zu Boden, wo Klaus kauerte.

Er war völlig verzweifelt, wusste er doch einfach nicht, wo er den nächsten Pflock einrammen sollte: Die Bleigeschwüre zogen sich so dicht über den Hang, dass kaum eine freie Stelle blieb. Einige Flecke waren bereits zu Streifen verschmolzen, sodass sie ein kompaktes Ornament bildeten.

»Was machen wir jetzt, Jäger Bork?«, fragte Artur.

Der Bierbrauer schob schweigend die Maske nach oben und setzte das Fernrohr an, das Kowal ihm geschenkt hatte.

»Versuchen wir es weiter südlich.«

»Zu spät!«, rief Ferdinand da entsetzt aus. »Das Geschwür jagt uns!«

Eigentlich war es keineswegs das Geschwür, das sie jagte – das erfasste Artur mit einem Blick –, sondern die gesamte kolossale Sandmasse, die hinter ihnen in Bewegung geriet.

»Der Berg kriecht heran!«, stieß Mam Rona aus.

»Und wie!«, bestätigte Semjon.

Der Wipper bildete den Abschluss ihrer Kette und zog den verängstigten Hengst nun mit aller Kraft hinter sich her. Artur begriff zwar noch immer nicht ganz, was hier eigentlich vor sich ging, aber Ferdinand stürzte Semjon bereits entgegen.

»Lass die Zügel los!«, schrie er. »Lass das Pferd!«

Semjon versank inzwischen fast bis zu den Knien im Sand, der wie ein reißender Fluss an ihm vorbeiströmte und mit jeder Sekunde schneller wurde. Ihm blieb tatsächlich keine andere Wahl, und er ließ die Zügel los.

Der Hengst wurde sofort in die Tiefe gesaugt. Obwohl er nach besten Kräften Widerstand leistete, konnte er sein Ende nicht verhindern. Das Tier zappelte in diesem Sandmeer, verhedderte sich im Geschirr, stieß einen ekelhaften, fast menschlichen Schrei aus und versuchte, seine riesigen violetten Augen auf seinen Herrn zu richten, der ihn nie – niemals! – hätte im Stich lassen dürfen.

Kurz darauf drehte sich in dem Krater nur noch ein Steigbügel, bis dann auch dieser verschluckt wurde. In Semjons Gesicht spiegelte sich sein innerer Aufruhr wider. Er rührte sich nicht vom Fleck.

»Semjon!«, schrie Ferdinand aus voller Kehle und hielt die Schnur, die den Wipper sicherte, mit aller Kraft gepackt.

Artur spürte, wie der feste Boden unter seinen Füßen nachgab. Die Pferde gerieten ins Straucheln. Knirps stolperte und fiel auf den Rücken. Hätte Bork ihn nicht am Gürtel gepackt, wäre er schon in der nächsten Sekunde in die Tiefe gesaugt worden.

Die Dünen krochen immer schneller heran. Sämtliche Berge um sie herum schienen in Bewegung geraten zu sein. Der Kamm, auf dem sie standen, krachte langsam in sich zusammen, die ersten Sandbäche rieselten bereits ins Tal. Ein gigantischer Goldsucher schien alles um sie herum durchzusieben, in der Hoffnung, wertvolles Metall zu finden.

Von Norden schob sich – mit anschwellendem Donnern, der Unerbittlichkeit eines Tsunamis und mit einer dicken roten Schleppe – ein riesiger Berg heran …

»Runter! Sofort! Das Geschwür kreist uns ein!«

Sich gegenseitig mit Panik ansteckend, warfen sich alle auf den Hang, wobei niemand auf die bleiernen Pocken achtete. Artur half Ferdinand, der Semjon noch immer mit dem Seil sicherte. Vor Anstrengung stöhnend, hielt sich der Bierbrauer mit der linken Hand am Steigbügel seines Pferdes fest. Das Seil, das er um die Rechte gewickelt hatte, hatte ihm bereits den Handschuh durchgescheuert und die Haut bis aufs Blut aufgeschlitzt. In dieser Sekunde holte eine riesige Sandwelle Semjon von den Beinen, das Seil riss, Ferdinands Handgelenk knackte laut.

»Halt durch!«, brüllte Artur und stürzte, ohne auch nur darüber nachzudenken, auf den ertrinkenden Semjon zu.

»Nein!«, schrie Ferdinand und packte ihn am Gürtel. »Du rettest ihn doch nicht! Wir würden nur alle sterben!«

Wie um seine Worte zu bestätigen, schoss ein zweiter, noch größerer Sandwall auf Semjon zu.

Das war das Letzte, was Artur von dem Wipper sah.

Er packte Ferdinand und sprang in den Sattel. Das Pferd des Bierbrauers war so weit vorausgeprescht, dass sie es kaum noch erkennen konnten. Artur spuckte den Sand aus und lenkte sein Pferd schräg den Hang hinunter. Wenn das Tier jetzt strauchelte, würde ihnen ein schmerzvoller, wenn auch schneller Tod bevorstehen. Wie durch ein Wunder bewältigte der Hengst den Abstieg jedoch tadellos. Den Sand mit den bekrallten Hufen aufwirbelnd, den Hals vorgestreckt, jagte er anschließend nach Westen, getrieben von Tonnen von Erdmassen, denen sie stets nur um Haaresbreite entkamen …

Dann ging es wieder bergauf. Mit einem Mal meinte Artur einen Schlag in den Rücken erhalten zu haben. Bei der wilden Reiterei blieb jedoch keine Zeit, sich umzudrehen. Schließlich erreichten sie alle einen relativ sicheren Hügel, der wie eine Stufenpyramide der Azteken aussah. Von ihm aus erblickten sie – zumindest vor sich – endlich Wüste, die sich nicht mehr rührte.

Bork rief Artur wütend etwas zu und deutete auf einen Punkt in dessen Rücken …

Als Artur sich umdrehte, führte dies dazu, dass Ferdinand sich trotz seiner gebrochenen Finger noch fester in ihn verkrallte.

Das, was Artur sah, bevor der Sturm sich jäh legte, ließ sich nur mit einem höchst bizarren Ausdruck beschreiben.

Ihnen war ein Abgrund auf den Fersen.

Unter den Hinterläufen seines Pferdes war der Sand noch gerippt wie am Strand. Danach stürzte er sich wie ein Wasserfall in die Tiefe. Von der gegenüberliegenden Seite schossen jedoch bereits neue Sandmassen heran, um die Schlucht zu füllen und ein neues Tal zu bilden. Allein diese grauenhaften Transformationen, die sich unter der einlullenden Begleitmelodie des rieselnden Sandes vollzogen, hätten sonst wen in den Wahnsinn getrieben. Doch damit war es ja noch nicht genug: Aus dem Abgrund schoben sich wie gierige Hände bleigraue Fäden heraus, raubtierhafte Metastasen eines Tumors, der zurückging auf die Millionen Tonnen Dreck, die die Menschheit produziert hatte. Dieser Tumor kroch jetzt ans Tageslicht, als wollte er die verbliebene saubere Luft abschmecken und neue Territorien erobern.

Daraufhin preschten alle weiter. Artur jagte sein Pferd, dem der Schaum bereits vorm Maul stand, so schnell vorwärts, dass er nicht einmal den Schmerz spürte, den der Sand in seinen Augen verursachte, geschweige denn, dass er hörte, was Ferdinand ihm zurief. Schließlich fassten Knirps und Klaus mit aller Kraft in die Zügel von Arturs Pferd. Erst da begriff er, dass er gerettet war.

»Das war's, Kommandeur, wir haben's geschafft!«, schrie Mitja.

Da Klaus' Mütze zusammen mit der Kapuze zur Seite gerutscht war, überzogen bereits Brandblasen seine Stirn. Artur saß ab und sog die heiße Luft in sich ein. Ferdinand jammerte vor Schmerz. Mam Rona und Bork versorgten seine Hand mit einer primitiven Schiene, die sie aus einem Putzstock für die Waffen hergestellt hatten. Jemand goss Artur Wasser über den Kopf.

Danach tanzte endlich nicht mehr alles vor seinen Augen. Die Kriechenden Berge waren zur Ruhe gekommen, offenbar zufrieden mit der Beute, die sie sich einverleibt hatten. Immerhin hatte Artur keine weiteren Verluste unter seinen Leuten zu beklagen, und bis auf Semjons Pferd war auch nur noch ein einziges Tier gestorben. Mit diesen beiden Vierbeinern war allerdings ein großer Teil ihres Proviants verloren gegangen, ein Kanister mit Öl für die Fackeln sowie die Hälfte ihres ohnehin geringen Dynamitvorrats.

»Das werde ich mir nie verzeihen ...«, murmelte Artur immer wieder.

Lew strich ihm über den Arm, Mam Rona hielt ihm einen Krug mit einem beruhigenden Aufguss unter die Nase. Alle wussten, dass auf Artur noch die schwere Aufgabe wartete, Semjons Vater und den Wippern Rede und Antwort zu stehen. Und der Wipper war auf eine derart dumme Weise gestorben, dass er kaum als Held gelten durfte, gleichzeitig aber auch auf eine derart schreckliche, dass man wohl nicht davon ausgehen durfte, er sei sanft entschlafen.

»Er war ein hervorragender Jäger!«, stellte Bork in feierlichem Ton fest. »Wäre er mein Sohn, ich wäre sehr stolz auf ihn. Doch wenn Sie seinen Tod nun beweinen wollen, bitte ich Sie, zuerst an die Lebenden zu denken: Mit Augen voller Tränen durchqueren wir den Roten Wald niemals.«

Die Sonne stand in Borks Rücken, dennoch zuckten in seiner dunklen Brille Funken auf. Es dauerte eine Weile, bis Artur begriff, was Sache war.

Er drehte sich um – und sah in der Ferne Lagerfeuer.

Die Kannibalen des Roten Waldes machten schon mal das Wasser fürs Frühstück warm.

(10) DIE RIESEN DES ROTEN WALDES

Sie schlugen ihr Lager unmittelbar an der Grenze zwischen Sandwüste und Wald auf. Um Ferdinands Schmerzen zu lindern, spendierte Artur sogar etwas von den kostbaren Medikamenten, die Anna die Zweite ihm mitgegeben hatte. Aber die gebrochenen Finger des Bierbrauers wollten trotz dessen guter Konstitution nicht innerhalb eines Tages zusammenwachsen.

Das zweite Mal rasteten sie unter der Krone eines Ahornbaums, in den der Blitz eingeschlagen hatte. Sobald sich alle hingelegt hatten, winkte Artur Bork mit einem verstohlenen Zeichen heran. Der Bierbrauer, der die Maske abgelegt hatte, wirkte mit seinem blutleeren Gesicht wie ein Gespenst.

»Christoph hat sehr gute Ohren, Herr Bork. Und ihn beunruhigt, dass uns von links jemand oder etwas folgt.«

»Es gibt keinen Grund zur Sorge, denn das ist noch nicht der Rote Wald. Die kleinen Stämme wissen längst, dass wir hier sind, werden uns aber nicht angreifen.«

»Meiner Ansicht nach sollten wir Christophs Warnung nicht auf die leichte Schulter nehmen. Schließlich haben wir bereits zwei erstklassige Männer verloren. Wenn ich wieder in Russland bin, wird man mir für den Tod des Wippers ohne Frage den Kopf abreißen.«

»Seien Sie versichert, wir teilen Ihren Schmerz.«

»Es geht in dieser Frage nicht allein um meine Trauer. Es geht viel eher um etwas wie Verantwortung … In Petersburg kann ich all diesen Menschen Befehle erteilen, auf diese Expedition sind sie mir jedoch aus freien Stücken gefolgt. Dieses Unternehmen ist sozusagen mein persönlicher Krieg. Ob irgendjemand einen Vorteil daraus zieht, wenn wir die Schlafenden Dämonen – wie Sie sie nennen – finden, ist noch völlig unklar. Möglicherweise ernte ich dafür ja nicht Dank, sondern lediglich Misstrauen. Oder die Leute geraten in Panik … Und nun sterben mir bei diesem Unternehmen die besten Männer. Schon jetzt mag ich niemandem mehr in die Augen sehen. Semjon ist im Sand ertrunken, er ist einen völlig sinnlosen Tod gestorben …«

»Das ist er nicht«, widersprach Bork und berührte mit einer fast zärtlichen Geste Arturs Hand. »Er hat sich als Opfer dargebracht, damit wir weiterziehen können.«

»Glauben Sie wirklich an diesen Geist?«, fragte Artur unumwunden. »Glauben Sie tatsächlich, dass jemand von uns sterben musste, damit die Berge uns durchlassen?«

Im tanzenden Widerschein der Feuer glichen die tief liegenden Augen Borks Löchern, die in eine Gipsplatte gebohrt worden waren.

»Das ist kein reiner Aberglaube, Herr Schmied«, antwortete der Bierbrauer schließlich. »Unter den Bergen lauert das Bleigeschwür. Und dieses Geschwür schläft nie. Manchmal gibt es vor, eingeschlafen zu sein, doch behält es alle, die sich durch diese Gegend schlagen, stets wachsam im Auge. Auf dieser Seite der Kriechenden Berge leben Stämme, die glauben, man könne den Sand durch ein Opfertier beschwichtigen. Deshalb treiben sie Vieh in die Berge, fesseln den Tieren die Beine und lassen sie zurück, damit das Geschwür sich über das Opfer hermacht. Diese Narren begreifen einfach nicht, dass Vögel ihre Kühe fressen. Das Geschwür kann auf arme und hilflose Tiere nämlich getrost verzichten!«

»Und worauf kann es nicht verzichten?«

»Auf einen Menschen! Sobald es einen Menschen bekommt, beruhigt es sich. Deshalb fühle auch ich mich für den Tod Ihres Mannes verantwortlich. Ich hätte meine Söhne vorausschicken sollen. Aber das Geschwür ist noch nie mit einer solchen Geschwindigkeit vorgerückt …«

Artur hatte den Eindruck, hinter all diesem Unsinn müsse ein vernünftiger Gedanke stecken.

»Die Berge kriechen also so lange, bis jemand stirbt?«

»Die Berge kriechen immer. Aber als ich noch ein kleiner Junge war, habe ich sie trotzdem allein durchquert. Damals sind mir auch nur selten Bleiflecken aufgefallen. Erst vor ein paar Jahren haben diese zugenommen und kriechen seitdem die Hänge hoch, als machte der Geruch der Menschen sie rasend. Außerdem … Meine Eltern leben in Karlsruhe, und sie haben gesehen, wie aus den Kriechenden Bergen ein Schwarm aufgestiegen ist.«

»Aus den Bergen?!«

»Ganz genau. Zuvor wusste niemand, woher diese Dämonen aus Metall eigentlich kommen. Diese Kreaturen sind Wesen ohne Blut und ohne Herz – doch mit ihnen rächt das Geschwür sich an den Menschen. Es führt die Sache des Großen Todes zu Ende. Ein Schwarm häckselt alles klein, was ihm in den Weg kommt, macht jedoch ausschließlich Jagd auf Menschen. Lange Zeit traten diese Schwärme nur selten auf. Dann aber …«

»… dann aber hat Karamaz Pascha etliche Diversanten in die Gegend geschleust«, beendete Artur den Satz für ihn.

»Diversanten also … Selbst ich weiß manchmal nicht, was die Wörter aus der alten Zeit bedeuten«, erwiderte Bork. »Dürfte … dürfte ich Sie vielleicht um eine Gefälligkeit bitten, Herr Schmied?«

»Nur zu.«

»Wenn das, was ich über Sie gehört habe, der Wahrheit entspricht … werden Sie mir dann einmal etwas über die Zeiten vor dem Großen Tod erzählen?«

»Sofern ich am Leben bleibe, gern, Herr Jäger.«

»Oh, Luther sei gepriesen, Sie werden nicht sterben, Herr Schmied!«, versicherte Bork lachend. »In Ihnen steckt zu viel … wie soll ich das ausdrücken? … Lebenskraft!«

Der nächste Tag führte sie dann immer tiefer in den Wald

hinein. Die Bäume tauschten langsam ihre braune Färbung der Rinde gegen ein sattes Rot ein. Zunächst kamen sie nur mit der Geschwindigkeit von Schnecken vorwärts, denn die aufgestörte Erde schien Revanche für all die Wunden zu verlangen, die ihr die Menschheit zugefügt hatte.

Ihnen blieb daher nichts anderes übrig, als Zweierteams zu bilden, die ihnen den Weg bahnten, verfingen sich die Pferde doch ständig in irgendwelchen Trieben. Zunächst gingen Daljar und Christoph voran und mähten das Gras nieder. Sobald sie erschöpft waren, lösten Knirps und Stanisław sie ab. Die dritte Schicht übernahmen Ferdinand und Klaus mit ihren Dolchen und Beilen. Der Einzige, dem diese Tour wirklich gefiel, war Flöckchen. Man hatte den Tiger endlich aus dem Korb gelassen, nun sprang er außer sich vor Freude über die wiedergewonnene Freiheit durch die Gegend, verschwand öfters im Dickicht, tauchte aber jedes Mal wieder auf. Nebenbei verschlang er etwas Wild, das seinen Weg kreuzte. Artur hielt nach Tieren und Vögeln mit Mutationen Ausschau, entdeckte jedoch keine verdächtigen Kreaturen, obwohl es um sie herum von Waldbewohnern nur so wimmelte.

Das Einzige, was anormal war, war der Wald selbst.

Während sie sich ihren Weg durch ihn bahnten, musste Artur unwillkürlich an einen anderen Wald denken …

In den zehn Jahren seiner Regierung hatte er weder Moskau noch dessen Umgebung besucht. Eine abergläubische Angst hielt ihn davon ab, eine Art Scham für das, was er dort angerichtet hatte. Von den Karawanen hatte er jedoch gehört, dass die riesigen Eichenwälder bereits die Hälfte des Moskauer Umlands einnahmen, sich aber immer noch weiter ausbreiteten und sich langsam in ein absolut undurchdringliches Dickicht verwandelten. Einige Leute hatten versucht, Moskau über den Fluss zu erreichen, mussten jedoch unverrichteter Dinge kehrtmachen: Aufgetürmte Balken hatten ihnen den Weg versperrt, wie aus dem Nichts bekamen sie es mit Strudeln und Wasserfällen zu tun, und ganze Horden von Wasservögeln griffen sie an. Einige Boote waren gekentert. Und keiner derjenigen, die über Bord gegangen waren, hatte sich an Land retten können …

Hier im Roten Wald schien der zwei Meter breite Pfad – kaum war er mühsam geschaffen worden – im Nu wieder zuzuwachsen. Abgesäbelte Stängel trieben binnen einer halben Stunde neu aus. Einmal spürte Artur einen Luftzug über seinem Kopf. Seine Hand schoss hoch, und er fing einen dürren Zweig mit reifen Eicheln ab. Er wollte seinen Augen nicht trauen: Bis zum Herbst blieben noch gut zwei Monate, aber die Früchte waren bereits reif. Unfähig, der Versuchung zu widerstehen, sprang er vom Pferd und sammelte ein paar Eicheln von der lockeren Schwarzerde auf. Zwei von ihnen steckte er in den Boden, als sie abends ihr Lager aufschlugen.

Beide trieben über Nacht aus …

Einmal stießen sie auch auf einen Balken aus einer rostfreien Legierung. Arturs Neugier war geweckt. Er schnappte sich einen Spaten und machte sich daran, den Balken freizulegen. Dieser bohrte sich tief in den Boden, dann folgte ein breites Querstück, das in ein gewaltiges kugelförmiges Gelenk eingelötet war. Da kam Knirps ihm zu Hilfe …

Der fruchtbare Schwarzerdeboden schien gar kein Ende zu nehmen. Schließlich erkannten sie aber, dass der Metallbalken nur das obere Ende einer riesigen Schaukel darstellte: Die Eichen wuchsen in einem einstigen Freizeitpark.

Selbst wenn ich noch nie so einen gefräßigen Wald erlebt habe, dachte Artur, besser als die Sandwüste ist er allemal.

Immer wieder waren sie gezwungen, seitlich auszuscheren und sich einen neuen Weg zu suchen. Die Haken, die sie schlagen mussten, kosteten sie freilich nur noch mehr Kräfte. Obendrein erreichten die Eichen und Platanen manchmal Maße, die einem die Sprache verschlugen: Bei einem Durchmesser von rund zehn Metern ragten sie derart hoch auf und spendeten so viel Schatten, dass immer wieder jemand aus der Expedition eine Laterne anzünden musste. Jede offene Flamme mied Artur jedoch. Womöglich würde sonst all das Grün Feuer fangen – und sie selbst in Fackeln verwandeln.

Irgendwann trafen sie auf die ersten umgestürzten Bäume. Nach einer Weile wurden es immer mehr, und sie alle streckten ihnen ihre Krone entgegen, fast als ob im Westen das Epizentrum einer grauenvollen Explosion lag. Nur war der Westen eben auch die Richtung, in die sie ziehen mussten. Artur holte mal wieder den Geigerzähler heraus, stellte aber keine erhöhte Radioaktivität fest.

Flöckchen verhielt sich ausgesprochen friedlich, und auch Christoph nahm keinen Feind wahr. Als Artur von Bork wissen wollte, warum bisher niemand sie angegriffen habe, wiederholte der Bierbrauer nur, ihre Gruppe sei längst entdeckt worden, um dann jedoch hinzuzufügen, mit einem Angriff sei überhaupt nur von den Klauen zu rechnen.

»Von wem?«, stieß Knirps verständnislos aus, nachdem Artur ihm die Antwort übersetzt hatte. »Also, 'ne Bande am Ladogasee, die heißt auch so. *Klauen.* Die haben ständig unsre Vorräte geplündert und einmal sogar zwei Frauen aus der Stadt entführt. Ich hatte damals 'ne Menge Kraft und wenig Geduld, deshalb hab ich mir Goga den Schlächter, Leichenfresser und Tobender Elch geschnappt, mit denen die Bande zum Ufer runtergetrieben und da ertränkt. Fuffzehn Mann ... Wenn's hier also auch Klauen gibt, kein Problem.«

»Die hier dürften sich etwas von denen unterscheiden, die Sie kennen«, erwiderte Bork. »Auf Verhandlungen dürfen wir allerdings auch bei ihnen nicht hoffen. Falls sie uns angreifen sollten, müssen wir sofort die Gewehre sprechen lassen. Oder besser noch die anderen Waffen. Ihre beispielsweise ...«, er deutete voller Respekt auf Mitjas gewaltige Streitaxt, »... wäre dafür bestens geeignet.«

»Wollen Sie uns allen Ernstes weismachen, ohne ein solches Gemetzel würden wir die Autobahn nicht erreichen?«, zischte

Stanisław wütend und erklärte Artur und den anderen: »Die alte Straße nach Paris ist hinter dem Wald in einem geradezu erstaunlichen Zustand. Auf ihr wären wir auch vor den Kannibalen sicher, denn sie halten sich fern von der Straße. Und auch von allen Orten, in denen zivilisierte Menschen wohnen.«

»Und was, bitte, verstehen Sie unter *zivilisierten Menschen*?«, blaffte Bork.

»Zum Beispiel jene Menschen, die in und um Paris leben«, antwortete Stanisław. »Sie glauben an das Kreuz, hassen die widerlichen Götzenstatuen, denen die Wilden ihre Opfer darbringen, pflegen die heiligen Sakramente und nutzen die Kirchen, die noch stehen. Im Übrigen habe ich sogar mit eigenen Augen gesehen, dass sie neue bauen. Sie waren bereit, sich der Großen Prozession anzuschließen …«

»O ja, das ist eine ganz reizende Gesellschaft!«, giftete Bork. »Die Pariser mögen zwar keine Menschenfresser sein wie die Klauen, die den Ehernen Vögeln huldigen, aber dafür verbrennen sie mit großem Vergnügen ihre Frauen bei lebendigem Leib auf dem Scheiterhaufen.«

»Bitte?!«, riefen Mam Rona und Lew wie aus einem Munde aus. »Warum das denn?!«

»*Warum* fragen Sie?«, wandte sich Bork an die beiden, während er die Verwirrung Stanisławs sichtlich genoss. »Als ob sie dafür einen triftigen Grund bräuchten. Sobald eine Ziege erkrankt oder eine Kuh keine Milch mehr gibt, suchen sie sich eine besonders hübsche Frau, möglichst ohne Familie, damit weder ihr Mann noch ihre Brüder für sie eintreten können, und die wird dann verbrannt. Sie, verehrte Frau Rona …« Er vollführte eine galante Verbeugung vor der Ärztin. »… hätten alle Aussichten, auf dem Scheiterhaufen zu landen. Und die Priester von Paris wohnen diesen *Feierlichkeiten* mit größtem Vergnügen bei.«

»Das sind nur bedauerliche Einzelerscheinungen«, ereiferte sich Stanisław. »Wagen Sie es also ja nicht, Gottesfurcht mit dem

Aberglauben dieser Bauern gleichzusetzen. Obendrein muss man wohl auch berücksichtigen, dass diese armen Menschen schon sehr lange inmitten von Wilden leben!«

»Darf ich fragen, wen Sie alles als Wilde bezeichnen?«, konterte Bork.

Die beiden waren kurz davor, aufeinander loszugehen. In dem Moment witterte Flöckchen jedoch etwas in den Büschen. Zweige knackten, ein Brüllen war zu hören. Offenbar lauerte dort ein größeres Tier. Sofort griffen alle nach den Waffen, der Streit zwischen Stanisław und Bork hatte sich von selbst erledigt.

Als sie ihren Weg dann wieder fortsetzten, wich das Gras schon bald einem weichen Moosteppich und kleineren Sträuchern wie Heidelbeeren. Im Licht der Laternen machten sie sich an einen langen, steilen Anstieg, wobei Artur völlig schleierhaft war, worauf genau sie da eigentlich hochkraxelten. Wenn er die Arme seitlich ausstreckte, berührte er jedenfalls Holz, das die Härte und Farbe von Porphyr aufwies. Das Pferd wiederum stapfte durch Humus. Dann sprang plötzlich der Mond hinter den Wolken hervor, und frischer Wind kam auf. Artur inhalierte aus voller Brust die Blumendüfte – und fühlte sich wie ein kleiner Junge, der in einem Märchen gelandet war. Er zwinkerte sogar ein paarmal, um diesen Eindruck zu vertreiben.

Selbst der dickfellige Knirps stieß einen begeisterten Pfiff aus angesichts dieser Umgebung. Die Einzigen, die völlig unbeeindruckt blieben, waren die Bierbrauer.

Sie hatten einen gigantischen umgestürzten Eichenstamm erklommen, wie ihn die biologischen Gesetze eigentlich überhaupt nicht hätten zulassen dürfen. Der Stamm war so breit, dass er zu einem gemütlichen Spaziergang einlud, in einem Abstand von fünfzig Metern zeichneten sich die Wurzeln gegen die Milchstraße ab: Die Eiche war im Ganzen entwurzelt worden. Dort, wo sie einst gestanden hatte, klaffte ein ungleichmäßiger Trichter, den bereits junges Unterholz eroberte.

Zu allem Überfluss teilte dieser Riese sein Schicksal mit Dutzenden, wenn nicht gar Hunderten von Bäumen. Dieser Friedhof für hölzerne Tote erstreckte sich, so weit das Auge reichte. Um die Stämme herum wucherte bereits überall junges Grün, das sich in die dicke Rinde hineinbohrte.

Zwischen den einzelnen Baumleichen spannten sich Brücken, schmale Dinger, die an Zweigen befestigt waren, aber auch breite Konstruktionen, regelrechte Autobahnen sozusagen. Manche Wege führten zu den gen Himmel hochgestreckten Wurzeln, andere zogen sich steil in die Tiefe, zum Boden, der im Dunkeln nicht einmal mehr zu erkennen war.

»Das ist ja eine richtige Stadt«, flüsterte Mam Rona. »Seht mal, da unten! Das sind doch Fenster!«

Das stimmte. Zehn Meter unter ihnen ließen sich schwach beleuchtete Quadrate erkennen. Artur hatte sie zunächst für phosphoreszierende Pilze gehalten, aber jetzt, wo er genauer hinsah, musste er zugeben, dass Mam Rona recht hatte. In den Fenstern flackerten Lichter, fast als wandere im Raum dahinter jemand mit einer kleinen Lampe herum oder als gäben die Scheinwerfer eines gestrandeten U-Boots Signale.

»Wir gehen da aber nicht hinunter!«, stellte Bork klar, noch ehe Artur ihn überhaupt darauf ansprechen konnte. »Hier oben könnten notfalls sogar Wagen entlangfahren, von uns also ganz zu schweigen. Allerdings mögen die Klauen es nicht, wenn ihre Straßen umsonst benutzt werden.«

Daraufhin betrat Klaus eine aus rohen Holzbrettern gezimmerte Brücke, die zum nächsten Baum hinüberführte. Der größte Teil des Weges verschwand im Dunkeln – und lag über einem Abgrund. Dicke, an den Wurzeln befestigte Taue trugen die ganze Konstruktion.

Die Brücke schwankte leicht.

»Wieso vermodert das Holz nicht?«, fragte Lew verwundert, während er ängstlich in die Tiefe spähte, wo er die vagen Umrisse junger Pappeln ausmachte.

»Als mein Vater mich zum ersten Mal in den Roten Wald mitgenommen hat, lagen diese Eichen bereits auf dem Boden«, sagte Bork. »Sie sind sehr stark, aber …«

»Vater!«, rief aus der Dunkelheit die Stimme Ferdinands, der die erste Brücke bereits überquert hatte. »Die Feuer sind aus!«

»Wenn die Klauen die Lagerfeuer löschen, ist das ein schlechtes Zeichen«, murmelte Bork. »Bereiten Sie sich auf einen Kampf vor! Wir müssen um jeden Preis diese Brücken hinter uns bringen!«

Aber das sollte ihnen nicht gelingen.

(11) DIE KLAUEN

Als sie im Licht des Mondes die dritte Hängebrücke überquerten, die sanft zum schwarzen Schlund eines Astlochs abfiel, blieb Flöckchen plötzlich vor ihnen stehen und fing an zu knurren. Der Tiger sträubte das Fell und zeigte dadurch von einer Sekunde auf die nächste die doppelte Größe.

»Vor uns sind mindestens zwanzig Menschen!«, schrie Christoph. »Und von unten klettert eine ganze Horde herauf!«

»Die Pferde in die Mitte!«, befahl Artur. »Christoph, gib Mam Rona und Lew Deckung!«

Von hinten tapsten bereits die ersten nackten Füße über die knarzende Brücke. Artur schloss die Augen und sog die Gerüche sowie die Laute des Waldes in sich ein. Mindestens dreißig Wilde näherten sich ihnen. Und dann kam da noch etwas auf die Brücke, kein Mensch, sondern wohl eher ein wütendes Tier. Was für eins genau, wusste Artur jedoch nicht zu sagen.

Sobald die Feinde aus der Dunkelheit heraussprangen, gingen sie zum Angriff über.

»Feuer!«, rief Artur. »Die Pferde auf den Boden! Spart Munition!«

Er selbst knöpfte umgehend die Brusttaschen auf, in denen seine Wurfmesser steckten.

»Wie konnte das geschehen?«, jammerte Christoph verzweifelt. »Warum habe ich sie nicht früher bemerkt?«

»Weil sie sich unter der Erde an uns angeschlichen haben«, antwortete Artur, der inzwischen auch sein Gewehr lud. »Sie haben Erdhöhlen, und die Gänge sind in die Bäume eingehauen … Knirps, lass sie erst dicht herankommen!«

Danach überschlugen sich die Ereignisse.

Kaum waren die ersten halb nackten Figuren in Mitjas Blickfeld aufgetaucht, betätigte er den Abzug seines MGs.

»Aufhören! Stellt das Feuer ein!«, schrie Bork und ratterte in irrer Geschwindigkeit etwas in einer unbekannten Sprache herunter.

Die Wilden hatten sie eingekesselt, ließen sich aber mit der Attacke Zeit. Artur konnte ihre Gesichter nicht erkennen, er sah nur, dass ihre Körper irgendwie beschmiert waren, entweder mit Farbe oder mit Fett. Etliche von ihnen hielten funkelnde Lanzen in den Händen.

Christoph spannte dennoch seine Armbrust, Mam Rona, die hinter einigen Satteltaschen Deckung suchte, hielt in jeder Hand einen Revolver …

»Was hat Bork da gesagt?«, wollte Artur von Lew wissen.

»Das war nicht gerade das Französisch, das ich gelernt habe«, antwortete dieser, während er Flöckchen mit aller Kraft an der Leine zurückhielt. »Aber ich glaube, er hat darum gebeten, ihren Anführer zu treffen.«

»Schießt nicht!«, schärfte Bork ihnen noch einmal ein, diesmal schon mit etwas ruhigerer Stimme. »Sie wollen uns nicht umbringen, sondern lebend gefangen nehmen. Wenn wir das Feuer eröffnen, ist das unser Ende. Dann lassen sie die Bären los!«

Aber klar, dachte Artur. Dass ich den Geruch nicht gleich erkannt habe!

Vier kräftige Bären stürmten zornig über die Brücke und rissen die Köpfe von einer Seite zur anderen. Jeder von ihnen wurde von einem Wilden an einer schweren Kette geführt. Über die Vorderpfoten waren eiserne Fäustlinge geschoben, die überdimensionale geschmiedete Krallen aufwiesen. Diese spitzen Säbel behinderten die Bären derart beim Laufen, dass sie ständig die Zähne fletschten. Jedes Mal, wenn diese *Krallen* sich in die Bretter der Brücke eingruben, spritzten ganze Fontänen von Holzspänen auf. Wie da erst ein Mensch aussehen würde, wenn er mit diesen *Pfoten* Bekanntschaft geschlossen hatte, wollte Artur sich lieber nicht vorstellen.

Er hatte noch rund zehn Wurfmesser plus genügend Lähmungsgift – und ehe die Bären überhaupt wussten, wie ihnen geschah, hatte er schon vier Messer in sie hineingejagt.

Wenn die Klauen auf ein Kräftemessen scharf waren, würde er ihnen eben von Anfang an klarmachen, wer hier der Stärkere war.

Der Tod der Teddys stoppte den Vormarsch der Wilden fürs Erste. Sobald die Klauen den Verlust ihrer Vorhut verkraftet und sich vom ersten Schock erholt hatten, stürzten sie sich in eine wütende Attacke. Christoph schleuderte ihnen einige Spezialfackeln entgegen: Kaum dass sie aufschlugen, barsten die mit Öl gefüllten Tonkugeln, und Flammen züngelten hoch. Damit hatten sie genug Licht, um ihre Lage zu erfassen.

Und die war ziemlich heikel, mochten sich Arturs Leute auch noch so verzweifelt zur Wehr setzen.

Mitja Knirps band sich gerade das Ende eines Seils um den linken Unterarm und raste mit einem satanischen Aufschrei den Wilden entgegen. Daljar und Stanisław hielten mit aller Kraft das andere Ende. Sobald die Schnur straff gespannt war, verwandelte sich Mitja gewissermaßen in eine todbringende Sense, ein alter Trick der Dschingisse, denn auf der Höhe von Knirps' Ellbogen fing bei den meisten Menschen passenderweise gerade der Hals an.

Knirps fegte ein Dutzend Wilde in den Abgrund, von deren Messern und Keulen völlig unbeeindruckt. Nach getaner Arbeit drehte er sich um und brüllte mit einer Lautstärke los, dass selbst Flöckchen ihn verwundert anstarrte.

Bork und Klaus hatten sich derweil mit selbst gemachten Streitflegeln bewaffnet. Bork ließ die lange Kette mit dem Gewicht am Ende seitlich vom Körper kreisen und schickte im Nu einen Großteil der Angreifer in die Tiefe. Als er sich umdrehte, stand er allerdings bereits frischen Klauen gegenüber, die sich mit langen Keulen auf ihn stürzten. Steine pfiffen durch die Luft. Einer traf Klaus am Kopf und holte diesen von den Füßen.

Sofort eilte Ferdinand seinem Vater und seinem Bruder zu Hilfe. Dabei schwang er in jeder Hand ein Schwert, und zwar in einem Tempo, dass es Artur die Sprache verschlug. Trotzdem warfen sich zwei riesige Wilde auf ihn – die jedoch gleich darauf ihren abgeschlagenen Armen ein trauriges Abschiedslied singen durften.

An Arturs Ohr zischten jetzt auch Pfeile vorbei. Zwei davon fing er ab, doch der dritte erwischte Ferdinand. Der Bierbrauer blickte noch ungläubig hinter sich, wurde dann aber auch schon von den Schlägen einer Keule getroffen. Die Wilden fielen wie die Ameisen über den tapferen Zwerg her und stopften ihn in ein Netz. Artur erhaschte noch einen Blick auf Ferdinands Beine, die inmitten der bemalten Körper der Wilden zappelten.

»Lew!«, schrie Artur. »Sprich mit ihnen! Sag ihnen, dass wir Freunde sind! Sag ihnen ... egal, sag ihnen einfach irgendwas!«

Wenn doch nur Semjon bei uns wäre!, dachte Artur. Dann sähe die Sache jetzt ganz anders aus!

Er selbst hielt es für klüger, sich vorerst im Hintergrund zu halten. Erst bei Bedarf würde er seine Wurfmesser zum Einsatz bringen, wobei die Waffenwahl nicht ganz freiwillig war, denn die Patronen wollte er so lange wie möglich aufsparen.

Lew dachte vorerst jedoch gar nicht daran, diplomatischen Aufgaben nachzukommen, sondern bezog hinter den auf dem Boden liegenden Pferden Deckung und schleuderte eine Spezialfackel nach der nächsten in die Tiefe. Sein Ziel war einer der umgefallenen Baumriesen.

Trotz dieser Maßnahmen arbeiteten sich jedoch immer mehr Wilde zu ihnen hoch. Quer zwischen ihren Zähnen blitzten Messer auf. Lew brachte es nicht fertig, auf Menschen zu schießen, Mam Rona jedoch verstand sich darauf ungeachtet ihrer philanthropischen Grundeinstellung recht gut. Mit geladenen

Revolvern wartete sie geduldig, bis sich der Feind aus dem Dunkel herausschälte.

Nicht ein Fehlschuss ging auf ihr Konto, auf sie war in dieser Situation genauso viel Verlass wie dann, wenn sie jemandem ohne Betäubung eine Kugel aus dem Körper holte. Mam Rona gestattete sich nie einen Fehler.

Sie war im Übrigen die Einzige, der Artur es erlaubte, nach Borks Warnung zu einer Schusswaffe zu greifen. Bei einer Dame, so meinte er, dürfe er schon eine Ausnahme machen.

Auf der linken Flanke stand Bork mittlerweile ganz allein einer Horde von Wilden gegenüber. Sofort befahl Artur Christoph, er solle sich nicht weiter um ausreichende Beleuchtung kümmern, sondern sich Flöckchen schnappen und dem Bierbrauer zu Hilfe eilen.

Lew kam nun doch endlich seinen diplomatischen Pflichten nach. Artur verstand zwar kein Wort, hoffte aber, dieses Kauderwelsch würde im Zusammenspiel mit dem Gebrabbel der Klauen zu gegenseitigem Verständnis führen. Bisher schien die Kommunikation jedoch nicht zu klappen.

Auf der rechten Flanke wiederum schnappten sich Stanisław und Daljar in seltener Einmütigkeit nun ebenfalls Schusswaffen und Bajonette. Neben ihnen türmte sich bereits ein Berg von Leichen, die beiden waren allerdings auch verwundet worden. Daljar schüttelte den Kopf, damit ihm das Blut nicht von den Schläfen in die Augen floss. In seinem Oberarm steckte ein kurzer Pfeil, ein zweiter ragte aus seinem Knöchel heraus. Bei Stanisław fehlte nicht mehr viel, und er würde schlappmachen.

Immer mehr Wilde nahmen sie, mit Keulen und spitzen Lanzen bewaffnet, in die Zange, gingen aber – offenbar auf den Befehl ihres bislang unsichtbaren Anführers wartend – nicht zum Angriff über. Ihr einziges Ziel schien tatsächlich darin zu bestehen, Arturs Leute um die Pferde herum zusammenzudrängen.

Das hinderte Knirps jedoch nicht daran, weiter auf den Feind einzudreschen. Indem er eine gegnerische Leiche wie einen

Streitflegel über dem Kopf kreisen ließ, richtete er mehr Unheil an als alle anderen Leute Arturs zusammen. Die Wilden nahmen schließlich verzweifelt Reißaus – und da trat dann auch endlich ihr Anführer auf den Plan. Gut geschützt in einem Ring von Klauen schrie er seinen Untergebenen aus voller Kehle zu, dass sie keine Feiglinge seien und sich deshalb auf den riesigen Kerl stürzen sollten. Artur dachte nur den Bruchteil einer Sekunde nach, dann erledigte er den Schreihals mit einem Wurfmesser.

Rasch ging er danach wieder hinter dem Hals eines Pferdes in Deckung. Selbst auf dem Boden liegend stellte das Tier ein unüberwindliches Hindernis für die Feinde dar.

Inzwischen hatte Christoph Flöckchen von der Leine gelassen – und der Tiger machte seinem Ruf im Nu alle Ehre. Die arme Stute, an die er bisher angebunden gewesen war, blickte ergeben zum Himmel auf und schickte in tiefer Dankbarkeit ein Gebet an ihren Pferdegott, dass dieser weißfellige Nichtsnutz nicht mehr an ihr zerrte.

Als der Tiger losstürmte, verhedderte sich Christoph jedoch im Geschirr, was ihn beinahe das Leben gekostet hätte, denn Flöckchen schleifte ihn brutal über die Brücke.

Das Ziel des Tigers stellten Borks Gegner dar. Flöckchen schlich sich lautlos an sie heran und riss sieben von ihnen in wenigen Sekunden den Kopf ab.

Fast zwei Jahre lang war der Tiger zusammen mit seinem Bruder zu Arturs Bodyguard ausgebildet worden. Okay, wenn man ihm übers Fell strich, schnurrte er – doch sein wahres Metier war das Töten. Mit einem einzigen Schlag seiner bekrallten Pfote riss er einem Stier den Bauch auf, darüber hinaus nahm er es spielend gleichzeitig mit zehn Bullterriern und fünf Sumpfluchsen auf.

Und Letztere waren weit gefährlicher als lahmarschige Menschen …

Christoph hatte sich inzwischen aus den Zügeln befreit. Als

er, sich seine Beulen reibend, Bork erreichte, war bereits alles vorüber, denn die Klauen, die es noch geschafft hatten, den Tiger zu bemerken, hatten kurzerhand die Flucht angetreten.

Bork eilte daraufhin humpelnd Knirps zu Hilfe, aus purer Notwendigkeit, denn eigentlich hätte er sich lieber um seine Söhne gekümmert.

Lew schrie weiterhin irgendwas auf Französisch, inzwischen jedoch mit einer Stimme, die ihm kaum noch gehorchte.

Mam Rona erledigte unterdessen zwei Wilde, doch schon erhielt die gründlich gelichtete Vorhut der Klauen Verstärkung.

In diesem Moment ging in der Nähe eine Brücke, auf die Christoph seine Spezialfackeln geworfen hatte, in Flammen auf – was komischerweise wie ein Signal wirkte: Hunderte von Lichtern in den Fenstern der Baumbehausungen und Dutzende von Lagerfeuern flammten auf, und irgendwo entlockte jemand einem Horn einen tiefen, durchdringenden Ton.

Der Wald verwandelte sich in einen aufgeschreckten Termitenhügel.

Artur rief Flöckchen mit einem Pfiff zurück. Der Tiger spuckte das Bein eines Wilden aus und kam wie der Blitz auf sein Herrchen zugeschossen, obwohl er ein wenig humpelte und über sein Fell Blut floss, da auch er inzwischen ein paar Pfeile abbekommen hatte.

Angesichts des ganzen Tumults zeigte sich Bork als der einzige Besonnene: Er legte die Hände wie ein Megaphon vor den Mund und schrie immer wieder denselben Satz, als würde er jemanden rufen.

Klaus zog den stöhnenden, im Netz gefangenen Ferdinand hinter sich her. Daljar ließ noch immer seinen geliebten Säbel sprechen, im Übrigen ein Stück des letzten Zaren.

Stanisław hatten die Wilden mittlerweile ebenfalls in einem Netz gefangen und prügelten nun mit ihren Keulen auf ihn ein.

Sobald Knirps die Wilden um sich herum von sich gestoßen hatte, lud er den Rest von ihnen ein, doch nähere Bekanntschaft mit ihm zu schließen. Etwa vierzig Gegner schienen auf das Angebot eingehen zu wollen, versammelten sie sich doch und beratschlagten, auf welche Weise sie ihren Selbstmord am besten verüben sollten.

Artur schloss die Augen. Während er sich konzentrierte, kraulte er Flöckchen zwischen den Ohren. Bevor er sich in den Kampf warf, sollte er jede Einzelheit seiner Umgebung in sich aufnehmen.

Im Geäst der Bäume lauerten zwei Dutzend Bogenschützen plus einige Männer mit Armbrüsten oder vorsintflutlichen Schusswaffen.

Allerdings warteten die Schützen noch auf ein Signal, um loszuschlagen.

Die Bosse der Klauen hatten es jedoch nicht besonders eilig. Offenbar wollten sie die Expeditionsteilnehmer zu gern lebend in ihre Gewalt bringen.

Das bot Artur die Gelegenheit, sie auszutricksen – und er wusste auch, wie.

Er schickte Flöckchen auf die linke Seite, schrie Mitja zu, dass es an der Zeit sei, die Waffen sprechen zu lassen, und erklärte Christoph, was er tun solle. Daljar warf er ein MG zu, und zusammen holten sie die feindlichen Schützen aus den Ästen, dabei eifrig von Knirps und seiner sechsläufigen *Kanone* unterstützt.

Und wieder schmolz die Munition …

Christoph schulterte mit Lews Hilfe den Granatwerfer und gab eine erste Salve ab. Er war kein großer Schütze, weshalb es fast erstaunlich war, dass er überhaupt traf – aber weniger erstaunlich, was: Christoph zerfetzte einen Teil der Brücke. Die Wilden landeten dadurch zwar in den Kronen der jungen Bäume unter ihnen – doch Artur und seinen Leuten war nun der Weg abgeschnitten. Sie konnten von Glück sagen, dass der Teil, auf dem sie sich befanden, noch einigermaßen von den Tauen gehalten wurde.

»Dieser Blindfisch würde nicht mal den eigenen Hintern mit einer Spritze treffen!«, bemerkte Mam Rona, die bereits eifrig nachlud.

Nachdem Flöckchen Ferdinand und Stanisław aus den Netzen befreit hatte, fanden sich die Wilden nun ihrerseits umzingelt. Mitjas MG war auf sie gerichtet, zurückweichen konnten sie nicht, denn hinter ihnen klaffte das Nichts. Mit Lanzen und Messern fuchtelnd, beobachteten sie, wie sich der Tiger ihnen näherte. Mit dem zu einem Grinsen verzogenen blutigen Maul und dem langen faltigen Hals stellte Flöckchen einen Realität gewordenen Albtraum dar.

Die meisten Bogenschützen hatten sie erledigt, der Rest floh panisch. Sobald Stanisław bei Artur war, drückte dieser dem Priester das fast leere MG in die Hand und befahl ihm, die beiden Eichen in ihrer Nähe im Auge zu behalten. Daljar dagegen sollte sich von Christoph den Granatwerfer schnappen.

Noch während Daljar zielte, versorgte Mam Rona sein gebrochenes Bein. Stanisław, ein echter Stoiker, verband seine Verletzungen selbst mit Tüchern. Es hatte ihn an der Wange und an zwei Stellen am Kopf erwischt, ein Finger war gebrochen … Der Blutverlust ließ ihn fast so bleich aussehen wie die Bierbrauer, trotzdem hielt er sich tapfer.

Schon zischte eine Granate auf die Wohnbauten zu. Das Innere der Holzhäuser ging sofort in Flammen auf. In den Fenstern huschten Silhouetten vorbei, Frauen schrien aus vollem Hals, einige Wilde, die vom Feuer erfasst worden waren, warfen sich zu Boden, um die Flammen zu ersticken.

»Es sind ihrer viele«, sagte Christoph. »Im Inneren wie im Äußeren. Unerschrockene wie feige. Sie wollen uns töten, wiewohl sie nach Frieden trachten.«

Typisch, dachte Artur grinsend. Alle drohen immer, dich umzubringen – und hinterher wundern sie sich, warum du sie nicht in Ruhe gelassen hast.

Mitja betätigte lachend den Abzug seines MGs, und die nachrückenden Wilden wurden in Stücke zerfetzt, blieben im Brückengeländer hängen und bildeten dort eine zusammengepresste tote Masse. Zwischen den Brettern rann das Blut in Strömen hinunter.

Doch auch Mitja besaß nur noch drei volle Patronengurte ...

Eine weitere Granate traf ein Wohnhaus, das in einem riesigen Baumstumpf untergebracht war – damit standen Daljar nunmehr bloß noch ein Dutzend Geschosse zur Verfügung.

Dann verzichtete Knirps auf seine Waffe, drehte sich um und erschlug einige Wilde, die Flöckchen zu entkommen versuchten. Der Tiger schnupperte noch einmal an den Toten, drehte ab und trottete beleidigt zu seinem Herrchen.

In dieser Sekunde geschah dann endlich das Wunder: Die Klauen gingen auf ihre Versuche der Kontaktaufnahme ein. Bork wollte dabei zunächst seinen Ohren nicht trauen, antworteten sie doch nicht ihm, sondern Lew. Arturs Leute lauschten wie gebannt auf die fremde melodische Sprache.

»Feuer einstellen!«, schrie Artur und wandte sich dann an Lew. »Was hast du denen gesagt?«

»Das, worum du mich gebeten hast«, antwortete dieser leise. »In höflichem und bescheidenem Ton habe ich die ganze Zeit wiederholt, dass wir nur friedlich hier durchziehen wollen, aber dass wir sie alle erschlagen, wenn sie uns daran hindern.«

»Und was sagen sie?«

»Das habe ich nicht verstanden ...«

»Sie sagen, dass die Eisenklaue Prosper mit uns sprechen werde«, erklärte Bork. »Damit wir ihre Häuser nicht länger beschießen.«

»Die Eisenklaue?! Wie ticken die denn?!«, platzte es aus Knirps heraus. »Das is' doch 'n Name für bedröhnte Röchler!«

»Das ist kein Name, sondern ein Titel«, sagte Bork. »Soweit ich weiß, steht ganz unten in der Hierarchie die Nussklaue, dann kommt die Eichenklaue, danach die Knochenklaue. Nur die obersten Anführer tragen den Titel Eisenklaue.

Das heißt … es gibt auch noch die Steinklauen, das sind die weisen Alten.«

»Soll heißen, den aktivsten Kannibalen?«, höhnte Artur.

»Dann bequemt sich also nicht der Oberboss von denen zu uns«, knurrte dagegen Daljar. »Schade, der hätte eine gute Geisel abgegeben.«

Doch auch der *Unterboss* sah ziemlich beeindruckend aus. Nachdem die Wilden sich überzeugt hatten, dass der Killertiger angeleint war, stapfte eine Delegation von ihnen auf Artur zu. Vier Muskelpakete stiegen völlig ungerührt über die Leichen ihrer Gefährten hinweg. Sie trugen einfache Hosen und Hemden und waren derart mit Waffen behängt, als wären sie die Top-Schrotthändler der Gegend. Dabei war auf den ersten Blick klar, dass die Unmenge von Klingen sie im Kampf behindern musste. Hinter den Bodyguards tauchte dann auch Eisenklaue Prosper höchstselbst auf.

Obwohl der Mann alt, hager, glatzköpfig und mit Narben übersät war, machte er den Eindruck eines echten Energiebündels. Irgendwie erinnerte er Artur an den unvergleichlichen Komiker Louis de Funès. Allerdings verfügte dieser Franzose der Zukunft im Unterschied zu dem wackeren Filmgendarmen von einst über eine beneidenswerte Klugheit: Er hielt sich so lange hinter den jungen Bodyguards, bis man ihm versprach, dass Bork die Gespräche allein und unbewaffnet führen werde.

Am linken Unterarm trug Eisenklaue einige feine Ketten aus Kupfer, an denen Tierzähne baumelten, auf seiner Brust prangte ein Dutzend gebogener gelber Krallen, die einen das Fürchten lehrten. Unter den Augen und um die Nase herum schlängelte sich ein kompliziertes Tattoo, bisher konnte Artur jedoch nicht erkennen, was es darstellte. An Arm- und Fußgelenken des hiesigen Patriarchen funkelten etliche goldene Uhren. Prospers Kleidung war schlicht, aber geschmackvoll, wie bei einem Menschen aus dem Land der Haute Couture nicht anders zu erwarten: Über den nackten Oberkörper zog sich der prachtvolle Gurt einer Polizeiuniform, die sehnigen Beine steckten in einer kurzen Sporthose der Firma Nike. Ein wertvoller, mit Diamanten besetzter Gürtel rundete das Outfit ab. An ihm hing ein langes gezahntes Messer.

Bork trat humpelnd vor und nahm die Verhandlungen auf.

Prospers Bodyguards ließen ihre Blicke wie benommen über das Schlachtfeld schweifen. Im günstigsten Fall hatten die Klauen einen Verlust von circa dreißig Mann zu beklagen, dazu noch mal so viele Verletzte.

Eisenklaue gestikulierte wild, während Bork ihm mit sanfter Stimme etwas auseinandersetzte.

»Wenn dieser Wilde uns mal bloß nicht reinlegt«, raunte Daljar Artur zu. »Das Schwein spielt doch nur auf Zeit! Vielleicht sollten wir besser losschlagen, solange wir noch die Gelegenheit dazu haben? Mitja hätte dagegen übrigens auch nichts einzuwenden.«

»Auf keinen Fall!«, zischte Artur. »Wir müssen noch drei Tage durch diesen Wald. Wenn wir also nicht gleich wieder den Rückweg antreten wollen, sollten wir uns friedlich mit den Kerlen einigen. Denn wenn wir bisher noch nicht alle tot sind, dann nur, weil es denen in den Kram passte, uns am Leben zu lassen.«

»Die haben ziemlich solide Netze«, murmelte Stanisław und betastete die Zahnlücke in seinem Mund. »Selbst mit einem glühenden Messer kriegt man die nicht durch. Ohne den Tiger hätten mich diese Mistkerle darin an einer Schnur von der Brücke baumeln lassen, fast wie einen Schinken am Haken ...«

»Hat sich einiges verändert seit deinem letzten Besuch hier, oder, Pan Stanisław?«, stichelte Artur. Gleichzeitig liefen all seine Sinnesorgane auf Hochtouren, um die Umgebung zu sondieren.

Niemand schlich sich an sie heran. Die meisten Wilden waren damit beschäftigt, die Feuer zu löschen und Eimer mit Wasser heranzuschleppen. Äxte wurden geschwungen und Winden quietschend gedreht.

»Mir ist das ja alles selbst ein Rätsel«, erwiderte Stanisław müde. »Gut, unter den zahllosen Heiden kommt es häufig zu Streitigkeiten. Trotzdem brennen am östlichen Rand des Roten Waldes immer Lagerfeuer. Auf die gehst du mit erhobenen Händen zu, gibst deine Waffe ab, setzt dich und wartest. Irgendwann kommt dann ein Abgesandter der Wilden zu dir und erkundigt sich, wer du bist und wohin du willst, was du für die Benutzung der Brücken zahlst …«

»Und? Was hast du damals gezahlt?«

»Ich habe ihnen ein Huhn und einen kleinen Sack Salz gegeben, das hat ihnen genügt.«

»Was, wenn du kein Huhn dabeigehabt hättest?«

»Wenn du gar nichts hast …« Stanisław zog sein Hosenbein hoch, damit Mam Rona die Wunde behandeln konnte, die ihm ein Wilder mit einer Keule zugefügt hatte. »Wenn du sozusagen mit leeren Händen kommst, dann fangen sie dich mit ihrem Netz ein und machen dich auf ewig zu ihrem Sklaven. Dann darfst du ihnen neue Häuser bauen. Und du brauchst gar nicht erst darauf zu hoffen, dass dich im Wald jemand findet … Oder sie werfen dich den Vögeln zum Fraß vor. Wenn du nichts hast, dann verzichtest du besser auf die Brücken. Nur musst du dich dann durch Windbruch, Blutegel, Insekten und Morast schlagen … Und wenn sie dich da erwischen, landest du auch wieder in ihrem Netz, und dann …«

»Sind es nun eigentlich Kannibalen oder nicht?«, unterbrach ihn Lew.

»Selbst wenn, bräuchtest *du* dir deswegen bestimmt keine Sorgen zu machen«, stichelte Mam Rona. »Dich zähen Brocken kriegt doch sowieso niemand runter. Nicht mal als Fleischeinlage in der Brühe.«

»Also, sie verspeisen einander nicht täglich«, antwortete Stanisław ernst, obwohl er zwischendurch vor Schmerzen aufheulte, als Mam Rona ihm ein glühendes Messer auf seine Wunde presste. »Aber … sie reißen einem die Leber raus, wenn –

o heilige Mutter Gottes, tut das weh! – wenn die Vögel ein Opfer verlangen. Aber mir ist niemand bekannt, der das schon einmal miterlebt hätte …«

Nun kehrte Bork zu ihnen zurück – und zwar in bester Laune.

»Die Eisenklaue Prosper sagt, dass wir weiterziehen können. Als Preis verlangt er zwei Pferde, vier Gewehre mit Munition und alles Salz, das wir mit uns führen.«

»Der muss den Verstand verloren haben.«

»Was will dieser glatzköpfige Affe von uns, Kommandeur?« Daljar bat um eine Übersetzung der deutschen Worte, und Artur übernahm die Aufgabe des Dolmetschers.

»Die Eisenklaue sagt, dass wir viele von seinen Leuten getötet hätten«, fuhr Bork in feierlichem Ton fort, während Prosper hinter ihm aufmerksam lauschte und bei jedem Wort bedeutsam nickte. Ohne Frage verstand er Deutsch. »Wir hätten uns als tapfere Krieger erwiesen. Eisenklaue entschuldigt sich bei uns, dass er seine Freunde aus Kaiserslautern nicht sofort erkannt habe …«

»Freunde! Pah!«, schnaubte Knirps. »Wenn der so mit Freunden umgeht, will ich nich' wissen, was er mit Feinden anstellt!«

»Die Eisenklaue sagt, dass Fremde aus dem Osten seine Nachbarn in den Ruinen mit den Kristallsärgen überfallen und den Wald mit Teufelswasser übergossen hatten. Dabei sind viele Menschen gestorben. Diese Fremden hatten nicht die geringsten Anstalten gemacht, mit den hiesigen Bewohnern zu verhandeln. Die Klauen aus dem Grünen Wald sind ihnen entgegengegangen, aber die Fremden aus dem Osten haben die Waffen nicht abgegeben und sich nicht an die Lagerfeuer gesetzt, wie es unter Freunden Brauch ist. Vielmehr hätten sie geschossen und ihr Wasser verspritzt …«

»Was ist das schon wieder für ein Unsinn, Kommandeur? Was brabbelt er da?«, wollte Daljar wissen, denn diese Eröffnung hatte Artur die Sprache verschlagen, sodass er nicht dolmetschte.

»Das ist mir selbst noch schleierhaft!«, erklärte er schließlich. »Anscheinend wollte da schon mal jemand unbedingt nach Paris …«

»Jetzt zünden die Klauen des Roten Waldes die Feuer der Freundschaft nicht länger an und erwarten von Fremden nichts Gutes mehr«, fuhr Bork fort. »Aus Respekt uns Bierbrauern gegenüber werden sie meine Freunde nicht töten. Sollten wir jedoch ebenfalls zu den Ruinen mit den Kristallsärgen wollen, erhöht sich die Gebühr für die Wegbenutzung, und wir müssen dem Klan alle Pferde, die wir noch haben, zwei Gewehre und sämtliche Metallgegenstände schenken.«

Die nächsten Sekunden herrschte Grabesstille, denn alle mussten diese Worte erst einmal verdauen.

»Die Eisenklaue Prosper sagt, dass wir in dem Fall als Ersatz für unsere Pferde welche von ihnen bekommen. Er selbst wird uns zu den Ruinen bringen und uns den Steinklauen vorstellen, die dort an den Särgen Wache halten. Ich habe der Eisenklaue gesagt, was Sie dort vorhaben, Herr Schmied. Daraufhin hat er mir versichert, dass Sie unbescholten Ihres Weges gehen dürfen, wenn es Ihnen gelingen sollte, die vier Dämonen aus den Särgen zum Leben zu erwecken.«

Vier!, freute sich Artur. Vier Probanden, die noch in Anabiose-Kapseln liegen …

»Die Überlieferung nennt diese Dämonen Kristallklauen. Solange sie schlafen, bringen die Völker des Waldes den Vögeln jeden Monat ein Opfer. Daran knüpft sich dann noch eine Bedingung, die die Eisenklaue Prosper stellt. Gegenwärtig sind die Vögel satt, sonst hätten die Klauen uns, ohne zu zögern, umgebracht und geopfert.«

»Da ist uns ja einiges entgangen«, hauchte Lew und erschauderte.

»Früher, müssen Sie wissen, gab es sechs Kristallklauen, aber vor dreißig Jahren ist eine im Sarg gestorben. Da sind die Feueraugen auf ihrem Sarg erloschen, und die Klaue selbst zerfiel zu Staub ... Vor fünf Jahren ist dann eine weitere Kristallklaue aus dem Leben geschieden, das war ein Tag großen Schmerzes für alle Klauen, denn in der Überlieferung heißt es: *Die Kristallklauen werden die Ehernen Vögel in die Hölle treiben, worauf die Völker des Waldes für allezeit frei sein werden von ihrer Tributpflicht den Himmelsbewohnern gegenüber ...*«

»Frag ihn, ob die Städter den Vögeln auch Opfer darbringen«, bat Artur.

Warum auch immer, aber die Antwort auf diese Frage erschien ihm äußerst wichtig.

Doch Prosper riss bloß die Augen auf und schlug sich mit den zahllosen Rolex-Uhren auf die mageren Schenkel.

»Die Eisenklaue sagt, dass die dummen Städter Angst vor den Vögeln hätten und es nicht verstünden, diese für sich einzunehmen«, wandte sich Bork wieder an Artur. »Die Pariser haben sogar schon einmal versucht, die Särge an sich zu bringen und die Kristallklauen zum Leben zu erwecken. Dabei kam es zu einer großen Schlacht, doch die Krieger des Waldes haben gesiegt. Das lag vor allem an den Vögeln. Die weisen Steinklauen können nämlich mit diesen Tieren reden und bringen ihnen die richtigen Opfer.«

»Verstehe«, murmelte Artur. »Diese Idioten locken seit Generationen diese Flattertierchen mit Menschenfleisch an. Inzwischen haben sie sich vermutlich eine hübsche Herde zusammengemästet.«

»Frag ihn, was er über die Große Prozession weiß«, verfolgte Stanisław hartnäckig das einzige Thema, das ihn interessierte.

Auch diese Frage gab Bork an Prosper weiter, diesmal jedoch offenbar ungern. Das Verhältnis zwischen dem Bierbrauer und dem Priester war nach wie vor alles andere als herzlich.

»Die Eisenklaue Prosper bestätigt, dass eine lange Karawane vor fünf Jahren durch dieses Gebiet gezogen ist, allerdings weiter nördlich, über die Feuchte Schneise. Viele seiner Krieger haben vorgeschlagen, die Karawane zu überfallen, doch die weise

Steinklaue Louis hat das untersagt. Und er hat gut daran getan. Die Menschen aus dem Norden haben den Wald nicht angezündet und kein Teufelswasser verspritzt, sondern sind friedlich mit ihrem Vieh und ihren Wagen durch diese Gegend gezogen. Obendrein wäre es gefährlich gewesen, sie anzugreifen, denn sie hatten mehr als tausend Schusswaffen, böse Hunde und sogar Kanonen dabei. Danach hat sie indes niemand je wiedergesehen«, vermittelte der Bierbrauer die Worte Eisenklaues.

Daljar packte Stanisław am Kragen. »Warum zum Teufel haben wir dann nicht diese verdammte Schneise genommen?«, wollte er wissen, während er den Priester wütend schüttelte. »Warum mussten wir unbedingt auf diese Bäume hochkraxeln, wenn es einen anderen Weg gibt?«

»Weil dieser andere Weg für uns ungeeignet ist«, stellte sich Bork überraschend auf Stanisławs Seite. »Ich selbst habe dem Kardinal damals geraten, die Schneise zu wählen. Doch für diese Route sind Hunderte von Menschen nötig, die überhaupt erst einmal einen Weg durch das Dickicht bahnen. Das hätten wir niemals geschafft. Das Gras wächst schneller, als du es abmähst. Außerdem gibt es Gerüchte, dass unter der Schneise vor dem Großen Tod eine Ölleitung verlief. Sie kommt bei den Ruinen eines Ölspeichers wieder an die Oberfläche.« Dann wandte er sich an Stanisław. »Keine Sorge, Sie werden die Spur der Großen Prozession schon wieder aufnehmen können, denn auch unser Weg führt an diesem Ort vorbei.«

»Fragen Sie ihn«, bat Artur nun Bork, »warum er uns sogar zu den Kristallsärgen begleiten will.«

Mit einem Mal sprachen alle zugleich, um Artur zu überzeugen, diesen fragwürdigen Wilden nicht über den Weg zu trauen.

»Eben! Das ist eine Falle, Herr!«

»Sie täuschen uns, um uns dann zu rösten!«

»Lass uns zum Abschied noch ’ne Granate schmeißen, und dann nichts wie weg! Fackeln wir diesen Scheißwald endlich ab!«

»Schlagen wir diesem glatzköpfigen Wurm den Kopf ab!«

Artur wartete, bis Bork auch diese Runde des Gesprächs hinter sich gebracht hatte. Als sich der Bierbrauer wieder zu ihm umwandte, flüsterte er ihm so leise, dass Prosper es nicht hören konnte, zu: »Die Erklärung dafür ist einfach: Ich habe der Eisenklaue gesagt, dass der mächtige Herr Schmied aus dem Norden selbst in einem Kristallsarg geschlafen hat. Sobald er erwacht ist, hat er sich die weißen Tiger, die schwarzen Pferde und die fliegenden Drachen untertan gemacht. Ich habe ihm gesagt, dass weder Pfeile noch Gift den weißen Tiger töten können. Sollte jedoch jemand den Herrn Schmied ergrimmen, würde dieser in seinem Furor den Zorn aller Erwachten Dämonen auf die Völker des Roten Waldes lenken.«

»Wenn sich das nicht beeindruckend anhört«, bemerkte Artur grinsend. »Aber Sie haben vorhin erwähnt, dass Prosper uns noch eine Bedingung stellt …«

»Ja«, sagte Bork und seufzte. »Die Klauen haben so ihre Grillen. Deshalb wollen sie, dass Sie die Ehernen Vögel in die Hölle jagen, nachdem Sie die Dämonen erweckt haben. Wenn Sie das nicht tun, reißen sie Ihnen und all Ihren Gefährten die Leber aus dem Leib.«

»Aber Euch Wichte würden sie selbst in dem Fall wieder abziehen lassen, oder?«, giftete Stanisław.

»Glauben Sie mir, ich würde nur zu gern mit Ihnen tauschen«, erwiderte Bork lächelnd. »Denn wenn Herr Schmied die Dämonen nicht zum Leben zu erwecken vermag, werden meine Söhne in ein Nest gebettet, damit die Vögel sich an ihnen laben. Nun, Priester, zögen Sie vielleicht mein Los vor?«

(12) DAS LIED DER KRISTALLSÄRGE

Über ihnen brannten die rituellen Lagerfeuer der Steinklauen, sodass immerhin Licht durch die beschädigte Decke zu ihnen in den Keller drang. Feucht und kalt blieb es hier, zehn Meter unter der Erde, dennoch.

Artur machte ein paar Kniebeugen und klatschte sich mit den Armen gegen den Körper, um wenigstens ein bisschen warm zu werden. Auch wenn ihm Kälte eigentlich nichts ausmachte, seit er das Übernachten in einer Schneewehe gelernt hatte.

Das Pariser Cryonic-Institut lag in einem der charmanten Vororte im Norden. Zumindest hatte das vor rund hundertfünfzig Jahren gegolten. Heute konnte von *Charme* kaum noch die Rede sein …

Von den meisten Gebäuden waren nur noch Gerippe übrig, bis zum ersten Stock türmten sich eingetrockneter Lehm und verbogene Stahlträger. Wald gab es hier nicht, aber braune Triebe waren in jede noch so kleine Ritze eingedrungen und hatten das Gemäuer zu Schutt und Asche zerhackt.

Die letzten Kilometer ihres Weges waren die reinste Folter gewesen: Durch tiefe Täler und über steile Hügel mussten sie sich kämpfen. Die einst so schicken Häuser entlang der Autobahn wirkten wie zerknüllte Servietten. Vom Roten Wald an hatten sie sich durch Tunnel aus miteinander verflochtenen Zweigen geschlagen, die so niedrig waren, dass sie sogar die kleinen Pferde, die sie als Ersatz für ihre schwarzen Giganten erhalten hatten, am Zügel führen mussten. Eine dicke Schicht trockenen Laubs hatte oben auf den Tunneln gelegen, die sich wie Därme dahinwanden. Immer wieder tauchten Abzweigungen auf. Einmal waren sie fast eine geschlagene halbe Stunde durch einen Graben gestiefelt, auf dem Balken eine Art Dach bildeten. Bork hatte ihnen zugeflüstert, dass die Wilden diese Gräben weitgehend mieden, weil das Schmelzwasser sie unterspüle. Trotzdem erneuere immer wieder jemand die Stützpfeiler für die Balkenabdeckung. Erschwert wurde das Vorwärtskommen zusätzlich durch Weinranken, die derart dichten Schatten spendeten, dass man den Eindruck gewinnen konnte, durch eine tiefe Schlucht zu wandern.

Ohne Frage diente dieses System aus Tunneln nur einem einzigen Zweck: dem Schutz vor Angriffen aus der Luft.

»Würd' diese Piepmätze ja gern mal sehen«, zischte Knirps, der sich gerade abermals den Kopf an einem Ast gestoßen hatte. »Werden auch nich' schlimmer sein als unsre Fleder!«

Flöckchen knurrte die ganze Zeit über …

Irgendwann erklommen sie dann den letzten Hügel und hatten freie Sicht auf die Hauptstadt. Die Stadt der Dichter und Maler, der ewige Traum aller Romantiker, lag als ein einziges Meer aus Dreck vor ihnen. Die Vororte schienen von Grau überzogen zu sein. Nicht ein Farbfleck erfreute das Auge. Das Stadtzentrum bestand nur noch aus Ruinen, ließ sich nicht mal mit einem starken Fernrohr ausmachen.

Während Prosper noch über den optimalen Weg durch dieses Trümmermeer nachgrübelte, hatte Artur verzweifelt nach dem weltberühmten Symbol Ausschau gehalten und es schließlich sogar entdeckt: Das Werk Eiffels war auf die Seite gefallen, die Beine gespreizt wie bei einer dicken toten Kuh. Die früher so freundlichen, sauberen Paläste eines Bonaparte oder Hugo kauerten unter einer fetten Ascheschicht. So muss Hiroshima ausgesehen haben, war es Artur durch den Kopf gegangen. Nach den Angriffen der Amis.

Dennoch stiegen über diesem Aschefeld Hunderte von Rauchsäulen zum morgendlichen Himmel auf, denn Paris war wieder bewohnt. Wie eh und je zogen die Menschen Metall und Stein allen Feldern vor …

Zu Prospers Begleitung gehörten zwanzig Klauen, die sich unmittelbar hinter dem Wald in zwei Gruppen aufgeteilt hatten. Die eine war vorausgeeilt, um sich mit feindlichen Klanen ins Benehmen zu setzen, die andere war Prosper nicht von der Seite gewichen.

So waren sie unbehelligt zum Cryonic-Institut gelangt. Dort hatten die Pariser Klane aus in zwei Kreisen angeordneten Zelten und Holzhütten ihr *Dorf* aufgebaut. Es war ebenfalls von abgedeckten Gräben umgeben, die miteinander verbunden waren wie ein echtes Katakombensystem. Auch das Vieh war auf überdachten Koppeln untergebracht. Magere Schweine drängten sich dicht aneinander, Ziegen blökten, Federvieh gackerte. Und die Fläche vor den Institutsgebäuden diente ihnen als ritueller Platz …

Das Institut selbst war nur noch unterirdisch zu betreten, Schächte führten in es hinein – doch kein Außenstehender hätte lebend einen Fuß in diese Räume setzen können, dazu bewachten die Klauen sie viel zu gut, obendrein brannten Tag und Nacht ihre Feuer. Artur selbst hatte mit allen Sinnen die Feindseligkeit wahrgenommen, die von den Pariser Klauen ausging – und vor der sie nur Prospers Anwesenheit schützte.

Im Zentrum des rituellen Platzes – die einzige Stelle, an der man auf Sauberkeit achtete – gab es ebenfalls einen Zugang ins Institut. Ihn bewachte eine Holzstatue: Drei Raubvögel berührten sich mit ihren gespreizten Flügeln und neigten die Köpfe, als suchten sie den Boden unter sich ab. Trotz der Fehler in den Proportionen strahlte die Skulptur eine finstere, unbarmherzige Stärke aus. Die Holzschnitzer hatten vermutlich einige Mühe darauf verwandt und Dutzende von Äxten stumpf gehauen, um aus der kräftigen Eiche diese finsteren Monster herauszuarbeiten. Und welche Kräfte es erst gekostet haben mochte, die tonnenschweren Stämme hierher zu schleppen …

Um die Statue herum stand noch etwas, doch sie waren zu

weit weg, als dass Artur hätte erkennen können, was genau. Irgendwie sah es aus wie Altäre ...

Den Rand des Platzes säumte ein Dutzend kleinerer Statuen. Ihrer Farbe nach zu urteilen waren sie erst vor Kurzem geschaffen worden. Offenbar waren die Arbeiten zur Verschönerung dieser Weihestätte noch längst nicht abgeschlossen.

»Und sie schufen sich ihre heidnischen Götzen ...«, hauchte Stanisław, während sie sich langsam einem quadratischen Zelt näherten.

Arturs Leute wurden aufgefordert, sich auf den nackten Steinen auszuruhen, während man ihn selbst ins Institut bat. Da er Lew, der eigentlich für ihn dolmetschen sollte, jedoch immer noch unter seiner Verletzung litt, die Kraxelei durch den Schacht ersparen wollte, sollte Bork nun diese Aufgabe übernehmen. Der Bibliothekar wäre deswegen fast in Tränen ausgebrochen und hatte ständig wiederholt, er habe doch überhaupt allein wegen dieses Moments an der Expedition teilgenommen.

Dem unerschütterlichen Bierbrauer versagten angesichts seiner Aufgabe zum ersten Mal die Nerven. Die Legenden, an die bislang niemand so recht geglaubt hatte, sollten sich unversehens bewahrheiten. Bork war schon oft genug durch den Roten Wald nach Paris gezogen, mitunter sogar unter Lebensgefahr – aber niemals hätte er sich träumen lassen, einmal das Heiligtum der Klauen zu betreten und die Kristallsärge zu sehen.

Bevor sich Artur und Bork ins Institut begeben durften, wurden sie aufgefordert, ihre Waffen abzugeben. Auf eine eingehende Leibesvisitation verzichteten die Klauen jedoch.

Auf dem Weg zu dem Schacht neben der Holzstatue murmelte Bork lautlos ein Gebet. Artur begriff nun endlich, was es mit den anderen Objekten auf sich hatte. Wenn man so wollte, waren es tatsächlich Altäre, allerdings von ganz besonderer Art: Vor der Statue befanden sich drei Anabiose-Kapseln. Es waren die neuesten Modelle. Artur kannte sie bisher nur aus der Fachliteratur. Der Deckel bestand aus halb transparentem

Kunststoff, unter der Liege verliefen etliche Glasfaserleitungen und Hochdruckschläuche, die Schale aus Panzerglas war mit Sensoren gespickt. In gewisser Weise war die Bezeichnung *Sarg* für diese kahnförmigen Kapseln nicht von der Hand zu weisen.

Alle drei Deckel waren aufgeklappt. In den Kapseln befanden sich jedoch nur noch Unmengen menschlicher Knochen. Zweifellos waren hier den Eisenvögeln Opfer lebend zum Fraß überlassen worden, denn Blut hatte den Betonboden braun gefärbt. An den Kapseln hingen noch Schnüre herab, davon abgesehen war der Boden derart zerfurcht, als hätte man schwere Möbel über ihn geschleift – und jede Kapsel wog auch mindestens eine Tonne. Wie viele Leute wohl nötig gewesen sind, um diese Klötze hier hochzuhieven, grübelte Artur. Und dann die Kratzer an den Seiten und Deckeln der Kapseln ... Die stammen doch garantiert von Krallen. Wahrscheinlich kommen diese Holzstatuen ihren realen Vorbildern ziemlich nahe.

Als Artur sich weiter umsah, fiel ihm ein Berg von Schädeln auf, über dem Scharen glitzernder Fliegen kreisten ...

»Die Eisenklaue sagt, dass jede Leiche zwölf Tage hier liegen bleiben muss«, übersetzte Bork Prospers Worte. »Denn man muss damit rechnen, dass die Ehernen Vögel zurückkommen und die Toten zählen. Nach zwölf Tagen werden die Skelette verbrannt. Die Asche streut man in die Särge. Den Rest habe ich nicht verstanden. Dabei ging es darum, wozu die Kristallklauen überhaupt diese Asche brauchen ...«

»Diese Vögel können zählen?«, hakte Artur nach, der sich gerade ausmalte, was ihn wohl im Institut selbst für ein Krematorium erwarten würde.

Prospers Bodyguards blickten immer wieder besorgt zum Himmel hoch, während sie Artur und Bork zum Eingang in den Schacht stießen.

»Die werden uns nie wieder gehen lassen«, flüsterte Bork Artur zu, als niemand sie hören konnte. »Ihre Überlieferung sagt, dass kein Mensch außer den Klauen die Kristallsärge sehen und ihr Lied hören darf.«

»Ihr Lied?!«

»Mir ist auch unklar, was sie damit meinen.«

Als sie in den Schacht kletterten, begriff Artur, dass dieses Stockwerk ursprünglich nicht im Keller gelegen hatte. Vielmehr war es so, dass der obere Teil des Gebäudes wie ein Kartenhaus zusammengekracht war und die unteren drei oder vier Etagen daraufhin in die Erde abgesunken waren.

Je weiter sie durch den Gang liefen, desto stärker fiel der Boden ab. An seinem Ende standen neben einem Türvorhang vier tätowierte Kerle mit Karabinern Posten, zudem ragte zwischen einigen Säcken in einer Nische der rostige Lauf eines MGs heraus.

Einer von Prospers Bodyguards schob den staubigen Vorhang zur Seite, und Artur fand sich auf der obersten Stufe einer Art Amphitheater wieder. Von der Kuppeldecke sickerte durch Risse Wasser, in den vergammelten Putz hatten sich trockene Wurzeln gefressen. Von zwei Lagerfeuern kroch dicker Rauch die verrußten Wände hoch und zog widerwillig durch die Löcher in der Decke ab. Unter der Kuppel verlief eine abrissreife Galerie, die an einigen Stellen bereits durchgebrochen war, sodass die feinen Zierelemente der Brüstung in den Saal hingen. Alle Möbel und Teppiche waren vor Urzeiten verheizt worden. Auf der Bühne, wo einst das Präsidium der gelehrten Männer getagt hatte, stand ein langer Edelstahltisch, wie er auch bei Obduktionen zum Einsatz kommt.

Der Tisch, aber auch das Podium, war mit Hunderten von Tontöpfen vollgestellt. Dazwischen qualmten Schalen mit Lunten, die aus dreckigen Lappen gedreht waren. Die Luft war trocken und glühend heiß, wie in einer Sauna. An den Wänden hingen merkwürdigerweise noch immer gerahmte Fotografien und Überreste von Urkunden, hier und da stand sogar ein Topf mit einer Kakteenmumie.

An dem Tisch hantierten vier alte Opas mit Zottelmähne herum, als wollten sie gleich mit einer Partie Domino loslegen. Ihr Tun wurde scharf und mit verkniffenem Gesichtsausdruck von der Marmorbüste Pasteurs beobachtet.

Prosper sonderte sich nun von Artur und Bork ab, stiefelte die Treppe hinunter, betrat das Podium, ließ sich dort schwerfällig vor den vier Alten auf ein Knie nieder und murmelte die Begrüßungsformel.

»Die Steinklauen fragen, ob der Herrscher über die weißen Tiger bereit ist, als Futter für die Vögel zu dienen, wenn er einen ebensolchen Misserfolg erleidet, wie ihn die nichtsnutzigen Abgesandten Karamaz Paschas hinnehmen mussten«, dolmetschte Bork. »Sie sagen, dass, wenn der Mann namens Schmied die Kristallklauen nicht zum Leben erweckt, sondern noch eine von ihnen tötet, nie wieder jemand zu den Särgen vorgelassen wird. Uns würden sie dann zusammen mit Prosper in diesen Gemäuern begraben …«

»Es waren bereits Leute von Karamaz Pascha hier?«, hakte Artur nach. »Dieses Arschloch! Natürlich hatte er niemanden, der eine Anabiose-Kapsel fachgerecht öffnen kann!« Nach diesem Ausbruch wandte er sich wieder an Bork. »Was brabbelt unser Freund da?«

»Prosper berichtet den Steinklauen davon, wie der niederträchtige Bierbrauer – damit meint er mich – grausame Magier auf feuerspeienden Pferden mit Krallen statt Hufen in den Roten Wald gebracht habe. Und der Obermagier, der über den weißen Tiger gebietet – also Sie –, habe gedroht, alle Bewohner des Roten Waldes zu töten, wenn er nicht zur Futterkrippe der Ehernen Vögel vorgelassen werde. Danach habe er sich auf seinem gigantischen Pferd umgedreht und auf einen Streich siebzig Krieger aus Prospers Klan für alle Zeiten von jeder Krankheit erlöst, wofür es viele Zeugen gebe.«

Nach diesen Worten linsten die vier Alten zu Artur hinüber. Dieser trat vorsichtshalber einen Schritt von der Tür weg. Bork folgte seinem Beispiel prompt, schließlich wollte keiner von ihnen dem Wachtposten im Gang den Rücken zukehren. Der widerlichste Opa, der aussah wie ein lebendes Reklameschild für ein Tattoostudio, winkte Prosper zu sich. Seine sehnigen Arme waren bis hoch zu den Schultern mit schwarzem Pech beschmiert, den nackten Rücken überzog vom Nacken bis hin zu den tief sitzenden Hosen eine dichte Schicht aus Federn. Offenbar versuchte der Alte, einem der angebeteten Vögel zu gleichen. Dem standen jedoch die geröteten Augen entgegen, die ihn als langjährigen Säufer auswiesen. Auch seine drei Kumpane machten irgendwie auf Vogelmonster, trugen sie doch Ledermasken mit Schnäbeln und spähten Artur gierig durch die Augenschlitze an. Dann geiferte das Quartett lautstark los.

»Herr Bork …«, wandte sich Artur an den Bierbrauer.

»Tut mir leid, Herr Schmied, ich verstehe das selbst kaum. Aber anscheinend sind zwei von ihnen der Ansicht, man solle Sie versuchen lassen, die Kristallklauen zu wecken. Der links, der Einarmige, sagt, dass die Krieger, die wir getötet hätten, nicht beerdigt werden dürften, sondern zusammen mit unseren Gefährten an die Vögel verfüttert werden müssten. Und die Steinklaue neben ihm sagt, man solle Männern mit Waffen befehlen, den weißen Tiger zu erschießen, solange sich sein Gebieter noch hier unten im Heiligtum aufhalte. Aber ihr Anführer, Louis … das ist der mit dem bemaltem Körper … der ist dagegen. Er … das verstehe ich nicht … aber ich glaube, er flucht … Und jetzt sagt er, dass sein Urgroßvater die Überlieferung nach den Worten seines Vaters zu Papier gebracht habe, der noch die lebenden Kristallklauen erlebt hat. Daher meint dieser Louis, dass es noch zu früh sei, uns für alle Zeiten von jeder Krankheit zu erlösen. Sobald der Gebieter über den weißen Tiger jedoch seine Aufgabe erfüllt hat …«

»O ja, was dann kommt, kann ich mir lebhaft vorstellen«, unterbrach ihn Artur. »Herr Bork, haben Sie vielleicht rein zufällig irgendeine Waffe eingeschmuggelt?«

Der Bierbrauer zog sein Hosenbein ein klein wenig nach oben. Aus dem Stiefelschaft lugte eine Klinge heraus.

»Bestens«, sagte Artur. »Dann werden wir mal zusehen, dass wir mit diesen Kerlen fertigwerden, bevor sie irgendeine bekloppte Entscheidung treffen.«

»Einverstanden. Trotzdem werden wir hier nicht mehr lebend rauskommen …«

»Halten wir uns jetzt nicht mit Details auf, Herr Jäger. Unser Freund aus dem Roten Wald scheint sein Gespräch mit den vier Tattergreisen beendet zu haben. Also lächeln Sie jetzt hübsch, ja? Sobald Prosper bei uns ist, werde ich ihn töten und mich um die Posten draußen kümmern. Sie müssten sich dann diese Opas vornehmen. Aber lassen Sie diesen Experten für die Überlieferung, diesen Louis, am Leben, ja?«

»Das dürfte kein Problem sein.«

Der Bierbrauer ging blitzschnell in die Hocke und stand schon im nächsten Moment wieder aufrecht da, in jeder Hand einen Kurzdolch. Ohne noch auf einen entsprechenden Befehl Arturs zu warten, eilte er die Treppe hinunter.

Prosper kam ihm bereits in Begleitung seiner zwei Bodyguards entgegen. Die beiden Leibwächter beobachten Borks Attacke geradezu interessiert – was sie viel zu langsam reagieren ließ. Dann stürzten sich gleich alle drei auf ihn, während niemand mehr auf Artur achtete, womit ihr Schicksal besiegelt war …

Mit einer geschickten Handbewegung hatte Artur die Klingen aus seinen Ärmeln gezogen. Die sterbenden Bodyguards waren noch nicht zu Boden gegangen, als Prosper bereits Bekanntschaft mit einem Schlagring schloss.

Bork sprang auf das Podium, aber die Steinklauen stellten sich als überraschend flink heraus. Einer der Männer kroch unter den Tisch und holte von dort eine MP mit kurzem Lauf hervor. Beim Entsichern hatte er allerdings seine Schwierigkeiten – und damit war die Sache für ihn erledigt: Artur zog ein

Messer aus der Kehle des einen Bodyguards und schickte es in Richtung der Steinklaue. Diese sollte nie mehr erfahren, ob der Abzug der MP funktionierte.

Bork musste nun zur aktiven Verteidigung übergehen, denn der einarmige Kerl, der sein Gesicht wie ein Fußballfan bemalt hatte, fuchtelte auf höchst beeindruckende Weise mit einer langen Machete herum.

Prosper röchelte nach Arturs Angriff noch, presste beide Hände auf sein blutiges Gesicht und rollte langsam die Stufen hinunter.

Durch den Lärm angelockt, tauchte nun ein Posten mit Karabiner in der Tür auf. Artur zog das Messer aus dem zweiten Bodyguard und rammte es dem Neuankömmling ins Auge.

Irgendwann fand Bork Gelegenheit, sich einen der Töpfe vom Tisch zu schnappen und ihn dem Einarmigen entgegenzuschleudern. Der wehrte den Angriff jedoch mühelos mit der Machete ab. Danach konzentrierte sich der Bierbrauer auf die Steinklaue neben ihm, die er auf der Stelle erledigte.

Louis verschwand derweil Federn lassend hinter einem Vorhang, um gleich darauf mit einem Sturmgewehr im Anschlag wieder auf der Bildfläche zu erscheinen.

Wenn der jetzt losballert, ist das unser Ende, durchfuhr es Artur, während er den nächsten Wachtposten erstach. Dafür zog er schlicht und ergreifend das Messer aus der Augenhöhle seines letzten Opfers und trieb es in den Hals des nächsten Feinds. Ein weiterer Mann, ebenfalls mit Federn geschmückt, humpelte mit vorgestrecktem Säbel durch die Tür. Das Letzte, was er in diesem Leben sah, war ein Riemen mit einem Gewicht am Ende. Dieser wand sich um die Spitze seiner Klinge, der Säbel entglitt ihm – um ihm gleich darauf den Bauch aufzuschlitzen.

Der Einarmige schwang inzwischen wie wild ein Fleischerbeil, doch mit einem Schlag in den Nacken gelang es Bork endlich, den Alten für alle Zeiten von jeder Krankheit zu erlösen –

als dem Bierbrauer selbst der Lauf eines Gewehrs auf die Brust gedrückt wurde.

Wenn Louis auch nur fünf Meter näher an Artur gestanden hätte, dann hätte dieser mit Sicherheit auf die Hand der Steinklaue gezielt. Aber so blieb ihm keine Zeit für Feinheiten dieser Art, und beide Messer bohrten sich dem Wilden in die rechte Seite, allerdings nicht sehr tief.

»Der Kerl darf auf keinen Fall einen Schuss abgeben!«, schrie Artur, bevor er in den Gang sprang, wo er gleich auf sieben Posten stieß, die ihm entgegeneilten. In Arturs rechtem Ärmel steckten noch vier Messer, in jedem Hosenbein drei.

Die heranstürmenden Klauen rissen, ohne zu zögern, ihre Gewehre von den Schultern, wobei Artur jedoch auffiel, dass sie sich vor ihren Waffen fast schon ekelten.

Sofort ging er zum Angriff über. Ein Schritt nach rechts – und das erste Messer flog durch den Gang. Einer der Angreifer verdrehte die Augen und ging zu Boden.

Ein Schritt nach links – und gleich zwei Messer fanden ihr Ziel. Mit einem heiseren, blubbernden Stöhnen kippten zwei weitere Kerle um und ihr Blut ergoss sich über den Boden.

Schon wand sich der Riemen um die nächste Klinge. Als Artur ihn mit einem Ruck wieder an sich zog, bildete der Wilde noch im Fallen einen lebenden Schutzschild für ihn. Er warf das nächste Messer …

Mittlerweile zielten zwei Klauen auf ihn, aber ihre Kumpane standen ihnen im Weg, da sie sich in ihrem Eifer Artur zu sehr genähert hatten.

In diesem Moment huschte Bork hinter dem Vorhang hervor in den Gang. Er schnappte sich den Säbel von einem toten Wilden, stach zu, wich zurück, setzte den Ellbogen ein, brach dem Gegner die Rippen, duckte sich vor der nächsten Klinge weg …

Die Bewacher des Instituts kamen sich immer stärker gegenseitig ins Gehege. Einer von ihnen wollte das Feuer auf Bork eröffnen, doch der holte beherzt mit dem Säbel aus und schlitzte ihm die Kehle auf.

Als Letzter kam eine Klaue zu ihnen in den Gang, die mit einem MG bewaffnet war. Der Kerl stank eine Meile gegen den Wind nach Hundefleisch, in seiner zotteligen Mähne steckten Federn und um seinen Knöchel trug er eine verrostete Kette. Er drückte ständig auf den Abzug, nur war die Waffe derart verdreckt und das Öl steinhart geworden, dass er nicht einen Schuss abgeben konnte.

»Allmählich jagen Sie mir Angst ein, Herr Schmied«, brachte Bork in respektvollem Ton heraus. »Doch damit nicht genug. Allmählich glaube ich auch, dass es mir vergönnt sein wird, meine Frau noch einmal in die Arme zu schließen.«

Die Steinklaue Louis lebte noch. Der Mann röchelte zwar, und bei jedem Atemzug bewegten sich die Klingen in seiner Seite auf und ab, während ihm aus dem zahnlosen Mund Speichel sickerte. Doch Artur genügte ein Blick, um zu begreifen, dass die Wunden nicht lebensgefährlich waren, schließlich hatte er die Messer ja ganz bewusst nur mit halber Kraft geschleudert, da er zu gern mehr über den Urgroßvater dieses Mannes und seine Geschichte erfahren wollte.

»Verstehen Sie, was er da brabbelt?«, fragte Artur, während er sich die Waffen der toten Posten vornahm. »Sagen Sie ihm, dass der Gebieter über die weißen Tiger ihm das Leben schenkt, wenn er uns alles über seinen Urgroßvater erzählt.«

»Er sagt …« Bork beugte sich tief zu dem verletzten Mann hinunter. »Er sagt, dass der Vater seines Urgroßvaters hier in jenen Zeiten gelebt habe, als Paris noch nicht verheert worden war. Damals gab es noch nicht einmal den Roten Wald. Er ist geboren worden, lange bevor die Kristallklauen sich in die Särge gelegt haben. Er verstand die Schriften, die jetzt im Keller bei den Särgen aufbewahrt werden. Diese Schriften werden als Überlieferung bezeichnet, aber heute kann sie niemand mehr lesen. Allerdings wurden sie auch nicht für die Klauen verfasst, sondern für die Schlafenden Dämonen. In ihnen ist die Rede davon, dass es im Norden und im Osten ebenfalls Kristallsärge gebe. Falls die Kristallklauen aus diesen Särgen als Erste aufwachten, dann sollten sie aufbrechen, die anderen Schlafenden Dämonen zu wecken.«

Als Louis nun zu husten anfing, flößte ihm Bork einige Tropfen aus einer Flasche ein, die Artur ihm gegeben hatte. Sie enthielt eine Medizin, die seine Qualen für einige Minuten lindern dürfte. Artur selbst hatte derweil bereits hinter einem Vorhang eine vergitterte Luke im Boden entdeckt, unter der ein Lüftungsschacht zu erkennen war.

»Fragen Sie ihn bitte, wer das Märchen von den Ehernen Vögeln in die Überlieferung eingefügt hat! Vor dem Großen Tod hätte man sich so etwas gar nicht ausdenken können.«

Louis riss verwundert die Augen auf, nachdem Bork ihm diese Worte gedolmetscht hatte.

»Er glaubt jetzt vorbehaltlos, dass Sie eine der Kristallklauen sind. Die Ehernen Vögel kamen tatsächlich erst nach dem Großen Tod aus den Sümpfen im Süden in diese Gegend geflogen, doch das wussten nur zwei Steinklauen. Es war dann sein Urgroßvater, der etwas über diese Vögel in die Schriften eingefügt hat. Da hat dessen Vater allerdings schon nicht mehr gelebt.«

Es dauerte eine Weile, bis die Steinklaue die nächsten Worte von sich gab.

»Sein Urgroßvater war ein mächtiger Magier, der Dutzende von kleinen Stämmen geeint hat. Er hat die Legende in die Überlieferung aufgenommen, dass nur die Kristallklauen die Waldvölker vor den ewig hungrigen Vögeln retten können. Damit sie das jedoch täten, müssten die Klauen die Särge bewachen und dürften keinen Fremden zu ihnen vordringen lassen. Einzig die Steinklauen, die weisesten unter ihnen allen, die an den Feuern der Eisenklauen gewählt werden, geben einander das Geheimnis weiter, wie man die Särge dazu bringen kann, ihr Lied anzustimmen. So singen die Kristallsärge heute jedes

Mal bei Neumond und locken damit die Ehernen Vögel an, diese Höllendämonen. Die Klauen füttern sie mit dem Fleisch ihrer Feinde oder dem Fleisch derjenigen ihrer Stammesgenossen, die für alle Zeiten von jeder Krankheit erlöst wurden. Danach fliegen die Vögel gesättigt davon, ohne Frauen und Kinder anzurühren ...«

»Warten Sie mal«, unterbrach ihn Artur, denn er hatte den Eindruck, über sich etwas rascheln zu hören ... Aber nein, er hatte sich getäuscht, es war nur der Wind, der durch die Lüftungsanlage pfiff. Er brauchte sich keine Sorgen zu machen, dass eine rangniedere Klaue es wagen würde, die Nase ins Allerheiligste zu stecken.

»Irgendwas verstehe ich hier nicht«, wandte sich Artur dann wieder Bork zu. »Anscheinend war der Urgroßvater dieses Louis der Sohn eines Wissenschaftlers, der hier im Institut gearbeitet hat. Aber wenn das Märchen von den Vögeln erst später erfunden wurde, was erhoffen sie sich dann eigentlich von mir? Überhaupt – warum haben sie diese Särge so lange bewacht?«

Bork sah Artur daraufhin nur fragend an, denn er wusste nicht, worauf dieser hinauswollte.

»Übersetzen Sie ihm Folgendes«, fuhr Artur geduldig fort. »Unser lieber Bekannter Steinklaue ist ein fortschrittlicher Mann und wird mich sicher verstehen. Also: Ihre Religion scheint mir ein wenig konfus. Deshalb habe ich zwei Fragen. Erstens: Sie singen das Loblied der Ehernen Vögel, aber wenn das so liebe Tierchen wären, warum müssen sie diese Särge dann derart penibel bewachen? Die Vögel könnten sie schließlich auch auf einer Lichtung im Wald füttern. Zweitens: In der Überlieferung gibt es einen Hinweis auf die verborgenen Möglichkeiten der Kristallklauen. Vielleicht sind mit ihnen also auch die Betriebsanleitungen für einen Reaktor oder irgendwas in der Art begraben worden? Auf diese beiden Fragen hätte ich gern eine Antwort.«

Die Steinklaue ließ sich diese Worte lange durch den Kopf gehen, wobei er die beiden Fremden die ganze Zeit über mit dem Blick seiner wässrigen, durchdringenden Augen durchbohrte. Bork zog ihm derweil eine der beiden Klingen aus der Seite und schmierte ein harziges Zeug auf die Wunde. Artur bedauerte bereits, dass er dieses Verhör überhaupt eingeleitet hatte. Aber mit einem Mal antwortete Louis …

»Die Kristallklaue ist sehr weise … In der Überlieferung war zunächst von einem Sieg über die Ehernen Vögel keine Rede. Genauso wenig wie von den Waffen, die die Schlafenden Dämonen besitzen und die alle besiegen können … Oder möglicherweise war doch die Rede davon, aber in unverständlicher Weise, mit alten Worten, die heute keiner mehr versteht … Sein Vater hat dann einige Weise und Hexen, die er in der Stadt gefangen genommen hat, hierhergebracht … Sie wurden später den Vögeln überlassen, denn auch von ihnen verstand niemand diese Worte. In der Überlieferung ist ein Geheimnis festgehalten, das die Steinklauen jedoch nur zum Teil aufdecken konnten. So wissen sie jetzt, dass man die großen blauen Räder drehen muss, damit die Särge ihr Lied anstimmen …«

Nach diesen Worten verlor Louis das Bewusstsein.

»Scheiße!«, fluchte Artur. »Was denn schon wieder für Räder?! Und woher sollen irgendwelche harmlosen Wissenschaftler Geheimwaffen haben? Gut, Herr Bork, fesseln wir ihn, und dann nichts wie ab nach unten. Würden Sie mir bitte einmal leuchten …«

Sie hatten in einer Ecke einen stattlichen Vorrat an Fackeln entdeckt. Mit ihnen machten sie sich daran, durch ein Loch im Gitter in den schwarzen Schlund des Schachts hinabzusteigen. Zum Glück hielt die Leiter noch. Artur malte sich bereits aus, was ihn dort unten erwarten würde. Drei Kapseln waren bereits aus dem Boden gerissen und an Tauen nach oben gebracht worden, um auf dem Platz als eine Art Opferaltar zu dienen. Aber vier Kapseln müssten noch unten stehen …

Als sie dort angelangt waren, empfingen sie zunächst Hunderte von Töpfen mit menschlicher Asche. An den Schaltpulten gegenüber den Kapseln leuchteten schwach zwei Lämpchen, ein rotes und ein grünes. Die Deckel, Stühle, Tische und Geräte waren mit einer dicken Staubschicht überzogen.

Das Licht der Feuer, die eine Etage über ihnen brannten, drang durch etliche Löcher in der Decke bis hier unten durch. Die Wilden hatten sich alle Mühe gegeben, die Tür der Seismoschleuse zu öffnen. Umso erstaunlicher war es, dass man in all den Jahren nur bei zwei Kapseln versucht hatte, sie zu öffnen … Artur war sich zwar sicher, dass er bei seinem Versuch Erfolg haben würde, hatte es aber trotzdem nicht eilig, ihn in Angriff zu nehmen.

Dazu war ihm noch zu gut in Erinnerung, wie die Sache damals in Moskau ausgegangen war …

»Die Schlafenden Dämonen«, hauchte Bork, der sich nicht an die Kapseln herantraute. »Herr Schmied, lassen Sie mich wieder nach oben gehen! Ich will dort auf Sie warten.«

»Ich kann einfach nicht glauben, mein Freund, dass ein paar Särge Ihnen solche Angst einjagen. Nein, Sie werden diesen Raum nicht eher verlassen, als bis wir das gefunden haben, was die Klauen als Überlieferung bezeichnen.«

»Ich könnte mir vorstellen, dass sich die Schriften in der Ecke da drüben befinden.«

Bork wies mit zitterndem Finger auf eine rechteckige Säule, hinter der einige Öllampen trübes Licht spendeten.

Hinter dieser Säule entdeckten sie eine Schiebetür, die zu einem Drittel in den Boden abgesunken war. Der Beton wies Risse auf und hatte sich unter der kolossalen Last der Erdmassen verformt, sodass die Tür sich keinen Fingerbreit mehr bewegen ließ. Artur konnte nur ahnen, welche Schätze dahinter begraben waren …

Daher ließ er seinen Blick weiterwandern, bis er auf einige Regale mit Diagnosegeräten stieß. Über ihnen hingen von der

Zeit benagte Fotografien, die lachende junge Menschen zeigten. Artur hielt die Fackel dicht an die Bilder.

Bis auf das Lachen war kaum etwas zu erkennen, dazu waren die Aufnahmen zu vergilbt. In der Mitte prangte ein Gruppenfoto. Vielleicht war das ja der Lehrkörper des Instituts, in dem Louis' Urahn gearbeitet hatte. Die Personen trugen weiße Kittel und hatten jeweils einen Arm über die Schulter des Kollegen neben sich gelegt. Diese Bilder wirkten wie eine absurde Wand mit Ikonen, ein Eindruck, der noch durch zähnefletschende Schädel auf dem Boden davor verstärkt wurde.

In den Regalen machte Artur zudem im Dickicht der Spinnennetze Geräte aus, die Professor Teleschew seinerzeit so gern für das Petersburger Institut erworben hätte: einen Tomografen, ein Ultraschallgerät, einen Defibrillator, eine Röntgenanlage … Alles, wovon sie in Piter nur hatten träumen können, befand sich in dieser *Rumpelkammer*.

Töpfe mit Lunten spendeten auch hier ein flackerndes Licht. Und dann fiel sein Blick auf ein dickes, in Leder gebundenes Album unter Glas … Ob das endlich der gesuchte Schatz ist?, überlegte Artur. Die Überlieferung?

Er nahm den Folianten an sich und reichte ihn Bork. Dieser gab sich alle Mühe, die Worte, die auch ihm nicht mehr vertraut waren, zu übersetzen. Artur reimte sich dann aus dem holprigen Deutsch einen Sinn zusammen.

» … die Bedienung der Notschleuse erfolgt im Fall, dass der Weg über die Treppe versperrt ist, mit … die Instruktion unter Moniques Kapsel … als Treppe dient dann der Hauptlüftungsschacht … die blauen Ventile sind bis zum Anschlag aufzudrehen … bevor der Motor in Gang gesetzt wird … ist eine sorgfältige Überprüfung vorzunehmen, wobei auch auf den Vorrat an Dieselöl zu achten ist … Die Anleitung zum Gebrauch der Waffen befindet sich …«

Danach folgte der Quatsch, der die historische Bedeutung der Klauen begründete, und Artur hörte nicht weiter zu.

»Einen Moment bitte, Herr Bork!«

Artur ging an dem Bierbrauer vorbei und hielt eine Fackel direkt an eine der rußgeschwärzten Wände. Dort befand sich ein Eisenschrank, dessen Türen jedoch nur noch in den Angeln hingen. Und in ihm ...

»Die blauen Ventile«, wiederholte Artur. »Oder die blauen Räder ...«

Er strich über einen Metallhahn, den Abertausende von Berührungen bereits auf Hochglanz poliert hatten. Er wies eine blaue Markierung auf – und ließ sich überraschend leicht aufdrehen. Trotzdem geschah die nächsten Sekunden nichts. Dann aber erhob sich ein Laut, der immer weiter anschwoll und sich zu einem getragenen Geheul auswuchs. Bork bekreuzigte sich rasch.

»Keine Angst, mein Freund«, sagte Artur und drehte den Hahn wieder zu. »Jetzt wissen wir also, wie die Särge ihr Lied anstimmen. Dahinter steckt nicht mehr als die Notbelüftung. Unsere lieben Klauen haben die Vögel so dressiert, dass sie ihr Frühstück bei diesem Liedchen einnehmen. Das nennt man *bedingten Reflex*, zerbrechen Sie sich also darüber nicht weiter den Kopf. Für die Steinklauen dürfte es ein Leichtes gewesen sein, die einfachen Wilden davon zu überzeugen, dass die Kristallklauen auf diese Weise die Ehernen Vögel herbeirufen. Wir allerdings sollten uns das zunutze machen ... Ach ja, was ich bisher noch gar nicht gefragt habe: Haben Sie selbst diese Geier schon mal gesehen? Und wenn Sie wirklich aus Metall sind, womit fliegen sie dann? Mit welcher Art Treibstoff, meine ich.«

»Ich habe ... diese Vögel bislang nur aus der Ferne gesehen«, antwortete Bork stockend. »Sie bauen ihre Nester in den Sümpfen. Im Süden. Schusswaffen können ihnen nichts anhaben. Die Munition prasselt an ihnen ab wie an Metall!«

»Es gibt keine Festung, die die Bolschewiki nicht einnehmen können!«, murmelte Artur den einst eingebläuten Spruch.

»Und nun, Herr Bork, fassen Sie sich ein Herz. Trinken Sie einen Schluck Bier, und dann leuchten Sie mir bitte mit der Fackel.«

»Wollen Sie die Dämonen etwa wirklich wecken?«, fragte Bork, überwand jedoch seine Angst und folgte Artur zu einer der Kapseln.

»Welche Farbe hat das Band, das sie einem neugeborenen Mädchen umbinden?«, entgegnete Artur, ohne die Frage zu beantworten.

»Was für ein Band?«, fragte Bork verständnislos zurück.

»Schon gut, vergessen Sie das. Ich wische jetzt den Schmutz vom Deckel weg. Wenn Sie dann mit der Fackel näher kommen, können Sie dann die Silhouette eines Menschen erkennen?«

»Äh … ja.«

»Hervorragend. Leider können wir aber nicht sagen, ob es ein Mann oder eine Frau ist … Und aus dem Schild hat sich offenbar schon vor ewigen Zeiten jemand eine Kippe gedreht … Aber gut, ich nehme mal an, dass die rote Lilie auf dem Deckel bedeutet, dass wir es mit einer Frau zu tun haben. Meinen Sie nicht auch? Immerhin findet sich an den anderen Kapseln ein blaues Zeichen. Wie sentimental! Und echt typisch für die Franzosen!«

»Äh …«

»Egal. Dann wollen wir mal …«

Artur legte sich auf den Boden und schob den Arm weit in eine Spalte zwischen zwei Gummidämpfern. Er zog ein zusammengefaltetes Blatt Papier hervor.

»Da hätten wir ja die Instruktion. Beten Sie zu Gott, dass das, woran ich denke, noch in gutem Zustand ist.«

»Und woran denken Sie, Herr Schmied?«

Artur überging die Frage jedoch und maß stattdessen den Raum mit Schritten aus. Dabei murmelte er etwas und faltete das brüchige Papier auseinander. Nachdem er den Plan mit den realen Gegebenheiten verglichen hatte, markierte er eine verschimmelte Wand mit mehreren kleinen Kreuzen. Erst danach schien er sich Borks – nicht jedoch dessen Frage – wieder zu erinnern: »Suchen Sie bitte etwas Hartes, mit dem Sie auf diese Stellen einhämmern können!«

Mit dem Bein eines Eisentischs bewaffnet, machte sich Artur ebenfalls daran, auf den Beton einzudreschen. Schon bald zeigten sich erste Risse, dann platzte der schimmlige Putz in größeren Klumpen ab – und das Titangerüst der Notschleuse trat zum Vorschein. Das Erste, worauf Arturs Blick dann fiel, war ein mit Kalk bestäubter 2-Liter-Ölkanister. Er konnte die Voraussicht der westlichen Kollegen nur bewundern: Sie hatten sogar an Schmiere gedacht …

»Was steht dort, Herr Jäger?«

»Äh … *Westlicher Zugang in die Garage. Achtung! Von innen verriegeln!*«

»Gießen Sie etwas Öl auf dieses Ding hier. Wäre doch gelacht, wenn …«, rief Artur, während er am Schloss hantierte, das eher an ein Wagenrad erinnerte. »Ja! Wir haben's geschafft! Und jetzt nichts wie weg hier!«

Die ein Zoll lange Verriegelung sprang heraus, die Tür wackelte und krachte dann mit vollem Gewicht dorthin, wo eben noch die beiden Männer gestanden hatten. Die nächsten Sekunden über war nichts anderes zu hören als das Echo des Aufpralls.

»Was ist das denn, Herr Schmied?«, fragte Bork.

Er hatte zu seinem alten sachlichen Ton zurückgefunden, denn nachdem er sich überzeugt hatte, dass sich niemand aus den Särgen auf ihn stürzen wollte, hatte er das Interesse an den Kapseln völlig verloren. Er leuchtete die Garage aus, hielt allerdings die MP dabei auf die Leiter gerichtet, die nach oben führte.

»Hoffentlich etwas, mit dem wir wieder nach Hause kommen!«, antwortete Artur. »Mir ist nur unklar, wie wir dieses nette Stück aus dieser Garage herauskriegen sollen, so verschüttet wie der Ausgang ist …«

»Sie haben doch noch Munition und Dynamit«, rief ihm

Bork in Erinnerung. Dann begab er sich ebenfalls in die Garage. In ihr war es kalt und muffig, und es roch wie aus einem Kühlschrank, der lange Zeit nicht geöffnet worden war. »Bei Gott, Herr Schmied! Können Sie dieses Monstrum wieder in Gang setzen?«

»Halten Sie die Fackel bitte etwas ruhiger«, bat Artur aus der Dunkelheit. »Dahinten stehen jede Menge Fässer mit Treibstoff. Und das hier ist weiß Gott kein Monstrum. Die Herren Generäle müssen dem Institut dieses kleine Spielzeug freundlicherweise überlassen haben, als es während des Großen Tods drunter und drüber ging. Oder meine Kollegen haben es einfach stibitzt …«

Im schummrigen Licht des staubigen Raums machten sie einige Pkws, dreirädrige Motorräder, über die eine Plane geworfen war, und zwei kleinere Laster mit EU-Logo aus. Und dann war da noch das *Monstrum*: Die phlegmatische grüne Schnauze dem verschütteten Tor zugewandt, wartete hier ein Panzer auf sie.

(13) WUNDER DER TECHNIK

»Erst wollen wir unser kleines Liedchen vom Stapel lassen, dann nehmen wir uns die Särge vor«, kündigte Artur an. »Wenn mir die armen *Dämonen* bloß nicht vor Schreck gleich wieder einschlafen …«

Bork schleifte Louis, der inzwischen immerhin das Bewusstsein zurückerlangt hatte, zum Schacht und steckte ihn in ein Fass, in dem sich noch Schnaps befand. Sobald die Steinklaue daran genippt hatte, giftete er Bork an und versuchte sogar, ihm Befehle zu erteilen. Der Bierbrauer zog ihn daraufhin lediglich im Sinne der allgemeinen Völkerverständigung sanft am Bart und rollte ihn hinaus.

»Sagen Sie ihm, dass wir ihn dem weißen Tiger vorwerfen, wenn er auch nur ein Wort falsch dolmetscht. Und machen Sie ihm klar, dass dieser Tiger sich sehr viel Zeit nehmen wird, sein Bein abzunagen. Erst wird er die Ferse anknabbern und sich anschließend langsam zum Knie hocharbeiten. Vielleicht kommt er dabei ja sogar auf den Geschmack und möchte auch noch ein Ohr oder die Nase kosten.«

Während Louis die anderen Klauen mit brüchiger Stimme vom Willen der Kristallklauen in Kenntnis setzte, studierten Daljar und Knirps den Plan, den Artur ihnen gegeben hatte. Wenn sie ihr Dynamit geschickt platzierten, sollte es kein Problem sein, den Ausgang aus der Garage freizulegen. Trotzdem wäre es nicht schlecht gewesen, einen anständigen Sprengmeister zu haben …

»Die Kristallklauen sind erwacht und bereit, gegen die Abgesandten der Hölle zu kämpfen!«, teilte Louis unterdessen den Wilden mit. »Mit einem einzigen Blick befreien sie alle Krieger, die den Ehernen Vögeln dienen, für alle Zeiten von jeder Krankheit. Die Kristallklauen sind unzufrieden, dass wir ihren Schlaf gestört haben …«

Artur und Bork stützten den eloquenten Wilden von beiden Seiten am Ellbogen und nickten gewichtig. Von außen mochte das so aussehen, als ob zwei liebende Verwandte einem schwachen Angehörigen halfen.

»Jetzt wird die Kristallklaue Schmied die Särge dazu bringen, ihr Lied zu singen, ohne dass er sich dafür von der Stelle bewegen muss!«, schrie die Steinklaue mit Falsettstimme. »Aber er hat befohlen, dass die Ehernen Vögel kein frisches Fleisch erhalten, sondern dass ihnen nur diejenigen von unseren Kriegern überlassen werden, die bereits für alle Zeiten von jeder Krankheit erlöst sind. Und er wird gegen die Vögel in die Schlacht ziehen. Bis dahin müssen wir alle das Vieh zusammentreiben und mit unseren Frauen in den Wald gehen!«

Durch die Menge ging ein unzufriedenes Murren. Niemand erinnerte sich daran, dass die heilige Stätte je von allen verlassen worden wäre. Aus jeder Richtung starrten nun bedrohlich tätowierte Gesichter Arturs Leute an. In der allgemeinen Aufregung überquerte die Gruppe rasch den Platz und stieg in den Keller hinab. Christoph und Mam Rona stützten Lew, Stanisław hüpfte auf einem Bein, dabei einen Karabiner als Krückstock benutzend. Und Klaus stützte seinen Bruder, obwohl er selbst humpelte.

»Unser Gast Schmied hat befohlen, dass vierzig Soldaten hierbleiben, um den Kristallklauen zu helfen, die Leichen der Ehernen Vögel zu begraben. Dafür, dass die blutdürstigen Kreaturen nicht wieder ans Licht zurückkommen, muss eine Grube ausgehoben werden, die bis in jene Tiefe reicht, in der die bösen Geister ihre unterirdischen Feuer unterhalten.«

»Um uns herum sind Tausende von Wilden, Kommandeur«, zischte Knirps, der noch schnaufte, da er zum zweiten Mal Dynamit herangeschafft hatte.

»Herr Bork, gehen Sie jetzt nach unten und drehen Sie die beiden blauen Hähne auf«, flüsterte Artur, ohne den Bierbrauer anzusehen.

Gleich würde er sich auf diesem Platz allein der Menge gegenüber finden – noch dazu ohne ein Wort zu verstehen. Eine andere Möglichkeit gab es jedoch nicht, denn irgendwie musste er die Wilden dazu bringen, das Dorf rund um die Ruinen des Instituts zu verlassen. Nachdem er bis einhundertfünfzig gezählt hatte, winkte er feierlich mit der Hand.

Aus der Tiefe der Erde flogen Lappen, Asche und Müll in die Luft. Dann war ein zartes Pfeifen zu vernehmen, das sich im Nu zu einem tiefen, atonalen Geheul auswuchs.

Die Kristallsärge hatten ihr Lied angestimmt.

Artur spürte, wie sich ihm die Nackenhaare sträubten und sich auf seinen Armen eine Gänsehaut bildete. Obwohl er genau wusste, was hinter diesem *Lied* steckte, wurde auch er von einem schaurigen Gefühl erfasst.

Das Geheul erreichte seinen Höhepunkt und zerfiel in mehrere Noten, als versuchten sich Hörner gegenseitig zu übertrumpfen. Dann wurden die Töne immer tiefer und fügten sich zu einer Art Schamanengesang. Ein großer Teil der Ouvertüre dürfte dabei für das menschliche Ohr gar nicht wahrnehmbar gewesen sein. Artur meinte, ihm fielen gleich alle Zähne aus.

Der Platz leerte sich in null Komma nichts. Wahrscheinlich hatten die Särge noch nie ein derart langes Konzert gegeben … Die Bewacher der heiligen Stätte – eine Eliteeinheit von Klauen – warfen Äxte wie Keulen weg und stürzten davon. Alle rasten wie wild durch die Gräben, fingen Hühner ein und trieben Schafe zusammen. Irgendwo schrien Frauen so laut und widerlich auf, dass sie selbst das Brüllen der Rohre überkreischten. Den Pferden stand der Schaum vorm Mund. Louis sank in den Staub, jammerte und zeigte zum Himmel hinauf, aber Artur verstand nicht, was er da murmelte.

»Herr Schmied, er sagt, dass wir uns sofort verstecken müssen!«, dolmetschte Bork, der gerade zum Platz zurückkehrte. »Und Daljar lässt ausrichten, dass er alles für die Explosion vorbereitet hat.«

»Er soll von hier draußen jeden Sprengkörper einzeln zünden!«, rief Artur dem Bierbrauer ins Ohr. »Schnappen Sie sich die Hälfte der Wilden, die uns die Klauen zugeteilt haben. Sie sollen nach jeder Explosion graben. Knirps soll mit der zweiten Gruppe ebenfalls losbuddeln. Die beiden sollen aufeinander zu arbeiten!«

»Die Klauen haben uns aber die schwächsten Kerle gegeben! Gefangene aus anderen Klanen, das erkenne ich an den Schädelbemalungen. Weil sie glauben, Sie würden diese Wilden den Vögeln zum Fraß vorwerfen ...«

»Umso besser!«, erwiderte Artur. »Dann versprechen Sie den Männern Pferde und die Freiheit, wenn sie nur nach jeder Explosion graben! Und sagen Sie ihnen: Wenn sie es schaffen, ein Loch zu bohren, damit der ... der Erlöserkäfer ... nach draußen kriechen kann, dann würde ihnen allen das Leben geschenkt!«

Artur bemerkte nicht einmal, dass er Bork Befehle erteilte, als wäre dieser ein Söldner.

»Ich habe Oberst Daljar Klaus zu Hilfe geschickt«, berichtete Bork weiter.

»Dann suchen Sie jetzt bitte Christoph«, verlangte Artur. »Er soll mir alle Granaten bringen, die wir noch haben.«

Mit einem letzten Blick hielt Artur am azurblauen Himmel nach den Vögeln Ausschau. Dann lud er den Granatwerfer, stieß Louis beiseite und spähte erneut zum Himmel hinauf. Viel erkennen konnte er nicht, denn die Ruinen versperrten die Sicht. Aber etwas konnte er doch ausmachen: Eine Wolke näherte sich von Süden ...

Artur stellte das Fernrohr scharf. O ja, fünfzehn Kilometer von ihnen entfernt bewegte sich etwas. Und wenn das ein Vogelschwarm war, dann stimmte damit ganz entschieden etwas nicht, wirkte er doch tatsächlich eher wie eine Front tief hängender Wolken.

Hinter Artur donnerte die erste Explosion los, die sogar das Gepolter der Lüftungsanlage übertönte. Wenn die Erschütterungen bloß nicht die Kapseln beschädigen, durchschoss es Artur mit einem Mal.

Doch schon folgte die nächste Explosion. Klaus, der bis zur Brust in Rauch stand, fuchtelte wild mit den Armen und zeigte in Richtung eines Schotterhaufens.

Hinter ihm spritzte die nächste Fontäne aus Rauch, Brettern, zertrümmerten Steinen und anderem Zeug hoch. Die Wilden bildeten eine Kette und warfen sich den ganzen Kram zu, um ihn aus dem Weg zu räumen. Die zweite Gruppe brachte gerade einen Stahlpfahl zum Kippen ...

Nun richtete Artur das Fernrohr auf den Roten Wald im Norden. Über den purpurnen Wipfeln ballte sich wie ein zitronengelbes Halsband giftiger Nebel zusammen. Daraufhin wandte Artur sich wieder dem Süden zu ...

Zum Teufel aber auch, *damit* hatte er nun wirklich nicht gerechnet! Er hätte vermutet, es kämen irgendwelche mutierten Vögel angeschwirrt. Gut, extrem große vielleicht, die ein paarmal mit den Schnäbeln klappern würden, dann jedoch wieder abzögen. Und bis diese Piepmätze sie erreicht hätten, so seine Hypothese, hätten sie längst entweder den Panzer befreit oder wären auf den Pferden verduftet.

»Herr Schmied!«, rief Christoph da. »Knirps ist durchgebrochen!«

Ach nee!, dachte Artur. Wenn unser Sohn des Roten Vollmonds will, kann er ja ganz vernünftig sprechen.

»Dann schick alle Männer zu ihm. Stellt die Sprengungen ein und vergrößert den Ausgang per Hand! Und Knirps soll zu mir kommen!«

Wenn wir hier bloß noch wegkommen!, stöhnte Artur innerlich. Wenn uns bloß diese Scheißvögel nicht erwischen!

»Knirps, für dich habe ich einen Spezialauftrag«, rief Artur Mitja zu. »Du bist der Einzige, der etwas von Mechanik versteht. Schraub die Treibstoffbehälter auf und leere sie, falls da noch was drin ist … Benzin haben wir genug. Reinige alles, so gut es geht, und lass den Panzer nicht aus den Augen!«

»Auch die Schläuche? Und was is' mit den Schellen? Soll ich die abnehmen? Das schaff ich aber nich' allein.«

»Dann nimm Klaus und Ferdinand mit, die werden dir helfen. Schraub am besten alles ab, was sich abschrauben lässt, und mach es sauber. Dann kümmer dich um die Kontakte. An denen darf kein Krümelchen Sand mehr sein. Erinnerst du dich noch, wie wir den Traktor angelassen haben? Hier ist es genauso: Nur hat dieser Traktor noch eine Kanone obendrauf.«

Nach diesen Worten legte Artur den Kopf in den Nacken. Die Vögel kamen immer näher. Es war eine grüne Horde, die zunehmend dem Rand einer Tischdecke glich: Die Biester flogen in Keilformation, allerdings mit dem Hintern voran, obendrein in drei Schichten, wobei sie sich in einem fort gegenseitig zur Seite drängten. Offenbar konnten sie es kaum erwarten, zu ihrer *Futterkrippe* zu gelangen.

Auch für Artur wurde es nun höchste Zeit. Er eilte zu Knirps.

Der Panzer machte einen ziemlich guten Eindruck, die französischen Ingenieure seien gepriesen. Sobald Artur den Einstieg geöffnet hatte, entdeckte er auf dem Sitz eine detaillierte Beschreibung mit Markierungen und persönlichen Worten, die seine für immer aus dem Leben geschiedenen Kollegen hinterlassen hatten. Lew kamen fast die Tränen, als er sie übersetzte: Die Männer hatten die Probanden in den Anabiose-Kapseln gebeten, ihnen zu verzeihen, dass sie ihnen das Leben gerettet hatten, ohne vorher ihre Erlaubnis einzuholen.

Sonnenlicht drang durch das Loch, das Knirps geschlagen hatte. Draußen tanzten Säulen aus Zementstaub einen Reigen um die panischen Wilden, die alle den Tod fürchteten. Von den mehr als zwanzig Gestalten trugen nur drei kleine Krallen um den Hals, bei den anderen handelte es sich in der Tat um Gefangene der Klauen, genau wie Bork gesagt hatte. Sie räumten die Trümmer aus dem Weg und pressten sich etwas abseits zusammen, trauten sich aber weder zu fliehen noch sich dem Erlöserkäfer zu nähern.

Artur ratterte innerlich ein Stoßgebet herunter und nahm auf dem Fahrersitz Platz. Mit einem Mal meinte er, die Anzeigen auf dem Armaturenbrett würden zittern und die Lampe für den Öldruck flackern, aber natürlich war das nicht der Fall.

Durch das Fahrerfenster betrachtete er seine Leute. Sie blickten ihn voller Hoffnung an. Am Ende des verrußten Tunnels lockte das Licht …

Da begriff Artur, dass er Angst hatte. Er allein wusste, was geschehen würde, wenn der Motor ansprang. Dann nämlich würde in Kapsel Nr. 2, die den Motor mitversorgte, der Druck ansteigen. Drei Stunden später würde ein nackter, verschreckter Mensch einem Haufen Schädeln gegenüberstehen …

Artur drehte den Schlüssel herum, der Diesel knatterte ein paarmal, im Innern des Panzers bildete sich Rauch. Nach einer Weile knurrte der Motor jedoch kaum hörbar – und sprang schließlich an. Die verwilderten Landsleute Voltaires und Rousseaus warfen sich zu Boden. Die Bierbrauer starrten den Panzer an wie ein Wunder. Stanisław betete mit lauter Stimme, Christoph kaute auf etwas herum. Mam Rona grinste und schüttelte das bereits ergraute, einstmals schwarze Haar. Selbst der stets mürrische Daljar konnte sich ein Grinsen nicht verkneifen. Knirps beugte sich zu dem Oberst hinunter und überbrüllte das Motorgeräusch, um mit ihm die Vorteile des Panzers und der Kanone zu erörtern.

Artur hatte sich mit der Lenkung noch nicht vertraut gemacht, als Klaus plötzlich mit blank gezogener Klinge in die Garage gerannt kam.

»Die Vögel!«, schrie er. »Sie kreisen über uns, ich bin ihnen gerade noch entkommen. Aber glauben Sie mir, am Ende erwischen die uns alle!«

Auch die anderen stürmten jetzt schreiend auf die Garage zu.

»Kommandeur! Vielleicht ziehen sie wieder ab, wenn sie keine frischen Leichen finden?«

»Sollen wir so lange im Keller warten, bis sie wieder weg sind, Herr?«

»Es wäre doch ausgesprochen unhöflich, sich nicht an die Überlieferung zu halten«, erwiderte Artur und strich mit beredtem Blick über die dick eingefetteten Kanonenkugeln. »Und auch vor den Wilden würden wir dann nicht gut dastehen.«

»Bitte?!«, entfuhr es Lew, der jedes Wort Arturs in sein Tagebuch eintrug.

»Du hast mich schon verstanden.«

Danach winkte Artur Lew und Klaus zu sich, um ihnen zu erläutern, was sie tun mussten, wenn die schlafenden Probanden vor der Zeit aufwachen sollten. Obwohl die französischen Kapseln etwas anders konstruiert waren als die Petersburger, hatte Artur das Programm zur Temperaturerhöhung ohne Probleme starten können. Dabei hatte er leider feststellen müssen, dass nur noch zwei der Probanden am Leben waren.

Nach dieser Einweisung begaben sich Lew und Klaus in den Raum mit den Anabiose-Kapseln. Der Bibliothekar fing an, nervös im Wörterbuch zu blättern, und wiederholte jedes Wort der Begrüßung, die er für die Franzosen ausgearbeitet hatte. Der Bierbrauer stellte mitten im Saal ein Kruzifix auf. Mit einem Gebet auf den Lippen fegte er den Boden sauber und bereitete Feuerholz vor.

»Die Offiziere und ich, wir unternehmen jetzt eine kleine Spritztour«, erklärte Artur weiter. »Alle anderen warten bitte oben auf uns.«

Oberst Daljar und Hauptmann Knirps stiegen begeistert ein. Bork weigerte sich strikt, Arturs Befehl, sich nach oben zu begeben, zu befolgen und kletterte ebenfalls in den Panzer.

Artur betätigte noch probehalber einige Hebel. Im Großen und Ganzen gab der Motor keinen Grund zur Klage, allerdings drangen nach wie vor Abgase ins Innere des Panzers. Die MGs und die Schnellfeuerkanone hatte Knirps jedoch tadellos auf Vordermann gebracht.

Die Garagenwand erzitterte, als der Panzer wie ein störrischer Skarabäus den ansteigenden Boden hochkroch. Der Durchbruch war letzten Endes immer noch zu schmal für ihn, sodass er mit den Seiten über das Gemäuer schrammte und die Antenne, der obere Scheinwerfer sowie das Rettungsfloß abgerissen wurden. Diese Verluste dürften nach Arturs Dafürhalten die Geschwindigkeit jedoch nicht beeinflussen, weshalb er ordentlich Gas gab. Der Panzer sprang daraufhin geradezu vorwärts, und alle vier stießen mit den Köpfen gegen die Decke, ansonsten lief aber alles glimpflich ab. Sie schossen förmlich aus der Garage heraus und sahen weit vor sich den Platz vorm Institut.

Auf Arturs Bitte hin hatte Klaus das ausgemergeltste ihrer Pferde zu den Särgen gebracht und dort erschossen. Das war vor einer halben Stunde gewesen. Inzwischen zeugte von der Stute nur noch ein abgenagtes Skelett.

»Heilige Xenia, Kommandeur!«, fluchte Daljar. »Das sind doch Monster, keine Vögel!«

»Schauen wir uns die Biester mal aus der Nähe an«, schlug Artur vor und fuhr in Richtung Platz.

Nach der Begegnung mit dem Schwarm hatte er eigentlich angenommen, er würde sich über gar nichts mehr wundern, aber da hatte er sich geirrt. Gewaltig sogar.

Früher einmal mussten diese Biester eine Unterart großer Raubvögel gewesen sein. Bis es dann zu einer Art Schlüsselereignis gekommen war. Vielleicht hatten sie von verseuchtem Wasser getrunken oder waren in die Nähe einer Raketenbasis geflogen. Auf alle Fälle aber hatten sie sich an die Veränderungen ihres Lebensraums anpassen müssen, schließlich sah sich das Gebiet der Toten Erde jedes Jahr vor neue Herausforderungen gestellt. Das konnten irgendwelche Ablagerungen sein, aber auch glühende Kohle, die vom Himmel fiel, oder Stahlspäne, die von Hurrikanen aus weit entfernten Ländern hergetragen wurden. So hatten sich diese Vögel eine immer solidere Körperhülle zulegen müssen. Von Generation zu Generation verwandelte sich ihr Gefieder stärker, bis es am Ende einen feuerfesten Schutzpanzer aus kompakt miteinander verwachsenen Platten darstellte. Außerdem hatte der Chlorregen ihre Augen immer tiefer in die ledernen Hautfalten hineingetrieben, sodass sie nun winzig wie Schweinsäuglein waren. Gleichzeitig hatten sie völlig neue Sinnesorgane entwickelt, mit denen sie ihre Umwelt wesentlich exakter sondieren konnten, beispielsweise indem sie jedes warmblütige Wesen auf der Erdoberfläche wahrzunehmen vermochten, und zwar selbst dann, wenn es unter Blättern verborgen war.

Zudem hatte es da noch das Nahrungsproblem gegeben. In ihrer angestammten Umgebung dürften sich irgendwann ausschließlich Ratten vermehrt haben, die sich aber ihrerseits auf der Suche nach Würmern in die Erde eingegraben hatten. Auch Fische dürften dort noch existiert haben, die, auf rosafarbene Flossen gestützt, aus den Bächen krochen, um etwas zu essen zu finden. So hatten die Vögel gelernt, in Bächen und unter der Erde nach Nahrung zu suchen. Es brauchte nur ein paar Generationen, dann waren ihre Schnäbel so hart, dass sie auch beim Graben nicht abbrachen. Obendrein wuchsen ihnen zwei lange, bewegliche Zungen mit Tausenden von Haken, die sie in jeden Tierbau schieben konnten. Ferner hatten sie die Form ihrer Flügel verändert, sich Zähne zugelegt und – für den Kampf gegen Feinde auf der Erde – Krallen. Ebendiese Krallen hatte der inzwischen tote Prosper um den Hals getragen.

Irgendwann mussten jedoch auch diese Maßnahmen nichts mehr gebracht haben, und sie fanden in den Sümpfen, wo sie nisteten, selbst diese schwer erkämpfte Nahrung nicht mehr. Daraufhin waren die Vögel zum ersten Mal nach Norden gezogen – wo sie zu ihrer Überraschung feststellten, dass ihnen niemand Widerstand leistete. Mehr noch, die dummen Menschlein servierten ihnen sogar freiwillig Fleisch. Menschenfleisch …

»Guckt euch doch bloß mal diese fliegenden Fässer an!«, witzelte Knirps. Nur dass niemand lachte.

Über dem Platz kreisten in der Tat einige Dutzend glatter grüner *Fässer* von der Größe eines ausgewachsenen Greifs. Die gelben Krallen hatten sie zu den aufgeblähten Bäuchen hochgezogen, was sie wie Tiefsee-U-Boote aussehen ließ. Artur gab zunächst nicht sehr viel auf die Krallen, aber als das erste dieser Monster im Sturzflug auf sie herabschoss und das Schutzgitter von einem Scheinwerfer abriss, betrachtete er diese mit anderen Augen.

»Das Biest reißt uns gleich das ganze Dach ab!«, knurrte Mitja.

»Dann kriegen wir wenigstens etwas besser Luft!«, beruhigte ihn Daljar, der die MGs vorbereitete.

Anscheinend war es diesen Vögeln völlig egal, worauf sie sich stürzten, solange sich ein Objekt nur bewegte. Offenbar waren sie sehr wütend, dass sie jemand an einen ungedeckten Tisch gebeten hatte.

Deshalb legten vierzig dieser *Fässer* synchron die Flügel an und schossen nach unten. Sie bildeten nun keine geschlossene Formation mehr, sondern landeten jeweils in einem eigenen Planquadrat, was den Eindruck eines flächendeckenden Bombardements erweckte. Ob er wollte oder nicht, Artur musste den Biestern für diese Taktik Respekt zollen. Sie ließen ihren Opfern im Umkreis von Hunderten von Metern nicht die geringste Chance.

»Daljar! Feuer frei!«

Daljar gab ein paar kurze Salven ab, wobei er versuchte, gleich mehrere Angreifer zu erwischen, aber im Grunde vergeblich: Sobald er den ersten Vogel getroffen hatte, formierte sich der Rest der Bande neu.

Diese Reaktionsschnelligkeit gefiel Artur überhaupt nicht. Für Friedensverhandlungen war es jetzt allerdings zu spät.

»Bork! Feuer frei!«

Der Panzer bretterte auf den Platz und hielt erst vor der Statue wieder an. Die Ehernen Vögel bearbeiteten auch weiterhin das Panzerdach, ein wütendes Piepmätzchen drohte zudem, sich mit dem Schnabel durch das Fenster zu Artur durchzubohren, während ein anderes dieser Mistviecher hingebungsvoll am Lauf der Kanone herumsägte.

Daljar ließ wieder den Granatwerfer sprechen, und zwei Vögel wurden von der Salve erwischt. Die toten Körper krachten scheppernd auf die Erde. Daraufhin zogen sich ihre unmittelbaren Angreifer etwas zurück.

»So 'ne Scheiße aber auch!«, fluchte Mitja. »Wir haben denen nich' mal die Klauen abgerissen!«

Das stimmte. Fast sah es aus, als wären die Vögel verreckt, weil sie die Schmach nicht verkraftet hatten, einen würdigen Gegner gefunden zu haben – äußere Verletzungen waren jedenfalls nicht festzustellen, Blut floss auch nicht, ja die Biester hatten nicht mal vor Schmerz geschrien …

Allerdings taten diese Flatterer überhaupt alles lautlos, was enorm an Arturs Nerven zerrte. Er wendete den Panzer, wobei er zwei kleinere Statuen umriss. Eine von ihnen verfing sich zu allem Überfluss auch noch in ihrem Gefährt und schleifte polternd hinter ihnen her. Trotzdem staunte Artur über die Manövrierfähigkeit des Panzers, jetzt, da der Motor endlich sauber lief.

Bork schob sein Gewehr durch einen Spalt in dem runden Fenster auf der linken Seite und knallte einen Vogel ab, der auf dem Panzer saß. Das Tier geriet unter die Ketten, und Artur kam es vor, als würden sie über einen Stein rumpeln.

»Knirps! Feuer!«

Auf diesen Befehl hatte Mitja nur gewartet. Mit dem ersten Kanonenschuss zerfetzte er gleich drei dieser Monster, die auf das Zelt einhackten, unter dem Pferde standen. Nach dem Schuss fürchtete Artur, taub geworden zu sein, hatte er doch im Eifer des Gefechts vergessen, den Helm mit den Kopfhörern aufzusetzen. Bork und Daljar erging es nicht viel besser, auch sie schüttelten die Köpfe und versuchten, das Fiepen in den Ohren loszuwerden.

»Das gefällt euch wohl nich', was, ihr Mistviecher?!«

»Feuer! Schießt alle!!!«

Artur riss den Panzer in einem rasanten Zickzackkurs von einer Seite auf die andere, um einen Vogel abzuschütteln, der vor seinem Fenster klebte – und den offenbar weder Schüsse noch das Motorgeheul beeindruckten. Im Gegenteil: Der Piepmatz schob den gewaltigen Schnabel unverdrossen durch einen Ritz in der Verkleidung, um ihn dann wie ein Brecheisen einzusetzen. Mit Erfolg.

»Schießen Sie, Herr Jäger!«, rief Artur panisch.

»Ich habe Angst vor einem Querschläger!«

»Schießen Sie, verdammt noch mal, sonst hab ich das Viech auf dem Schoß!«

Durch den Wortwechsel abgelenkt, achtete Artur nicht darauf, wohin er fuhr, mit dem Ergebnis, dass er mit der linken Seite die zentrale Statue rammte. Der Holzkoloss schwankte, und von der Spitze pladderte hart gewordener Vogelmist herab.

Jetzt schob Bork das Gewehr direkt an Arturs Kopf durch den Schlitz und drückte ab. Als sich der Rauch verzogen hatte, war auch der abgerissene Körper des Vogels verschwunden, Kopf und Hals hingen jedoch immer noch vor dem Fenster, der Schnabel ragte in den Panzer hinein.

»Keine Bewegung! Herr Schmied, bewegen Sie sich jetzt unter gar keinen Umständen!«

Bork zog seinen Dolch und packte Artur mit der freien Hand am Kragen. Im Reflex hätte Artur den Bierbrauer trotzdem beinahe geschlagen.

Aus dem aufgerissenen Schnabel hatten sich zwei rosafarbene Zungen, die mit winzigen Haken gespickt waren, herausgeschoben. Eine der beiden hatte sich noch vor dem Tod des Vogels um Arturs Schultergehänge gewunden und seine Jacke derart aufgerissen, dass stellenweise die Haut hervorblitzte. Die zweite Zunge hatte es auf seinen Hals abgesehen und sich schon bis auf wenige Zentimeter zu ihm vorgearbeitet. Selbst jetzt schlingerte die rosafarbene Spitze noch hin und her.

Bork kappte beide Zungen mit dem Dolch.

»Vielen Dank, Herr Bork, Sie haben mir das Leben gerettet!«

»Keine Ursache«, erwiderte Bork und schnippte mit der Dolchspitze die blutigen abgehackten Zungen weg.

Artur musste erst mal tief durchatmen. Schon lange hatte er es nicht mehr mit einem derart hartnäckigen Gegner zu tun bekommen.

»Mitja! Pass auf, dass du deine Nase nicht zu dicht ans Fenster hältst! Hast du gehört?«

»Ich hab noch zwei von den Biestern erledigt, Kommandeur!«

Nach dieser Information war Artur alarmiert und ging rasch im Kopf ihren Munitionsvorrat durch. Wenn der weiter in diesem Tempo schmilzt, hielt er für sich fest, müssen wir uns in zehn Minuten mit bloßen Händen gegen diese Viecher wehren. Dann sieht es schlecht mit dir und der Überlieferung aus, dann wird ganz Frankreich über dich und diese Prophezeiung lachen.

Das stimmte. Denn hinten auf dem Panzer und auf dem Dach schien inzwischen eine ganze Einheit dieser Teufel herumzuspringen. Dann quietschte etwas absolut ekelhaft und glitt klirrend zu Boden. Direkt vor Arturs Augen hing ein geöffneter Schnabel mit zahllosen prachtvollen Zähnen.

»Kommandeur! Die haben da oben irgendwas abgerissen!«

»Halb so wild, das war nur der Reservekanister fürs Wasser!«

»Aber wenn die hier reinkommen, dann gute Nacht!«, keuchte Daljar und sah zu dem Dach hoch. »Irgendwie sind die verdammt clever!«

»Aufgepasst!«, rief Knirps. »Da is' noch einer!«

Artur legte prompt eine Kehrtwendung von hundertachtzig Grad hin und stieg mit aller Kraft aufs Gaspedal. Der Panzer knallte mit dem Hintern in einen der Holzflügel der zentralen Statue, damit war dieser Angriff fürs Erste abgeschmettert.

»Verfluchter Mist!«, schrie Daljar.

Als der Panzer die Statue gerammt hatte, war die Einstiegsluke aus den Angeln gesprungen. Die nächsten Sekunden sah Artur gar nichts außer Staub. Dann aber schob sich durch das so entstandene Loch ein grüner Kopf. Am Ende des Panzers befand sich der Drehstuhl des Schützen, es folgten die Brennstoffkanister, und hinter einer gepanzerten Trennwand war die Munition verstaut. Auf der rechten Seite hatte man eine niedrige Bank befestigt, auf der, wenn auch etwas gedrängt, acht Mann Platz fanden. Der Vogel machte sich mit seinen Klauen erst über den Bezug dieser Bank her, dann über die Rückenlehne am Sitz des Granatwerfers.

»Achtung!«, schrie Daljar Artur zu.

Artur drehte sich um – und sah dicht vor seiner Nase den glitzernden Schlund, die Reihen von Zähnen und die beiden aufgerollten Zungen tief im Rachen …

Schon versuchten zwei weitere dieser geschnäbelten Untiere, den Panzer zu erobern.

»Dir zeig ich's!«, brüllte Daljar und ballerte los, aber der Vogel stürzte wie ein Blitz seitlich nach vorn, als wüsste er genau, welche Gefahr ihm drohte.

Bork feuerte wie wild, wobei er die Flinte schnell von einer Seite zur anderen riss. Er traf den nächsten Besucher am Hals und an einer Pfote. Artur wollte seinen Augen nicht trauen: Die Kugel prallte heulend wie ein Querschläger von den Knochenplatten am Hals des Vogels ab und verschwand.

Daraufhin ließ Artur Panzer Panzer sein und trieb dem gigantischen Schmutzgeier den Lauf der Schrotflinte in den Rachen. Der höckerige Kopf wurde zerfetzt. Trotzdem riss das Monster noch mit der Pfote den Kunstlederbezug von der Metallbank und zerrte die Kiste mit den Granaten hervor. Den dicken Metalldeckel presste es wie Zigarettenpapier zusammen. Artur musste unwillkürlich blinzeln, denn er glaubte, sein letztes Stündlein hätte geschlagen – und die Begleitmusik dazu stammte von den Granaten, die über den Boden polterten.

Daljar fluchte, was das Zeug hielt, und hob Mitjas sechsläufiges MG auf. Vor Anstrengung schwollen ihm dabei die Adern an den Schläfen. Immerhin befreite er damit im Bruchteil einer Sekunde den Panzer von allen ungebetenen Gästen.

Danach versuchte keines der Biester mehr, ihnen einen Besuch abzustatten.

»Sieh dir das mal an, Kommandeur!«

Daljar überließ Artur den Platz des MG-Schützen: In drei Schichten und die langen spitzen Flügeln ineinander verhakt kreisten die Vögel hoch über den Ruinen des Instituts.

»Die verduften!«, schrie Knirps. »Echt, die hauen ab!«

»Glaub ich kaum«, bemerkte Bork. »Einige Städter haben mir erzählt, die Vögel würden einen Angriff beenden, wenn die Verluste zu groß sind. Aber sie vergessen nie, wer ihnen diese Niederlage zugefügt hat und an welchem Ort das gewesen ist. Deshalb kommen sie ganz bestimmt zurück.«

»Was sagt er da, Kommandeur?«, wollte Knirps wissen, dessen weiße Augäpfel in dem rußverschmierten Gesicht fröhlich funkelten.

»Unser Freund sagt, dass die Vögel garantiert zurückkommen, um uns endgültig fertigzumachen.«

Allmählich zog der Rauch ab. Vor dem Institut zählte Artur sechsunddreißig tote Vögel. Das hinderte ihre Artgenossen jedoch nicht daran, die Pferde zu zerfleischen. Verzweifelt rissen die noch lebenden Stuten ihr Zelt um und stoben davon.

»Was machen wir jetzt, Kommandeur?«, wollte Daljar wissen, während Bork bereits aus dem Panzer kletterte, um sich über die Lage im Institut zu informieren.

Artur kletterte erst einmal aufs Dach des Panzers und sog

gierig die saubere Luft ein. Ihr Gefährt glich mittlerweile einer zerhackten Kartoffel …

»Herr Lew lässt ausrichten, dass die Kristallklauen noch nicht aufgewacht sind«, sagte ihm Bork, der gerade von seinem Erkundungsgang zurückkehrte. »Die Steinklaue Louis sagt, dass die Vögel ganz gewiss wiederkehren werden. Wahrscheinlich nach Sonnenuntergang. Er ist völlig außer sich und zetert in einem fort, dass man die geflügelten Teufel nicht hätte erbosen und töten dürfen.«

»Aber genau darum hat er mich doch gebeten!«, erwiderte Artur erstaunt.

»Aber jetzt behauptet er, dass die Kristallklaue Schmied ihn und seine Leute getäuscht habe. Seiner Ansicht nach wollten Sie bloß die Schlafenden Dämonen entführen, genau wie die schwarzen Menschen aus dem Osten es vorhatten. Letztlich seien jedoch auch Sie außerstande, die Ehernen Vögel zu töten. Nun werden sie zurückkommen, und niemand im Wald wird mehr ruhig schlafen.«

Bork blickte beschämt zu Boden, als hätte auch er selbst an die Allmacht des russischen Gouverneurs geglaubt.

»Wollen wir mit dem nach Hause fahren?«, fragte Mam Rona, die auf sie zugekommen war und den Panzer aufmerksam inspizierte.

»Nein. Mit dem fahren wir bis zur Sandwand, aber keinen Meter weiter«, erklärte Artur. »Der spuckt mehr Dreck aus als jede Kohlemine. Ich habe aber nicht die Absicht, mich auf dem Weg nach Piter auch noch um Dunkle Male zu kümmern!«

»Schade!«, meinte Knirps und tätschelte die Kanone. »Hat mir nämlich verdammt gut gefall'n! Warum haben wir nich' auch so 'n Ding?«

»Oh, wir haben sie schon. Aber wir haben sie in die Erde eingegraben. Und das werden wir auch in Zukunft so handhaben.«

»Was soll das eigentlich heißen?! Sie wollen nach *Hause*?!«, wollte Stanisław wissen, der nun mit kreidebleichem Gesicht hinter Mam Rona aufgetaucht war.

Obwohl ihm seine Wunden enorm zu schaffen machten, funkelten seine Augen wie Blitze.

»Du hast mir versprochen, die Große Prozession zu suchen! Pan Schmied, vergiss jetzt ja nicht, dass ich es war, der dich hierhergebracht hat!«

»Wie mir der zum Hals raushängt!«, stöhnte Daljar.

»Wir haben kein Recht, Euch um noch mehr zu bitten«, überging Artur den Priester und wandte sich an die Bierbrauer. »Ich weiß nicht einmal, wie ich meine Schulden Ihnen gegenüber begleichen soll. Gold und Waffen habe ich Ihnen zwar dagelassen, aber die Schwarzen Pferde haben uns die Wilden abgenommen …«

»Zerbrechen Sie sich darüber nicht den Kopf, Herr Schmied. Außerdem habe ich meinen Teil unseres Abkommens ja auch nicht erfüllt«, entgegnete Bork leise. »Denn ich kann Sie nicht nach Kaiserslautern zurückbringen. Mit diesem Panzer kämen wir zwar mühelos durch die Feuchte Schneise – aber nicht durch die Kriechenden Berge.«

»Was flüstert ihr da?«, wollte Stanisław wissen.

»Was, wenn wir die Kriechenden Berge umgehen und uns an der Waldgrenze halten?«, schlug Artur vor.

»Selbst mit Pferden dauert das länger als eine Woche«, gab Bork zu bedenken. »Zu Fuß müssen Sie einen Monat ansetzen. Im Süden leben außer den Klauen aber auch noch die Sandwölfe …«

»Alles, bloß das nicht. Mir reichen schon diese Vögel hier«, fiel ihm Artur ins Wort.

»Die Sandwölfe sind keine Tiere«, sagte Bork mit einem angedeuteten Lächeln. »So nennen sich die Stämme, die an der Grenze von Wald und Sand leben. Einige von ihnen haben uns geholfen, das Tor in das unterirdische Nest des Käfers zu graben.« Dann wechselte er das Thema. »Übrigens weiß ich, wo es sehr viele dieser Panzer gibt. Und auch ausreichend Brennstoff. Aber das nur nebenbei bemerkt.« Danach kam er wieder auf die Sandwölfe zurück. »Sie, Herr Schmied, nehmen vermutlich an, dass die Wilden Ihnen dankbar sind, weil Sie ihnen die Freiheit geschenkt haben. Aber dem ist nicht so. Die Sandwölfe kämpfen ständig gegen die Klauen, in Gefangenschaft zu geraten ist für sie also nicht neu. Aber immerhin werden sie Ihnen keine Scherereien machen, wenn Sie durch ihr Gebiet ziehen. In dem gibt es übrigens auch einige Städte, in denen zivilisierte Menschen leben …«

»Pan Schmied«, mischte sich Stanisław wieder ein. »Was soll das alles heißen?! Was ist mit der Großen Prozession?«

»Herr erbarme dich meiner!«, stieß Artur aus, um den Priester dann anzufahren: »Halt jetzt wenigstens mal eine Minute lang die Klappe! Damit tätest du mir einen Riesengefallen.« Dann wandte er sich wieder Bork zu. »Fahren Sie fort, Herr Jäger. Sie haben gesagt, dass es weiter im Süden Städte gibt, in denen man uns helfen würde.«

»Was eine mögliche Hilfe angeht, darüber habe ich mich aus gutem Grund noch nicht geäußert«, erwiderte Bork. »Denn unter normalen Umständen habe ich lieber mit den Waldbanden zu tun als mit einigen dieser Städte.« Danach holte er erst einmal tief Luft. »Nun zu Ihrem Wunsch, ins Zentrum von Paris zu gelangen. Oder vielleicht sollte ich besser sagen, zum Wunsch dieses Herrn Priesters. Ich will nicht dorthin. Im Zentrum beschimpft man uns als Vampire, nur weil wir das Sonnenlicht nicht vertragen und daran gewöhnt sind, Rinderblut zu trinken. Aber wir sind die Einzigen, die ihnen durch den Roten Wald verschiedene Waren und Kühe liefern können, weil wir mit den Klauen bessere Beziehungen haben als sie …«

»Und es besteht keine Möglichkeit, Sie zu überzeugen, uns gegebenenfalls doch zu begleiten?«

»Das wird Klaus übernehmen«, sagte Bork. »Er war schon zweimal dort. Noch geeigneter wäre Ferdinand gewesen, aber der Junge ist noch zu schwach. Klaus weiß, wo die Händler zu finden sind, denen es egal ist, ob ihnen ein Vampir oder der Teufel selbst gegenübersteht.«

»Und was ist Ihr Preis, Herr Jäger?«

»Der ist schon bezahlt, Herr Bürgermeister.«

Artur zog fragend die Augenbrauen hoch.

»Ganz einfach«, erklärte Bork, »morgen werden die Wilden, die Sie befreit haben, im Roten Wald das Gerücht verbreiten, dass die Kristallklauen erwacht sind und die Ruinen verlassen haben, ohne die Ehernen Vögel in die Hölle zu jagen. Sie werden allen erzählen, dass die Hälfte der weisen Steinklauen gemein ermordet wurde. Es ist nicht leicht, Ihnen die Feinheiten der hiesigen politischen Lage darzulegen, Herr Schmied, aber uns Bierbrauern wird das sehr zupasskommen. Daher können Sie dies als meine Bezahlung betrachten.«

»Kriege bringen häufig Vorteile mit sich«, meinte Artur.

»Exakt«, entgegnete Bork und kicherte in seinen Schal hinein. »Je länger die Dummköpfe einander umbringen, desto weniger kostet das Leben von Mensch und Vieh, und desto höher steigen die Preise für Mordwaffen und Bier. Insofern haben Sie uns mehr als genug bezahlt, Herr Schmied. Wenn Sie jetzt gestatten, würde ich mich gern in den Keller zurückziehen, die Sonne bringt mich um.«

Artur sah dem Zwerg nach, der sich im Gehen seinen breitkrempigen Hut zurechtrückte. Er umrundete die Statue und verschwand im Schacht, während Artur sich zum x-ten Male in Erinnerung rief, dass jeder die Welt mit anderen Augen sieht.

»Ich gehe allein ins Zentrum«, platzte es da aus Stanisław heraus. »Und ich werde allen erzählen, Pan Schmied, wie schmählich du mich im Stich gelassen hast …«

»Nun halt endlich den Mund, ich habe nicht die Absicht, dich im Stich zu lassen!«, stöhnte Artur. »Daljar, du bleibst hier und achtest auf die Leute! Während meiner Abwesenheit hast du das Sagen. Knirps, du übernimmst die Position des MG-Schützen.

Und lass endlich die Kanone zufrieden, schließlich fahren wir in friedlicher Absicht ins Zentrum. Lew, wenn du bitte einsteigen würdest!«

»Bleibst du lange weg?«, fragte Daljar Artur besorgt.

»Mit Sicherheit nicht. Wir müssen nur etwas in Erfahrung bringen, dann kommen wir sofort zurück.«

Lew wollte auf keinen Fall mitfahren, fürchtete er doch, den Moment zu verpassen, an dem die Probanden aufwachten, doch Artur blieb hart. Am Ende ließ sich Lew überzeugen, immerhin versprach der kleine Ausflug interessant zu werden. Er schnappte sich sein Tagebuch und kletterte in den Panzer.

»Herr«, stieß Christoph aus. »Das könnte übel enden. Wir sollten besser nicht fahren.«

Wie immer in Momenten böser Vorahnungen stierte Christoph ins Nichts. Auf seiner Stirn standen kleine Schweißperlen, seine Stimme war so trocken, als wäre sein Kehlkopf voller Sand.

»Aber wir müssen fahren«, widersprach Artur sanft. »Wem wird unsere Spritztour denn nicht bekommen, Sohn des Roten Vollmonds?«

Er fragte, obwohl er wusste, dass Christoph nicht antworten würde. Der Zauberer sah völlig zerknautscht aus und wühlte in seiner ohnehin schon zottigen Mähne.

»Dann lass Lew zurück«, sagte Christoph schließlich zu Arturs Überraschung. »Nimm stattdessen mich mit. Lew bekäme die Fahrt nicht gut, mir indes schon.«

»Wieso bekäme sie mir nicht?«, wollte Lew aus dem Panzer heraus von Christoph wissen.

»Kommandeur, wir sollten auf den Jungen hören«, sagte Knirps. »Der warnt uns nich' umsonst.«

»Stimmt, normalerweise irrt er sich nicht«, bestätigte Artur und gab Lew ein Zeichen, er möge in den Keller gehen.

Um den Platz herum liefen inzwischen einige Sandwölfe und gossen Öl auf die Holzfiguren. Ihnen folgte humpelnd Ferdinand, der eine Fackel an die Statuen hielt. Diese loderten auf, die Wilden stimmten ein wütendes Geheul an und schepperten mit Stahlträgern. Ein großer Teil der Gefangenen hatte sich bereits auf Pferden davongemacht. Nur die erbittertsten Feinde der Klauen waren bei Artur geblieben. Vielleicht hatten sie aber auch bloß keinen Ort, an den sie gehen konnten.

Aus dem Keller kam, vom Lärm angelockt, eine Klaue heraus. Blinzelnd sah sich der Mann um. Dann fing er mit einem Mal an zu weinen. Auf allen vieren kroch er erst zu einer, dann zur nächsten Vogelleiche, um ihre verrenkten Flügel zu streicheln.

»Kann den Ollen schon verstehn«, brachte Mitja fast freundlich heraus. »Der hat jetzt keine Arbeit mehr. Was is', Kommandeur, soll ich ihn abstechen?«

Doch Artur hielt es nicht einmal für nötig, auf diese Frage zu antworten. Stattdessen wandte er sich wieder Christoph zu.

»Aber dir wird dieser Ausflug guttun, ja, Sohn des Roten Vollmonds?«, fragte er.

»Dort, wo Lew ein Leben verliert, werde ich zwei finden«, sagte Christoph – und errötete.

»Was heißt das?«, hakte Knirps sofort nach.

»Alles wird übel enden«, antwortete Christoph ominös. »Jemand verliert das Leben. Ich indes werde zweifacher Vater.«

»Wie willst du das denn anstellen, wo du nie nach Frauen guckst?«, scherzte Artur – wurde aber gleich darauf ernst.

Wieso glaubte er eigentlich, Christoph würde nie Vater werden? Oder dass er die Mutter seiner Kinder unbedingt in Piter finden müsse?

»Jemand von uns wird sterben«, sagte Artur dann zu Stanisław und sah dem Priester fest in die Augen. »Trotzdem lasse ich dich auf keinen Fall allein ins Zentrum.«

»Ich werde für uns alle beten«, versprach der Priester.

Und zum ersten Mal grinste niemand bei dieser Ankündigung.

(14) PARIS IST EINE MESSE WERT

Artur starrte auf das Schild am Schiff und traute seinen Augen nicht.

»Was haben Sie gesagt, wie heißt der Wirt?«, fragte er Klaus.

»Porthos«, antwortete dieser. »Er hat sogar Kontakte zu den Städten, die an der westlichen Küste liegen, und pflegt, zumindest Gerüchten zufolge, freundschaftliche Beziehungen zu Hexen. Trotzdem können die Gendarmen ihm nicht an den Karren fahren.«

»Ich habe von diesem Hochstapler schon gehört«, sagte Stanisław, »hatte aber bisher noch nie mit ihm zu tun. Haben Sie uns mitten ins Herz der Sünde geführt, Bierbrauer?«

»Ich habe Sie an einen Ort gebracht, an dem man meinen Vater kennt. Hier können Sie Ihre Fragen stellen, ohne dass Sie den Galgen fürchten müssen. Denn kein Polizist steckt seine Nase in diese Kneipe.«

»Hauptsache, uns wird dann nich' von denen die Nase wegen übergroßer Neugier abgehackt«, nuschelte Knirps.

Alle blickten unwillkürlich zu Christoph hinüber. Der Sohn des Roten Vollmonds strich sich über den roten Dreitagebart, der seine eingefallenen Wangen überzog.

»Der Mensch ist ebenso gut wie böse … Hier ist es sehr gefährlich, wiewohl völlig ruhig. Man darf das Essen nicht ablehnen, indes auch nicht zu sich nehmen.«

»Wunderbar«, sagte Artur, »dann wollen wir uns dem Herrn mal vorstellen.«

Für den Weg hatten sie eine halbe Stunde gebraucht, wobei Klaus ihnen gesagt hatte, wo sie langfahren müssten. Die Umgebung hatte einen immer besseren Eindruck gemacht, hier und da hatten im roten Dickicht sogar nahezu unbeschädigte Häuser gestanden, durch den Schotter waren wieder richtiges Gras und richtige Bäume gewachsen. Rote Stämme hatten sich neben grünen gefunden, als verliefe in der Nähe jene Grenze, die die alte Welt von der neuen trennte.

Sie hatten eine breite Straße überquert, in der Arturs Blick auf ein Schild gefallen war: Boulevard McDonald. Er hatte sich gefragt, zu wessen Ehre dieser Teil der Stadt, in dem umgekippte Boote und Überreste von Flugzeugen das Bild geprägt hatten, wohl benannt worden war. Der Panzer war über den Flügel eines Flugzeugs gebrettert, bis er mit einer Seite an einem leichten Katamaran hängen geblieben war. Von den meisten Transportmitteln war nur noch das Gerippe übrig gewesen. Artur hatte eine Ahnung, woher die Flugzeuge stammten, denn er hatte einen umgestoßenen Wegweiser für den Flughafen gesehen. Aber die Boote hatten früher ganz bestimmt nicht auf der Seine vor Anker gelegen …

Nach einer Weile hatten sie aber eine glatte Asphaltstraße unter sich gehabt, die von Zäunen gesäumt wurde. Die Gräben davor waren mit gelbroten überreifen Äpfeln, Pflaumen und Weintrauben zugeschüttet gewesen. Sie waren an dunkelroten Ziegelhäusern vorbeigekommen, die etwas geradezu Bilderbuchhaftes ausgestrahlt hatten. Artur hatte sogar die Pfosten mit den eleganten Briefkästen und die unter dem Laub begrabenen Vortreppen erspäht.

Dann waren sie zu einem See voller Entengrütze gelangt, an dem Artur kurz angehalten hatte. Auf einer kleinen Insel, zu der eine schmiedeeiserne Brücke führte, stand ein Pavillon im antiken Stil, der von wildem Wein umrankt wurde. Der ganze Boden war bereits mit abgefallenen Früchten übersät gewesen, in der Gasse hatte der strenge Geruch beginnender Gärung gehangen.

Aus irgendeinem Grund hatte sich dieser Ort seine Romantik bewahren können.

»Irre!«, hatte Knirps ausgestoßen, eine Meinung, der sich alle nur hatten anschließen können.

Artur hatte schon aussteigen wollen, doch Klaus hatte ihn daran gehindert.

»Das lassen Sie besser bleiben«, hatte er Artur gewarnt. »Das ist zu gefährlich.«

»Dort, hinter den Häusern«, hatte Christoph stirnrunzelnd herausgepresst und dabei mit den Fingern geschnippt, da er nicht imstande gewesen war, seine Ängste zu konkretisieren. »Da sind Mäuse, wiewohl es keine Mäuse sind, und Maulwürfe, wiewohl es auch keine Maulwürfe sind. Es gibt da viele kleine Tiere und ebenso viel Gift.«

»Diese Gegend ist tot«, hatte Klaus erklärt. »Unsere Freunde in der Stadt sagen, dass dort, wo die Äpfel zwischen Januar und März reifen, nicht einmal die Ehernen Vögel auf Jagd gehen.«

Daraufhin hatten alle die Idylle mit anderen Augen betrachtet. Zähneknirschend hatte Artur schließlich Gas gegeben. Dann war der Panzer in graue Rauchwolken hineingefahren. Die Asche war durch alle Ritzen ins Innere gedrungen und hatte sich als fette Schicht auf Hände und Kleidung gelegt. Als sie scheppernd den Montmartre hinuntergerumpelt und in den Boulevard des Capucines eingebogen waren, hatte sich Arturs Herz zusammengekrampft. Die Prachtbauten waren in ganz gutem Zustand gewesen, aber neuere Geschäfts- und Wohnhäuser hatten sich durch Brände in einen einzigen Zementhaufen verwandelt. Dort, wo sie eingestürzt waren, hatten sich Trichter mit stehendem Wasser gebildet. In der dicken Brühe aus Müll und Dreck trieben tote Fische und Haustiere.

»Das Feuer ist erst vor Kurzem gelöscht worden«, hatte Klaus gesagt. »Das gefällt mir nicht. Außerdem stehen an der Oper keine Posten.«

Artur war jedoch so damit beschäftigt gewesen, den Panzer um die tiefen Krater herumzubugsieren, dass er weder auf die Oper noch auf die fehlenden Posten davor geachtet hatte.

Zu Stanisławs Missfallen hatte Klaus dann gesagt, sie müssten noch einmal abbiegen. Der Priester wäre eigentlich am liebsten direkt zum Élysée-Palast oder zum Hôtel des Invalides gefahren, um die weltliche oder christliche Obrigkeit zu kontaktieren, war doch seiner Ansicht nach niemand geeigneter, ihnen etwas über das Schicksal der Großen Prozession zu erzählen.

Artur jedoch hatte auf Klaus gehört. Und der hatte gesagt, in dem Fall könnten sie auch gleich ins Gefängnis wandern. Die hiesigen Gendarmen mochten etwas grob sein, aber es waren keine Wilden, denen sie mit ihrem Panzer Angst einjagen würden. Bis vor Kurzem seien zudem hier im Zentrum vergleichbare Kanonen auf Rädern in Gebrauch gewesen, dann jedoch seien sie eine nach der anderen kaputtgegangen und niemand habe sie reparieren können. Und sein Großvater, hatte Klaus weiter berichtet, habe ihm einmal erzählt, dass vor der großen Überschwemmung in der Stadt Lkws und Motorräder unterwegs gewesen seien. Die Fuhrwerke seien dann aber wochenlang im Salzwasser getrieben und dadurch unbenutzbar geworden.

»Ich verstehe nicht«, hatte Klaus schließlich das Thema gewechselt, »warum hier nirgends jemand ist. Mal hören, ob sie im Schiff, ich meine, in der Kneipe, etwas darüber wissen.«

Auch Artur hatten die menschenleeren Straßen immer mehr zu schaffen gemacht. Mit dem Überfall der Klauen im Roten Wald hatte er gerechnet, daran war nichts Außergewöhnliches gewesen. Aber diese leeren Viertel, die noch an die einstige Pracht erinnerten, hatten selbst einem wackeren Atheisten wie ihm eine abergläubische Furcht eingeflößt. Dafür hatte er in den fünfzehn Jahren, die er nun bereits in der Welt, die nach dem Großen Tod entstanden war, zugebracht hatte, zu gute Instinkte entwickelt.

Und einer davon riet ihm, sich vor Orten zu hüten, in denen

sich die Menschen nicht sofort zeigten. Einen offenen Angriff zog er allemal vor. Denn wer sich versteckte, plante oft genug noch viel schlimmere Dinge …

»Gefällt mir nich', dass sich hier nich' eine Nase zeigt«, hatte auch Knirps geknurrt. »Soll'n wir nich' besser abhauen, Kommandeur?«

»Nein«, hatte Artur entschieden. »Wir fahren zu dieser Kneipe.«

Dann waren sie zu einem breiten Boulevard voller Luxusbauten gekommen. Selbst die schrecklichsten Naturkatastrophen hatten ihm nicht den alten Glanz nehmen können. Aber je länger Artur die Häuser betrachtet hatte, desto klarer war ihm geworden, dass alles nur Illusion war: Was er da vor sich gehabt hatte, waren keine Paläste – sondern lediglich von Motten zerfressene Attrappen.

Rechts von einer zweistöckigen Villa waren nur die imposanten Säulen samt Kapitel übrig geblieben, an denen ein Schild mit ausgeblichenen Buchstaben dazu eingeladen hatte, vom Ausverkauf zu Ostern zu profitieren.

Linker Hand waren die Arkaden einer überdachten Passage aufgeragt, von der jedoch eigentlich nur noch die Fassade stand: Hinter der fünfstöckigen Mauer mit dem abbröckelnden Stuck hatten lediglich verkohlte Räume und die verrosteten Skelette der Treppen gelauert. Die unteren Schaufenster hatten schon vor hundert Jahren ihre Scheiben verloren und waren so in einem lautlosen Schrei erstarrt. Über den angekokelten Regalen hatten allerdings noch die verblassten Namen großer Designer und Modemacher geprangt. Diese leblosen Buchstaben hatten auf Artur wie eine Art sumerischer Keilschrift gewirkt. Cardin, Gucci, Armani, Chanel, Yamamoto …

Dann waren sie zum Place de la République abgebogen, aber der Boulevard war derart aufgerissen gewesen, dass sie sich ihren Weg über die Hinterhöfe hatten suchen müssen. Nachdem sie sich durch Büsche gepflügt hatten, waren sie endlich in ein belebtes Viertel gelangt. Gut, die Dächer hatten aus Brettern, Dachziegeln und allerlei Gerümpel bestanden, aber die unteren Stockwerke und die Keller waren bewohnt. Anstelle der Scheiben hatten Fetzen in den Fenstern gehangen, und auf den Balkonen wurde Gemüse gezüchtet. Aus der Kanalisation war Rauch aufgestiegen. Ein paar Kinder hatten um eine Ecke geschielt und sich gleich wieder zurückgezogen. Vor einem halb zerstörten Palast hatte ein Säugling aus Leibeskräften gebrüllt. Kurz darauf waren sie auf eine alte Frau gestoßen, die mit einer Gerte Ziegen angetrieben hatte. Sobald sie den Panzer erblickt hatte, war sie in einen Mauerspalt geflüchtet. Dann waren sie einem Mann begegnet, der mit einem Beil in der Hand einen Kessel mit Fleischbrühe bewacht hatte, und schließlich ein paar tattrigen Opas, die auf einer Bank in der Sonne gesessen hatten …

Bei ihnen hatten sie einen weiteren Stopp eingelegt.

Die Opas hatten lange Pfeifen geraucht und einen ziemlich zufriedenen Eindruck gemacht. Ihre Aufmachung entsprach in etwa der, die Artur aus seiner Anfangszeit in Piter kannte: Die Alten schienen die Museumsbestände durchforstet und sich daraus ihre Garderobe zusammengestellt zu haben.

Immerhin hatten sie nicht die Flucht ergriffen, als Klaus ausgestiegen und auf sie zugegangen war. Zwei von ihnen waren offenbar völlig schwachsinnig, aber der Dritte hatte genuschelt, dass sich die Menschen zur Messe versammelt hätten. Es seien nämlich Eherne Vögel gesichtet worden, doch seien sie vorbeigeflogen, sodass man Entwarnung habe geben können. Dann hätten sich alle zum Gottesdienst versammelt, selbst wenn die meisten eigentlich nicht viel darauf geben würden. Aber im Anschluss an eine Messe würden häufig Hexen und Diebe bestraft, und das sähen sich alle gern an.

»Ich verstehe ihn kaum«, hatte sich Klaus bei Artur beklagt, als er wieder zum Panzer zurückgekehrt war. »Also angeblich soll jemand auf dem Scheiterhaufen verbrannt werden, der Vieh in einem Dorf vergiftet hat oder etwas in der Art. Offenbar ist eine Seuche aufgetreten, die ganze Familien dahinrafft.«

»Das hat uns ja gerade noch gefehlt«, hatte Mitja gesagt und ausgespuckt.

»Dass mir niemand von euch das hiesige Wasser trinkt oder etwas isst«, hatte Artur noch mal allen eingeschärft. Dann war er aus dem Panzer geklettert.

In dieser Gegend hatte das Feuer nicht so gewütet, trotzdem wirkte sie nicht unbedingt apart. Im Gegenteil, das kulturelle Zentrum Europas schien dem Untergang geweiht. Ein primitives System zur Luftabwehr verhinderte die Weiterfahrt, denn zwischen den Ruinen der Häuser waren Schnüre gespannt oder Balken verkeilt, auf die man alles geworfen hatte, was gerade zur Hand war, um ein *Dach* zu bilden. In diesen überdachten Pferchen grasten magere angebundene Ziegen, und in einem verfallenen Kino hatte Artur ein paar Kühe ausgemacht. Diese wiesen nicht die geringsten Mutationen auf und legten ihnen gegenüber keine Feindseligkeit an den Tag.

Die Herde stapfte vielmehr gemütlich durch das runde Foyer. Dem Kino fehlte mittlerweile das Dach, es war im Innern aber immer noch rundum mit Spiegeln verkleidet, auch wenn diese über und über mit Blasen bedeckt waren. Von den Wänden hingen dunkel gewordene Plakate mit lächelnden Kinohelden in Fetzen herab. Artur konnte sogar noch einige Namen entziffern, die ihm jedoch nichts sagten. All diese Stars mussten ihren Ruhm zu jener Zeit erlebt haben, da er noch in der Anabiose-Kapsel gelegen hatte.

Was Artur jedoch gar nicht gefallen wollte, war das Futter der Kühe: Die Tiere machten sich mit ungeheurem Appetit über irgendwelche Pilze her, die auf dem Boden und den Treppen des Kinos wucherten und wie eine Kreuzung aus Blumenkohl und Styropor aussahen. Bei jedem Schritt platzten die fasrigen Knollen unter den Hufen der Kühe, bei jedem Biss blieben winzige Partikel an den feuchten schwarzen Lippen hängen.

Als Artur sich vorstellte, wie ihre Milch schmecken musste, hätte er beinah gekotzt.

Als Nächstes war sein Blick auf Hunde gefallen. Eine Meute kleiner Köter kroch aus einem Abflussrohr und wackelte scheu mit den kahlen Schwänzen, traute sich aber nicht näher an sie heran. Die Vierbeiner trennte von den Petersburger Bullterriern etwa so viel wie eine blinde Katze von einem Sibirischen Tiger. Das Leittier dieser Meute, eine groteske Mischung aus Dalmatiner und Tibet-Terrier, starrte Artur mit halb blinden Augen an und winselte. Bei allen Hunden handelte es sich um Nachfahren von Rassetieren, bei allen fehlten die Zähne, während eine Rinde aus verhorntem Gewebe das Zahnfleisch bedeckte, fast eine Art Vollprothese. Aber es gab noch ein Detail, das Arturs Neugier weckte. Als er deshalb eines der Tiere mit einem mentalen Befehl zu sich rief, um es sich genauer anzusehen, knurrte der Hellste der drei Opas sofort missbilligend los.

»Er sagt«, übersetzte Klaus, »dass Sie ihn nicht berühren dürfen, denn die Hunde verbreiten die Seuche.«

»Ich werde ihn nicht anfassen«, versicherte Artur, der nachdenklich die Seite und den Rücken des Tiers betrachtete.

Das Fell war in Büscheln ausgefallen, aber das ging nicht auf eine Krankheit zurück, o nein. Das war der Schutz gegen die Ehernen Vögel, den diese Hunde mittlerweile sogar vererbten: Anstelle des kurzen weichen Fells hatten sie sich nämlich einen harten Panzer zugelegt, sodass sie ein wenig einem Kriegsschiff glichen. Am Rückgrat verlief obendrein eine dickere Rippe, gewissermaßen eine zweite Wirbelsäule. Sie war mit kurzen, sehr spitzen Dornen versehen. Am Bauch dagegen war der Panzer erst im Entstehen begriffen: Einzelne solide Platten wechselten sich hier mit ungeschützten Hautpartien ab.

Schließlich hatte Artur dem Hund den mentalen Befehl gegeben, in den Wald zu laufen, und seine Aufmerksamkeit noch einmal auf die Kühe gelenkt. Christoph und Mitja hatten ihn verständnislos aus dem Panzer heraus beobachtet. Klaus war in den Schatten geflüchtet und hatte sich die Hände mit seiner Creme eingeschmiert.

Wie lange haben sie für diese Mutationen gebraucht?, hatte Artur überlegt. Fünf Generationen? Zehn?

Kaum war Artur näher an die Tiere herangetreten, da hatte sich gezeigt, dass seine schlimmsten Befürchtungen zutrafen. Der Rücken und der Kopf dieser Tiere wies eine steinharte Kruste auf, die aus zahllosen übereinandergeschichteten Platten bestand. Da diese jedoch das übliche Fleckenmuster zeigten, fiel die Veränderung nur aus nächster Nähe auf.

Und das waren längst nicht alle Mutationen gewesen. Eine Minute lang hatte Artur wie blöd auf den Schwanz eines Kalbs in seiner Nähe gestarrt, ohne dahinterzusteigen, woran ihn dieser Ledersack anstelle des Haarpinsels am Ende so erinnerte. Dann hatte er das Kalb herbeigerufen und ungeachtet der Aufschreie des Alten auf der Bank den Ledersack ausgeknöpft.

Aha!, hatte er innerlich ausgestoßen. Die hiesigen Rinder haben sich also einen Giftstachel am Schwanzende zugelegt, fast wie die Fleder. Was die Ehernen Vögel hier alles ausrichten … Und da glauben wir in Piter immer, nach und nach kehre die Welt zu ihrem alten Zustand zurück. Nur lügen wir uns damit selbst in die Tasche. Hinterm Ural sollen ja auch neue Arten aufgetaucht sein, behaupten jedenfalls die Wipper. Und hier, mitten im Gebiet der Toten Erde, gibt es nicht einmal Wipper, die all diesen Veränderungen entgegentreten könnten. Hier kann man nur hoffen, dass die Erde aus eigener Kraft gesundet. Oder ihr höchstens bei der Heilung helfen, indem man an den Brandstätten ein- oder zweihundert Bäume pflanzt und Kaulquappen in einem Fluss aussetzt.

Mit einem Mal war Artur sein Lehrer Berder eingefallen. Der hatte ihn vor seinem Abflug nach Paris gewarnt, dass die Tote Erde noch immer in Aufruhr sei.

»Was heißt das?«, hatte Artur ihn gefragt. »Bebt dort ständig die Erde? Oder brechen Vulkane aus?«

»Es kann durchaus zu Erdbeben kommen«, hatte Berder geantwortet. »Aber das ist noch nicht alles. Vielmehr verändert sich dort jedes Leben weiter. Gegen die Kreaturen bei uns haben wir eine Chance, die kriegen wir mit der Zeit schon gezähmt. Denk nur einmal an die Bullterrier. Vor zwanzig Jahren haben sie selbst am helllichten Tage Menschen angefallen. Aber heute? Da nagen sie ganz friedlich an den Fröschen im Schilf. Im Grunde wären sie längst ausgestorben, wenn ein gewisser, höchst durchtriebener Gouverneur aus Petersburg sie nicht eigenhändig füttern würde … Aber dort, im Gebiet der Toten Erde, verändert sich alles weiter. Und ich kann mir beim besten Willen nicht vorstellen, dass sich diese Mutationen nur auf Tiere beschränken. Gut, der Mensch mag sich langsamer an die neuen Gegebenheiten anpassen, sodass wir selbst es gar nicht bemerken. Aber in fünfzig Jahren dürfte eine Situation entstanden sein, die du nicht mehr rückgängig machen kannst.«

»Was heißt das?«, hatte sich Artur alarmiert erkundigt. »Was können wir dagegen tun?«

»Darüber grübeln die Wipper schon seit Langem nach«, hatte Berder erwidert. »Sie spielen verschiedene Möglichkeiten durch und haben sich bereits an die Hüterin des Buches gewandt. Vor allem fragen sie sich, ob sie das Große Buch tatsächlich richtig verstanden haben. Denn sie hegen da einen bestimmten Verdacht …«

Daraufhin war Berder abrupt verstummt, als sei ihm plötzlich aufgegangen, dass er schon zu viel ausgeplaudert hatte, darunter auch einiges, das er nicht einmal mit Artur, dem Schwert der Wipper, diskutieren sollte. Vielleicht war dieses erschrockene Verstummen aber auch ein Bluff gewesen, mit dem der alte Stratege Artur etwas zu verstehen geben wollte.

»Die Wipper hegen also den Verdacht«, hatte er dann wieder angesetzt, »dass bei dieser Geschichte nicht nur der Schmutz aus der Vergangenheit eine Rolle spielt. Sondern dass da jemand … Wenn du nach Paris fliegst, sei auf der Hut, ja?«

Danach war er nie wieder auf diese Sache zu sprechen gekommen …

Artur hatte sich aus seinen Erinnerungen gerissen. Zahnlose Hunde, Kühe mit Giftschwanz … Und mit den Ziegen war offenbar auch nicht alles in Ordnung …

»Da steckt nicht nur der Schmutz aus der Vergangenheit hinter …«, hatte er leise die Worte Berders wiederholt.

Dann war er davongestapft, um sich nach der Bekanntschaft mit dem Kalbsschwanz die Hände zu waschen.

Stanisławs Gejammer, sich endlich um die Große Prozession zu kümmern, geflissentlich ignorierend, war er auf die drei Opas zugesteuert. Ihr Anblick konnte einem das Fürchten lehren. Der eine von ihnen hatte keine Oberlippe mehr und die Schere eines Krebses anstelle der Finger, außerdem war ihm das halbe Lid zugewachsen.

Der zweite Opa litt unterm Downsyndrom. Er trug voller Stolz einen durchlöcherten Umhang mit Silberstickerei und hatte sich einen Seidenschal um die entzündete Wange gewickelt. Über sein aufgedunsenes Gesicht waren Speichel, Rotz und Tränen geflossen, mit den ungewaschenen Fingern hatte er an einem Brotkanten herumgeknetet. Dabei war Artur aufgefallen, wie penibel die Ärmel des Umhangs vernäht waren.

Jemand kümmert sich um sie, war es ihm durch den Kopf gegangen. Liebevolle Kinder oder Enkel. Wie die wohl aussehen?

Der dritte Opa – der, der Artur hatte daran hindern wollen, sich den Hunden zu nähern – schien noch am wenigsten von Mutationen heimgesucht. Ihn verunstalteten bloß fleckige Haut, offenbar die Folge einer überstandenen Flechte, die mit dem Kopf verwachsenen Ohrmuscheln und die nicht zugewachsene Fontanelle. Auf dem Kopf hatte er einen Schlapphut mit Federn der Ehernen Vögel getragen, den er immer wieder abnahm, um eine Laus vom Schädel zu klauben.

»Klaus, fragen Sie ihn bitte, was es mit dieser Seuche auf sich hat.«

»Er sagt, die Schwarze Pest hätten die Hexen und Zauberer ihnen eingebrockt, die hinter dem alten Friedhof hausen. Zunächst tut einem der ganze Körper weh, dann bekommt man schreckliches Fieber, und Gesicht wie Bauch schwellen an. Irgendwann passt die Zunge nicht mehr in den Mund. Nach zwei Tagen bilden sich um den Hals herum und in den Achselhöhlen eigenartige Steine, sodass …«

»Alles klar«, hatte ihn Artur unterbrochen. »Und wieso glaubt man, die Hexen hätten diese Pest geschickt?«

»Seine Eminenz hat General Aval für die heilige Tat gesegnet, die niederträchtigen Handlanger des Teufels verhaftet zu haben!«, hatte der Alte geschrien, aus dessen zahnlosem Mund Geifer gespritzt war. »Und es hat schon viele Verhaftungen gegeben … Dich …«, hatte er plötzlich gekichert und mit seinem krummen Finger auf Klaus gezeigt, »… dich kenne ich übrigens. Du bist einer von denen, die durch die Kriechenden Berge gehen, stimmt's? Ihr seid doch alle Zauberer … Denn bloß Zauberer können den Wald der Klauen und die Kriechenden Berge durchqueren. Was ist, willst du die Kühe meines Sohns vergiften oder uns die Schwarze Pest anhexen? Das verrat ich den Gendarmen, die knüpfen dich auf.«

»Sehen Sie, Herr Schmied«, hatte sich Klaus an Artur gewandt, »aus diesem Grund mag mein Vater die Stadt nicht. Wenn er hier ist, verkehrt er ausschließlich mit den Händlern vom Schiff.«

»Von welchem Schiff?«

Die beiden waren wieder in den Panzer gestiegen, während der Alte auf seiner Bank immer weiterzeterte.

»Das Schiff, das die Wellen angespült haben«, hatte Klaus erklärt. »Eines von vielen.«

»Habt ihr die Männer nach der Großen Prozession gefragt?«, hatte Stanisław ungehalten wissen wollen.

»Bei denen hätte das eh nicht viel gebracht«, hatte Artur entgegnet, dem die Kühe und die Ehernen Vögel nicht aus dem

Kopf gingen. »Und alle anderen feiern aus freudigem Grund eine Messe. Sie wollen mal wieder zusehen, wie ein paar völlig unschuldige Frauen verbrennen.«

»Woher weißt du das?!«, hatte Stanisław gefragt.

»Weil es mir dieser Quasselkopf erzählt hat.«

»Ich will wissen, woher du weißt, dass *unschuldige* Frauen verbrannt werden?«, hatte Stanisław insistiert. »Meinst du vielleicht, Pan Schmied, dass es sich bei den Hirten der Gläubigen um blutrünstige Bestien handelt? Dann lass dir eins gesagt sein: Ich kenne die hiesigen Menschen, schließlich bin ich schon in dieser Stadt gewesen. Sicher, viele Pariser sind grob und ungebildet, viele leiden unter Krankheiten, aber du richtest hier über Menschen, mit denen du noch kein einziges Wort gewechselt hast! Sie führen ein schweres Leben, sie müssen sich gegen die Wilden zur Wehr setzen und auch gegen hungrige Tiere, aber die meisten von ihnen glauben an die Kraft des Kreuzes und halten Gott in Ehren. Du ahnst ja nicht einmal, mit welcher Freude diese einfachen armen Menschen damals zugestimmt haben, an der Großen Prozession teilzunehmen! Ihr Bischof ist kein so großer Gelehrter wie deine Buchmenschen ... Doch ist er ein aufrichtiger Mann, der in seiner Stadt keine Abgesandten des Teufels duldet ...«

»Was schwingst du bloß für Reden?«, hatte Knirps ihn angefahren. »Als ob du noch nie Milch getrunken und dazu 'ne Salzgurke gegessen hättest und dann auf deinen Nachbarn losgegangen wärst.«

»Mit diesen Abgesandten des Teufels«, hatte Artur die Worte des Priesters aufgegriffen, während er langsam zurückgesetzt war und sorgsam darauf achtete, die Bretterbuden nicht mitzunehmen, »meinst du da Menschen wie Christoph?«

Darauf hatte der Priester jedoch gar nicht geantwortet, sondern lediglich demonstrativ an Artur vorbeigestarrt.

»Ich habe dir versprochen, etwas über die Große Prozession in Erfahrung zu bringen, und ich tu schon, was ich kann«, war

Artur in möglichst ruhigem Ton fortgefahren. »Es gefällt mir auch nicht, wenn zweitausend Menschen wie vom Erdboden verschluckt sind. Nur ist es mir völlig egal, an wen diese zweitausend Menschen glauben. Wir haben nach ihnen gesucht, und wir werden auch weitersuchen, deswegen aber garantiert nicht noch über Paris hinausziehen. Abgesehen davon hat Knirps völlig recht. Was passiert denn, wenn du zu einer Salzgurke oder zu Sauerkohl Milch trinkst? Ganz genau, dann geht die Scheißerei los! Und du willst mir ja wohl nicht weismachen, dass du noch nie im Leben Durchfall gehabt hast, oder?«

»Ich verstehe nicht, was die Messe und die Entscheidung Seiner Eminenz damit zu tun haben?! Das ist doch Gotteslästerung, Pan Gouverneur! Das ist …«

»An deine heilige Sache habe ich dabei überhaupt nicht gedacht«, hatte Artur behauptet. »Aber mich würde interessieren, auf wen du in deiner Wut losgehst, wenn du Durchfall hast. Bringst du dann den Hund deines Nachbarn um? Oder bist du vielleicht sogar bereit, den Nachbarn selbst auf dem Scheiterhaufen zu verbrennen? Eben! Der Nachbar ist ein ziemlich kräftiger Kerl, der wehrt sich womöglich. Deshalb rennst du ins nächste Dorf. In dem lebt eine Alte, um die sich niemand mehr kümmert. Die ist wie geschaffen dafür, dass man sich an ihr abreagiert, indem man ihr in die Rippen tritt! Oder liege ich da falsch? Und praktisch ist es außerdem, denn man spart das Geld für die Reparatur der Kanalisation … Hier haben wir es jedoch nicht mit einem einzelnen Mann zu tun, sondern mit einer ganzen Stadt, die sozusagen Gurken gefuttert und dazu Milch getrunken hat. Die Scheißerei haben sie jedenfalls alle, die müssen sie haben, so wie das Wasser fault und bei all den Leichen, die im Fluss treiben. Was blieb Monsignore da anderes übrig, als anzuordnen, ein paar Frauen aus dem Nachbardorf auf den Scheiterhaufen zu werfen?! Und, Pan Stanisław, was meinst du? Werden die Menschen morgen nicht mehr unter Durchfall leiden?«

»Ich möchte hier raus«, hatte Stanisław verlangt. »Ich begebe mich jetzt auf der Stelle zum Hôtel des Invalides und bringe alles über die Große Prozession in Erfahrung. Und zwar allein.«

»Jetzt hör endlich mit deiner Großen Prozession auf! Wie viele Menschen haben an der teilgenommen? Und wie viele Menschen leben jetzt in Paris? Ich würde denken, dreißigtausend.«

»Ja und?«

»Wie, *und*? Diese dreißigtausend Menschen sind vielleicht dem Tode geweiht. Wir sollten also alles daransetzen, ihnen zu helfen. Wenn du trotzdem auf deinem Plan bestehst, bitte, dann hau ab!« Daraufhin hatte Artur den Panzer gestoppt. »Niemand hält dich auf. Aber ich glaube, wir sollten erst einmal herausfinden, was in dieser Stadt vor sich geht. Danach können wir uns wieder mit der Großen Prozession beschäftigen. Dabei fällt mir ein: Ein Pariser, ein religiöser Mensch im Übrigen, hat einmal gesagt, Paris sei eine Messe wert. Hab also noch ein wenig Geduld, Priester.«

Nach diesen Worten hatten sie erst wieder vor dem Schiff gehalten, auf dem sich das *Pig & Whistle* befand.

(15) DAS *PIG & WHISTLE*

»Der Kneipenwirt heißt also Porthos?«, hakte Artur noch einmal nach, während er das Schiff betrachtete. »Sind die anderen zwei denn auch hier?«

»Welche anderen zwei, Herr Schmied?«, fragte Klaus verwundert.

»Ach nichts, vergessen Sie's, das gehört nicht hierher.«

Zwischen dem Boulevard Bourdon und dem Boulevard Bastille, nur einen Steinwurf vom gleichnamigen Platz entfernt, steckte der Schoner fest, aufgelaufen auf Berge von Müll.

In dieser Gegend kam den hiesigen Gesetzen und Gebräuchen zweifellos kein besonders großes Gewicht zu. Die meisten Menschen gingen ihren Geschäften nach, wären aber nie im Leben auf die Idee gekommen, eine Messe oder Hinrichtung zu besuchen. Dafür brodelte rund um den Place de la Bastille das Leben.

Schon auf dem letzten Stück ihres Wegs war ihnen eine Horde von Kindern hinterhergelaufen. Zunächst hatten sie zwar Angst gehabt, sich dem Panzer zu nähern, und waren sogar in die Hinterhöfe geflüchtet, aber sobald Knirps seine grinsende Visage oben aus der Luke herausgestreckt hatte, waren sie wieder aus ihren Verstecken hervorgekrochen und grölend die letzten dreihundert Meter hinter ihnen hergejagt. Als Artur nun ihre lachenden Gesichter betrachtete und in ihnen nach Entstellungen suchte, konnte er jedoch nichts entdecken: Das waren ganz normale Kinder. Hungrig, das ja, und auch ein wenig zerlumpt – auf alle Fälle aber hochzufrieden angesichts des Abenteuers, einem Panzer gegenüberzustehen. Die Erwachsenen interessierte das Vehikel aus längst vergangenen Zeiten ebenfalls, einige unterbrachen sogar ihre derzeitige Tätigkeit und eilten dem Stahlwunder nach.

»Das sind keine Franzosen«, flüsterte Klaus. »Sie leben schon lange hier, aber sie sind aus Spanien gekommen. Sie wurden aus ihrem Land vertrieben, warum, weiß ich aber nicht. Als sie irgendwann in ihre Heimatstadt zurückkehren wollten, hatte sich das Gebiet der Toten Erde schon so weit ausgedehnt, dass sie hierbleiben mussten. Mein Vater macht gern Geschäfte mit ihnen, behauptet allerdings, dass es den Portefeuilles demnächst an den Kragen gehen würde, denn die Generäle wollen das Land zurück, das sie ihnen vor langer Zeit zugewiesen haben.«

»Wie haben Sie diese Leute genannt?«, fragte Artur, während er Christoph beobachtete, der den lockenköpfigen Kindern Zucker schenkte.

»Portefeuilles, Herr Schmied. Das kommt daher, dass bei ihnen kleine Brieftaschen an den Türrahmen hängen. Sie haben den komischen Brauch, dieses Ding jedes Mal zu berühren, wenn sie durch die Tür gehen. Aber mein Vater sagt, ihr Glaube hindert sie nicht daran, Handel zu treiben.«

Die Gasse durchzog ein tiefer Graben, an dessen Boden sich erstaunlicherweise kaum Müll angehäuft hatte. Über ihn führte eine hochziehbare Brücke, neben der zwei distinguierte Alte in langen schwarzen Mänteln standen und rauchten. Für die Neuankömmlinge hatten sie zunächst nur einen gelangweilten Blick übrig, doch als sie Klaus sahen, ließen sie die Brücke hinunter.

Artur befahl Knirps, im Panzer zu bleiben, denn wenn sie jetzt den Motor ausschalteten, würde die alte Kiste garantiert nicht wieder anspringen. Daraufhin erklärte einer der beiden schwarzäugigen Posten, dass sie ruhig alle zu Porthos gehen und den Motor durchaus ausschalten könnten, denn man habe einen Akku.

Einen Akku?!, staunte Artur. Woher haben die hier einen Akku?!

Der Graben zog sich in beide Richtungen wie ein gieriger Wurm dahin und schottete das Viertel der Portefeuilles von der restlichen Welt ab. Sobald Artur und seine Leute diese geschützte kleine Welt betraten, wollten sie ihren Augen beinah nicht trauen, während Stanisław eine mürrische Miene aufsetzte und deutlich zu verstehen gab, wie sehr ihn dieser Besuch anwiderte.

Das Viertel der Portefeuilles bestand aus Häusern, die in den ungewöhnlichsten Materialien errichtet worden waren, denn es gab nur wenig Granitblöcke, die die Naturkatastrophe überstanden hatten. Die Keller wurden beheizt, überall arbeitete man mit Beilen oder Sägen. Obwohl man auch hier gegen die Folgen der Verheerung und die Armut ankämpfte, sprang der Wohlstand der Portefeuilles in gewisser Weise geradezu ins Auge: Gut genährte Ziegen und Schafe wurden in richtigen Pferchen gehalten, damit das Vieh nicht zur Seine, dieser stinkenden Kloake, hinunterstapfte. In primitiven Käfigen hoppelten Kaninchen herum, auf den bestellten Feldern wuselten Menschen mit Hacken und Spaten. Auf Schubkarren und kleinen Wagen wurden Ziegelsteine durch die Gegend transportiert, halb nackte Handwerker eilten mit Senkbeilen durch den Wald, in verschalte Gruben wurde eine Lösung gegossen, und etwas abseits rollten sich fünf Teenager die Hosenbeine hoch und fingen an, Lehm zu stampfen; offenbar wurde hier ein solider Bau in Angriff genommen.

Weiter hinten machte Artur neue, feste Häuschen aus, die im unteren Teil aus Stein bestanden, im oberen aus roten Balken. In den sauber ausgefegten Höfen verrichteten Räucheröfen ihr Werk, es roch überall nach frisch gebackenem Brot, aber auch nach Hobelspänen. Zwei Pferde liefen unter Aufbietung ihrer letzten Kräfte um eine tiefe Grube herum und trieben auf diese Weise eine Zugvorrichtung an: Tonnen von Dreck wurden vom Grund des Schachts in Lederbeuteln nach oben befördert, während Frauen mit schwarzen Hüten bereits zugehauene Eichenhölzer für den künftigen Brunnen heranschleppten.

Zwei lange Wagen wurden entladen, die Arbeiter rollten Fässer an Deck des Schiffs und führten dann die störrischen Ochsen weg. Ein paar Männer hantierten mit lautem Geschrei an einer Winde, um etwas vom Deck in einen Karren hinunterzulassen. Es war in Lappen eingewickelt und sah von der Form her einer Waffe der Artillerie verdammt ähnlich.

Am komischsten war jedoch der Schoner selbst. Irgendwelche Katastrophen mussten dafür gesorgt haben, dass er hier seinen ewigen Ankerplatz gefunden hatte. Der Kiel war durchgerostet, Kletterpflanzen rankten sich an den Seiten hoch, und zwischen den Masten hing Wäsche. An Deck liefen eilig Menschen – die reinsten Piraten – herum.

Klaus informierte sie, dass sie jetzt warten müssten, und stapfte erst mal allein die Gangway hoch. Die schweigende Menge von Gaffern zog ab, es blieben nur die allerkleinsten Kinder, die genau wie die Erwachsenen schwarze Jacketts trugen.

Nach einer Weile wurde in einem der Bullaugen der Vorhang zur Seite geschoben, und der *Nachfahr* der Musketiere lud seine Gäste zu sich ein.

Während Artur und die anderen, begleitet von einem graubärtigen Zwerg in Frack und gestärktem Hemd, an Deck gingen, sah Kowal sich aufmerksam um.

Den Schiffsbauch hatte man ausgehöhlt, um auf diese Weise noch mehr Platz für Waren und Menschen zu schaffen. Nachdem Artur den hiesigen Boss zunächst für einen durchgeknallten Kerl gehalten hatte, musste er jetzt anerkennen, dass er extrem clever war, gab es doch kaum einen besseren Ort für eine Kneipe. Die Stadt hatte den flüchtigen Portefeuilles vor fast dreißig Jahren ein absolut schäbiges Eckchen zugewiesen. Und die beiden einzigen Steinbauten, die noch standen, dienten bereits als Schule und Gebetshaus.

Der Schoner verfügte mit dem feuerfesten Rumpf über einen gut gesicherten Laderaum, zudem gab es allerlei lauschige Ecken. Dank der Straßen links und rechts konnte die Fracht bestens geladen und gelöscht werden. Gerade peitschten auf der Backbordseite ein paar Typen mit nacktem Oberkörper auf ihre Ochsen ein, damit die Tiere einen schwer beladenen Wagen dicht ans Schiff zogen.

O nein, dieser Schoner diente weiß Gott nicht nur als Kneipe …

An den vorderen Aufbauten drückten sich drei kräftige Typen herum, und aus dem Steuerhaus lugten lange Stangen heraus, die sorgfältig mit Lappen umwickelt waren. Bereits von Deck aus hatte man eine perfekte Sicht auf die Siedlung der Portefeuilles. Zusätzlich ragte über der Kommandobrücke ein runder geschlossener Ausguck mit einem verblassten Polizeiemblem auf. In ihm saß auf einem Drehhocker ein weiterer kleinwüchsiger Mann, der in einem fort durch ein nautisches Fernrohr stierte und damit die gesamte Umgebung im Auge behielt.

Der Zwerg, der sie auf Deck begleitet hatte, brachte sie nun durch einen schmalen Gang mit quietschenden Dielen ins Innere des Schiffs. Dort stand ein Schwarzer mit einem langen grauen Zopf und Ringen in beiden Ohren Wache. Er war mit einer Armbrust bewaffnet, zu seinen Füßen lümmelte sich ein Schäferhund. Sobald alle den Gang betreten hatten, schloss der Zwerg die Tür rasch wieder hinter ihnen ab.

Auf der einen Seite des Gangs ließen sich hinter einer Bretterwand Geräusche vernehmen. Artur meinte, in eine Art Räuberhöhle geraten zu sein. Da es in der Wand etliche Schlitze gab, warf er einen Blick auf das Publikum, das sich in der Kneipe amüsierte. Fraglos ein überwältigendes Bild …

An einem Tisch, der aus einer einzigen Baumscheibe bestand, teilte ein rotbärtiger Typ Karten aus. Mit dem Kropf und den langen Ohren hatte er verdammt große Ähnlichkeit mit einem bärtigen Esel. Über seine Brust spannte sich ein verwaschenes Matrosenhemd, auf seiner Schulter saß eine weiße Ratte. Sie hielt eine Nuss in ihren Vorderpfoten, während die vier Hinterbeine sich in die Schulter ihres Herrn bohrten.

Diesem Satyr gegenüber nuckelte ein Mann an einer Wasserpfeife, der keine Augen hatte: An ihrer Stelle pulsierten unter der dünnen weißen Haut, die den melonenförmigen Schädel überzog, lediglich Adern. Eine platte Boxernase rundete das Bild ab. Er ließ das Mundstück der Pfeife unablässig zwischen den knallroten Lippen hin und her wandern. Wie spielt dieser Nulläugige eigentlich Karten?, überlegte Artur. Dieses Rätsel löste sich jedoch schnell. Hinter dem Augenlosen stand ein magerer Junge in einer braunen Franziskanerkutte und mit einem geschulterten Rucksack. Bei seinem Anblick verschlug es Artur fast die Sprache.

Diesen Jungen hätte man nicht mal im Zirkus akzeptiert. Aufgrund eines enormen Fehlbisses berührten die unteren Zähne fast die Nasenlöcher, während die oberen mehr oder weniger bis zum Kinn reichten. Obwohl es eindeutig ein Kind war, durchfurchten sein Gesicht die tiefen Falten eines Greises. Er streichelte eine weitere sechsbeinige Ratte, die er in der Armbeuge hielt.

Der dritte Kartenspieler war eine dunkelhäutige, kräftige Frau, die ein wenig wie eine Indianerin wirkte und eine Kurzhaarperücke sowie ein grelles Kleid mit Blümchenmuster trug. Sie führte immer wieder einen Bierkrug an den Mund und ließ regelmäßig unter schallendem Gelächter die gewaltige Faust auf den Tisch niedersausen.

Artur ließ den Blick weiter über die illustren Gäste schweifen. Einige Männer mit langen Bärten und in schwarzen Gehröcken gackerten und pfiffen, um auf diese Weise ein paar besoffene Musiker anzuspornen. Dieses *Orchester* gab ein lustiges Liedchen zum Besten, zumindest hätte es das sein können, wenn nicht jeder Musiker seine eigene Melodie angestimmt hätte. In der Mitte des Raums schüttelte ein Armloser mit den Zehen ein Glas voller Würfel. Bei seinen Mitspielern handelte es sich um drei kupfergesichtige Männer, die in ihren kurzen Hosen und den Holzschuhen wie Bauern aussahen. Eine Alte in Lederjacke legte zwei gebräunten Typen mit Tirolerhüten und Sonnenbrillen die Karten und sagte ihnen die Zukunft voraus. Eine kurvige junge Frau, die ihren Sexappeal mit einer weißen Perücke und einer speckigen Atlasweste von Valentino unterstrich, zapfte Bier vom Fass. Ihr half ein buckliger junger Kerl, dessen Hände fast über den Boden schleiften. Ein paar blausüchtige Frauen, die sich einander um die Taille gefasst hatten, tanzten in einer Polonaise durch den Raum. Gerade als Artur eine Schar von Zigeunern entdeckte, ging die Tür zur Kapitänskajüte auf, und er musste schweren Herzens das Studium dieses Kuriositätenkabinetts abbrechen.

Porthos war ein Mann von etwa vierzig Jahren, aber seine imposante Erscheinung und der lange Bart ließen ihn mindestens zehn Jahre älter erscheinen. Von den Schläfen zogen sich feine dunkelblonde Locken zu den Wangen, die triefenden braunen Augen blickten aufmerksam drein und nahmen ihr Gegenüber förmlich in die Zange. Über den Reithosen, die in auf Hochglanz polierten Stiefeln steckten, bauschte sich ein wahres Zelt von Weste. Das weiße Ungetüm zierten allerlei Schnüre, aus den Taschen ragten eine Lupe und zwei Brillen heraus. Porthos war zwar deutlich kleiner als Mitja Knirps, seine Schultern jedoch genauso breit wie die des Dschingis. Um zu zeigen, dass sie die Körperkraft des anderen respektierten, gaben sich die beiden Riesen als Erstes die Hand. Offenbar war Porthos erstaunt, dass in der Gruppe seiner Gäste nicht dieser Schrank das Kommando hatte.

Bisher hatte niemand ein Wort gesagt. In der Kajüte roch es nach Stiefelwichse, süßem Wein und einem erstaunlich aromatischen, sogar leicht blumigen Tabak. Porthos bedeutete ihnen mit einer einladenden Geste, auf einer Bank Platz zu nehmen, die mit Fellstücken bespannt war. Je länger Artur an Deck war, desto stärker wurde das Gefühl der Irrealität. Durch die dünne Wand war nach wie vor zu hören, wie Bierkrüge auf Tische geknallt wurden, drangen Geschrei, Lachen, Getrampel und das

Hämmern, mit dem ein neues Fass angestochen wurde. Ein paar schwache Stimmen grölten ein Lied. Und über der Kapitänskajüte stapften in einem fort Arbeiter, die das Schiff be- und entluden …

O ja, dachte Artur, wenn überhaupt, wird uns dieser Herr Porthos etwas über die Große Prozession erzählen können, schließlich sitzt er in dieser Marktplatzkneipe an der Quelle aller Informationen.

Vor den Bullaugen verhinderten Gardinen, dass jemand einen Blick in die Kajüte warf, Kerosinlampen spendeten Licht, ein Beistellofen sorgte für Wärme. Neben ihm tickte leise eine Standuhr aus Mahagoni, die das Monogramm der Königsfamilie aufwies. An der Tür war die Mesusa mit den heiligen Worten angebracht, auf einem reich verzierten Ecktisch stand ein beeindruckender Käfig, über den ein Tuch gebreitet war. Darunter rührte sich etwas, vielleicht ein kleines Tier oder ein Vogel, das konnte Artur nicht genau sagen, obwohl er die Energie des Käfiginsassen deutlich wahrnahm. Das Wesen reagierte auf seinen mentalen Ruf nämlich beinah wie ein zahmer Hund, verweigerte dann jedoch einen intensiveren Kontakt, als wollte es Artur verarschen.

Auf einem Schreibtisch aus poliertem Nussholz funkelte eine bronzene Menora, in der selbst gemachte Kerzen steckten. Der Arbeitsplatz von Porthos stellte eine Kreuzung zwischen einer Kommandobrücke, einer Schlosserei und dem Kabinett eines philosophierenden Aristokraten dar: Navigationsgeräte, Schraubstöcke und Drehbohrer umrahmten den aufgeschlagenen Band einer Enzyklopädie. Weitere Bücher stapelten sich hoch bis zur Decke. Unter ihnen fielen Artur ein vergilbtes Album mit Reproduktionen von Velázquez und das Alte Testament auf Spanisch, einige französische Ausgaben von Stendhal, Dumas und sogar ein angekokelter Roman von Simenon auf.

An einer Wand hingen Karten von Paris und Frankreich. Bei

der Pariskarte steckten im alten Teil der Stadt Fähnchen unterschiedlicher Farbe, auf der großformatigen Karte des Landes hatte man das Gebiet der Sandwand und anderer natürlicher Hindernisse markiert. Auf dem Teppich vor der Wand standen in einer Reihe einige alte Arkebusen, während auf der Luke, die in den Frachtraum führte, ein zottiger Hund von der Größe eines ausgewachsenen Wolfes schlief.

»Haben Sie auf die Vögel geschossen?«, durchbrach Porthos schließlich mit tiefer voller Stimme das Schweigen.

Artur nickte. Klaus hatte ihm erklärt, dass es nicht höflich wäre, das Gespräch als Erster zu beginnen. Nun aber, da der Anfang gemacht war, hatte Artur seinerseits das Recht, eine Frage zu stellen.

»Können Sie unserem Freund helfen, etwas über die Große Prozession in Erfahrung zu bringen?«, kam er denn auch gleich zum Kern der Sache.

»Ja.«

Daraufhin trat Porthos an den Schreibtisch und murmelte etwas auf Spanisch in eines der Sprechrohre, fast eine Art Orgelpfeife. Ihm wurde umgehend geantwortet. Kurz darauf brachte ihnen ein hagerer, schwindsüchtiger Junge in einem staubigen Kittel Wein und Fleisch.

Artur fiel die Warnung Christophs ein, dass sie nichts essen sollten. Zum Glück bestand Porthos jedoch nicht darauf, dass sie etwas zu sich nahmen. Er nickte fast fröhlich, als alle unter Verweis auf das noch nicht lange zurückliegende Mittagessen ablehnten. Wahrscheinlich war er einfach ein Mann, der nicht gern viele Worte machte.

»Haben Sie alle Steinklauen getötet?«, setzte der Wirt des *Pig & Whistle* das Verhör fort.

Daraufhin berichtete Klaus in knappen Worten, was sich im Institut zugetragen hatte. Porthos hörte ihm schweigend zu, wandte dabei aber den Blick nicht von Artur. Als die Sprache auf die Särge kam, spiegelte sich zwar eindeutige Verärgerung auf seinem Gesicht wider, dennoch verkniff er sich nach wie vor jeden Kommentar.

»Wir haben 'n Geschenk vom Bierbrauer Bork dabei«, platzte Mitja unvermittelt heraus und legte einen Beutel mit den letzten Salzvorräten sowie einen Kasten mit zwei gut geschmierten Magnums auf den Tisch.

Obwohl die Waffen und die Idee von Artur stammten, hatte er es abgelehnt, die Pistolen zu überreichen, verboten das doch die ungeschriebenen Gesetze der Gastfreundschaft: Ein Ehrengast tut so was nicht, schließlich konnte sich das Geschenk ja als unpassend herausstellen.

Porthos wusste die Gaben jedoch durchaus zu schätzen. Mit erfahrener Hand bewegte er die Trommel und bedachte die Schachtel voller Patronen mit echtem Entzücken, während er das Salz unverzüglich in ein kleines Kästchen umschüttete.

»Was ist mit Kardinal Żmyhowycz und seinen Anhängern geschehen?«, wollte Stanisław nun wissen.

»Ich nehme an, dass sie alle gestorben sind«, murmelte Porthos. Als er Knirps' Blick auffing, besann er sich jedoch darauf, was die Höflichkeit verlangte, und ergänzte: »Als die Karawane hier eingetroffen ist, konnte sich kaum jemand um sie kümmern, denn damals standen gerade der gesamte nördliche Stadtteil und der Wald in Flammen. Trotzdem sind die Gläubigen zu lange geblieben, ganze zwei Wochen. Wer auf der anderen Seite der Kriechenden Berge geboren worden ist, darf jedoch nicht länger als drei Tage die hiesige Luft einatmen oder von dem Wasser aus unseren Bächen und Flüssen trinken. Das ist für diese Menschen genauso gefährlich wie umgekehrt für uns, wenn wir der Sandwand zu nahe kommen.«

Stanisław setzte bereits an, die nächste Frage zu stellen, als Christoph ihn auf den unverletzten Fuß trat.

»Tja, und was aus denjenigen geworden ist, die da noch lebten …?«, murmelte Porthos. »Wie mir zu Ohren gekommen ist, wollte der Bischof von Paris damals mehr als tausend Menschen zusammensammeln. Die Menschen haben all unser Gemüse gekauft und uns sogar gebeten, ihnen Kühe abzutreten. Aber wohin sie anschließend weitergezogen sind …?«

Der macht sich doch über Stanisław lustig, schoss es Artur durch den Kopf. Der weiß doch genau, wohin die Große Prozession wollte. Außerdem dürften die Portefeuilles ein hübsches Sümmchen mit dem Verkauf von Proviant verdient haben, wobei sie sich selbstverständlich darüber im Klaren waren, dass die Pariser Produkte für alle Fremden nur mit großer Vorsicht zu genießen waren.

Daraufhin beschloss Artur, das Ruder wieder an sich zu reißen, damit Stanisław keinen Streit vom Zaun brach. Klaus dolmetschte mit sichtlicher Anstrengung, beherrschte er den hiesigen Dialekt doch längst nicht so gut wie sein Vater.

»In die Ewige Stadt also?«, wiederholte der Wirt erstaunt Arturs Antwort. »Aber ja, sicher, jetzt fällt mir wieder alles ein. Die Klauen haben Ihnen da ein entzückendes Märchen aufgetischt, wenn sie behauptet haben, es sei zu keinen Auseinandersetzungen gekommen. Diese Karawane hat mehr als hundert Menschen in der Sandwüste verloren und etwa zweihundert im Roten Wald. Viele wollten damals schon umkehren, aber sie haben am Ende eingesehen, dass sie es allein nicht schaffen würden.« Er verstummte kurz und rief dann: »Gilbert!«

In der Tür erschien ein Mann mit Lockenkopf und spitzer Nase. Porthos erhob sich und wechselte rasch ein paar Worte mit ihm, wobei sein breiter Rücken allen die Sicht auf den Neuankömmling versperrte.

»Er hat gerade angeordnet, einige Leute zu den Kristallsärgen zu schicken«, erklärte Klaus Artur so leise, dass Porthos es nicht hörte. »Die Portefeuilles legen Wert darauf, alle Neuigkeiten zuerst zu erfahren.«

Daran zweifelte Artur nicht im Geringsten.

»Übersetzen Sie dem verehrten Herrn Porthos doch bitte, dass seine Leute unter gar keinen Umständen versuchen sollen, in die Schächte vorzudringen. Dort schieben Ihr Vater und Daljar Wache, denen sitzt der Finger locker am Abzug ...«

Sobald Porthos diese Information vernommen hatte, maß er Artur mit durchdringendem Blick, nickte dann und sagte dem Posten an der Tür etwas. Dieser eilte Gilbert hinterher.

»Herr Porthos dankt Ihnen für die Sorge, die Sie an den Tag gelegt haben«, dolmetschte Klaus. »Er sagt, dass man entweder sehr verzweifelt sein oder einen schrecklichen Zauber beherrschen muss, um das Heiligtum der Klauen anzugreifen. Niemand aus Paris hat sich diesen Särgen je genähert, denn die Klauen töten jeden, der allzu neugierig ist. Er will gar nicht wissen, welche Schätze Sie dort gesucht und was Sie dort gefunden haben, hält es jedoch für äußerst schlecht, dass die Steinklauen tot sind. Schlecht für alle, um genau zu sein.«

Diese Worte gab Artur erst einmal an seine Leute weiter.

»Was soll das heißen, dass wir die nich' hätten töten sollen?«, knurrte Knirps. »Wir haben unser Leben aufs Spiel gesetzt – und jetzt soll alles für 'n Arsch gewesen sein?!«

»Mein jüngerer Bruder und zwei Cousins haben ebenfalls Kneipen im östlichen und südlichen Teil der Stadt«, fuhr Porthos fort. »Der vorherige Bischof hat uns persönlich das Recht übertragen, Bier zu brauen und Wein zu verkaufen. Wir sind überhaupt die Einzigen, die in Paris Wein herstellen. Bereits seit siebenundzwanzig Jahren. Aber sobald irgendetwas geschieht, das die Ordnung stört, werden zuallererst wir angeklagt. Und unsere Kneipen in Brand gesetzt. Nur unsere Kühe geben reine Milch, die zu Käse verarbeitet werden kann. Unsere Väter haben sie aus den spanischen Bergen mitgebracht, wo sie nie dem gelben Regen ausgesetzt waren. Mein Onkel macht den besten Käse weit und breit und beliefert damit sogar Nancy und Le Havre ... Das heißt, Le Havre inzwischen nicht mehr, denn dort leuchtet die Erde wieder ... Wenn in der Stadt alles ruhig ist, kommt man von überall her, um unsere Milch zu kaufen. In Scharen! Für ein Kalb bietet man uns dann drei Pferde! Aber sobald die Pariser eine Missernte einstecken müssen oder ihnen das Vieh stirbt, vergessen sie sofort, dass sie von uns nur saubere Waren erhalten haben. Dann ist das Geschrei groß. Wir, die gierigen Portefeuilles, beuteten sie aus, heißt es dann, und zwängen sie, ihre Ernte in unseren Kneipen zu versaufen … Und am Ende kommt es erneut zu Messerstechereien und Morden an unseren Kindern …«

Er atmete tief durch. »Seit fünf Jahren ist es daher nahezu unmöglich, in dieser Stadt zu leben. Deshalb dringen viele von uns darauf, woanders hinzuziehen. Damals, also vor fünf Jahren, hat die Erde nur Dreck anstelle von Korn hervorgebracht. Aus dem Osten kamen außerdem ganze Heuschreckenschwärme herbeigeflogen. Dergleichen hatte es nie zuvor gegeben. Danach brachen Krankheiten aus. Und was glauben Sie – wem gab man die Schuld an all dem Unglück? Mein Freund, der Bierbrauer, sagt, dass Sie als Herr in einer großen Stadt regieren. Ich kann mir nicht einmal vorstellen, wie das ist, wenn Seite an Seite mit einem Hunderttausende von Menschen leben. Wenn unsere Kinder einen solchen Marsch überstehen würden, dann würde ich Sie vermutlich auf den Knien anflehen, uns zu erlauben, dass wir uns in Ihrer Stadt ansiedeln dürfen. Denn durch Ihren Besuch steht uns neues Unglück bevor …« Die Stimme versagte ihm.

Seufzend fuhr er in einem Ton, in dem unendliche Müdigkeit lag, fort: »Aber hinter der Sandwand würden wir sterben. Und solange in Paris alles seinen gewohnten Gang geht, scheren sich die Gendarmen ja auch einen Dreck um unsere Riten. Dann dürfen wir die Menschen heilen, dann bringen die Pariser uns ihre Söhne, damit wir sie unterweisen, wie Metall geschmolzen wird und Ziegel gebrannt werden. Ihre Kinder beobachten uns, um dahinterzukommen, wieso wir sauberes Wasser haben. Sobald in der Stadt jedoch ein Unglück geschieht – und das ist keineswegs selten –, ändert sich ihre Einstellung uns gegenüber grundlegend. Haben Sie schon gehört, dass im Süden die Pest wütet?«

»Man hat uns gesagt, dass der Bischof bereits etliche Menschen verhaftet hat, die im Verdacht stünden, sich mit Hexerei zu beschäftigen«, murmelte Artur.

»Wie könnte es auch anders sein?«, erwiderte Porthos mit finsterer Miene. »Ohne Zauberei geht es ja nie ab, obwohl ich in meinem ganzen Leben noch nie einen richtigen Zauberer getroffen habe. Die *Zauberer*, die ich kenne, können eine Mücke vernichten oder jemandem einen Schluckauf anhängen, aber niemand kann giftigen Regen schicken oder die Ehernen Vögel töten. Und die Pest …? Nicht mal die Alten, die in meine Kneipe kommen, können sich an einen *Zauberer* erinnern, der jemandem die Pest anhängen konnte. Und glauben Sie mir, in meiner Kneipe verkehren höchst außergewöhnliche Persönlichkeiten.«

»Das ist uns auch schon aufgefallen.«

»Ach ja?«, entgegnete Porthos scharf. »In dem Fall merken Sie sich eins: Im Unterschied zu den Großmäulern, die den Gendarmen in den Hintern kriechen, lasse ich mir nicht vorschreiben, wer meine Kneipe betreten darf und wer nicht. Daran wird sich auch in Zukunft nichts ändern. Für mich zählt nur, dass ein Mensch sein Wort hält und mir keinen Anlass gibt, an seiner Ehre zu zweifeln. Ob er ein Krüppel ist, spielt dagegen keine Rolle. Wie ist das denn bei Ihnen im Norden? Begräbt man dort verkrüppelte Menschen auch bei lebendigem Leibe?«

Darauf wusste Artur nichts zu sagen.

»Eben!«, rief Porthos aus. »Aber hier: Wenn bei den Parisern Missgeburten auf die Welt kommen, kümmern sie sich entweder liebevoll um die Kinder oder stecken ihnen ein Stück Brot in den Mund und jagen sie mit einem Tritt aus dem Haus, vorausgesetzt, sie können nicht doch irgendeine Arbeit übernehmen. Sobald jedoch bei uns eine Missgeburt zur Welt kommt, geht das Geschrei los. Dabei reicht es übrigens schon, wenn einem Kind ein paar Finger fehlen.«

»Und passiert das oft?«, fragte Artur leise. »Dass ein paar Finger fehlen, meine ich.«

»O ja«, antwortete Porthos. »Ich habe gehört, dass die Frauen hinter der Sandwand die Fähigkeit verloren haben, Kinder zur Welt zu bringen. Wer weiß, vielleicht ist das letzten Endes ja sogar besser, als fünfmal hintereinander einen Krüppel in die Welt zu setzen, der danach …« Artur bemerkte, wie Porthos' Blick zur Tür huschte. Er konnte den Mann verstehen. Porthos musste sämtliche Missgeburten im Schiff verstecken, durfte sie über Jahre nicht auf die Straße lassen … »Irgendwann bringen die Mütter nämlich lieber selbst ihr Kind um, als dass sie zusehen, wie die Menge das übernimmt«, schloss Porthos schließlich.

»Was ist mit dem Bischof?«, fragte Stanisław erschüttert. »Kann er diese Barbaren nicht aufhalten?«

»Seine Eminenz?«, spielte Porthos den Verwunderten. »Monsignore André unterstützt den General in dieser Frage vorbehaltlos. Sie brüsten sich übrigens beide damit, dass sie ihre Wurzeln auf gebildete Quacksalber zurückführen können, die bereits vor dem Großen Tod in der Stadt gelebt haben. Und beide zitieren Bücher, in denen gesagt wird, dass es absolut unumgänglich sei, Krüppel zu töten, weil diese sich sonst vermehren und damit das ganze Menschengeschlecht zugrunde richten würden. Da sonst niemand lesen und schreiben kann, lässt sich leider nicht überprüfen, ob der General auch die Wahrheit sagt. Einmal im Monat predigt der Bischof, danach ziehen seine Handlanger mit brennenden Kreuzen durch die Stadt und sehen sich alle neugeborenen Kinder an.«

Stanisław saß wie vom Donner gerührt da.

»Also, wo waren wir stehen geblieben?«, fragte Porthos geradezu beiläufig. »Ach ja, die Große Prozession. In meine Kneipe kommen auch Fischer vom Ostufer. Die fahren manchmal bis nach Italien. Und sie behaupten, dass dort die Hölle auf Erden zu finden sei. Viele Jahre war es in dem Land ruhig, es kamen sogar kaum noch Missgeburten zur Welt. Aber in den letzten fünf Jahren ist die Erde erneut in Aufruhr geraten. Man darf kein Wasser aus den Flüssen mehr trinken, in den Dörfern sterben die Bewohner ganzer Straßenzüge … Man könnte wirklich fast an Zauberei glauben … Aber das italienische Leid macht unsere Lage nicht leichter. Die Gendarmen verhaften unsere Frauen und klagen sie der Hexerei an. Fünfzehn Frauen wurden bereits verbrannt. Trotzdem breitet sich die Pest immer weiter aus … Irgendwann hat jemand dem Bischof zugetragen, dass unter uns Portefeuilles wesentlich weniger Menschen sterben als um den Louvre herum. Daraufhin hatte ich ein Gespräch mit dem Gendarm, der die Hühnersteuern eintreibt. Wir haben im Großen und Ganzen ein gutes Verhältnis zueinander, denn ich gebe ihm jeden Monat nicht bloß ein Huhn, sondern gleich zwei. Dieser Bursche hat mir also unter dem Siegel der Verschwiegenheit mitgeteilt, dass die Priester die Menschen anstacheln, unsere Gemeinde zu überfallen.«

»Weil Sie zu reich sind?«, fragte Artur. »Behaupten die zufällig auch, dass Sie den Christen ihre Neugeborenen stehlen und deren Blut bei ihren Ritualen fließen lassen? Und dass allein aus diesem Grund in Paris die Pest ausgebrochen sei?«

Noch während Klaus dolmetschte, zeichnete sich auf Porthos' Gesicht höchste Verwunderung ab. Zum ersten Mal war der Mann wirklich aus dem Konzept gebracht worden und sah Artur an, als wäre dieser ein Abgesandter aus dem Jenseits.

»Woher wissen Sie das?«, presste er heraus.

»Ich musste in meinem Leben schon so einiges hören«, antwortete Artur bloß. »Aber was haben die Ehernen Vögel mit alldem zu tun?«

»Das ist ganz einfach zu erklären«, sagte Porthos. »Sie haben diesen Unsinn mit den Kindern selbst erwähnt – also werden Sie sich vielleicht ausmalen können, in welcher Anspannung wir leben. Täglich rechnen wir mit einem Überfall der halb wilden Christen, die zwar kein Wort der Predigt ihres Herrn Priester zu wiederholen vermögen, aber sehr genau wissen, wem sie irgendwas in die Schuhe schieben können. Und jetzt haben Sie die Eisenklauen getötet. Das waren die Anführer der wichtigsten Klane dieser Klauen. Wer wird jetzt die Vögel mit Menschenfleisch füttern? Es werden Monate vergehen, bis die Wilden einen neuen Opferalter errichtet haben. Aber ob die Särge dann noch singen, jetzt, da das Geheimnis mit den Steinklauen verloren gegangen ist?«

»Da steckte überhaupt kein Geheimnis dahinter«, sagte Artur und weihte Porthos in die Funktionsweise einer Lüftungsanlage ein.

Dieser sah ihn verdutzt an.

»Und das ist die Wahrheit?«, fragte der Wirt schließlich. »Es könnte also jedes Kind die Vögel anlocken? In dem Fall hätten wir ja noch einmal Glück gehabt.«

»Warum soll das so vorteilhaft sein?«, hakte Artur nach.

»Weil die Vögel seit unvordenklichen Zeiten nicht mehr in der Stadt auf Jagd gegangen sind. Sie tauchen nur auf, wenn dieses Lied, das weit im Umkreis zu hören ist, sie ruft. Jetzt bekommen sie in den alten Ruinen kein Futter mehr. Sicher, sie könnten sich ihre Nahrung auch in den Wäldern suchen, weil dort schon bald viele Leichen herumliegen werden, denn zwischen den Klauen dürfte es nun zu Kämpfen kommen. Aber letzten Endes ist es für die Vögel wesentlich bequemer, sich in den Straßen von Paris ein paar Kinder zu schnappen. Und was glauben Sie, wen der Bischof dann dafür verantwortlich macht?«

Porthos stand auf und tigerte durch die Kajüte. Artur warf einen verstohlenen Blick auf die Uhr.

»Ich weiß nicht, was man im Norden für Vorstellungen von dieser Gegend hat«, sagte Porthos, als er sich wieder setzte. »Aber die Große Prozession hätte auf einem kürzeren und weitaus ungefährlicheren Weg nach Rom gelangen können. Sie wurden darüber auch in Kenntnis gesetzt …«

»Von wem?«, wollte Stanisław sofort wissen.

»Von uns«, antwortete Porthos und sah dem Polen fest in die Augen. »Aber auch von anderen, die immer wieder nach Osten ziehen … Doch der hiesige Bischof vertrat eine andere Auffassung. Dieser … Mensch hat Paris noch nie verlassen und weiß überhaupt nicht, was im Umland im Schwange ist. Dennoch schickte er die Große Prozession noch weiter nach Süden, eben nach Spanien, zudem ohne die Verstärkung, die er eigentlich versprochen hatte. Er hat jedoch den Kardinal überzeugt, dass sich ihnen die Gläubigen Spaniens anschließen würden.«

Mit angehaltenem Atem hörte Artur dem dolmetschenden Klaus zu. Christoph saß völlig in sich versunken da, Knirps versuchte mit dem gelangweilt knurrenden Hund zu spielen. Stanisław, der neben Klaus als Einziger verstand, was Porthos sagte, war dagegen kurz davor, einen hysterischen Anfall zu bekommen.

»Er hat sie also nach Spanien geschickt und ihnen Führer und Proviant mitgegeben. Żmyhowycz erwartete denn auch, dass sich ihm in Spanien und im Süden Frankreichs noch etwa zehntausend weitere Gläubige anschließen würden. Soweit ich weiß, brachen außerdem zwei Dutzend Mönche aus dem hiesigen Orden mit dem Mann auf. Die Portefeuilles hatten für ein bescheidenes Entgelt angeboten, die Karawane bis nach Mailand zu begleiten, doch das hat der Bischof dem Kardinal, wie gesagt, ausgeredet.«

»Wozu brauchte er eigentlich so viele Menschen?«, hakte Artur nach. »Um den Papst zu wählen, hätten doch ein paar Hundert Gläubige gereicht.«

»Wer sagt denn, dass es darum ging, den Papst zu wählen?«, konterte Porthos. »Zumindest den Bischof André trieben weitaus irdischere Ziele um. Ihre Landesgenossen«, bemerkte Porthos mit einem Nicken in Richtung Stanisław, »ja, die wollten den Heiligen Stuhl wohl tatsächlich den Fängen der Heiden entreißen und einen göttlichen Stellvertreter wählen. Aber André sah und sieht die Sache ein wenig anders. Der wäre nämlich selbst gern dieser Stellvertreter und damit eine Art Gott auf Erden. Deshalb hat er Żmyhowycz mitten in die Gelben Sümpfe geschickt. Sicher, auch dort gibt es Pfade, und die Pariser Mönche hätten die Große Prozession wahrscheinlich durch die Gegend führen können ... Doch ich betone noch einmal: Es gibt ungefährlichere Routen. Und die Gläubigen in Spanien? Vermutlich hätten sich dem Kardinal tatsächlich etliche Bauern aus der nördlichen Sierra, die auf der Suche nach einem besseren Schicksal waren, angeschlossen, schließlich war ihr Leben hart genug. Aber auch hier bleibt die Frage, ob es das Risiko lohnte ... So ist die Große Prozession denn also nach Madrid aufgebrochen. Danach hat mich das Schicksal dieser Karawane nicht weiter interessiert.«

Porthos knallte seine Pranke auf den Tisch, um damit allen zu verstehen zu geben, dass das Thema für ihn beendet sei.

»Sie haben gesagt, dass Sie uns helfen können«, kam Artur trotzdem noch einmal auf ihr Anliegen zurück. »Nennen Sie uns daher bitte Ihren Preis. Geld ist hier offenbar nicht in Umlauf, aber wir haben Waffen, Medizin ...«

»Ich habe gesagt, ich helfe Ihnen, und ich stehe zu meinem Wort«, erklärte Porthos. »Wenn Sie versprengte Angehörige der Großen Prozession oder ihre Gräber finden möchten, dann müssen zwei Dinge geschehen. Zunächst müssen Sie dafür sorgen, dass neue Steinklauen gewählt werden. Und zwar solche, die sämtliche Klans zufriedenstellen und die das Lied der Särge erklingen lassen können.«

»Und zweitens?«, fragte Artur, ohne zu zögern.

Porthos ließ sich nicht anmerken, ob er sich darüber wunderte, dass Artur auf jede Feilscherei verzichtete.

»Es gibt zwei Portefeuilles, Bruder und Schwester, die damals mit dem Kardinal nach Spanien aufgebrochen sind. Sie sind irgendwann nach Paris zurückgekehrt, was man wohl als wahres Wunder bezeichnen muss.« Porthos verstummte. »Weshalb sie die Gemeinde verlassen haben ... das ist eine lange Geschichte. Es gab Streit mit den Eltern, dann spielte noch eine Liebesgeschichte eine Rolle ... Entscheidend war aber vermutlich etwas anderes. Das Vorhaben hat sie wirklich begeistert. Wie viele andere in Paris auch haben sie geglaubt, der Himmel würde der Menschheit verzeihen und das Paradies wieder Einzug halten, sobald auf dem Heiligen Stuhl abermals ein Stellvertreter Gottes säße. Deshalb sind sie mit den Polen mitgezogen und haben sich dem Kreuz verschrieben.«

»Leben diese Menschen noch?«

»*Noch*, ja«, sagte Porthos und maß Artur mit einem derart forschenden Blick, als überlegte er, ob er es wirklich wagen könne, diesen Mann den entscheidenden Elfmeter der Halbzeit schießen zu lassen. »Weil die beiden unsere Gemeinde damals aus freien Stücken verlassen haben, verboten es uns unsere Gesetze, sie wieder aufzunehmen. Die Christen von Paris sehen in ihnen aber trotz allem nicht ihresgleichen. Deshalb haben sich die Geschwister nach ihrer Rückkehr hinter den Friedhöfen angesiedelt ...«

Allmählich dämmerte Artur, worauf Porthos hinauswollte.

»Sie wurden vor einer Woche der Hexerei angeklagt, nach dem Tod einiger ihrer Nachbarn. Jemand hatte wohl ein gewisses Interesse daran, sie aus dem Weg zu räumen. Und wohl auch daran, sich ihr Vieh unter den Nagel zu reißen. Deshalb hat jemand während einer Predigt lauthals geschrien, er habe die junge Frau in der Nacht gesehen, und da sei sie blutüberströmt gewesen. Auf dem Friedhof. Als sie das gemacht hat, was Sie im Zusammenhang ... mit den Neugeborenen erwähnt haben.«

»Die beiden haben bisher überlebt, weil sie sich gewaschen und nur abgekochtes Wasser getrunken haben, würde ich behaupten«, sagte Artur.

»Sie haben überlebt, weil derjenige, der über uns alle wacht, seine schützende Hand über sie gehalten hat«, sagte Porthos sehr ernst. »Im Grunde bräuchte ich mich nicht um Abtrünnige zu kümmern, die unseren Glauben und die eigenen Eltern verraten haben. Aber manchmal denke ich, dass bloß die Jugend die beiden blind gemacht hat. Als sie sich dem Kreuz verschrieben haben, war der Junge siebzehn und das Mädchen neunzehn Jahre alt … Und sollte bis morgen oder übermorgen nicht die Pest im Gefängnis ausgebrochen sein, werden sie vermutlich auf dem Scheiterhaufen verbrannt. Sie jedoch, Herr Gouverneur, könnten sie aus dem Gefängnis herausholen. Ihnen würde man das Schicksal der Gendarmen – wie auch immer es aussehen möge – nicht in der Weise vorwerfen wie uns, denn es sind Leute Ihresgleichen. Die beiden dürften Ihnen mehr über das Schicksal der Großen Prozession berichten können, denn sie sind mit ihr bis in die Sierra gezogen.«

»Warum befreien Sie die beiden nicht selbst?«, blaffte Stanisław. »Schließlich haben Sie doch genügend Männer und auch Waffen. Übersetzen Sie ihm das!«, verlangte er von Klaus. »Übersetzen Sie ihm, dass nur ich mich für die Große Prozession interessiere! Artur hat in den Ruinen bekommen, was er wollte, warum sollte er also jetzt noch ein Risiko eingehen?!«

»Wir können die beiden nicht befreien«, erklärte Porthos kalt. »Täten wir das, würde es auf der Stelle bekannt werden, und schon in der nächsten Nacht würde man der ganzen Gemeinde einen Besuch abstatten.«

»Einen gefährlichen?«, fragte Artur.

»O ja, nur würde sich die Sache diesmal nicht auf eine Schlägerei beschränken, sondern sie würden mit Messern und …«

Porthos biss sich auf die Zunge, aber Artur wusste, was der Wirt hatte sagen wollen. Früher oder später kommen sie immer. Mit Messern. Und mit Fackeln …

»Gut«, meinte Artur. »Nehmen wir einmal an, wir überfallen das Gefängnis. Aber dafür bräuchten wir jemand, der uns begleitet – wir wissen nämlich gar nicht, wen wir suchen müssen.«

Stanisław ließ den Blick ungläubig zwischen den beiden Männern hin und her wandern: Mit diesem Vorschlag Arturs hatte er nie im Leben gerechnet.

»Erst nachdem ich gehört habe, dass die Särge wieder ihr Lied singen«, entgegnete Porthos.

»Nichts leichter als das«, erwiderte Artur grinsend.

Er befahl Klaus hierzubleiben, während die anderen schon mal den Motor anlassen sollten. Sein eigentliches Ziel bestand freilich darin, Stanisław loszuwerden, was dieser jedoch begriff und deshalb stocksauer hinausstapfte.

Sobald Artur die Einzelheiten seines Plans darlegte, wurde Porthos nervös. Er sprang auf und tigerte durch die Kajüte, wobei er den Fußboden mit seinen geschmiedeten Stiefelspitzen zum Zittern brachte. Immer wieder schob er die Vorhänge zur Seite und spähte hinaus, nur um dann das Zimmer erneut mit großen Schritten zu durchmessen. Artur verstand ihn bestens: Dieser Mann musste jetzt sehr viel auf eine Karte setzen.

Andererseits könnte Arturs Plan allen Nutzen bringen. Wenn man sich die Klauen ordentlich vorknöpfte, dann würden die deutschen Karawanen für ihren Weg durch den Wald fortan grünes Licht haben. Die Klauen selbst würden aufhören, sich gegenseitig zu zerfleischen. Und auch für Paris wäre es von Vorteil, denn für die Portefeuilles dürfte es nicht das geringste Problem darstellen, die Klauen auf den Geschmack des ehrlichen Handels zu bringen.

»Darüber muss ich erst mit meinen Leuten sprechen«, erklärte Porthos schließlich. Da wusste Artur jedoch bereits, dass er den Köder geschluckt hatte. »Eine Frage noch ...«

Mit einem Mal zögerte Porthos, als würde er gerade einem Psychiater gegenüber seine nächtlichen Phantasien ansprechen ...

In diesem Moment drang das vertraute Knattern des Motors an Arturs Ohr. Wir haben wirklich Glück, dachte er, dass wir in dieser Gegend Leute getroffen haben, die einen Akku besitzen. Wo hier doch sonst nur Kühe weiden und die Menschen in der Kanalisation schlafen.

»Ihre Frage gegen meine«, schlug Artur Porthos vor.

»Einverstanden. Sie haben das Wesentliche noch verschwiegen. Waren in den Kristallsärgen nun Schlafende Dämonen oder nicht?«

Artur wechselte einen Blick mit Klaus: Eine Lüge wäre wohl aussichtslos.

»Morgen bei Tagesanbruch«, versprach er, »werde ich Ihnen alles zeigen. Wenn diese Menschen noch leben, können Sie ihnen die Hand schütteln.«

Ihm entging nicht, dass Porthos sich unwillkürlich die Hände rieb.

»Und jetzt zu meiner Frage«, sagte Artur grinsend. »Ihr eigentlicher Name lautet doch anders, oder?«

»Woher wissen Sie das?«

»Dieses Buch habe ich in meiner Kindheit gelesen.«

»Ich habe es nicht einmal gelesen«, erwiderte Porthos mit einem entschuldigenden Lächeln. »Den Namen hat mein Vater vorgeschlagen. Er hat diese Kneipe aufgebaut. Er meinte, dass ich einem Helden mit Degen und Muskete ähnlich sähe. Ich hatte noch vier Geschwister, zwei Brüder und zwei Schwestern. Jetzt sind nur noch zwei von uns übrig, ich und Athos ...« Porthos Miene verfinsterte sich. »Aber unsere wahren Namen werde ich Ihnen auf gar keinen Fall nennen.«

Als Artur schon wieder vom Schiff heruntersteigen wollte, rief Porthos ihm nach: »Wenn Sie dieses Buch gelesen haben, dann sagen Sie mir, wie diese Geschichte für meinen armen Helden endet? Stirbt er?«

»O nein«, tröstete ihn Artur. »Er wird dick, heiratet eine reiche Witwe, kauft Land und geht auf Entenjagd.«

Porthos brach in schallendes Gelächter aus. »Aber sicher!«, klang es hinter Artur her. »Er wird dick! Heiratet eine reiche Witwe! Mögen all meine Feinde in Frieden leben, sofern ich erst einmal dick werde!«

(16) DIE TOTEN VERZEIHEN DEN LEBENDEN

Zurück im Institut suchte Artur sofort den Keller mit den Anabiose-Kapseln auf. Von denjenigen, die eingeschlafen waren, hatten, wie er bereits wusste, zwei überlebt. Monique Arro, neunundzwanzig, Studium an der Sorbonne, Biochemikerin, Dissertation und eine Reihe von Artikeln zum Stoffwechsel unter Kältebedingungen sowie einige Projekte rein medizinischen Charakters. Als Artur sich die Akte mit ihrer Laufbahn ansah, konnte er sein Glück kaum fassen. Wie gut, dass die Frau nicht Karamaz oder irgendeinem anderen finsteren Zeitgenossen in die Hände gefallen ist, dachte Artur, während er sich bereits die Situation in den einzelnen Bezirken Piters in Erinnerung rief, um einen geeigneten Bau für das neue Institut zu finden.

Was ihm Monique darüber hinaus noch erzählte, verschlug ihm vollends die Sprache. Vor ihrem Eintritt ins Institut hatte Mademoiselle Arro in der Pharmazie gearbeitet, sodass sie die Synthese von Antibiotika und Hormonpräparaten nur so aus dem Ärmel schüttelte. Arturs Fragen nach der Herstellung von Medizin beantwortete sie dahingehend, dass alles möglich sei, sofern sie nur die notwendige Fachliteratur und Ausrüstung erhalte. Außerdem teilte sie Artur bescheiden mit, dass auch die Herstellung von Sprengstoff kein Problem darstelle. Daraufhin zerbrach er sich den Kopf darüber, wer die Archive in Piter durchforsten sollte und welche neuen Aufgaben den Werkstätten bevorstünden.

Der andere Proband, Orlando, hatte in der Kapsel leider den eigenen Nachnamen vergessen, von seinem Beruf und seiner Herkunft ganz zu schweigen. Zunächst brachte er nicht mehr zustande, als zu hicksen und die Stirn zu runzeln, wenn er zu seiner Vergangenheit befragt wurde, aber gegen Abend hatte er sich ein wenig gefasst und gab brauchbare Auskünfte von sich: Sein Vater war Italiener, er selbst sprach einigermaßen gut Englisch, hatte promoviert und war kurzsichtig. Artur versprach ihm, in Piter eine Brille für ihn aufzutreiben. Als er hörte, worauf Orlando sich spezialisiert hatte, geriet er völlig aus dem Häuschen: Zum ersten Mal seit unendlich langer Zeit sollte Petersburg wieder einen richtigen Elektroingenieur erhalten, keinen Autodidakten, der all die Begriffe aus den alten Büchern durcheinanderbrachte. Prompt keimte in Artur die Hoffnung auf, er könne neue Kältekammern aufbauen, die Metro ans Stromnetz anschließen und endlich auch die Straßenbahn wieder in Betrieb nehmen.

Selbstverständlich standen die beiden Wissenschaftler noch unter Schock. Das Schrecklichste für sie war der Tod ihres Kollegen. Nachdem Artur zusammen mit Monique die Kapsel gecheckt hatte, war er sich zumindest sicher, dass ihn keine Schuld an dieser Tragödie traf. Der Mann aus der ersten Kapsel hatte mit einer irreversiblen Blutkristallisation zu kämpfen gehabt und wäre nur gerettet worden, wenn eine ganze Batterie von Wiederbelebungsgeräten zur Verfügung gestanden hätte.

Mam Rona wich den ganzen Tag nicht von Moniques Seite und flüsterte ihr zärtlich die wenigen französischen Wörter ins Ohr, die sie während der Reise gelernt hatte. Der zerzauste, ungewöhnlich schmutzige Lew sprang wie ein aufgeregter Spatz zwischen Monique und Orlando hin und her und plapperte mit seinem miserablen Französisch auf sie ein.

Die beiden Pariser waren im Übrigen von völlig anderem Kaliber als das Ehepaar Drobitschenko, das Artur in Moskau aufgeweckt hatte. Sie suchten seine Nähe wie frisch geschlüpfte Küken die ihrer Glucke. Und sie hatten nicht die geringste Absicht, in ihrer Heimat zu bleiben. Schon gar nicht, nachdem sie einen Blick auf den Platz vor dem Institut geworfen hatten.

Artur hatte sie gewarnt, dass sie nur Ruinen sehen würden, eine mutierte Vegetation und die Leichen der Ehernen Vögel, wobei er alles in noch grelleren Farben ausgemalt hatte. Danach hatte er die beiden Wissenschaftler dem Rest von seinen Leuten vorgestellt. Dabei hatte er Knirps gebeten, Monique ja nicht zu kneifen oder zu beschnüffeln. Schließlich hatte er ihnen auch Flöckchen gezeigt. Beim Anblick des Tigers hatten sich die grünen Augen Moniques so stark geweitet, dass Artur fürchtete, sie würden gleich aus den Höhlen treten.

Als er die beiden Franzosen dann nach draußen führte, musste Monique trotz allem kotzen, während der Schock im Falle Orlandos sogar den Schluckauf vertrieb. Nur gut, dass er in seiner Kurzsichtigkeit die Berge menschlicher Schädel gar nicht sehen kann, ging es Artur durch den Kopf.

Dann streckte er sich am Lagerfeuer neben der Statue aus und döste vor sich hin. Ich beneide diese beiden nicht, ließ er seinen Gedanken weiter freien Lauf. Sie müssen sich jetzt ihren Platz im Leben neu suchen und die schwierige Aufgabe bewältigen, dabei nicht völlig den Verstand zu verlieren. Und sie müssen begreifen, dass die Menschen nicht besser und nicht schlechter geworden sind. Sollten sie all das schaffen, dürften sie die nächsten Jahrzehnte so viel Arbeit haben, dass sie gar nicht mehr wissen, wo ihnen der Kopf steht.

Mit diesem Gedanken schlief er ein. Er wachte erst wieder auf, als Christoph ihn an der Schulter rüttelte. Am Himmel erloschen gerade die letzten Sterne. Der Rote Wald rauschte wie die Meeresbrandung. Von Westen, wo das rote Licht der Morgensonne sich mit dem Grün der Bäume mischte, trug der Wind das getragene Gebet heran, das die Wölfe für die Toten anstimmten. Die Tiere witterten die frischen Leichen und ahnten wohl, dass ihr Gegner aus der Luft eine Niederlage hatte einstecken müssen.

Monique und Orlando schliefen noch unter unzähligen Decken, wobei Orlando häufig stöhnte und mit den Zähnen knirschte. Monique dagegen wachte immer wieder auf, weil sie von Schmerzen im Unterleib gepeinigt wurde, weshalb Lew einen Kräutertee für sie aufsetzte. Daljar reinigte bereits das MG. Knirps sah zu, wie Mam Rona ihm seine zerrissene Jacke stopfte, und Christoph starrte nachdenklich ins Feuer, während er irgendwelche getrockneten Früchte kaute. Bork sprach leise mit Klaus darüber, ob Porthos mit der Aufgabe, die Artur ihm gestellt hatte, zurechtkommen würde und welchen Vorteil die Bierbrauer daraus ziehen könnten.

»Ich schulde dir Dank, Pan Schmied«, sagte Stanisław da und setzte sich neben Artur. »Ich schulde euch allen Dank. Schon viele haben versucht, die Große Prozession zu finden, aber alle sind gescheitert.«

»Bisher haben auch wir niemanden gefunden«, erwiderte Artur und gab noch etwas Holz ins Feuer. »Und vielleicht werden wir das auch niemals.«

»Ich hätte zum General oder zu Seiner Eminenz gehen und um ein Gespräch bitten können«, presste Stanisław leise heraus. »Mit diesen beiden Kindern, meine ich.«

»Das kannst du immer noch tun«, sagte Artur. »Aber dann lass uns erst nach Piter aufbrechen. Ich will nicht sehen, wie sie dir den Schädel einschlagen.«

»Du hast ja recht … Außerdem würden sie mich sowieso nicht empfangen«, murmelte Stanisław. »Deshalb werde ich mit euch ins Gefängnis eindringen.«

»Soll das ein Kompliment sein?«, fragte Artur grinsend. »In dem Sinne, dass es für uns das reinste Kinderspiel ist, in einer fremden Stadt ein Gefängnis zu stürmen. Falls ja, vergiss bitte nicht, dass wir nicht irgendeiner Spezialeinheit angehören, sondern lediglich Ethnographen sind, sozusagen.«

Stanisław riss die Augen auf, um die unbekannten Wörter zu verdauen.

»Aber verrat mir mal, was du machst, wenn dieser kleine Spaziergang glückt. Wir werden danach auf alle Fälle versuchen, so schnell wie möglich zu Krzysztof zurückzukehren«, sagte Artur. »Bleibt zu hoffen, dass der Panzer mitspielt.«

»Du willst also nicht auf Pferden zurück?«

»Nein. Vor allem aber will ich mich nicht noch weiter rumprügeln. Von heute Morgen einmal abgesehen. Aber wenn wir diesen Spaß hinter uns gebracht haben, sind zumindest wir beide quitt. Sollten diese beiden jungen Leute nichts über die Große Prozession wissen, ist das nicht meine Schuld.«

»Und wenn sie etwas wissen?«

»Brechen wir trotzdem auf. Wenn du willst, begleite uns, wenn nicht, bleib hier.«

»Was rätst du mir denn?«, erkundigte sich Stanisław überraschend schüchtern. »Schließlich bin ich Zeuge eines wahren Wunders geworden ...«

»Was'n mit dem los?«, fragte Knirps, der zu ihnen ans Lagerfeuer kam. »Der sieht ja aus, als ob er gleich aus den Latschen kippen würde.«

»Und welches Wunder meinst du?«, wollte Daljar von Stanisław wissen.

»Na, welches wohl!«, giftete Stanisław. »Pan Schmied hat zwei bedeutende Gelehrte zum Leben erweckt, damit sie uns das Licht des Wissens bringen ... Denn sie werden uns doch von Nutzen sein, oder, Pan Schmied? Sie werden doch wissen, wie der Heilige Stuhl zu retten ist?«

»Jetzt mach mal halblang«, stöhnte Artur. »Das sind Menschen, stinknormale Menschen, die werden dir bei deiner Sache überhaupt nicht helfen können.«

»In dem Fall verstehe ich überhaupt nichts mehr«, erklärte Stanisław verwirrt. »Du setzt dein Leben aufs Spiel und nimmst den Tod deiner besten Krieger in Kauf, nur um ein paar Gelehrte zu retten?«

»Ganz genau.«

»Tut mir leid, aber das bedeutet doch, dass du ohne jeden Verstand gehandelt hast. Falls du dich nicht über mich lustig machst, ist das schlicht und ergreifend Wahnsinn! Willst du wirklich allen Ernstes behaupten, du nimmst es hin, um die einen zu weinen, nur um die anderen zum Leben zu erwecken?!«

»Das frage ich mich selbst die ganze Zeit«, gestand Artur. »Warum opfern wir die einen für die anderen? Ich glaube, ich weiß, warum. Semjon und Louis mögen mir meine Worte verzeihen. Sie waren tapfere und gute Männer, möglicherweise viel bessere als wir beide. Aber ihnen waren klare Grenzen gesteckt. Diese beiden Wissenschaftler jedoch, die so lange in den Anabiose-Kapseln geschlafen haben … Es ist gut möglich, dass sie das Leben Hunderter von Kindern retten oder uns helfen, wieder ein E-Werk in Betrieb zu nehmen.«

Stanisław brauchte lange, um diese letzten Worte zu durchdenken. Offenbar suchte er nach einem verborgenen Hintersinn, fand diesen aber nicht. Fast tat er Artur ein wenig leid, denn es schien, als wäre gerade sein lang gehegter Traum geplatzt.

»Ich weiß nicht, was ein … ein E-Werk ist«, murmelte er schließlich. »Aber ich habe immer angenommen, der Herr halte seine schützende Hand über diejenigen, die ihm aufrichtig dienen. Warum hätte er sonst eine Handvoll Gläubiger in den schrecklichen Jahren des Großen Todes retten sollen? Ich habe dich bis hierher begleitet, weil ich den Wipper Krzysztof sehr respektiere. Dieser Mann glaubt zwar nicht an die Kraft des Kreuzes, ist in seinem Herzen jedoch ehrlich und gerecht. Und er hat mir gesagt, dass ich dir vertrauen kann. Aber du hast dir eine Bürde aufgeladen, die deine Kräfte weit übersteigt.«

»Das habe ich schon vor langer Zeit getan. Oh, ich weiß genau, was du mir jetzt sagen willst«, bemerkte Artur leise. »Der Stolz könnte mich packen. Das versucht er ständig. Aber es gelingt ihm nicht. Dazu hat mich diese Bürde schon viel zu tief in die Knie gezwungen …«

Stanisław errötete leicht.

»Wenn du nicht davon ausgehst, dass die beiden Wissenschaftler über geheime Zauberkräfte verfügen, wie willst du dann in einem Gefängnis allein gegen eine ganze Armee kämpfen? Die hiesigen Gendarmen sind keine dummen Klauen, sie haben Gewehre und Pistolen, dann noch die Hunde …«

»Hör mal, Kumpel, du bist doch Pfaffe!«, fuhr Knirps ihn nun an. »Was soll das Geschwätz also?! Willst du uns von der Ausführung unseres Plans abhalten?«

Diese Worte brachten Artur in Erinnerung, dass alle dem Gespräch lauschten. Er hatte jedoch nicht die Absicht, das kleine Privatgeschäft mit den Portefeuilles in aller Öffentlichkeit zu diskutieren. Sollte er Erfolg haben, würde die russische Diplomatie nämlich im Gebiet der Toten Erde endlich ein Wörtchen mitzureden haben. Was das hieß, ließ sich bislang noch nicht einmal abschätzen.

»Vertreten wir uns etwas die Beine«, forderte Artur Stanisław deshalb auf. »Dabei werde ich dir ein Märchen erzählen, das den Titel *Luft-Boden-Rakete* trägt. Hast du davon schon einmal gehört?«

»Aber diese Rakete – die darf ich doch abfeuern, oder, Kommandeur?«, bat Knirps.

»Das wird sich finden.«

Während Artur dann Stanisław die Erzeugnisse der alten Militärtechnik zeigte, weilten seine Gedanken bei Christoph, der nie ein überflüssiges Wort sagte und sich nie irrte.

Sie würden noch jemanden zu Grabe tragen …

(17) ZORROS ERBEN

Noch ehe der Tag vollends heraufgezogen war, brachen sie auf. Bork hatte ein Pferd eingefangen, sodass sie wenigstens einen Teil des Gepäcks nicht zu schleppen brauchten, denn den Panzer durften sie für diesen Ausflug nicht benutzen, dazu war der ein viel zu lautes Gefährt.

So trotteten sie schweigend durch die Stadt. Vorneweg marschierte Klaus, als der Mann mit den schärfsten Augen unter ihnen, ihm folgten Stanisław, Artur und Christoph, während Knirps den Abschluss bildete. Daljar hatte zunächst nicht im Lager bleiben wollen, sich auf Arturs Befehl hin aber doch damit abgefunden. Bork hatte erklärt, dass er ebenfalls das Gefängnis stürmen wolle. Erst als Artur ihm auseinandersetzte, dass allein er im Falle einer Niederlage die Erwachten Dämonen zur Sandwand führen könne – schließlich müsse sich Ferdinand mit seinen Verletzungen noch schonen –, hatte auch der Bierbrauer ein Einsehen gehabt.

Ein spezielles Problem stellte Christoph dar. Im Kampf war er im Grunde zu nichts zu gebrauchen, trotzdem schlug ihm Artur die Bitte mitzukommen nicht ab. Das hätte er einfach nicht übers Herz gebracht. Außerdem lag in den verworrenen Äußerungen Christophs ein ernster Kern, der sie alle irgendwie betraf. Deshalb vertraute Artur seinem Instinkt, damit war er in den letzten Jahren immer gut gefahren. In einer Welt, in der alles aus den Fugen geraten war, kam einem unklaren Wort, der veränderten Farbe der Wolken oder einer Bewegung im Wasser schließlich mehr Gewicht zu als in der, die Artur einst gekannt hatte.

Noch konnten sie umkehren – doch sie stapften entschlossen

weiter. Auch wenn sie wussten, dass die alte Hauptstadt Europas auf ihr Opfer wartete …

Sie liefen relativ offen, allerdings machte auch niemand Anstalten, sie anzugreifen. Ein paarmal blieb Klaus stehen und hob die Hand. Dann griff Mitja stets zu seiner Streitaxt, doch bisher war es nie nötig gewesen, die Waffe einzusetzen. Wer auch immer ihren Weg kreuzte, zog sich rasch in die Ruinen zurück. Einmal versuchte allerdings eine Herde von Raubtieren ihnen zu folgen, was das Pferd extrem nervös machte. Daraufhin blieb Artur stehen und fing an zu knurren. Prompt verzog sich die Herde, und niemand erfuhr je, ob es Hunde, Wölfe oder völlig andere Wesen gewesen waren.

Irgendwann pfiff es leise aus den Büschen, und über den Boulevard huschten zwei Schatten: Gilbert, der förmlich für jede Art von Geheimauftrag geschaffen war und den Artur nur an seinem Lockenkopf erkannte, und Mendel, ein weiterer Mann von Porthos. Auch bei ihm handelte es sich um einen Zwerg. Er war wie der Dirigent eines Symphonieorchesters gekleidet, und im Dämmerlicht funkelten die Messingknöpfe seines abgeschnittenen Fracks.

»Gehen wir«, sagte Mendel und stieg in die Kanalisation hinunter.

Die nächste Stunde konnten sie sich nur im Gänsemarsch fortbewegen. Mendel schien im Kreis zu laufen und dabei stets die ekelhaftesten Rohre auszusuchen. Ständig nahmen irgendwelche Ratten fiepend vor ihnen Reißaus, während ihnen von oben Wasser in den Ausschnitt tropfte. Schließlich verstopfte Dreck ein Rohr, und sie mussten wieder nach oben kraxeln. Prompt fanden sie sich im Rücken einer Patrouille wieder. Hier nahm Gilbert Mendel huckepack. Der Zwerg hielt eine Miniarmbrust in der einen Hand, mit der anderen wies er ihnen den Weg. Zweimal mussten sie im Laufschritt einen offenen Platz überqueren. Dann wieder versteckten sie sich unter Brücken, wobei sie bis zu den Knien im faulig riechenden, fast kochenden Wasser standen. In diesen Momenten löste jeder Seufzer ein vielfaches tiefes Echo aus. Irgendwann verlangte Mendel, dass sie durch einen Kanal wateten, wo auf den Brücken und am gegenüberliegenden Ufer Wachen mit Hunden Patrouille liefen.

»Hier ist es«, sagte Mendel und stieß einen nach Knoblauch riechenden Rülpser aus. Sofort ging Gilbert in die Hocke, damit der Zwerg von ihm runterkrabbeln konnte.

Sie standen neben einem Brückenpfeiler. Es stank derart, dass man nur durch den Mund atmen konnte. Unter einem dicken Mooskissen klaffte der von Algen umschlungene Schlund eines Lüftungsschachts. Von dem einstigen Gitter der Abdeckung waren nur noch verrostete Enden am Rand übrig. Muffiger Kellergeruch schlug ihnen entgegen. Obwohl Artur lange in das Rohr hineinspähte, konnte er bis auf ein paar Haken mit Kabelbündeln nichts erkennen.

»Haltet euch unten auf der rechten Seite«, flüsterte Mendel. »Und zündet kein Licht an. Irgendwann gelangt ihr zu einem Durchbruch, dort ist es heller. Außerdem verlaufen dort endlose Eisenbalken. Das ist die Metro. Folgt der rechten Seite dieser Balken Richtung Süden. Zündet auch jetzt noch keine Fackeln an, denn die Decke ist voller Löcher, sodass man euch bemerken könnte. Irgendwann seht ihr einen Wagen mit Eisenrädern, an dem müsst ihr vorbei und dann wieder nach oben. Da steht an der Wand *Varenne*«, erklärte Mendel Artur. »Oben gibt es Posten, die müsst ihr töten, sonst kommt ihr nicht weiter. Ich würde es ohne solch eine brutale Tat schaffen, Gilbert auch, aber ihr nicht.«

»Wie sieht es im Hôtel des Invalides aus? Wo sind die Gefangenen untergebracht?«

»Ihr müsst den Westeingang nehmen, der ist unbewacht. Und die Gefangenen sind im Nordflügel. Die beiden, die ihr sucht, heißen Auguste und Eve.«

»Soweit ich mich erinnere, gab es in dem Gebäudekomplex früher ein Museum für alte Rüstungen«, sagte Artur.

»Stimmt, dort stehen Kanonen«, erwiderte Gilbert. »Und an den Wänden gibt es Schriften, die etwas mit Kriegen aus der Vergangenheit zu tun haben. Außerdem finden sich dort noch allerlei komische Spielsachen für Kinder, die sehen so aus wie die richtigen Stücke, nur viel kleiner.«

»Wie viele Soldaten halten sich dort auf?«

»Etwa dreihundert im Südflügel. Das sind die Schuldleute und die Gendarmen. Aber zurzeit sind fast alle damit beschäftigt, in den Dörfern die Steuern einzutreiben.«

»Was sind Schuldleute?«

»Bauern, die der Kirche oder dem General etwas schulden«, sagte Gilbert. »Sie müssen deshalb gegen die Klauen kämpfen, wenn sie was zu futtern haben wollen. Später kommen allerdings weitere Soldaten zur Zeremonie.«

»Sie müssen jetzt los«, drängte Mendel. »Porthos hat Ihnen Pferde versprochen, mit denen werden wir am Flughafen auf Sie warten.«

»Das ist dort, wo diese Maschinen mit den Flügeln liegen«, schob Gilbert hinterher.

»Wir warten bis Sonnenuntergang auf Sie«, versicherte Mendel.

»Schlimmstenfalls werden wir niemandem sagen, dass wir Euch je im Leben gesehen haben.«

»Es hat mich sehr gefreut, Sie kennengelernt zu haben«, sagte Artur zum Abschied – und verschwand im Lüftungsschacht.

In der Metro verliefen sie sich trotz allem, sodass sie bei einer anderen Station wieder an die Oberfläche kamen. Doch selbst von ihr aus sahen sie das Hôtel des Invalides. Außerdem hatte es den Vorteil, dass Knirps niemanden umbringen musste. Als sie das Gebäude erreicht hatten, stellte er sich einfach vor der Wand auf, sodass alle über seine Schulter durch ein eingeschlagenes Fenster klettern konnten. In den dunklen, verrußten Räumen roch es nach feuchtem Holz und Mäusen, vor allem aber nach verbranntem Fleisch. Auf den Böden in den langen Gängen lagen die Splitter zerschlagener Vitrinen und die Fetzen zerrissener Standarten. Artur und seine Leute steuerten auf die Fenster zu, die zum Innenhof hinausgingen. Nun verstanden sie auch, warum der Westeingang nicht bewacht wurde: Nur die Liebhaber von Kadavern würden den Hunderten von Raben an diesem Ort des Todes Gesellschaft leisten.

Nach einer kurzen Beratung begaben sich Artur und Klaus in den nächsten Stock hinauf, während die anderen die ihnen zugewiesenen Posten einnahmen.

Beim nächsten Blick in den quadratischen Innenhof machten sie ein Schafott und drei Galgen aus. Der Geruch verbrannter Menschen schien sich für alle Zeiten in das ganze Werk der französischen Architekten eingefressen zu haben. Jetzt zeigte sich auch, dass die Anlage weit mehr gelitten hatte, als es zunächst den Anschein gehabt hatte. Die Kuppel des Invalidendoms fehlte, der verbliebene Teil wirkte wie ein abgebrochener Hauer. Ein großer Teil der Galerien im Südflügel war zerstört, durch die eingeschlagenen Fenster waren Zelte und der schwache Widerschein von Lagerfeuern zu erkennen. Offenbar hatte die kirchliche Obrigkeit etwas dagegen, die vielen leeren Räume den Bauern als Nachtlager zu überlassen …

Mit dem Rücken an die Wand neben einem Fenster gelehnt betrachtete Artur die prachtvollen Gemächer der französischen Geschichte. Viel zu sehen gab es allerdings nicht mehr. Neben Reliefs mit Schlachtszenen hingen abgerissene Wimpel der ruhmreichen Heere dieses Imperiums. Von dem eleganten Parkett zeugten nur noch ein paar Späne in den Ecken. Die Gemälde waren aus den Rahmen gerissen und verrotteten jetzt neben Rattenbauten, und der ganze Boden war mit der Scheiße dieser Nager bedeckt. Unter der Decke wiederum hatten Schwalben ihre Nester gebaut.

Von draußen klang das Gegröle von Betrunkenen, aber auch Hufgeklapper herein. Offenbar ritt eine Patrouille das Gelände ab. Weitere Posten spazierten über die Dächer. Artur zählte vier und nahm mindestens noch zwei wahr, die sich auf höheren Gebäuden befanden. Im Gefängniskeller lauerten dann noch die Hunde, während die Posten strikten Befehl hatten, beim leisesten Verdacht Alarm zu schlagen. Da einzelne Diebe schon öfter versucht hatten, ihre Kumpane aus dem Knast zu holen, hatte man ein höchst diffiziles Verteidigungssystem ersonnen: Man verrammelte die Gitter und flutete das Gefängnis.

Nach und nach strömten dann die ersten Soldaten in den Hof. Drei Dutzend junge Typen, in Velourshosen und geschnürten Lederwesten, postierten sich in einer Kette vor der Bühne. Über Schusswaffen verfügten sie zwar nicht, aber die Hellebarden und Säbel wirkten durchaus Furcht einflößend. Weitere Gendarmen schleppten dicke, zugespitzte Pfähle an, die wie Panzersperren gebündelt waren. Sie wurden in einem breiten Halbkreis in den Boden gerammt, dazwischen spannten sie Stacheldraht. Auf diese Weise wurde der Schauplatz für die Exekutionen endgültig vom Publikum abgeriegelt.

Auch die ersten Zuschauer tauchten bald auf, schließlich galt es, sich einen guten Platz zu sichern. Kutschen fuhren polternd und mit blanken Felgen in den Hof ein. Auf den Böcken saßen schnurrbärtige alte Männer, die zwar einen Hut mit Feder, aber keine Schuhe trugen. Aus den Fenstern der Kutschen schauten mit gewichtiger Miene Frauen heraus, die penibel darauf achteten, ihr Haar zu verbergen. Die eine hatte sich ein Tuch umgebunden, die andere eine Haube aufgesetzt, aber es gab auch Frauen mit Männerbarett.

Viele Besucher nutzten statt des Tors zwei riesige Löcher in den Mauern, denn die Hälfte des Südflügels hatte sich seit Langem in einen einzigen Trümmerhaufen verwandelt: Über dem Palast musste vor Urzeiten ein Flugzeug abgestürzt sein, das ein Drittel des Komplexes in Schutt und Asche gelegt hatte, sodass dort bloß noch einige traurige Reste aufragten.

Als der hiesige Adel auf dem Platz einfuhr und dabei das gemeine Fußvolk gnadenlos zur Seite drängte, beschlich Artur das Gefühl, in der frühen Zeit der Bourbonen gelandet zu sein. Bei der ersten Kutsche handelte es sich um einen ehemaligen Bauwagen, der heute von geschickter Hand mit zähnefletschenden Löwen bemalt war. Ihm folgte ein Sattelschlepper mit Anhänger, auf dessen Dach zwei Frauen saßen, die in ihren Tüchern ein wenig wie Ampeln wirkten. Als Dritter rumpelte ein eigentlich schrottreifer, aber geschickt reparierter Jeep in den Hof, dem man die Räder eines Lkws anmontiert hatte. Ein weiteres Pferdegespann zog mühevoll einen Renault-Truck hinter sich her. Da die Heckscheibe fehlte, konnte der Mann ohne aufwendige Konstruktion die Tiere am Zügel lenken. Seine Frau saß wie eine Königin neben ihm, während auf dem Anhänger vier in Sesseln thronende adlige Damen ihren Morgenkaffee einnahmen.

Artur hätte beinahe vergessen, weshalb er überhaupt hier war, so sehr faszinierte ihn die Beobachtung der wiederauferstandenen Snobs.

Nach den Kutschen ritten Männer auf Pferden und Eseln ein, die eine ganze Horde zerlumpter Menschen im Schlepptau hatten.

Irgendwo tief in sich drin hatte Artur gehofft, vergleichbare Spektakel würden sich keiner Beliebtheit mehr erfreuen. Zumindest nicht beim einfachen Volk. Er hätte sich kaum stärker irren können. Hunderte, ja Tausende von Bürgern kamen herbei und schleppten sogar Bänke an, auf die sie sich stellten, um eine bessere Sicht zu haben. Dutzende von Jungs kletterten über die Fassaden in den ersten Stock hoch, sodass Artur schon fürchtete, einer von ihnen würde zu ihnen hereinspringen. Und nach wie vor wollte der Strom der Menschen nicht abreißen. Das anfangs noch leise Murmeln wuchs sich bald zu echtem Gegröle aus, das fast die Luft zum Zittern brachte. Man prügelte und küsste sich, schimpfte und würfelte. Durch das Fernrohr machte Artur mal echte Gangstervisagen, mal die rotwangigen Gesichter hübscher Damen aus.

Schon bald würde derjenige auftauchen, der bei diesem Schauspiel Regie führte. Geifernd und polternd würde er die Menschen in seinen Bann ziehen, bis sich dann alles nur noch um das schreckliche Tier auf der Bühne drehte, das nach seinem Opfer Ausschau hielt …

»Diese Idioten!«, murmelte Artur. »Man kann sich ja nur wundern, dass sie sich noch nicht gegenseitig totgetrampelt haben. Aber gut, bei uns ist es ja nicht anders.«

Seine Gedanken schweiften zu den drei großen Epidemien, die Piter während seiner Regierungszeit heimgesucht hatten. Nichts hatte damals die Ausbreitung der Krankheit verhindern können, weder Straßensperren noch Quarantänen. Erst der Winter hatte ihr den Garaus gemacht. Und sosehr er damals den Menschen auf der rechten Seite der Newa auch gedroht hatte, sie hatten doch weiter das Wasser des Flusses getrunken und dieses auch ihren Pferden gegeben.

Mittlerweile trugen einige Jungen in Soutanen einen eingerollten Teppich und Streben für einen Baldachin auf die Bühne. Während sie den Ort des Geschehens für den Bischof präparierten, ging das Tor im Nordflügel auf, und ein Wagen voller Reisig wurde herangezogen. Durch die Menge brandete ein aufgeregter, freudiger Schrei, der Artur eine Gänsehaut über den Rücken jagte. Was für ein Jubel – wenn ein Mensch bei lebendigem Leibe verbrannt wurde! Allemal spektakulärer als der Galgen oder die Guillotine!

»Wir sind auch nicht besser«, murmelte Artur noch einmal, während er mit dem Fernrohr über die Menge wanderte. Auch bei uns sind die Menschen begeistert, wenn jemand verbrannt wird, dachte er dann. Eine öffentliche Hinrichtung ist für sie ein regelrechter Feiertag. Und wenn ich ein Wort darüber verliere, dass wir diese niederen Instinkte nicht auch noch anstacheln sollten, fallen gleich alle über mich her, die Buchmenschen genauso wie die Kirchenleute und die Garde. Alle sind der Ansicht, es sei nur von Vorteil, dem Volk klar und deutlich vor Augen zu führen, was es bei jeder Art von Rebellion zu erwarten habe.

»Da drüben«, sprach ihn jetzt Klaus an, »das ist der General.«

»Eine recht stattliche Erscheinung«, bemerkte Artur. »Ein imposanter Mann auf einem schönen Pferd. Nur mit seinem Gesicht ist irgendwas nicht in Ordnung.«

»Angeblich ist er in seiner Kindheit von einem Ehernen Vogel angegriffen worden, konnte sich aber mit einem Messer gegen ihn wehren. Erschießen kann ich ihn leider nicht, dazu ist er zu weit weg …«

»Gott behüte, was haben Sie nur für Ideen!«, fuhr Artur ihn an. »Ich habe Porthos versprochen, dass wir niemanden von der hiesigen Führungsriege töten. Was würde das auch schon bringen? Wenn die einen sterben, kommen die Nächsten, die noch gieriger und böser sind. Warten Sie also auf mein Signal und überlegen Sie sich, wie wir nach getaner Arbeit von hier wegkommen!«

Mit einem Mal drängten sich die ersten Reihen noch weiter nach vorne. Unter dem begeisterten Geschrei der Menge betrat ein dicker, schlaffer Kerl die Bühne, der eine demonstrativ grobe Kutte trug. Auf diesem Sack, der ihm als Soutane diente, funkelte ein goldenes Kreuz in der Sonne. Hinter dem Bischof pflanzten zwei Jungen in Kapuzengewändern ein Kruzifix von zwei Metern und ein weißes Zelt auf. In einer leichten Brise bewegten sich die zerschlissenen goldenen Fransen und die schweren Quasten, die von der Bühne hinunterhingen.

»Was sagt er?«, wollte Artur wissen, der sich weit zum Fenster hinausbeugte, um besser zu erkennen, was im Hof vor sich ging.

Zunächst einmal gab es ein allgemeines Gedrängel, weil noch Dutzende von Nachzüglern einen Platz suchten. Die Menschen hörten nicht mal mit halbem Ohr auf die Predigt des Bischofs, sondern brüllten und reichten sich Flaschen sowie Räucherfleisch weiter. Ein paar streckten sich auch zwischen den Pferden aus, um ein Nickerchen zu halten. Alle warteten nur darauf, dass man endlich zur Sache kam.

»Der Bischof André sagt, dass der Herr uns auf schwere Proben gestellt und uns Krankheiten geschickt hat. Auf diese Weise wolle er unsere Glaubensstärke prüfen. So war es in der Vergangenheit, und so wird es auch in Zukunft sein. Und es wird nur überleben, wer der Stimme des Herrn Gehör schenkt und die Gesetze befolgt, die von der städtischen Obrigkeit erlassen wurden ... Das Nächste verstehe ich nicht ... Und jetzt sagt er, er habe ein Zeichen erhalten. Die Pest würde enden und die Ehernen Vögel die Stadt nie wieder heimsuchen, wenn wir jeden bösen Gedanken aus unseren Herzen verbannten und alle Dämonen, die in Menschengestalt unter uns wandelten, aus der Stadt vertrieben ...«

In den vorderen Reihen schluchzten die ersten Frauen. O ja, Seine Eminenz war der geborene Redner ...

»Er sagt, dass jeder in diesen schweren Tagen Buße tun und seinen Beitrag zur Sicherung der irdischen wie der himmlischen Macht leisten muss. Er segnet die tapferen Gendarmen des Generals Aval, die die schwere Bürde auf sich geladen haben, für die Sicherheit in unserer prachtvollen Hauptstadt zu sorgen ...«

In dieser Sekunde drang Lärm zu ihnen herauf. Obwohl Artur das Risiko einging, entdeckt zu werden, steckte er den Kopf noch weiter zum Fenster hinaus. Zwei Soldaten trieben die eingeschlafenen Bauern hoch. Ein paar Kinder nutzten den Tumult, um mit den Händen Wasser aus einer Pfütze zu schöpfen und es zu trinken.

Artur richtete das Fernrohr auf den Nordflügel. Aus dem dunklen Schlund des Kellers zogen die Gendarmen gerade drei Männer, die an den Händen gefesselt waren und Säcke über dem Kopf trugen. Um den Hals eines jeden war ein Strick geschlungen, mit dem sie untereinander verbunden waren.

»Sind das unsere Leute?«, fragte Klaus aufgeregt.

»Nein. Auguste und Eve sollen doch verbrannt werden. Aber die Scheiterhaufen sind ja noch nicht einmal vorbereitet«, antwortete Artur, hätte sich aber fast verschluckt, als die Posten einem Häftling den Sack vom Kopf zogen: Es war eine Frau. Allerdings nicht die, die sie suchten, denn sie war bereits um die vierzig. Lange Zotteln hingen ihr vor den Augen, unter denen je ein Bluterguss prangte. Auch die Lippe war aufgeschlagen.

Die Gendarmen zerrten die drei auf die Bühne, wo sie auch die anderen beiden von den Säcken befreiten und alle auf die Knie drückten. Der Bischof fuhr mit seiner Ansprache fort, sein Opernbariton wurde immer voller, erhob sich immer höher über den Platz. Die Frauen in den ersten Reihen schluchzten längst nicht mehr, sondern weinten lauthals und pressten sich die Hände vor den Mund. Eine Alte wand sich aus den Armen ihrer jüngeren Verwandten, die sie stützten. Weiter links fiel eine junge Frau ohnmächtig zu Boden, die von der Menge zerquetscht worden war. Der Gestank der Toten von gestern mischte sich mit dem Geruch von Pferdeschweiß und saurem Wein sowie mit dem der unzähligen ungewaschenen Körper. Die Menge geriet allmählich in Aufruhr, fast als schlüge der Hefeteig des Zorns, der vom Bischof geschürt worden war, nun die ersten Blasen.

»Thérèse und Antoine haben zwar von Almosen gelebt, sich jedoch wie fromme Bürger verhalten. Bis dann der Teufel sie in Versuchung führte«, donnerte der Bischof. »Antoine hat seinen Bruder zu schlimmen Verbrechen angestiftet … Ach Luther, rette uns!«

»Was wird ihnen denn nun eigentlich vorgeworfen?«, fragte Artur, während er mit dem Fernrohr die Fenster des Ostflügels nach Stanisław absuchte. Dort war wesentlich mehr los. Überall gab es Neugierige, sogar auf dem Dach saßen Gruppen von Menschen und lauschten wie gebannt dem Bischof.

»Er sagt, dass diese drei sich mit den schrecklichen Missgeburten aus Nancy eingelassen, mit ihnen Karten gespielt hätten und kurz davor gewesen seien, mit dieser Karawane von Räubern weiterzuziehen.«

»Mit der Karawane von *Räubern*?«, hakte Artur nach, der Stanisław immer noch nicht entdeckt hatte. Da hat er sich aber geschickt versteckt, zollte ihm Artur innerlich Anerkennung. Dafür machte er Knirps aus, der seelenruhig auf einem Dachfirst saß, an dem vor einer Minute noch zwei Posten Wache gestanden hatten.

»Das verstehe ich nicht sehr gut, Herr Schmied«, entschuldigte sich Klaus. »Aber meiner Ansicht nach spielt er darauf an, dass sich die Portefeuilles mit irgendwelchen Missgeburten eingelassen haben, obwohl der Bischof das vor langer Zeit verboten hat. Ich habe jedoch von meinem Vater gehört, dass sich diese Missgeburten nur eine einzige Sache haben zuschulden kommen lassen: Sie zahlen dem General keine Steuern. Denn wer zahlt, gilt nicht länger als Missgeburt oder Räuber. Das sind dann Brüder und treue Freunde, die ihre Waren auf dem Platz vor dem Louvre anbieten dürfen. Aber mit diesen Kaufleuten macht niemand gern Geschäfte, weil sie Wucher treiben. Wer den Zehnten aber an die Klauen zahlt, wird als Räuber bezeichnet.«

Anschließend lauschte Klaus dem Bischof eine Weile und gab Artur dann die Geschichte der drei Häftlinge wieder. Sie hatten in einer der Kneipen der Portefeuilles Karten gespielt. Zunächst um Vieh, dann um ihre Siebensachen, um Saatgut und schließlich um ihre Arbeitskraft. Deshalb hätten die Räuber sie an den Ort gebracht, an dem sich die Karawane versteckt hielt.

Nach einer Weile überlegten es sich die drei anders und verrieten die Karawane an die Gendarmen. Die Räuber konnten jedoch fliehen, allerdings nicht das ganze Vieh mitnehmen, das hatten die Soldaten des Generals zu verhindern gewusst. Das Ergebnis davon war, dass Thérèse, ihr Freund und dessen Bruder im Gefängnis landeten. Sie hatten nämlich auf die Kühe gezeigt, die sie verspielt hatten, und behauptet, es seien ihre. Nur hätten diese Tiere das Brandmal des Klosters getragen …

»Soll das heißen, die beiden haben diese Tiere vorher selbst geklaut?«, fragte Artur. In der nur von dem Geschrei des Bischofs durchbrochenen Stille vernahm er unzweifelhaft ein Heulen in der Ferne. Es war zwar sehr schwach, aber bei der Entfernung durfte er nicht mehr erwarten. Das Heulen bedeutete, dass Bork den blauen Hahn aufgedreht hatte.

»Ganz genau«, bestätigte Klaus grinsend. »Nur waren ihnen eben die Brandzeichen nicht aufgefallen.«

»Und? Bekommen sie dafür die Todesstrafe?«

»Monsignore André fragt die Anwesenden gerade, wie er mit denen verfahren soll, die sich am Eigentum der klösterlichen Bruderschaft vergriffen haben. Er möchte wissen, was Hunde erwartet, die die Güte unseres Herrn verraten haben. Sie haben sich an dem bescheidenen Eigentum eines Klosters vergriffen, obwohl die christlichen Brüder den Allmächtigen Tag und Nacht auch um ihren Schutz angefleht haben. Mein Vater behauptet allerdings, dass das Kloster reicher ist als alle Bürger zusammen, weil es nach einem Todesurteil das Eigentum jedes Hingerichteten erhält.«

»Daran habe ich nicht eine Sekunde gezweifelt!«, versicherte Artur.

Er zog seinen Rucksack heran und breitete den Inhalt über den Fußboden aus. Unten wurden die Pferde allmählich unruhig. Bald würden auch die Menschen mitkriegen, dass etwas im Busch war. Nur gut, dass bisher alle zu abgelenkt waren …

»Jetzt sagt der Bischof, dass unter den rechtschaffenen Bürgern auch viele Menschen anderen Glaubens leben, die durch Lug und Betrug die christlichen Brüder und Schwestern in ihre üblen Geschäfte verwickeln. Die drei verirrten Seelen, die jetzt vor der Menge stehen, sollten das gestohlene Vieh nach Nancy bringen. Aber denken diese Menschen auch einmal an unsere nackten und barfüßigen Kinder? Wer wird denn auf Kosten christlichen Blutes reich? Wer schnappt sich den besten Boden, wer ruiniert seine Nachbarn und belegt das Vieh mit schrecklichen Zaubern?!«

Jetzt schwiegen die zahllosen Menschen nicht mehr, sondern flüsterten aufgeregt miteinander. Aber auch vereinzelte Schreie waren zu hören. Schließlich flog faules Gemüse auf die drei, die unter dem Galgen knieten.

»Was sind das für elende Menschen, die Reue vortäuschen und Räuber verraten, sich aber dennoch dem gerechten Gericht entziehen wollen und etwas zu ihrem Eigentum erklären, das sie selbst gestohlen haben?!«, geiferte der Bischof weiter.

Weder Artur noch Klaus erfuhren je, welches Urteil auf die Diebe wartete, denn in dieser Sekunde schlugen die Posten Alarm. Ihren Glocken antworteten umgehend die anderer Kirchen. Schwärme von Krähen stiegen auf, die Menschen liefen panisch durcheinander.

Die Ehernen Vögel rückten an.

Artur hatte schon befürchtet, die Vögel würden nach den Prügeln, die sie beim Institut bezogen hatten, dem Lied keine Folge leisten, doch der Hunger war stärker als der gesunde Vogelverstand.

Die an die Luftangriffe gewöhnten Pariser hatten aus ihren Erfahrungen allerdings gelernt: In der gegenüberliegenden Ecke gab es breite Eisenschilde im Boden. Die Gendarmen ließen aus den oberen Etagen Ketten hinunter, zogen die Schilde hoch – und schon standen recht breite Erdhütten offen. Das einfache Volk sprang kurzerhand in die Gruben, der Adel kroch unter seine Wagen, die Pferde mussten sich auf dem Boden ausstrecken und bekamen zum Schutz feste Decken übergelegt.

Der Bischof und der General verschwanden mit ihren Wachen durch eine Tür, auf der Bühne blieben lediglich der zerschlissene Teppich, der Baldachin und das Kruzifix zurück. Artur beobachtete das Geschehen am Himmel durchs Fernrohr, während im Erdgeschoss Bauern durch die Fenster kletterten und ein Gendarm die drei Häftlinge unter die Bühne zerrte.

»Dann wollen wir mal!«, sagte Artur und warf die erste Granate in Richtung Nordtor. Im Innenhof drängten sich noch immer mindestens zweitausend Menschen, die nun zwischen dem Stacheldraht der Bühnenabsperrung und den eng beieinanderstehenden Kutschen des Adels gefangen waren. Sie ließen sich gewissermaßen in zwei Gruppen einteilen: Die eine bestand aus überzeugten Anhängern des Spektakels, das heute eigentlich hätte geboten werden sollen, und hatte sich deshalb in die ersten Reihen vorgekämpft, die andere aus religiösen Fanatikern, die dem Bischof förmlich an den Lippen gehangen hatten.

Gestern Abend hatte Artur sich noch lange mit der Steinklaue Louis unterhalten, um möglichst viel über das Verhalten der Vögel in Erfahrung zu bringen. Daher wusste er, dass die Stadt nicht mit einem Angriff von ihnen rechnete.

Umso verständlicher war die wilde Panik dieser Menschen. Sie dürfte sich jedoch wieder legen, sobald klar würde, dass die Vögel an ihnen vorüberflogen.

Damit blieb Artur und seinen Leuten nur sehr wenig Zeit …

Klaus war bereits an einem Seil nach unten geklettert und stürzte sich mitten in die fliehende Menge, wobei er vor allem darauf achtete, nicht von den völlig aufgelösten Frauen niedergetrampelt zu werden. Arturs Granate traf nicht das Tor, sondern eine Stelle zwischen den Fenstern im Erdgeschoss. Soll mir auch recht sein, dachte er, während ein paar Gendarmen prompt in das frisch entstandene Loch hineinhuschten.

Vom Dach des Ostflügels schoss Stanisław seine erste Rakete ab. Die Bühne und der zweihundert Quadratmeter große Hof wurden aufgerissen, glühende Gesteinsbrocken flogen durch die Luft. Einer der Galgen wurde in drei Teile zerfetzt, die ein vor einen Wagen gespanntes Pferd unter sich begruben. Seine drei Artgenossen kämpften sich unter den Decken hervor und preschten davon, den schweren Wagen direkt in die Menge hineinziehend und eine Schleppe aus Leichen hinter sich zurücklassend.

»Scheiße!«, entfuhr es Artur, als er das sah.

Und dann hatte bereits Knirps seinen spektakulären Auftritt, war er doch auf dem Dach entdeckt worden. Die Gendarmen begingen aber den Fehler, dass sie ihn gefangen nehmen wollten. Noch ehe sie diesen Entschluss bereuen konnten, war es für sie zu spät. Denn Knirps, der mit dieser Wendung gerechnet hatte – schließlich war er eine allzu verlockende Beute und wirkte von Weitem fett und behäbig –, wusste seine Stärke effizient auszuspielen.

Er warf erst vier, danach noch einmal zwei der Herren vom Dach. Anschließend zwängte er sich durch ein Loch ins Innere des Gebäudes. Doch auch im Dachboden nahmen ihn Gendarmen in Empfang, die allerdings denselben Fehler begingen wie ihre Kollegen und sich auf ihn zu stürzen versuchten, statt ihn aus sicherem Abstand zu erschießen. Artur vermochte Mitjas Weg die Treppe hinunter bestens zu verfolgen – und zwar anhand der Männer, die jeweils eine Etage tiefer aus dem Fenster flogen. Dann gingen da drinnen die nächsten beiden Granaten los, und das Gebäude stand in Flammen.

Mitja liebte Feuer einfach und sorgte, wo immer er konnte, für Flammen, denen niemand Widerstand leisten konnte. Daraufhin sprangen die Soldaten auch ohne seine tätige Mithilfe aus dem Fenster, schlicht und ergreifend aus dem Grund, dass es ihnen im Gebäude etwas zu warm wurde.

Mit einiger Mühe entdeckte Artur in dem ganzen Chaos endlich auch Klaus, der bereits hinter die Stacheldrahtabsperrung gelangt war.

Als Stanisław die zweite Rakete abschoss, antworteten ihm vom anderen Ende des Platzes drei Explosionen: Christoph warf handgefertigte Bomben durch die Fenster im Erdgeschoss. Sofort galt die uneingeschränkte Aufmerksamkeit der Gendarmen ihm. Schüsse knallten, doch Christoph hatte sich bereits in einem Spalt im Gemäuer in Sicherheit gebracht.

Stanisławs Rakete krachte direkt in jene Tür, durch die Seine Eminenz verschwunden war. Hinter ihr lauerten fünfzehn Mann, die zum Himmel hochstarrten.

Niemand begriff so recht, aus welcher Richtung eigentlich die Gefahr drohte und wer überhaupt ihr Feind war.

Das galt auch für die Posten auf den Dächern. Irgendwann ließen sie einfach ihre Waffen fallen und stürmten nach unten.

Der Einzige, der das Ganze nach wie vor genoss, war Knirps, der fröhlich Bomben schmiss.

Artur wartete unterdessen darauf, dass ein Wagen mit Sattelschlepper zur Hälfte durchs Tor war, dann feuerte er seine Granate ab, wobei er auf eines der Räder zielte. Ihm gelang ein Volltreffer. Dem Geheul nach zu urteilen waren die edlen Damen unverletzt davongekommen, während das Vehikel langsam auf die Seite kippte und damit sämtlichen Gendarmen den Weg versperrte. Nun konnte er auf die Suche nach Eve und Auguste gehen.

Klaus wartete unter dem Wagen mit dem Reisig, bis Stanisław seine dritte Rakete abgeschossen hatte. Durch den Hof rasten immer noch gut dreihundert Menschen, aber die Glocken läuteten bereits Entwarnung.

Mit einem Mal wurde das Nordtor zusammen mit den Pfosten aus dem Gemäuer gerissen und landete brennend genau in dem Wagen mit dem Reisig. Klaus schaffte es gerade noch, sich mit einem Sprung zur Seite zu retten. Gleichzeitig trat der von Ruß geschwärzte Christoph mit einer Rakete auf der Schulter gefolgt von Stanisław in den Hof. Klaus eilte zu den beiden, und im Bruchteil einer Sekunde waren sie in den Rauchwolken verschwunden.

Christoph hält sich tapfer, dachte Artur. Nicht nur, dass er Stanisław gefunden hat, sondern er ballert auch ziemlich gut in der Gegend rum – obwohl er im Grunde eine Pistole nicht mal mit spitzen Fingern anrühren mag.

Mitja tauchte nicht wieder auf, war aber noch am Leben, denn Artur hörte seine MP rattern. Daraufhin sammelte er seine Siebensachen zusammen und jagte den Gang hinunter, lief dabei aber prompt einer Gruppe von Menschen in die Arme. Denen genügte allerdings ein Blick auf den mit Messern behangenen Teufel, um schreiend Reißaus zu nehmen.

Kurz darauf stieß Artur jedoch auf bewaffnete Soldaten und eine echte Barrikade. Ein kurzer Blick durchs Fenster bestätigte ihm, dass er bereits die Hälfte der Strecke zu seinen Leuten hinter sich gebracht hatte.

Dann besah er sich sein Gegenüber genauer: Die Waffen waren sehr alt. Mit denen war man garantiert noch auf Elefantenjagd gegangen! Nachdem Artur eine weitere Granate abgefeuert hatte, blieben ihm noch zwei. Er zog sich in einen Parallelgang zurück, genauer gesagt, er schlüpfte durch ein Loch in der Wand und gelangte auf dieser Nebenstrecke hinter die Barrikade. Von der war nicht viel übrig geblieben. Überall war Blut verspritzt, vier Männer lagen am Boden. Sie waren noch sehr jung, der älteste unter ihnen vielleicht so alt wie …

Der ist doch höchstens so alt wie Nikolaj, dachte Artur. Er hatte gerade eben einen Jungen umgebracht, der sein Sohn hätte sein können. Nur dass auf seinen Sohn die Garde aufpasste, während dieser verängstigte Bauernlümmel, den man vermutlich wegen Schulden zu den Soldaten geschickt hatte, noch nichts vom Leben gesehen hatte. Artur lauschte. Irgendwo wurde immer noch geschossen. Offenbar lenkte Knirps die Hauptstreitkräfte vom Keller im Nordflügel ab, in dem Christoph, Klaus und Stanisław die Gefangenen suchten.

Artur ging in die Hocke und schüttelte den Jungen, den er getötet hatte. Für die anderen drei kam jede Hilfe zu spät. Und auch dieser Bursche würde bald sterben. Die Schuldleute hatten vermutlich angenommen, sie müssten den Gang lediglich gegen Rotzlöffel ihresgleichen verteidigen, die auch nur mit Messern und vorsintflutlichen Gewehren bewaffnet waren.

Artur hatte sich nicht getäuscht. Der Junge war höchstens fünfzehn. Ein riesiger Granatsplitter hatte ihm die Hose aufgeschlitzt und den Schenkel durchbohrt. Mehrere kleine Splitter hatten außerdem die Brust in einen blutigen Brei verwandelt, sodass sich nur noch an den aufgekrempelten Hemdsärmeln die einst blaue Farbe des Stoffs erkennen ließ. Die feuchten Haare klebten dem Jungen an der Stirn, und er sah Artur mit riesigen blauen Augen an. Offenbar wollte er etwas sagen, seine Finger tasteten über die Flinte, aus der er keinen einzigen Schuss hatte abgeben können.

»Verdammter Scheiß aber auch!«, sagte Artur und konnte nicht an sich halten: Er strich dem sterbenden Jungen den Pony glatt. »Verzeih mir, mein Sohn. Was für ein Scheiß aber auch!«

Dann erhob er sich und ging dorthin, wo er seine Leute spürte, die glücklicherweise noch alle am Leben waren.

»Und jetzt, Herr?«, fragte Christoph, der gerade mit einer bewusstlosen Frau auf dem Arm aus dem Keller gestapft kam. Stanisław gab ihm Deckung, indem er die MP von einer Seite zur anderen riss. Die Kleidung beider war völlig zerfetzt.

»Bist du sicher, dass es die richtige Frau ist?«, fragte Artur.

»Ja«, antwortete Christoph. »Sie lebt noch, aber sie ist ohnmächtig.«

»Was ist mit ihrem Bruder?«

»Er ist tot.«

»Lass uns gehen, Herr!«, bat Christoph. Er machte eine Bewegung – und das rote Haar der Frau ergoss sich wie ein Wasserfall nach unten. »Und wir brauchen Pferde!«

Noch während Artur das erstbeste Pferd losband, trug der Wind von Norden das Gedonner einer Kanone heran. Bork fütterte die Ehernen Vögel mit Blei.

Aus einem Fenster im ersten Stock flogen zudem zwei Gendarmen heraus, danach tauchte Knirps' grinsende Visage auf.

»Kommandeur, da drüben gibt's anständige Gäule!«, rief er.

»Wo ist Klaus?« Artur fiel der Bierbrauer wieder ein. »He, wo ist der Zwerg?«

Stanisław blickte zur Seite, Christoph presste die ohnmächtige Frau fest an sich, sodass sich das rote Haar der beiden vermischte.

»Wo ist der Bierbrauer? Hast du ihn gesehen?«, fragte Artur Stanisław und packte ihn am Oberarm. In dem Moment stürmte Knirps auf sie zu. Sein linker Arm war gebrochen, ein Ohr hing nur noch an einem schmalen Hautfetzen, in seinem Rücken steckten drei Messer. Die Lederjacke und das Kettenhemd hatten jedoch verhindert, dass die Klingen tief ins Fleisch eindrangen.

»Er hat es nicht geschafft«, presste Stanisław heraus und wies mit einer Hand in den Keller hinunter. »Er ist dortgeblieben.«

Nun fiel Artur auch das Geräusch auf, und er bekam eine Gänsehaut. Durch die Schreie der Menschen und das Knistern des brennenden Holzes hindurch nahm er ein monotones Rauschen wahr: Die Keller wurden geflutet.

Paris hatte sein Opfer erhalten.

(18) DIE ROTHAARIGE HEXE

Eve kam erst im Institut wieder zu sich, beantwortete dann aber bereitwillig alle Fragen zur Großen Prozession.

Anfangs hatten die giftigen Sümpfe dieser noch keine großen Opfer abverlangt. Da die Menschen zudem vom Verhalten der Ehernen Vögel wussten, warteten sie im Wald ab, bis sich die Tiere im Heiligtum der Klauen satt gefressen hatten, und machten einen Bogen um die Nistplätze im Westen.

Eine Woche lang war die Karawane durch eine menschenleere Gegend gezogen. Der Zug erstreckte sich über einige Kilometer, das Tempo gaben die trägen Ochsen vor. Dann kamen sie wieder in eine Gegend mit gelbem Nebel, sodass sie zwischen den Schwaden hindurchlavieren mussten wie zwischen feuchten Laken, die zum Trocknen aufgehängt worden waren.

Als vor ihnen die ersten schneebedeckten Gipfel der Sierra schimmerten, hielten die Priester einen feierlichen Gottesdienst ab. Die Intrigen in Warschau waren bald ebenso vergessen wie der kalte Empfang durch den Bischof in Paris, denn nun zogen sie durch Dörfer, in denen die Menschen die Große Prozession fast unter Freudentränen willkommen hießen und den Wunsch äußerten, sich ihnen anzuschließen. Obendrein schien eine Woche lang die Sonne.

Kardinal Żmyhowycz fasste neuen Mut und trieb die Menge mit doppelter Energie in die Pyrenäen.

Dort gab es schon seit Langem keine Straßen mehr. Die sorgfältig angelegten Serpentinen und die in die Berge gehauenen Tunnel waren von Steinen verschüttet worden. Deshalb wollte man schnurstracks auf die ehemalige Hauptstadt zuhalten, ohne in der Gegend noch weitere Anhänger zu sammeln.

Die Spanier zeigten sich schon bald nicht mehr ganz so gastfreundlich, sondern legten den Gläubigen sogar nahe, umzukehren. Sie behaupteten nämlich, in Madrid seien andere Zeiten angebrochen und niemand warte dort auf Abgesandte des Kreuzes.

Doch keiner gab etwas auf dieses Gerede.

In der allgemeinen Begeisterung entging den Menschen, dass die Berge verdächtig bebten. Allerdings konnten die meisten Teilnehmer der Prozession die Berge auch überhaupt nicht sehen, weil sie gerade durch eine tiefe Schlucht liefen. Dann prasselten von oben immer heftiger Steine herab. Erst nur kleine, am Ende aber richtige Brocken.

Die Karawane zog auch jetzt noch stur weiter, weil jemand den Befehl gegeben hatte, bis zum Einbruch der Dunkelheit die Stadt Saragossa zu erreichen. Die ersten Menschen hatten die Schlucht auch schon hinter sich gebracht, als die Lawine niederging.

Sie begrub fast fünfzig Menschen unter sich. Es wären noch mehr gestorben, wenn nicht einige tapfere Kommandeure entschieden hätten, den Befehl zu missachten und eine Rast einzulegen, um das Ende der Steinschläge abzuwarten.

Kurz darauf erreichte die Prozession Saragossa. Viele Soldaten sahen sich die Sehenswürdigkeiten an, zu denen übrigens auch die weiblichen Schönheiten gehörten. Sie tranken Schnaps, von dem sofort einige Hundert Mann Magenschmerzen bekamen. Während die Soldaten sich noch in einem kampfunfähigen Zustand befanden, sandte man einen Erkundungstrupp aus.

Er kehrte nie zurück.

Die Menschen in Saragossa, deren Sprache nur wenige verstanden, brabbelten irgendeinen Unsinn zusammen, dass im Süden viele Gläubige dem Kreuz abgeschworen hätten, weil über das Meer reiche Menschen gekommen seien, die sie vor die Wahl gestellt hätten: Entweder schlössen sie sich ihnen an –

dann erhielten sie Ehren, Geld und neue Hosen –, oder sie würden es mit ein paar Hitzköpfen zu tun kriegen – die ihnen die Streitaxt über den Schädel zögen. Wie genau diese neue Religion aussah, darüber gingen die Meinungen auseinander. Nur in einem Punkt waren sich alle einig: Die Menschen fremden Glaubens, die jetzt in Barcelona und anderen Küstenstädten das Sagen hatten, hielten die – wie sie es auszudrücken pflegten – nichtsnutzigen Frauen fest an der Kandare.

Der Kardinal führte das ganze Gerede auf Ränke des Gehörnten zurück und ließ sogar einige Menschen hinrichten, die panisch darauf reagiert hatten. Nachdem so die Ordnung wiederhergestellt und vierzig Menschen begraben worden waren, setzte die Große Prozession ihren Weg fort.

Nur kam sie nicht weit. Als die Karawane nämlich einen kleinen Bach durchquerte, war mit einem Mal ein Donnern zu vernehmen. Ein gewaltiger Riss tat sich in einem Berg auf, aus dem regelrechte Wasserfälle herausspritzten. Es knirschte und knackte, als ob unter der Erde ein unzufriedener Wal wüten würde. Dann gingen abermals Steine auf die Menschen nieder. Die Hänge des Bergs rutschten ab und schossen in den Bach. Nachdem sich die Natur wieder beruhigt hatte, zählte man die Verluste und gab den Befehl weiterzuziehen. Doch schon donnerte es erneut, und das Wasser, das sich in einem Stausee gesammelt hatte, brach durch den Damm.

An diesem Tag kamen achtzig Menschen um. Danach meinten viele, die Erde selbst wolle verhindern, dass die Prozession ihr Ziel erreiche, und sämtliche Gebete der Priester würden versagen, weil sie alle schon zu viele Sünden auf sich geladen hätten.

Als kurz darauf auch der zweite Erkundungstrupp spurlos verschwand, wunderte sich niemand mehr.

Einen Tag danach begann das Viehsterben. Die Karawane büßte etliche Tiere ein. Nur Gottes Gnade war es dann zu verdanken, dass man auf die Spuren von Wild stieß und einige Bergziegen erlegen konnte.

Allerdings stellte sich heraus, dass die Ziegen eigentlich gar nicht wild waren, sondern in Dörfern lebten. Das bereits geräucherte Fleisch wollte Żmyhowycz nicht wieder hergeben, stattdessen schlug er den Bauern vor, ihnen bei der Wiederherstellung der Kapelle behilflich zu sein, und bot ihnen außerdem eine wertvolle Ikone an. Aber dieser verlockende Vorschlag wurde von den Wilden auf eine sehr unkluge und sogar grobe Weise beantwortet. Über die Ikone äußerten sie sich dahingehend, dass sie von solchem *Zeug* mehr als genug hätten, und dann fügten sie noch hinzu, dass es der Karawane sehr zum Schaden gereichen würde, wenn man den Verlust der Tiere nicht ersetze.

Beide Parteien schieden in Unfrieden.

In der nächsten Nacht wurden die Wagen mit dem Proviant angezündet. Außerdem bekamen zahlreiche Gläubige die Juckblattern. Der Grund war bald aufgedeckt: Die Wilden hatten zwischen die Zelte Beutel mit Milben geworfen. Die Erwachsenen konnten die Tiere noch wegätzen, aber die Kinder starben an Lähmung.

Von da an brachte jeder Tag weitere Grausamkeiten.

Der Kardinal erhielt unablässig neue Nachrichten, welche Schwierigkeiten die Prozession in Madrid erwarten würden. Mindestens sechsmal wurde ihm zugetragen, dass die Fischer in den südlichen Hafenstädten den abnehmenden Mond anbeten würden und sich zu einem Freiwilligenheer eingeschrieben hätten, um gegen alle *Ungläubigen* zu kämpfen. In welche Richtung diese Truppe aus Fischfängern ziehen wollte, wusste jedoch niemand zu sagen.

Als es bis Madrid nur noch ein Katzensprung war, begaben sich die Offiziere, die sich vorher mit Schnaps Mut angetrunken hatten, zum Kardinal und berichteten ihm von einigen wenig erfreulichen Tatsachen: Bei nächtlichen Auseinandersetzungen mit Heiden seien mehr als einhundertundvierzig Menschen gestorben, fast noch einmal so viele seien verletzt, teilweise müssten sie sogar in Kutschen untergebracht werden, doch diese böten nicht ausreichend Platz dafür. Kleinere Gruppen aus anderen Ländern hätten sich abgesetzt oder seien irgendwie verloren gegangen. So wüsste beispielsweise niemand, wo die zweihundert Deutschen geblieben seien. Gestern Abend hätte man sie noch gesehen, sauber und diszipliniert wie immer, aber heute Morgen seien sie spurlos verschwunden.

Doch Żmyhowycz und die drei Dutzend ihm fanatisch ergebenen Priester stellten sich stur. Sie wollten einfach nicht begreifen, dass sie in ein Land zogen, in dem ein Bürgerkrieg tobte. Deshalb redeten sie sich, aber auch allen anderen ein, man werde sie in Madrid mit Jubelchören empfangen.

In der darauffolgenden Nacht setzte ein Gewitter ein, bei dem sich alle Himmelsschleusen geöffnet zu haben schienen. Die nur schlecht befestigten Zelte wurden fortgespült, die Wagen steckten am nächsten Morgen bis zu den Radnaben im Schlamm fest. Der Regen hörte einfach nicht mehr auf. Und niemand hielt das länger bloß für schlechtes Wetter. Die durchgeweichten Seher stierten auf ihre Knochen und prophezeiten jedes Mal nur eines: den Untergang der Großen Prozession.

In der zweiten verregneten Nacht geschah es dann. Ein Murgang – eine wütende, tosende Welle aus Lehm, Steinen, Holz und kleinen Felsbrocken – schoss von den Bergen mitten in den Lagerplatz der Karawane hinein und begrub mehr als vierzig Wagen unter sich. Die Küchen waren vernichtet, die Fische in den Fässern sowie das Getreide fortgespült worden, und – wie hätte es auch anders sein können? – alle Pariser Mönche, die den Weg kannten, hatten den Tod gefunden.

Eve und Auguste flohen daraufhin zusammen mit den verzweifelten Iren. Deren Sprecher hatte den Kardinal fast auf Knien angefleht, wieder umzukehren oder zumindest die Kinder zurückzuschicken. Für das betrunkene Gestammel des bärtigen Nachfahren der Kelten hatte Żmyhowycz jedoch bloß die Worte übrig, dass die Mütter selbst gegebenenfalls ihre Kinder mit Freuden in die ersten Reihen schicken würden, um den Spaniern in ihren Glaubenszweifeln ein klares und deutliches Zeichen zu geben. Der Teufel mochte sich an einem tapferen Missionar vergreifen – aber wenn er unschuldige gläubige Kinder sähe, würde selbst er in die Hölle zurückkehren, aus der er gekommen sei.

Auguste und Eve durchschauten die Situation zwar nicht ganz, hatten aber unerschütterliche Beweise in der Hand, dass die spanischen Portefeuilles um Madrid herum völlig vernichtet worden waren. Während des bisherigen Weges hatten sie jedes Vertrauen in den Kardinal verloren, außerdem hielten sie ihn für völlig unfähig, diese große Gruppe anzuführen. Deshalb wollten sie nach Frankreich zurück. Zwei Wochen irrten sie über Ziegenpfade, flohen vor bewaffneten Bergbewohnern und litten fürchterlich unter dem Mangel an Trinkwasser.

Irgendwann endeten der Regen, die Lawinen und Überschwemmungen. Im Licht einer freundlichen Sonne schienen die schneebedeckten Gipfel friedlich zu schlafen und das Himmelsgewölbe zu tragen …

Schließlich trat der Tag ein, an dem sie wieder Französisch hörten. In einem von allen Göttern vergessenen Dorf gelang es ihnen, die erschöpften Pferde gegen kleine Esel einzutauschen. In diesem Dorf begegneten sie auch einigen Mönchen, die dem Gemetzel in der spanischen Hauptstadt glücklich entkommen waren. Sie berichteten, die Große Prozession sei eingekesselt worden. Feinde mit vermummten Gesichtern hätten die Wagen überfallen und die Frauen mit Kleinkindern, die Żmyhowycz in einen lebenden Schutzschild verwandelt hatte, gefangen genommen …

Je länger Artur der monotonen Übersetzung zuhörte, desto mehr wunderte er sich darüber, wie stur die Menschen sein konnten. Eve und Auguste waren vor über zwei Jahren zurückgekehrt und dann von den Portefeuilles verstoßen worden. Ihre eigenen Leute begegneten ihnen mit Misstrauen, die anderen schlossen sie ebenfalls nicht ins Herz. Und es hatte sich niemand gefunden, der auch nur gefragt hätte: Was ist denn nun mit unseren Gläubigen? Wann kommen die zurück?

Stanisław war in der letzten halben Stunde um hundert Jahre gealtert.

Bork stierte die ganze Zeit ins Leere. Von der Geschichte der Großen Prozession hatte er nicht ein Wort mitbekommen. Aus seinen roten, tief liegenden Augen flossen Tränen. Sie strömten ihm in Bächen über die mehlweißen Wangen und das bartlose Kinn und fielen auf Ferdinands Kopf, der auf seinen Schenkeln ruhte. Der jüngere Sohn des Bierbrauers war ebenfalls wie versteinert. Irgendwann stand Bork auf, band sich den Schal um und übernahm die nächste Wache.

Christoph saß im Schneidersitz da, wich Eve keine Sekunde von der Seite und hielt ihre Hand. Obwohl die Ex-Gefangene am Feuer saß und ihre Kleidung fast trocken war, zitterte sie. Die Frau hatte die Arme um die angezogenen Beine geschlungen und schmiegte sich an Christoph. Es war unmöglich zu sagen, ob sie fror oder ob sie einfach Angst hatte, ihren Retter zu verlieren.

Mam Rona tastete die dünnen Rippen und die Wirbelsäule der Frau ab und erklärte, es sei nichts gebrochen, Eve müsse nur ein wenig zu Kräften kommen. Artur übersetzte diesen Befund für sich dahingehend, dass die Frau unter Schock stand. Aber das ginge wohl jedem an ihrer Stelle so. Eine ganze Woche lang hatte sie in einer feuchten Zelle in der Gesellschaft von Dieben und Mördern auf ihren Tod gewartet. Während sie an eine Eisenbank gekettet war, hatte sie erlebt, dass ihre Zelle geflutet wurde …

Von Stanisław hatte Artur erfahren, dass bereits die Hälfte der Häftlinge ertrunken war, als er und Christoph in den Keller gelangt waren. Die Leichen seien im Wasser getrieben wie vor Anker gegangene U-Boote. Nur dass nicht Ankerketten sie gehalten hatten, sondern Gefängnisfesseln.

Auguste hatte Eve gerettet, indem er sie bis zu seinem letzten Atemzug immer wieder nach oben gestoßen hatte. Christoph wiederum hatte nicht einmal einen Namen gerufen oder sich auch nur aufmerksam umgeschaut, sondern war einfach von den Stufen in das dreckige Wasser hineingesprungen und hatte die Kette mit drei Schuss durchtrennt. Mit jenem Damenrevolver, den ihm Artur geschenkt hatte. Noch dazu unter Wasser, sodass er es riskierte, Eve den Knöchel zu zertrümmern.

»Das ist ein Wunder«, hatte Stanisław im Flüsterton Artur gegenüber beteuert, während er sich verstohlen nach dem bleichen, reglosen Christoph umgesehen hatte. »Der Herr hat uns nicht im Stich gelassen, er hat abermals ein Wunder vollbracht, Pan Schmied … Er hat meine Gebete erhört, was heißt, dass diese verirrte Seele uns in der Tat von ihm geschickt worden ist!«

»Ich fürchte, sie ist nicht uns geschickt worden, zumindest nicht uns *allen*, sondern nur *einem* von uns«, hatte Lew bemerkt.

Nachdem Eve ihnen die Geschichte der Großen Prozession erzählt hatte, verkniff sich Stanisław endlich alle Bemerkungen über Wunder und warf sich auf den Boden. Er stand nur auf, wenn man ihn um Hilfe bat oder etwas zu essen brachte, nahm dann jedoch auf der Stelle wieder seine bisherige Position ein und versank in tiefe Nachdenklichkeit.

Knirps hatte man mit vereinten Kräften auf den Metalltisch gehievt. Bisher hatte er das Bewusstsein nicht zurückerlangt. Die letzten Kilometer waren Artur und Stanisław neben ihm hergeritten, damit er nicht vom Pferd fiel. Lew schnitt nun seine Kleidung auf, Mam Rona schiente den gebrochenen Arm, und Artur mischte in den Töpfen die Heilkräuter. Knirps war insgesamt elfmal verwundet worden, seit einer Stunde stöhnte er nicht einmal mehr, sondern stöhnte lediglich auf, wenn die heißen Kräuter ihm Schmerzen verursachten.

»Willst du sie mitnehmen, Kommandeur?«, knurrte Daljar und nickte in Richtung von Eve, die in ein Fell eingehüllt war. Er schien sie allein für Klaus' Tod verantwortlich zu machen.

»Ich weiß es noch nicht«, antwortete Artur, der sich langsam fragte, wo die Portefeuilles blieben.

»Hat man Ihren Freund ermordet?«, fragte Orlando und zupfte Artur am Ärmel. »Monsieur Lew hat uns bereits gesagt, dass jener Klaus gestorben ist, als er die Frau gerettet hat.«

In der allgemeinen Aufregung hatte Artur die beiden Probanden völlig vergessen, ja, bei der Rückkehr hatte er sie nicht einmal auf Anhieb erkannt. Sie hatten das Gel abgewaschen und sich die für sie ungewohnte grobe Kleidung angezogen. Monique hatte ihren geschorenen Kopf unter einer Art Turban verborgen. Erleichtert stellte Artur fest, dass sie den verletzten Knirps betrachteten, ohne in Panik zu geraten. Aber gut, während ihrer Zeit im Institut dürften sie so einiges zu Gesicht bekommen haben …

»Nein, Klaus wurde nicht ermordet«, antwortete Artur. »Er ist ertrunken.«

»Können wir vielleicht irgendwie helfen?«, fragte Monique stotternd. »Röntgenaufnahme oder Ultraschalluntersuchungen kann man hier wohl nicht vornehmen, oder? Ich frage nur … weil diese Frau am ganzen Körper blaue Flecken hat, da wäre es nicht schlecht, auf Nummer sicher zu gehen.«

»Wenn Sie uns helfen wollen, dann sehen Sie sich die Ausrüstung im Keller an«, sagte Artur. »Was auch immer Sie für tauglich halten, nehmen wir mit. Röntgengeräte werden Sie aber in der Tat nicht finden.«

»Ich … ich habe Angst, da runterzugehen«, murmelte Monique.

Daraufhin knuffte Orlando sie in die Seite.

»Nein, nein, das meinte ich gar nicht«, korrigierte sich Monique sofort. »Sie müssen einfach wissen, dass Michels Tod so überraschend für uns gekommen ist … Das heißt, ich wollte sagen, dass … natürlich gehe ich da runter.«

»Sie müssen sich nicht rechtfertigen«, versicherte Artur und klopfte der Frau auf die Schulter. »Niemand macht Ihnen einen Vorwurf. Aber Sie müssen sich eins merken: Wenn man Ihnen vorschlägt, nicht mit den Händen, sondern mit dem Kopf zu arbeiten, dann sollten Sie dieses Angebot, ohne zu zögern, annehmen. Andernfalls würden sich Ihre zarten Hände nämlich rasch in Krebsscheren verwandeln, Madame.«

Er stieß einen Seufzer aus und wollte schon gehen, denn für jedwede Auseinandersetzung fehlte ihm die Kraft.

»Monsieur Schmied«, hielt ihn Orlando jedoch zurück. »Verzeihen Sie uns, wir … wir verdanken Ihnen unser Leben. Selbstverständlich werden wir für Sie arbeiten und jetzt dort hinuntergehen.«

»Bestens«, erwiderte Artur. »Aber zunächst würde ich Sie bitten, noch einmal mit nach oben zu kommen. Da will Sie nämlich jemand unbedingt kennenlernen.«

Ein kaum vernehmbarer Ton gab ihm genau in diesem Moment darüber Auskunft, dass mindestens ein Dutzend Reiter aufs Institut zuhielten. Endlich kamen die Portefeuilles.

(19) VON DER BEERDIGUNG ZUR HOCHZEIT

Monique und Orlando blinzelten im grellen Licht.

Die Reiter hatten am Rand des Platzes vorm Institut haltgemacht. Der Wind ließ die schwarzen Schöße ihrer Gehröcke und die Bärte der Männer flattern. Die Pferde waren nervös, denn sie witterten den Blutgeruch. Artur entdeckte unter ihnen Gilbert, Mendel und jene dicke Frau, die in der Kneipe mit dem Augenlosen Karten gespielt hatte. Insgesamt waren neun Menschen gekommen, und bis auf zwei alte Männer, die Gebete flüsterten, gaben sich alle sehr tapfer.

»Übersetzen Sie ihnen, dass sie sich nicht vor den Vögeln zu fürchten brauchen«, bat Artur Orlando. »Diese Untiere sind tot. Dort drüben liegen ihre Leichen.«

»Wenn ich Sie nicht schon früher gesehen hätte, dann würde ich meinen, ich hätte zu viel Wein getrunken«, gestand Porthos, auf dessen Gesicht sich die unterschiedlichsten Gefühle – von Unglauben bis zu abgrundtiefer Panik – widerspiegelten. »Lebende Kristallklauen …«

»Mir kommt es auch so vor, als träumte ich«, flüsterte ein anderer, ein hochaufgeschossener Greis mit einer Narbe quer über der Stirn. »Es gibt nur wenige Menschen, die nach einer Begegnung mit den Vögeln noch davon berichten können.«

Er berührte seine Narbe.

»Es ist nicht einfach gewesen, meine Freunde davon zu überzeugen, dass sie Ihnen trauen können«, fuhr Porthos fort.

»Ich vertraue denen immer noch nicht«, stellte die dicke Frau klar.

»Das ist Ihr gutes Recht«, erwiderte Artur unbeeindruckt. »Wir stellen keine Forderungen an Sie, sondern haben Ihnen lediglich einen Vorschlag unterbreitet, wie Sie Ihre Gemeinde in der nächsten Zeit vor Pogromen schützen können.«

Die Portefeuilles saßen nun ab und umrundeten zitternd und sich ständig umsehend die riesige Holzstatue. Die Pferde schnaubten, als sie den Berg aus Schädeln bemerkten. Über den Särgen schwirrten glitzernde Fliegen. Aus einer der Anabiose-Kapseln ragte der Knochen eines Menschen heraus, der durch unzählige Berührungen bereits glänzte. Um sie herum hüpften Krähen.

Gilbert trat mit leuchtenden Augen dicht an Monique heran und strich ihr über die Wange. Dann sagte er etwas zu jemandem, ohne sich dabei umzudrehen. Vermutlich waren die Worte für Porthos bestimmt.

»Ich verstehe nicht die Hälfte von dem, was er sagt«, beklagte sich Monique bei Artur. »Meine Güte, was ist das bloß für ein Französisch!«

»Er fragt diesen Schrank von Mann, warum man dich nicht kaufen kann, wenn du keine echte Hexe bist?«, übersetzte Orlando die Worte Gilberts ins Englische.

»Niemand wird Sie verkaufen«, beruhigte Artur die Frau und wandte sich an Ferdinand, der gerade im Schatten vor dem Gebäude auftauchte. »Bitten Sie Mam Rona, dass sie Stanisław einen neuen Verband anlegt, dann ist er beschäftigt und läuft uns nicht über den Weg. Und seien Sie auch so gut und bitten Sie Christoph, dass er seine Freundin herbringt.«

Gilbert redete unverändert auf Porthos ein, wobei er einen Ton anschlug, der eine perfekte Mischung aus Bösartigkeit und Schleimerei darstellte. Porthos schien sich jedoch gar nicht auf eine Diskussion mit ihm einlassen zu wollen, sondern zischte nur kurz.

Gilbert schielte noch immer zu Monique hinüber, grinste süffisant wie ein Zigeuner und hielt Porthos unverdrossen seine Vorträge.

Dem wurde die Sache irgendwann zu bunt, vielleicht war es

ihm aber auch einfach peinlich vor den Fremden – jedenfalls packte er Gilbert und zog ihn hinter die Statue. Kurz darauf kamen beide wieder und taten so, als wäre nichts geschehen – nur dass Gilbert die Hände auf die Augen presste und seine Lippe blutete. Die anderen Portefeuilles gaben vor, die Verletzungen nicht zu bemerken, während Artur intensiv die Kratzer auf einem seiner Messer studierte.

Christoph trat Arm in Arm mit Eve aus dem Keller. Als sie sah, wer da vor ihr stand, wäre sie fast wieder in Ohnmacht gefallen. Immerhin konnte sie Artur jetzt in aller Ruhe betrachten. Sie war nicht gerade eine Schönheit und musste früher wesentlich dicker gewesen sein. Gut möglich, dass sie in ihrer Pubertät wegen ihrer Pfunde sogar gehänselt worden war. Jetzt sah sie allerdings aus wie eine ausgequetschte Zitrone, vor allem was ihre Gesichtsfarbe anging. Wie konnte Mam Rona die übersehen haben? Die Frau hatte entweder die Gelbsucht gerade hinter sich oder würde demnächst jeden damit anstecken. Außerdem war sie erschreckend mager. Durch die Risse ihres Wollhemds schimmerten die blassen Beine, die dürren Arme durchzogen blaue Adern. Ihr ausgezehrtes Gesicht war voller Schrammen, die eine Wange zierte ein riesiger blauer Fleck, und die grünen Augen wollten ihr vor Furcht fast aus den Höhlen treten. Das Einzige, mit dem sie auftrumpfen konnte, war ihre rote Haarpracht.

Eve schmiegte sich eng an Christoph, offenbar hatte sie Angst davor, sich auch nur für eine Sekunde von ihm zu trennen. Ihnen folgte Bork, dessen dunkle Brille ihn nicht nur vor der Sonne schützte, sondern auch seinen Kummer verbarg. Noch ehe er sie erreicht hatte, begann er mit dem Dolmetschen.

»Eve, du kannst nicht in die Gemeinde zurückkommen«, sagte Porthos in einem fast fragenden Ton. Obendrein mied er es, ihr in die Augen zu sehen. »Willst du mit diesen Menschen mitgehen?«

»Ich gehe nach Nancy und warte dort auf …«

»Auf was?«, fragte einer der Männer, die Artur nicht kannte. »Darauf, dass sie uns alle aufhängen? Sobald das Gerücht die Runde macht, dass du gerettet worden bist, wird André uns sofort der Zauberei bezichtigen.«

»Ich warte auf die Rückkehr der Kaufleute aus Sevilla«, sagte Eve sehr leise. Dabei starrte sie die ganze Zeit auf den Boden.

Christoph, der sie nicht verstand, ließ den Blick über die Portefeuilles wandern. Artur sah vor seinem inneren Auge klar und deutlich, wie er selbst einst im Regen hinter der Kutsche der Wipper hergerannt war, die Nadja van Gogh ins Vorgebirge des Urals gebracht hatte. Wie er sich täglich abgeschuftet hatte und abends durch die Funken über den Lagerfeuern zu ihr hinübergespäht hatte. Damals war er bereit gewesen, noch weitere Hunderte von Kilometern zu Fuß zurückzulegen, und hatte auf alles in der Welt geschissen – Hauptsache, er blieb bei dieser Frau. In Christophs Augen lag gerade der gleiche wütende Ausdruck des Männchens, das alle verdächtigte, sie wollten ihm sein Weibchen klauen.

»Willst du, dass wir alle sterben?«, brachte die Fette heraus. »Nicht nur, dass du deinen Vater und die Gesetze der Altvorderen in den Dreck gezogen hast, jetzt legst du es auch noch darauf an, dass Aval unsere ganze Gemeinde in Brand steckt! Was haben diese Anhänger des Kreuzes dir eigentlich dafür bezahlt?«

»Wenn du zu uns zurückkehrst«, mischte sich nun ein grauhaariger Alter ein, »wird dein Freund der Bischof, dem du die Hände geküsst hast, uns alle auf dem Scheiterhaufen verbrennen!«

»Ich … ich will nicht wie eine Aussätzige von euch gehen«, flüsterte die Frau. Eine Sekunde lang weiteten sich ihre Augen noch stärker, ihre Beine zitterten, und ohne Christoph an ihrer Seite wäre sie garantiert in den Vogelkot am Boden gefallen.

»Vater …«

Wenn Artur nicht mit einer Wendung gerechnet hatte, dann

mit dieser. Hinter Porthos trat blinzelnd Mendel hervor, der seinen staubigen schwarzen Hut mit beiden Händen zerdrückte.

»Mein Gott«, entfuhr es Monique. »Sie ist seine …?«

»Pssst!«, zischte Orlando und zog seine Kollegin rasch zurück.

Einen Moment waren alle wie erstarrt. Es war zu hören, wie der Wind durch die Röhren fuhr und die Krähen sich um die Knochen stritten. Mendel ging mit unsicheren Schritten auf seine Tochter zu. Diese riss sich aus Christophs Armen los und fiel vor ihrem Vater auf die Knie. Der zögerte kurz, dann schloss er Eve in seine knochigen Arme. Die fette Frau schluchzte auf, und zwei alte Männer wandten sich ab und verbargen das Gesicht in den Händen. In Moniques Augen standen Tränen.

»Eve, geh mit diesem Mann in das Gebiet hinter der Sandwand«, sagte der Mann mit fester Stimme, »auch wenn wir uns dann nie wiedersehen.«

»Vater, ich will nicht von dir …«

»Er hat dich aus dem Gefängnis befreit und dir das Leben gerettet. Er war sicher, dir zu begegnen. Wenn du jedoch nach Paris zurückzukehren versuchst, wird man dich töten und uns gleich mit.«

»Mich trifft keine Schuld«, sagte Eve, die inzwischen so heftig weinte, dass ihre Schultern zitterten. Mendel schniefte. »Ich will nicht fortgehen, ohne …«

An dieser Stelle räusperte sich Orlando, der nicht mehr imstande war, Artur dieses Gespräch zu dolmetschen. Aber es war auch so klar, dass die Frau darum gebeten hatte, einen Segen für ihren Weg zu erhalten.

»Du hast uns damals nicht gefragt, als du dich den Polen angeschlossen hast«, rief ihr Mendel in Erinnerung, während er sich an seine Tochter schmiegte.

Artur fasste Christoph beim Arm und zog ihn fast mit Gewalt von den beiden weg. Der Sohn des Roten Vollmonds schien förmlich an Eve zu kleben. Die familiäre Szene brachte ihn völlig aus dem Konzept. Artur erinnerte sich nicht, Christoph je so panisch erlebt zu haben. Anscheinend glaubte er felsenfest, dass ihm Eve weggenommen werden sollte.

»Warum haben Sie mir das nicht gesagt?«, wollte Artur von Porthos wissen.

»Weil Sie mir dann nicht geglaubt hätten«, erklärte dieser und kratzte sich leicht verlegen den Bart. »Es hätte ja so ausgesehen, als wollte Mendel mit Ihrer Hilfe nur seine Kinder vorm Scheiterhaufen retten. Aber es sind wirklich nur diese beiden mit den Polen nach Madrid gezogen!«

»Wir haben diese Geschichte schon von Eve gehört. Ihr Bruder ist gestorben«, sagte Artur. »Und Borks Sohn ist ebenfalls gestorben, als er das Leben dieser Frau gerettet hat.«

»Das tut mir sehr leid, Herr Jäger«, wandte sich Porthos an den Bierbrauer, »und meine Schuld Ihnen gegenüber ist nicht mit Geld aufzuwiegen.«

»Sprechen wir nicht davon«, entgegnete Bork. »Meine Kinder wussten genau, welches Risiko sie eingehen, als sie mit mir hierhergekommen sind.«

»Trotzdem ... Gibt es etwas, das ich für Sie tun?«, fragte Porthos und beugte sich zu Bork hinunter.

»Der Mann scheint seine Tochter trotz ihres Verrats zu lieben«, murmelte Bork, Porthos' Frage übergehend. Er beobachtete, wie Eve und ihr Vater miteinander flüsterten. Beide hatten Tränen in den Augen.

»Selbstverständlich«, bestätigte Porthos. »Mendel hat nicht ein Wort mit ihr gewechselt, seit sie zurückgekommen ist. Er hat sie und seinen Sohn aus seinem Gedächtnis verbannt. Kein einziges Mal hat er sie besucht. Aber jetzt ...« Porthos seufzte.

Die nächsten zehn Minuten redeten alle auf Eve ein, genauso lange stellte sie sich jedoch stur. Artur vermutete schon, dass Christoph sie packen und fortziehen würde, und fragte sich, ob es nicht besser wäre, man würde Eve nicht mit nach Piter nehmen, sondern sie in der Stadt der Bierbrauer lassen. Christoph könnte ja durchaus bei ihr bleiben, dann würden sie gemeinsam diese langbeinigen Wildschweine hüten und Acharen in den Sümpfen jagen.

Schließlich packte Mendel die Wut, und er drohte seiner Tochter mit der Peitsche. Christoph eilte sofort zu ihr, um sie zu beschützen. Bork murmelte in einem fort etwas, Monique schluchzte, und die Fette versuchte, Eve bei den roten Haaren zu packen.

Da platzte Artur der Kragen. Er wusste selbst nicht, was ihn ritt, aber die Lüge klang absolut überzeugend: Im Nu spann er die Legende, dass nach den Gesetzen Russlands ein Paar nur sein beiderseitiges Einverständnis erklären müsse, dann würden aus Mann und Frau rechtmäßige Eheleute. Eine Frau mit diesem Status dürfe jedoch niemand beleidigen, allerdings sei sie verpflichtet, ihrem Mann überallhin zu folgen, und sei es in ein Straflager.

Das brachte die Portefeuilles völlig aus dem Konzept. Eve hörte auf, ihren Vater anzuschreien, wäre aber beinah wieder in Ohnmacht gefallen. Bork wollte wissen, was ein Straflager sei. Artur musste es ihm erst erklären. Als Monique und Orlando begriffen, worum es bei diesem Wortwechsel ging, hätten sie den Schwindel fast durch einen hysterischen Lachanfall auffliegen lassen.

Am erstaunlichsten war vielleicht, dass Eve sich auf das Spiel einließ. Sobald sie ihr Einverständnis gegeben hatte, ließ Artur Stanisław und vorsichtshalber auch noch Mam Rona rufen.

»Ich habe den Eindruck, in eine schlechte Komödie geraten zu sein«, flüsterte Orlando Artur zu. »Ich werde einfach das Gefühl nicht los, dass alle um mich herum Schauspieler sind und auch ich selbst auf der Bühne stehe.«

»Dieses Gefühl habe ich schon seit fünfzehn Jahren«, erwiderte Artur und deutete ein Lächeln an. »Aber ich habe noch nie eine Hochzeit erlebt, bei der es den beiden Brautleuten ernster gewesen wäre als bei dieser.«

Die schlechte Komödie erinnerte dann am Ende eher an eine Tragödie. Für die Zeremonie war das Amphitheater gewählt worden, was vor allem daran lag, dass sich Stanisław kategorisch geweigert hatte, den Brautleuten seinen Segen neben unbeerdigten Leichen zu geben.

Die Portefeuilles fühlten sich offenbar ausgesprochen unwohl. Artur versuchte sich vorzustellen, wie er wohl an ihrer Stelle reagieren würde. Jahrzehntelang hatte der geflügelte Tod über der Stadt gehangen, waren diese fliegenden Monster durch den Gesang der Särge angelockt worden. Wahrscheinlich hatten die Mütter dann stets ihre weinenden Kinder an sich gepresst, denn jeder wusste, welche Nahrung die Vögel bevorzugten. Die Bewohner des Roten Walds hatten den Parisern – wenn sie diese nicht auf der Stelle niedermetzelten – nur zu gern auf die Nase gebunden, womit sie die Biester fütterten.

Und jetzt sollten die Portefeuilles – nach Arturs Plan, von dem außer einigen eingeweihten Leuten Porthos' niemand wissen durfte – die Ruinen des Instituts beziehen ...

Christoph war kreidebleich, die frischgebackene Ehefrau sah nicht viel besser aus, weshalb Lew die beiden von hinten stützen musste. Porthos zischte seine Leute an, sodass alle verstummten und dem Geschehen konzentriert folgten. Artur konnte über sie nur staunen. Erst schrien sie sich an und stritten heftig, dann versöhnten sie sich und lagen sich weinend in den Armen, kicherten plötzlich glücklich los – und brachen den nächsten Streit vom Zaun.

Diesmal ging es um die Tradition bei Hochzeitsfeierlichkeiten.

Artur stimmte zu, als Gouverneur von Petersburg die Rolle des Trauzeugen zu übernehmen, und schlug schließlich einen Kompromiss vor. Zunächst sollten die Portefeuilles – gewissermaßen als die Hausherrn – die Zeremonie nach ihren Bräuchen feiern, danach würden sie an Stanisław übergeben, und schließlich würde das Ganze mit einer offiziellen Unterschrift in Lews Tagebuch besiegelt werden.

Mam Rona spendierte etwas weißes Leinen, damit Eve einen Schleier hatte. Gilbert lieh Christoph sein Jackett und begab sich höchstselbst in die Ruinen hinunter, um Kerzen zu besorgen. Mit einer orangefarbenen Blume in der Brusttasche sah Christoph tatsächlich wie ein richtiger Bräutigam aus. Mendel wurde auf einen Tisch gehoben, und während er die traditionellen Worte in einem monotonen Singsang vortrug, überragte er alle anderen, ganz wie ein strenger, unbestechlicher Richter.

Noch vor wenigen Stunden hatte dieser Mann sie mit einem Messer zwischen den Zähnen und einer Armbrust in der Hand durch Paris geführt. Wahrscheinlich wäre er nun liebend gern mit ihnen nach Piter gekommen, äußerte jedoch keine entsprechende Bitte. Ein solcher Schritt brächte die Gemeinde in Gefahr. Und wahrscheinlich verfluchte er sich insgeheim, dass er nicht zusammen mit Arturs Leuten das Gefängnis gestürmt und seinen Sohn gerettet hatte.

»Sieht *so* heute eine Hochzeit aus?«, wollte Monique von Artur wissen.

»Wenn wir nach Piter zurückkommen, werde ich Ihnen mit Freuden die Aufgabe anvertrauen, eine ordentliche Zeremonie auszuarbeiten«, erwiderte Artur lächelnd. »Hier spielt es jedoch gar keine Rolle, wie wir die Trauung abhalten. Hier kommt es einzig und allein darauf an, dass Mendel sich jetzt sicher sein kann, dass seine Tochter bei uns nicht von einem Mann zum nächsten weitergereicht wird.«

»Aber das kam alles so überstürzt …«

»Stimmt«, bestätigte Artur. »Vor einer Stunde hatte ich noch keinen blassen Schimmer davon, dass ich an einer Hochzeit teilnehmen würde. Und jetzt sollte ich mir mal überlegen, was ich dem Brautpaar eigentlich schenke …«

»Geschenke gibt es also immer noch?«, hakte Monique nach. »Verflucht, dann stehen Orlando und ich ja mit leeren Händen da.«

»Das stimmt nicht. Sie können Eve versprechen, dass Sie sie

ausbilden. Wenn die Frau sich nicht völlig dumm anstellt, könnte sie sogar Ihre Stellvertreterin in der Klinik werden, die wir Ihnen einrichten. Das ist ein mehr als großzügiges Geschenk. Nein, wenn sich hier jemand Sorgen um ein Geschenk machen muss, dann ich.«

»Wollen Sie mich auf den Arm nehmen?!«, erwiderte Monique verständnislos. »Was für eine Klinik? Was für eine Stellvertreterin? Glauben Sie etwa wirklich, irgendjemand in dieser Welt gäbe etwas auf meine Dissertation?«

»Gehen Sie getrost davon aus, dass Sie Direktorin werden, über die genaue Ausrichtung der Klinik unterhalten wir uns in Piter. Allerdings kann ich Ihnen jetzt schon sagen, dass es eine Mischung aus Forschungsinstitut, Krankenhaus und Universität oder Ausbildungsstätte sein wird. Lassen Sie sich die Frage in aller Ruhe durch den Kopf gehen, während ich mich jetzt um ein Geschenk kümmere.«

Daraufhin stapfte er davon, damit Monique die Neuigkeiten erst einmal verdauen konnte. Als er sein Gepäck durchwühlte, fand er jedoch nichts Besseres als ein paar Goldringe, die auf einen Draht gezogen waren. Irgendwie war es ihm etwas peinlich, Eve und Christoph ausgerechnet diese Ringe zu schenken, hatte er sie doch vom Ataman aus Rostow für die Zeugung eines Kindes erhalten. Arturs jüngste Tochter, deren Mutter er nur zweimal in seinem Leben gesehen und bereits vollständig vergessen hatte, lebte längst weit weg von Piter, hatte ihm aber, gemessen an den gängigen Marktpreisen, einen enormen Gewinn eingebracht. Denn sie war – genau wie alle anderen Kinder von ihm – gesund zur Welt gekommen und imstande, ihrerseits zu gebären.

Jedes Jahr erhielt er deswegen auch Anfragen, ob er nicht ein Kind zeugen wolle. Doch im Unterschied zu seiner Frau lockte ihn diese Verdienstmöglichkeit kaum. Das wiederum hatte zur Folge, dass er sich, wann immer er pleite war – was im Übrigen ziemlich häufig vorkam –, nicht aus der Staatskasse, sondern aus dem Portemonnaie seiner Frau bediente.

Mam Rona schenkte Eve ein weißes Laken, Lew Christoph einen Orden Alexander Newskis, den er bisher als Talisman an einer Kette um den Hals getragen hatte. Nachdem Knirps aus seiner Ohnmacht erwacht war, fürchtete er, nicht aufstehen und Eve nicht beschnüffeln zu können, sagte aber gleich, er und Daljar hätten für beide Brautleute ein schönes Geschenk. Nachdem er die Gendarmen im Hôtel des Invalides abgeschüttelt hatte, war es ihm nämlich noch gelungen, sich Trophäen in Form einer silbernen Suppenkelle und eines Terrinendeckels zu sichern. Stanisław schenkte Eve ein Amulett, auch wenn die Portefeuilles da murrten, und Christoph einen bestickten Gürtel aus Safianleder.

Die Bierbrauer flüsterten miteinander, kramten dann in einem Sack und entnahmen ihm das bei Weitem großzügigste Geschenk. Bork war nämlich durch die Ruinen gestreift und hatte sich hemmungslos in den verwaisten Erdhütten der Klauen umgesehen. So konnte er Christoph ein mit Gold besticktes Schultergehänge samt einem mit Edelsteinen besetzten alten Säbel überreichen, Eve einen Spinnrocken sowie einige Kilo Wolle. Allerdings gab er offen zu, dass diese Reichtümer eigentlich für seine Frau gedacht gewesen waren, die jetzt halt leer ausgehen müsse.

Porthos brachte einen langen Gegenstand an, der in abgescheuertes Wildleder eingewickelt war.

»Das wollte ich ja eigentlich dem Gouverneur schenken«, sagte er leicht verlegen. »Aber unter diesen Umständen …«

Die anderen schrien verzückt auf, als er sein Paket auswickelte.

»Das Zepter des Königs«, murmelte Orlando. »Ich erinnere mich noch, dass es früher auf Samt in einer Glasvitrine gelegen hat.«

»Das behältst du aber nicht«, flüsterte Artur Christoph zu. »Sobald wir in Piter sind, überlässt du es dem Winterpalast. Dafür kriegst du eine Wohnung oder eine Kuh von mir.«

»Ja, Herr«, sagte Christoph strahlend, küsste Artur und hätte wohl selbst nicht zu sagen gewusst, im wievielten Himmel er gerade schwebte.

Für die Hochzeit hatte Artur außerdem eine Flasche mit erstklassigem Schnaps spendiert. Nach einer Weile setzte er sich jedoch mit Orlando, Porthos und zwei glatt rasierten Männern des Wirts von der Feier ab.

»Sind das auch wirklich zuverlässige Männer?«, wollte er von Porthos wissen. »Werden sie niemandem etwas verraten?«

Porthos grinste nur. Mit einem Mal meinte Artur, dieses Grinsen zu kennen. Da betrachtete er den Wirt mit völlig neuen Augen. Es war, als hätte im Theater die Beleuchtung gewechselt. Oder als hätte ein Kameramann eine andere Perspektive gewählt. Alles Fremde, Böse und Äußerliche war wie weggeblasen, nur der jahrtausendealte Kern geblieben, der die Gesichter aller Portefeuilles prägte.

»Dann wollen wir mal«, sagte Artur.

Sie stiefelten in den Keller hinunter, und er zeigte ihnen die Anabiose-Kapseln, die Hähne für den Lüftungsschacht, den Notausgang, die Garage und die Labors, wo vermutlich echte Schätze lagen. Dann erklärte er ihnen, wie man alles tarnen, säubern und in Ordnung bringen müsse, damit man hier wohnen könne.

Obwohl die Portefeuilles von der ganzen Anlage etwas eingeschüchtert waren, ließen sie sich äußerlich nichts anmerken.

»Vielleicht sollten wir den irgendwie loswerden?«, fragte Porthos und starrte durch die offene Tür auf die mit Federn behangene Steinklaue Louis.

»Auf keinen Fall«, antwortete Artur. »Wenn er nicht völlig dumm ist, wird er tun, was Sie sagen. Sollte er sich jedoch als echter Idiot herausstellen, werden seine Leute ihn in Kürze umbringen. Worauf es jedoch vor allem ankommt, ist, dass sich Ihre beiden Männer so überzeugend verkleiden, dass er glaubt, es handle sich bei ihnen tatsächlich um die erwachten Kristallklauen. Danach soll diese Steinklaue ein Dutzend andere Klauen herbringen. Wenn alle versammelt sind, rufen Sie die Vögel, dann wird Louis der mächtigste Mann unter diesen Wilden sein. Lassen Sie ihn jedoch auf keinen Fall in den Keller. Füttern Sie die Vögel mit den Leichen anderer Steinklauen, und zwar in Anwesenheit von Zeugen, damit alle sehen, wie zornig die Kristallklauen sein können.«

»Wir werden alles exakt so ausführen, wie es Ihr Plan vorsieht«, versicherte Porthos. »Wenn die Klauen uns die Geschichte abkaufen, werden wir in der nächsten Woche die ganze Gemeinde hierherbringen.«

»Daran wird es scheitern«, sagte der glatt rasierte Mann, der Orlando spielen sollte. »Unsere Leute werden den wahren Glauben nicht verhunzen, indem sie diese Holzstatue anbeten.«

»Das ist doch nur vorübergehend«, bemerkte Orlando. »Nur um die Gemeinde zu retten, während die Pest tobt. Dann studieren sie das Verhalten der Vögel und werden rasch dahinterkommen, wie sie auszurotten sind. Durch ein langsam wirkendes Gift, durch Elektrizität … irgendwas wird Ihnen schon einfallen. Vielleicht können Sie ja auch alles friedlich klären? Schließlich sind es Vögel, keine mechanischen Apparate, die kann man doch zähmen! Und wenn Sie erst einmal ein paar Junge in Ihrem Besitz haben, ist die Reihe am General, vor Angst zu schlottern! Die Klauen aus dem Wald werden Sie jedenfalls, wenn Sie hier in ihrem Heiligtum leben, bestens beschützen. Vielleicht können Sie ihnen ja sogar das Lesen beibringen …«

Dieser dunkelhäutige, kurzsichtige Mann gefiel Artur immer besser. Er blieb stets ruhig, hatte es mehr oder weniger akzeptiert, in einer Urgesellschaft gelandet zu sein, und holte jedes Mal per Blickkontakt Arturs Einverständnis ein, wenn er etwas sagen wollte. Wahrscheinlich hatte er eine gute Schule hinter sich und war daran gewöhnt, im Team zu arbeiten. Genau so sollte es in einer seriösen Forschungsabteilung sein, ging es Artur durch den Kopf. Nur die Theoretiker bringen es zu etwas, wenn sie einsam in ihrem Studierstübchen vor sich hin schmoren, nicht aber die Praktiker. Blieb nur zu hoffen, dass dem künftigen Chefingenieur der Ruhm nicht zu Kopfe stieg.

»Bevor Sie aufbrechen …«, wandte sich Porthos noch einmal an Artur. »Also, ich wollte fragen, ob …«

»Für Sie wird sich immer ein Plätzchen in Piter finden«, sagte Artur sehr ernst. »Es ist zu bedauerlich, dass ich keine Taube habe, die ich Ihnen hierlassen kann. Andererseits würde das Tier sowieso nicht durch das Gebiet der Sandwüste fliegen können …«

»Vielen Dank«, erwiderte Porthos und lauschte. »Ich bezweifle jedoch, dass wir hinter der Sandwand überleben könnten. Denn all die Menschen, die von uns weggegangen sind, wurden nie wiedergesehen.«

»Und wenn ich Sie mit dem Schiff holen komme? Wenn wir übers Meer fahren? Vielleicht fällt Ihnen die Akklimatisation dann leichter?«

»Die *was*?«

»Vielleicht gewöhnen Sie sich dann leichter an die neuen Gegebenheiten.«

»Unsere Gemeinde besteht aus fast eintausendfünfhundert Köpfen. Ein Schiff, das so viele Menschen aufnehmen könnte, gibt es gar nicht. Und was würde dann mit unseren Häusern geschehen? Oder unserem Vieh?« Er winkte traurig ab.

Über ihnen stimmten die Portefeuilles gerade unbeholfen ein Lied an. Es war zu hören, wie mit Eisenbechern angestoßen wurde und die Frauen kreischend lachten. Zum Teufel auch, dachte Artur, die haben eine zweite Flasche aufgemacht. Wie soll Eve das verkraften? Von der eigenen Beerdigung zur Hochzeit – und dann noch ein Besäufnis.

»Ich glaube schon, dass ich ein Schiff auftreiben würde, das groß genug wäre«, sagte Artur.

»Warum tun Sie das alles?«, wollte Porthos wissen. »Sie sind losgezogen, um die Residenz des Bischofs in Schutt und Asche zu legen. Sie hätten uns nichts über die Vögel zu sagen brauchen und mich nicht hierherbringen müssen. Damit stehe ich in ihrer Schuld – aber ich schulde nicht gern jemandem etwas. Schließlich haben Sie die Große Prozession nicht gefunden …«

»Die habe ich auch gar nicht gesucht«, rief ihm Artur in Erinnerung. »Das war ausschließlich unser polnischer Freund. Aber abgesehen von Monique und ihm …« Er zeigte auf den über beide Wangen strahlenden Orlando. »… bin ich noch auf einen alten Bekannten gestoßen. Jedenfalls bin ich mir fast sicher, dass ich unterwegs von einem alten Bekannten gehört habe. Auch wenn ich wünschte, es läge ein Irrtum vor und der Mann würde sich als jemand anders herausstellen.«

»Dieser Mann jagt Ihnen Angst ein?«

»O ja.«

»Könnte ich dann vielleicht seinen Namen erfahren? Offenbar gehört er ins Jenseits befördert …«

»Früher trug er einen anderen Namen und hat anderen Göttern gedient«, sagte Artur. »Aber heute nennt er sich Karamaz Pascha.«

TEIL [2]

DAS ENDE DES ROTEN VOLLMONDS

28 DAS RECHT DES STÄRKEREN

»Und so hast du also die Frau aus dem Gebiet der Toten Erde mit nach Petersburg gebracht?«, fragte Mam Rita. »Sie hat das überstanden? Sie kann in der Stadt leben?«

»Ja, Herrin. Als wir durch Deutschland gezogen sind, ging es ihr sehr schlecht, doch dann hat sich ihr Zustand nach und nach gebessert.«

»Verstehe …«, sagte Mam Rita. »Und der junge Zauberer von den Seen, den du an deinem Hof durchfütterst, hat sie zur Frau genommen?«

»Ja, Herrin«, antwortete Artur, der nicht ganz begriff, worauf die Hüterin des Buchs eigentlich hinauswollte. Was hatte Christoph mit der ganzen Angelegenheit zu tun? »Aber wir beleidigen ihn nicht mit der Bezeichnung *Zauberer von den Seen.* Er ist unter dem Roten Vollmond geboren, kann ein wenig in die Zukunft blicken und vermag einen Feind zu spüren, will sich den Zauberern von den Seen aber nicht anschließen. Im Übrigen liebt er diese Frau sehr und hat versprochen, zwei Kinder in die Welt zu setzen.«

»Was hast du da gesagt?«, hakte Christian nach. Der Widerschein des Feuers im Kamin ließ auf seinem von Falten durchfurchten Gesicht Schatten tanzen und verwandelte ihn in ein verwittertes Götzenstandbild. »Er will zwei Kinder in die Welt setzen? Kann dein Christoph überhaupt Vater werden? Pah! Habt ihr das gehört?«

Die anderen Hüter des Gedächtnisses wechselten beredte Blicke, Berders Gesicht blieb dagegen wie versteinert.

»Lassen wir das«, verlangte Mam Rita. »Wir müssen es vorerst einfach glauben. Mitunter lässt das Große Buch schließlich verschiedene Auslegungen ein und derselben Textstelle zu.«

»Ja, Mam.«

»Verzeih, Herrin.«

Die Wipper beruhigten sich etwas, flüsterten aber miteinander. Artur verstand noch immer nicht, warum sie sich so an Christoph und Eve festhakten.

»Du hast auch die beiden Erwachten Dämonen aus Paris mitgebracht, bist auf dem Rückweg aber nicht in andere Städte gegangen. Weil du keine geflügelten Drachen mehr hattest?«

»Nein, Herrin, der Fußmarsch hat mich nicht abgeschreckt. Ihr alle hattet mich ja schon gewarnt, dass die Erde in den südlichen Ländern in Aufruhr sei, aber ich wollte das nicht glauben. Leider musste ich vor Ort jedoch erleben, dass ihr recht hattet. Deshalb habe ich beschlossen, nicht länger gegen die Erde selbst zu kämpfen.«

»Gegen die Erde selbst?«, fragte Mam Rita grinsend zurück. »Diesen Bären hat man dir unterwegs aufgebunden, oder?«

»Ehrlich gesagt, weiß ich nicht mehr, was ich eigentlich glauben soll«, gab Artur zu. »Doch selbst wenn nicht die Erde unser Feind war, sondern jemand anders – wir waren am Ende unserer Kräfte. Auf dem Rückweg sind etliche an Fieber erkrankt, außerdem mussten wir uns mehrmals gegen wilde Stämme zur Wehr setzen …«

»Was ist mit den Deutschen?«, fragte der älteste Hüter des Gedächtnisses.

»Sie haben uns ausgesprochen freundlich aufgenommen. Man hat uns geholfen und uns sogar einen Wagen für die Frauen überlassen, ohne dass wir etwas dafür hätten bezahlen müssen. Die Menschen leben in Frieden und haben genug zu essen. Nebenbei konnte ich verschiedene Vereinbarungen treffen, sodass wir die Märkte zweier Städte mit unseren Waren beliefern dürfen«, berichtete Artur, worauf er sich einen strengen Blick von Anna der Ersten einfing. »Davor sind wir jedoch zwei

Wochen mit einem Panzer bis zu den Kriechenden Bergen gefahren. Dort musste ich das Gefährt leider aufgeben, denn die Bierbrauer hatten mir versichert, man könne damit nicht in die Sandwüste vordringen. Zu unserem unbeschreiblichen Glück hatten uns aber Menschen, die Portefeuilles genannt werden, einige Pferde mitgegeben.«

»Und auch diese Geschichte hast du geglaubt?«, fragte der dritte Hüter des Gedächtnisses unumwunden, ein Mann von geradezu quadratischem Äußeren und mit pockennarbigem Gesicht. »Dass man nicht mit diesem Gefährt durch den Sand kann, meine ich.«

»Es spielt keine Rolle, ob ich das geglaubt habe oder nicht«, antwortete Artur. »Ich durfte einfach kein Risiko eingehen.«

»Manchmal verblüffst du mich wirklich, Schmied«, nuschelte Mam Rita. »Denn das Wichtigste hast du immer noch nicht begriffen. Obwohl du deine Nase doch ständig in Bücher und Gesetze steckst ... Vielleicht wäre es aber an der Zeit, einmal in Ruhe darüber nachzudenken, warum die gute, alte Erde plötzlich so in Aufruhr geraten sollte.«

Artur wartete ab, auch wenn es ihn allmählich nervös machte, dass Mam Rita nicht offen mit der Sprache herausrückte. Das war wie damals, als die Wipper ihn ausgeschickt hatten, um mal eben Moskau zu vernichten ...

Jetzt hatten sie offenbar wieder irgendeinen grandiosen Plan ausgeheckt, noch dazu im unpassendsten Moment, hatte er sich doch endlich dazu durchgerungen, die Duma zusammenzurufen. Außerdem standen ihm mit Monique und Orlando echte Fachleute zur Verfügung, mit deren Hilfe er es schaffen wollte, dass wenigstens wieder Dampfzüge nach Nowgorod und Jaroslawl fuhren.

»Hat es dir die Sprache verschlagen, Schwert?«, fragte Mam Rita, wobei nicht zu erkennen war, ob sie ihn damit tadeln oder aufmuntern wollte. »Christian«, wandte sie sich dann an den Hüter des Gedächtnisses. »Erzähl ihm die ganze Geschichte.«

»Wir haben dich herbestellt, weil wir entsetzliche Neuigkeiten erfahren haben«, fing Christian an, während er seine Pfeife stopfte. »Ausgesprochen entsetzliche, glaub mir. Von deinen Spionen wird dir niemand etwas davon berichten können, denn das sind ja eh bloß Schmeißfliegen. Also: Die Erde bebt nicht von sich aus. Deshalb können wir sie auch nicht wieder zur Ruhe bringen. Das ist aber noch nicht alles. Nach einem viel zu heißen Sommer, der obendrein kaum Regen gebracht hat, ist in der Wolga ein toter Stör flussabwärts getrieben. In Astrachan fängt man überhaupt keine lebenden Fische mehr. In Rostow ist eine Seuche ausgebrochen, die Mensch wie Tier in sechs Tagen dahinrafft, wenn sie sich angesteckt haben. In Woronesh sind bereits dreizehntausend Menschen an der Schwarzen Pest gestorben …«

»Oh, das weiß ich durchaus«, unterbrach ihn Artur. »Wir haben Soldaten rund um Petersburg postiert und schicken alle zurück, die aus dieser Gegend kommen.«

»Weißt du dann auch, was auf der Krim vor sich geht? Weißt du, dass man dort nicht mal mehr die Hand ins Meer stecken darf? Die überzieht sich dann nämlich sofort mit Blasen und verfault binnen weniger Tage. Oder weißt du, dass man am Schwarzen Meer alle gefangenen Fische verbrennen muss, weil sie verseucht sind? Oder was in Simferopol geschehen ist?«

Danach legte Christian eine Pause ein und maß Artur mit einem fragenden Blick, um dann zu berichten:

»Die Diener des abnehmenden Monds verprügeln alle, die ans Kreuz glauben. Sie erklären, dass man auf der Krim keinen Platz für die Ungläubigen habe, derentwegen es ja überhaupt erst zum Großen Tod gekommen sei. Der Bürgermeister vermag sie nicht wieder in die Schranken zu verweisen. Die Hälfte der Holzhäuser und einige Gotteshäuser sind bereits in Brand gesetzt worden. Daraufhin haben die Diener des Kreuzes fluchtartig die Stadt verlassen, aber sie werden bis heute verfolgt.

Und die Menschen der umliegenden Städte können auch nicht helfen.«

An dieser Stelle endete Christian. Artur meinte, er wolle nur tief durchatmen, doch der Wipper blieb stumm. Er zog bloß an seiner Pfeife und wackelte vergnügt mit den Augenbrauen. Wie lange wollen sie eigentlich noch um den heißen Brei herumreden?, dachte Artur verzweifelt.

»Wenn du weiterhin eine Miene aufsetzt, als ob du kein Wort verstündest«, sagte Berder in strengem Ton, »werden wir alle in Zukunft davon ausgehen, dass der Gouverneur Schmied nicht besonders viel im Kopf hat.«

»Gut, dann spreche ich ganz offen!«, platzte es aus Artur heraus. »Nach allem, was ich erlebt habe, könnte ich mir durchaus vorstellen, dass im Süden nun Menschen am Werk sind, die über altes Wissen verfügen. Genauer gesagt, diese beiden Moskauer, die ich idiotischerweise aufgeweckt habe! Offenbar setzen sie ein Choleravirus frei und haben alte Kriegsschiffe in ihren Besitz gebracht. Im Mittelmeer ist nämlich wie durch ein Wunder ein Teil der amerikanischen Flotte erhalten geblieben. Wahrscheinlich will dieses liebreizende Pärchen die Schiffe wieder auf Vordermann bringen. Bisher ist es ihnen aber nur gelungen, einen Teil der italienischen Küste unter Beschuss zu nehmen.«

»Aber warum machen sie das, Schwert?«, wollte Mam Rita wissen. »Warum sind sie nicht zu dir nach Petersburg gekommen, nachdem du Moskau vernichtet hast?«

»Was willst du jetzt hören? Dass ich mich in ihnen getäuscht habe? Ja, das habe ich. Aber so verwunderlich ist das nicht. Dutzende und Hunderte von Menschen sind bereit, sich für Ruhm und Reichtum zu verkaufen. Wahrscheinlich hat Karamaz Pascha ihnen also einfach mehr geboten als ich.«

»Was ist dann mit diesen Franzosen?«, fragte Christian. »Werden die nicht auch abhauen, sobald jemand mit einem prallen Geldbeutel winkt? Oder hast du die Absicht, sie in einen Käfig zu sperren?«

»Sie werden nicht abhauen! Hoffe ich jedenfalls«, sagte Artur. Ob die Wipper darauf hinauswollen?, schoss es ihm durch den Kopf. Ob sie von mir verlangen, dass ich die beiden töte? »Sie sind anders! Orlando zum Beispiel ist Feuer und Flamme für die Herausforderungen in Petersburg. Er hat mir versprochen, dass wir bereits im nächsten Frühling einen Trawler haben werden.«

»Das ist gut, wenn es dann noch viele Fische gibt«, warf Mam Rita ein. »Aber schlecht für alle, die sonst noch auf Fischfang gehen.«

»Willst du mir vorwerfen, dass ich nur an meine eigene Stadt denke? Aber wie, bitte schön, sollte ich auch an *ganz* Russland denken?! Es gibt dieses Russland ja gar nicht mehr, jedenfalls nicht als *vereinten* Staat«, brauste er auf. »Also, warum sollte ich mich um Rostow oder Astrachan kümmern? Nicht eine Karawane aus Piter begibt sich in diese Städte. Das ist ein Ding der Unmöglichkeit. Die Ware würde unterwegs verfaulen, und so viel Proviant, wie der Begleitschutz bräuchte, könnte man gar nicht mitnehmen. Außerdem wissen wir über diese Städte kaum etwas. Dann habt ihr vorhin Simferopol erwähnt. Das liegt in der Ukraine, wenn auch in der ehemaligen … Was geht mich also diese Stadt an? Mir wachsen schon in Piter die Probleme über den Kopf! Zum Beispiel haben wir mitunter nicht mal genug Trinkwasser für jeden!«

»Früher hast du anders gesprochen, Schwert!«, hielt Mam Rita fest. »Da hast du verstanden, warum die Wipper an alle denken, nicht nur an ihr eigenes Dorf. Damals hast du begriffen, dass du dein Leben riskieren und nach Moskau gehen musst. In dieser Zeit hast du sehr viel für das Gleichgewicht getan, mehr sogar, als das Große Buch uns versprochen hat. Heute aber stellst du dich hin und behauptest, dass Wichtigste im Leben sei es, ein großes Schiff zu haben, mit dem man noch mehr Fische fangen kann. Bist du wirklich deswegen durch das Gebiet der Toten Erde nach Frankreich gezogen?«

Die nächsten Sekunden hätte man eine Stecknadel fallen hören können. Artur kratzte es mit einem Mal fürchterlich in der Kehle, fast als hätte er sich an gerösteten Sonnenblumenkernen verschluckt. Denn nun wusste er, was sie von ihm wollten. Wie hatte er nur annehmen können, sie würden sich damit begnügen, von ihm die Tötung der Franzosen zu verlangen? O nein, die Wipper bereiteten eine Tat vor, die weit über ihre Kräfte ging. Und zu allem Überfluss legte Mam Rita es auch noch darauf an, dass er selbst sie vorschlug. Das war ihre Art, unter Beweis zu stellen, dass jedes Wort im Großen Buch die reine Wahrheit war.

Und zwar auch dann, wenn diese Worte von den durchgeknallten Hütern des Gedächtnisses stammten und sie eigentlich niemand verstand.

»Nehmen wir einmal an, auch wenn ich davon bisher immer noch nicht zu hundert Prozent überzeugt bin«, begann Artur, »Karamaz Pascha sei wirklich Karim – immerhin der ehemalige Beichtvater des Präsidenten Iwan in Moskau und Berater meines Vorgängers als Gouverneur in Petersburg! Doch selbst das wäre noch kein Grund, gegen Istanbul zu ziehen. Schon allein deshalb nicht, weil für ein riesiges Heer – und das bräuchte man dafür – gar nicht genug Geld in der Staatskasse ist. Außerdem würde ein solches Heer unterwegs stecken bleiben. Obendrein wissen wir nicht genau, was an der Küste des Schwarzen Meers vor sich geht. Und was soll ich den Menschen in Piter sagen? Gut, die Garde mag ihren Spaß daran haben, mit den Säbeln zu rasseln. Aber würden die Mütter auch ihre Söhne in einen Krieg ziehen lassen, der Tausende von Meilen fern ihrer Heimat tobt? Schließlich ist bereits die Große Prozession irgendwo im Süden spurlos verschwunden ... Nein, soll Karim in Italien oder Griechenland anrichten, was er will! Wir können nichts gegen ihn ausrichten. Und selbst wenn ... Früher oder später würde ein anderer Pascha auf den Plan treten. Entweder würde er sich aus eigener Kraft an die Spitze vorkämpfen, oder seine

Offiziere würden klammheimlich den Weg für ihn mit ein paar Morden freischaufeln. So ist es immer gewesen, das könnt ihr in den Büchern zur Zarengeschichte nachlesen. Heute bist du noch ganz oben, aber morgen wälzt du dich im Dreck. Jeder Thron ist ein Schleudersitz.«

Nach diesem Vortrag musste Artur erst einmal wieder zu Atem kommen. Dann fuhr er ruhiger fort: »Eins aber muss ich dem Mann lassen: Er stellt sich nicht dumm an. Er führt das Volk geschickt an der Nase herum, erst in Piter, jetzt da unten im Süden. Jedes Machtvakuum weiß er auszunutzen. Ebenso wie den Glauben der Menschen und ihre Angst! Ihr fürchtet euch vor Tsunamis und dem Dreck im Meer – bitte, dann folgt mir, denn ich bin euer neuer Prophet! Bestimmt ist er auf einem weißen Pferd in die Stadt eingeritten, hat den Menschen ein paar Wunder vorgeführt, indem er zum Beispiel Magnesium zur Explosion gebracht hat – und schon haben sie ihm aus der Hand gefressen. Ihm jeden Unsinn geglaubt! Von wegen alles Übel rühre von den Ungläubigen her und es gereiche Gott zur Freude, wenn wir sämtliche Hunde von Ungläubigen töten … Ach ja, ihren Besitz, ihre Kamele und Weiber braucht man aber nicht zu vernichten … Nein, Karamaz wird sich nicht lange halten. Schon gar nicht, wenn es sich bei ihm tatsächlich um meinen guten alten Freund Karim handeln sollte. Der ist bereits ein alter Mann, seine Tage sind gezählt. Und spätestens mit seinem Tod wird dieses ganze aus dem Boden gestampfte Imperium wieder in sich zusammenbrechen. Russland droht also nicht die geringste Gefahr. Deshalb werde ich das Leben meiner Soldaten auch nicht aufs Spiel setzen!«

In den letzten Satz legte er seine ganze Entschlossenheit. Anschließend schielte er zu Berder hinüber. Dieser lächelte komischerweise, als hätte Artur gerade keine wütende Tirade vom Stapel gelassen, sondern die Anwesenden mit Witzen unterhalten.

»Wenn ich die Duma nicht in diesem Sommer zusammenrufe«, fuhr Artur fort, »werden zu viele Menschen unzufrieden sein. Dann muss ich die Garnisonen verdoppeln. Aber die Staatskasse ist sowieso schon fast ständig leer, denn Bewässerungsanlagen und die Instandsetzung der Brücken verschlingen Unsummen. Deswegen heißt es in Petersburg bereits, der Gouverneur sei ein Raffzahn, der seine eigenen Untergebenen beklaut … Nein, ich werde jetzt keinen Krieg anfangen! Nicht, wo schon alle nach Nowgorod schielen und mir vorhalten: Da muss man nur die Hälfte an Abgaben zahlen, das Soldatenleben ist längst nicht so streng, und die Klöster haben ihr Auskommen. Dass Nowgorod nur ein Zehntel der Menschen Piters durchbringen muss, danach fragt niemand. Glaubt mir, im Volk gärt es. Aber wenn ich mir eins nicht leisten kann, dann, dass es jetzt zu einem offenen Aufstand kommt.«

»Was, wenn die Duma dich auffordert, nach Süden zu ziehen?«, fragte Christian.

»Bitte?!« Artur meinte, sich verhört zu haben. »Ich kann froh sein, wenn man mich nach den Wahlen nicht aus der Stadt jagt!«

Aber Christian blickte so ernst drein wie nie zuvor.

»Lüg uns nicht an, Schwert«, sagte Anna ruhig, worauf Mam Rita ihr nickend zustimmte. »Denn du lügst uns an, wenn du behauptest, es gebe in der Stadt Aufstände und Unruhen. Dort ist alles ruhig, die Menschen sind dir treu ergeben, vor allem die armen Leute.«

»Aber die Armen haben nichts zu sagen! Die Stadt ist von den Cowboys abhängig. Ohne sie hätten wir kein Brot mehr!«, giftete Artur, auch wenn er spürte, wie er dabei rot anlief.

»Dann häng die Cowboys halt auf!«, spie Mam Rita so verächtlich aus, als würde sie die Dummheit Arturs auf die Palme bringen. »Und jetzt beantworte Christians Frage! Wenn die Duma dich wählt und auffordert, mit der Armee nach Süden zu gehen, wirst du das dann ablehnen?«

»Ich kann mir einfach nicht vorstellen, dass …«

»Ich habe dir eine Frage gestellt, Schwert. Also antworte mir gefälligst!«

»Zum Teufel mit euch allen!«, platzte Artur erneut heraus. »Wenn das Große Buch eh schon alles entschieden hat, was fragst du mich dann überhaupt?! Mir bleibt doch sowieso keine Wahl.«

»Man hat immer eine Wahl«, murmelte Mam Rita. »Sechs Hüter des Gedächtnisses, die an unterschiedlichen Enden unserer Erde leben, behaupten, es sei die beste Zeit für dich und für das Land …«

»Für das Land?«, wiederholte Artur. »Aber es gibt dieses Land nicht mehr …«

»Für das Land und … für den Staat«, überwand sich Mam Rita, das verhasste Wort auszusprechen. »Niemand zwingt dich, gegen die Türkei zu kämpfen. Ehrlich gesagt, wissen unsere Männer nicht einmal genau, wo diese Stadt mit den zwei Türmen eigentlich liegt … Aber du könntest dich nach Astrachan begeben …«

Sie verstummte und trank gierig ihren Kräutertee.

»Und dann?«, fragte Artur schüchtern.

»Dann …«, kicherte Anna, »dann sollte er weiter nach Osten ziehen, stimmt's, Mam Rita?«

»Richtig«, bestätigte diese. »Dann solltest du weiter nach Osten ziehen und alle sibirischen Städte in deine Gewalt bringen.«

»Solange es noch nicht zu spät ist«, warf Christian ein.

»Solange wir dir noch helfen können«, sagte der Alte.

»Solange die Zauberer von den Seen nicht noch stärker geworden sind«, warf der dritte Hüter des Gedächtnisses ein.

»Auch wenn der eine oder andere ja schon um dich herumscharwenzelt«, bemerkte Anna sarkastisch.

Herr im Himmel, stöhnte Artur innerlich auf, richte es so ein, dass dieses scharfzüngige Weibsbild die Scheißerei kriegt!

Aber er sagte ganz ruhig: »Christoph lebt seit seiner Geburt in der Eremitage. Schon als kleinen Jungen wollten ihn die Zauberer von den Seen dreimal kaufen und achtmal entführen. Aber er ist uns treu ergeben. Er hat mir schon mehrfach das Leben gerettet und sich während der Expedition nach Frankreich als echter Mann erwiesen. Deshalb verstehe ich nicht, was ihr eigentlich gegen ihn habt! Vor allem, da ihr ihn überhaupt nicht kennt!«

»Oh, wir haben nichts gegen ihn«, versicherte Berder leise. »Und wir könnten uns vorstellen, dass dies erst recht für die Zauberer von den Seen gilt. Was meinst du, würde er sich dir zuliebe zu denen am Ladogasee begeben?«

»Er war bereits bei denen am Peipussee«, erklärte Artur, »als er mit Mischa zum alten Rubens geritten ist. Wollt ihr, dass er für mich spioniert?«

»Die Zauberer vom Peipussee zählen nicht«, winkte Mam Rita ab. »Die kochen ein paar Kräuter und lesen dir aus Kröten die Zukunft, mehr nicht. Was man von denen am Ladogasee jedoch nicht sagen kann.«

»Früher haben sie sich ruhig verhalten«, gab der alte Hüter des Gedächtnisses zu bedenken. »Da haben sie bloß den Wilden ein paar Kinder stibitzt und ihren Ziegenbock angebetet.«

»Aber inzwischen schlagen sie über die Stränge«, erklärte Christian. »Jetzt ziehen sie die fremden Kinder nämlich zu einem bestimmten Zweck auf. Und ihr Dorf am Ladogasee kann ein einfacher Mensch nicht ohne Weiteres betreten.«

»Von überall her treffen beunruhigende Nachrichten ein«, versicherte nun auch Mam Rita. »Die Schmeißfliegen stellen sich natürlich wie immer taub. Solange denen nicht das Wasser bis zum Halse steht, legen sie die Hände in den Schoß. Du, Schwert, bist nicht viel besser!«

»Einige Wipper haben die Kinder, die die Zauberer erzogen haben, mitten in russischen Städten gesehen«, ergänzte der Alte. »Sie sind noch sehr jung, ihnen sprießt noch nicht mal ein Bart, und ihre Stimmen sind noch schwach. Trotzdem entgeht ihnen nichts. Sie mischen sich unters gemeine Volk, in erbärmlicher Kleidung, mit Holzpantinen oder Schuhen aus Birkenrinde … Aber wir lassen uns von dieser Verkleidung nicht blenden!«

»Wir haben sogar einen von ihnen geschnappt«, sagte Berder. »In der Nähe von Orjol. Gut, das war purer Zufall, denn wir können nicht in die Stadt, das weißt du selbst. Bei dem Dreck tränen uns sofort die Augen. Aber ein vertrauenswürdiger Mann hat uns hinterbracht, dass ein paar Kinder ihr Essen bei ihm bekommen, in einem Wirtshaus an der Straße. Zwei wirkten völlig normal, der Dritte jedoch nicht. Du hättest allein seinen Blick sehen sollen! Bereits als sie vom Pferdestall zum Haus hinübergingen, hat sich die Katze unter der Vortreppe verkrochen. Und unser Mann selbst hat sich als Erstes bekreuzigt, dann hat er seinen Sohn zu uns Wippern geschickt. Wir haben es gerade noch geschafft, den Jungen zu erwischen.«

»Und?«, wollte Artur wissen. »Wenn er ein Zauberer von den Seen ist, wollt ihr ihn dann jetzt töten? Mit euch machen sie es umgekehrt schließlich auch nicht anders …«

»O nein«, antwortete Berder. »Der Junge hat nämlich einiges zu erzählen, vor allem wenn man ihm einen Lappen mit einer scharfen Lösung unter die Nase hält. Was ist, Gouverneur, möchtest du gern hören, was in deiner Stadt so alles vor sich geht?«

»Erst mal brauche ich einen kräftigen Schluck«, erwiderte Artur.

Die Männer schenkten ihm bereitwillig Wacholderschnaps ein und warteten verständnisvoll ab, bis Artur sich wieder gefasst hatte. Als die brennende Flüssigkeit seinen Magen erreichte und ihm mit einer donnernden Welle in die Schläfen schoss, fühlte er sich schon besser.

»Am Ladogasee haben vier Großväter das Sagen«, berichtete Berder mit monotoner Stimme. »Genau wie überall bei ihnen. Diese vier Großväter bezeichnen sich als Schüler des Gehörnten. Sie umgeben sich mit dreizehn Aposteln. Beim dreizehnten haben sie sich übrigens den Spaß erlaubt, eine kurvige Frau zu wählen, die sich als Mann verkleidet. Sie sind nämlich der Meinung, dass es nicht schaden kann, eine dralle Frau in ihrer Gruppe zu haben, das erhöht das Vergnügen ... Als Nächstes in der Hierarchie kommen die Väter und die Söhne. Es sind viele, aber wie viele genau, das wusste der Junge nicht. Und jedes Jahr holen sie sich ein paar Kinder. Wir Narren haben immer gedacht, es würden keine Kinder mehr geraubt, weil von den Eltern keine Klagen zu hören waren. Gut, gestohlen werden sie auch nicht – aber die armen Menschen bieten die Kinder den Zauberern freiwillig an. Für eine Silbermünze. Da inzwischen pro Jahr immer mehr Kinder zur Welt kommen, fällt es gar nicht auf, wenn eins verschwindet. Jungfrauen werden allerdings noch immer gestohlen. Oder von Zigeunern gekauft. Beides in weit entfernten Gebieten. Diese Jungfrauen brauchen sie nicht nur zu ihrem Vergnügen, genauere Auskünfte konnte uns der Junge in dieser Frage jedoch nicht geben ... Die Jungen, die vor fünfzehn Jahren zu den Zauberern gekommen sind, werden heute von ihnen ausgeschickt, damit sie sich unters Volk mischen.«

»Und warum ist das so schlimm?«, fragte Artur.

»Das will ich dir gern verraten«, antwortete Berder. »Sie haben den Befehl, das gesamte Gebiet um Orjol auszuspionieren. Wo die Menschen ihr Wasser holen, wo sie das Vieh tränken, wo das Korn aufbewahrt wird, vor allem aber, was die Posten bei einem Überraschungsangriff unternehmen. Dieser kleine Widerling hat sich sogar eins gefeixt, als er uns gestand, dass sie am Ende beabsichtigen, mit uns die Würmer zu füttern.«

»Wie können sie das wagen!«, rief Artur. »Seit hundert Jahren leben sie friedlich am Ladogasee und jetzt ...«

»Hast du nicht selbst die Geschichte erwähnt, dass Karamaz Pascha im Süden irgendeinen Zauberer von den Seen getroffen hat?«, fragte einer der Hüter.

»Stimmt«, antwortete Artur. »Aber es gibt Tausende von Seen in Russland und noch mehr Zauberer, die in ihrer Nähe leben. Soll ich etwa den gesamten Wald am Ladogasee abholzen lassen? Was wäre ich in dem Falle für ein Gouverneur – wenn ich beim leisesten Verdacht über die Menschen herfalle?«

»Sag mal, Schwert«, mischte sich Mam Rita ein, »weißt du eigentlich, wie der Weiße Großvater am Ladogasee heißt? Nicht? Dann will ich es dir sagen. Grigori! Und wie hieß doch gleich jener Zauberer, der Karamaz um Gift gebeten hat? Komischer Zufall, oder?«

»Und der Junge«, ergänzte Berder, »versichert, dieser Grigori würde in ganz Russland verehrt und erhalte seit fünf Jahren von mächtigen Magiern Hilfe. Er braucht nur ein Wort zu sagen, dann bekommt er, was er will. Sei es nun Gold, eine Waffe oder Pferde. Diese mächtigen Magier verfügen einfach über alles. Und für all diese Gaben muss er im Gegenzug nur einer Pflicht nachkommen – und die ist ihm noch nicht einmal lästig, sondern die reinste Freude: Er muss sich wie eh und je Kinder besorgen und sie dem Roten Vollmond zuführen. Glaub mir, hier bahnt sich etwas Schreckliches an. Die Großväter haben den Kindern sogar jede Angst vorm Tod ausgetrieben. Mehr noch, dieser Rotzlöffel hat allen Ernstes behauptet, er könne sich nichts Schöneres vorstellen, als durch die Hand von uns Hunden eines schweren Todes zu sterben. Dann würde man ihn im Jenseits nämlich umso freundlicher empfangen. Diese Monster warten also bloß auf ein Zeichen, um gegen die Menschen rechten Glaubens in den Krieg zu ziehen.«

»Was, wenn dieser Grigori gar nicht der Zauberer ist, mit dem sich Karim getroffen hat«, gab Artur in einem letzten Verzweiflungsakt zu bedenken. Tief in seinem Innern wusste er jedoch bereits, dass er der Wahrheit ins Auge sehen musste: Karim hatte einen der Zauberer vom Ladogasee getroffen! »Denn was sollten sich die Großväter von Karim erhoffen? Ja wohl kein Gold!«

»Na, verachten würden sie das bestimmt nicht«, erwiderte Anna grinsend. »Abgesehen davon gibt es einen guten Grund, warum die Zauberer Karim unterstützen. Dein Vorgänger im Amt des Gouverneurs wollte nämlich all ihre Dörfer niederbrennen. Und es war Karim, der ihm diesen Plan ausgeredet hat. Na, und der ist auch nur ein Mensch: Für Ruhm, Macht und Ehren dient er jedem Herrn. Da hindert ihn nichts daran, heute den Ziegenbock und morgen den abnehmenden Mond anzubeten, selbst wenn er noch gestern das Kreuz geküsst hat.«

»Gut«, sagte Artur, der spürte, wie der starke Schnaps durch seine Adern strömte und seinen Wunsch schürte, sich zu entspannen, »ich werde mit Christoph sprechen. Aber die Duma wird diesen Krieg nicht unterstützen ...«

»Es wird auch keinen Krieg geben, jedenfalls nicht, wenn du einigermaßen geschickt vorgehst«, erklärte Mam Rita, während die Hüter des Gedächtnisses erst einmal begeistert auf Arturs Entschluss anstießen. »Deshalb solltest du einem treuen Kirchenmann als Erstes mitteilen, dass wir bereit sind, ihrem Kreuz zu dienen.«

Artur begriff diese Worte nicht auf Anhieb. Mit ihrem Glauben und den wenigen Ritualen hatten ihn die Wipper stets an die alten Chinesen erinnert. In einer Kiefer sahen sie beispielsweise niemals ein zukünftiges Möbelstück, und das Wasser in einem Taigafluss war für sie nicht bloß eine bestimmte Menge kalter Flüssigkeit. Nein, Wasser spendete Tausenden, ja Millionen von Wesen Leben, und mit jeder dieser Kreaturen konnte man in Kontakt treten ... Trotzdem gab es auch bei ihnen Unterschiede. Artur brauchte nur an Krzysztofs Dorf zu denken, in dem sogar überzeugte Katholiken lebten. Vielleicht löste deshalb das Wort *Wipper* seit einiger Zeit selbst bei den meisten Städtern nicht mehr gleich einen hysterischen Anfall aus. Was jedoch nicht hieß, dass sie die Wipper nun in ihr Herz geschlossen hatten. Wer würde auch schon seinen Nachbarn lieben, wenn dieser wesentlich klüger war als man selbst?

»Der Metropolit ist doch nicht gerade ein Freund von dir, oder?«, fragte Mam Rita. »Daher solltest du dich mit dieser Nachricht auch nicht an ihn wenden. Nein, überbringe sie einem Diakon oder Archimandriten, wie genau die heißen, bringe ich immer durcheinander, und deute ihm an, dass wir mit ihrem Glauben liebäugeln und zum Übertritt bereit sind. Unter zwei Bedingungen: Der Metropolit wird abgesetzt, und zwar umgehend. Wir wollen nur mit einem Mann zu tun haben, dem wir vertrauen. Zum Beispiel diesem Wassili, dem Beichtvater deiner Frau ... Ich habe gehört, er sei ein tüchtiger, kluger und ehrlicher Mann.«

»Der kann aber noch nicht Metropolit werden, dafür hat er nicht den nötigen Rang«, hielt Artur dagegen, der bereits fieberhaft alle Züge dieses neuen Spiels im Kopf durchging. »Obwohl er in der Tat ein kluger und ehrlicher Mann ist.«

»Pah! Dann muss man halt ein wenig nachhelfen, dass er gewählt wird!«, widersprach Mam Rita und bekam gleich darauf einen lang anhaltenden Hustenanfall. »Teile den Herren Kirchenleuten mit, dass sie in dem Fall Gold erhalten und ein paar neue Mitglieder für ihre Gemeinde gewinnen. Sie dürfen in all unseren Dörfern Pfarreien aufbauen. Sollen sie ruhig bei uns predigen. Allerdings wird niemand von uns die Kinder mit Gewalt zu den Pfaffen treiben.«

Sie atmete noch einmal durch und umriss den Plan weiter. »Aber das ist noch nicht alles. Wir haben noch einen besonderen Leckerbissen für diese Kirchenleute. Wir wollen nämlich den Bau von Kapellen und das Gehalt aller Pfaffen übernehmen, die sie in den Wald schicken, also von vielleicht ... vierzig Mann in ganz Russland. Darüber hinaus sollen sie besonders gutes Land erhalten. Obendrein werden wir zwei oder drei ... ja, drei Klöster für sie bauen oder wieder herrichten. Als Zeichen unseres freiwilligen Übertritts in die Kirche. Diesen Vorschlag sollen sich die Priester in aller Ruhe durch den Kopf gehen lassen. Wenn sie davon nicht begeistert sind, jage sie getrost aus der Stadt. Und ein Letztes: Wirf ihnen auch noch diesen Köder hin, dass die Wipper in ganz Russland verbreiten werden, dass die wahre Macht einzig beim Metropoliten von Petersburg liegt.«

»Das ist genial!«, begeisterte sich Artur, während Mam Rita an ihrem Kräutertee nippte.

»Kommst du mir schon wieder mit diesen Wörtern, die niemand versteht?«, stichelte die Hüterin des Buchs, wenn auch in liebevollem Ton. »Unser Plan betrifft jedoch nicht nur die Frage des Glaubens. Wir werden auch Ärzte unterstützen und wollen von den Pfaffen Lesen und Schreiben lernen. Allerdings dürfen sie die Sache nicht auf die lange Bank schieben und nicht bis zum nächsten Sommer warten, sondern müssen bis zum Herbst einen neuen Metropoliten wählen. Wer sich ihm nicht freiwillig unterwirft, den zwingst du dazu. Zum Beispiel indem du ihm seinen Besitz wegnimmst und ihn unter deinen Gardisten und der Kirche verteilst.«

»Äh …«, stieß Artur aus, der sich inzwischen fragte, ob Mam Rita vielleicht keinen Kräutertee trank, sondern klammheimlich Schnaps in sich hineinkippte. Allerdings dürfte nach einem solchen Schachzug sein Erfolg bei den Wahlen gesichert sein! »Verzeih mir, Herrin, aber wäre es nicht etwas befremdlich, Soldaten, sagen wir, nach Astrachan zu schicken, damit sie *unseren* Leuten von der Kirche helfen, die alten Pfaffen abzusetzen?«

»Aber genau das wirst du tun«, entgegnete Mam Rita. »Sobald die nötigen Vorbereitungen getroffen wurden.«

»Was für Vorbereitungen?«

»Berder!«, rief Mam Rita aus und sah den Wipper eindringlich mit ihren blinden Augen an. »Als du diesen Nichtsnutz damals ausgebildet hast, hast du ihm da vielleicht einen Knüppel über den Schädel gezogen und damit sein letztes bisschen Verstand zermatscht?« Dann wandte sie sich wieder Artur zu. »Oder hat das feuchte Klima an der Newa dein Hirn aufgeweicht? Zunächst ist es selbstverständlich nötig, dass du Russland vereinigst. Und frag mich jetzt bitte nicht, warum ausgerechnet du das machen musst, sonst ziehe ich dir höchstpersönlich eine Flasche über den Kopf!«

(21) FESTSPIELE

Dieses Spiel von ihnen hatte vor fünfzehn Jahren angefangen. Seitdem verwandelte sich fast jede ihrer Begegnungen in einen neuen Honeymoon, was in erster Linie daran lag, dass sie sich nicht ständig sahen und deshalb nie aneinander gewöhnten.

Sobald Artur jedoch längere Zeit von Nadja getrennt war, trieb ihn eine unsichtbare Peitsche mit geradezu unnatürlicher Kraft in die Arme seiner Frau. Manchmal verspürte er sogar ein beinah masochistisches Vergnügen, die Begegnung künstlich hinauszuzögern, bis er es vor Sehnsucht kaum noch aushielt.

Jedes Mal konnte er sich dann mit faszinierter Begeisterung davon überzeugen, dass die Peitsche nicht versagte.

So auch diesmal.

Was er mit Nadja erlebte, war schlicht und ergreifend einmalig. Wenn er mit anderen Frauen schlief, bedeutete das Arbeit, einen Nebenverdienst. Nadja van Gogh dagegen …

Sie …

… ja, genau. Was er für sie empfand, war klar. Trotzdem brachte Artur diese drei simplen Worte nie über die Lippen. Er machte sich selbst Vorwürfe deswegen. Oft genug fragte er sich, ob er diese Worte nicht aussprach, weil Nadja ihn nie darum bat. Andere Frauen schon. Sogar die, mit denen ihn ausschließlich geschäftliche Beziehungen zusammengeführt hatten, die nach Piter kamen und ein paar Wochen in der Eremitage blieben, bis er, mehr tot als lebendig, von einer seiner zahllosen Erkundungstouren durch die Umgegend zurückkehrte, um mit ihnen zu schlafen und auf diese Weise seine Pflichten als zeugungsfähiger Mann zu erfüllen.

Diese Frauen redeten im Bett von der Liebe. Sobald jedoch

Mam Rona oder jemand aus ihrer Abteilung die erfolgreiche Befruchtung festgestellt hatte, reisten sie wieder ab – und Artur bekam die ausgehandelte Bezahlung.

Ein Drittel davon wanderte in die Staatskasse, das war die Steuer, die er für alle zeugungsfähigen Männer in der Stadt bei erfolgreichem Geschäftsabschluss eingeführt hatte. Ein Drittel spendete er einem Existenzgründungsfond für Cowboys. Und mit dem letzten Drittel finanzierte er seine Landgüter, die ein Cousin von Mischa junior verwaltete.

Artur hätte die Frage, wie viel Land ihm eigentlich gehörte, nicht exakt beantworten können. Ein offizielles Grundstücksverzeichnis wurde gerade erst angelegt. Dabei musste man sich vor allem mit zahlreichen Fällen illegaler Landaneignung rumplagen. Ebenso wenig hätte Artur exakt zu sagen vermocht, wie viel ihm die vier Werkstätten, der Schlachthof sowie einige Schweine- und Vogelfarmen einbrachten.

Nadja van Gogh dagegen wusste all das ganz genau, auch wenn sie zwei Drittel des Jahres bei den Wippern im Ural verbrachte. Die Buchführung lag bei ihr in besten Händen. Sie verlangte von den zuständigen Leuten stets klare Berichte und ging – im Unterschied zu ihm – nie über Kleinigkeiten hinweg. Artur gab offen zu, dass sie ihren Reichtum einzig und allein ihr zu verdanken hatten.

Obendrein verbot sie sich jeden Tratsch und Klatsch und bekam nie genug von Artur, auch wenn sie – neben den vier mit ihm – weitere Kinder mit anderen Männern gezeugt hatte. Gerade war sie nach langer Zeit wieder schwanger, von Elzur Chalitow, dem Khan aus Kasan.

Vielleicht war sie auch deshalb wieder einmal zu ihm nach Piter gekommen. Denn Nadja war eine scharfe Beobachterin. Sie wusste genau, dass man in Piter an jeder Ecke die Einberufung der Duma verlangte und die ganze Stadt plötzlich den Ex-Gouverneur ins Gespräch brachte, den Artur verhaftet und in den Ural geschickt hatte. Es hieß, Schmied habe schon dreimal versprochen, Wahlen abzuhalten, sein Wort aber bisher nicht gehalten. Allmählich gärte es im Volk. Gut, wollte Artur für Ruhe und Ordnung sorgen, bräuchte er nur die Todesstrafe für bestimmte politische Überzeugungen wieder einzuführen, das wusste er. Dann würde vielleicht auch niemand mehr darauf anspielen, dass die Frau des Gouverneurs, eine gesunde Mutter, schon seit ein paar Jahren nicht mehr schwanger gewesen war, schon gar nicht für Geld.

Und wenn sie diese Verdienstmöglichkeit ablehnte – so die einfachen Männer –, würden sich womöglich auch andere Frauen weigern, für ein bestimmtes Entgelt, Kinder auf die Welt zu bringen.

Jetzt war Nadja schwanger. Und in Petersburg.

Denn sie wusste sogar noch besser als Artur, welche Gefahr die Forderung nach Dumawahlen für ihn bedeutete. Da war ihrerseits ein klares Zeichen des Engagements nötig …

Schweren Herzens hatte Artur daher auch dem Kasaner als zukünftigem Vater zugestimmt. Der war immerhin kein Widerling, höflich und ohne Mundgeruch. Obendrein war er reich, stinkreich sogar, was ebenfalls nicht zu verachten war.

Nadja hätte sich nach den ungeschriebenen Gesetzen überhaupt nicht mit ihm über ihre Wahl beraten müssen. Und falls er auf die Idee gekommen wäre, ihr etwas zu verbieten, hätte sie sich von ihm scheiden lassen können. Und vor fünfzehn Jahren, als Pap Rubens in der Eremitage das Sagen gehabt hatte, wäre das Volk auf ihrer Seite gewesen.

Woran sich im Grunde bis heute nichts geändert hatte. Allerdings hätte sich die Solidarität mit Nadja klammheimlich zum Widerstand gegen Artur ausgewachsen. Sowohl in den Reihen der Kirchenleute als auch in denen der Zauberer und Cowboys.

Aber Nadja van Gogh wiegelte das Volk nicht auf. Zudem legte sie selbst in einer so delikaten Frage eine beneidenswerte Klugheit an den Tag, indem sie ausgerechnet Chalitow unter drei Dutzend Kandidaten auswählte. In Kasan brodelte es nämlich schon seit einiger Zeit, mal saßen die Diener des abnehmenden Monds am Steuer, mal hatte sich im Kreml, getragen vom neuen Adel, ein weltlicher Herrscher breitgemacht. Den Handel berührte das kaum, doch in den letzten drei Jahren keimte das Interesse an traditionellen Werten und Begriffen wieder auf. Seitdem war auch immer öfter das ebenso geheimnisvolle wie vertraute Wort *Khan* zu hören.

Nadja van Gogh war zu dem Schluss gekommen, dass es ihrem Mann nicht schaden würde, über sie Beziehungen zu dem Mann aufzubauen, von dem es abhing, ob dreißigtausend Russen ruhig und friedlich im Schatten der Moscheen leben konnten.

Jetzt war sie aus Kasan direkt nach Piter gekommen, und Artur war ein wenig nervös, ob sie wie bisher voneinander angezogen würden.

Nadja sprach nie über Gefühle – doch nicht ein Mal in den fünfzehn Jahren hatte sie ihm seinen Honeymonn verweigert.

»Warum soll ich dir dauernd vor den Füßen rumspringen?«, fragte sie gerade und strich sich das dunkelblonde Haar aus der Stirn. »Da sollen dir schon eher die Wilden zum Hals raushängen, die dir ständig ans Leder wollen!«

»Aber mit denen schlafe ich nicht!«, schrie Artur, während er vor Eifersucht kochte.

Was, wenn sie einen anderen hatte? Kontrollieren konnte er sie schließlich nicht! Auf die jüngeren Kinder passten die Babysitter auf, Nikolaj war schon seit Langem in Piter, Belotschka inzwischen auch. Nadja war durch ihre Mutterschaft nur noch attraktiver geworden. Außerdem war sie erst vierunddreißig – das beste Alter für solche Scherze …

»Deshalb ist es ja auch besser, wenn ich im Ural lebe«, flüsterte sie. »Dann sehnst du dich nämlich nach mir. Hier in Piter würdest du schnell genug von mir haben.«

»Na, Hauptsache, du hast nicht genug von mir«, spielte er den Beleidigten.

In diesem Jahr standen sozusagen Festspiele an, denn sie hatten etwas zu feiern. Fünfzehn gemeinsame Jahre und mindestens hundert Honeymoons lagen hinter ihnen. Und jedes Mal erinnerte sich Artur, wie die Wipper sie in ein völlig feuchtes Hotel tief in der Provinz geschleppt hatten und er mit der Neunzehnjährigen auf einem pelzgefütterten Mantel direkt auf dem Boden Sex gehabt hatte.

»Vielleicht will ich mich ja nur bei dir aufwärmen.«

Das war sie, die Peitsche. Nadja schwang sie gewissermaßen, so wie sie da vor ihm stand, mit einem Pferdeschwanz und ohne die geringste Andeutung eines Lächelns, der Inbegriff einer schüchternen Frau, die einen unbekannten Mann studierte.

»Nur zu«, sagte Artur und schob ihr einen Sessel hin. »Mach es dir doch bequem.«

Sie zog die Beine an, steckte die nackten Füße unter den Morgenmantel und starrte ins Feuer. Er betrachtete sie für sein Leben gern, wenn sie dem Tanz der Flammen zusah. Dann weiteten und verengten sich ihre Pupillen, während sich die Nasenflügel ein bisschen blähten und ihr rundes und etwas schlichtes Gesicht mit einem Mal die Konturen einer Katze annahm. Sie hatte zum Feuer ein Verhältnis wie zur stofflichen Verkörperung einer dunklen Gottheit. Gleich verwandeln sich ihre Finger in die Krallen einer Katze und reißen den Bezug des Sessels auf, ging es Artur bei ihrem Anblick durch den Kopf.

»Soll ich dir eine Decke bringen?«, fragte er.

Sie zog die Augenbrauen ein wenig in die Höhe, um Missbilligung auszudrücken, nickte dann aber. Er brachte ihr ein Federbett, wobei er darauf achtete, sie nicht versehentlich zu berühren, als er sie bis zum Kinn damit zudeckte. Das Spiel nahm seinen üblichen Lauf, wie jedes Mal jedoch mit einer neuen Variante.

»Du willst, dass ich einschlafe, nicht wahr, Dämon? Du hoffst darauf, dass ich müde bin und dadurch leichter zu überreden?«

»Warum nennst du mich Dämon, Frau?«, wollte Artur wissen und schenkte ihr Pflaumenwein ein.

»Weil du verschlagen wie ein Dämon bist.« Sie betrachtete nachdenklich das Glas, das er ihr gegeben hatte. »Du glaubst, dass ich nicht gehe, wenn du mich zudeckst, stimmt's? Aber da irrst du dich! Ich werde dich auf der Stelle verlassen!«

Daraufhin ging er zur Tür und schloss ab. Den Schlüssel legte er in eine Schale auf dem Kaminsims. Kurz darauf überlegte er es sich jedoch anders und knüpfte ihn an seinem Gürtel fest. Der Herr dieses Schlafzimmers hatte nur sehr wenig an: ein Leinenhemd mit offenem Ausschnitt und kurze Hosen aus erstklassigem Wildleder.

Nadja beobachtete ihn wie ein Tier, das soeben in seinem Unterschlupf entdeckt worden ist. Artur stand wippend da, den bronzenen Schlüssel auf dem offenen Handteller, bis er ihn nach einer Weile unter den Hosenbund schob.

»Ich glaube nicht, dass du gehst. Dafür müsstest du nämlich erst mal die Tür öffnen. Und dafür wiederum müsstest du dir den Schlüssel besorgen.«

Nadja zuckte zusammen und errötete leicht.

»Willst du mich betrunken machen? Ich habe schon gehört, wie gerissen du bist. Du versuchst immer, die Frauen betrunken zu machen, die lange nicht zu dir gekommen sind, um sich am Feuer zu wärmen.«

»Ich sage dir, was ich vorhabe, wenn du diesen Wein mit mir trinkst.«

»Warum sollte ich das tun?« Trotzdem nippte sie an dem Pflaumenwein. Artur sah ihr gern zu, wenn sie etwas trank. Nach dem ersten Schluck leckte sie sich immer mit der Zunge über die Lippen, als wollte sie die letzten Kristalle des Zuckers erwischen.

»Wenn du mit mir trinkst, werde ich dir etwas sehr Wichtiges sagen. Etwas, das für uns beide sehr wichtig ist.«

»Das wollen wir ja mal sehen!« Daraufhin leerte sie ihr Glas. »Also, worum geht es?«

»Ich habe ein Geschenk für dich«, sagte er und goss ihr nach. Der rubinrote Strahl schäumte leicht. »Es befindet sich hier im Zimmer, ist sehr wertvoll und sehr schön. Aber du musst erraten, in welchem der Beutel es versteckt ist.«

Er hatte stets Probleme, ein Souvenir für Nadja zu finden. In dieser Welt gab es keine Geschäfte für Kosmetik oder Kunsthandwerk. Überhaupt hatte sich die Idee, seiner Frau irgendwelche Kinkerlitzchen zu schenken, nicht durchgesetzt. Umso mehr erfreute es Artur immer, wenn sich auf Nadjas braun gebranntem Gesicht Neugier widerspiegelte und ihre vollen kindlichen Lippen in Vorfreude zitterten. Heute hatte er auf den Teppichen und den Bärenfellen ein Dutzend pralle Beutel und Taschen verteilt.

»Dann stehe ich jetzt auf und suche es!«

»Wenn du aufstehst, gebe ich dir den Schlüssel nicht. Dann musst du die Nacht mit mir verbringen.«

Er goss ihr noch etwas Wein nach.

»Du hast vielleicht Träume! Außerdem glaube ich inzwischen, du hast gar kein Geschenk. Bestimmt führst du mich bloß an der Nase herum!«

»Dir ist inzwischen ziemlich warm unter dem Federbett, gib mir also deinen Morgenmantel.«

»Nun mach aber mal Schluss!«

»Stell dich nicht so an«, sagte Artur. »Du sollst ja nur deinen Morgenmantel ausziehen, mehr nicht!«

»Ich habe aber nichts darunter an. Was, wenn ich den Morgenmantel ausziehe und du mir dann die Decke klaust?«

»Das werde ich auf keinen Fall tun. Das verspreche ich!«

Artur streckte die Hand aus und wartete geduldig, bis Nadja unter der Decke den Mantel aus weichem Kamelfell, der den Geruch ihres Körpers gespeichert hatte, ausgezogen und in seine Hand gelegt hatte.

»Und jetzt gib mir das Geschenk«, sagte sie kokett.

»Steh auf und suche es.«

»Aha! Jetzt, wo ich völlig nackt bin …«

»Ja, jetzt, wo du völlig nackt bist.«

»Du hast mich übers Ohr gehauen! Aber ich mache dir einen Strich durch die Rechnung. Ich werde die Decke um mich schlingen.«

Sie stand auf und presste die Decke fest an sich. Artur setzte sich in den anderen Sessel und beobachtete sie grinsend, denn auf Nadja wartete schon die nächste Überraschung: Sobald sie einige Schritte über den weichen Teppich machte, fiel aus der Decke ein großes Stück heraus.

»He, du Schuft! Du hast mir nur zusammengeheftete Kissen gegeben!« Sie versuchte, die herunterrutschenden Teile festzuhalten, aber schon landete das zweite auf dem Boden. Ihre nackten Beine waren jetzt bis zu den Knien zu sehen.

Mit einem leisen Aufschrei flüchtete sich Nadja wieder in den Sessel.

»Es ist ein sehr kostbares und schönes Geschenk«, säuselte Artur, der sich am Anblick ihrer glänzenden, kräftigen Fesseln weidete.

Vor zehn Jahren hatte er einen echten Kampf ausgefochten, als er seiner Frau die Grundlagen der Epilation erklärte. Die einzige brauchbare Möglichkeit zur Entfernung von Körperhaaren war freilich das Feuer, und Nadja hatte ihn damals angeschrien, er wolle sie wohl rösten wie ein Huhn.

Dann hatte sie sich jedoch an die Prozedur gewöhnt. Und im Unterschied zu Tausenden ihrer Altersgenossinnen hatte sie auch angefangen, sich die Augenbrauen zu zupfen und jeden Abend zu duschen. Mühelos hatte sie begriffen, welche Vorstellungen ihr Mann von Schönheit, Sauberkeit und Sicherheit hatte.

»Es gibt nur ein Geschenk, aber viele Beutel«, erklärte Artur, während er ein Holzscheit in den Kamin warf. »Wenn du die alle überprüfen willst, fallen noch mehr Kissen runter. Aber versuchen kannst du es ja.«

»Sag mir genau, was für ein Geschenk das ist.«

»Ein sehr wertvolles, das ich für die kostbarste aller Frauen aus dem Gebiet der Toten Erde mitgebracht habe.«

»Und wer ist bitte diese kostbarste aller Frauen?«, fragte sie beleidigt.

»Die, die nicht zu faul ist, alle Beutel zu überprüfen.«

»Das werde ich bestimmt nicht tun!«

»Dann gebe ich dir auch den Schlüssel nicht und behalte deinen Morgenmantel. Bald kommen die Gardisten und werden dich auslachen. Vielleicht wollen sie dich sogar mal berühren, um festzustellen, wie kräftig du unter der Decke bist.«

»Du bist ein mieser Schuft!«

Sie stand entschlossen auf, wobei sie versuchte, die Kissen fest an sich zu pressen, zumindest an der Brust. Diese waren jedoch nur mit so wenigen Stichen zusammengeheftet, dass erneut einige unter ihren Händen wegglitten. Nadja beugte sich über den ersten Beutel. In ihm steckten nur alte Lappen. Fluchend nahm sie sich den nächsten vor. Artur drehte den Sessel herum und betrachtete sie. Die beiden letzten Kissen klemmte sie mit den Ellbogen vor die Brust, über ihren Rücken fiel ihr Zopf, der ihm zumindest teilweise den Anblick versperrte.

Bevor sie zu ihm gekommen war, hatte sie sich mit jenem Öl eingerieben, über das man so leicht seine Finger gleiten lassen konnte. Artur nahm den leichten, ein wenig honigartigen und doch kräftigen Duft wahr, der sich mit dem Geruch ihres Körpers vermischte. Jedes Mal brachte Nadja aus dem Wald etwas Neues mit: verschiedene Kräuter, Öle, Cremes, die die Wipper entwickelt hatten …

Heute leuchtete ihre Haut geradezu. Als sie in die Hocke ging, um einen leeren Krug zu betrachten, beobachtete Artur sie im Spiegel. Da sie ihm den Rücken zudrehte, ließ sie wie zufällig die zwei Kissen fallen. Arturs Blick wanderte über ihren Körper. Wenn sie sich noch etwas weiter vorbeugen würde, könnte sie auf dem Rücken einige große Münzen balancieren.

»Hier ist auch kein Geschenk drin!«

»Möchtest du, dass ich dir sage, wo es ist?«

»Ja!«

»Dann steh auf und heb die Arme hoch!«

Durch das Weinglas behielt Artur die fast afrikanische Statur ihres Körpers im Auge.

»Wirst du mich dann auch nicht angrapschen?«

»Unter gar keinen Umständen.«

»Gut, aber ich hebe die Arme nur kurz.«

Fünfzehn Jahre, ging es Artur begeistert durch den Kopf, während er sich an ihrer Nacktheit weidete. Fünfzehn Jahre – und sie wird noch immer rot, presst die Knie zusammen und versucht unwillkürlich, ihre Brust zu bedecken.

Er stand auf, ging an den Kamin, entzündete einen Span und steckte damit sämtliche Kerzen im Raum an. Mit jedem seiner Schritte wurde es heller. Die gestickten Gobelins an den Fenstern funkelten förmlich, aus dem Kamin züngelten gierige purpurrote Flammen, die sich in den bronzenen Kerzenständern spiegelten. Von der Decke lächelten die Cupidofiguren, während die Tritonen widerspenstige Nixen in die Tiefe zogen.

»Und? Hast du genug gesehen?«, fragte Nadja van Gogh, die allerdings keine Anstalten machte, eines der Kissen vom Teppich aufzuheben. Artur blieb hinter ihr stehen und sog den Duft des Öls in sich ein. »Lass es dir ja nicht einfallen, mich anzufassen.«

Ihr Körper war noch begehrenswerter als früher. In den Hüften war sie ein wenig in die Breite gegangen, ihre Brustwarzen standen nicht mehr so aufrecht, ihr Hintern war praller geworden, aber die mit Kräutern behandelte Haut schimmerte nach wie vor wie Perlmutt, und ihr Bauch war flach. So flach sogar, dass er, wenn er hinter ihr stand und hinunterblickte in die Spalte zwischen ihren Brüsten, in der ein kleines Kreuz ruhte, auch den Ort entdeckte, zu dem seine Hand so sehnsüchtig wollte.

Nadja rückte von ihm ab, stieß ihn jedoch nicht zurück. Aber sie presste die Hände vor die Brust.

»Ich sehe dich nicht. Hör also auf, dich zu bedecken, und steck die Haare hoch.«

»Sag doch ruhig offen, was du nicht siehst«, verlangte Nadja, die allmählich von seiner Erregung angesteckt wurde. Ihr Atem ging schon nicht mehr ganz so gleichmäßig wie bisher. Jetzt kam der wichtigste Moment dieses Spiels: Er durfte auf keinen Fall der Schwäche nachgeben und den Kopf in ihrem Haar vergraben … »Sage es, sonst stecke ich mein Haar nicht hoch.«

»Ich sehe deinen Busen nicht.«

»Pah! Dafür siehst du genug fremde. Haben deine Augen diesen Anblick nicht allmählich satt? Aber gut, jetzt verrate mir, wo mein Geschenk ist.«

»Da drüben.«

Er zeigte in die Ecke des Schlafzimmers, in der einer der wenigen hohen Spiegel des Palasts hing. Der dicke Rahmen war mit Schnitzereien verziert, die Weinranken und Weizenähren darstellten, und oben, in einer Höhe von zweieinhalb Metern, prangte ein verblasster roter Stern. Von ihm hing ein Leinenbeutel herunter.

»Wie soll ich da rankommen? He, blas mir deinen Atem nicht in den Nacken!«

»Mir gefällt dein Nacken aber.«

Er berührte mit der Zungenspitze den Haaransatz. Ein Schauder durchlief Nadjas ganzen Körper, fast als hätte sie einen Elektroschock erhalten. Sie war wesentlich kleiner als er. Wenn sie sich umarmten, verschwand sie immer unter seinen Achseln.

Er drückte ihr eine Schnur in die Hand.

»Bind dein Haar hoch. Du kannst auf die Récamiere klettern, dann kommst du an den Beutel ran.«

Sie stand zwei Schritte vorm Spiegel, der ihr Bild in seiner ganzen Pracht zurückwarf. Nachdem sie sich den Pferdeschwanz rasch aufgebunden hatte, neigte sie den Kopf in Erwartung seines ersten Kusses. Winzige Lichtreflexe des Feuers sprangen über die festen Muskeln ihres Rückens und verschwanden im Schatten ihrer zusammengepressten Oberschenkel.

»Es gefällt mir nicht, wie du mich anstarrst, Dämon.«

»Und mir gefällt es nicht, dass du die Beine so fest zusammenpresst, als hättest du Angst vor mir. Wir haben vereinbart, dass ich dich ganz sehen darf, und du erfüllst diese Bedingung nicht.«

»Hat man noch Töne!«, schnaubte sie. »*Ich* sollte vor *dir* Angst haben!«

Er schob die Récamiere vor den Spiegel. Sie war eines der seltenen Möbelstücke aus dem 18. Jahrhundert, das noch nicht verheizt worden war, und hatte vergoldete geschwungene Beine.

Nadja hob so langsam den Fuß, als wollte sie erst die Wassertemperatur testen, und grub die Zehen in das Hermelinfell, das über dem Samtbezug lag. Anschließend kniete sie sich mit gespreizten Beinen auf allen vieren auf die Récamiere.

»Siehst du jetzt, was du sehen willst, Dämon?«

Er fasste sie bei den Ellbogen und zog ihren Oberkörper zurück, sodass er im Spiegel beobachten konnte, wie ihr Busen auftauchte. Jetzt kreuzten sich ihre Blicke im Glas, und Nadjas Pupillen wurden groß wie Oliven.

»Was du für einen großen Schlüssel hast ...«

»Du kannst ihn dir holen.«

Artur hielt Nadjas Hände umfasst und drehte sie um. Sie fuhr tastend mit den Lippen über seinen Hosenbund und holte den Schlüssel mit den Zähnen heraus. Daraufhin trat Artur einen Schritt zurück und knüpfte mit einer Hand den Gürtel auf, hielt Nadjas Hände dabei aber mit der anderen gepackt. Er hätte beinah aufgestöhnt, als sie sein glühendes Fleisch berührte. Einen Moment blieb er noch mit geschlossenen Augen stehen und konzentrierte sich voll auf Nadjas feuchte Lippen, dann suchte er mit verschleiertem Blick den Spiegel und sah das beste von den unzähligen Bildern, die er sich in all den Wochen des langen Wartens ausgemalt hatte.

Jetzt ließ er Nadjas Hände los, um ihr über den eingeölten Rücken zu streichen. Obwohl er spürte, wie sie sich unter seinen Berührungen weiter vorbeugte und ihm ihren Hintern hinstreckte, ließ er sich Zeit, seine Finger in das begehrte Halbdunkel zu graben. Am Ende biss er sich sogar auf die Zunge und zog seine schwieligen Hände über ihre zitternden, schweißbedeckten Hüften und die durchgebogene Wirbelsäule, um über ihre harten Brustwarzen zu kratzen. Nadja zitterte bereits vor Begierde.

Sie fiel mittlerweile nicht nur mit ihren vollen Lippen, sondern auch mit ihren spitzen Zähnen über sein Fleisch her. Ihre Fingernägel hinterließen unter seinem Hemd Kratzer, bis ihre Hände ihn umfassten, von der Hose befreiten – und sich um seinen Hintern schlossen.

Ein jäh aufflammender, bittersüßer Schmerz ließ ihn aufschreien, und dieser Schrei schien für Nadja das Signal zu sein, auf das sie überhaupt nur gewartet hatte. Obwohl er sie anflehte aufzuhören, wanderte ihr Mund immer tiefer. Obwohl er sich ihr zu entwinden versuchte, hielt sie ihn weiter in dieser sengenden Falle gefangen. Schließlich kapitulierte er und ließ es zu, dass sie seinen ganzen Körper abwanderte und ihn in einer Weise liebkoste, auf die nur sie allein sich verstand. Ihre Finger berührten ihn bereits an der Stelle, wo die heiße Knospe seines Fleischs erblühte …

Jetzt beleckte er drei Finger, was eigentlich nicht nötig gewesen wäre, und drang mühelos in Nadja ein, die inzwischen auf der Seite lag. Sie hatte jedoch Angst, zwei Dinge gleichzeitig zu tun. Deshalb ließ sie erst einmal von ihm ab und richtete den Kopf auf. Verwirrt und mit gerötetem Gesicht sah sie Artur mit ebenso wahnsinnigen wie verzückten Augen an.

Damit ging das Spiel erst richtig los. Sie behielt seine Finger in sich, näherte sich ihm, rieb ihre Brüste an seinem Hemd und spreizte die Beine immer weiter, nahm ihn immer tiefer in sich auf, bis sie sich schließlich vor Schmerz auf die Lippen biss … Artur beugte sich zu ihr hinunter, und sein Mund streifte ihre geschwollenen Lippen, um den Geruch ihres stoßweise gehenden Atems einzusaugen.

»Du … du spielst ein falsches Spiel … Ich habe mir … schließlich den Schlüssel geholt …«

»Dann besorg dir doch … dein Geschenk …«

Während er diese Worte sprach, bewegte er sich langsam um die Récamiere herum, wobei er die Finger seiner einen Hand jedoch dort ließ, wo sie waren. Am Ziel angelangt, streichelte er ihr sanft den Rücken und hielt ihr dann den Daumen der anderen Hand hin, damit sie ihn beleckte … Nadja erschauderte. Die beiden bronzenen Melonen spannten sich vor Erwartung an und zitterten … Nachdem er ihren Mund mit seinen Lippen erobert hatte, führte er seine zweite Hand von hinten in sie ein …

Nadja schrie auf und versuchte, sich zu befreien, was aber scheiterte, da er sie von zwei Seiten in die Zange genommen hatte. Kaum schlug er ebenso raffiniert wie sanft die feinsten und empfindlichsten Saiten an, wusste er, dass sie in wenigen Sekunden stärker explodieren würde als je zuvor … Mit jedem Jahr erwartete sie von ihm gröbere Zärtlichkeiten und erlebte dann einen immer verzweifelteren und lauteren Höhepunkt, der sie die letzten Kräfte kostete, sie zum Überfließen brachte und zwischen seinen Händen um sich schlagen ließ.

Er hatte sich nicht getäuscht: Schon bald lag sie mit verdrehten Augen unter ihm, eine Hand um seinen Hals geschlungen, den Mund über sein Schlüsselbein reibend und dabei eine feuchte Spur hinterlassend, mit den Zähnen über sein Brusthaar herfallend – und ihn mit der zweiten Hand in sich haltend …

Dann stieß sie einen langen und hohen Schrei aus, vergaß alles um sich herum und zerkratzte ihm den Hals. Ihr Herz klopfte wie ein Schmiedehammer. Mit aufeinandergepressten Zähnen verfolgte Artur diese Agonie, beobachtete die Schweißströme, die ihr von den Schulterblättern flossen, die ihrerseits zuckten wie gefesselte Flügel …

Dann gab er sie frei und wartete.

Das brauchte Nadja. Für ihn war es die süßeste Erwartung, die er sich vorstellen konnte. Von ihr wegrücken durfte er in dieser Sekunde auf gar keinen Fall, denn, auf der Seite liegend, mit angezogenen Knien und eingerollt, wurde sie von einem so heftigen Zittern durchgeschüttelt, als wäre sie nackt in eiskalten Schnee geraten … Doch schon streckte sie mit geschlossenen Augen die Hand aus und zog ihn über sich, bis ihr Kopf zwischen seinen Knien lag. Jetzt durfte er sich nicht mehr rühren … Sobald er das tat, knurrte sie unzufrieden wie ein Bärenjunges, das aus dem Schlaf gerissen wurde, und biss ihn … Oder tastete sich mit den Zähnen zu der empfindlichsten und sensibelsten Stelle vor und saugte mit den Lippen daran, wie man eine Auster aussaugt oder von einer hängenden Weinrebe eine einzelne Beere klaubt …

Artur legte die müden Hände auf sein Gesicht, atmete bis zur Erschöpfung ein und aus und bewegte sich leicht in den Hüften, um ihr zu verstehen zu geben, dass er es nicht länger aushielt … Dann nahm sie ihn mit immer noch geschlossenen Augen und einem erstaunlichen Ausdruck von Keuschheit in dem schweißüberströmten Gesicht immer tiefer in ihrem Mund auf, spreizte seine Knie … Und dann drehte sie sich auf den Bauch und wackelte dabei mit ihrem schimmernden Hintern, weil sie wusste, wie sehr Artur diesen Anblick liebte … Und dann lag sie wieder auf dem Rücken – und Artur, der vor Erschöpfung bereits zitterte, hatte nur noch Augen für ihre Kehle und ihr Kinn.

Mit letzter Kraft bog er ihren Kopf so weit wie möglich zurück. Er verirrte sich kurz in ihrem prachtvollen Haar, bis sein Fleisch ihren Mund fand … Und da stemmte sie sich mit den

Füßen gegen den Spiegel, krallte die Finger in das Hermelinfell und presste ihn an sich, bis er sich schreiend aufbäumte und mit seinem gesamten Gewicht auf sie niedersank, wobei er mit seinem Bauch spürte, wie ihr Kehlkopf hüpfte …

»Meine Güte! Wie schön! Was ist das?«

»Ich glaube, ein Brillantdiadem.«

»Di-a-dem …«, wiederholte sie das Wort in einzelnen Silben, während Artur ihr das Schmuckstück anlegte. »Was für ein lustiges und unaussprechliches Wort! Woher hast du das?«

»Das hat mir jemand in Paris geschenkt … gute Menschen. Du kannst stolz darauf sein, früher haben es die französischen Königinnen getragen.«

»Vielleicht kann ich ja auch stolz auf dich sein?«

»Warst du das bisher nicht?«

Er leckte ihr mit der Zungenspitze ein paar Schweißtropfen ab.

»Das ist schon seltsam«, erwiderte Nadja. »Warum schenkt mir außer dir niemand etwas, während dir irgendwelche Leute aus unerfindlichen Gründen solche hübschen Steine schenken. Sind sie wertvoller als Gold?«

»Sie haben mir dieses Diadem geschenkt, weil sie wussten, dass wir beide einen Grund zum Feiern haben.«

»Und was?«

»Wir sind jetzt fünfzehn Jahre zusammen.«

»Oh, sprich nicht davon!« Nadja gab ihm einen leichten Schlag auf die Lippen, dann rekelte sie sich und zog ihn an sich. »Ich bin fürchterlich alt, nicht wahr?«

»Du bist die Allerjüngste und die Allerschönste!«

»Ich bin dick und habe keine Zähne mehr. Da, sieh mal!« Sie demonstrierte ihm eine weitere Lücke in ihrem Gebiss. »Und du hast noch mehr graue Haare bekommen …«

»Und deshalb verlässt du mich jetzt und brennst mit dem Khan durch? Der ist schließlich jung und schwarzhaarig.«

»Vielleicht sollte ich mir das mal durch den Kopf gehen lassen«, kicherte Nadja. »Sag mal, Schmied, du bist doch wohl nicht etwa eifersüchtig? Ha! Doch! Das gefällt mir!«

»Das ist nicht zum Lachen. Außerdem bin ich nie eifersüchtig. Aber du warst sehr lange bei ihm.« Er versuchte, beiläufig zu klingen, doch das klappte irgendwie nicht.

»Schmied, du bist noch genauso dumm wie vor fünfzehn Jahren«, sagte Nadja und stemmte sich auf einem Ellbogen hoch, während sie mit der anderen Hand über seine Lippen strich. »Oder weißt du wirklich nicht, dass da auch Abgesandte von Karamaz Pascha beim Khan gewesen sind?«

(22) VORBEREITUNGEN AUF DEN HERBST

»Was?!« Artur wäre fast von der Récamiere gefallen. »Hast du im Bett dieses Khans spioniert oder Kinder gezeugt – irgendwie blicke ich da nicht mehr ganz durch. Woher weißt du etwas von Karamaz? Wer hat dir seinen Namen genannt? Oder willst du mir etwa weismachen, Chalitow sei so dumm, in Gegenwart meiner Frau über diesen Herrn zu plaudern?!«

»Der Khan ist überhaupt nicht dumm«, erwiderte Nadja nachdenklich. »Er hat mir auch eigentlich nichts erzählt. Das war alles sehr merkwürdig … Am zweiten Tag hat er mich eingeladen, ihn auf die Jagd zu begleiten, mit Vögeln, dann haben wir auf einem Feld etwas gegessen und Fleisch gebraten. Du malst dir nicht aus, wie ich bewacht wurde. Neben deinen Leuten waren da noch zehn vom Khan.«

»Das male ich mir sogar sehr gut aus«, sagte Artur und fragte sich, wie viele Wachen er wohl abgestellt hätte, wenn die Frau des Khans zu ihm gekommen wäre. Chalitow hatte drei Frauen, und man hatte Artur gesagt, dass alle drei sich nur mit verschleierten Gesichtern in die Öffentlichkeit begaben. Glücklicherweise konnte nur eine von ihnen Kinder in die Welt setzen. Und um schwanger zu werden, brauchte sie die Hilfe des Gouverneurs von Petersburg keineswegs. Sie lief auch so ständig mit dickem Bauch durch die Gegend. Genauer gesagt, sie *fuhr* – noch dazu selten – in einem geschlossenen Wagen herum.

»Und während wir gegessen haben, hat mir Elzur sogar Wein angeboten, obwohl er ihn selbst nicht trinken darf. Dann hat er mit deinem Oberst Backgammon gespielt. Außerdem waren noch seine Generäle anwesend …«

»Bei allen sind die Generäle anwesend«, stieß Artur mit einem schweren Seufzer aus und dachte bei sich: Aber ich regiere über mehr Menschen als jeder andere – und habe nur einen einzigen General.

»Sie haben über Unruhen im Süden gesprochen. Mit einem Mal hat Chalitow gesagt, dass die Stadt Ufa, in der Russen, Tataren und Baschkiren leben, beschlossen hat, den Pakt zu verlassen …«

»Und warum?«

»Weil sie keinen Streit mit den Wippern will. Behauptet jedenfalls Chalitow. Die Wipper verlangen, dass die alten Fabriken nicht wieder in Betrieb genommen werden. In dieser Frage stimmen die baschkirischen Mullahs mit ihnen überein. Ihrer Ansicht nach rührt nämlich alles Unglück daher, dass allein wir Russen Fabriken für richtig halten und mal wieder unseren Willen durchsetzen wollen. Außerdem sagen sie, man müsse sich an das Buch der Suren halten, Gott ehren, die Fastenzeiten einhalten und dürfe keinen Wodka trinken, dann werde die Erde auch nicht wippen. Ja, und dann müsse man auch noch aufhören, den Frauen das Lesen und Schreiben beizubringen, und es den Ungläubigen verbieten, ihre Waren auf dem Markt anzubieten …«

»Aber was will Chalitow dann von mir?«

»Weißt du, was komisch war? Ich hatte den Eindruck, dass Elzur all das nicht nur den Männern erzählt hat, sondern auch, damit ich es höre.«

»Und es an mich weitergibst?«

Das wird ja immer schöner, dachte Artur. Der Khan regt sich über die Russen auf, sucht aber erst mal kein direktes Gespräch mit mir. Aber was könnte der Grund für seinen Ärger sein? Zwischen uns hat es nie Streit gegeben, dazu liegen unsere Länder viel zu weit auseinander. Und ein Interessenkonflikt scheidet auch aus. Kasan ist doch nicht Tallinn, mit dem wir ständig aneinandergeraten. Oder Nowgorod, wo es Unruhen gibt und neuerdings sogar unsere Kaufleute verprügelt werden.

»Deine Leute haben dem Khan daraufhin erklärt«, fuhr Nadja mit gesenkter Stimme fort, während sie mit ihrem Zeigefinger Bahnen über Arturs Brust zog, »dass die Wipper nicht gegen die Fabriken sind, sofern man keinen Dreck in die Flüsse leitet und Bäume pflanzt und all das. Doch da haben die Generäle plötzlich auf dich geschimpft, aber deine Leute haben dich natürlich verteidigt. Sie haben dem Khan berichtet, wie viele Werkstätten du in Piter gegründet hast und dass es jetzt Licht in den Straßen gibt und Dampfzüge und eine Börse. Der Khan hat allen aufmerksam zugehört. Stell dir vor, der hört mit geschlossenen Augen zu. Da er ein etwas dicklicher Mann ist, wirkt er dann sehr gutmütig. Anschließend hat er erklärt, dass er das bereits alles selbst wisse, weil es in Piter genug Tataren gebe und er selbst bei uns an der Börse Geld tausche. Überhaupt habe er nur Gutes über den Gouverneur Schmied gehört.« Sie lächelte ihn an.

»Aber dann sagte er, sie würden trotzdem auf ihre Weise leben, so wie die Alten es gepredigt haben. Dann werden alle satt sein, dann wird jeder Streit enden. Doch danach hat er wieder über uns Russen vom Leder gezogen. Dass hier in Piter die Frauen in Lokale gehen und dort nackt tanzen. Dass du Kneipen mit Schlafzimmern erlaubst, um die Staatskassen mit den Steuern aufzufüllen, die du von ihnen erhältst. Dass die Frauen bei uns auf der Straße rauchen dürfen und Männer, die anderen Männern schöne Augen machen, nicht im Fluss ertränkt werden wie bei ihnen, ja, ihnen nicht einmal das Geschlechtsorgan abgeschnitten wird. Und dann hat er eben diese Gäste aus dem Süden erwähnt, bei denen alles noch viel strenger ist, aber dadurch würde das Volk auch nicht verweichlichen. Da werden alle schamlosen Menschen mit Stöcken geschlagen oder mit Steinen beschmissen, und die Schulen gehören zu den Moscheen, weil von ihnen die größte Gefahr ausgeht. Bei ihnen werde es bald genau so sein, weil es sonst nämlich, wie Chalitow behauptet, zu einem zweiten Großen Tod kommen werde. Daraufhin erwiderte niemand etwas, wie immer, wenn jemand vom Großen Tod spricht.

Unsere Leute ergriffen schließlich als Erste wieder das Wort. ›Was regst du dich so auf?‹, fragten sie. ›Seit zehn Jahren trägt niemand mehr eine Gasmaske, und die Kinder wissen schon gar nicht mehr, wie es überhaupt zum Großen Tod gekommen ist.‹ Nur stießen sie damit bei Chalitow sofort auf Widerstand. ›Aber es ist schlecht‹, sagte er, ›dass sich niemand daran erinnert. Der Große Tod hat die Menschen ereilt, als sie sich von Gott abwandten und wie Vieh lebten. Ich habe gehört, dass es in den Petersburger Schulen bereits so weit gekommen ist, dass Ärztinnen Mädchen darin unterrichten, wie sie einem Mann beiwohnen sollen. Außerdem sollen diejenigen nicht behelligt werden, die Gras essen und Kräuter rauchen, ja, statt sie mit Stöcken zu Tode zu prügeln, werden sie sogar zu den Wippern geschickt, damit diese sie heilen. Diese widerwärtige Maßnahme hat sogar der Gouverneur selbst angeordnet. Aber der Große Tod hatte seine Wurzeln eben darin, dass man damals jede Scham verloren hatte.‹«

»Scheiße aber auch!«, stieß Artur aus. »Was faselt der für Unsinn?! Ich versuche, die Menschen wenigstens mit den Grundlagen der Sexualhygiene vertraut zu machen – aber ich bin doch nicht für Bordelle und Hasch.«

»Das haben unsere Leute ihm auch versichert, ich meine, dass du nur etwas gegen Geschlechtskrankheiten unternimmst, damit gesunde Kinder auf die Welt kommen. Und die Ergebnisse liegen auf der Hand, schließlich gibt es immer mehr Mütter. Da hat der Khan aber nur erwidert, dass von einem solchen Unterricht alles Übel herrühre. Ihre Vorfahren hätten wie Heilige gelebt und die Töchter fest an die Kandare genommen. Dann sei jedoch aus dem Westen all dieser Dreck eingedrungen. Wegen dieses Geredes haben wohl schon viele Russen die Stadt verlassen … Dann ist er wieder auf die Männer von Karamaz zu sprechen gekommen. Sie hätten ihm Bücher der Vorfahren und auch Zeitungen gezeigt. Dort steht, dass … Warte mal, mir fällt's gleich ein … Wie hieß das noch? Dass die Beichtväter aus dem Osten die Menschen dazu angehalten hätten, zu den Tra-di-tio-nen zurückzukehren. Die Machthaber hätten jedoch nicht auf sie gehört, sondern den Frauen Gummis gegeben, damit keine Kinder mehr auf die Welt kommen. Und über die Männerliebhaber steht da auch etwas drin, genau wie über die Frauen in Kneipen. In der Art, dass die Imame gesagt hätten, man müsse sie auspeitschen und aus der Stadt jagen, solange diese Seuche noch nicht die Häuser der Gläubigen erfasst habe. Aber niemand hat auf die Imame gehört, weil die niederträchtigen Schurken das Geld hatten …«

»Das alte Lied … Aber ich habe Elzur doch kennengelernt, er schien mir nicht besonders orthodox …«

»Keine Ahnung, was er ist, aber diese Reden haben mir nicht gefallen. Und was in der Stadt vorgeht, hat mir auch nicht gefallen, vom Dorfleben ganz zu schweigen. Bei ihnen gibt es eh nur wenige Menschen, die überhaupt alte Bücher kennen. Und jetzt müssen die Frauen immer im Haus bleiben und dürfen sich nur mit Kochen und dem Abwasch und dergleichen beschäftigen. Irgendwann bin ich einmal durch die Stadt spaziert und auf die Märkte gegangen … Keine Sorge, nicht allein, sondern mit den Wachen. Ich habe auch versucht, mit den Frauen zu reden. Sie sind alle wild und völlig ungebildet, genau wie die Frauen der Dschingisse. Sie verstehen rein gar nichts. Da sitzen junge Frauen, die verkaufen Kartoffeln oder Fisch und verschlucken die Hälfte der Wörter. Anfangs habe ich gedacht, dass es daran liegt, dass es Bäuerinnen sind, die auf dem Land leben, doch … Ich habe am Hof die Frauen von Elzur kennengelernt und auch mit den Frauen verschiedener Offiziere gesprochen … Sie wollten mich unterhalten, denn es sind gute Menschen, ohne Frage, aber völlig …«

»Willst du sagen: völlig dumm?«

»Nein, warum sollten sie dumm sein? Aber ich frage mich

Folgendes: Die Hälfte der Menschen sind doch Frauen. Bei den Russen, bei den Finnen, bei den Norwegern, bei den Tataren, einfach bei allen … Und das heißt, die Hälfte der Leute des Khans werden wie Hunde in der Hütte gehalten. Sie dürfen nicht einen Fuß vor die Tür setzen, keine Männer kennenlernen, nicht das Lesen lernen, ja, sie können nicht mal zählen …«

»Sie werden schon wissen, wie sie leben wollen. Wir können sie nicht zwingen oder umformen.«

»Aber diese Frauen, die jetzt zu Hause den Fisch säubern und kein Wort mit einem fremden Mann wechseln dürfen, weil sie sonst mit Stöcken geschlagen werden, die werden doch einmal Mütter. Dabei sind sie die reinsten Wilden. Was wollen sie ihren Kindern beibringen? Wie sollen ihre Söhne etwas Besseres im Leben erreichen?«

»Ein gute Frage«, erwiderte Artur kichernd. »Mit der du die Sache auf den Punkt bringst. Und mit der du nicht allein dastehst … Sag mal, haben sich unsere Leute da geprügelt?«, fragte er dann besorgt. »Und warum hat mir eigentlich niemand gesagt, dass die Russen von dort zurückkehren?«

»Was gäbe es da schon groß zu berichten?«, wollte Nadja erstaunt wissen. »Das ist doch nichts Neues. Die Leute aus unseren Karawanen bringen jedes Mal, wenn sie aus dieser Gegend kommen, zwanzig Russen mit nach Piter. Sie haben wohl Angst, dort zu bleiben. Und warum hätten sich deine Leute prügeln sollen? Im Gegenteil, alle sind friedlich mit dem Khan auf die Jagd gegangen, haben den Tag genossen …«

»Und trotzdem glaubst du, Chalitow will mich treffen?«

»Wie gesagt, er hat sich merkwürdig verhalten. Und als wir …« Sie stockte und errötete leicht.

»Nun hör schon auf, dich bei jedem Wort zu schämen!«

»Als wir allein waren«, fuhr Nadja fort, »da hatte ich den Eindruck, er wollte dir eine Nachricht zukommen lassen. Aber offenbar war es ihm peinlich, das durch eine Frau zu tun …«

»Er hätte sie doch meinen Männern mitgeben können.«

»Das habe ich mich zuerst auch gefragt. Warum er das nicht macht, meine ich. Aber dann habe ich noch mal in Ruhe darüber nachgedacht. Auch das wäre ihm peinlich gewesen. Denn er möchte ihnen gegenüber nicht als Feigling dastehen.«

»Als Feigling? Aber wovor sollte er denn Angst haben?«

»Das weiß ich eben auch nicht. Aber ich denke, du solltest nach Kasan fahren, Artur«, sagte Nadja, wenn auch ohne jeden Nachdruck, fast beiläufig. Artur kannte sie jedoch zu gut. Diesen Ton schlug sie nur äußerst selten an. Nur dann, wenn sie etwas sehr Wichtiges sagte. »Ich habe zwei Wochen bei Elzur am Hof zugebracht, und dabei habe ich ein wenig gelernt, ihn zu verstehen. Der Khan ist zu klug, als dass er den Sehern vertraut, und würde nicht auf dem Goldenen Thron sitzen, wenn er wirklich ein Feigling wäre. Du solltest deshalb dort hinfahren, bevor du die Duma einberufst.«

»Glaubst du, man wird mich danach zum alten Eisen erklären?«

»Du hast selbst gesagt, dass man die Wahlen durchführen muss, solange die Reichen noch nicht allein das Sagen haben. Denn wenn das erst einmal der Fall ist, weiß niemand, welche Entscheidungen sie treffen. Das gilt vor allem für die Reichen vom rechten Newa-Ufer. Die Besitzer der Zuckerfabriken, die nicht ohne Grund Rübenkönige genannt werden, beschweren sich bereits lauthals über dich und verlangen, in Piter alles so einzurichten wie in Nowgorod. Sie behaupten, bei uns regieren nicht Leute mit Köpfchen, sondern diejenigen, die dem Gouverneur die Füße küssen. Oder denk an die Cowboys! Die neu angeworbenen haben inzwischen ihre Betriebe aufgebaut, sind fett geworden und halten Hunderte von Wilden als Landarbeiter. Sie haben riesige Zäune aus geteerten Pfählen um ihr Land gezogen, die höher sind als Eichen. Hinter diesen Zäunen laufen Hunde und zahme Sumpfluchse Wache. Aber auch sie selbst spähen wie die Tiere durch die Ritzen im Zaun.«

»Einen Moment«, unterbrach Artur sie. »Schlägst du mir gerade vor, dass ich ihnen ihren Besitz wegnehmen und alles unter den Leuten verteilen soll? Das hätte ich nun wirklich nicht von dir erwartet.«

»Aber die Cowboys – und zwar alle, die alteingesessenen genauso wie die jungen unter ihnen – träumen doch nur davon, dass man dich endlich fertigmacht. Unter deinen Vorgängern haben sie nämlich viele Jahre lang ein Leben in Saus und Braus geführt. Niemand hat ihnen Steuern abgeknöpft. Sie haben die Preise selbst bestimmt und so viele Landarbeiter eingestellt, wie sie wollten. Die haben sie schließlich bloß einen Sack fauler Rüben gekostet. Aber du ahnst nicht, wie sehr die armen Kerle dafür schuften mussten. Das weiß ich nicht nur vom Hörensagen, sondern weil mein Vater selbst bei den Cowboys war und sich für sie kaputt gearbeitet hat …«

Sie hing einen kurzen Moment ihren Erinnerungen nach, bevor sie fortfuhr:

»Aber als der Gouverneur Schmied in dieser Stadt das Ruder an sich gerissen hat, bedeutete das für sie, dass sie nicht mehr schalten und walten konnten, wie sie wollten. Sie müssen nun Steuern an dich zahlen, und mit Bestechung ist es auch vorbei, sodass sie nicht mehr ohne Weiteres als Begleitschutz für die Karawanen angeheuert werden. Ihre Söhne müssen in der Armee dienen. Oder denk an ihre Kinder, die hast du geradezu in die Schule prügeln müssen. Wie viele Höfe musste dein Abaschidze denn anzünden, ehe die Cowboys zugestimmt haben, die Mädchen in die Stadt zu lassen, damit sie etwas lernen können? Mit der Kopf- und der Grundstückssteuer war es nicht anders. Geschrien haben sie, als hätten sie jedes Jahr eine Missernte und müssten selbst Stroh essen, während ihre Frauen doch irgendwie sieben Kinder durchfüttern müssen. Nur weil du die Steuern so festgesetzt hast, dass diejenigen, die nicht so fruchtbaren Boden besitzen, weniger zu zahlen haben als diejenigen mit gutem Land …«

Sie hat recht, ging es Artur durch den Kopf, der den heißen Atem Nadjas an seinem Schlüsselbein spürte. Wie immer hat sie völlig recht, auch wenn sie kein Heer von Spionen oder Wirtschaftsfachleuten an der Hand hat. Die Cowboys haben sich in kleine Fürsten verwandelt und sind nach wie vor reicher als die Handwerker und Fabrikarbeiter. Und daran wird sich nichts ändern, solange wir keine Bodenreform durchführen und die Industrialisierung nicht vorantreiben. Die Deutschen haben das längst getan. Bei ihnen füttert ein Mann Hunderte von Leuten durch. Und auch die Esten und die Litauer. Aber wir? Deshalb tragen diese verfluchten Cowboys ihre Nase auch so hoch. Aber versuch mal, sie davon zu überzeugen, einen neuen Pflug zu kaufen oder sich einen Traktor mit Dampfantrieb zuzulegen! Das kannst du gleich vergessen! Für die ist es allemal billiger, ein paar arme Wilde als Saisonarbeiter einzustellen, die sie in engen Zelten auf dem Feld unterbringen …

»Und alle wissen, dass die Kirchenleute es mit den Cowboys halten«, sagte Nadja. »Sicher, nicht durch die Bank, aber im Großen und Ganzen schon. Die Troizki-Kirche und die Nikolaus-Marine-Kathedrale stehen zwar auf deiner Seite, aber der Metropolit und das Alexander-Newski-Kloster halten es mit den Cowboys. Und die solltest du nicht unterschätzen! Da brauchst du gar nicht zu grinsen«, fuhr Nadja ihn an. »Ich wäre schon einmal fast gestorben, als man auf dich geschossen hat. Reicht dir das nicht? Willst du unbedingt, dass sich das wiederholt?!«

»Aber bisher hat mich niemand ermordet.«

»Mal den Teufel nicht an die Wand! Und sei froh, dass Sergo so gut auf dich aufpasst! Aber die Kirchenleute werden keine Ruhe geben, und sie haben das Volk in der Hand. Mal schüchtern sie es ein, indem sie den Großen Tod erwähnen, mal wiegeln sie es auf, indem sie über dich herziehen. Und die Menschen fressen ihnen aus der Hand. Sie äußern ihre Unzufriedenheit natürlich nicht direkt, weil sie Angst haben, aber wenn sie das erst einmal tun, wird es zu spät sein, die Duma einzuberufen. Irgendwo kann ich sie sogar verstehen. Zunächst hast du die Leute aus den Palästen gejagt, als du die Kommunen aufgelöst hast. Dann hast du alle aus den Wohnungen vertrieben, die sich irgendwo ohne Papiere mit deinem Siegel einquartiert hatten. Sie als waschechte Petersburger verlangen aber die besten Wohnungen für sich – die du jedoch deinen Leuten gibst. Die Kinder sollen nicht mehr nach den Büchern der Kirche unterrichtet werden. Überhaupt benachteiligst du die Kirche. Zum Beispiel wenn du ihr kein Land zuweist, obwohl sie dich schon so oft darum gebeten haben.«

»Ich zähle schon gar nicht mehr, wie oft« sagte Artur. »In einem Punkt muss ich dich aber korrigieren: Teilweise wollen sie nur, dass ich das Land, das sie bereits besitzen, offiziell als ihr Eigentum anerkenne. Im Fall des Alexander-Newski-Klosters geht es zum Beispiel genau darum.«

»Schenken oder anerkennen – was spielt das für eine Rolle? Die Frage ist doch, woher sie das Land überhaupt haben. Eben! Von den Cowboys und Fabrikbesitzern! Was glaubst du denn, was die mit dir machen, wenn sie erst mal in der Duma sitzen?! Und das werden sie – schließlich haben sie genug Geld, um für das Volk Wein in Fässern anzurollen und Kupfermünzen in die Menge zu werfen. Oh, glaub mir, die Gerüchteküche brodelt bereits ...«

Sie sah ihn vielsagend an.

»Es heißt nämlich, Schmied verhindere mit Gewalt, dass die Kirche hier in der Stadt ein Wörtchen mitrede, und zwinge die Töchter der Bauern, in die Schulen zu gehen, wo irgendwelche Nichtsnutze ihnen allerlei gotteslästerlichen Unsinn einbläuen. Und dass du die Franzosen persönlich aus dem Gebiet der Toten Erde herausgeholt hast, das ärgert auch alle. Weiter heißt es, du willst eine Strecke mit Dampfzügen nach Tallinn einrichten und hast dafür zweitausend Röchler angeheuert, weshalb jetzt jeder, der mehr als zwei Pferde im Stall hat, horrende Steuern zahlen soll. Außerdem würdest du angeblich Menschen anderen Glaubens Gold aus der Staatskasse geben, damit sie ihre Gotteshäuser ausbessern oder neue bauen können. Und alte Schiffe willst du auch auf Staatskosten wieder auf Vordermann bringen. Aber wenn erst mal eines von diesen Schiffen in See sticht, sagen die Menschen, dann machen Hunderte von Fischern bankrott. Dann regen sie sich über all die Zugereisten auf, die Deutschen, Finnen und Balten, die du auf der Wassiljewski-Insel in den schönsten Bauten unterbringst und die hier leben wie die Maden im Speck …«

»Aber diese Menschen helfen uns doch! Bist du nicht auch dieser Ansicht? Außerdem gehst du doch in die Kirche. Wird da nicht immer noch Nächstenliebe gepredigt?«

»Sprechen wir nicht von mir, schließlich bin ich deine Frau. Und Wassili, mein Beichtvater, verliert nie ein schlechtes Wort über dich. Im Gegenteil, er ruft allen immer wieder in Erinnerung, dass die Zugereisten zum Gedeihen der Stadt beigetragen haben. Er hat mich überhaupt als Erster gewarnt, dass nach den Wahlen Blut fließen könnte.«

»Wie ist es eigentlich mit Wassilis Verhältnis zum Metropoliten? Ist das immer noch schlecht?«

»Ja. Und meiner Meinung nach liegt das vor allem daran, dass er mein Beichtvater ist und die Wipper verteidigt. Am Anfang hat der Metropolit ihn nämlich noch für seinen Entschluss, in den Ural zu gehen, gelobt. Einen Vorreiter hat er ihn genannt und ihn mit den Heiligen der Vergangenheit verglichen … die hungrigen Löwen zum Fraß vorgeworfen wurden …«

»Wer sind in dem Fall denn die hungrigen Löwen? Die Wipper oder die Familie von Arina Rubens?«

»Pah!«, stieß Nadja aus. »Wegen Rubens' Tochter hat Wassili sich überhaupt erst mit dem Metropoliten überworfen. Wo genau ist er denn hingegangen? Ausgerechnet in das Dorf, in das du die Verbannten geschickt hast. Dort leben vielleicht einhundertundfünfzig Menschen, die sollten seiner Ansicht nach nicht ohne das Wort Gottes bleiben. Wassili hat sich dann aber mit den Wippern angefreundet und ist bei uns im Dorf geblieben. Man hat ihm eine Hütte gebaut. Zu Arina und den anderen Verbannten sind es bloß zwanzig Werst. Aber er predigt lieber unter den Wippern und sagt, dass das Korn auf fruchtbaren Boden fällt.«

»Was ist mit den Wippern? Begegnen sie ihm nicht mit Misstrauen?«, fragte Artur, obwohl er bereits wusste, welche Einstellung sie gegenüber dem ersten christlichen Missionar an den Tag legten.

»Im Gegenteil, die Wipper lieben ihn, vor allem die Kinder«, erwiderte Nadja. »Die Mädchen weinen jedes Mal, wenn er ihnen von den Heiligen und ihren Leiden erzählt. Nach Piter reist er überhaupt nicht gern, das gibt er selbst zu, und er hat auch schon dem Metropoliten sein Leid geklagt, wie schwer es hier in der Stadt für ihn sei. Hier würden schlechte und böse Menschen leben, sagt er, zu deren Herzen man kaum vordringt.«

»Hört, hört«, bemerkte Artur bloß.

»Wassili hat den Metropoliten immer wieder gebeten, dass er wenigstens in den Kindern keinen Hass gegen die Wipper schürt. Man solle mit seinen Mitmenschen schließlich nicht in Feindschaft leben. Und er hat ihn auch gebeten, dich nicht ständig zu verfluchen. Der Metropolit hat Wassili daraufhin aber nur Vorwürfe wegen des geflügelten Drachen gemacht, mit dem er nach Piter gekommen ist. Trotzdem ist Wassili auch auf diesem zurückgeflogen. Das hat jemand in Erfahrung gebracht und weitergetratscht. Da hieß es, so ein Drache sei nicht von Gott, sondern vom Teufel geschaffen worden. Dann ist ihm auch noch vorgehalten worden, dass er den Kindern der Wipper das Lesen und Schreiben beibringt, nicht aber denen der Verbannten. Wassili hat daraufhin erklärt, dass er die Verbannten nun mal nicht zwingen könne, zusammen mit Heiden zu lernen. Er würde sie aber nicht getrennt unterrichten, denn für ihn seien alle Kinder gleich.

Er hat mir auch gestanden, dass die Kirchenleute im Alexander-Newski-Kloster angedeutet haben, der Gouverneur werde in diesem Herbst heiße Tränen vergießen. Es gebe nämlich allzu viele unzufriedene Menschen, um die Stadt stehe es insgesamt schlecht. Im Volk gäre es bereits. Dreihundert kleine Händler mit ihren Familien hätten sich beispielsweise schon bei der Kirche beklagt, nachdem du den Gostiny Dwor fertiggebaut hast, weil die Waren dort einfach zu billig waren. Und die reichen Händler der Karawanen sind auch unzufrieden, weil sie jetzt sogar Steuern im Voraus zahlen müssen, früher ihren Gewinn aber immer hatten verheimlichen können.

Und wie viele Menschen sitzen in Gefängnissen? Wassili hat mir von einem alten Mann erzählt, dessen Sohn seit über zwei Jahren Wasser aus der Metro schöpfen muss, nachdem er wegen Brandstiftung verurteilt worden war. Erinnerst du dich noch, dass ein paar Leute am Platz Sennaja Ploschtschad Feuer gelegt haben? Da, wo die bärtigen Männer mit den langen Gewändern ihre Waren verkaufen. Der Alte hat keine Beschwerde bei der Gerichtskammer eingereicht, weil er das Verhalten seines Sohnes nicht gebilligt hat. Trotzdem sagt er, dass es so etwas früher nicht gegeben hätte. Der Gouverneur habe Gesetze erlassen, die ehrlichen Menschen keine anderen Möglichkeit ließen, als in den Wald zu fliehen. Tausende von Menschen sitzen heute in Gefängnissen. Früher seien ein Mörder oder ein Dieb einfach kurzerhand ertränkt worden. Oder aufgehängt. Gefängnisse hätte es überhaupt nicht gegeben. Dafür wird jetzt jede Kleinigkeit bestraft! Aber die Jugend hat nun einmal das Recht, Dummheiten zu machen! Sie hätten doch nur ein paar Truhen angezündet, was soll daran so schlimm sein?! Das haben sie doch nur getan, damit die bärtigen Männer uns die Preise nicht verhunzen und nicht unsere Frauen anstarren. Aber jetzt plagen sich unsere russischen Jungs in den Kellern der Metro ab, in der es vor Läusen wimmelt, kommen nie ans Tageslicht, und das alles nur, weil der Gouverneur die bärtigen Männer mehr liebt als die Menschen rechten Glaubens.

Aber wer Schmied in den Hintern kriecht, der erhält ein Haus, wenn nicht gar einen ganzen Palast. Einfache Menschen müssen trockenes Brot knabbern – aber die von der Garde leben wie die Maden im Speck. Dabei hat er die miesesten Menschen in die Garde aufgenommen und sogar die dunkelhäutigen Fremden …«

»Wollen sie etwa, dass ich die Garde mit Läusen füttere? Wer würde dann für ihre Sicherheit sorgen?«

»Das hat Wassili auch gesagt. Aber er hat auch gemeint, es gebe Menschen, die würden es sich etwas kosten lassen, wenn in Zukunft ihre Leute in der Duma sitzen und wenn alle, die Schmied ins Gefängnis gesteckt oder in die Verbannung geschickt hat, wieder frei wären. Und die verlangen auch, dass die Cowboys und Fabrikbesitzer nicht länger von dir *unterdrückt* werden. Abgesehen davon, sagt Wassili, würden etliche Menschen froh sein, wenn endlich die Kinder der Wipper aus der Stadt vertrieben werden …«

»Wie denkt denn Wassili selbst eigentlich über all das?«

»Danach habe ich ihn oft gefragt. Aber schlau, wie er ist, behauptet er, ihn gehe das alles nichts an. Es stehe ihm nicht zu, einem Gouverneur etwas vorzuschreiben. Sollen andere in ihrer Überheblichkeit um dich herumscharwenzeln und dir was einflüstern.«

»Hast du ihm erzählt, dass du zum Khan fährst?«

»Du willst wissen, was er dazu gesagt hat? Er hat mir für die Reise seinen Segen gegeben. Was hätte er auch sonst tun sollen? In der Bibel steht zwar, wie er sagt, nirgends, dass die Kirche solche Unzucht billigt, aber nach dem Großen Tod hätte die Menschheit anders nun mal nicht überlebt. Außerdem glaubt er, der Herr habe seine Gebete erhört, wenn es inzwischen mehr gebärfähige Frauen gibt … Der Metropolit spielt aber angeblich mit dem Gedanken, demnächst alle aus der Kirche auszuschließen, die ein Kind mit Menschen anderen Glaubens zeugen.«

»Hat der völlig den Verstand verloren? Wie wollen wir dann das Bevölkerungswachstum sichern? Aber gut«, sagte er und küsste ihr das Ohr, »das alles ist nicht gerade erfreulich. Die Duma müssen wir jedoch einberufen, sonst kommt es zu Aufständen.«

»Was, wenn sie dich nicht wiederwählen?«

»Das kann ich mir trotz allem nicht vorstellen …«

In den letzten drei Jahren war es immer schwieriger geworden, die Stadt zu regieren. Starke Interessenverbände machten ihm zu schaffen. Auch mit den Gerichten stand es nicht zum Besten, redeten da doch oft ehrliche, aber primitive Bauern mit, die einfach nicht verstanden, dass ein Urteil dem Gesetz entsprechen muss – nicht ihren Gefühlen.

Doch Mam Rita hatte ihm mit ihrem Plan eine Perspektive aufgezeigt …

Und er musste Gouverneur bleiben. Denn nur in diesem Amt würde er die Mittel für eine zweite Große Prozession, wie Lew die grandiose Idee der Wipper genannt hatte, aufbringen.

»Wir werden wohl die alten Bolschewiki-Errungenschaften reaktivieren müssen«, sagte er zu Nadja und biss sie ins Ohr.

»Was ist das schon wieder?«

»Das sind Telegrafen, Brücken und Banken«, antwortete er und drehte Nadja auf den Rücken, um dann seine Hand über ihren Bauch weit nach unten wandern zu lassen. »Ich würde mir wünschen, es ließe sich alles irgendwie auf ehrliche Weise regeln – aber man muss sich halt nun mal den Umständen anpassen.«

»Gehst du zum Khan?«, fragte Nadja, die seine Hand auf halbem Weg abfing. »Er ist kein Feigling und will nur Gutes für sein Volk.«

»Und was wird der schreckliche Karamaz zu einem solchen Besuch sagen?«

»Ich bin fest davon überzeugt, dass nicht mal dieser Karamaz Chalitow zum Krieg gegen dich aufhetzen kann. Aber der Khan weiß etwas. Etwas wirklich Schreckliches …«

(23) MÄRCHEN ÜBER DEN LADOGASEE

Am See herrscht immer Dunkelheit.

Die Bäume stehen so dicht, dass sich die Sonnenstrahlen in den Ästen verfangen und wie hilflose Fliegen in Spinnennetzen verrecken.

Um eine Lichtung herum ragen jahrhundertealte Stämme wie ein dichter Zaun auf, sodass niemand ohne Axt dorthin gelangt. Allerdings käme es auch keinem Jäger oder Holzfäller je in den Sinn, sich in diesen fauligen Sumpf vorzuwagen. Um auch nur seinen Rand zu erreichen, müsste man in den umliegenden Dörfern lange nach jemandem suchen, der einen führt. Dann müsste man zwei Tage durch Tannenwald ziehen, in Täler hinunterwandern und Hügel aus knirschendem Sand hochkraxeln, die alte Fabriken unter sich begraben haben. Man müsste auf der Hut vor giftigen Fledern sein, sich mit stinkendem Teer die Flöhe vom Leib halten und sich vor Luchsen und Bären in Acht nehmen.

Wer dieses Dickicht hinter sich gebracht hat, erreicht eine Straße, über die der Wind an trockenen Tagen Wirbel aus rotem Rost treibt. Zwanzig Schritt zu beiden Seiten dieser Straße zieht sich eine schwarze Kruste aus dem zerfallenen Gummi von Autoreifen und der Asche ausgebrannter Wagen dahin. Offenbar ist jemand vor ewigen Zeiten mit einer Planierraupe über die Straße gebrettert und hat die Autos der unbelehrbaren Hausbesitzer in den Graben geschoben, während sich die Neureichen vor dem Großen Tod in ihren Hühnerställen verkrochen haben.

In das Gebiet links der Straße wagt sich niemand vor. Dort erstreckt sich der Sumpf über Dutzende von Kilometern, was aussieht, als wäre er aus zahllosen Flüssen zusammengewachsen. Er scheint stinkende Lachen vor sich herzuschieben, nach den mit Schleim überzogenen Baumstümpfen zu greifen und die wenigen trockenen Inseln mit dem Gebrumm wütender Bremsen einzulullen.

Das Gesurre ist fast noch in Petrosawodsk zu hören. Am liebsten würde man sich in den Ohren popeln, um diesen widerwärtigen Ton loszuwerden. Und nirgends ist eine lebende Seele zu sehen. Es erwartet einen nur endlose Finsternis. Selbst an hellen Tagen trauen die tapfersten Männer ihren Augen nicht: Über dem Wald steigt Dampf auf, stets und ständig, und über den kahlen Ästen hängt Dämmerlicht, das die Sonne daran hindert, in den Sumpf vorzudringen.

Manchmal lichtet sich die Dunkelheit ein wenig, dann lassen sich in der Ferne alte Bauten, Röhren oder sogar Glockentürme erkennen. Links und rechts der großen Straße zweigen kleinere ab. Irgendwo gibt es auch eine Gabelung, doch deren *Zinken* verschwinden schon bald in den grüngelben Hügeln und den Blasen schlagenden Lachen.

Es gibt keine Möglichkeit, zu denen vorzudringen, die hier leben: den Zauberern.

Das Ufer zeigt die Form eines Halbkreises und ist über eine Breite von fünf Kilometern mit Algen oder Ähnlichem zugewuchert. Bis aufs Ostufer liegt vor dem See ein Labyrinth aus schmalen Flüssen. Sie schlängeln sich zwischen faulenden Baumstämmen und aufgegebenen Schiffen hindurch, die wie von einem Sturm zu einem Haufen zusammengedrängt worden sind und auf ihren Untergang warten. Inmitten des Metalls und Plastiks wuchern überdimensionale Sumpfgräser, Schilf und nirgendwo sonst gesehene Algen. Das Ganze wirkt wie ein Tropenwald. Selbst der erfahrenste Fischer wagt es nicht, sein Boot in dieses Labyrinth zu lenken.

Ein paar Narren haben übrigens einmal aus einer Laune heraus versucht, die Sumpfgräser anzuzünden. Aber die brannten nicht.

Allerdings lärmen sie, stöhnen und scheinen unaufhörlich etwas zu murmeln. Selbst aus der Ferne hört man es – und will sich am liebsten bekreuzigen.

Niemand nähert sich von dieser Seite dem Ostufer des Ladogasees …

Ein geübtes Auge macht aber selbst hier noch Straßen und Pfade aus, die ins Zentrum jenes *verbotenen* Gebiets führen. Doch in ihnen ragen das Riedgras und der Seidelbast noch höher auf. Ein Ochse oder ein Karren samt Pferd verschwindet aber überall am See binnen Kurzem spurlos im Gras.

Weit und breit brennen nirgends Lichter in den Häusern, steigen aus den Öfen keine verlockenden Düfte zum Himmel auf.

Direkt am Wasser gibt es nicht einmal mehr einen schmalen Pfad …

Erst an den Oberläufen der Newa finden sich wieder Siedlungen von Fischern, Jägern und Flößern. Dort kreischen Sägen, krachen Äxte, läuten Glocken, tanzt man auf den Wiesen …

Aber am Ladogasee herrscht tiefe Stille.

Früher haben die Fischer noch in ihm ihre Netze ausgeworfen, aber ans Ostufer ging man auch damals nur, wenn das Wasser dort etwas Kostbares angespült hatte. Oder wenn man ein sehr junger, furchtloser Mann war. So einer spähte schon mal durch das Fernrohr auf den nebligen grünen Vorhang und schwor dann, er habe gesehen, wie schwarzer Rauch sich ausgebreitet habe.

Mit einem Wort: Am Ladogasee ist es nicht wie an anderen Seen. Selbst der Peipussee ist da besser.

Denn am Peipussee leben Holzfäller, Fischer und diejenigen, die man als Zauberer von den Seen bezeichnet, nach einigen Brandstiftungen und Auseinandersetzungen heute friedlich miteinander. Die Zauberer achten aber auf ihre Abgeschiedenheit und machen um jedes normale Dorf einen weiten Bogen. Bei Gdow lebt jedoch ein ehemaliger Pap aus Piter, Rubens senior – und der versteht sich bestens mit *allen* Nachbarn. Er bekommt außerdem Besuch von etlichen hohen Tieren aus Piter und erteilt dann Ratschläge. Sein Sohn steht sogar in Diensten des Gouverneurs.

Ganz anders die Zauberer vom Ladogasee. Die stehlen immer noch Kinder, wenn auch heute nur noch die von Wilden, von denen es an den kleinen Flüssen jede Menge gibt. Denn nachdem der Gouverneur ein ganzes Dorf der Zauberer niedergebrannt hat, trauen selbst sie sich nicht mehr, Kinder aus den anderen Dörfern anzurühren. Aber wenn sie ein Kind entdecken, das unter dem Zeichen des Roten Vollmonds geboren worden ist, dann bieten sie den Eltern jeden Preis dafür. Etliche Eltern geben der Versuchung auch nach. Das ist für alle von Vorteil, denn so braucht man nicht bis ans Ende seiner Tage um das eigene Kind zu fürchten … Ansonsten leben die Zauberer völlig abseits.

Am Peipussee hat man die Auseinandersetzungen seit Langem vergessen, am Ladogasee hat es sie nie gegeben.

Weil dort nie Menschen auftauchen. Man kann jeden Fischer fragen, warum er Angst davor hat, sich dem Ufer auch nur auf vierzig Kilometer zu nähern, man erhält keine Antwort. Jeder wendet nur den Blick ab, nuschelt etwas von schlechtem Geruch und verfaultem Fisch und basta. Denn die Newa-Fischer wissen ganz genau: Man soll keine schlafenden Hunde wecken.

So schlafen diese Hunde denn auch tatsächlich schon viele Jahre.

Aber in den Kneipen der Stadt munkeln Fischer immer so einiges, wenn sie die Gewinne ihres Fangs versaufen. Das wissen selbstverständlich auch die Männer, die der Gouverneur ausgeschickt hat, damit sie ihre Ohren aufsperren. Allerdings verstehen sie es auch, in dem Geschwätz die Spreu vom Weizen zu trennen.

Wenn jemand wirklich etwas zu berichten hat und nicht nur prahlt, setzen sie alles daran, den teuren Gast nicht gehen zu lassen. Sie schenken ihm Schnaps auf Kosten der Staatskasse nach und lockern ihm die Zunge.

Solche Geschichten bekommt man dann zu hören:

Ich kenne ein paar Männer, die wollten bloß Gänse oder Wild in der Gegend jagen. Da haben sie in Hütten geschlafen. Und dann … Eines Nachts zieht bei völliger Windstille 'ne graue Wolke heran, aber die bringt keinen Regen, sondern nur ein paar eisige Spritzer. Die sieht bloß aus wie 'ne Wolke, ist aber keine. Und der Mond ist dann nicht mehr blau, sondern purpurn wie 'n blutrotes Auge … Dann darfst du auf keinen Fall im Wald bleiben, denn dann helfen keine Gebete mehr. Aber abhauen geht auch nicht, denn dann tauchst du nie mehr auf.

Im Roten Vollmond treten Schatten aus dem Unterholz. Die bewegen sich übers Wasser, als wäre das fester Boden. Sie kommen zur Straße. Hier treffen sie sich, laufen am Straßenrand weiter und verschwinden im Wald. Dort findet sie niemand. Da ist es nämlich wie verrückt, da läuft jeder normale Mensch im Kreis herum und weiß überhaupt nicht mehr, wo er ist, bis er am Ende zusammenbricht …

Du kannst auch beobachten, wie die Zauberer beim Roten Vollmond zurückkommen. Ganz leise, obwohl sie Säcke dabeihaben. Aber selbst wenn du der beste Fährtenleser bist, findest du keine Spur von ihnen und hörst nicht einen brechenden Zweig oder ein knisterndes Blatt … Deswegen kann auch niemand vorhersagen, wann die Zauberer aus dem Unterholz auftauchen. Nicht mal Jagdhunde wittern diese Wesen. Fast als hätten sie keinen Geruch.

Aber alle haben Angst. Wär' aber eigentlich nicht nötig, denn wenn die Zauberer mit ihren Säcken ankommen, verschwinden sie spurlos. Nur die lahmen Ziegenböcke traben ihnen nach …

Doch wenn man genau sucht, findet man immer etwas.

Mal einen Fingerring für eine Frau oder einen Schuh, mal einen Kinderstiefel oder ein Kreuz, das im grauen Boden funkelt. Die Zauberer von den Seen kehren nämlich nie mit leeren

Händen zurück. Nur wo sie die Beute herhaben, das weiß keiner. Niemand hat je davon gehört, dass Erwachsene oder Kinder vermisst wurden.

Bestimmt sind die Zauberer von den Seen in weit entfernten Gegenden auf der Pirsch, rühren ihre *Nachbarn* aber nicht an, damit alles hübsch friedlich bleibt. Ob sie sich in Petrosawodsk herumtreiben? Die Menschen dort haben gesagt, dass im vergangenen Jahr fünf Kinder verschwunden sind. Wer weiß, sagen sie in Petrosawodsk, vielleicht sind sie ja ertrunken oder die Schweine haben sie gefressen.

Es sind noch andere Vorfälle bekannt, aber über die Jahre haben sie sich fast zu Märchen ausgewachsen. So sollen sich beispielsweise vor zwanzig Jahren die Zauberer vom Onega- und vom Peipussee ganz offen getroffen und die Zauberer vom Ladogasee besucht haben. Aber was heißt das: *ganz offen*? Das war nachts, noch dazu in dieser finsteren Gegend. Aber am Morgen hat man vom Wasser aus gesehen, wie über den Lagerfeuern Rauch aufgestiegen ist. Und bewusst versteckt haben sie sich wohl auch nicht.

Und vor dreißig Jahren haben einmal ein paar junge Männer versucht, den Zauberern dummzukommen. Damals gab es in der Gegend noch viele offene Bunker mit alter Chemie, die wurden ja erst unter dem früheren Gouverneur verschüttet, als der Berater Karim aufgetaucht ist und ein Jahr lang nichts anderes getan hat. Der hat übrigens auch alle belohnt, die ihm etwas über Waffen mitgeteilt haben. Aber bevor Karim alles vernichtet hat, gab es davon in dieser Gegend jede Menge. Die Männer gruben also im besoffenen Zustand ein Fass aus, brachten es auf ein Boot und fuhren so weit wie möglich ans Ufer des Ladogasees heran. Man weiß immer genau, wann man nicht weiterdarf, denn dann fliegen plötzlich nicht mal mehr die Fleder um einen herum. Die Männer schipperten also mit dem Fass über den See, schlugen es auf und versenkten es mit lautem Gegröle im Sumpf.

»Haut ab!«, schrien sie. »Das hier ist unser Wald! Und unser See! Macht also, dass ihr wegkommt, ihr Teufel!«

Am nächsten Tag ist dann ein fürchterlicher Sturm losgebrochen. Die Wellen haben jedes Netz zerrissen. Eine geschlagene Woche konnten die Fischer nicht ablegen. Und wer sich gerade auf dem See befand, konnte nicht zurück. Da haben auch die letzten Idioten verstanden, dass sie bald nichts mehr zu futtern haben würden. Außerdem musste man noch der Achten Division Barsche liefern! Die Achte Division – die hat früher übrigens die Stadt verteidigt, aber der neue Gouverneur Schmied hat sie irgendwann zerschlagen.

Also hat man Jäger ausgeschickt.

Der Sturm war ja schon schlimm genug – aber dann kamen auch noch die Jäger mit leeren Händen zurück. So was hatte es bis dahin noch nie gegeben! Nicht das kleinste Stück Wild hatten sie erlegt! So weit sie auch ausschwärmten – nichts. Nur verlassene Wälder! Dabei war doch gerade Jagdzeit, wo die Tiere auf Balz gehen … Es hätte also nur so von ihnen wimmeln müssen. Aber es hat einfach nirgendwo mehr ein Tier gegeben, nicht mal diese grausamen Kreaturen wie die Fleder, die Nachtottern und die tintenschwarzen Fische.

Daraufhin haben sich die Ältesten aus vier umliegenden Dörfern zusammengefunden. Die redeten sich die Köpfe heiß, wie sie die Dinge wieder geradebiegen könnten. Schließlich baten sie ein paar tüchtige Männer, das Fass zurückzuholen. Über das Wasser ging es wegen des Sturms nicht, da wäre jedes Boot zertrümmert worden. Sie mussten also anspannen und sich mit einem Wagen durch eine Gegend schlagen, deren Straßen noch nicht zugewachsen waren. Immerhin kamen sie an ihr Ziel. Glücklicherweise hatte sich in dem Fass kein flüssiger Dreck befunden, sondern weiße Kügelchen, etwa von der Größe kleiner Erbsen. Von denen waren nur sehr wenige aus dem Fass herausgefallen. Es ging auch niemand unter. Als das letzte Kügelchen eingesammelt worden war, gab es von der Verseuchung keine

Spur mehr. Und auch die Männer, die das Zeug eingesammelt hatten, waren kaum zu Schaden gekommen, nur die Haut war leicht von den Händen abgeblättert, und die ganze Zeit tränten ihnen die Augen.

Noch in derselben Nacht hat sich der Sturm beruhigt. Endlich konnten die Fischer zu ihren Frauen zurück. Die Hälfte von ihnen war grau geworden. Sie haben gesagt, sie hätten das Ufer gesehen, konnten aber nicht an Land gehen, und im Sturm schien jemand gelacht zu haben ...

Solche Geschichten gibt es also!

Es ist auch noch zu anderen Merkwürdigkeiten gekommen. Aber an alles kann man sich ja nicht erinnern, und hier gibt es niemanden, der lesen oder schreiben kann, um diese Geschichten festzuhalten.

Aber es gibt zum Beispiel Nächte, natürlich beim Roten Vollmond, wenn vom Ostufer Nebel herankriecht. Aber da kann man auch tagsüber zwanzig Kilometer mit dem Boot langfahren, und rechter Hand hängt die ganze Zeit diese Milchbrühe. Und irgendein Narr oder Betrunkener musste unbedingt da hinschippern! Wahrscheinlich hat er gedacht, dann springen ihm ein Meter lange Fische freiwillig ins Boot!

Aber in den Nächten wabert der Nebel, als würde jemand ein Federbett aufschütteln. Sosehr du auch guckst, du siehst weder den Himmel noch die Sterne, nur diese Brühe, und hast keine Ahnung, in welche Richtung du eigentlich fährst. Denn in so einer Nacht verlieren selbst diejenigen, die schon seit Generationen Fischer sind, die Orientierung und verirren sich wie die Schäfchen. Das alles wäre halb so wild, wenn dieser Nebel wie jeder wäre, nämlich aus durchsichtigem Wasser.

Aber nachts ist er irgendwie rot ...

Einige haben trotzdem mal was gesehen. Aber das ist ... nun ja, nur was für große Kinder. Wenn du das nicht hören willst, dann sperr halt die Ohren zu, aber wenn du es hören willst, dann verzieh nicht die Fratze!

Denn einige haben mal eine Hochzeit bei den Zauberern miterlebt.

Obwohl es eigentlich überhaupt keine Hochzeit war. Was soll denn das für eine Hochzeit sein, nachts, ohne Feuer, dafür mit einem Gesang, als würden die jemanden beerdigen. Obwohl, Feuer gab es schon – bloß über dem Wasser. Da waren auch Boote. Die fuhren so schnell, als hätten sie Motoren. Nur stimmte auch das nicht. Aber es ruderte auch niemand! Die Boote glitten einfach übers Wasser – aber hinter ihnen gab es keine Welle. Und wer sich in diesen Kähnen befand, das hast du auch nicht begriffen, die waren nämlich alle von Kopf bis zu den Füßen vermummt … Dann bildeten sie mit den Booten einen Kreis, und in der Mitte gab es ein Platschen und Stöhnen. Wenn die da nicht jemanden in den See geworfen haben, weiß ich auch nicht mehr! Oder … womöglich haben sie auch jemanden aus dem Wasser herausgezogen. Und dann sangen ganz leise Frauen, aber bei dem Nebel ist dir da glatt eine Gänsehaut über den Rücken gelaufen, und du hättest alles dafür gegeben, das nicht zu hören.

Wer diese Hochzeit miterlebt hat, war nicht mehr der Mensch, der er früher einmal war. Entweder hatte er graue Haare bekommen oder den Verstand verloren. Denn er fiel immer wieder in eine Starre und blieb dann eine geschlagene Stunde stehen, ohne dass er sich vom Fleck rührte, und glotzte bloß blöd ins Nichts. Kurz und gut, du konntest ihn für die Arbeit vergessen.

Einige haben auch Worte gehört. Das war, als ob die Gebete von uns gläubigen Menschen verkehrt herum aufgesagt würden. Und wenn die Worte verständlich waren, dann waren sie gespickt mit unflätigen Ausdrücken.

Die Städter, diese Narren, fragen uns jetzt immer öfter: Warum geht ihr nicht einfach weg? Warum lebt ihr in der Nähe dieser Teufel? Die haben gut reden. Wo sollten wir denn hin? Hier haben wir immer gewohnt, hier steht unser Haus, hier gibt es viele Fische. Die salzen und räuchern wir und verkaufen sie in der Stadt. Genau wie das Wild. Wenn du nicht ans Ostufer gehst, geschieht dir nichts. Und Kinder sind auch schon lange nicht mehr geklaut worden.

Gut, am Ladogasee ist es nicht wie am Peipus- oder am Onegasee. Die Zauberer von da sollen ja beim neuen Gouverneur gut angeschrieben sein. Die bekommen von ihm Soldaten, damit das Volk sie nicht verprügelt. Und der Gouverneur will sie sogar in die Duma holen, als wären sie Cowboys oder ehrliche Fischer.

Muss ja ein ungeheures Vergnügen sein, mit diesen widerwärtigen Kreaturen bei Gericht zu tagen oder gemeinsam an einem Tisch zu sitzen! Angeblich hängt bei denen das Kreuz kopfüber unter der Kleidung.

Ob man diesen Unsinn glaubt oder nicht, die Entscheidungen treffen die da oben. Aber die Spione des Gouverneurs haben ihm alles, was sich hier tut, brühwarm erzählt …

So geht das Leben in den Dörfern seinen Gang. Lange ist es ruhig am Ladogasee gewesen. Es heißt nicht umsonst: Wecke keine schlafenden Hunde. Und das hat auch niemand getan. Aber dann hat der Gouverneur Schmied lebende Tote aus Paris mitgebracht. Die Alten in den Dörfern haben da gleich losgeheult, dass das nichts Gutes bedeutet, und die Glocken der Kirchen haben geläutet, und der Fisch ist wieder miserabel gewesen, ohne Schuppen und Augen.

Dieser Sommer hat nicht gut angefangen, bei Gott nicht …

(24) ZU BESUCH BEIM SATAN

Flussaufwärts flog über die Newa weit oben am nächtlichen Himmel ein geflügelter Drache dahin, ohne dass irgendjemand etwas davon mitbekommen hätte. Erst als vor dem Piloten achatfarbenes Wasser auftauchte und ihm der Wind in die Augen peitschte, ging er tiefer.

Unter ihm schimmerten noch kurz die letzten vereinzelten Lichter der Inseln mit einer alten Burg und die Feuer in den Leuchttürmen – dann war alles finster. In dieser Dunkelheit schlug der Drache weiter gleichmäßig mit den Flügeln, sonst wusste jedoch niemand, wo oben und wo unten war. Ekelhafter Schneeregen prasselte Mensch wie Tier ins Gesicht, außerdem ließ sich ein unerträgliches Geräusch vernehmen.

Der Ladogasee schloss sie in seine unfreundlichen Arme.

In dem mit Schilf und Süßwassergräsern bewachsenen Ostufer drückten sich nicht einmal Zugvögel herum. Der Drache hatte sich dem Schilf, das nicht zu sehen war, noch nicht auf eine Meile genähert, als er von einer Seite zur anderen schlingerte. Der Pilot konnte den Kurs kaum noch halten. Schließlich beschloss er, dass sie ihr Ziel erreicht hätten.

Der Drache breitete die Flügel aus und setzte zur Landung an. Er rannte noch eine Weile weiter und hämmerte mit den Krallen aufs Wasser sowie auf die uralten schlammigen Ablagerungen ein, in die sich Balken, Bojen und Reste einer kleinen Flotte sowie andere Zeugnisse der Zivilisation verirrt hatten. In der undurchdringlichen Finsternis pfiff es kurz, als wäre ein kleiner Vogel aufgeschreckt. Kurz darauf knirschte etwas, und ein Boot glitt ins Wasser, in das sogleich fünf Menschen kletterten, nachdem sie sich rasch aus den Sattelhosen befreit hatten.

Das Boot sank unter ihrem Gewicht deutlich ab. Der Pilot reichte ihnen ein längliches Etwas hinunter, das in Sackleinen gewickelt war. Anschließend sprangen zwei Schatten ins Boot, die nichts von einem Menschen an sich hatten.

Das unablässige Rauschen des Schilfs erstickte jedes andere Geräusch. Eine Minute später zog der Pilot die Zügel des Drachen an und stieg wieder auf, um den Rückflug anzutreten. Die Fangarme des Nebels griffen noch gierig nach ihm, hüllten seine feuchte, golden schimmernde Oberfläche ein, vermochten ihn jedoch nicht zu halten und zogen sich deshalb zurück.

Drei der Männer legten sich im Boot flach auf den Boden und tarnten sich mit Birkenrinde. Der Vierte bezog seinen Platz am Heck, der Fünfte am Bug. Sich mit den Händen von der feuchten pikenden Schilfwand abstoßend, suchten die Männer nach schmalen Durchgängen in diesem Dickicht. Mitunter blieben sie stecken, dann musste der Mann am Bug mit einem langen Messer den Weg bahnen, indem er mit enormer Kraft die Gräser wie Kohl zerhackte. Der Mann am Heck starrte derweil aufmerksam in die Dunkelheit. Er war der Einzige, der wusste, wie sie an ihr Ziel gelangten. Trotzdem nannte er mehrmals versehentlich die falsche Richtung. Dann fuhr das Boot in einen Berg fauliger Balken oder in die undurchdringliche Schilfwand.

Bei jedem Fehler wurde der Mann nervös, sah sich verwirrt um, ging in die Hocke und entschuldigte sich, indem er die Arme ausbreitete. Doch niemand machte ihm einen Vorwurf.

Selbst dann nicht, als sie angegriffen wurden.

Zwischen dem Kiel eines umgekippten Schleppers und einem Katamaran blieb das Boot nämlich so unvermittelt stehen, als wäre es auf eine Sandbank gelaufen. Nur gab es da keine Sandbank, die Menschen spürten genau, dass unter ihnen noch genug Wasser war. Allerdings spürten sie auch, dass es unter dem Schlepper einen Spalt gab …

Und durch diesen kamen lautlos zwei schmale, flinke Schatten auf sie zu. Sie wanden sich wie Aale und nahmen sich Bug und Heck des Boots vor. Die drei Menschen am Boden hielten den Atem an, dafür schob der Mann am Heck die Kapuze zurück und stimmte einen merkwürdigen Singsang an.

Schließlich kramte er in einem Sack und warf den Wesen im Wasser je ein Stück Fleisch zu. Kurz klapperten Kiefer. Nun wandte sich der Mann zunächst mit einer Bitte an diese Kreaturen, dann mit einer Drohung, beides jedoch anscheinend erfolglos.

Einer der Männer am Boden spähte zum Bootsrand – und sah etwas, das früher einmal eine Flosse gewesen war, heute aber drei scharfe Finger von fünfzehn Zentimetern Länge aufwies. Sie schienen aus Knochen zu bestehen, die nicht mit Haut, sondern mit einer festen Membran überzogen waren, und bohrten sich mit einer solchen Kraft ins Holz des Boots, dass es anfing zu krängen.

Der Mann stieß seinen Nachbarn an. Mit einem Wimpernschlag bedeutete er ihm, dass er die *Flosse* auch bemerkt habe. Der dritte Mann steckte sich prompt zwei dünne Klingen zwischen die Zähne.

»Das bringt nichts«, bemerkte der Älteste der drei und zog eine kleine, fest verkorkte Holzflasche hervor.

Dem Mann am Bug leckte bereits etwas über die Füße.

Der Mann am Heck stimmte seinen Singsang wieder an. Offenbar war er nun ziemlich wütend, weil er nicht begriff, weshalb die Hechte nicht auf ihn hörten. Denn entweder die Fische unterwarfen sich diesem Gesang auf der Stelle oder sie töteten den Sänger. So war es ihnen beigebracht worden, denn ihre Herren brauchten keine Gefangenen. Denen kam es einzig und allein darauf an, dass niemand ans Ufer kam. Ihr Ausbilder musste also einen Fehler begangen haben, wenn die Fische jetzt nicht gehorchten. Vielleicht waren es ja die ersten Tiere, die er abrichtete …

Vielleicht witterten sie aber auch Feinde, trotz all der Vorsichtsmaßnahmen, die die Männer im Boot ergriffen hatten. Womöglich überdeckte der Gestank aus dem Extrakt eines Fleders den Geruch fremden Bluts ja nicht ganz …

Eine zweite Flosse schob sich über den Rand des Hecks. Zwei der Männer am Boden rutschten gerade noch rechtzeitig zur Seite, denn schon schlug der Fisch mit enormer Wucht auf den Boden des Boots ein. Der Mann am Heck verlor das Gleichgewicht und fiel auf ein Knie, konnte sich aber im letzten Moment am Bootsrand festhalten.

Gleich darauf brachte ein zweiter Schlag das Boot fast zum Kentern. Eines der Bretter brach hörbar, durch die entstandene Ritze drang Wasser.

Als der Mann am Heck wieder aufstehen wollte, schlossen sich knöcherne Finger um seine Hand. In der nächsten Sekunde schoss eine längliche zahnlose Fratze mit flachen Nüstern aus dem Wasser. In den weit auseinanderliegenden Augenhöhlen schimmerten bloß weiße Kugeln. Pupillen besaß der Hecht keine. Er riss sein Maul derart weit auf, dass man unwillkürlich meinte, sein Kiefer bestünde nicht aus einem Knochen. Der Mann am Heck hätte seine Hand eingebüßt, wären seine Gefährten ihm nicht zu Hilfe gekommen.

Ein Mann in einem weißen, weit geschnittenen Hemd vollführte einige eher angedeutete, dafür aber sehr schnelle Bewegungen. Von außen sah es aus, als mähte er Gras. Die Flosse des Hechts umklammerte zwar immer noch die Hand des Mannes, während die zweite die Ruderdolle zerkratzte – aber der glänzende Kopf trieb auf dem Wasser. Aus dem bereits sinkenden Rumpf spritzte Blut.

Der Alte, ein Mann mit zu einem einzigen Zopf zusammengebundenen Rastazöpfen, warf zwei Fläschchen, ein leeres Kästchen und einen Fäustling ins Wasser. Der dritte Mann packte seinen Freund und zog ihn vom Heck zurück. Dieser hielt sich mit schmerzverzerrtem Gesicht die Hand. Der Mann am Bug, ein wahrer Gigant, schlug mit dem Säbel auf die Flosse des

Fischs auf seiner Seite ein, warf die Klinge in die Luft, fing sie mit beiden Händen wieder auf und rammte sie ins offene Maul seines Gegners.

Sofort schnappte der Hecht zu. Der Säbel brach ab. Anschließend stützte sich dieses albtraumhafte Monster auf die noch intakte Flosse und katapultierte sich ins Boot. Damit rettete er sich vor dem unvermeidlichen Tod. Drei seiner Artgenossen trieben nämlich bereits mit dem Bauch nach oben im Wasser, nachdem das Gift aus dem Fläschchen des Alten durch ihre Kiemen in den Körper eingedrungen war. Auch sonst war im Umkreis von zwanzig Metern alles Leben gestorben. Der Nebel verhüllte dieses Bild zwar, aber der Alte mit den Rastazöpfen verfügte über wahre Luchsaugen: Ein paar junge Hechte, die unter dem Schlepper gelauert hatten, verreckten unter heftigen Krämpfen. Drei Dutzend unterschiedliche Fische trieben an die Oberfläche, um zahllosen Fröschen und Insekten Gesellschaft zu leisten. Obendrein würden nun auch die Algen schwarz anlaufen und verrotten, das wusste der Alte.

Der Satansgeifer verschonte niemanden, weder auf festem Boden noch im Wasser.

Der ins Boot gesprungene Hecht legte noch immer eine erstaunliche Beweglichkeit an den Tag. Obendrein konnten seine Schwanzflossen ebenfalls zupacken. Mit ihnen hatte er bereits ein beachtliches Stück Holz aus der Bordwand gerissen. Der Gigant in dem grauen Overall fiel durch einen Schlag auf den Hintern. Das Boot schaukelte, immer mehr Wasser lief in es hinein. Die Männer hatten schon eine Menge gesehen und experimentierten selbst auch gern – doch diese Kreaturen verschlugen allen die Sprache.

Das Biest von anderthalb Metern Länge zeigte sich nämlich nicht gerade beeindruckt davon, dass man ihm bereits eine seiner vorderen Extremitäten abgehackt hatte. Es rollte sich zusammen und schnellte dann wie ein Blitz auf das Bein des Giganten zu. Sein spindelförmiger Körper bestand einzig aus

Muskeln. Knochenplatten zogen sich in drei Reihen über ihn, was den Hecht wie einen kleinen Stegosaurus aussehen ließ. Sein Urahn – der noch unter Baumstümpfen geschwommen war, Gründlinge gefressen und Motorboote gekannt hatte – wäre angesichts einer solchen Bewaffnung wohl blass vor Neid geworden.

Der Gigant im grauen Overall war wie vom Donner gerührt und starrte fassungslos auf das Ende seines Säbels. Die anderen zögerten jedoch nicht, zu handeln. Der Mann in Weiß sparte sich jeden Versuch, mit seiner Klinge auf den Rücken dieses Monsters einzudreschen: Die Kiefer würden ja selbst dann noch zuschnappen. Deshalb rammte er sich dem Fisch mit seinem ganzen Körpergewicht in die Seite.

So musste der Hecht auf das Bein des Giganten verzichten und sich mit einem Stück der dicken hölzernen Sitzbank begnügen. Angewidert spuckte er es gleich wieder aus, drehte sich in der Luft um, als wäre er kein Fisch, sondern ein Bullterrier, und ging, sich mit dem Schwanz am Boden abstützend, zur nächsten Attacke über. Der Mann in Weiß wurde zurückgeschleudert. Einer seiner Gefährten schaffte es gerade noch, ihn zu fassen, bevor er über Bord ging.

Das Schiff stieß dadurch jedoch mit dem Bug gegen einen untergegangenen verrosteten Ponton. Aus zwei Säcken drang prompt ein tiefes Knurren. Sie wurden von innen zerfetzt – und zwei weiße Tigerköpfe auf langen Hälsen schossen heraus.

Noch ehe sie jedoch ins Geschehen eingreifen konnten, sollte der Gigant den Hecht erledigen. Er schmiss das Säbelende weg und zog unter der lädierten Bank eine lange Streitaxt hervor, deren Schaft dick wie eine Deichsel war.

Sofort brachten sich alle anderen in Deckung. Die Zähne des Hechts fuhren quietschend über den gehärteten Stahl. Das war das erste laute Geräusch in dieser ganzen Auseinandersetzung.

Aber auch das letzte. Denn der Gigant trieb dem Fisch die Streitaxt so tief ins Maul, dass er ihn fast in zwei Hälften spaltete. Der einzige Grund zur Klage, den er jetzt noch hatte, war der, dass ihm die Kraft fehlte, die Waffe wieder herauszuziehen.

Während die Männer versuchten, zu Atem zu kommen, spähten sie aufmerksam um sich. Lebende Feinde gab es in ihrer Nähe nicht mehr. Die rote Scheibe des Monds beleuchtete gelangweilt das raschelnde Schilf. Schließlich nahmen die Männer ihren getöteten Feind näher in Augenschein. Das Blut spritzte ihm aus der Kehle und plätscherte auf den Boden des Boots.

Selbstverständlich war das kein Fisch im eigentlichen Sinne mehr. Und schon gar kein Hecht. Hechte können groß werden – aber nicht mit ihrer Schwanzflosse zupacken. Das Maul wies einen ungleichmäßigen Biss auf. Dort hinein hätte ohne Weiteres eine Riesenmelone gepasst, konnte der Hecht es doch wie eine Kobra aufreißen. Der Kopf war groß wie der eines Kalbs. Die Brustflossen wiesen ausgebildete Hände, aber noch keine Unterarme auf. Die erloschenen Augen starrten sie trotz ihrer Pupillenlosigkeit voller Hass an, ein Blick, wie ihn kein toter Fisch zustande bringt.

Der Mann am Heck, der versucht hatte, mit den Fischen Kontakt aufzunehmen, rieb sich sein Knie. Dann zerriss er zusammen mit dem Alten etwas Stoff und stopfte ihn dem Fisch in die Seite, um die Blutung zu stillen. Anschließend verschmierten sie die Wunde mit Leim.

Der Mond beobachtete sie bei ihrem Tun, leuchtete aber noch nicht mit ganzer Kraft, hatte seine wütende, dämonische Macht noch nicht voll entfaltet. Trotzdem redeten alle nur lautlos miteinander.

Dann fuhren sie weiter. Bald erblickten sie eine Lichtung mit verrotteten Baumstümpfen drum herum. Die Lichtung selbst war anscheinend mehrmals angezündet worden, sonst hätte sie nie eine solch gleichmäßige halbrunde Fläche gezeigt. Voller Asche, aber ohne eine einzige Blume, ohne einen einzigen grünen Grashalm.

Von ihr führten einige Pfade ins Unterholz, die geschickt mit Dornbüschen und in die Erde gerammten vertrockneten Zweigen getarnt waren. Kein Städter hätte sie je entdeckt.

Dort, wo die grauen Wellen leise ans Ufer plätscherten, waren einige Steine eingegraben, zwischen denen es Eisenpfähle gab, an denen die Boote festgemacht werden konnten. Dahinter wuchs über hundert Meter hohes Riedgras. Im Wasser selbst schlingerten Algen, die dieses in eine dicke grüne Plörre verwandelten, in die kein Fischer sein Ruder stecken würde.

Die Männer im Boot lauschten und schnupperten immer wieder. Furcht verspürten sie jedoch keine.

Diese Männer hatten überhaupt nur selten Angst. Und ob ihnen jetzt eine Gefahr mehr drohte, war völlig belanglos – denn das Gleichgewicht der Welt stand auf dem Spiel.

Sobald das Boot gegen einen Stein stieß, schmiss der Mann am Bug die Schlinge eines Taus über einen der Eisenpfähle.

Der Mann vom Heck ging als Erster an Land. Er warf seinen Umhang ab und stand dann bloß in kurzen, speckigen Shorts und einer Fellweste da. Seine rote Mähne war dick mit Fett eingerieben und gescheitelt. In der Mitte verlief ein Streifen funkelnder weißer Farbe. Dieselbe Farbe leuchtete auch um seinen Mund und an den Handgelenken, sodass man den Eindruck hatte, Knochenfinger vor sich zu sehen. Im Mondlicht funkelten ein Kupferamulett und vier Perlenketten, die er um den Hals trug. An einer weiteren Kette baumelte kopfüber ein Kruzifix, das statt des gestorbenen Gottes einen virtuos geschnitzten, Possen reißenden Dämon zeigte. Der Holzteufel wand zwei Schwänze um das Querstück, in seinen winzigen Augenhöhlen glitzerten Rubine.

»Ich bin's, Christoph!«, sagte der Mann am Heck und zeigte in der Dunkelheit seine leeren Hände. »Ich habe dem Großvater eine frische Frau mitgebracht.«

Aus dem Dunkel schälten sich zwei kräftige Männer heraus.

Einer presste Christoph eine lange Lanze an die Kehle, der zweite eilte zum Boot.

»Dann wollen wir uns das Weibsbild mal ansehen«, flüsterte er begeistert und trat gegen einen prallen Sack. Das klägliche Schluchzen einer Frau antwortete ihm.

»He, die will ich auch sehen!«, verlangte der andere Mann, nahm die Lanze von Christophs Kehle und rannte zu seinem Gefährten. Zu zweit hievten sie den Sack an Land. Im blutroten Licht des Monds blitzte ein Messer auf. Sie konnten es gar nicht abwarten, die Schnur des Sacks durchzuschneiden. »Ein Wort zum Großvater – und wir werfen dich den Hechten vor«, rief einer der beiden noch. »Wir … tasten den Sack ja bloß ab.«

»Wir müssen schließlich jede Ware kontrollieren, bevor wir sie ausliefern!«, meinte der andere, während er bereits mit der Nylonschnur kämpfte. »Siehst du doch auch so, oder, mein Junge? Sag mal, was ist eigentlich in dem Sack daneben?«

»Da bin ich drin!«, antwortete Knirps und schloss seine Pranken um die Kehle des allzu neugierigen Burschen.

Der zweite Zauberer griff nach dem Messer und steckte sich rasch eine Vogelpfeife in den Mund, aber in dem Moment wurde der Sack, der ihn so interessierte, von innen aufgeschlitzt, und ein Messer bohrte sich tief in seinen Hals. Aus dem Sack stieg keuchend Prochor der Zweite heraus. Der alte Wipper nahm die Klinge wieder an sich und massierte sich die Knochen. Er hatte das Dorf im Ural bereits seit sechs Jahren nicht mehr verlassen, und das Klima an der Newa setzte ihm zu. Wie er allen versicherte, habe ihn einzig der Wunsch, seine neuen Züchtungen einmal in Aktion zu erleben, veranlasst, sich auf diese Reise zu begeben.

Das entsprach nicht ganz der Wahrheit, Artur wusste das. Prochor war auch ein Freund von dem Vater und dem Großvater jenes Semjons, der in der Sandwüste gestorben war.

Auf ein Signal von Knirps hin kamen die anderen hinter dem Heck aus dem Wasser. Sie alle sahen weitaus bescheidener aus als der bemalte Sohn des Roten Vollmonds. Allerdings zeichneten sich unter der durchweichten Kleidung Lederhalfter mit Waffen ab. Sobald sie wieder festen Boden unter den Füßen hatten, verteilten sich die Männer auf der Lichtung, verschmolzen mit der Dunkelheit. Die beiden Tiger folgten auf einen mentalen Befehl hin ihrem Herrchen.

Weit sollten sie alle nicht kommen.

Denn ein Wolfsrudel betrat die Lichtung und umzingelte sie. Artur zählte fünf ausgewachsene Wölfe in der ersten Reihe und drei Junge, die noch in den Büschen lauerten. Unwillkürlich griffen seine Hände nach der Waffe, aber sein Hirn arbeitete schon auf einem anderen Weg und versuchte, Kontakt zu den Tieren aufzunehmen. Noch im selben Moment begriff er jedoch, dass ein anderer schneller war als er: Prochor, der mit Wölfen besser kommunizieren konnte als mit jedem Menschen.

Ein kalbsgroßer Wolf, der am dichtesten an dem Wipper dranstand und ein grindiges Fell besaß, torkelte plötzlich wie ein Besoffener. Schließlich knickten ihm die Pfoten weg, und er fiel in die graue Asche. Seine Artgenossen ereilte binnen einer Minute das gleiche Schicksal. Artur wollte schon weitergehen, aber da fasste Prochor sich mit einem Mal ans Herz. Als der Alte wieder zu sich kam, bot er einen schrecklichen Anblick. Die Augen traten ihm aus den Höhlen, keuchend atmete er die kalte Luft ein. Seine Arme schlugen um sich wie bei einem epileptischen Anfall. Er sagte kein Wort, sondern gab Berder nur ein flüchtiges Zeichen.

Dieser zog sein Messer, doch der Stahl prallte vom Fell der Wölfe zurück. Knirps eilte Berder zu Hilfe, aber auch zusammen konnten sie die Wölfe nicht töten. Jedenfalls nicht, indem sie ihnen die Kehle aufschlitzten.

»Müssen wir sie unbedingt töten?«, fragte Artur erschüttert. Nie zuvor hatte er es erlebt, dass Prochor, der größte Liebhaber der Fauna, den Befehl erteilt hatte, einem hilflosen Tier die Kehle aufzuschlitzen.

»Ich kann sie nicht bändigen«, hauchte Prochor da. »Sie sind keine Freunde der Menschen. Wenn sie zu sich kommen, folgen sie uns.«

So fügten sie sich und griffen zum Satansgeifer.

Danach betrat Christoph einen schlammigen Pfad. Einmal blieb er stehen und blies in eine Tonpfeife. Das Ohr eines Menschen konnte diesen hohen Ton überhaupt nicht wahrnehmen. Doch von den Zweigen schoss eine dreieckige Fratze mit zitternden Fledermausohren und gebleckten Zähnen herunter und schielte auf den leuchtenden Scheitel des Zauberers. Der Fleder erkannte den Mann, bekam ein Stück rohes Fleisch und flog wieder davon – um in der nächsten Minute leblos abzustürzen. Berder, der direkt hinter Christoph lief, fing den gelähmten Körper auf, bevor er auf dem Boden aufschlug, und schlitzte ihm die Kehle durch.

Die Bäume endeten völlig unvermittelt vor einer Baugrube.

In ihr ließen sich noch Reste eines Fundaments und der Kellergeschosse erkennen. Aus der eisigen Tiefe roch es nach feuchter Erde, aber auch noch nach etwas viel zu Süßem. Wie Masten untergegangener Fregatten ragten am Fundament der Grube und auf dem Boden der rudimentären Kellergeschosse Betonpfähle auf. Über der Baugrube war ein dichtes Netz gespannt, an dessen Schnüren zahllose Efeuranken herunterhingen, die einen dichten Vorhang schufen. Weit unten brannten am Betonboden drei Lagerfeuer mit jeweils andersfarbiger Flamme. Über einem stieg schwarzer Rauch auf, über dem anderen weißer und über dem dritten roter.

Von den beiden Kellergeschossen war nur der Boden an den Grubenwänden erhalten geblieben. Vielleicht hatte hier ja ein Parkhaus entstehen sollen. Heute aber drängten sich entlang der Wände auf diesen beiden Etagen dunkle wabenartige Behausungen, die von oben mit Balken abgedeckt waren und auf die man zusätzlich Erde geschüttet hatte. Das Ganze war eine regelrechte Tempelanlage, in der diffuse Schatten herumwuselten.

In der Mitte der Baugrube war der Betonboden geborsten oder teilweise mit Kies bedeckt. Hier stand ein rechteckiges Zelt, eine Art Jurte, wie Nomaden sie verwendeten, nur um einiges größer. Aus einem runden Loch im Dach stieg eine transparente Duftsäule auf. Vorm Eingang schliefen zwei Sumpfluchse. Die Tiere waren satt, denn neben ihnen lag ein noch nicht vollständig abgenagtes Stück Elchfleisch. Aus dieser Höhe wirkten beide wie Spielzeugkatzen.

Nach unten gelangte man an zwei gegenüberliegenden Seiten über eine Steintreppe. Um diese Treppen zu betreten, musste man allerdings erst durch einen Käfig voller Wölfe.

Sobald die Wölfe in dem Käfig auf ihrer Seite einen fremden Geruch wahrnahmen, richteten sie sich auf und drehten sich heiser brüllend dem Wald zu. Das kräftigste Männchen bräuchte sich nur auf die Hinterbeine zu stellen, um jeden erwachsenen Mann um einen Kopf zu überragen. Die Raubtiere waren jedoch zu klug, als dass sie an den Stäben genagt hätten.

Christoph, der allein am Grubenrand stand, wusste aber, dass man auf eine einzige Handbewegung des Weißen Großvaters hin die Herde freilassen würde. Und hätte der Fleder die Zauberer über die Gefahr informieren können, die ihnen drohte, wären die Wölfe jetzt auch schon aus ihren Käfigen heraus …

Dass man ihr Fell nicht mit einem Messer durchdringen konnte, hatte einen einfachen Grund: Die jungen Wölfe wurden glatt geschoren, danach bearbeitete man ihr Fell mit einem speziellen Gerbstoff. Mit diesem wurden sie immer und immer wieder eingerieben. Anschließend presste man sie auf glühende Kohlen und warf sie in einen eiskalten Brei. Wer das überlebte – und das war nur etwa jeder siebte – wurde im Rudel aufgenommen. Mit der Aufnahme hatte die Abrichtung jedoch erst ihren Anfang genommen. Um tatsächlich Angst und Schrecken zu verbreiten, mussten die Wölfe dann noch viel lernen. Für die Ausbildung aller Tiere und Vögel war der Rote Großvater verantwortlich.

Mehr wusste Christoph darüber jedoch nicht, denn er hatte zu wenig Zeit bei diesen Zauberern zugebracht, um hinter all ihre Geheimnisse zu kommen. Als Artur ihn nach einem Monat das erste Mal wiedergesehen hatte, da hatte er sich ernsthaft Sorgen um Christophs Geisteszustand gemacht. Niemand hatte den jungen Mann zu diesem Schritt gezwungen, er hatte sich damals Arturs Vorschlag schweigend angehört, die Nacht mit Eve verbracht und war am nächsten Morgen um sechs Uhr früh zum Ladogasee aufgebrochen.

Die Zauberer hatten ihm sofort geglaubt, dass er aus dem Winterpalast geflohen sei, nachdem der Gouverneur ihn verprügelt hatte. Dafür hatte man in Piter sogar eine regelrechte Show inszeniert, bei der es um Spionage ging. Das eigentliche Problem war jedoch ein anderes.

Christoph musste einige Initiationsriten durchlaufen und an den unterschiedlichsten, nicht gerade angenehmen Zeremonien teilnehmen. Artur konnte nur ahnen, was der Schwarze und der Rote Großvater anrichteten, wenn schon der Weiße Großvater drei Jungfrauen brauchte.

Eine von ihnen sollte Christoph besorgen, wobei er strikte Anweisung hatte, sie nicht aus der Umgegend zu stehlen, sondern an einem Ort, der mindestens fünfzig Kilometer entfernt war. Das Alter der Frau war dem Weißen Großvater dagegen völlig egal, er hätte sogar ein zwölfjähriges Mädchen akzeptiert. Unter Lebensgefahr war Christoph ins Boot gestiegen und hatte sich in ein Wirtshaus begeben, wo Knirps, getarnt als Wildhändler, die ganze Zeit über auf ihn gewartet hatte. Christoph hatte ihm mitgeteilt, wann die *Hochzeit* stattfinden sollte.

Und er hatte eine Bitte an Artur: Man solle ihn unbedingt an dem genannten Tag von den Zauberern am See wegholen – sonst würde er zusammenbrechen.

Artur hatte Berder daraufhin mitgeteilt, dass sie eine Jungfrau bräuchten, vorzugsweise eine tapfere. Das Aussehen spielte keine Rolle.

Jetzt kamen zwei Männer mit Fackeln zu Christoph, der sich unter der Last des Sacks krümmte. Unten hingen Füße heraus, die Frauenstiefel aus teurem Leder trugen. Einer der beiden Posten, der ebenfalls mit leuchtenden Linien bemalt war, trat hinter ihn, spähte in den Wald und sog die Luft tief ein.

»Mir gefällt nicht, wie du stinkst, Christoph«, erklärte er, als er sich dem Sohn des Roten Vollmonds wieder zuwandte.

»Das kommt von der Frau«, antwortete Christoph leise.

»Irgendwas stimmt hier doch nicht ...«, fuhr der Posten fort und hielt weiter aufmerksam Ausschau. »Ist dir auf dem Weg hierher irgendjemand begegnet?«

»Du hast recht, Vater«, mischte sich der zweite Posten ein, ein gedrungener Mann mit Kropf und hervorquellenden Augen. Er trug eine schwarze Soutane, die mit einer prächtigen Stickerei verziert war: Auf dem Rücken zeigte sie eine nackte Frau, die ein knorriges, hölzernes Glied in sich einführte, auf der Brust zwei Skelette. »Es ist hier viel zu ruhig.«

»Am Boot waren Feuchtlippe und Schönling«, sagte Christoph, um sich dann zu beschweren: »Die wollten mir die Jungfrau wegnehmen.«

»Was?!«, rief der erste Posten.

»Ganz genau«, versicherte Christoph. »Und dem Großvater sollte ich kein Wort sagen. Die wollten den Sack haben, um ihn *abzutasten*. Sie haben gesagt, die Frau wird ja sowieso getötet.«

»Diese Hunde!«, zischte der Posten und spuckte aus. »Die fütter ich mit Giftpilzen! Aber du hast dich genau richtig verhalten, mein Junge. Wenn dir noch etwas verdächtig vorkommt, sag's mir.«

»Aber du wirst sie doch nicht verraten, oder, Vater?«

»Keine Sorge, das mache ich nicht. Und jetzt gib mir deine Jungfrau, damit ich sie runtertrage. Der Weiße wartet bereits.«

»Die Posten am See trinken übrigens Schnaps, Vater«, berichtete Christoph weiter.

»Dieses Ziegengeschmeiß!«, brüllte der Posten. Dann befahl er seinem Kollegen, ihm zu folgen, und stapfte zum See hinunter.

Christoph schickte ihnen einen bösen Blick hinterher und trat an den Wolfskäfig heran. Die Tiere waren unruhig, als sie den unbekannten Geruch witterten. Sie bekamen nie so viel zu fressen, dass sie satt gewesen wären. Außerdem spürten sie vortrefflich, wenn sich jemand vor ihnen ängstigte. Eine der schwersten Prüfungen für Christoph war es daher auch gewesen, durch diesen Käfig zu gehen. Andererseits hätte er ja auch nicht springen können, dazu war es viel zu hoch, außerdem erwartete ihn da unten Beton … Und heute, mit einer lebenden Last auf dem Rücken, verbot sich das erst recht.

Doch noch ehe er sich dazu durchringen konnte, die Käfigtür zu öffnen, kam Prochor aus dem Wald herausgeeilt, ging kurzerhand zu den Wölfen hinein und schaltete sie aus. Nach dem alten Wipper tauchten auch alle anderen auf, von Berder abgesehen. Der war nämlich damit beschäftigt, die Wölfe im Käfig am anderen Ende der Baugrube mit Speckkugeln zu füttern – die mit Stacheldraht gefüllt waren.

Je weiter Artur und seine Leute die Treppe hinunterstiegen, desto stärker wuchs im Gouverneur ein Gefühl des Ekels: Dieser Ort stellte den reinsten Zerrspiegel allen Lebens dar.

Dieser Ort verspottete alles, was anderen Menschen heilig war.

Dieser Ort war die Brutstätte eines Glaubens an das Böse, das es nicht gab, das man aber erschaffen konnte, wenn man zur rechten Zeit den Samen aussäte.

Auf Höhe des oberen Stocks der beiden Kellergeschosse bemerkte Artur zu beiden Seiten der Steintreppe Führungsschienen für einen Lastenaufzug und sogar den verrosteten Antrieb. Dann kamen primitive Skulpturen. Im Licht der Lagerfeuer sahen sie wie Wasserspeier aus.

Längsbalken wurden von Fresken gesäumt, in denen sich ohne Mühe Bibelmotive und Szenen des Jüngsten Gerichts erkennen ließen. Sie waren zwar nicht schlecht gezeichnet, im Stile Chagalls, aber in jeder Darstellung blitzte Spott auf: Den Engeln hatte man kleine Hörner verpasst, die Drei Weisen grinsten das Jesuskind mit karminroten Mündern an, aus denen sich gespaltene Zungen herausschlängelten. Ein Heiliger erledigte den Drachen nicht mit der Lanze, sondern hatte eine Girlande aus Schädeln auf diese gespießt.

Aus den mit Netzen verhangenen Zugängen zu den Behausungen linsten Kinder heraus. Artur zählte zwölf unterschiedlichen Alters, von drei bis zehn Jahren. Unter ihnen gab es nur zwei Mädchen, alle anderen waren Jungen. Und alle zeigten den gleichen finsteren und angespannten Gesichtsausdruck. In ihrem Rücken brannten Altarlampen, lagen Decken und simples Spielzeug. Artur meinte zunächst, die Kinder seien gefangen genommen worden und säßen in Zellen, begriff aber bald, dass diese Behausungen nur eine vorübergehende Unterkunft bedeuteten, in der sie vor den Sumpfluchsen geschützt waren.

Die Kinder waren hierher gebracht worden, damit sie am Ritual teilnahmen. Das war ein Teil des hiesigen Bildungsprozesses – und führte dazu, dass die Psyche eines kleinen Menschen unwiderruflich Schaden nahm. Vor dreißig Jahren dürfte es weit mehr Kinder gegeben haben, aber heute lebten mehr Menschen in der Stadt, und die Zauberer von den Seen brachten immer seltener Kinder zur Welt. Allmählich gesundete die Menschheit …

Von wegen, sie gesundet, korrigierte sich Artur auf der Stelle. Alles wiederholt sich doch bloß. Es findet sich immer jemand, der einen Dämon auf den Altar stellt und diejenigen, die noch nicht nachdenken können, zwingt, ihn anzubeten.

Nun spähte er aufmerksamer in die Behausungen. Neben den Altarlampen gab es mit roter Farbe beschmierte Ikonen, die kopfüber an der Wand hingen. Die Heiligen hatten ebenfalls Hörner erhalten, und in die Augen waren Löcher gebohrt.

Eine wirklich höchst effiziente Erziehung …

Zehn Stufen tiefer lag der nächste Stock. Hier waren zwar keine Kinder, dafür erwartete sie eine weitere unangenehme Überraschung. Zwischen den Betonpfählen standen Särge. Sie waren aus massiven Eichenbrettern gezimmert, einer war sehr alt, die anderen erst vor Kurzem angefertigt worden. Sie alle lehnten aufrecht an der Wand. Im Deckel gab es kleine Klappen mit Fenstern, die mit schwarzem Stoff verhangen waren. Jede wurde von einem soliden Riegel gesichert.

Als ob diejenigen, die sich in diesen Särgen befanden, plötzlich herausspringen könnten …

Erst als sie ganz unten angelangt waren, ging Artur auf, dass nicht ein Kind Alarm geschlagen hatte. Warum auch? Schließlich überfiel nie jemand die Zauberer von den Seen. Schon gar nicht in ihrem Heiligtum. Artur erschauderte, als er sich vorstellte, was geschehen wäre, wenn er zu dieser Tour mit gewöhnlichen Gardisten und ohne die Hilfe Christophs aufgebrochen wäre.

Hier unten ließ sich nur die mittlere Fläche erkennen, der Rest wurde vom Dunkel geschluckt. Die drei Lagerfeuer tauchten die Wände der Jurte in ihr unterschiedliches Licht.

Als die am Eingang schlafenden Sumpfluchse etwas witterten und mit gesträubtem Fell aufsprangen, winkte Prochor sie zu sich. Die Tiere leisteten dem Befehl Folge, wenn auch ausgesprochen widerwillig, als würde ein Gummiseil sie zurückziehen. Knirps hob sein MG, Artur zog seine Messer und stellte sich vor Christoph. Prochor lief der Schweiß in Strömen die Schläfen hinunter, vor Anspannung zitterten ihm die Knie.

Jetzt wurde im Zelt ein Lied angestimmt. Die Sumpfluchse fauchten und kratzten mit den Krallen über den Betonboden. Berder ließ sich auf ein Knie nieder und schleuderte mit beiden Händen je ein vergiftetes Messer. Sobald die Tiere tot waren, wischte sich Prochor das Gesicht am Ärmel ab und schüttelte den Kopf, als er Berder die Spuren auf seinem Hemd zeigte. Seine Nase blutete.

Artur bemerkte erst jetzt, wie kalt es hier unten war. Trotz der drei lodernden Feuer wölkte aus seinem Mund Dampf auf. Aber gut, immerhin befanden sie sich in einer Tiefe von fünfzehn Metern. In einer gigantischen Grabgruft, die mit Toten vollgestopft war.

Unmittelbar vor dem mit Fellen verhängten Zelteingang begriff er auch, wie groß die Jurte eigentlich war. Die Breite musste sich auf mindestens zwanzig Meter belaufen. Aus dem Innern sickerte in ungleichmäßigen Strömen Licht heraus. Außerdem waren rhythmische Schläge, ein nicht näher zu definierendes Gepolter und ein abfallender Männergesang zu hören, fast als studierte ein Chor die Tonleiter ein.

»Das Vaterunser«, flüsterte Christoph. »Sie singen das Vaterunser, aber verkehrt herum.«

»Wie viele sind da drin?«

»Vier Großväter und dreizehn Apostel, dazu zwanzig Väter. Vielleicht auch noch einige Söhne und Frauen, aber die sind ungefährlich.«

»Und wer von ihnen ist gefährlich?«, fragte Berder.

»Die Apostel sollten wir besser gleich umbringen«, presste Christoph heraus.

Sein Kehlkopf hüpfte auf und ab.

Der Arme, dachte Artur. Er ist völlig am Ende. Wenn er jetzt bloß nicht den Sack fallen lässt.

Daraufhin riss Artur mit einer entschlossenen Bewegung den Vorhang zur Seite. Wolken süßen Rauchs wogten ihm entgegen.

»Sei gegrüßt, Grigori!«, flüsterte Artur lautlos und trat ins Zelt.

(25) DAS ENDE DES ROTEN VOLLMONDS

Artur hatte mit dem Schlimmsten gerechnet – aber die Wirklichkeit übertraf selbst das.

Noch stand er im Eingang. Das Zelt war gerammelt voll, doch Artur nahm die Menschen nicht als individuelle Persönlichkeiten wahr. Die brodelnde Masse erinnerte ihn eher an Protoplasmaklumpen oder an eine vielköpfige Hydra, die ihre Beute hinunterschlang. Dabei schwelgte das vielköpfige Monster förmlich in den übersüßen Ausdünstungen, die aus Weihrauchgefäßen aufstiegen. Im Nebel dieser Drogendüfte vergaß sie alles um sich herum – und lebte ihre rohesten Seiten aus.

Und der Rhythmus von Trommeln bestimmte jede Bewegung dieser Hydra.

Das Zelt wurde von einigen Hundert Kerzen aus schwarzem Wachs beleuchtet und wirkte im Innern größer, als es von außen den Anschein gehabt hatte. Vielleicht lag das daran, dass es genau an einer Stelle aufgebaut war, an der Teile des Betonbodens fehlten und zusätzlich in der Mitte eine riesige Grube ausgehoben worden war. Eine Grube, klar!, dachte Artur bitter. Die bauen hier natürlich keine Podeste – sondern machen eben alles verkehrt herum!

Der Chor lag dann selbstverständlich noch tiefer, fast in einem Graben. Um ihn herum standen Eisenschalen, die wie zahnärztliche Spucknäpfe aussahen und in denen sich ohne Frage kein sauberes Wasser befand.

Die Zeltwände schmückten halb vermoderte Stoffe mit bunten Darstellungen, die jedoch fast unter einer dicken Dreckschicht verschwanden. Sie waren zwischen etlichen kopfüber aufgestellten Kruzifixen gespannt.

In der zentralen Grube gab über dem Feuer ein Weihrauchbecken von der Größe einer Gulaschkanone seinen Dampf ab. Daneben drückten sich einige ekelhafte, geschlechtslose Kreaturen herum, die sich irgendeinen weißen Stoff übergeworfen hatten. Auf ihrem Rücken baumelte kopfüber je ein Eisenkreuz. Diese Zwerge oder buckligen Invaliden streuten ein aromatisches Pulver in die Flammen, während zwei runzlige Wesen mit winzigen Vogelköpfen eine Wiege schaukelten. Die Liliputaner hatten keine Hände, standen auf den Zehen und stießen die schwere Wiege mit den schwieligen Unterarmen an, wobei sie Gefahr liefen, ins Feuer zu fallen. Jemand schlief in dieser Holzwiege, verborgen unter Lumpen.

Bei der Wiege handelte es sich garantiert um ein umfunktioniertes Taufbecken. An den dreckigen Seiten ließen sich immer noch blaue Farbe und sogar Reste von Goldquasten erkennen. Der Boden der Wiege war durch die Nähe zum Feuer bereits angekohlt. Das ganze Stück hing an zwei verrosteten Ketten, die über einen der Träger des Zeltdachs liefen und bei jeder Bewegung quietschten.

Das war allerdings nur in jenen seltenen Momenten zu hören, in denen der Chor und das Orchester schwiegen.

Ferner ragte in der Grube ein auf den Kopf gestelltes Kruzifix auf. Das Längsstück bestand aus einem behauenen und glatt polierten Kiefernstamm von mindestens drei Metern. Das obere Ende lehnte gegen einen der Stützpfeiler, das untere stand in einem flachen Eisenbecken – in das Blut floss: Am Kreuz hing mit den Beinen nach oben eine sehr junge Frau. Die Fußgelenke waren mit einer Schnur an einem Haken festgebunden, die Handgelenke am Querstück, die zotteligen Haare fielen in ihr eigenes Blut. Die erste Braut. Für sie kam jede Rettung zu spät.

Die zweite Braut des Weißen Großvaters lag mit geknebeltem Mund und auf dem Rücken gefesselten Armen auf einem flachen Holztisch gleich neben dem Eingang. Der Tisch war in einem Stück aus einem gewaltigen Stumpf herausgearbeitet worden. Den Hals der Frau umspannte eine Schlinge, das Ende der Schnur lief durch einen Eisenring am Zeltdach und endete in der Faust eines hochgewachsenen *Mönchs*, der statt der üblichen Kopfbedeckung eine Wolfsmaske trug. Die Kutte hatte sich dieser Diener der örtlichen Gottheit über den nackten Körper geworfen, aus ihr ragte sein weiß bemaltes erigiertes Glied heraus.

Die Frau wurde gleich von zwei Männern vergewaltigt. Sobald sie sich besonders heftig wehrte, riss der Mönch an der Schnur, um ihr die Luft abzuschnüren. Weitere sechs Pseudomönche standen um den Tisch herum, peitschten auf den nackten Körper der Braut ein und ergötzten sich an ihrem Schmerz, ohne sich groß darum zu kümmern, ob die Vergewaltiger auch einen Hieb abkriegten. In etwas größerem Abstand drängte sich zudem eine ganze Meute von Kerlen in beschmierten Kutten. All diese mussten Söhne sein.

Beide Frauen waren am ganzen Körper mit weißer Farbe bemalt worden, bei der zweiten Braut war der Kopf jedoch schwarz. In der ersten Sekunde hatte Artur vermutet, sie sei skalpiert worden, doch als er genauer hinsah, erkannte er, dass es sich um die schwarze Spitze eines Schleiers handelte.

Daraufhin richtete er den Blick noch einmal auf die erste Braut – und hätte fast gekotzt. Man hatte ihr einen überdimensionalen Phallus in die Vagina getrieben. Das Ding ragte noch immer gut zehn Zoll aus ihrem Körper heraus. Mit ihm hatte man die Frau offenbar zunächst innerlich aufgerissen, um ihr anschließend die Beine zusammenzupressen und sie dann aufzuhängen.

In das Getrommel mischten sich nun die näselnden Töne einer Ziehharmonika, und Dutzende von Stimmen blökten ein wütendes Lied.

Artur hatte das Gefühl, mit dem Boden verwachsen zu sein, denn er brachte einfach nicht die Kraft auf, weiter in das Zelt vorzudringen.

So ließ er seinen Blick noch einmal schweifen. Die gegenüberliegende Wand zierten mehrere Ikonostasen und lebensgroße verrußte Bilder von russischen Heiligen. Jedem steckte im Schritt ein circa ein Meter langer, geschmirgelter Phallus, der mit schwarzem, rotem oder durchsichtigem Lack behandelt worden war.

Weiß fehlte.

Denn dies war das Fest des Weißen Großvaters.

Unter der bespuckten Ikone der Gottesmutter wanden sich einige ältere Frauen, über die Lumpen geworfen worden waren, in epileptischen Anfällen. Außerdem knieten dort in einem Pferch Jungen. Sie waren genauso alt wie die Kinder im oberen Kellergeschoss und trugen feuerrote Kutten. In ihren Gesichtern und auf den schmalen Brüsten leuchteten jedoch drei Sechsen. Sie hatten die Augen weit aufgerissen und wiegten sich im Takt der Trommeln.

Auch alle anderen waren so im Rausch, dass niemand Artur bemerkte.

Den Chor bildeten zwei Dutzend Typen mit langen Zottelmähnen, die auf dem Boden knieten. Sie waren völlig nackt, trugen aber Masken. Obwohl sie ein schwermütiges Lied sangen, warfen sie ihre Bärte wild hin und her und drohten im Rhythmus der Trommeln mit ihren Fäusten. Ihre Körper waren so dick mit Kalk beschmiert, dass sie wie mumifizierte Mannequins wirkten.

Eine aufgedunsene Alte mit der fettigen Kopfbedeckung eines Mönchs, einer Schlächterschürze aus Gummi und seidenen Pumphosen gab auf einer großen Orchestertrommel den Takt vor. Links neben ihr kauerte auf Tannenzweigen ein Mann ohne Beine und mit eingedrückter Nase. Er war es, der die Ziehharmonika zum Jaulen brachte. Rechts neben der Alten schlug ein Typ mit einem Stab auf eine Sambatrommel ein. Er schien aus einem Horrorfilm entsprungen zu sein und war gewissermaßen eine gespaltene Persönlichkeit: Mit seiner rechten Körperhälfte stimmte alles, mit seiner linken nichts. Dort glichen der Arm und das Bein einem erschlafften Luftballon, das Auge war aus der Höhle getreten, der Mund verzerrt.

Allmählich setzten die Drogendüfte auch Artur zu: Sein Herz schlug schneller, seine Augen tränten – und er wurde gegen seinen Willen sexuell erregt.

Jetzt drängelte Knirps von hinten. Vor seinen Augen hing ein Schleier, sein Brustkorb hob und senkte sich krampfartig. Gierig inhalierte er den Geruch der Drogen. Wenn wir nicht auf der Stelle zuschlagen, begriff Artur, ist gleich keiner mehr von uns dazu imstande.

»Den Weißen schnappen wir uns lebend!«, sagte er deshalb zu Knirps und stapfte entschlossen zum Weihrauchbecken.

Berder schlüpfte nun ebenfalls ins Zelt, eilte zum Tisch, metzelte sich lautlos durch die Peitschenschwinger und den *Mönch*, der die perfide Schlinge hielt, sprang auf die Holzplatte hoch und ermordete die Vergewaltiger. Noch ehe ihre leblosen Körper zur Seite gekippt waren, hatte er bereits den Chor erreicht. Selbst in diesem Moment stieg in Artur Begeisterung für die Schnelligkeit seines einstigen Lehrers auf. Dieser machte nicht eine überflüssige Bewegung. Sogar wenn er einen Feind erledigte, stellte er kein Ziel für einen Gegner mit einem Wurfmesser dar. In dieser Sekunde sprang ihm allerdings eines der weißen Mannequins an die Kehle …

Ein schneller Tritt, eine Drehung auf den Zehenspitzen, zwei Messerwürfe – und zwei weitere Chorknaben krachten Blut verspritzend zusammen. Während die rechte Hand das nächste Messer zog, holte die linke aus – und die Orchestertrommel verstummte. Im Auge der Alten steckte ein Messer, sie tränkte das Instrument mit ihrem Blut. Ein Teil der nackten Sänger schaffte es zwar trotzdem, aus der Jurte zu huschen – doch davor wartete Prochor auf sie.

Artur kippte das Weihrauchbecken um, sprang über die glühenden Kohlen und stürzte sich mitten unter die Söhne. Vor sich sah er nur Gesichter mit irrem Blick. Aus den sperrangelweit geöffneten Mündern tropfte Spucke, während nackte Füße einen irischen Stepptanz hinlegten.

Als er auf diese Kreaturen einschlug, kippten sie unendlich langsam um, denn ihre Reflexe waren völlig unterdrückt. Obendrein setzten sie selbst mit ihren tödlichen Verletzungen den Tanz fort.

Dann verstummte auch die Sambatrommel. Knirps wütete wie ein wahnsinniger Elefant und brach reihenweise Kiefer. Im selben Moment erhob sich draußen wildes Geschrei. Prochor setzte den Satansgeifer ein …

Artur wurde dadurch so abgelenkt, dass irgendjemand es schaffte, ihm von hinten die Luft abzudrücken – der aber gleich darauf selbst röchelnd zu Boden sank. Als Artur sich umdrehte, warf Berder seine Messer längst auf neue Opfer. Gleichzeitig flog ein Mann diagonal durch die Jurte und knallte gegen die Wiege. In der Hand seines ausgekugelten Arms hielt er immer noch ein Beil. Anscheinend war er Knirps gewaltig auf die Nerven gefallen …

Artur zog sein Messer aus dem Bauch eines seiner Gegner und erledigte einen Kerl, der versuchte, ihm seinen Armreif durchzunagen. Und dann … stand er ohne Gegner da.

Es gab keine Söhne mehr. Sie alle waren entweder tot oder lagen verletzt am Boden, von ihm erledigt, noch ehe die Väter es überhaupt bemerkten. Diese waren heute alle mit weißer Farbe angemalt, passend zum Feiertag des Weißen Großvaters. Und sie waren viel zu sehr mit sich selbst beschäftigt.

Am Kreuz masturbierten vor dem Körper der toten Frau Männer, die Wolfsmasken, grelle Gürtel und Pumphosen trugen, offenbar die Apostel. Hinter ihnen knieten in zwei Reihen rangniedrige *Priester*, die genauso bemalt waren wie Christoph. Sie wippten, hatten sich untergehakt, sangen im Chor und ließen ihre eisernen Armreife melodisch klirren.

Drei der vier Großväter beteten derweil mit dem Rücken

zum Becken und zum Kruzifix. Wirklich alt waren nur zwei von ihnen, der Schwarze und der Rote. Die Farbe war so dick auf ihr Gesicht aufgetragen, dass sie beide wie die berüchtigten bunten Dämonen aus der japanischen Folklore aussahen. Der Wässerne und der Weiße wirkten deutlich jünger, vielleicht um die fünfundfünfzig. Sie alle hatten sich die weißen Messgewänder orthodoxer Patriarchen besorgt, die erstaunlich gut in Schuss waren, und Weihrauchfässer, mit denen sie einen widerlichen, mit süßlichem Honigduft vermischten Schwefelgestank verbreiteten. Der Weiße Großvater dagegen, ein noch faltenloser, fülliger Mann, saß auf einem nackten femininen Jungen, der am Boden lag und als Ziegenbock verkleidet war.

Als Artur sich auf diese Gruppe stürzte, öffnete der Junge die Augen. Erst da begriff Artur voller Ekel, dass er keinen kostümierten Menschen vor sich hatte: Der Junge richtete sich mit dem benommenen Großvater auf dem Rücken langsam auf, wie ein Wiederkäuer, der im Schlaf gestört worden war und sich auf allen vieren erhebt. Bei dem räudigen Fell handelte es sich eben nicht um eine Decke. Die Hinterfüße endeten in Hufen, am Hintern hing ein durch Dungklumpen schleifender Schwanz herab. Gut, die Hörner gehörten zu einer Maske, aber die *Nüstern* waren schwarz. Nur der Mund und das Kinn mit dem zu kleinen Locken gedrehten Bart wirkten noch, als stammten sie von einem Menschen. Der Junge schüttelte seine viel zu langen *Arme*, die mit grauem Haar bewachsen waren.

Nun bemerkten die Apostel doch, was um sie herum vorging, denn Knirps brach gerade vier Männern das Rückgrat. Doch statt Messern streckten diese Herren bloß ihre Hände vor – worauf Knirps gegen einen der Stämme geschleudert wurde, die die Decke trugen, und anschließend in den Tannenzweigen landete.

Auch der Weiße Großvater auf dem *Ziegenbock* erwachte jetzt aus seiner Trance und sah sich mit einem fast klaren Blick um.

Die Jungen bei den Ikonen kamen aus dem Takt, miauten verwirrt, standen aber nicht auf.

Von draußen drang das Gepolter zweier gewaltiger Explosionen herein. Prochor geizte nicht mit seinen Waffen. Das Zeltdach fing an einigen Stellen Feuer. Der ekelhafte Gestank von verbranntem Fell breitete sich aus. Etliche Menschen schrien wie am Spieß.

Nachdem Artur und seine Männer minutenlang geradezu gespenstisch unter den delirierenden Kultisten gewütet hatten, brach nun selbst in der drogengeschwängerten Jurte eine Panik aus, die nach und nach alle noch Lebenden erfasste.

Der Chor rannte auseinander, die Frauen übertönten mit ihrem Gekreisch sogar den Kampflärm. Die zweite Braut, die unter den Leichen ihrer Peiniger begraben war, brüllte sich die Seele aus dem Leib. Und Christoph deponierte gerade den Sack mit der dritten Braut unter dem Tisch, damit diese nicht versehentlich verletzt wurde.

Wer noch unverletzt war, drängte zum Eingang – aber dort wartete nach wie vor Prochor mit dem Satansgeifer. Sobald etwas von diesem Zeug in die Jurte gelangte, züngelte eine blaue Flamme zur Decke hoch. Sämtliche Figuren am Eingang verwandelten sich in Fackeln – und setzten die Zeltwände in Brand.

Kurz darauf stand Prochor mit versengten Augenbrauen mutterseelenallein vor einem Kreis aus schwarzer Schlacke. Der nächste Angriff mit dem Satansgeifer galt denjenigen, die sich hinter den Altar hatten zurückziehen können.

Die Zauberer von den Seen hatten, wie Artur wusste, ausgiebig herumexperimentiert, um hinter das Geheimnis des Satansgeifers zu gelangen, bisher jedoch keine überzeugenden Ergebnisse erzielt. Die größte Schwierigkeit bei seiner Herstellung bestand darin, die in den Ewigen Brandstätten gesammelten Pflanzen im richtigen Verhältnis zu mischen. Schaffte man das nicht, setzte der Satansgeifer im Umkreis von Kilometern schlicht und ergreifend alles in Brand. Die Wipper gaben das

Geheimnis dieser komplizierten Synthese von Generation zu Generation weiter. Ihr Satansgeifer loderte denn auch nur auf einer begrenzten Fläche auf, setzte dafür aber bei der Verbrennung eine größere Hitze frei als Napalm.

Doch es gab noch einen anderen Grund, weshalb weder die Zauberer von den Seen noch sonst jemand Satansgeifer herstellen konnte: die Spucke, die dafür benötigt wurde. Selbst unter den Wippern kamen nur selten welche mit einem so hochwertigen Speichel wie dem Prochors zur Welt. Artur wusste nur noch von Annas Tochter, dem alten Semjon und drei anderen Wippern. Prochor selbst räumte traurig ein, dass es immer weniger Wipper mit der erforderlichen Spucke gebe und schon bald wohl gar keine mehr.

Nach einer weiteren Explosion des Satansgeifers senkte sich bereits ein Drittel der Stützpfeiler zur Seite. Trotzdem hangelte sich Berder weiter wie ein Affe von einem Deckenpfahl zum nächsten, beförderte mit Fußtritten mal einen, mal gleich zwei Gegner ins Jenseits. Dann traf ihn jedoch von hinten ein langer Gegenstand, und er knallte mitten in seine Kontrahenten hinein.

Und nun drehten sich die Apostel Artur zu, ihre erigierten Genitalien wie Knüppel schwenkend … Da musste Artur auch jene Tatsache anerkennen, die zu akzeptieren ihn der gesunde Menschenverstand bisher gehindert hatte: Die Zauberer von den Seen waren zu Transformationen imstande. Allerdings galt das wohl nur für die Apostel. Christoph hatte ihm berichtet, dass sie zwischen den einzelnen Festen ein normales Äußeres zeigten, aber eben nicht bei den rituellen Feierlichkeiten. Artur hatte diese Worte damals als Geschwätz abgetan und vermutet, der Sohn des Roten Vollmonds habe bereits zu viel bei den Zauberern durchgemacht und fasele jetzt wirres Zeug daher …

Aber Christoph hatte ihm kein Märchen aufgetischt. Offenbar hatten sich die Zauberer von den Seen – im Unterschied zu den Wippern, die weiße Tiger, Bären und Drachen gezüchtet hatten – den Menschen selbst vorgenommen. Wahrscheinlich waren sie nach dem Großen Tod rein zufällig hinter diese Möglichkeit gekommen. Gut vorstellbar, dass damals einige von ihnen einfach durchgedreht waren, weil sie schon lange die Zärtlichkeiten einer Frau vermissten – und sich dann mit Ziegen gepaart hatten.

Blieb die Frage, ob diese Ziegen zum Hohn auf alle Gesetze Darwins auch Nachkommen in die Welt setzen konnten. Und falls ja, ob die Zauberer dann zu dem Schluss gekommen waren, den hiesigen Böcken ein paar Jungfrauen zuzuführen. Jedenfalls hatten sie es nach unzähligen gescheiterten Versuchen wohl geschafft, jene Wesen zu züchten, die schon von den alten Griechen besungen worden waren: plattköpfige, behufte Kreaturen, die sich auf den Hinterbeinen fortbewegten und extrem lüstern und böse waren.

Nur brachten diese Satyrn nicht mehr zustande, als die Wilden in den umliegenden Dörfern zu erschrecken. Eben deshalb dürften die ersten Großväter zu Experimenten mit Wölfen übergegangen sein, was zudem weitaus interessanter war. Der Wolf ist nun mal schlauer als die Ziege. Das zeigte sich auch in den Ergebnissen. Die neuen Züchtungen unterwarfen sich ihren Herrn – und stahlen Kinder, die auf natürlichem Wege für die Zauberer doch so schwer zu bekommen waren …

Vielleicht ist das alles aber auch ganz anders abgelaufen, dachte Artur noch, als er vor den Aposteln zurückwich und den Säbel aus der Scheide auf seinem Rücken zog. Doch noch ehe er überhaupt ausholen konnte, wurde ihm die Klinge aus der Hand gerissen. Das Wurfmesser in seiner anderen Hand ereilte das gleiche Schicksal: Es flog einfach wie ein Vogel davon.

Von den Männern mit den Wolfsfratzen trennten ihn nun nicht mehr als anderthalb Meter. Artur war nach wie vor schleierhaft, wie diese Scheiß-Apostel ihn entwaffnet hatten.

Bevor er jedoch weiter darüber nachgrübeln konnte, stieß Prochor einen langen Pfiff aus – und ein silberner Blitz fuhr ins

Zelt: ein Flöckchen der sechsten Generation. Auf seine Tiger konnte Prochor wirklich stolz sein, die sieben Jahre Arbeit waren nicht umsonst gewesen. Bei der jüngsten Züchtung ragten über den ganzen Rücken unterm Fell Dornen auf, und Brust wie Schnauze wurden von lederüberzogenen Knochenplatten geschützt, die auch einen Treffer mit einer Gewehrkugel aushielten. Die vorderen Pfoten waren doppelt so kräftig wie die hinteren.

Nun waren es die Apostel, die zurückwichen. Der Tiger raste mitten in sie hinein und ging durch sie hindurch wie ein glühendes Messer durch Butter. Die grünen Tannenzweige unter Arturs Füßen platschten wie ein Gummiteppich, so sehr waren sie mittlerweile mit Blut getränkt.

Christoph schnitt auf der Stelle die Fesseln der zweiten Braut durch und zog die bewusstlose Frau zum Eingang der Jurte.

Knirps stand ächzend auf und schob die wahnsinnigen Söhne, die mit kraftlosen Fäusten auf ihn einhämmerten, fast widerwillig von sich runter. Über sein Gesicht floss Blut, denn ein Messer hatte ihm die Wange aufgeschlitzt.

Plötzlich riss etwas Artur in die Luft und schlug ihm gegen die Brust, sodass er schon meinte, unter den Schienenräumer einer rasenden Dampflok geraten zu sein. Kurz bevor er das Bewusstsein verlor, drückte er noch das Kinn gegen die Brust und entspannte die Muskeln. Trotzdem war der Aufprall mehr als unangenehm. Als er wieder zu sich kam, schossen entsetzliche Schmerzen seine Wirbelsäule hoch. Noch im selben Moment sah Artur, wie die Decke im Zeitlupentempo auf ihn zukam, denn zwei Pfeiler in seiner Nähe knickten gerade langsam ein.

Mit zusammengebissenen Zähnen rollte er nach links und stieß gegen den abgerissenen Kopf des Ziehharmonikaspielers.

»Schmeiß alles Eisen weg!«, schrie ihm der in Rauch eingehüllte Berder zu. »Sofort!«

Da endlich begriff Artur, wie die Apostel ihn entwaffnet hatten.

Ein Magnet! Natürlich! Diese Scheißkerle hatten irgendwie ein riesiges Magnetfeld um sich herum geschaffen.

Stopp!, rief er sich innerlich zur Ordnung, während er vergeblich versuchte aufzustehen. So etwas ist doch gar nicht möglich!

Mittlerweile konnte er nichts mehr erkennen, was mehr als zwei Schritt von ihm entfernt war. Dafür hörte er, wie Flöckchen tobte und auf der Treppe zur Baugrube der zweite Tiger brüllte oder wie Knirps fluchend versuchte, sein Kettenhemd loszuwerden. Dann sah er die riesigen Augen Christophs, der gleich darauf unter den Tisch kroch, um die dort versteckte dritte Braut zu retten.

»Der Weiße darf nicht entkommen!«, schrie Artur. »Christoph, such Prochor! Ihr beide müsst den Weißen Großvater schnappen!«

Links neben Artur sprang nun Berder aus einem Leichenhaufen heraus, um den eine blutige Wolke hing. Der Wipper drehte sich mit einer Schnelligkeit herum, die kaum zu fassen war, und schlug mit allen vier Extremitäten auf die Gegner um sich herum ein, fast als wütete hier ein Tornado.

Es knirschten und knackten weitere Zeltträger. Inzwischen kullerten auch die Kerzen über den Boden und steckten die noch trockenen Tannenzweige in Brand. Niemand in diesem Zelt bekam noch Luft. Der Rote Großvater lief davon. Der Wässerne wälzte sich am Boden und versuchte, sich seine blauen Eingeweide in den aufgeschlitzten Bauch zurückzustopfen.

Endlich gelang es Artur, sich hochzurappeln. Vor seinen Augen tanzten jedoch immer noch orangefarbene Kreise. Er legte in aller Eile das Schultergehänge ab, in dem etliche Metallwaffen steckten, und zog das Kettenhemd aus. Fehlte nur noch eine Kleinigkeit: der Gürtel. Doch gerade als er ihn loswerden wollte, richtete ein Apostel – das Schwein musste Flöckchen entkommen sein! – seinen Magneten auf ihn. Prompt zog der Gürtel Artur zur Seite. Kurzerhand riss er die Schnalle ab. Und über ihm flog bereits eine beinerne Lanze auf den Apostel zu …

Als Artur dann wieder aufblickte, war schon alles vorüber. Zumindest innerhalb dieser *Kirche*. Flöckchen verwandelte allerdings noch etwas in kleinste Fetzen, das vage an einen Menschen erinnerte.

Berder stand auf allen vieren da und kotzte. In seinem Rücken steckte ein hölzerner Wurfspieß, neben ihm türmten sich die Leichen. Den Dschingis entdeckte Artur erst im zweiten Anlauf. Mitja lebte glücklicherweise noch, war aber unter einem Berg von Männern mit Wolfsgesichtern begraben. Er musste an mindestens sechs Stellen sofort verbunden werden. Prochor stand neben diesem Körperungetüm und erledigte alle noch lebenden Zauberer. Manche von ihnen hatten sich derart in Knirps' Fleisch verbissen, dass sie ihn selbst nach dem Tod nicht freigaben. Schließlich gelang es Artur und Prochor aber, den halbtoten Knirps vor die Jurte zu ziehen, wo sich der Wipper gleich der Wunde annahm.

Berder konnte seine Blutung selbst stillen. Er hatte allerdings eine starke Gehirnerschütterung davongetragen, sodass er immer wieder auf die Seite fiel.

Als Artur sich in der Baugrube umsah, zählte er mehr Leichen als erwartet. Anscheinend waren noch rund zwanzig Mann vom Kampflärm angelockt worden, aus dem Wald herbeigestürmt und hier heruntergekraxelt. Den vermeintlich harmlosen Prochor hatten sie selbstverständlich nicht mit dem Gemetzel in Zusammenhang gebracht. Und als sie erst einmal unten waren, da war es für sie eh zu spät, denn da bekamen sie es bereits mit einem weißen Tiger und dem Satansgeifer zu tun.

Prochor hatte ganze Arbeit geleistet, stand doch fast alles in Flammen: die Särge ebenso wie die Käfige, in denen die Tiere bei lebendigem Leib verbrannten. Auch der jahrhundertealte Wald und das undurchdringliche Dickicht zwischen den Sümpfen und dem See loderten. Selbst die geheimen Schlupfwinkel, in denen die Zauberer lebten, schienen nicht verschont worden zu sein.

An einen Betonpfahl gebunden, lehnte der Weiße Großvater, der Artur einen hasserfüllten Blick zuwarf. Sein geliebter Satyr lag neben ihm und leckte sich das verbrannte Fell oder jammerte und rieb sich am Bein seines Herrn. Artur verstand noch immer nicht, in welcher Beziehung er zum Großvater stand, wollte es aber letzten Endes auch gar nicht in Erfahrung bringen.

Die haben überall in ihren Wäldern Bitteren Mohn angebaut, ging es Artur durch den Kopf, als er sich den Trancezustand all der Kreaturen im Zelt in Erinnerung rief. Ob Knirps das vermutet hat, als Christoph ihn damals in dem Wirtshaus aufgesucht hatte? Gerochen hat er den widerlichen Gestank jedenfalls sofort. Ging ja gar nicht anders, schließlich meiden im Moment sogar die Mücken den Sohn des Roten Vollmonds. Außerdem kennen die Dschingisse dieses Kraut, genauer gesagt, die harmlose Variante davon, die hier schon immer heimisch gewesen ist und von der man die Pferde fernhalten muss. Bitterer Mohn ist meiner Ansicht nach aber vor dem Großen Tod hier nicht anzutreffen gewesen ...

Die Zauberer von den Seen mussten jedoch durch komplizierte Kreuzung einen unvergleichlichen Stamm gezüchtet haben, den sie überall anbauten. Als Christoph bei Mitja gewesen war, hatte der Dschingis Prochor hinzugeholt, der vor allen Blicken geschützt im Keller des Wirtshauses untergebracht war. Gemeinsam hatten sie den Sohn des Roten Vollmonds noch einmal beschnuppert – und sich eine starke Allergie eingefangen.

Damit war auch klar, warum sogar Drachen beim Anflug ins Schlingern gerieten.

Trotzdem hatten Artur und seine Leute es geschafft. Mehr noch, sie waren nicht nur zum Heiligtum der Zauberer vorgedrungen, sondern hatten auch den Weißen Großvater lebend in ihre Gewalt gebracht. Auch ein paar andere hatten überlebt: Der Rote Großvater hatte zwar bei dem wenig erfolgreichen Versuch, sich dem Tiger zu entwinden, einen Arm eingebüßt, doch Prochor hatte die Blutung bereits gestillt. Jetzt lag der Mann bewusstlos da und bot einen derart erbärmlichen Anblick, dass man sogar darauf verzichtet hatte, ihn zu fesseln. Daneben waren drei Apostel, zwei Söhne – die sogar einigermaßen wie normale Menschen aussahen – und die Kinder aus dem oberen Kellergeschoss am Leben geblieben.

Die Wolfs-Apostel dachten gar nicht daran, sich wieder in normale Menschen zurückzuverwandeln. Im hellen Licht des weißen Lagerfeuers besah Artur sie sich genauer, fand aber auch diesmal keine einleuchtende Erklärung für dieses Phänomen. Zu einer vollständigen Umwandlung in ein Tier hatte es bei ihnen nicht gereicht. Die Ohren lagen zu weit auseinander, die Nase war nicht genug mit dem Oberkiefer verschmolzen, und das Kinn sah aus wie bei einem Primaten. Der gestreifte Nacken mit den krummen Schultern und dem Buckel war allerdings mit dichtem grauem Fell bedeckt.

Die Apostel klapperten mit den Zähnen, setzten alles daran, ihre Fesseln loszuwerden, und stießen durchaus verständlich ihre Flüche aus. Außerdem hatten diese lebenden Magneten noch immer eine Erektion …

Obwohl Artur nicht an banales Teufelswerk glauben wollte, fiel ihm keine bessere Erklärung ein. Darüber hinaus fragte er sich, ob alle Zauberer darauf erpicht waren, als Wolf durch die Gegend zu ziehen, bedeutete das doch einen enormen Karrieresprung. Schließlich standen über den Aposteln nur noch die Großväter.

»Vorhin sind noch ein paar von diesen Ziegenböcken aufgetaucht …«, sagte Prochor da, um dann hinzuzufügen: »Aber Flöckchen hat sie … Also, am besten nimmst du die nicht näher in Augenschein, es ist kein schöner Anblick …«

Diese Bitte erfüllte Artur ihm gern. Dann sah er erwartungsvoll nach oben. Sich langsam drehend, segelten einzelne Teile des brennenden Netzes in die Baugrube. Der Efeu zerfiel zu grauer Asche. Doch noch über den Rauchwolken, noch über den Säulen aus blutroten Funken machte er die ersten Drachen aus, die kräftig mit den azurblauen Flügeln schlugen. Hatte es der alte Ismail also doch rechtzeitig geschafft. Mittlerweile dürften wohl auch Abaschidzes Männer die Straße nach Petrosawodsk abriegeln. Es würde ihnen keiner dieser Schweinehunde von Zauberern entkommen.

Und in weniger als einem Monat dürfte ganz Russland wissen, dass die Zauberer vom Ladogasee, diese Kinder des Roten Vollmonds, ihr Ende gefunden hatten.

(26) DAS ALTE LIED VON DER WAHRHEIT

»Wo ist meine Tochter?«, brüllte der Bürgermeister von Wjatka.

»Glaub mir, Kusma, wir haben getan, was wir konnten«, versicherte Artur ihm. »Von den drei Frauen, die sich in der Gewalt der Zauberer befanden, konnten wir jedoch nur zwei retten. Wenn du einmal selbst nachschauen wolltest, ob …«

Daraufhin stapfte der alte Mann zu einigen Verletzten hinüber, seine Söhne und seinen Stellvertreter im Schlepptau.

Ismail warf Artur rasch einen Blick zu und nahm sich dann wieder der Verwundeten an. Er hatte neben den Männern aus Wjatka auch Anna und zwei weitere Wipperinnen mitgebracht. Sie wuselten um die Verletzten herum. Knirps gab schon wieder erste Lebenszeichen von sich. Nur indem sie ein Beil zwischen die Hauer des Wolfsmaules getrieben hatten, war es ihnen geglückt, das Bein des Dschingis aus den in Todesstarre verkrampften Kiefern seines Gegners zu befreien. In Berders Körper steckte noch immer die Spitze eines Wurfspießes, aber er war bereits mehrfach genäht und mit heilendem Harz eingerieben worden.

Artur hatte man gleich drei verschiedene Extrakte eingeflößt, ihn anschließend auf den Bauch gelegt, mit einem ihm unbekannten Kräuteraufguss übergossen, von dem ihm fast die Haut verbrannt worden wäre, und danach mit einer gewöhnlichen Salbe behandelt. Das letzte Mal hatte er sich vor sehr langer Zeit so ausgelaugt gefühlt, das war noch während seiner Ausbildung gewesen, als Berders Schüler ihn verprügelt hatten …

»Das ist sie nicht!«, jammerte der Bürgermeister, als er die Braut mit dem schwarzen Schleier beäugte. Sie war bewusstlos, Christoph hatte sie in eine Decke gehüllt.

»Dann such weiter«, riet ihm Prochor.

Oben an der Baugrube landeten gerade drei weitere Drachen. Das Feuer schreckte sie nicht, im Gegenteil, sie blinzelten vergnügt, als sie die lodernden Ebereschen und Faulbeerbäume sahen. Einige junge Wipper liefen gleich mit einer Trage, auf der Knirps lag, zu ihnen. Im Gegenzug eilte eine Delegation aus vier Kirchenleuten, darunter der Metropolit, über die Treppe herunter.

Als Artur kurz die Augen schloss, drehte sich sofort alles um ihn herum. Immer wieder lief vor ihm derselbe Film ab: Die Wölfe begruben Mitja unter sich …

»Warenka! Warenka, mein Kind!«, rief der Bürgermeister jetzt und drückte seine Tochter an sich. Der Mann war vor Freude fast von Sinnen und vergaß sogar, der jungen Frau den Knebel aus dem Mund zu nehmen.

Artur schielte zur Treppe hinüber. Wie perfekt Ismail doch alles eingefädelt hatte! Zu der sentimentalen Szene, wie ein überglücklicher Vater seine gerettete Tochter in die Arme schließt, kam es nämlich genau in der Sekunde, als die verehrten Gäste in den Soutanen die letzten Stufen erreichten.

Zu blöd, dass man das nicht aufnehmen kann!, dachte Artur. Was für ein Bild da verloren geht!

Die Kirchenleute bekreuzigten sich unablässig und murmelten Gebete, wagten es jedoch nicht, über die verkohlten Leichen der Zauberer am Fuß der Treppe zu steigen. Sobald sie jedoch Artur am Boden der Baugrube ausmachten, schämten sie sich ihrer Schwäche und trippelten auf ihn zu, ganz wie Küken zu ihrer Glucke.

»Du bist verletzt!«, rief einer von ihnen aus.

»Mir fehlen die Worte! Wie ein wackerer Krieger des Kreuzes gegen das Dunkel des Teufels zu kämpfen!«, ein anderer.

»Wir werden noch heute in allen Kirchen für deine Gesundheit beten.«

Sie sangen weiterhin sein Loblied, auch wenn sie nach dem nächtlichen Ritt auf dem Drachen noch völlig außer sich waren. Artur hörte ihnen schweigend zu, denn er wusste nur zu genau, was dieser Ausflug für sie bedeutet hatte: Für die Kirchenleute waren die Drachen Teufelskreaturen, und nur der Befehl Abaschidzes hatte sie dazu bringen können, auf diesen Tieren den Weg hierher anzutreten.

»Wie geht es ihr?«, erkundigte sich Artur beim Bürgermeister.

»Sie lebt! Sie lebt, Gott sei gepriesen! Vielen Dank … In den letzten Tagen habe ich eine Menge grauer Haare bekommen …«

»Du Hund! Du Schweinehund!«, brüllte der Weiße Großvater in Arturs Richtung, um sich anschließend an Kusma zu wenden: »Wir haben deine Tochter nicht geklaut!«

»War er es, der meine Tochter gestohlen hat?«, wollte der Bürgermeister von Artur wissen und fuchtelte mit dem Messer herum. Wenn Prochors Leute nicht eine undurchdringliche Mauer um den Zauberer gebildet hätten, hätte Kusma diesem ohne Frage die Kehle aufgeschlitzt.

»Wir haben sie nicht gestohlen!«, geiferte der Weiße mit Schaum vorm Mund und zerrte mit einer solchen Kraft an seinen Fesseln, dass man den Eindruck hatte, der Betonpfahl, an den er angebunden war, würde gleich umkippen. »Dieser Schweinehund lügt! Die haben deine Tochter gestohlen und es uns untergeschoben! Das hat dieser Junge gemacht, dieser miese Handlanger! Wo ist der Dreckskerl?!«

Der Weiße suchte mit feurigem Blick nach Christoph, fand ihn aber nicht.

»Hast du das gehört, Kusma?«, fragte Artur den Bürgermeister. »Unser Freund hier behauptet, wir hätten deine Tochter gestohlen! Wahrscheinlich habe ich mich auch selbst mit dem Messer verletzt, um dich auf eine falsche Fährte zu locken. Genau wie mein Hauptmann absichtlich in den Käfig mit den

Wölfen gegangen ist und sich das Fleisch von den Knochen hat reißen lassen, nur damit du annimmst, nicht wir würden hinter dieser Geschichte stecken!«

»Der lügt!«, giftete der Weiße weiter. »Der lügt, wenn er bloß den Mund aufmacht!«

»Dann verrat du uns doch die Wahrheit, du Scheißkerl!«

»Die Wahrheit ist, dass man diesem Widerling Blei in die Kehle gießen sollte, damit er nie wieder einen Ton von sich gibt!«

Mehrere Männer mussten Kusma nun festhalten, damit er sich nicht auf den Zauberer stürzte. Schließlich gab er das Messer ab und fing an, ungehemmt zu weinen.

In dem Moment krachten im Wald Schüsse. Schreie waren zu hören. Offenbar versuchten einige Zauberer, durch den Sumpf zur Straße zu gelangen. Dort empfingen sie allerdings Abaschidzes Soldaten – die Befehl hatten, keine Gefangenen zu machen.

»Ich stehe in deiner Schuld, Schmied!«, sagte der Bürgermeister und ließ sich neben Artur zu Boden fallen. »Ich hätte deinen Mann beinah umgebracht. Denn ich konnte einfach nicht glauben, dass die dreckigen Wipper auf deiner Seite stehen und zu einer solch edlen Tat imstande sind …«

Die Wipperinnen holten seine Tochter gerade aus ihrer Ohnmacht. Sie fing sofort an zu schreien und zu weinen.

»Aber jetzt bist du eines Besseren belehrt worden?«, fragte Artur und schielte zu den Kirchenleuten hinüber.

Sie standen immer noch etwas abseits, dicht aneinandergedrängt, ließen sich aber kein Wort des Gesprächs entgehen.

»O ja. Wie kann ich diesem Ismail danken? Oder diesen tapferen Jungen, die an deiner Seite gekämpft haben?«

»Ich wüsste schon, wie«, meinte Artur.

»Sag's mir, ich werde es tun!«

»Hör nicht auf den!«, mischte sich der Weiße schon wieder ein. »Dieses Geschmeiß eines verlausten Fleders! Mögen ihm die Blutegel unter die Haut kriechen! Der lügt doch das Blaue vom Himmel runter!«

Der Bürgermeister wollte erneut auf den Mann losgehen, doch Artur packte ihn sanft am Arm.

»Überlass ihn mir, wir haben mit dem noch ein Wörtchen zu reden!«, bat er. »Aber ich will dir den Mann vorstellen, der bei diesen Zauberern das Oberkommando hat. Und euch«, wandte sich Artur an die verängstigten Kirchenleute, »würde es auch nicht schaden zu hören, was der uns zu sagen hat. Danach würde ich euch bitten, den Teufel an diesem Ort auszutreiben. Und auch oben an der Baugrube. Sobald die Feuer erloschen sind, versteht sich.«

Der Metropolit und die anderen Kirchenleute nickten eifrig. Nun begriffen sie endlich, warum sie mitten in der Nacht hierhergebracht worden waren. Zunächst hatten nämlich alle vier befürchtet, der Gouverneur wolle sie im See ertränken oder nach Sibirien in die Verbannung schicken, damit sie dort Rubens' Tochter Gesellschaft leisteten. Anscheinend sollten sie aber auch weiterhin ein gewichtiges Wörtchen in Petersburg mitzureden haben. Aber wie auch nicht? Schließlich konnte der Gouverneur letzten Endes eben doch nicht ohne ihren heiligen Beistand gegen die Kräfte des Teufels zu Felde ziehen …

»Ich befürchtete schon, ich würde zu spät kommen«, gestand Artur nun Kusma, wenn auch in so lautem Ton, dass die Kirchenleute seine Worte hörten. »Obwohl ich sofort hierhergeeilt bin, als mir ein vertrauenswürdiger Mann berichtet hat, dass es in der Verteidigung unserer Widersacher eine Lücke gebe.«

»Warum hast du mich da nicht schon hinzugezogen?«, fragte Kusma. »Ich hätte meine Soldaten zusammengetrommelt und euch geholfen, diese Teufel zu erledigen!«

»Und wärst selbst dabei gestorben?! Zusammen mit deinen Männern«, konterte Artur. »Nein, als mir mein Mann gesagt hat, dass die Zauberer deine Tochter entführt haben, war mir klar, dass ich unverzüglich handeln musste. Er hat auch einen

Pfad ausspioniert, der nicht von diesem Drogengestank verräuchert war, aber den konnten nur drei oder vier Mann nehmen, mehr nicht. Ich habe mich noch gefragt, ob einer von den Kirchenleuten wohl so mutig sein würde, mich zu begleiten ... Am Ende bin ich dann aber erst einmal ohne heiligen Beistand losgezogen. Aber ihr hättet mich doch im Kampf gegen die Dämonen unterstützt, oder nicht, verehrte Kirchenleute?«

»Selbstverständlich!«, versicherten diese einhellig.

»All unsere Brüder wären mit dir in den Kampf gezogen!«

»Mit wundertätigen Ikonen ...«

»Gegen diese Teufel ...«

»Ist es nicht schön, wie einig wir uns alle sind?«, wandte sich Artur wieder an Kusma. »Aber gut, für lange Vorbereitungen blieb, wie gesagt, keine Zeit, sonst wäre deine Tochter mit Schande bedeckt worden. Und jetzt würde ich die Herren bitten, mir zu folgen!«

Artur stand ächzend auf und begab sich die Treppe bis zum oberen Kellergeschoss hoch. Dort wartete bereits, von Schädeln, schwarzen Kerzen und Pentagrammen an der Wand umgeben, ein leicht beleidigt wirkender Prochor – in höchst eigenwilliger Kostümierung: Die Rastazöpfe hatte er unter einer Perücke aus Krähenfedern versteckt, sein Gesicht bedeckte eine dicke Schicht aus Indigoblau. Statt des üblichen weißen Hemds trug er ein löchriges, eng anliegendes Frauentrikot. Die Hände waren ihm mit einem dicken Seil auf den Rücken gefesselt worden. Kurzum, er sah aus wie ein stolzer Apachenhäuptling, der in Gefangenschaft geraten war.

Das eine Ende von Prochors Fessel hielt Christoph in der Hand, der sich hastig die Farbe abgewaschen und umgezogen hatte. Nun trug er ein völlig zerfetztes weißes Hemd, unter dem sich grausame Verletzungen erahnen ließen. Ismails Leute hatten sich dabei gewaltig ins Zeug gelegt, und Prochor hatte sogar vorgeschlagen, Christoph noch einen Beilschaft auf den Rücken zu kleben oder einen seiner Arme so zu verstecken, dass man denken musste, er sei ihm abgehackt worden. Derart tief hatte Artur aber nicht in die Requisitenkiste greifen wollen, schließlich konnte man sich auch jetzt schon nur wundern, wie ein Mensch mit solchen Wunden überhaupt noch ein Wort herausbrachte. Beziehungsweise einen gefangenen Zauberer bewachte.

»Ihm musst du danken«, sagte Artur zu Kusma und zeigte auf Christoph. »Er hat die Zauberer ausspioniert und die Wipper zu Hilfe geholt.«

Nach diesen Worten verneigte Christoph sich tief und setzte eine äußerst verlegene Miene auf.

»Was ist?«, wandte sich Artur an Prochor, den er leicht in die Seite trat. »Willst du uns nicht alles erzählen?«

»Schlag mich nicht!«, jammerte dieser. »Ich sag ja alles – aber schlag mich nicht!«

»Dann berichte uns mal, was ihr und die Großväter aus Wjatka vorhattet!«

»Das war doch nicht der Rede wert. Wir sollten bloß das Wasser der Newa und in den Brunnen vergiften. Deshalb haben wir …«

Der Metropolit stöhnte auf, Kusma stieß einen Fluch aus.

»Was ist mit Wjatka?«, bohrte Artur weiter.

»Was soll damit schon sein?«, entgegnete der Wipper. »Den Narren da sollten wir lediglich diese tollwütigen Hunde auf den Hals hetzen und ihnen die Scheunen unterm Hintern abfackeln.«

Die Kirchenleute schnauften wie Bergarbeiter im Stollen, während Artur aus den Augenwinkeln heraus beobachtete, wie Ismails Leute die gefesselten Väter und den in einen Teppich gewickelten Großvater nach oben brachten.

»Warum?«, platzte es nun aus dem Bürgermeister heraus. »Wann? Und weshalb?«

Sein Stellvertreter starrte ungläubig drein. Offenbar fragte er sich, wie ihnen entgangen sein konnte, was sich bei ihnen zusammenbraute.

»Wann – das ist doch klar!«, stieß Prochor aus. »Wenn der mächtige Karamaz mit seinem riesigen Heer bei uns eintrifft. Dann wollten wir losschlagen. Beim ersten Roten Vollmond.«

Da von unten nach wie vor der widerliche Gestank von verbranntem Menschenfleisch aufstieg, fing einer der Kirchenleute plötzlich an zu kotzen. Auch der Metropolit war schon kreidebleich.

»Wer ist dieser Karamaz?«, fragte Kusma.

»Das weiß doch jeder. Der Mann hat hunderttausend Janitscharen unter sich. Er regiert in der Stadt der zwei Türme, wirft Bomben in die Luft und hat mächtige Dschinn, die das Wasser vergiften können.«

»Das ist doch Unsinn!«, erklärte der Stellvertreter des Bürgermeisters daraufhin, wenn auch in unsicherem Ton. »Woher soll ein Mann hunderttausend Soldaten haben? Außerdem: Was haben wir diesem Karamaz überhaupt getan?«

»Ihr habt eure Nase in Dinge gesteckt, die euch nichts angehen – das habt ihr ihm getan«, sagte Prochor. »Warum treibt ihr Handel mit den Asiaten? Oder den schwarzen Kaukasiern? Habt ihr nichts Besseres zu tun, als fremden Menschen das Gold aus der Tasche zu ziehen?! Karamaz will den Süden, das Kaspische Meer und Asien aber für sich! Und bald kommt er auch hierher, in den Norden. Dann werdet ihr wie die Teufel in der Hölle schmoren!«

»Aber warum?«, fragte Kusma noch einmal.

»Weil ihr Narren seid!«, antwortete Prochor und lachte ihm ins Gesicht. Langsam übertreibt er, dachte Artur. »Der mächtige Karamaz Pascha – möge er lange leben! – sagt Folgendes: Die Russen werden sich niemals vereinen. Die sind ständig betrunken und führen ein gottloses Leben. Selbst die Pfaffen denken bei denen nur an Macht und Gold. Die werden niemals einen Zaren oder einen Präsidenten wählen, der über das ganze Land herrscht. Die Woiwoden in Polen haben das längst getan! Und auch die Deutschen und die Bulgaren! Aber die

Russen sind alle Narren. Da kocht jeder Bürgermeister sein eigenes Süppchen. Und das gibt ihm, also Karamaz, die Möglichkeit, alle einzeln zu verspeisen. Wenn hier schon mal ein neuer Herr auftaucht, dann suhlt er sich doch nur wieder im alten Dreck – und arbeitet in die eigene Tasche! Und die Kirche ist auch so dumm, auf eine Vereinigung zu verzichten. Und deshalb will er, dass wir jetzt zuschlagen – damit am Ende nicht doch jemand auf die Idee kommt, Petersburg als Hauptstadt von ganz Russland anzuerkennen und im Alexander-Newski-Kloster einen Metropoliten für ganz Russland einzusetzen …«

Die Männer aus Wjatka sahen sich fassungslos an. Artur tat so, als zöge eine Wunde an seiner Schulter seine ganze Aufmerksamkeit auf sich. Und die Kirchenleute hatten Prochor mit einer Miene zugehört, als wollten sie ihn auf der Stelle zum Metropoliten wählen.

»Aber nach Piter wird Karamaz nicht gehen«, spann Prochor weiter sein Garn. »So dumm ist er nämlich nicht. Piter hat die stärksten Grenztruppen, eine Reiterei und Kanonen. Das hat er uns berichtet, als er uns besuchte. Ganz offen hat er zugegeben, dass er es mit Piter nicht aufnehmen kann. Deshalb will er mit Wjatka anfangen. Und mit anderen Käffern, die er spielend in die Tasche steckt. Bevor man sich hier in Russland eines Besseren besinnt. Wie Kakerlaken, sagt er, wird er die Russen zertreten! Er hat mir auch geraten, deine Tochter zu entführen. Nehmt die Kleine von diesem alten Nichtsnutz als Braut, hat er gesagt. Der wird eh bald an Tollwut sterben … Denn wir werden alle in Wjatka umbringen. Und anschließend ziehen wir nach Kostroma …«

Als Kusma und seine Leute dann in einen Wagen stiegen, sahen sie aus, als hätten sie ihr Todesurteil erhalten. Die Kirchenleute zogen da bereits durch die Baugrube, wedelten mit ihren Weihrauchgefäßen und sprachen ihre Gebete.

Kurzum, sie jagten den Teufel aus dieser Anlage.

Artur saß derweil am Rand der Baugrube und griff nach einer Flasche mit Kognak, während Prochor ihm den Nacken von Splittern und Metallasche reinigte.

»Glaubst du, dass sie die Geschichte schlucken?«, fragte der Wipper.

»Ich denke, es vergeht keine Woche, da werden sie auf den Knien zu mir angekrochen kommen und mich bitten, sie unter die Fittiche Piters zu nehmen. Und nicht nur sie. Diese Geschichte wird schnell die Runde machen … Aber damit die ganze Sache nicht bloß auf tönernen Füßen steht, sollten wir dringend ein paar Agenten von Karamaz schnappen!«

»Das werden wir schon, keine Bange!«, sagte Prochor kichernd. »Anna hat nämlich ein Mittelchen zusammengebraut. Das geben wir den Röchlern zum Frühstück, denen, die sowieso ständig ihre Kräuter brauchen, und dann schicken wir sie aus. Nach Welikije Luki, Tichwin und Smolensk. Die werden jemanden für dich auftreiben.«

»Dann bin ich ja beruhigt.«

Doch mit einem Mal krümmte sich neben ihnen Christoph, lief blau an und bekam einen fürchterlichen Hustenanfall.

»Was hast du?«, fragte Artur besorgt und nahm ihn in den Arm.

»Der Weiße … Er hat …«, krächzte Christoph und wand sich wild. »Er hat mich verflucht. Für meinen Verrat. Wenn er leidet, leide ich jetzt auch. Und offenbar wird er gerade geschlagen …«

»Dieser Dreckskerl!«, stieß Artur aus. »Aber das ist nur eine simple Hypnose. Von der werden wir dich schon befreien. Und fürs Erste ordne ich an, dass der Weiße nicht geschlagen wird.«

»Das ist … noch nicht so schlimm«, brachte Christoph mit letzter Kraft heraus. »Aber … du wirst ihn doch foltern, oder? Damit er alles gesteht. An *diesen* Schmerzen werde ich sterben …«

»Mach dir deswegen keine Gedanken«, erklärte Artur. »Niemand wird ihn foltern. Er wird alles freiwillig erzählen, vor einer großen Schar von Zuhörern. Anna hat nämlich extra für wortkarge Gestalten wie ihn ein besonderes Schnäpschen im Schrank. Wenn er das trinkt, plaudert er ohne Ende los. Dann fahren wir mit ihm durch ganz Russland.«

Und werden uns, dachte Artur, am Ende noch wünschen, all diese Geschichten nie gehört zu haben.

(27) AM RANDE DER RACHE

»... und dann ist hier noch eine ... und da auch ...«, jammerte Nadja, als sie Artur den Pullover auszog. »Meine Güte, an dir ist wirklich nicht mehr eine unverletzte Stelle!«

Kowal blinzelte jedoch bloß wie ein zufriedener Kater. In Momenten wie diesem liebte er sie besonders. Denn weder die Meisterschaft eines Heers von Ärzten noch das Können der Masseusen vom Peipussee, die Narben besser als jeder Hund beleckten, oder die Tricks der Wipper ließen sich mit der Sorge der eigenen Frau vergleichen.

Mit jenem Zittern in ihren Fingern, wenn sie die Andenken an die Kämpfe auf seinem Körper abtastete.

»Wann hört das endlich auf, Artur?«, fragte sie und runzelte verärgert die Stirn, konnte aber nicht verhindern, dass sie in Tränen ausbrach. »Du hast mir versprochen, dass du nicht allein dahin fährst!«

»Und du hast mir versprochen, dass du bei mir in Piter bleibst!«

»Aber ich bin doch auch geblieben ...«, sagte sie, während sie ihm, gegen den Badewannenrand gestützt, die Stiefel auszog. »Ich werde erst wieder wegfahren, wenn Belotschka sich richtig an die Schule gewöhnt hat.«

»Aber dann wirst du fahren? Deine Entscheidung steht fest?«

»Ja. Und du kannst mich nicht zwingen hierzubleiben. Außerdem haben wir noch zwei Kinder im Dorf, vergiss das nicht.«

»Habe ich dich schon jemals zu etwas gezwungen?«, fragte Artur zurück. »Obwohl es vielleicht gar nicht schlecht wäre, mal damit anzufangen ...«

»Hör endlich auf damit, dass ich in Piter bleibe«, schnaubte

Nadja wütend, stieß aber gleich darauf einen leisen Aufschrei aus, als sie an seinem linken Bein die nächste Narbe entdeckte. »Willst du, dass ich ständig um dich rumschwirre, bis ich dir zum Hals raushänge?«

»Sieh mich doch an! Alle wollen mich umbringen – und jetzt verlässt du mich auch noch!«, jaulte Artur. Seine Schulter konnte er selbst jetzt noch nicht richtig bewegen.

»Dann erklär mir doch mal, warum du dich bei all den Soldaten, die du zu deinem Schutz hast, Hals über Kopf in den Kampf stürzen musst! Willst du unbedingt als Krüppel enden?!«

»Dann erklär du mir doch mal, warum du mit einem solchen Mann nicht in der Stadt leben willst! Noch dazu in der besten aller Städte ...«

»Aber mein ... unser Haus ist dort bei den Wippern. Da habe ich unsere Kinder geboren. Da geht es ihnen gut. Hier gefällt es ihnen nicht, und das weißt du genau.«

Nadja raffte die Kleidung ihres Mannes zusammen und stopfte sie in den Kübel mit Schmutzwäsche. Jetzt musste er nur noch die Hose ausziehen ...

Artur setzte sich auf den Rand der Badewanne und genoss es, gleichzeitig den kalten Marmor und die vom Wasser aufsteigende Hitze zu spüren. Im ganzen Raum roch es nach Tannen und Heilkräutern.

»Versprich mir, dass du niemals mehr ohne deine Truppe losziehst!«, verlangte Nadja, die mit zwei schweren Kannen auf ihn zukam.

»Das tu ich doch sowieso nicht ...«

Mit geschlossenen Augen ließ er sich in den Schaum gleiten.

»Du bist Gouverneur, kein Soldat! Sieh dich doch mal an! Du bist voller blauer Flecken!«

Sie hatte bereits vergessen, dass sie eigentlich wütend auf ihn sein wollte, und verwandelte sich wieder in die besorgte Mutter. Artur fielen die ersten Jahre ein, in der Hütte im Dorf. Die schwersten, doch auf ihre Art auch die glücklichsten Jahre.

Damals war sie mit ihrem ersten Sohn schwanger gewesen, mit Nikolaj, und ständig in den Hof gelaufen, weil sie unter Übelkeit litt. Obwohl gebärfähige Frauen daran gewöhnt waren, überaus komfortabel zu leben, hatte sie sich nicht ein Mal über Kälte und Armut beklagt. Auch ihm hatte sie keine Vorwürfe gemacht, wenn er Wochen oder Monate außer Haus war, um mit den Wippern schädliche Fabriken und alte Militäranlagen zu vernichten oder weil die Ausbildung bei Berder es verlangte. Im Gegenteil, auch damals hatte sie ihm ein Bad vorbereitet ...

Er hielt den Atem an und tauchte unter Wasser. Sofort rissen alle Geräusche ab ...

So sollte man einen verregneten Tag verbringen: im Bad, in einer Wanne voll Schaum – und ohne irgendjemandem die Tür zu öffnen.

»Ja, Nadja«, sagte er, als er wieder auftauchte, »du hast ja recht. Wir dürfen nicht lange zusammen sein, sonst verwandle ich mich an deiner Seite noch in einen dicken Gänserich. Kein Wunder, dass sich die Zauberer vom Ladogasee für meine Leber interessiert haben ...«

»He, was fällt dir ein«, schrie Nadja theatralisch auf, als er ihr ins Knie kniff. »Und lenk nicht ab! ... Mein Güte, was ist das? Das blutet ja immer noch!«

»Das ist doch nur noch ein kleiner Kratzer.«

»Artur, ich habe Angst ...«

»Das brauchst du nicht. Schließlich kommt so was nur alle Jubeljahre einmal vor.«

»Behauptest du! Dreh dich mal um!« Sie fing an, ihm den Rücken einzuseifen. »Aber hat die Geschichte jetzt wenigstens ein Ende?«

»Du meinst die mit den Zauberern von den Seen?«

»Allein der Gedanke an die jagt mir schon eine Gänsehaut über den Rücken.«

»Dann kannst du in Zukunft ruhig schlafen. Unter die Geschichte ist ein Schlusspunkt gesetzt.«

Er öffnete ein Auge und versuchte, ihr eine Hand unter die Gummischürze zu schieben, doch Nadja entwand sich ihm geschickt. Sie war zu wütend, als dass sie sich auf ihr Spiel eingelassen hätte. Sie wollte ja nicht einmal zusammen mit ihm baden. Eigentlich mochte Artur das sogar noch lieber: Die Gummischürze schützte den Baumwollkittel nicht genug, bald würde er durchgeweicht sein – manchmal schaffte sie es dann nicht einmal mehr, ihn auszuziehen …

»Das sind doch keine Menschen!«, sagte sie, und Artur spürte, wie ihre Hand mit dem Bastwisch zitterte. »Christoph hat mir alles erzählt. Und Sergo auch. Artur, das sind keine Menschen, die sind schlimmer als die Fleder …«

»Aber jetzt wird man sie ausrotten, bis auch das letzte Fleckchen Erde von dieser Seuche befreit ist. Wir haben ja zunächst gedacht, wir übertreiben ein bisschen mit unserer Geschichte, dann sehen die Leute ein, dass ein neuer Pakt nötig ist und stimmen der Vereinigung zu. Doch stell dir vor, was das Verhör des Großvaters ergeben hat: Wir haben in keiner Weise übertrieben! Die Zauberer sollten tatsächlich auf Befehl von Karamaz im ganzen Westen Chemie verteilen, Bomben werfen und Feuer legen …

»Aber warum?«

»Nicht warum, sondern wer hat was davon? Das ist die entscheidende Frage. Karim hat wirklich Glück gehabt. Im Süden hat er nämlich ausgesprochen fruchtbaren Boden vorgefunden. Wenn das Volk unterdrückt wird, braucht es immer ein Ventil, um Dampf abzulassen. Da ist es immer einfacher, zu sagen, dass alles Übel von fremden Bräuchen herrührt. Deshalb haben sie sich erst auf die Große Prozession gestürzt, dann die Griechen unterdrückt und die Bulgaren ebenfalls. Aber das hat noch nicht gereicht. Wen könnte man sich also als Nächsten vornehmen? Ach ja, den Norden …«

Artur seufzte und drehte sich gehorsam um, damit Nadja ihn mit dem kalten Wasser aus einer der Kannen begießen konnte.

»Ich kann hier nicht rumsitzen, während meine Freunde sich in den Kugelhagel stürzen«, sagte er.

Nadja stocherte derweil schon mit dem Schüreisen im Ofen herum und klapperte übertrieben laut mit den Schüsseln.

»Willst du demnächst auch persönlich an jeder Straßenschlägerei teilnehmen? Nein, es wäre wirklich besser, wenn ich ins Dorf zurückkehrte. Dann bräuchte ich all das nicht mehr mitanzusehen!«

Artur tauchte erneut unter Wasser und spürte, wie seine Haut zu atmen anfing, wie sich unzählige Poren öffneten ...

Irgendwie spinnt mein Herz heute, dachte er beim Auftauchen, als er Schaum ausspuckte. Ob ich alt werde? Oder ob mich der zweite Regentag so melancholisch stimmt?

Doch dann spürte er abermals einen leichten Stich in der linken Brustseite. Unwillkürlich verkrampfte er sich. Das war nicht sein Herz. Das war ein anderer Schmerz ... Einer, der ein Unheil ankündigte. Aber welches? Schließlich lag das Schlimmste hinter ihm – und eine Woche Urlaub vor ihm. Andererseits meldete sich sein siebter Sinn nie grundlos. Ihn hatte er sich bereits in den ersten Tagen nach dem *Erwachen* zugelegt, um seinen Mangel an Wissen über die neue Welt zu kompensieren. Und oft genug hatte dieser Instinkt ihn schon gerettet.

Als er die Zauberer vom Ladogasee angegriffen hatte, hatte sich sein siebter Sinn vorher nicht gemeldet. Und auch als er durch das Gebiet der Toten Erde gezogen war, hatte er zwar einerseits gewusst, dass jemand sterben würde, andererseits aber auch, dass nicht er es war. Und jetzt schrillten plötzlich seine inneren Alarmglocken?

Nadja löste gerade ihr Haar, das ihr daraufhin bis zu den Hüften hinunterfiel, kam aber nicht näher. Sie stand vor dem Ofen und wärmte sich die Hände. Von ihrem langen Kittel stieg Dampf auf. Die feuchte Baumwolle schmiegte sich an den Stellen, wo die Schürze sie nicht vor Spritzern bewahrt hatte, eng an ihren Hintern und ihre Schenkel.

»Das endet nie, nicht wahr, Schmied?«, fragte sie.

»Niemals«, antwortete er, während er beobachtete, wie das schmutzige Wasser abfloss. In wenigen Sekunden würde es in der Marmorwanne kalt werden, aber umso angenehmer wäre es dann, in die zweite Wanne zu steigen, in deren Wasser Nadja einen herben Zusatz aus Preiselbeeren gegeben hatte. Die Fenster waren schon ganz beschlagen, und von den frisch gestrichenen Wänden blätterte der Putz ab. Artur dachte kurz bei sich, dass er Mischka Rubens durchprügeln sollte, zusammen mit den Malern. Dann fiel ihm ein, was es hier in der Eremitage einst zu sehen gab: Bruchstücke der skythischen Zivilisation. Noch heute prangten im Raum vereinzelte dunkle Flecken an den Wänden. Dort hatten Exponate gehangen. Man konnte auch noch Dellen im Parkett entdecken, die von Teilen der steinernen Särge zurückgeblieben waren.

»Aber nicht nur, dass es nie endet, nein, es dreht sich auch immer alles im Kreis«, sagte er zähneklappernd. »Weißt du, dass ich vor vielen Jahren hierhergekommen bin, als die Kronleuchter noch gefunkelt und die Fotoapparate geklickt haben? Hand in Hand bin ich mit meiner Freundin durch die Säle spaziert und habe mir diese Reiternomaden vorgestellt, die Städte verwüsteten, mit brennenden Pfeilen auf Strohdächer schossen und Wein aus den Schädeln ihrer Feinde tranken … Und was ist von ihnen geblieben?! Nichts! Nichts außer den paar Brocken, auf denen heute im Keller Fleisch gehackt wird …

Dann sind zu ihren Grabhügeln andere Krieger gekommen. Die waren auch der Ansicht, dass sie den Nabel der Welt bilden. Und nach tausend Generationen haben völlig andere Menschen Geld gesammelt, um Archäologen anzuheuern. Die haben dann Schätze ausgegraben und hierhergebracht! Aber niemanden haben diese Perlen und Kugeln wirklich interessiert … Und dann kam wie aus heiterem Himmel der Große Tod. Und auch danach hat sich niemand mehr für irgendwas interessiert, was vor ihm war. Weder für die, die einst über die gelacht haben, die diejenigen ausgegraben haben, die Wein aus Schädeln tranken, noch für irgendwas sonst ... Verstehst du, was ich damit sagen will?«

»Dass alles umsonst war? Dass ich umsonst Kinder auf die Welt gebracht habe? Dass du umsonst aufgewacht bist? Vielleicht sollten wir dann beide besser ins Wasser gehen?«

»Aber du willst nicht ins Wasser gehen?«

»Auf keinen Fall!« Sie schien gar nicht mit ihm, sondern mit dem bollernden Ofen zu sprechen.

Artur erhob sich vom Rand der ersten Wanne, griff nach einem Handtuch und wischte damit den großen Spiegel ab, der aus dem Empfangszimmer des Zaren stammte. Er war wirklich voller blauer Flecken. Dann noch die Bissspuren ...

Todmüde, wie er war, glitt er in Zeitlupentempo in das saubere, duftende Wasser der zweiten Wanne.

»Du willst also nicht ins Wasser gehen«, sagte Artur sanft. »Niemand will das. Alle wollen eine heiße Wanne haben, niemand will sich im Eiswasser der Newa waschen. Du willst, dass unsere Belotschka mehr als ein Paar Schuhe hat. Jeder will das für seine Kinder. Alle wollen im Warmen leben und satt sein. Was meinst du denn, warum die Menschen zu Tausenden in die Stadt kommen, statt im Wald zu bleiben?«

»Weil sie nach einem besseren Leben suchen ...«

»Richtig. So war es immer, und so wird es auch immer bleiben. Weil sich alles im Kreis dreht. Aber das Ekelhafteste dabei ist ...«

»Was?«

»Dass ich nicht weiß, wie man diesen Teufelskreis durchbrechen kann. Lew hat in diesem Zusammenhang eine interessante Theorie entwickelt. Er behauptet, dass nach dem Großen Tod das originäre Gleichgewicht wiederhergestellt werden kann. Wenn die Menschen erst einmal aufhören, sich wie die Kaninchen zu vermehren und ein Teil der Biosphäre von mystischen Kreaturen erobert wird, dann herrscht ein Friede, wie er vor vielen Jahrtausenden existiert hat. Lange vor Christus, Ägypten und Mesopotamien. Damals hatten alle genug zu essen und mussten nicht frieren. Jeder konnte sich mit Kunst und Astronomie beschäftigen, sofern er nur keinen anderen dadurch einschränkte …«

»Ich bekomme immer Angst, wenn du so redest.«

»Wenn ich *wie* rede?«, fragte Artur.

»Na, wenn du *so* redest. Das machst du immer, wenn du nicht weißt, was du tun sollst oder … oder wenn du vor irgendetwas Angst hast.«

Artur erschauderte. Mit einem Mal kam ihm das Wasser sehr kalt vor.

»Das ist dir aufgefallen?«

»Wie nicht?«, erwiderte sie und öffnete eines der Fenster.

»Mein Herz hat gepikt«, gestand er, hätte sich dann aber am liebsten auf die Zunge gebissen.

Nadjas Rücken versteifte sich kurz.

»Das ist schon einmal geschehen, Schmied … als die Bullterrier verrückt geworden sind. Erinnerst du dich noch daran? Nach der Dürre. Und vorletzten Sommer, als … als …«

Sie brauchte nicht weiterzusprechen. Vor drei Jahren wäre ihr Jüngster, Fedja, beinahe ertrunken.

»Aber was hat dieses komische Gleichgewicht mit alldem zu tun?« Nadjas Stimme klang fast hohl, denn sie sprach zum offenen Fenster hinaus. »Ich meine das, von dem Lew gesprochen hat. Ich bitte dich doch bloß, keinen Krieg anzufangen …«

»Das kann ich dir erklären: Vor fünfzehn Jahren, als ich *aufgewacht* bin, hätte ich Lew fast geglaubt, denn alles klang sehr überzeugend. Er hat von Zauberwesen gesprochen, von Hexen in den Wäldern und auf den Friedhöfen … Aber er hat sich geirrt, ganz gewaltig sogar. Heute bringt schon wieder jede dritte Frau Kinder zur Welt. Bald wird es auch keine Brandstätten mehr geben, und dann gehen die Fleder ein, weil sie nichts mehr zu futtern haben. Das aber heißt, dass ein neues Gleichgewicht entsteht. Und jemand muss dafür eintreten ...«

»Du denkst an die Wipper? Du hast gesagt, dass es sie vor dem Großen Tod gar nicht gegeben hat.«

»Ich denke an die Wipper, aber auch an mich ... Ich untersuche dieses Phänomen nun schon seit fünfzehn Jahren, und vor Kurzem habe ich etwas Interessantes entdeckt ...«

»Dieses Phä-no-men?«

»Was das ist, spielt keine Rolle ...«

Es spielte keine Rolle, denn es war Unsinn, genau wie diese ganze sinnlose Diskussion, und das Einzige, was er Nadja noch sagen wollte, war, dass er sie liebte ...

Doch wieder einmal schaffte er es nicht, diese drei Wörter über die Lippen zu bringen – denn an der Tür klopfte es derart, als stünde der ganze Winterpalast in Flammen.

Artur warf sich einen Bademantel über, nahm den Revolver an sich und öffnete die Tür. Niemand hatte das Recht, so bei ihm rumzupoltern, niemand außer dem engsten Kreis seiner Wache. Doch schon auf dem Weg zur Tür wusste er, dass sein Herz nicht ohne Grund gepikt hatte.

Aber dass es ausgerechnet jetzt sein musste, als er sich endlich einmal entspannte, als vor ihm einige sorglose Tage mit Nadja und Belotschka lagen ...

»Nein«, sagte Nadja, »öffne nicht!«

Für den Bruchteil einer Sekunde spielte er mit dem Gedanken, auf sie zu hören. Er würde sich einschließen, abwarten, niemand würde ihn finden ... Denn niemand außer der Wache wusste, wo er suchen sollte.

Doch dann schob er den Riegel zurück und sah einige Leute vor sich: den Chef der Wache, den diensthabenden Offizier mit einem Tiger, Daljar, dem der Unterkiefer zitterte, Mischka Rubens mit nacktem Oberkörper und Christoph mit kreidebleichem Gesicht. Plus einen sich tief verbeugenden, unbekannten Mann.

Genauer gesagt, einen bekannten Mann. Nur weigerte sich Artur, ihn zu erkennen, weil nur eine sehr schlechte Nachricht diesen Mann hierher bringen konnte.

»Was ist mit meinem Sohn?«, presste Artur lautlos heraus.

»Eine Bombe …«, flüsterte Nikolajs Bodyguard und verbeugte sich noch tiefer. »Wir konnten ihn nicht retten, obwohl zwei Leute von uns ihr Leben gelassen haben …«

»Wer war das?«, fragte Artur und wunderte sich selbst über seine Kaltblütigkeit.

»Der Mann selbst ist auch explodiert. Er hat die Bombe unter seiner Kleidung getragen. Er ist uns direkt vor den Wagen gesprungen … Aber seine Sachen sahen aus wie die eines Tataren, er hatte auch ein braun gebranntes Gesicht …«

»Und der Gürtel …«, ergänzte der Chef der Wache und zeigte Artur ein verkohltes Stück mit Fragmenten arabischer Schriftzeichen. »… der stammt auch von ihm. Und diese Zeichen …«

»Als wir an der Moschee vorbeigefahren sind, ist er auf die Straße gesprungen«, berichtete Daljar in einem Ton, als wäre er persönlich für das verantwortlich, was geschehen war. »Die Patrouille hat sofort Alarm ausgelöst. Ich selbst bin in die Moschee gerannt, habe den Chef von denen am Bart gezogen und hätte ihn niedergemetzelt, wenn die anderen uns nicht getrennt hätten. Er schwört, dass es niemand aus der Moschee war und er den Kerl auch gar nicht kennt …«

»Der lügt, der lügt wie gedruckt, Kommandeur«, schrie der Chef der Wache. »Die Frauen haben gesehen, wie der Kerl aus der Moschee herausgerannt kam. Die hätten ihm beinah noch Almosen gegeben … Das ist bestimmt einer von den Tataren. Oder ein Kaukasier. Das dunkle Gesicht, der Bart, die grüne Kleidung … Gib uns den Befehl, dann nehmen wir die alle hoch! Die fackeln wir ab!«

Die Worte rauschten an Artur vorbei. Sie bildeten zwar vollständige Sätze, ergaben aber keinen Sinn … Er hörte sie, verstand sie aber nicht. Er sah die offenen Münder seiner Männer vor sich, die ihn um etwas baten, die Augen, die roten Adern, die am Hals des Leutnants pulsierten. Und er versuchte mit aller Kraft, seinen ungehorsamen Körper dazu zu bringen, sich umzudrehen.

Als er es endlich geschafft hatte, wusste er, dass er das besser nicht getan hätte. Zumindest nicht jetzt, in dieser Sekunde. Denn Nadja van Gogh sah ihm direkt in die Augen.

Doch mit einem Mal verschwamm ihr Gesicht wie eine Maske aus Wachs oder der Kopf eines Schneemanns, der gegen den Ofen lehnt ... Artur wollte etwas tun, wollte ihr etwas sagen ... Er wollte sie nicht länger mit diesem erstarrten Blick ansehen ... Das war ja, als ob man ihm von hinten eine metallische Krebsschere um den Hals gelegt hätte und ihm die Haut derart zurückziehen würde, dass er keine Kraft mehr hatte, den Mund zu öffnen oder zu atmen ...

»Ein Arzt!«, rief jemand.

Dann rüttelte man ihn, lief über seine Beine und packte ihn am Ärmel. Gesichter beugten sich tief hinunter, verspritzten Spucke, wiederholten etwas Wichtiges, der Tiger leckte ihm Hand und Ohr ...

»Nein«, schrie er den Männern zu, während er noch immer am Boden lag. »Nein habe ich gesagt!«

»Wir müssen sie fassen, bevor sie uns entwischen!«

Jetzt waren auch Abaschidze und Lew da und noch mehr Leute, der ganze Kleine Kreis, und draußen war Hufgetrappel zu hören ...

»Ich habe befohlen, die ganze Gemeinde der Kaukasier abzusperren!«, teilte ihm Abaschidze mit, dessen Kiefer mahlten.

Artur sah in die Ecke, dorthin, wo sich Angestellte von Mam Rona um die hysterisch weinende Nadja kümmerten. Mit einem Mal ging Artur auf, welche Überwindung Abaschidze dieser Befehl gekostet hatte.

»Befiehl, dass die Moschee angezündet wird, Kommandeur!«, verlangte Daljar, dem tatsächlich Schaum vorm Mund stand.

Nikolaj, Kolja …, dachte Artur, dem stechender Schmerz das Herz abschnürte. All diese Männer hier sind mir treu ergeben, lieben und schätzen mich … Aber sie denken nicht an die Menschen insgesamt …

»Nein!«, sagte er erneut, diesmal fast schon mit ruhiger Stimme. Nur in ihm drin zitterte noch alles wie umgestürzte Sülze. In ihm drin war alles zerhackt wie Kohl … »Ihr rührt niemanden an! Der Fall wird dem Gericht übergeben! Man soll sich darum kümmern wie um jeden anderen Mord auch.«

»Aber Kommandeur!«

»Diese Schweine müssen sterben!«

»Du willst unter diesen Umständen ja wohl nicht nach Kasan fahren, oder?!«

»Die Sache muss vors Gericht, ihr dürft niemanden lynchen!«, zischte er. Er verstand nicht, warum er solche Mühe hatte aufzustehen. »Die warten doch nur darauf, dass wir anfangen, die Moscheen anzuzünden. Begreift ihr das denn nicht? Wenn ich von irgendeinem Willkürakt höre, hänge ich die Obersten als Erste auf. Hab ich mich klar ausgedrückt?!«

Nun durfte er den Besuch in Kasan auf gar keinen Fall länger hinausschieben.

(28) KASAN – STADT DER ENTSCHEIDUNG

Elzur Chalitow empfing seinen Gast vor dem Goldenen Thron, wo er auf einem weichen Kissen saß. Er hatte die Statur eines kräftigen Soldaten, auch wenn er etwas pummelig war. Aber nirgends schwabbelte Fett. Das runde Gesicht war braun gebrannt, das Haar schwarz und starr wie eine Bürste. An den dicken Fingern prangten Ringe mit Sprüchen aus dem heiligen Buch.

Der Thron selbst war zwar nicht aus Gold, aber aus einem Material, das diesem ziemlich nahe kam. Von der Decke hingen Teppiche herab, die den Saal in mehrere kleinere Zimmer unterteilten. In diesen Raum drangen weder das Gepolter der Wagen noch die Schreie der Markthändler vor. Durch das Fenster mit dem Ziergitter sah Artur die erst seit Kurzem gepflasterte Straße, die zum Kreml führte, sowie Überreste des Denkmals für Musa Cälil. Der Volksheld lag auf der Seite, ohne die Ketten der faschistischen Folterknechte durchreißen zu können. Zwei Dutzend Gardisten der Leibwache des Khans liefen in Paradeuniform über die Straße, auf einer unbebauten Fläche trainierte eine ganze Hundertschaft von Kavalleristen; sie versuchten im vollen Galopp, Melonen von Stangen abzuschlagen.

Der Kasaner Kreml hatte in den Jahren der Katastrophe kaum gelitten. Sicher, es war kein einziges Fenster heil geblieben, der Asphalt um ihn herum geborsten und auch jede Form von Fernkommunikation zerstört worden. Doch während in den Ruinen ausgebrannter Nebengebäude heute grüne Büsche wucherten, präsentierten sich die Hauptbauten in einem erstaunlich guten Zustand.

Chalitow war ein Mann, der zu Recht darauf stolz war, sich in vier Sprachen fließend unterhalten und die arabische Schrift lesen zu können. Letzteres verlieh ihm in den Augen seiner Mitstreiter kolossale Bedeutung, zumal nach der jüngsten Palastrevolte einhundertundfünfzig Gegner von den Kremlmauern in die Wolga geworfen worden waren – von denen kein einziger zu lesen vermochte.

Nach der Lektüre verschiedener historischer Texte war Chalitow zu dem Schluss gekommen, man müsse im Palast wieder so viele glänzende Gegenstände wie möglich horten. Das Wort *Horde* für seine Truppen gefiel ihm jedoch überhaupt nicht, obwohl ihm profunde Kenner der Geschichte des Landes rieten, zu diesen Wurzeln zurückzukehren …

»Noch einmal Salam«, sagte Artur nun, da die Herren der beiden Städte allein waren.

»Friede sei mit dir«, antwortete der Khan. »Ich werde dir keinen Schnaps anbieten, aber etwas Tee und Gebäck nimmst du doch, oder?«

»Da sage ich nicht Nein. Nadja hat mir berichtet, dass dein Gebäck wirklich hervorragend sei«, unternahm er den ersten Versuch, Chalitow aus der Reserve zu locken.

»Das ist es«, bestätigte dieser und nickte langsam. »Wie geht es deiner Frau? Richte ihr meine wärmsten Wünsche aus. Meine Frauen haben ihr einen Mantel genäht. Vergiss nicht, ihn mitzunehmen, ja? Die Winter sind kalt bei euch …«

»Ich werde es bestimmt nicht vergessen. Und Nadja hat mir aufgetragen, deinen Töchtern Grüße auszurichten …« Artur fuhr fort, die üblichen Höflichkeitsfloskeln herunterzurattern, und dachte mit wachsendem Ärger darüber nach, was die Politiker in zwanzig Jahren erwartete. Wenn die gierigen Tentakel der Etikette sich schon jetzt um seinen Hals schlossen und es verhinderten, dass er auch nur einen Fußbreit vom Protokoll abwich, dann würden sich sämtliche Politiker der Zukunft wohl in sprechende Anhängsel des Protokolls verwandeln. Genau wie vor dem Großen Tod …

»Mir ist von deinem Kummer berichtet worden«, sagte Chalitow mit ernster Miene und strich Artur über die Hand, was der höchste Ausdruck von Mitgefühl war.

»Ich danke dir für deine Anteilnahme, Elzur, vor allem, da du diese Angelegenheit auch hättest übergehen können.«

»Richtig. Aber das habe ich nicht – denn du hast doch darauf gewartet, dass ich sie zur Sprache bringe. Oder etwa nicht?«

»Du bist ein weiser Mann, der nicht umsonst gerühmt wird.«

»Bin ich das, Artur? Weise, meine ich. Ich denke, ich bin einfach gewitzt. Ein wenig gewitzter als andere. Und ich hatte ein bisschen mehr Glück. Darf ich offen mit dir sprechen? Dein Verlust hat mich wirklich niedergeschlagen gestimmt. Dergleichen ist schmerzlich, das weiß ich … Zwei meiner kleinen Töchter sind gestorben, doch ihr Tod hat mich nicht sehr betrübt, hatte ich doch noch nicht einmal Gelegenheit, ihnen Namen zu geben. Wenn indes mein erwachsener Sohn stürbe …« Der Khan ließ den Satz mit Schweigen ausklingen.

»Vielen Dank!«, durchbrach Artur die Stille, ohne sich seine Gefühle im Geringsten anmerken zu lassen.

»Oh, wenn einer Dankbarkeit bekunden sollte, dann bin ich es«, erwiderte der Khan und deutete ein Lächeln an.

»Wofür solltest du mir dankbar sein?«, fragte Artur.

Mit einem Mal bemerkte er jedoch, dass die so sorgfältig errichtete Mauer zwischen ihm und seinem Schmerz kurz davor war, in sich zusammenzukrachen. Dabei hatte er sich doch innerlich gegen dieses Gespräch gewappnet. Ebenso wie gegen weitere, die ihm noch bevorstanden. Gegen all die Mitleidsbekundungen und heuchlerisch bekümmerten Mienen – denn Nikolaj war kein Junge wie jeder andere, er war Teil der Politik. Und selbst nach seinem Tod bedeutete er noch einen Trumpf – diesmal freilich einen, der in Arturs Ärmel steckte.

Chalitow heuchelte immerhin nicht, dazu begriff er zu gut, wie ernst die Situation in Piter nach dem Mord an dem Jungen gewesen war.

»Ich bin dir dankbar, weil du dem Zorn nicht hast die Zügel schießen lassen«, erklärte der Khan und sah Artur offen an, was ebenfalls ausgesprochen selten vorkam. »Und ich schwöre beim Angedenken an meinen Vater: Wenn mir irgendetwas von diesem Plan zu Ohren gekommen wäre, und sei es auch ein noch so vager Hinweis … du wärst der Erste gewesen, der es erfahren hätte.«

Das genügte Artur. Vorerst jedenfalls. Trotzdem würde die Karte Nikolaj noch eine Weile in seinem Ärmel bleiben. Sollte der Khan ruhig noch ein wenig mit den Knien schlottern – denn vertrauen durfte er, Artur, ihm nicht.

Schließlich kostete es Chalitow nichts, heute – erleichtert, wie er war, dass die Petersburger Tataren nicht der Zorn der Menge getroffen hatte – zu schwören, er habe von dem Attentat nichts gewusst. Aber was war morgen? Würde er auch da noch etwaige Informationen mit Artur teilen?

Deshalb sollte er, wie gesagt, ruhig noch ein wenig Angst haben. Vielleicht würde die ihm sogar die Zunge lockern …

Für den Anfang war auch gar nicht schlecht, dass Chalitow Artur mit allen Ehren empfangen hatte: Bereits fünfzig Werst vor der Stadt hatte ein Kavallerieregiment auf Arturs Wagenzug gewartet. All die silbernen Pferdedecken, Schleifen und Quasten, all die mit Gold bestickten Standarten flimmerten den Besuchern aus Petersburg geradezu vor Augen. Die Reiterei formierte sich in einer Reihe, rasselte mit den Säbeln und eskortierte den Treck anschließend bis zum Kreml. Bei der Einfahrt in die Stadt wurden ein paar Kanonenschüsse abgegeben, und die drei höchsten Beamten des Khans eilten auf Arturs Kutsche zu. Hinter dem Festungsgraben begrüßten ihn dann der General der Kavallerie und der Mufti, um ihn unter angenehmen, jedes heikle Thema umschiffenden Plaudereien zum Kremltor zu geleiten.

Im Kreml angekommen, lobte Artur zunächst ehrlichen Herzens die atemberaubende Sicht, die man vom Hügel aus hatte.

Chalitow selbst ließ nicht viel bauen, sondern beseitigte hauptsächlich Trümmer. Allein dafür hätte er jedoch bereits ein Denkmal verdient, denn der alte, noch in Holz errichtete Teil der Stadt wurde mit beneidenswerter Regelmäßigkeit bei jedem Umsturz in Brand gesetzt. Offenbar war der Khan deshalb auch zu dem Schluss gelangt, er bräuchte sich bloß von leicht entflammbaren Bauten zu trennen – und schon durfte er auf eine lange, glückliche Regierungszeit hoffen …

Aber auch noch einige andere bemerkenswerte Tricks hatten ihm ruhige Jahre beschert. So hatte sein Vorgänger beispielsweise die Vorzüge verwandtschaftlicher Beziehungen völlig ignoriert. Da er ebenfalls ein belesener Mann gewesen war – der sich zum Präsidenten von *Tatarstan* erklärt hatte –, musste er den verhängnisvollen Gedanken, seine Vertrauten aus dem Kreis ehrlicher und unabhängiger Menschen zu rekrutieren, wohl aus einer überholten Chronik gehabt haben …

Obendrein hatten ihm die Grenzen der Republik, wie sie in alten Karten verzeichnet waren, nicht sonderlich gefallen, sodass er das Heer um sich versammelt hatte, um neues Land für Tatarstan zu erobern. Leider hatten ihn seine rechtschaffenen und unabhängigen Männer dabei – noch während sie Mützen in die Luft warfen und die Fahnen schwenkten – mit in den Abgrund gezogen.

Chalitow dagegen hatte sich zu solchen Dummheiten nie hinreißen lassen: In seiner Regierung gab es nicht einen Posten, der nicht von einem Verwandten besetzt wäre. Und die Bezirke mit Holzhäusern, die man hätte anzünden können, existierten auch nicht mehr.

Darüber hinaus hatte sich Elzur in Wörterbüchern mit der Bedeutung des Worts *Opposition* vertraut gemacht und beschlossen, dass dieser idiotische Begriff in der tatarischen Sprache einfach keinen Platz hatte.

Auch dies war ein kluger Schritt gewesen. Die Opposition gab prompt Ruhe – nachdem sie ihre Köpfe im buchstäblichen

Sinne eingebüßt hatte. Die Anhänger des Kreuzes legten daraufhin auch keinerlei Machtgelüste mehr an den Tag … Damit blieben nur zwei Fragen ungeklärt: Sollte er wie sein Vorgänger, der Präsident, zur Vereinigung ganz Tatariens ausholen? Und welche Position nahm er dem Mufti gegenüber ein? Die erste Frage war rasch beantwortet: Chalitow mochte keine Kriege. Daher zog er es vor, eine Stadt wie Nabereschnyje Tschelny – bei der er nicht einmal sicher war, ob sie Kasan ohne Weiteres als Hauptstadt anerkennen und mit Freude Steuern an ihn entrichten würde – nicht militärisch zu unterwerfen, sondern sich in aller Ruhe auf seinem Goldenen Thron zu überlegen, wie man die Spitze dieser Stadt vergiften könnte.

Mit dem Mufti war es schon schwieriger, aus dem wurde Chalitow einfach nicht schlau. Der war unverschämt bis dorthinaus, dabei aber ohne Frage ausgesprochen klug.

»Eine Million«, sagte der Kerl ihm immer wieder, »eine Million Menschen werden dir folgen, wenn du nur etwas beherzter nach dem grünen Banner greifst.« Wie der Mufti auf diese Zahl kam, war dem Khan schleierhaft – aber sie klang wahrlich nicht schlecht …

Der Besuch von Karamaz' Abgesandten hatte dem Mufti noch enormen Aufwind gegeben. Über diesen Burschen war zwar kaum etwas bekannt, aber das wenige, das man wusste, reichte aus, dass alle diesen Karamaz respektierten.

»Warten Sie nur ab«, hatten die Leute von Karamaz dem Mufti gesagt. »Bevor Sie auch nur ein Mal Luft geholt haben, sind die Russen so stark, dass sie euch auf die Pelle rücken. Sie wollen die alten Grenzen wieder errichten, die, die es vor dem Großen Tod gegeben hat. Sehen Sie sich das ruhig einmal selbst in den alten Karten an! Dann wird Tatarstan nichts anderes sein als ein Muttermal, eine hässliche Warze an der Wange Russlands. Noch bis vor Kurzem waren die Russen schwach, aber heute … Früher gab es nur wenige Menschen in ihren Städten, und die konnten kaum Kinder in die Welt setzen, aber heute … In Nabereschnyje Tschelny hat man lange genug die Augen vor der Wahrheit verschlossen – mit dem Ergebnis, dass dort jetzt ein russischer Bürgermeister das Sagen hat. Und der hält es mit diesen Wippern! Glauben Sie mir, die werden auch euch unterdrücken, vor allem da Ihr Chalitow ein so schwacher, unentschlossener Mann ist!«

Das also waren die Fragen, die den Khan bewegten, als Artur ihn besuchte.

»Wie gut gepflegt der Basar ist«, äußerte sich Artur lobend. »Aber ist es nicht sehr laut, wenn direkt vor deinen Füßen die Zelte stehen …«

»Dafür entgeht mir nichts«, sagte Elzur. »Morgens überprüfe ich persönlich alle Preise. Bietet jemand überteuerte Waren an, verlange ich von ihm sofort, dass er die Preise herabsetzt!«

»O ja«, meinte Artur nickend, »von hier aus hat man wirklich alles unter Kontrolle.«

Die beiden pusteten auf ihren Tee und lächelten sich so herzlich zu wie alte Freunde, die einander bestens verstanden. Als Nächstes kam die Sprache auf die Schwarzen Pferde, von denen der Khan nur zu gern einige erworben hätte. Von da aus war es bloß ein kleiner Schritt zu gewöhnlichen Pferden und der Feststellung, dass es trotz allem nötig sei, die Eisenbahn wieder aufzubauen, da kein Pferd diese ersetzen könne. Artur bot sofort an, dass Petersburg Dampfloks stellen sowie die alten Schienen ausbessern würde, und schlug dem Khan vor, er möge für die Sicherheit im östlichen Abschnitt sorgen. Daraufhin erklärte der Khan, seine Dschigiten könnten auch Tag und Nacht die gesamte Strecke abreiten, und versprach zudem, Gleise aus Strecken im Landesinnern zu besorgen.

Dieser Mistkerl, dachte Artur. Aber wie das Ganze finanziert werden soll, da stellt er sich taub. Sobald er für die Fahrt Geld verlangt, laufen ihm die Leute doch weg.

Dieser glattgesichtige Eber, dachte Elzur. Kein Wunder, dass ihr so stinkt, bei all dem Wodka, den ihr trinkt. Einen Zaun sollte man um euch und eure Stadt ziehen.

Gleichwohl nahm Artur strahlend vor Freude drei ausgezeichnete Hengste als Geschenk in Empfang und erhielt eine Einladung, das nächste Newroz-Fest in Kasan zu begehen. Der Khan bekam im Gegenzug eine Acht-Zimmer-Wohnung im Menschikow-Palast sowie zehn Fässer geräucherte Neunaugen.

Obendrein versicherte Artur, er empfände es als persönliche Beleidigung, wenn der Khan nicht mit ihm im Herbst nach Karelien führe, um auf Entenjagd zu gehen. Darauf erwiderte dieser, dass er bereits beleidigt worden sei, da sein Gast nicht vor Verlangen vergehe, morgen früh mit ihm das Pferderennen zu besuchen.

Damit waren sämtliche Floskeln aufgebraucht – und man konnte endlich zur Sache kommen.

Der ist doch nervös, dachte Artur, als er den Khan verstohlen beobachtete. Nadja hat recht, er wirkt, als hätte er einen schweren Schlag einstecken müssen. Und mit diesem ganzen leeren Gerede will er mir bloß Sand in die Augen streuen.

»Verehrter Elzur«, setzte Artur neu an. »Ich würde dich gern um eine winzige Gefälligkeit bitten.«

»Ich bin ganz Ohr, verehrter Artur.«

»Könntest du nicht dreihundert meiner Leute bei dir unterbringen?«, säuselte Artur. »Nicht für lange, versteht sich, höchstens für einen Monat. Sie brauchen ein Dach über dem Kopf, etwas zu essen und ein wenig Geld in der Landeswährung. Ich würde dir die ruhigsten Leute schicken, die ganz bestimmt keinen Ärger machen. Sobald sie ihre Angelegenheiten hier erledigt haben, kehren sie nach Petersburg zurück. Und sollten sie sich doch irgendetwas zuschulden kommen lassen, stehe ich für jeden Schaden gerade …«

»Und was sind das für Angelegenheiten?«, wollte Chalitow empört wissen, setzte jedoch schon im nächsten Moment wieder eine gelangweilte Miene auf. Dennoch konnte er seine Nervosität nicht ganz verbergen.

»Völlig harmlose«, versicherte Artur. »Sie wollen auf den Inseln ein paar Burschen schnappen ... Diese Zauberer von den Seen. Hast du von denen schon gehört? Gut, Kasan liegt an einem Fluss, nicht an einem See. Möglicherweise heißen sie hier also anders.«

»Nein, sie heißen genauso«, sagte Elzur.

»Die Bitte bereitet dir doch keine Schwierigkeiten, oder, Elzur?«, erkundigte sich Artur. »Diese Leute stehen doch nicht unter deinem besonderen Schutz?«

Die nächsten Sekunden über mahlte Elzur nur schweigend mit den Kiefern. Sein Blick wanderte das Muster des Kissens ab. Schließlich sah er Artur wieder an.

»Nein, sie stehen nicht unter meinem Schutz«, sagte er. »Aber sie haben immer in unserem Land gelebt ...« Auf das Wort *unserem* legte er besonderen Nachdruck. »Außerdem ist es mir ein Rätsel, warum du dreihundert Soldaten benötigst, um sie in deine Gewalt zu bekommen. Nein, machen wir es besser so, dass ich das meine Leute erledigen lassen. Damit würde ich dir doch sicher eine Sorge abnehmen, oder nicht?«

»O nein, das würdest du keineswegs, Elzur.«

Die nächsten Sekunden maßen sich die beiden mit Blicken, dann langte der Khan nach einer Seidenschnur, die am Teppich hing. Prompt tauchte ein Mann auf, der von Kopf bis Fuß in Schwarz gekleidet war. Der Khan sagte ihm etwas auf Tatarisch, worauf der Mann sich tief verneigte und verschwand. Artur beobachtete unterdessen andächtig, wie fette Fliegen, von dem Geruch des Gebäcks angezogen, in das Netz vor dem Fenster flogen.

»Du bist ein viel beschäftigter Mann, Elzur«, bemerkte Artur nun leise. »Ebenso wie ich. Wir müssen noch so viel gemeinsam bewerkstelligen, damit die Menschen in Ruhe und Frieden leben. Oder etwa nicht?«

»Da hast du recht«, antwortete der Khan und ließ seine Finger knacken, während er in die Sonne blinzelte.

»Dann lass uns nicht um den heißen Brei herumreden.«

»Gut, Artur, kommen wir zur Sache.« Chalitow goss ihm noch Tee nach. »Ich habe eben nach einem Mann geschickt ... Er weiß alles, was an der Kama vor sich geht ... Wenn sich auf den Inseln jemand versteckt, wird er es erfahren. Wenn du meinst, dass der Mörder Nikolajs dort ist, werde ich alles unternehmen, um ihn zu finden. Kann ich sonst noch etwas für dich tun?«

»Ich brauche diese Zauberer. Du hast doch sicher gehört, was bei uns am Ladogasee geschehen ist?«

»Ihr habt alle getötet, die euren Glauben in den Dreck gezogen haben. Ich würde es nicht anders handhaben, wenn in meiner Stadt Kreaturen ihr Unwesen trieben, die den abnehmenden Mond lästern.«

»Ihr Glaube war nicht der Grund für unseren Angriff, Khan.«

»Aber du wirst ihre Dörfer ja wohl auch nicht ausgelöscht haben, weil sie Frauen stahlen, die sich prostituierten?«, konterte Chalitow. »Oder gar auf Geheiß deiner Popen? Denn die Zauberer haben die Ikonen doch mit Dreck beschmiert, oder?«

»Das war natürlich unschön von ihnen ...«, erwiderte Artur, der sich wie ein Hochseilartist in finsterster Nacht auf einer unbekannten Schnur vorkam. »Aber deine Leute haben dir vermutlich auch berichtet, dass wir die Zauberer in der Finnischen Seenplatte, bei Wjatka, Nowgorod und Jaroslawl ebenfalls vernichtet haben?«

»Ist der Zorn der Popen so groß? Und gibst du ihnen wirklich so viele Soldaten an die Hand, wie sie verlangen?«

»Keinesfalls, denn die Ansichten der Priester interessieren mich nicht besonders. Trotzdem werde ich alle dieser Zauberer von den Seen vernichten. Aber eben nicht wegen der Ikonen.«

Über den Kasaner Minaretten, dem Fluss und den Tausenden von Zelten am anderen Ufer hing sengende Hitze. Die weißen Türme des Kremls schienen zu schmelzen wie Zuckerhüte.

Die Menschen und Tiere auf dem Basar glitten förmlich durch breiartigen schwülen Dunst. Während Chalitow noch über Arturs Worte nachdachte, griff dieser nach weiterem Gebäck.

»Du kämpfst also nicht wegen ihres Glaubens gegen diese Zauberer?«, fragte der Khan schließlich, und in seiner Stimme schwang Erleichterung mit. »Und auch nicht wegen deines Sohns?«

»Ach, lieber Elzur«, erwiderte Artur lächelnd, »muss man wirklich unbedingt die Fastenzeiten einhalten, um wie ein anständiger Mensch zu leben? Dich zum Beispiel respektiere ich gerade deshalb, weil du die Unruhen im Volk unterbunden hast, den Armen hilfst, die Reichen trotzdem noch reicher werden lässt und die russischen Kaufleute in deiner Stadt nicht unterdrückst. Aber keineswegs dafür, wie oft am Tag du betest.«

Diese Million, von der der Mufti immer spricht ..., ging es Artur durch den Kopf. Diese Zahl ist vielleicht nicht mal aus der Luft gegriffen. Allein in Kasan leben achtzigtausend Menschen, in den Dörfern bestimmt noch zehnmal so viel. Dann sind da noch die Baschkiren und kleinere Stämme ... Noch unterstützen die reichen Khane Chalitow ja. Aber was, wenn morgen tatsächlich diese Fanatiker das Ruder an sich reißen? Wie lange kann sich ein aufgeklärter Kosmopolit wie Elzur dann wohl noch halten?

»Eine Feindschaft zwischen unseren beiden Städten dürfte sicher niemandem zum Vorteil gereichen«, fuhr Artur fort. »Wir beide wissen, wie leicht es ist, die Macht an sich zu reißen. Aber diese Macht auch zu verteidigen – das ist schon schwieriger. Das vermag nur jemand, der nach vorn blickt. Jemand, der nicht nur auf das Heute sieht, sondern auch auf das Morgen.«

»Und was siehst du, wenn du auf das Morgen blickst?«, fragte Elzur und strich über das Kissen, auf das mit Goldfaden Sprüche aus dem heiligen Buch gestickt waren.

»Da sehe ich Herrscher, die Zwietracht säen wollen. Denen es völlig einerlei ist, welche Farbe das Banner hat, das sie schwingen, solange sie nur die Handelsrouten im Süden unter ihre Kontrolle bekommen und alles Fremde auslöschen. Wenn wir diese *Herrscher* heute nicht aufhalten, werden sie morgen in jeder Stadt Anhänger haben. Dann wird sich immer jemand finden, der für einen Beutel voller Münzen einen Brunnen vergiftet oder eine Bombe in die Menge auf dem Markt wirft. Diese Herrscher *brauchen* arme und unterdrückte Menschen … Es gibt aber auch Menschen, die besonders verschlagen sind. Sie haben längst verstanden, dass man mit einem Beutel voller Münzen bei Weitem nicht so viel erreicht wie mit der Vorspiegelung falscher Tatsachen. So gelingt es ihnen, durch Lug und Trug aus Kindern die reinsten Wölfe zu machen. Diese Wölfe wiederum glauben fest daran, dass Gott sie nur liebt, wenn sie alle Menschen anderen Glaubens töten … Wenn wir es zulassen, dass immer mehr Wölfe herangezogen werden, dann werden sehr bald Häuser in Flammen stehen und freundliche Nachbarn sich in erbitterte Feinde verwandeln.«

Chalitow schwieg lange und fingerte in einer Schale an einigen Weintrauben herum, die aus dem Süden kamen. Dann sprang er auf und trat ans Fenster. Er achtete peinlich darauf, seinem Gast nicht den Rücken zuzukehren, öffnete das Fenster und betrachtete die leuchtende Flussaue. Artur gab ihm Zeit zum Nachdenken, genug Stoff dafür hatte er ihm ja geliefert.

»So sei es denn!«, sagte Chalitow und fuhr sich mit den Händen über die Wangen, während er auf Zehenspitzen über einen weichen Teppich von einer Ecke zur nächsten tigerte. »Schick mir deine Soldaten, sollen sie die Zauberer suchen … Ich werde ihnen Leute zuteilen, die sich in der Gegend auskennen. Aber du willst den Soldaten sicher auch Wipper mitgeben, oder?«

»Ohne sie kommen wir in dieser Sache nicht weiter.«

»Die Wipper sind in dieser Gegend nicht besonders wohlgelitten.«

»Das sind sie nirgends. Das geht auch gar nicht.«

»Warum nicht?«, fragte Chalitow verwirrt.

»Kann man denn das eigene Gewissen lieben?«, fragte Artur grinsend zurück. »Würdest du einen Menschen mögen, der dir ständig hinterherläuft und ins Ohr flüstert: ›Elzur, du hast den und den Fehler begangen, und das weißt du auch. Deshalb lasse ich dich jetzt nicht mehr in Frieden und flüstere dir das immer wieder ins Ohr.‹«

Nun war es an Chalitow zu grinsen.

»Zu bedauerlich, dass wir uns so selten sehen«, sagte er. »Immer haben wir alle Hände voll zu tun! Fehlt dir da nicht auch manchmal ein kluger Gesprächspartner?«

Chalitow grinste immer noch, aber seine Augen hatten sich bereits in einen Schützengraben verwandelt. Nun musste die wichtigste Entscheidung getroffen werden, das wusste Artur.

Die, deretwegen er überhaupt hier war. Es ging ja nicht wirklich darum, ein paar Hundert Soldaten in Kasan unterzubringen, damit sie die Zauberer schnappten. Geschweige denn darum, die Kostenfrage für die Schienenstrecke zu klären.

»Du hast eine wirklich kluge Frau, Artur. Das ist mir sofort aufgefallen, als ich sie das erste Mal gesehen habe ... Ja, eine Frau kann durchaus zwei Männer versöhnen – aber nicht diese Meute«, sagte er und deutete flüchtig auf den Basar. »Gut, ich komme dir entgegen. Nicht wegen deines Sohnes, sondern dir zuliebe. Eins lass dir jedoch gesagt sein. Auch ich sehe aufs Morgen. Jedoch nicht aufs Übermorgen. Deshalb weiß ich, dass du morgen nicht nur um Unterkunft für Soldaten bittest ... Morgen willst du, dass ich in der Kama die Pferde tränke, mit denen dein Abaschidze in Samara oder Astrachan anrückt. Ist es nicht so?«

Chalitow war so angespannt, als wollte er seinem Gast gleich an die Kehle springen.

»Überzeug mich, dass von Süden her für die Russen keine Gefahr droht, dann hast du mein Wort, dass ich nicht danach trachte, die Macht in Tatarstan an mich zu reißen.«

»Bin ich vielleicht Gott, dass ich dir ein solches Versprechen geben kann? Ich bin nur ein Sandkorn unter dem Stiefel Gottes. Genau wie du …«

»Das heißt nichts anderes, als dass jener Mann, dessen Namen wir beide kennen, tatsächlich nach Norden vordringen will«, murmelte Artur. »Und dass mir niemand die Garantie gibt, dass er in friedlicher Absicht kommt.«

»Die Ga-ran-tie? Dieses Wort kenne ich nicht …«

»Karamaz hat dir seine Hilfe angeboten, wenn du gegen Petersburg ziehst, stimmt's?«, fragte Artur nun ganz unumwunden.

Chalitow schwankte, als hätte er einen Schlag ins Gesicht erhalten.

»Du bist nicht mein Bruder, Artur«, presste er heraus. »Und du wirst es auch nie sein. Alle Tataren werden sich von mir abwenden, wenn die Russen mit meiner Billigung Garnisonen um unser Land aufstellen.«

»Und wenn ich mit einer Großen Prozession komme und Kirchenleute mitbringe? Wenn wir zusammen eine neue Karte des Landes zeichnen und einen Vertrag unterschreiben, dass wir deine Grenze nicht überschreiten?«

»Und wo verläuft sie?«, fragte Elzur müde. »Diese Grenze, meine ich.«

»Die wirst du selbst einzeichnen«, antwortete Artur. »Und es wird nur dein Land und dein Staat sein.«

»Oh, vergiss den Mufti nicht …«, hielt Elzur dagegen. »Und wieso glaubst du, andere Städte würden sich mir unterwerfen? In Nabereschnyje Tschelny spuckt man auf mich, in Almetjewsk ebenfalls …«

»Heute spuckt man auf dich«, sagte Artur. »Aber in einer Woche kann sich das alles ändern. Du wirst die Macht über ganz Tatarstan haben.«

»In einer Woche?«, echote Chalitow wie hypnotisiert.

»Ich habe mit den Wippern gesprochen. Sie sind einverstanden, die Erde zu beruhigen, wenn ich dir helfe, Gießereien aufzubauen. Außerdem wird ganz Kasan morgen erfahren, dass du Kanonen von mir erhältst. Mit meinen Ingenieuren und deinen neuen Werkstätten wirst du weiteres Gerät herstellen, anfangs vielleicht sechzig kleinkalibrige Waffen und ebenso viele Kettenfahrzeuge. Außerdem erhältst du Munition im Umfang von tausendfünfhundert Geschossen, mehr kann ich dir leider nicht versprechen.«

»Aber die Wipper haben doch längst alles Kriegsgerät geschmolzen …«

»Auf Schiffen hat sich noch einiges erhalten …«

Chalitows Augen funkelten, und er tigerte erneut durchs Zimmer und rieb sich dabei aufgeregt die Hände.

»Meine Generäle trauen dir nicht, Schmied.«

»Deshalb habe ich vorsichtshalber schon mal drei Kanonen und zehn Maschinengewehre mitgebracht.«

»Das ist eine Falle!«

»Nur würdest du in die nicht reinlaufen. Du wirkst nicht wie jemand, der auf einen so billigen Trick hereinfällt.«

»Aber was, wenn die Waffen die Menschen nicht überzeugen? Hier in Kasan gibt es immer noch welche, die wünschen sich nichts sehnlicher, als mich mit einem Stein um den Hals in der Kama zu sehen.«

»Denen wirst du morgen den Vertrag mit dem Gouverneur von Petersburg unter die Nase halten.«

»Als ob nicht alle wüssten, dass ihr eine neue Duma wählen wollt. Neue Vorsitzende der Kammern, einen neuen Großen Kreis …«

»Warum verstummst du?«, stichelte Artur. »Und einen neuen Gouverneur, das wolltest du doch sagen, oder?«

»Was machst du denn, wenn du nicht die nötige Anzahl von Stimmen erhältst?«

»Das werde ich aber, Elzur.«

»Indem du deine Gegner umbringst?«

»Nein, Elzur. Die Duma wird vor einer einfachen Wahl stehen: entweder heute Schmied oder morgen Karamaz.«

Chalitow erschauderte erneut. Der Name des türkischen Paschas wirkte auf ihn wie ein Elektroschock.

»Er hat Istanbul vor einiger Zeit verlassen«, sagte der Khan nach längerem Schweigen. »Seine Dschinn … die sind hundertmal klüger als deine Ingenieure – und die haben eine Flugmaschine für ihn gebaut.«

»Und wo ist er jetzt?«, fragte Artur mit angehaltenem Atem.

»In Farghana.«

»Das ist ein starkes Stück.«

»Weißt du etwa, wo diese Stadt ist?«

»Ich weiß noch mehr als das: Dieser Ort hieß früher die Wiege der Radikalen … Der alte Karamaz leidet wirklich nicht unter Demenz.«

»Kommst du mir schon wieder mit diesen Wörtern aus der Vergangenheit? Jedenfalls ist Farghana weit weg von hier. Ich habe die Kilometer nach den Karten berechnet. Aber mit einer Flugmaschine kann er noch viel weiter nach Süden oder nach Osten vordringen. Von treuen Männern, ehrlichen Kaufleuten, die am Schwarzen Meer leben und …«

»Und ihre Steuer jetzt womöglich Karamaz zahlen?«, unterbrach Artur ihn.

»Für Kaufleute spielt es keine Rolle, wem sie Steuern zahlen«, murmelte Chalitow. »Für sie kommt es nur darauf an, dass niemand sie daran hindert, Handel zu betreiben.«

»Was wiederum nur daran liegt, dass deine Kaufleute jetzt die grüne Fahne schwenken. Oder irre ich mich da, Elzur? Ich habe nämlich auch treue Leute, und die berichten mir, dass Dutzende von bulgarischen Küstendörfern bis auf die Grundfesten niedergebrannt wurden, weil sie sich geweigert haben, Karamaz zu folgen. Aber an der Ukraine hat sich dieser Mistkerl noch nicht vergriffen, oder?«

Chalitow hörte mit einem Mal auf, durch den Raum zu tigern,

und schlug so heftig mit den Händen auf einen niedrigen Tisch, dass die Schalen klimperten und das Obst herausfiel.

»Treibe mich nicht in die Enge, Artur!«

»Treibst du dich nicht selbst in die Enge?«

»Du unterschreibst diesen Vertrag, dass wir eine Metallfabrik haben werden?«, hakte Chalitow nach einer Weile in ruhigerem Ton nach.

»Das habe ich versprochen.«

»Und stellst mir dreitausend Kavalleristen ab, wenn ich gegen Nabereschnyje Tschelny ziehe. Sie sollen mich nicht begleiten, sondern in Kasan bleiben, damit ich Rückendeckung habe. Kannst du auch das versprechen?«

»Versprichst du mir dann, zu den Dumawahlen nach Petersburg zu kommen?«, fragte Artur und streckte die Hand aus. »Wenn du in die Duma kommst und mich vor all diesen Sturköpfen umarmst, kriegst du die Kavalleristen, die Kanonen und eine sichere Grenze.«

»Du glaubst, ich lasse mich wegen der Maschinengewehre auf dich ein?«, fragte Elzur. »O nein, da täuschst du dich. Komm, ich zeige dir etwas!«

Er zog erst einen der von der Decke herabhängenden Teppiche zur Seite, dann den nächsten – und Artur fand sich inmitten von Büchern wieder.

Prompt verspürte er den unbezwingbaren Wunsch, alles andere zu vergessen und die Nase in die Tausende von staubigen, einen betörenden Duft verströmenden Folianten zu stecken. Er fühlte sich, als hätte er eine Wüste durchquert und wäre jetzt an eine Quelle gelangt, wo er sich auf den Bauch legen und die kristallklare Flüssigkeit mit beiden Händen schöpfen könnte – und dann aufwachen würde. Das letzte Buch, das Artur gelesen hatte, hieß nämlich *Idiomatische Fügungen im Deutschen* und hatte ihm nicht gerade Vergnügen bereitet.

»Ich will eine Universität«, sagte Elzur – und Artur wachte auf. »Ich habe gelesen, dass es bei uns in Kasan einmal eine Universität gab. Und die war noch besser als deine in Petersburg. In der haben einige Tausend Menschen gelernt. Alles über Metall und Holz, da waren Kirchenleute und Chemiker, einfach alle … So eine Universität möchte ich wieder haben.«

Es lag Artur schon auf der Zunge zu fragen, wie man von einem Tempel des Wissens träumen und gleichzeitig den Mädchen die Schule verbieten könne, aber dann hielt er es doch für klüger zu schweigen.

»Wenn ich einmal nicht mehr bin«, sagte der Khan und strich liebevoll über einen Stapel Wörterbücher, »will ich nicht, dass die Menschen sich an mich erinnern und sagen: ›Es gab da mal einen Chalitow, der hat morgens im Blut gebadet und Hunderte pro Tag hinrichten lassen!‹« Dann sah er Artur erneut an. »Du denkst, ohne dich käme ich nicht an Kanonen? Die Leute von Karamaz haben mir zehnmal mehr angeboten. Und auch Flugmaschinen, Bomben mit weißem Gas sowie solche Bomben, die unter der Erde vergraben sind … Sie haben mir sogar in Aussicht gestellt, dass sie mir von einem alten Schiff einen Feuerpilz besorgen könnten! Glaub mir, Artur, ich habe vor nichts Angst. Aber als sie mir angedeutet haben, dass die Dschinn des Karamaz wissen, wie der Große Tod zu wiederholen sei, da habe ich Angst bekommen. Das erste Mal in meinem Leben …«

Artur lief eine Gänsehaut über den Rücken.

»Und Karamaz verbrennt Bücher«, fügte Elzur mit trauriger Stimme hinzu. »Überall. Wo er hinkommt, da verbrennt er Bücher. Deine Universität will er auch verbrennen, zusammen mit den Buchgelehrten und mit denen, die dort lernen … Hast du jetzt verstanden, dass es mir nicht um Kanonen geht?«

»In dem Fall sind wir uns also einig?«, fragte Artur und streckte erneut die Hand aus.

Einige Sekunden lang hielten sich die beiden Männer bei den Unterarmen gefasst – dann umarmten sie sich schweigend.

Warum musstest du unbedingt erwachen und deinen Kristallsarg verlassen?, dachte der Khan. Und wenn du schon nicht in diesem bleiben wolltest – warum hast du dann nicht wenigstens dein neues Zuhause bei den Wippern im Wald beibehalten? Warum musstest du ausgerechnet zu mir kommen?

Du bist zwar ein Liebhaber des Wortes und der Schrift – aber hat dich das davor bewahrt, dir dein eigenes Grab zu schaufeln?, dachte Artur. Trotzdem muss ich Mam Rita sagen, dass wir die Sache in Kasan ohne Messerstecherei geregelt haben. Das ist doch einen Eintrag ins Große Buch wert.

(29) PR UND KONSENSENTSCHEIDUNGEN

Zum ersten Mal seit zehn Jahren war der Mariinski-Palast gerammelt voll. Kutschen, eine prächtiger als die andere, ja sogar Autos fuhren vor. Das einfache Volk hatte seit dem frühen Morgen die Dächer und sämtliche noch intakten Laternenmasten mit Beschlag belegt. Alle hielten nach bekannten Persönlichkeiten sowie Fabrikbesitzern Ausschau und kletterten einander auf die Schultern, um zu verfolgen, wie der Gouverneur oder einer der Ehrengäste am Palast ankam.

Seit über zwei Wochen machten in Piter Gerüchte die Runde, die in den Kneipen, an der Börse und in den Nachtlagern der Zugezogenen reich mit bunten Details ausgeschmückt wurden ... Nur die Stummen sprachen in diesen Tagen nicht von der neuen Duma, alle anderen ergingen sich bis zur Heiserkeit – und bisweilen sogar bis zur Schlägerei – darüber, wie es früher war und was nach diesen Wahlen sein würde. Man erinnerte an die Regierung des Ex-Gouverneurs, als der fanatische Karim durch die Gegend gezogen war, um alle Bunker mit Waffen verschütten zu lassen, und als man noch gehenkt wurde, nur weil man einen Baum gefällt hatte. Manchen fielen gar Zeiten ein, die noch weiter zurücklagen, als die Stadt in Kommunen aufgeteilt war und hinter der Pulkowskoje-Chaussee wilde Dschingisse und Sumpfluchse ihr Unwesen trieben ... Und kaum einer glaubte an all die Gäste, die angekündigt worden waren.

Dann trafen jedoch die ersten Gesandtschaften aus anderen Städten in Piter ein – und sogar die eifrigsten Schwätzer verstummten, eines Besseren belehrt: Sie hätten sich nicht so das Maul zerreißen sollen, die Leute kamen nämlich wirklich! So hatten sich in der letzten Woche große Mengen von Gaffern vorm Torbogen des Generalstabs versammelt, um die unbekannten alten Fuhrwerke oder die gepanzerten Wagen mit Begleitschutz zu bestaunen. Eine ganze Kolonie von Schaulustigen zog sich die Straßen entlang, durch die die Dampfzüge fahren sollten. Immer wieder legte ein kluger Kopf das Ohr auf die Schienen und verkündete das baldige Auftauchen eines dieser Wunder. Anlässlich der Wahlen sollten drei Dampfzüge durch die Stadt rauschen. Viele Petersburger hatten extra Geld gespart und nachts an der Kasse angestanden, nur um dann mit gewichtiger Miene durch Piter zu fahren und lässig neidischen Bekannten zuzuwinken. Sicher, sie mussten schon bald wieder abspringen, denn der Zug legte enorm an Tempo zu und ratterte weiter nach Warschau, Jaroslawl und Kasan – und selbstverständlich lieferte den Kennern der städtischen Gerüchteküche und ihren Zuhörern in den Kneipen am Liteini Prospekt nichts so viel Gesprächsstoff wie die Ankunft des Khans aus Kasan.

»Die aus Kostroma sind auch schon da«, wusste einer der Experten für Neuigkeiten zu berichten. »Genau wie die aus Twer und seinen Nachbardörfern, aus Pskow, Kineschma, Kaluga, Tuwa und Orjol, dann der Fürst aus Wladimir …«

»Gibt's doch nicht!«, riefen die Leute. »Was soll das denn für einer sein, ein Fürst?«

»So was wie ein Gouverneur«, gaben die Experten tiefsinnig von sich, »nur etwas weniger wichtig und schwächer, also uns kann der nicht das Wasser reichen!«

»Und habt ihr schon die aus Murmansk, Petrosawodsk und von sonst wo her noch gesehen?«

»Da soll's ja so einige geben, die sind schlimmer als die Dschingisse! Stellt euch vor, die schlafen direkt auf der Straße!«

»Das sind Röchler, die bei Sergijew Possad leben.«

»Aber jeden Gast sollte man nun auch nicht reinlassen! Man braucht jetzt ja hinten und vorne Augen!«

»O ja, das hab ich auch im Urin, dass uns noch böse Überraschungen ins Haus stehen …«

»Stimmt, es braut sich was zusammen«, bestätigten ein paar, die dann auch prompt versuchten, die Soldaten aus den anderen Städten betrunken zu machen. Diese ließen sich zwar begeistert abfüllen, rückten aber nicht so recht mit der Sprache raus. Das Einzige, was man erfuhr, war, dass es irgendwie um den halb vergessenen Pakt der Freien Siedlungen ging, den die erste Herrin der Eremitage, Mam Xenia – Friede ihrer Asche! –, ins Leben gerufen hatte. Damals fuhren noch alte Wagen, und Benzin gab es auch noch ausreichend. Dann aber hatten die Ewigen Brandstätten die Straßen geschluckt, und alles war in Vergessenheit geraten …

Jetzt schien man diesen Pakt, den einst die Kommunen und Siedlungen unterzeichnet hatten, wieder aufleben lassen zu wollen.

Dabei schlief weder das Volk ruhig …

… noch die Machthaber.

Die Konferenzen der Vorsitzenden aller Kammern, Versammlungen der Gilden und Stabsbesprechungen des Militärs wurden nach den beiden letzten Attentatsversuchen auf den Gouverneur im Winterpalast abgehalten, denn zumindest in den kam niemand mit einer Waffe hinein. Außerdem saßen mittlerweile in jeder Organisation zwei von Arturs Spionen.

Obendrein liefen sich die Offiziere des Tribunals die Füße wund, indem sie durch Kneipen, Geschäfte und Bordelle zogen, um Informationen über die Stimmung vor den Wahlen und mögliche Terroranschläge zu sammeln.

In der Tat stießen sie auf so einiges, verhafteten Pferdediebe, Falschgeldhersteller und ein paar Spione aus den Nachbarstädten, ja sie kamen sogar einer großen Bande von Einbrechern auf die Schliche, die – man glaube es oder nicht – aus Mineralnyje Wody stammten.

Kurzum, diese Zeit war für niemanden ein Zuckerschlecken.

Artur, der in seinem früheren Leben Wimi in der Abteilung V gewesen war, hatte schon an einigen Symposien und Konferenzen teilgenommen. Mitunter hatten sie ihm was gebracht, mitunter waren sie stinklangweilig gewesen – aber niemals hatte er eine solche Sauna erlebt wie jetzt. Wie hatte er nur vergessen können, dass eine Klimaanlage Strom braucht?! Obendrein hatte er selbst es untersagt, die Fenster zu öffnen – aus Sicherheitsgründen, denn trotz der doppelten Absperrung lagen schon am frühen Morgen viertausend Gaffer vor dem Palast auf der Lauer, bis zum Mittag hatte sich ihre Zahl verdreifacht.

»Hast du Angst?«, fragte Lew, als er im Saal seinen Platz einnahm. »Das brauchst du nicht, wir alle sterben nur ein Mal!«

»Du hast gut reden«, erwiderte Artur. »Du wirst auf alle Fälle wiedergewählt! Weil du nämlich ein kluger Mann bist!«

»Du etwa nicht?«

»Ich bin einfach nur der Chef«, erklärte Artur seufzend. »Das Amt kann jeder übernehmen. Aber einen intelligenten Obersten Bibliothekar, den kannst du suchen wie die Nadel im Heuhaufen.«

Mit Lew war auch sein Bruder Arkadi hereingekommen, der Vorsitzende der Handelskammer, der Artur lange die Hand schüttelte und ein paar Beileidsworte murmelte.

Als Nächstes begrüßten die Brüder Abaschidze Artur, zudem mit ausgesuchtem Respekt, wollten sie auf diese Weise doch allen Anwesenden demonstrieren, wen sie für ihren Gouverneur hielten und auch in Zukunft halten würden, wie auch immer die Wahlen ausgehen mochten.

Unter lautem Gemurmel nahm der braun gebrannte, gut aussehende Orlando seinen Platz ein. Artur hatte ihn vor einer Woche zum Vorsitzenden der Industriekammer ernannt, machte sich jedoch große Sorgen, weil der Franzose noch schlecht Russisch sprach – und die vernagelten Sturköpfe bei dem Gestammel sicher nicht einzuschätzen vermochten, wie viel Artur sich von ihm und den bereits begonnenen Projekten versprach.

Noch lauteres Gemurmel brach aus, als der Ex-Pap der Eremitage, Michail Rubens senior, an der Seite von Mam Kate auf der Bildfläche erschien. Die beiden hatten zwar schon lange kein Stimmrecht mehr, aber alle wussten nur zu genau, wie es um ihren Einfluss auf die Angelegenheiten der Stadt bestellt war, vor allem im Falle Rubens, dessen Enkel gar der persönliche Sekretär des Gouverneurs war.

Die Plätze für die Ehrengäste waren bis auf den letzten belegt. Die angesehenen Bürger dieser Stadt stießen sich gegenseitig in die Seite und tauschten im Flüsterton den neuesten Klatsch aus.

»Hat man denn da noch Töne! Dieser Rubens ist doch sogar mit dem Oberzauberer vom Peipussee befreundet!«

»Und was sagen Sie denn zu dem Kerl mit der hohen roten Pelzmütze? Der ist aus Nishni Nowgorod, das schwöre ich!«

»Dass auch die aus Wyborg und Lushski es gewagt haben, einen Fuß in diesen Palast zu setzen!«

»Was hat denn dieses Ungetüm von Knirps hier verloren?! Der ist doch bloß Hauptmann bei den Grenztruppen, oder?«

»Ja, haben Sie das denn noch nicht gehört? Der *war* mal Hauptmann – heute ist er Vertreter aller Dschingisse ...«

»Und da ist ja auch unsere Zauberin!«

»Wo? Wer?«

»Da drüben, diese kluge Französin. Die holt Ihnen eine Kugel aus dem Körper, ohne dass Sie es spüren, einfach indem sie Ihnen einen Lappen auf die Nase presst. Der sorgt dafür, dass Sie einschlafen – und beim Aufwachen sind alle Kugeln draußen! Es heißt, sogar die Atamane aus Rostow kämen eigens nach Petersburg, um sich von ihr behandeln zu lassen.«

»Dann ist sie also eigentlich keine Ärztin, sondern so etwas wie eine Chemikerin?«

»Und demnächst sogar die Stellvertreterin von Mam Rona! Der Gouverneur hat ihr einen ganzen Palast zugesprochen und die besten Ärzte zur Unterstützung! Außerdem hat er eine chemische Schule für sie gegründet.«

»Ich sehe den Metropoliten gar nicht ... Dabei sind schon alle Kirchenleute versammelt, aber Onufi entdecke ich nirgends. Auch niemanden sonst aus dem Alexander-Newski-Kloster ...«

»Ihnen in Lomonossow entgeht aber auch alles! Onufi ist längst abgesetzt ...«

»Seit wann das denn? Und wer hat ihn abgesetzt?«

»Die Kirchenleute natürlich! Vor einem Monat haben sie einen neuen Metropoliten gewählt ... An der Spitze haben wir jetzt überhaupt nur noch neue Gesichter. Und der Metropolit ist heute Wassili, der persönliche Beichtvater von Schmieds Frau ...«

»Ist es denn wahr?! Aber gut, dann wissen wir, aus welcher Richtung der Wind weht.«

»Ach ja?! Ist Ihnen dann auch klar, dass Wassili jetzt in ganz Russland das Sagen hat?«

»Was soll das denn heißen: in ganz Russland? Als ob die im Ural irgendetwas auf sein Wort gäben! Die haben schließlich ihre eigenen Kirchenleute!«

»Sprechen Sie lieber etwas leiser! Wir sind hier nicht in Lomonossow, hier haben die Wände Ohren! Und eins dürfen Sie mir glauben: Man wird auf Wassili hören!«

»Gütiger Himmel! Was ist das denn für einer?!«

»Herrschaften! Wenn ich um etwas Ruhe bitten dürfte!« Mischa Rubens schlug einen Gong und verkündete durch ein Sprachrohr die Ankunft der Delegation des obersten polnischen Woiwoden.

»Sehen Sie sich doch bloß mal die Augen von diesem Diakon in der roten Kutte an! Die reinsten Kohlen sind das!«

»Das ist keine Kutte, sondern eine Soutane. Außerdem ist der Mann auch kein Diakon, sondern der Bischof von Warschau,

Stanisław. Es heißt, auch er sei erst vor Kurzem gewählt worden …«

»Zudem soll er ein Freund unseres Gouverneurs sein.«

Dann betrat die nächste Gruppe den Saal – und ein Aufschrei ging durch die Menge. Die Zuschauer kletterten auf die Bänke, um besser sehen zu können: Einige kleinwüchsige Menschen mit Sonnenbrillen und tief in die Stirn gezogenen schwarzen Hüten kamen herein.

»Bei Gott, was sind das für Teufel?!«

»Pst! Oder wollen Sie, dass sich das Tribunal mit Ihnen beschäftigt?! Haben Sie diesen riesigen Lastkahn an der Admiralität etwa noch nicht gesehen?«

»Den hat dieser Orlando in Kronstadt wieder flottgemacht und dann hierhergebracht, oder?«

»Ganz genau! Und diese Zwerge hat er gleich mit angeschleppt. Bei diesem Kroppzeug handelt es sich um De-le-gierte! Aus dem Süden Deutschlands und aus Belgien.«

Nach den Bierbrauern nahmen vier Männer auf einer Bank Platz, die würdevoll über ihre Schläfenlocken strichen und zerknitterte schwarze Anzüge trugen. In ihrer Gesellschaft befand sich zudem eine riesige Frau mit weißer Perücke. Den Portefeuilles tränten die Augen, und ihre Nase lief ständig, sodass sie bereits rot und geschwollen war und ein wenig an einen Schweinerüssel erinnerte. Alle, die aus Gebieten hinter der Sandwand stammten, quälte nach wie vor eine Allergie, obwohl die Wipper jedem von ihnen bereits eine wahre Pferdedosis von ihrem Heilmittel verabreicht hatten.

Artur ließ den Blick durch den Saal schweifen. Letzte Nacht hatte er kaum geschlafen. Erst gegen Morgen hatte er sich etwas beruhigt, als die Sonne zum Fenster seines Zimmers hereingeschienen und er sich die erste Tasse Kaffee auf einem Gaskocher zubereitet hatte. Der Platz vorm Winterpalast hatte nach dem nächtlichen Regen friedlich geschimmert, der Engel balancierte unverändert auf der Alexandersäule, und an der Moika war unter dem Schutz von Gardisten eine fröhliche Horde von Kindern zur Schule im Palast spaziert.

Dann war sein Blick auf den großen Tisch voller Papiere, Pläne und Skizzen gefallen – und mit einem Mal hatte ihn eine kindliche Sorglosigkeit erfasst.

»Zum Teufel auch!«, hatte er ausgestoßen und sich über den Klang seiner heiseren Stimme gewundert. »Ich werde keine Rede vorbereiten. Schließlich muss ich nur klare Fakten schaffen: Entweder ich bleibe, oder ich gehe mit Prochor mit und fange mit ihm bis ans Ende meiner Tage Fische.«

Er hatte den Satz noch nicht beendet, als Michail zur Tür hereingekommen war, einen Packen Papiere unterm Arm. Während Artur mit einer Hand die Dokumente durchblätterte, hatte er mit der anderen das Telefon ans Ohr gepresst und den Vorsitzenden der Kammern gelauscht, die ihre aktuellen Meldungen durchgaben.

Vielleicht sind das die letzten Berichte, die ich höre, war es ihm durch den Kopf gegangen, als er gerade einen der Leute am anderen Ende der Leitung zusammenstauchen wollte, weil die Brücke über der Karpowka eingestürzt war. Dann hatte er sich jedoch selbst den Befehl erteilt, sich darüber im Moment keine Gedanken zu machen. Er hatte für die Menschen dieser Stadt getan, was in seinen Kräften stand. Und es grenzte schon an ein Wunder, dass er noch immer lebte …

Doch sich ganz zu beruhigen, das war ihm nicht gelungen.

Jetzt saß Mischa Rubens junior neben ihm und trug ihm im Flüsterton die neuesten Gerüchte vor.

»Links, in der achten und neunten Reihe … Das sind die Wahlmänner der Cowboys aus Gattschina. Sie wollten eigentlich gar nicht an dieser Sitzung teilnehmen. Ihr Anführer ist der Kerl mit der Narbe, Kirill Schaufel. Er kann das Maul gar nicht weit genug aufreißen, um zu verkünden, dass er nicht die Absicht habe, irgendjemanden in diese Duma zu wählen, weil Piter ihnen nämlich gar nichts zu sagen habe.«

»Warum ist er dann hier?«

»Weil dieser Schaufel irgendwie verstanden hat, dass die Armen und die Cowboys auch einen Kandidaten stellen dürfen. Jetzt will er selbst Gouverneur werden!«

»Und hat er Aussichten, gewählt zu werden?«

»Durchaus. Ein paar Reiche haben nämlich einen Weg gefunden, alle Armen auszuschalten, die dich unterstützen. Sie haben in den Kneipen sämtlichen Wein aufgekauft und die Leute betrunken gemacht oder verprügelt. Jetzt ist aus keinem der vier Abschnitte vom rechten Newa-Ufer jemand hier erschienen, dazu sind die alle viel zu besoffen. Keine Ahnung, wie man dieses hinterhältige Vorgehen bezeichnen soll, aber belangen können wir deswegen niemanden …«

»So was heißt *Wahlkampf*, Mischa. Wer sind die da rechts? Die mit den Bärten. Warum erinnere ich mich nicht an die?«

»Die sind noch schlimmer, Herr. Das sind die Leute der Fischer. Die Fischer stehen zwar grundsätzlich auf deiner Seite, aber nicht die vom Ladogasee. Die haben davon gehört, dass du eine große Fischfangflotte aufbaust. Aber aufgebracht hat sie noch etwas anderes: Sie sagen, unter der alten Duma sei alles gerechter gewesen, weil da die Hungerleider nicht so viele Abgeordnete wählen durften wie Menschen, die hart für ihr Brot arbeiten und es zu etwas gebracht haben.«

»Sollen sie von mir aus denken, was sie wollen, und sich über mich das Maul zerreißen …«

»Dann wäre da noch etwas, Herr …«

»Nur raus mit der Sprache!«

»Viele freuen sich darüber, dass Nikolaj gestorben ist«, sagte Mischa zögerlich und rückte vorsichtshalber ein Stück ab, damit Artur seine Wut nicht an ihm auslassen konnte. »Ich wollte das zunächst selbst nicht glauben, aber … Wenn du die Namen wissen willst, ich habe eine ganze Liste davon aufgestellt: Wer sich auf der Toilette entsprechend geäußert hat, wer …«

»Diese Listen können mir gestohlen bleiben!«

»Aber das sind deine Feinde, Herr!«

»Es wird immer Menschen geben, die am Kummer anderer ihre Freude haben. Sag mir lieber, wie die einzelnen Gruppen wählen, falls das bekannt ist.«

»Die Cowboys wollen selbstverständlich Kirill Schaufel als Gouverneur. Die Garde stimmt für dich, die Grenztruppen und die Polizei ebenfalls ... Die Holzarbeiter und Flößer dürften auch für dich sein. Aber die Metallarbeiter sind sehr unzufrieden, der ganze Wyborger Bezirk gibt seine Stimme Pap Sanitschew.«

»Wegen der Wipper?«

»Ganz genau. Von diesen Metallarbeitern hörst du ständig, der Gouverneur krieche vor den Wippern zu Kreuze, seine Frau wohne sogar bei denen im Wald, außerdem habe er Kinder von diesen Zauberern in der Eremitage untergebracht, fliege mit Drachen, und seine Wunden lasse er nicht von unseren Ärzten behandeln, sondern nur von diesen Zauseln ... Sie sagen: Die Wipper brauchen Schmied nur zu befehlen, die Metallfabriken zu schließen, dann macht er das sofort – und fünftausend Menschen, die bisher ihr Metall für die Karawanen herstellen, werden Hungers sterben ...«

»Sanitschew ist doch bloß sauer, dass ich Orlando und nicht ihn zum Vorsitzenden der Industriekammer ernannt habe. Im Vergleich zu dem Franzosen ist er aber nun mal der reinste Straßenkehrer ...«

»Die Genossenschaften der Zugezogenen werden wieder Meister Johnson in den Großen Kreis wählen ...«

»Das ist zu begrüßen, er ist ein gescheiter Mann. Ich bin froh, dass er so viele Anhänger gefunden hat.«

»Siebenhundert Zugezogene haben bereits unseren Ausweis angenommen, und die werden wohl dich wählen ... Die Ölarbeiter sind aber gegen dich, und sie haben viele auf ihrer Seite, beispielsweise die Straßenhändler oder die Holzfäller ... Wer im Süden Piters hinter Puschkin lebt, ist ebenfalls gegen dich.

Die Leute sagen, wenn ihr Mann schon nicht Gouverneur werden kann, dann aber wenigstens Vorsitzender der Kammer für Brennstoffbeschaffung!«

»Die ewig Unzufriedenen … Wie sieht es in den einzelnen Bezirken von Piter aus?«

»Das Zentrum und die Wassiljewski-Insel gehören uns. Gut, das ist nicht weiter verwunderlich, denn dort sind die Gardisten und Kanzlisten untergebracht. Auf der Petrograder Seite und im Hafen hat Mam Kate alles in deinem Sinne geklärt. Da wollten sich zwei Männer um das Amt des Gouverneurs bewerben, aber nach einem Gespräch mit ihr sieht die Sache anders aus.«

»Weil sie tot sind?«

»Was unterstellst du uns?! Nein, in deiner Abwesenheit haben sich der Vorsitzende der Straßenarbeiter und Mam Kate die beiden Herren einmal vorgeknöpft. Die schwingen in dem Gebiet das Zepter, wenn man so will. Zum Gouverneur würde es wohl für keinen der beiden reichen, aber in den Großen Kreis könnten sie durchaus gewählt werden. Der eine von ihnen wird der Abchase genannt. Er kontrolliert den gesamten Drogenhandel in den Kneipen und hält die Bordelle an der Straße nach Wyborg …«

»In der Tat ein bedeutender Mann! Was ist mit dem anderen?«

»Der, ein gewisser Nasetdin, lässt sich von allen Metallarbeitern, die klammheimlich Waffen verkaufen, aber auch von den tatarischen Karawanen schmieren.«

»Mischa, erinner mich daran, den jüngeren Abaschidze zu fragen, warum diese beiden noch am Leben sind. Und auch, warum die Leute denen Bestechungsgelder zahlen, statt Klage einzureichen.«

»Du hast selbst befohlen, ihnen kein Haar zu krümmen. Wenn der Abchase im Fluss ertränkt wird, bricht ein Kampf um die Prostituierten aus … Erinnerst du dich noch, was vor drei Jahren los war, als du die Bordelle auf dem Newski geschlossen hast? Wir haben es nicht mal geschafft, alle Leichen aus der Newa zu ziehen.«

»Aber genau da gehören diese beiden Herren hin. Der Beruf des Zuhälters fällt schließlich unter die Professionen mit erhöhtem Risiko.«

»Damals sind der Staatskasse pro Tag hundert Goldrubel verloren gegangen«, ignorierte Mischa die Bemerkung Arturs. »Deshalb hast du befohlen, diese Schurken nicht anzurühren ...«

»Da muss ich übers Ziel hinausgeschossen sein. Offenbar brauchten wir damals händeringend Geld ...«

»Du hast gesagt, wir sollen den Umständen entsprechend handeln.«

»Lassen wir das. Wie hat Mam Kate diese beiden Herren denn nun von ihrer Kandidatur abgebracht?«

»Der Abchase hat von uns die Zusage erhalten, dass wir die Straße über den Poklonnaja-Berg nicht ausbessern und er acht Landgüter an den Seen erhält.«

»Gleich acht? Unsere Mafia hat einen gesunden Appetit ...«

»Dafür hat er uns aber auch versprochen, dass alle Wyborger für dich stimmen werden. Mit Nasetdin war es schon schwieriger, der braucht nämlich kein Land. Das hat er Mam Kate und dem Vorsitzenden der Straßenarbeiter auch klar und deutlich gesagt. Wie er sich ausdrückte, würde er lieber auf fünfzig Werst hausen, als dem Gouverneur Schmied die Stiefel zu lecken.«

»Welch Freude, mal ein offenes Wort zu hören! Wie habt ihr ihn rumgekriegt?«

»Übers Öl. Hat Daljar dir das noch nicht erzählt?«

»Den habe ich in den letzten beiden Wochen nicht gesehen. Nadja ging es nicht gut ...«

»Diesen Nasetdin hast du jetzt jedenfalls in der Hand. Daljar hat herausgefunden, dass die Ölkarawanen, für die Nasetdin Anführer und Begleitschutz stellt, den Zoll unterschlagen – der dann teilweise in seine Tasche wandert. Obendrein hat er das Briefpapier und die Siegel des Kleinen Kreises gefälscht.«

»Nur wandert er dafür nicht für fünf Jahre in die Metro zum Wasserabschöpfen, sondern kriegt gleich den Strick ...«

»Das hat ihm Mam Kate auch angedeutet. Zunächst hat er gezetert, dass wir ihm nichts beweisen könnten, aber drei Wagenführer der Karawane wurden so bearbeitet, dass sie ihn angeschwärzt haben ... Die Kirchenleute waren lange unentschieden. Die hat nicht mal beeindruckt, dass der Rechnungshof sie unter die Lupe genommen hat. Und auch nicht, dass das Volk in Horden um das Alexander-Newski-Kloster gezogen ist. Die wollten sich einfach nicht zu einer Entscheidung durchringen ...«

»Aber den Vorsitzenden für ihre Kirchenangelegenheiten haben sie doch wenigstens gewählt, oder?«

»In der Frage läuft alles nach deinem Plan ... Ich meine natürlich, so, wie du es dir erhofft hast, Herr. Christoph brauchte bloß das Kreuz zu küssen und das Abendmahl zu empfangen, und schon hat Wassili ihn zum Priester geweiht. Zum Vorsitzenden ist er dann wegen seiner ... wie haben sie es doch gleich ausgedrückt ... ach ja, wegen seiner großen Verdienste in der Heidenbekehrung gewählt worden.«

»Wann haben sie das denn geschafft?«

»Als du in Kasan warst.«

»Unser Metropolit Wassili hat ja echt was auf dem Kasten ...«

»Jetzt wird es wohl Zeit, Herr. Gerade hat man mir ein Zeichen gegeben, dass alle versammelt sind.«

»Dann fang an, sonst tränen mir bei dem Rauch hier noch die Augen. Das ist doch keine Duma, sondern ein Rat von Volkskommissaren, alles qualmt wie eine Dampflok ... Wo kriegen die bloß so scheußlichen Tabak her?«

Doch Rubens erhob sich, ohne noch auf die Äußerung einzugehen, strich sich feierlich über sein gestärktes Hemd und schlug viermal gegen den Gong. Daraufhin trat der Oberste Bibliothekar, der Rektor der Universität und das älteste Mitglied des Kleinen Kreises – kurzum, Lew – mit seinen Papieren in der Hand ans Rednerpult. Heute trug er einen Polyesteranzug aus der Türkei und ein dandyhaftes Hemd, das noch aus der Garderobe von Louis stammte. Zudem hatte er sich eigens für diesen Anlass ein Spitzenjabot anfertigen lassen, das er mit einem Orden – diesmal mit dem Orden des Ruhms – schmückte, hatte er doch eine Schwäche für alles Glitzernde. Artur hatte ihm deshalb auch bereits versprochen, ihn mit dem ersten Orden des neuen Staates auszuzeichnen.

»Mit der Macht, die mir sowohl durch den Großen als auch durch den Kleinen Kreis verliehen worden ist, erkläre ich diese Sitzung der Petersburger Duma für eröffnet! Ich gratuliere allen Deputierten! Hier haben sich die respektabelsten Bürger unserer Stadt und der angrenzenden Gebiete versammelt. Sie alle verdienen unser Vertrauen …«

Der Saal verstummte bei diesen Worten sofort, etliche drückten sogar ihre Papirossy und Pfeifen aus. Vier Leute hatten diese Ansprache verfasst. Sie sollte auch für die Ungebildetsten verständlich sein. Zunächst lobte Lew die Stadt und ihre Bewohner, dann die einzelnen Gilden, die Handwerker, Händler und Cowboys – mit einem Wort: Er verteilte an alle Zuckerbrot. Danach wollte er die Delegationen aus anderen Ländern und Städten vorstellen und anschließend zur Tagesordnung übergehen.

Artur gab derweil vor, die Papiere in einem Ordner durchzusehen, beobachtete jedoch heimlich den Saal. Die Delegierten klatschten nicht an den Stellen, an denen noch ihre Vorgänger vor einhundertfünfzig Jahren in der Gesetzgebenden Versammlung Beifall gespendet hätten. Sie hatten sich auch nicht die Mühe gemacht, sich zu rasieren oder saubere Kleidung anzuziehen. Und selbst wenn Lew jemanden namentlich lobte, spuckte dieser aus oder setzte ganz offen eine Flasche mit Honigwein an die Lippen.

Trotzdem waren es Deputierte.

Es waren die Menschen, die von den Handelsniederlassungen, den Bauern oder den Regimentern gewählt worden waren. Es waren die Menschen, mit denen man jetzt würde zusammenarbeiten müssen …

Und sie würden über Geld entscheiden, über sehr viel mehr Geld, als gegenwärtig in der Staatskasse war. Von ihnen hing ab, welche Steuern fortan eingetrieben würden und ob man Männer, Pferde, Waffen, Wagen und Proviant auf eine Expedition schickte, die mehr als tausend Tage dauern würde …

»Herrschaften! Die Tagesordnung!«, rief Lew nun, der bereits trotz des Sprachrohrs heiser war. »Zunächst haben diejenigen das Wort, die sich heute in die Rednerliste eingetragen haben! Dann wird die Stadtregierung gewählt, die fünf Jahre lang die Geschicke Petersburgs lenken wird. Anschließend gibt es eine Pause von einer halben Stunde, dann wählen wir den Gouverneur. Ich wiederhole noch einmal, auch wenn mir das einige verübeln werden … Es haben nur diejenigen das Wort, die sich vorab in die Liste eingetragen haben. Wer nicht auf dieser Liste steht, wird auch nicht sprechen. Habe ich mich klar und deutlich ausgedrückt?«

»Sollen wir etwa schweigend wählen?«, murrten die unzufriedenen und allem Anschein nach leicht betrunkenen Deputierten.

»Was soll das denn überhaupt für eine Wahl sein? Bei der man nicht sprechen darf?!«

»Warum knebelt ihr uns dann nicht gleich?!«

»Herrschaften, nehmen Sie bitte wieder Platz!«, verlangte Lew. »Sie können morgen reden, so viel sie wollen, und auch den Rest der Woche. Drei Tage lang wird man ihnen zuhören. Da werden die Vorsitzenden der Kammern ihre Berichte zum letzten Jahr und die Pläne fürs nächste vorstellen. Bei der Gelegenheit haben Sie alle das Recht, Ihre Meinung zu äußern. Wer heute als neuer Gouverneur gewählt wird, muss bis zum vierten Tag einen Plan aufstellen, wie es weitergeht und wofür die Stadt ihr Geld ausgibt und welche Steuern erhoben werden … Auch an diesem Tag dürfen Sie aus voller Kehle Ihren Unmut äußern, allerdings ebenfalls nur, wenn Sie sich zuvor in eine Liste eingetragen haben … Jetzt aber verbitte ich mir jedes Geschrei! Und nun erteile ich dem Gouverneur Schmied das Wort …«

Während Lews Ansprache hatte man Artur einen Zettel zugeschoben, aus dem hervorging, dass sich im Saal mindestens drei Menschen mit Schusswaffen befanden. Selbstverständlich hatten die Kinder der Wipper diese Terroristen entdeckt. Wer außer ihnen wäre denn sonst imstande, Metall zu spüren?

Artur zerknüllte den Zettel und erhob sich, um zum Rednerpult zu gehen. Natürlich war dies nicht mit dem zu vergleichen, auf dem einst ein Mikrofon gestanden und das Wappen geprangt hatte. Aber was hatte er erwartet? Das Gebäude hatte zweimal gebrannt – da konnte er schon froh sein, dass es überhaupt noch stand.

Zunächst sah er den Menschen in der ersten Reihe in die Augen, dann ließ er den Blick weiter bis zu den hinteren Reihen wandern. Die meisten Deputierten kannte er, aber heute hatten sich hier fast tausend Menschen versammelt, und die hinteren Reihen versanken in Tabakqualm. Ob er seinen Soldaten befehlen sollte, alle Anwesenden zu inspizieren und die potenziellen Mörder dingfest zu machen? Aber wie wollte er beweisen, dass sie die Absicht gehabt hatten, ihn zu ermorden? Und wie würde ein Gouverneur in den Augen der ausländischen Gäste dastehen, wenn er in der Duma anfing, die gewählten Volksvertreter abführen zu lassen?

Nein, er würde jetzt das sagen, was er zu sagen gedachte und wovon nur sechs Menschen, denen er vorbehaltlos vertraute, etwas wussten. Mit den Herren Terroristen konnte er sich später auseinandersetzen. Und dann würde er sie nicht verhaften, weil sie ein Attentat auf ihn geplant hatten, o nein: Er würde sie verhaften, weil sie Feinde des arbeitenden Volkes waren. Weil sie, um nur ein Beispiel zu nennen, die Kornspeicher hatten anzünden wollen.

Er atmete tief durch. Der Saal knallte ihm seinen Schweiß, biergeschwängerte Rülpser und Schnapsgestank ins Gesicht und blickte ihn mit verfaulten Zähnen an. Die Volksvertreter kratzten sich, fingen Läuse und nagten heimlich an ihren belegten Broten.

»Herrschaften! Freunde! Mitstreiter!«, begann Artur. »Heute wird die neue Duma einen neuen Gouverneur wählen. Dieser neue Gouverneur wird zehnmal weniger Rechte und dreimal mehr Pflichten haben als der bisherige. Er kann nicht mehr frei schalten und walten, sondern ist Ihnen Rechenschaft schuldig. Damit wird jedoch nicht nur der neue Gouverneur um den verdienten Schlaf gebracht, sondern auch jeder Einzelne von Ihnen …«

Federn kratzten übers Papier, sonst war alles mucksmäuschenstill.

»Herr Lew hat uns die Tagesordnung vorgetragen. Zunächst habe ich das Wort, doch ich werde mich kurzfassen. Heute schenken uns auch die Spitzen aus sechzehn russischen Städten und aus siebenundzwanzig Dörfern ihre Aufmerksamkeit. Sie stehen nur für einen kleinen Teil der russischen Gebiete, aber sie sind gekommen, um einen neuen Pakt zu unterzeichnen. Allein von Ihnen hängt es jetzt ab …« Er legte eine Kunstpause ein. »Allein von Ihnen hängt es jetzt ab, ob er überhaupt zustande kommt. Ob unsere Freunde wieder abfahren, ohne die gewünschte Unterstützung erhalten zu haben, oder ob heute, in diesem Saal, ein Papier über die Gründung eines neuen russischen Staats unterzeichnet wird.«

In den letzten Reihen kam Gemurmel auf, das immer stärker anschwoll und sich schließlich zu lautem Geschrei auswuchs. Artur gab Mischa ein Zeichen, und hinter dem Rednerpult wurde ein Vorhang heruntergelassen, der eine riesige Karte der UdSSR aus dem Jahr 1980 zeigte …

Rubens schlug gegen den Gong, viele Anwesende sprangen von ihren Plätzen auf, auf der linken Seite kam es zu einer Schlägerei, jemand ging zu Boden, ein anderer wischte sich das Blut vom Gesicht. Erst als neben dem Rednerpult der Metropolit Wassili erschien, legte sich die Aufregung wieder ein wenig …

»Mit Orange sind all die Gebiete gekennzeichnet«, fuhr Artur fort, »die bereit sind, dem neuen Staat beizutreten und Petersburg als neue Hauptstadt anzuerkennen. Wie Sie sehen, ist das nur ein geringer Teil jenes großen Landes, das einst von dummen Herrschern vernichtet worden ist. Aber es liegt in unseren Händen, es zu alter Stärke und einstigem Reichtum zurückzuführen! Es liegt in unseren Händen, Menschen zu vereinen, die über Tausende von Werst voneinander getrennt sind!

Bevor wir also die Vorsitzenden der Kammern und einen neuen Gouverneur wählen, müssen wir über eine andere Frage abstimmen.

Will die Duma, die vom Volk Piters gewählt wurde, dass die Stadt Hauptstadt wird?! Wenn wir für diesen neuen Pakt stimmen, dann wird nach dem Mittagessen bereits eine andere Duma zusammentreten. Eine Staatsduma Russlands, die in den nächsten fünf Jahren alle Entscheidungen für das gesamte Land trifft. Diese Duma Russlands wählt den Präsidenten des Landes und die Vorsitzenden der Kammern, genauer gesagt, die Minister … Aber vor dieser Abstimmung möchte ich Ihnen versichern, dass Sie die freie Wahl haben. Niemand soll hinterher sagen, Schmied habe jemanden zu etwas gezwungen oder genötigt. Und ich möchte Ihnen allen danken.« Artur bedauerte, dass er die aufsteigenden Tränen nicht unterdrücken konnte. »Das vom Großen Kreis aufgestellte Gesetz sieht vor, dass man seine Kandidatur als Gouverneur drei Wochen vor den Wahlen bekannt geben muss. Es gewährt dem bisherigen Gouverneur aber auch das Recht, ohne Ankündigung auf sein Amt zu verzichten und der Duma einen anderen Kandidaten vorzuschlagen. Habe ich das richtig dargestellt?«, wandte sich Artur an die

Mitglieder des Kleinen Kreises. Diese sahen einander in wortlosem Staunen an. »Deshalb möchte ich Ihnen allen an dieser Stelle mitteilen, dass ich von meinem Amt zurücktrete und als meinen Nachfolger Michail Rubens, den ehemaligen Pap der Eremitage, vorschlage. Sie alle kennen ihn, und ich denke, er ist nicht schlechter als andere Kandidaten. Er ist ein weiser Mann, ein hervorragender Wirtschaftswissenschaftler und ein gerechter Richter. Und jetzt hat der Metropolit das Wort …«

Im Saal brach ein solches Geschrei los, dass die Tauben und Krähen vom Dach und den Simsen aufstiegen.

»Was meinst du?«, fragte Artur Abaschidze, als er wieder Platz genommen hatte. »Kriegen wir diese Geschichte durch?«

»Der Metropolit wird ihnen schon klarmachen, wie wichtig der Pakt ist«, antwortete Abaschidze. »Und wer Präsident des neuen Russlands sein sollte!«

»Stimmt, wenn einer das schafft, dann Wassili«, pflichtete ihm Daljar bei. »Und der Khan hat ebenfalls versprochen, eine flammende Rede auf dich zu halten.«

Hol mich doch der Teufel!, dachte Artur. Wirst du am Ende also sogar Präsident!

(30) DER ZERSTÖRER *SCHWERT*

Seit einhundertundfünfzig Jahren, seit die Zangen der stählernen Dinosaurier, die die Fracht von Land an Deck eines Schiffs und umgekehrt gehievt hatten, erstarrt waren, seit der letzte estnische Frachter abgelegt hatte, war im Hafen nicht eine solche Menschenmenge zusammengekommen. Sie lockte selbstverständlich weitere Heerscharen an: Taschendiebe und andere Ganoven, die hier auf ihre Kosten kommen wollten. Der Himmel zeigte sich gnädig gegenüber der sonst ewig trüben Stadt, bis zum Horizont zerstörte nicht eine bleigraue Wolke das Bild: Über dem Meer, über den Hunderten von Fischerbooten, den knatternden Segeln und der unruhigen Menschenmasse spannte sich ein endloser blauer Himmel.

Aus den hinteren Reihen drängelte man sich eifrig zu den Tribünen vor, die ebenfalls gerammelt voll waren. Kinder hingen wie Weintrauben an den Hälsen der Kräne, sämtliche Piers waren mit einem aus festtäglicher Kleidung gewebten bunten Teppich bedeckt.

Auf dem Wasser schaukelte ein ausgebesserter, ansonsten aber intakter Kutter. Sein Dampfkessel schwieg, das Segel war eingeholt, und die Matrosen waren an Land gegangen, um den Festtag zu genießen. Am Bug saßen nur noch zwei Männer, die sich die Sonne auf den Rücken brennen ließen. Der Lärm in der Stadt drang nur schubweise zu ihnen, so als suchte jemand einen Radiosender. Manchmal waren Schreie, Gelächter und Musik zu hören, dann wieder war es still, und es drang nur ein Plätschern an ihr Ohr, wenn die Wellen gegen die Wände des Boots schlugen und die drei Meter langen Ruder in den Dollen zum Quietschen brachten. Doch schon in der nächsten Sekunde rollte das Echo des anwachsenden Chorals der tausendköpfigen Menge erneut heran. Zehn Meter von diesem Kutter entfernt lagen zwei Motorboote vor Anker, die dreifarbige Flaggen und eine Standarte mit dem persönlichen Wappen des Präsidenten gehisst hatten.

»Dieser Mann ... wie hieß er doch gleich ...«, sagte Berder und schnippte mit den Fingern. »Ach ja ... Kirill Schaufel. Also, das ist schon einer! Wie der aus der Wäsche geguckt hat, als du ihn ... wie hast du das genannt?«

»Minister für Landwirtschaft.«

»Richtig. Und diese Minister waren vor dem Großen Tod wirklich noch wichtiger als die Vorsitzenden der Kammern?«

»Gelinde gesagt, ja«, erwiderte Artur lachend. »Wichtiger als sie war nur noch der Ministerpräsident, aber auf den verzichte ich vorerst.«

»Jedenfalls hast du diesen Schaufel geschickt vom Sessel des Gouverneurs abgebracht. Und andere wollten sowieso nicht gegen Rubens antreten. Aber das war mir vorher klar ... Und jetzt ist dieser Schaufel also Minister ... Aber sag mal, musstest du ihm unbedingt die Verantwortung für die Verpflegung der Armee übertragen?! Die klaut er doch, ohne mit der Wimper zu zucken.«

»Besser, nur er klaut, als dass sich alle heimlich bedienen. Und er wird schon keine Konkurrenz zulassen ...«

»Du musst es ja wissen. Immerhin hast du Schaufel jetzt auf deiner Seite. Aber dass du einen der Portefeuilles zum Handelsminister gemacht hast, das war nun doch zu viel des Guten! Der kann kein Russisch, außerdem läuft ihm die ganze Zeit die Nase! Und über seinen Glauben verliere ich lieber kein Wort ...«

»Russisch wird er lernen. Und als Handelsminister wird er meiner Ansicht nach nur Gutes bringen ...«, sagte Artur, sah dann aber, wie Berder schon wieder ein Fläschchen an die Lippen setzte. »Was ist, Lehrer, geht es dir nicht gut?«

»Keine Sorge, das ist halb so wild«, behauptete dieser mit einem verkniffenen Lächeln. »Aber möglicherweise bin ich zum letzten Mal in Piter.«

»Sind das die Folgen von der Aktion in Polen? Als ihr euch um das amerikanische Schiff gekümmert habt, meine ich.«

»Das war schrecklich. Ein klirrender Knoten unter Wasser ... Den bekommt man einfach nicht in den Griff ...«, erwiderte Berder, der wütend auf den Müll starrte, der aus der Stadt ins Meer trieb. »Aber wir werden dich nicht aufhalten, manchmal verlangt das Gleichgewicht Opfer.«

»Glaubst du, es werden große Opfer auf uns zukommen?«

»Ich bin doch kein Prophet. Frage die Hüter des Gedächtnisses danach. Auch wenn sie dir vermutlich nicht antworten werden. Du kennst Christian ja ...«

Vom Ufer wogte ein neuer Schwall freudigen Jubels heran. Gleichzeitig gaben die beiden Boote in ihrer Nähe ein paar Schüsse ab, um Fischer zu vertreiben, die sich zu nahe an den Präsidentenkutter herangewagt hatten.

Arturs Blick ruhte unverändert voller Sorge auf seinem Lehrer, der gerade einen weiteren Schluck Medizin zu sich nahm. Erst jetzt fiel ihm auf, wie stark Berder gealtert war. Die Zöpfe waren endgültig silbergrau geworden, und um die Augen zog sich ein Netz aus Falten. Quasi über Nacht war der Wipper zu einem alten Mann geworden. Selbst Ismail und Prochor, die wesentlich älter waren, sahen da jünger aus. Und sie wurden auch nie krank ...

»Wir sollten nicht so lange im Dreck wühlen«, brachte Berder heraus, um dann das Thema zu wechseln: »Die Kinder ... wir müssen die Kinder anders ausbilden. Bisher lernen sie, wie man tötet, aber ich möchte ihnen beibringen, wie man einen Mord verhindert ... Ich werde zur Militärakademie fahren, dort werde ich wieder zu Kräften kommen ... Heute werden bei uns Wippern fast nur noch Kinder geboren, die auch in der Stadt leben können. Wenn wir sie zu dem Fass mit alter Chemie bringen, dann leidet nicht eins an Atemnot. Keine Ahnung, ob das gut oder schlecht ist … Aber du weißt, worauf ich hinauswill?«

»Darauf, dass ihr überflüssig werdet?«

»Noch nicht einmal das. Nein, uns wird es bald schlicht und ergreifend nicht mehr geben. Unsere Enkel werden nicht wie wir sein. In den Büchern, die du mir gegeben hast, habe ich etwas Interessantes gelesen. In Russland sind die Wipper nämlich genau zu dem Zeitpunkt aufgetaucht, als die Erde Hilfe brauchte, um sich zu beruhigen. Wir waren wie Ärzte, die einen Kranken, der im Fieber um sich schlägt, fest im Arm halten, damit er sich nicht versehentlich selbst verletzt oder gar umbringt. Sobald sich die Erde jedoch beruhigt, verschwinden solche wie wir wieder. Nein, wir sterben nicht sofort, keine Angst, Schwert. Aber wir gehen einfach irgendwie unter …«

»Ich würde es bedauern, wenn das wirklich der Fall wäre. Versuch also, das *Untergehen* noch ein Weilchen hinauszuzögern.«

»Das werde ich«, versicherte Berder und leckte sich über die trockenen Lippen. »Aber in Piter werden sich jetzt jüngere Wipper um die Dunklen Male kümmern … Wer weiß, wie viel Arbeit sie überhaupt noch haben werden …«

»Willst du damit sagen, es wird keine klirrenden Knoten mehr geben?«

Artur hielt den Atem an. Wenn Berder guten Grund zu der Annahme hatte, dass die Erde sich tatsächlich beruhigt hatte, konnte man endlich eine ordentliche Metallverarbeitung aufbauen. Möglicherweise sogar eine chemische Industrie …

»Solange noch Menschen wie dein Karim auf die Welt kommen, muss man mit allem Möglichen rechnen. Aber wenn du es schaffst, das Kaspische Meer oder Rostow für wenigstens zwei Jahre unter deine Gewalt zu bringen, kann dir kein Karamaz dieser Welt mehr zusetzen …«

»Aber wen … hätte ich dann zu fürchten?«

»Sag mal, hast du gewusst, dass es auch in China Wipper gibt«, überging Berder Arturs Frage.

»Ja – aber ich habe noch nie jemanden getroffen, der sie auch kennt.«

»Oh, ich kenne einige. Habe ich dir das nie erzählt? Als Semjon und ich im Altai gewesen sind, haben wir einige chinesische Brüder getroffen. Sie leben übrigens wie Mönche in einem Kloster ... Das ist schon merkwürdig, oder? In Italien gibt es keine Wipper, in Deutschland auch nicht – aber in China wimmelt es nur so von ihnen. Weißt du, woran das meiner Ansicht nach liegt? Wir fühlen anders als die Menschen im Westen ... Christian beispielsweise kann weit in die Zeit blicken, die Wipper in China dagegen vermögen weit in den Raum zu blicken.«

Berder wandte sich dem Meer zu, schirmte die Augen ab und deutete mit dem Finger auf etwas in der Ferne: Metall spürte er ohne jeden Detektor.

Am Horizont war ein winziger Punkt zu erkennen. Dann schien lediglich eine feine Rauchsäule über der silbrigen Wasseroberfläche aufzusteigen ... Schließlich gewann der Punkt an Größe, sodass man ihn auch am Ufer bemerkte – und Hunderte von Stimmen schrien auf, während die Fischerboote dem unbekannten Wunder entgegenfuhren.

»Damals, bei den Chinesen, hatten wir einen Dolmetscher, einen Burjaten«, berichtete Berder weiter, ohne den Blick von der herannahenden Rauchsäule zu wenden. »So erfuhren wir, dass es bei den Kasachen und Türken auch keine Wipper geben soll, in Indien aber wohl schon ...«

»Du willst mir meine Frage nicht beantworten, oder, Lehrer?«, bemerkte Artur. »Ich meine, wen ich zu fürchten habe.«

»Habe ich dir darauf nicht längst geantwortet? Bist du vielleicht in deiner Freude, dass du dich zum Zaren aufgeschwungen hast, verblödet? Du willst einem Menschen aus der Vergangenheit eine Stadt, Hunderte von Dörfern – ein ganzes neues Land – aufbürden. Selbst wenn dieser Mensch klug ist und das Volk unter Kontrolle hat – mit welchen Sorgen muss er sich plagen? Gerichte, wie er sie kennt, gibt es nicht, auf den Straßen trägt sich nachts Grausames zu, und in den Wäldern treiben Banditen wieder ihr Unwesen … In Tichwin wütet die Cholera, und in Podporoshje haben Rebellen die Stadtverwaltung niedergebrannt. Ist es nicht so?«

»Du hast noch die Dampfzüge vergessen, die ständig entgleisen, und auch die Lebensmittelsteuer, die man uns im Norden seit über zwei Jahren vorenthält, und auch die Tatsache, dass in der Staatskasse kaum noch Gold ist …«

Eine Weile lang beobachteten der Präsident und der Wipper schweigend, wie das winzige Schiffchen allmählich zu einem riesigen Zerstörer anwuchs.

»Hast du mich also doch verstanden«, sagte Berder dann und nahm einen gierigen Schluck aus der Flasche. Je weiter sich das graue Ungetüm vor die Sonne schob, desto erdiger nahm sich Berders Gesichtsfarbe aus. »Warum liegt der so schräg im Wasser? Der wird doch nicht das Ufer rammen …«

»Das wird er nicht«, behauptete Artur, wenn auch etwas unsicher. »Das ist das Erste von den vier Schiffen in Kronstadt, das Orlando wieder so weit auf Vordermann gebracht hat, dass es den Weg nach Piter bewältigt. Es liegt ein wenig schief, weil es an sechs Stellen Lecks hat und das Steuer kaum gehorcht. Aber immerhin, es fährt … Wir bringen es in die Docks und sehen uns dann alles genauer an. Aus den anderen drei Schiffen werden wir wohl nur noch einen Zerstörer zusammenbauen können. Jedenfalls, wenn noch ein Motor wieder in Gang kommt. Aber dann können wir damit bis zum Bosporus fahren!«

Der Hafen bot inzwischen ein schier unbeschreibliches Bild: Die Standarten der Regimenter flatterten, aus Hunderten von Waffen wurde ein Schuss abgegeben, die Trommeln donnerten so, als wollte man einen großen Todesreigen vorbereiten, die Erwachsenen schrien, die Kinder lachten …

»Was soll ich denn tun, Lehrer?«, fragte Artur stur. »Wen müssen wir fürchten? Amerika?«

»Amerika … Das ist ein Wort auf der Landkarte. Die Chinesen äußern sich noch rätselhafter als Christian. Jenseits des Meers leben wohl Menschen, die halten sich für besser als alle anderen … Aber zurück zu deiner Stadt: In ihr fehlt jede Ordnung! Die Polizei schlampt, die Kanzlisten sind korrupt, in den Kneipen werden ganz offen dreckige Lieder über den Gouverneur und die Vorsitzenden gesungen!« Berder sprach in sehr strengem Ton, aber seine Augen blitzten vor Freude.

Am Ufer knallte es erneut – und Hunderte von Säcken mit bunten Fetzen flogen in die Luft. Über dem Ufer ging ein wahrer Konfettiregen nieder. Die Kinder schrien derart, dass Artur sich am liebsten die Ohren zugehalten hätte. An Steuerbord des Zerstörers bereitete man alles vor, um seinerseits einen Salutschuss abzugeben.

»Wenn ich nur auf die Ordnung achte, erreichen wir gar nichts!« schrie Artur, der sich schon jetzt die Ohren zuhielt.

»Und wieso nicht?«, fragte Berder zurück, der sich nun an der Reling festhielt, weil die Wellen den Kutter wie einen Span hin und her warfen. Die an ihnen vorbeiziehende graue Wand schien endlos, und von oben winkten ihnen winzige Figuren zu.

»Aus einem einfachen Grund: Wenn man das Volk an die kurze Leine nimmt, dann kriegt man zwar schöne Paraden – aber keine Menschen aus Fleisch und Blut! Sozusagen …«

Nun gab die rechte Seite ihren Salutschuss ab. Artur stellte sich vor, wie klein die Bierbrauer auf dem riesigen Schiff wirken mussten, während sie die Geschosse in den Lauf gaben. Selbst er hatte nicht erwartet, dass der Knall so laut sein würde.

»Aber wenn keine Ordnung herrscht, wie willst du dann das ganze Land regieren, Artur?«, schrie ihm Berder ins Ohr.

»Was, *wie*?«, brüllte Artur zurück und presste sich das Wasser aus dem Haar. »Unsere Leute stimmen mit dem Herzen ab, nicht mit dem Schädel. Für die hat nicht mal Gott was zu sagen, sondern nur ihr eigener Vater! Der kennt seine Kinder und verzeiht ihnen alles. Und genauso werde ich auch regieren. Wie ein Vater.«

»Lass mich dir wenigstens einen Rat geben, Schwert«, sagte Berder, während seine Augen über den frischen Schriftzug *Schwert* an der Seite des Zerstörers schweiften. »Bevor du in diesem grauen Metallkübel rund um Europa schipperst, sorge dafür, dass sein Hintern nicht wackelt wie der einer Maikatze.«

»Das ist nicht der Hintern, das ist das Heck.«

»Spar dir die Wortklaubereien! Aber merk dir eins: Mir ist völlig schnurz, wie du dein Land regierst – ich verbiete dir jedoch, mit einem Kahn, der derart mit dem Arsch wackelt, nach Amerika zu fahren!«

»Keine Sorge, Lehrer«, sagte Artur, der durch das Fernrohr zu der jubelnden Menge hinübersah, auf die mit Girlanden von Menschen bestandenen Brücken und auf die gerade Linie der Reiterei. Mit einem Mal fühlte er sich fast glücklich. »Keine Sorge, Lehrer, du wirst dich meiner nicht schämen müssen!«